O VENENO NA MONTANHA

BIANCA JUNG

O VENENO NA MONTANHA

LIVRO I

1ª Edição

Santa Catarina - 2022

Qualis

Esta é uma obra de ficção. Nomes, personagens, lugares, datas e acontecimentos descritos são produto da imaginação da autora.
Qualquer semelhança com a realidade é mera coincidência.

Editora Responsável | Simone Fraga
Produção Editorial
Preparação de Texto
Revisão Ortográfica | Evelyn Santana, Simone Fraga
Ilustradora | Gabriele Lima
Design de Capa | Renato Klisman, Gabriele Lima
Projeto Gráfico | Qualis Editora
Diagramação | Marcos Jundurian
Imagens Internas | Shutterstock

DADOS INTERNACIONAIS PARA CATALOGAÇÃO NA PUBLICAÇÃO (CIP)

J95o

Jung, Bianca - 1995 -
O veneno na montanha / Bianca Jung. — [1. ed.] —
Florianópolis, SC: Qualis Editora, 2022.
368 p. : il. ; 23 cm.

ISBN Impresso 978-65-87383-80-4
ISBN Digital 978-65-87383-79-8

1. Literatura 2. Romance Brasileiro 3. Fantasia
4. Ficção I. Título

CDD – B869.3
CDU – 821.134.3(81)

1ª edição – 2022

Qualis

Qualis Editora e Comércio de Livros Ltda
Caixa Postal 6540
Florianópolis - Santa Catarina - SC -
Cep.88036-972

www.qualiseditora.com
www.facebook.com/qualiseditora
@qualiseditora
@qualiseditora
contato@qualiseditora.com

Para Natália Vanelli
A primeira pessoa que acreditou nessa história.

Somos feitas do mesmo pó de estrelas.

GLOSSÁRIO

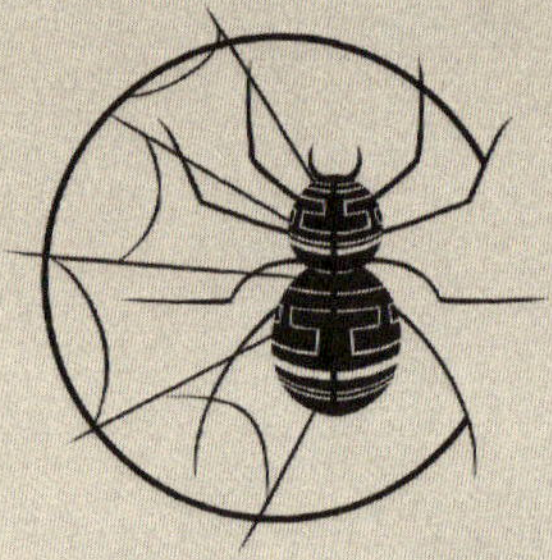

ARATNY
(1° Reino)
Poderes: Venenos.
Ponto forte: Tecnologia e ciência.

MAVE
(2° Reino)
Poderes: Ar e Gravidade.
Ponto Forte: Comércio aéreo e setor têxtil.

LOVANO
(3° Reino)
Poderes: Força.
Ponto Forte: Agricultura e pecuária.

VERAZ
(4° Reino)
Poderes: Som e Velocidade.
Ponto Forte: Mineração.

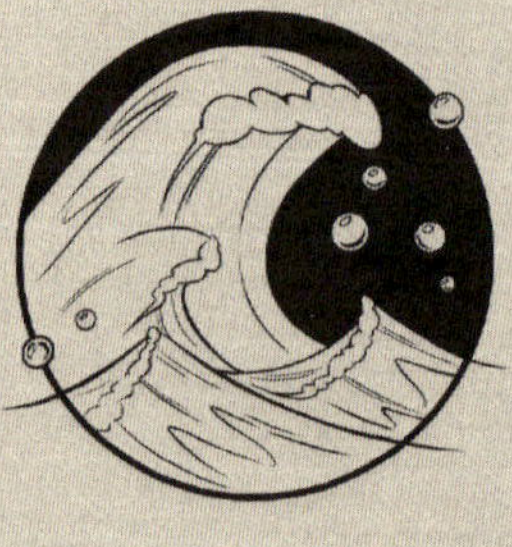

MARZILIS
(5° Reino)
Poderes: Água.
Ponto Forte: Comércio marítimo e pesca.

Locais e Outras Informações

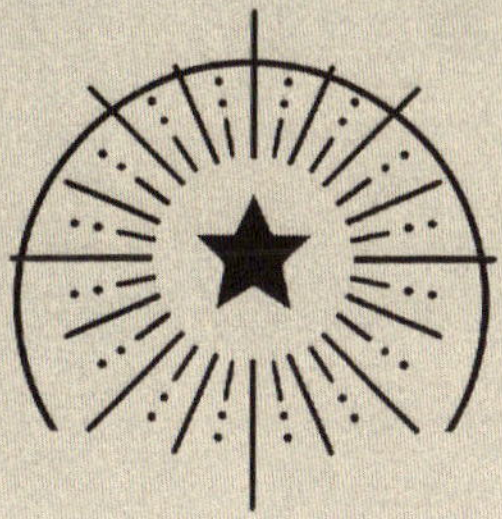

Insula
Continente criador pelos Cinco Deuses Irmãos

A Prisão
Localizada na Montanha

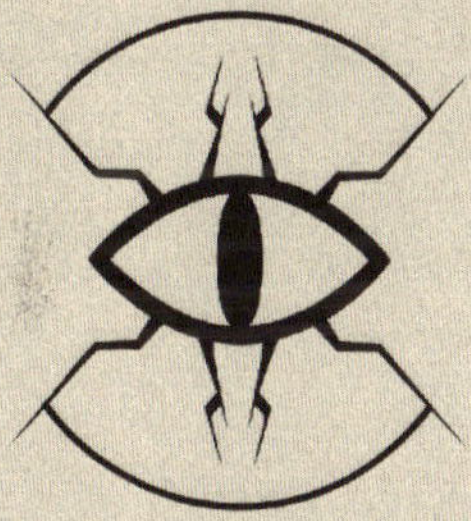

Harakins
Guerreiros Demônios

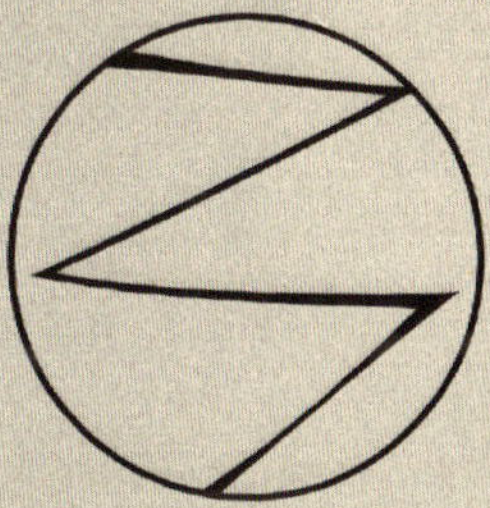

Ruptura
Informação desconhecida

CAPÍTULO 1

A carroça é pequena demais. Sufocante demais.

Por entre as frestas do meu cárcere, consigo ver longas patas pretas e peludas correndo de maneira descontrolada

A noção do tempo escapa e já não sinto mais minhas mãos, tamanha a força com que estão amarradas. Jogaram-me aqui dentro e não falaram mais nada desde então.

Sei para onde estou indo, é claro.

Meu estômago ronca alto e a sede racha meus lábios. Impulsiono meu corpo um pouco para cima, tentando avistar o caminho que percorremos lá fora.

Primeiro, o cheiro de terra molhada me atinge, mas existe algo a mais. Salgado, que faz meu nariz coçar um pouco. Não é um aroma que eu conheça, por isso tenho dificuldade de identificar. Inspiro mais uma vez e percebo que estamos próximo de árvores, isso não poderia ser confundido por mim. Sei muito bem como é o perfume de todas elas. Ou, pelo menos, de uma boa parcela.

Ouço, também, o barulho característico das patas encontrando a lama. O chão parece ensopado, mas não escuto o ressoar das gotas de chuva no teto dessa *coisa* à qual me encontro presa.

Além disso, fica difícil identificar qualquer informação a mais. Está escuro e o pouco espaço entre as rachaduras, somada a velocidade que nos locomovemos, atrapalha minha visão.

Talvez eu possa estar enganada, mas a escuridão penetrou a carruagem por sete vezes. Deduzo, com isso, o tempo em que estamos viajando.

O chão duro faz meus músculos doerem, não consigo ficar de pé por muito tempo. Deixo meu corpo cair de volta quando percebo que é inútil continuar procurando por mais informações.

É importante que eu grave cada mínimo detalhe do caminho que fazemos, afinal será imprescindível no momento em que for voltar para casa. Porque sim, eu vou voltar para casa, isso é apenas uma questão de tempo.

Fecho meus olhos, tentando me concentrar. Preciso continuar repassando na minha cabeça tudo o que consegui juntar até agora.

Foram dois longos dias até sairmos do perímetro central e abandonar os prédios e calçadas asfaltadas. Aratny é um reino maior do que eu imaginava. Bem diferente de Mave, onde a capital é pequena e a maior parte é feita de longas florestas e cidadezinhas interioranas.

Estamos indo para o leste, sei disso porque os raios de sol entram desse lado. Não consegui pregar meus olhos nos primeiros dias – ainda não dormi de verdade –, mas ficou evidente que a direção muda pouco. Depois disso, longos caminhos preenchidos por desertos de pedra e montanhas se tornaram cada vez mais comuns. Não será uma volta fácil, mas eu farei dar certo.

Estou repassando pela quinta vez o trajeto quando a carruagem freia com tudo. Meu ombro quase se desloca ao encontrar a parede. Estrelas pipocam sob meus olhos enquanto tento segurar o braço. É uma tentativa perdida, porque minhas mãos continuam presas uma contra a outra bem abaixo do meu peito. Repouso a testa no chão gelado, grunhindo de raiva. *Calma, Kalina. Respira.* Conto até três e escuto passos pesados do outro lado da parede se aproximando.

A tranca enfim é aberta e a parca luz cega meus olhos acostumados à escuridão.

— Kalina Kaster — diz a pessoa cujo rosto escondido pelas sombras eu mal consigo fitar. — Precisa de ajuda para descer?

Não consigo segurar a risada (que mais parece um ronco) saindo da minha boca.

— Ajuda para descer? — Semicerro os olhos, tentando entender o que está acontecendo. — Você seria gentil a esse ponto? — Empurro meu corpo para cima. A dor volta com tudo e preciso morder a bochecha para não gritar. — Não... — Chego bem perto do homem. Ele tensiona levemente os ombros com a proximidade súbita. Noto que sua pele é negra como a minha, mas que não temos mais nada em comum além disso. — Não preciso de ajuda para descer.

Fico aguardando enquanto ele processa minha resposta. Certamente isso pode ser motivo para mais um tapa em meu rosto. O peso da mão dele contra a minha bochecha é algo costumeiro. Não somente a sua, mas também a do colega que deve estar do outro lado da carruagem, esperando. Os dois malditos não carecem de muita coisa para me usar como saco de pancadas. Eu só preciso ser quem eu sou: *uma pecadora.* Alguém que não está seguindo as leis sagradas de Frederick Denova. O grande Imperador de Insula.

Viver em um mundo assim é viver sob as regras dos Aratnys. E as regras dos Aratnys são como finas cordas nas quais é impossível manter-se equilibrada. Cedo ou tarde você vai escorregar e cair.

A diferença é que eu escolhi a queda.

Dessa vez o homem apenas se afasta de mim, pula para fora da carruagem e pisa na lama, sujando suas botas grossas. O ar úmido beija minhas bochechas e uma leve garoa cai incessante, lavando tudo o que encontra.

Estamos no meio do inverno em Insula, o que deveria significar dias muito secos e noites extremamente geladas. Eu não visitei muitas partes do continente para conseguir saber se é assim em todos os lugares ou somente em Mave. Mas como poderia? Além das gigantescas muralhas levantadas para separar os reinos, você precisa de uma autorização por escrito do governo para isso.

Antes de sair da carruagem, olho demoradamente ao meu redor.

O manto da noite cai, mas as estrelas no céu estão fazendo o seu trabalho como pequenas lâmpadas iluminando o que podem. Com isso, fica mais fácil avistar o longo caminho pelo qual viemos. É uma estrada de chão batido contornada por dois paredões de natureza verde. As árvores trilham a única direção possível de seguir durante bons quilômetros. Elas são altas e imponentes.

Estrondos ritmados começam a mexer com minha audição. São chiados e explodem de tempos em tempos. O cheiro de sal fica ainda mais forte e gruda até mesmo nos cílios.

— Onde estamos? — pergunto, mesmo sabendo que o soldado não vai me responder.

— Desça, *prisioneira.* — O homem demora na última palavra, saboreando-a como um líquido doce em seus lábios. O poder de um aratnyano sendo evidenciado apenas no tom de sua voz.

Babaquinha venenoso. Guardo meu pensamento apenas para mim.

Pulo com mais força do que precisava, fazendo respingar grossas gotas de lama nas vestes do guarda.

— Me perdoe... — Baixo meu rosto instintivamente, primeiro porque não sei se o tapa virá dessa vez. Mas, também, porque preciso segurar com força o sorriso que teima em despontar dos meus lábios.

Ele solta um pequeno grunhido em resposta. O lapso de educação, que foi apenas o mínimo, é totalmente esquecido pelo homem. Agarra meu braço com força, puxando-me para longe da carruagem.

Tropeço em meus pés e miro de relance onde estive enclausurada por sete longos dias. É nesse momento que posso observar melhor a gigantesca aranha que serve de locomoção. Nas suas costas está o caixote, onde antes eu estava. O aparato se mantém preso por ferragens, transformando o bicho num verdadeiro transporte.

A aranha, com suas longas patas, espera obediente na chuva fraca.

Não é segredo que esses seres asquerosos fazem parte da vida em Aratny. Desde a criação do reino, com seu Deus meio homem meio aranha, até os dias atuais. Utilizam-nos para tudo, até mesmo como bichinhos de estimação. O arrepio sobe pela minha espinha ao me imaginar dormindo com uma dessas coisas sob meus pés.

— Qual é o motivo da demora, oficial? — O outro guarda marcha em nossa direção. Ele é bem mais baixo do que o homem ao meu lado, mas seu corpo chama atenção pelos músculos.

Deixo meus olhos percorrerem a forma como ele veste o uniforme característico da guarda aratnyana. O tecido que cobre seu corpo é de um verde profundo. As calças são justas e uma jaqueta com caimento reto cobre seu busto. A frente é cruzada em X por duas faixas pretas. A gola alta completa o visual escondendo a pele de seu pescoço. Não preciso nem tocar para saber que o material é grosso e resistente. Tenho dificuldade para enxergar a cor de seus cabelos porque os fios estão escondidos em um capacete redondo. No acessório, se encontra a insígnia de oito patas com uma pedra preta no miolo. — Estamos atrasados, o tenente não vai gostar disso.

— Essa aqui gosta de ser engraçadinha… — O guarda *educadinho* me empurra para a frente. — Mas já resolvi.

— Se ela falar demais, corte a língua. — Quando o outro oficial diz a frase, abre um sorriso preguiçoso e cheio de dentes. Ele passeia pelo meu corpo com os olhos e sinto vontade de arrancá-los com minhas unhas. — Será uma pena. Imagine o que ela não poderia fazer, não é?

Os dois gargalham e volto meus olhos para o chão. Se eles acham que vão tocar em mim além dos socos e chutes, estão extremamente errados. Comentam mais uma coisa ou outra, mas estou ocupada demais me preparando para socar o meio de suas pernas e correr.

— Vamos, o caminho é longo.

O guarda número um me empurra de novo, afastando-nos da *aranha-transporte.* Como assim? Irremos continuar o caminho andando?

— Para onde estão me levando? — Coloco um tom de súplica nas palavras e as odeio imediatamente. Mas sei que é dessa forma que posso ganhar algum tipo de informação.

Os homens continuam me direcionando para a frente e eu vejo, em meio às árvores, um caminho alternativo. Claramente foi construído para pessoas percorrerem, mas não é grande o suficiente para uma aranha daquele porte cruzar.

Eles se mantêm em silêncio e me ignoram. Suplico mais uma vez e outra e mais outra. As mãos do guarda ao redor do meu braço se apertam. Sua paciência está acabando. Não confio nos dois e a ansiedade começa a ativar memórias que não quero lembrar agora.

— Por que estamos indo por esse caminho? — Tento me desvencilhar inconscientemente, mas o guarda número dois avança e solta um tapa em meu rosto. Mordo meus lábios ao sentir o sangue escorrendo por eles.

— Você não entendeu ainda? — Ele ri, carregado de deboche. Encaro-o por entre os cachos do meu cabelo.

Em outra vida eu teria destruído esse homenzinho ridículo. Seria fácil arrancar seus dentes com três socos e obrigá-lo a implorar por misericórdia. Seria estupidamente fácil. Mas essa vida está muito longe agora. Mentalizo o motivo que me trouxe até aqui. Obrigo-me a respirar e aceito o tapa, assim como toda a humilhação que estou passando. Mas não consigo deixar de empinar meu queixo um pouco, ficando maior em altura que ele.

— Você chegou ao seu destino, *bonitinha.*

Poucas coisas já fizeram o meu coração perder o controle de suas batidas. Escutar que estava próximo daquele maldito lugar é uma delas.

O soldado ao meu lado se aproxima e murmura no meu ouvido:

— Você chegou à prisão de Insula. — Ele segura meu queixo com força e empurra meu rosto para cima. Por entre o topo das árvores, quando as folhas quase conseguem tocar o céu pincelado por nuvens raivosas, eu a via.

Não percebi antes por causa da névoa que a encobre, mas agora seu assombroso tamanho desperta como um rugido em meus ouvidos. Esqueço momentaneamente como se respira, e a mão do guarda me ampara um pouco quando meus joelhos falham.

— Bem-vinda à Montanha, Kalina Kaster. Que seus pesadelos se tornem realidade.

"Você quer ser presa, Kalina?"

A pergunta foi repetida centenas de vezes antes de tudo acontecer e chegar até aqui.

"A gente pode dar um jeito. Existem outras opções."

Não existem.

Foi por isso que naquela manhã, uma semana atrás, cometi um crime arquitetado. O resultado foi o que eu desejava: ser sentenciada à prisão de Insula.

Só vou resolver meu problema estando lá dentro. E eu *vou* resolver o meu problema.

Não consigo tirar meus olhos do topo das árvores, procurando um pouco mais da visão da Montanha. A névoa foi embora e levou consigo o segredo que guardava. Agora, a gigantesca rocha se apresenta como dona de tudo, inclusive do meu destino. É difícil, de onde estamos, perceber quanto tempo falta para chegarmos até ela. Ainda mais por estar rodeada de um breu completo.

A fisgada atrás do pescoço volta a incomodar e me torno consciente do dispositivo que foi introduzido na pele. Nos primeiros dias desde que fui presa, a dor se tornou insuportável. Minha pele queimava e eu não conseguia segurar os gritos na garganta. Era o veneno aratnyano percorrendo meu sangue e apagando pouco a pouco meus poderes. Os miseráveis jamais conseguiriam conter os prisioneiros se não os dopassem com suas toxinas.

O golpe de Estado foi dado há mais de trinta anos em Insula, e desde então perdemos a liberdade de sermos quem somos.

Fora da prisão, seguimos obrigados a conter a utilização dos poderes através do limite estipulado pelas leis governamentais. Somos liberados apenas a usar uma porcentagem para finalidades profissionais ou designados expressamente pelos oficiais aratnyanos. Qualquer morador dos cinco reinos que for pego utilizando-os fora desses momentos é punido em diversos níveis.

Aqueles que são presos passam pelo apagamento total com o veneno correndo por suas veias. É como retirar uma parte importante que nos pertence. Isso mexe com a sua cabeça, te deixa vulnerável. É como eu me sinto em alguns momentos.

Às vezes, me pego fechando os olhos e chamando pela gostosa queimação que começa bem lá no fundo do meu peito. Só que ela não vem mais. Está adormecida e não parece que vai voltar tão cedo. Vou precisar resolver esse problema depois que sair da montanha. Só não sei ainda bem como.

Quando a fisgada se acalma atrás do meu pescoço, me torno consciente do olhar do militar aratnyano em mim. Ele está me encarando fixamente, uma pergunta na ponta da língua.

— O que foi? — Tento ser o mais meiga possível. Jogo com as peças que tenho nas minhas mãos agora.

Ele leva alguns segundos para falar. Parece estar ponderando algo dentro de si, mas não se aguenta.

— Eu preciso perguntar… — o guarda de pele escura começa.

Claro que ele precisa perguntar.

Observa de soslaio o outro soldado que está um pouco mais à frente agora. O homem se aproxima e sussurra.

— O palácio da família real? Você realmente acreditou que conseguiria chegar até o fim?

Encaro meus pés. O cascalho quase seco aqui, seguro pela copa das árvores acima.

— O que você acha? — Abro um sorrisinho inocente. — Talvez eu só quisesse dar um oi.

— E a adaga na sua mão era um presente para o Imperador Supremo? — Ri com deboche e depois puxa meu braço, fazendo-me tropeçar. — Fale logo, estou curioso.

Não respondo. Ele quer que eu faça a confissão mais uma vez? Minhas costelas ainda sentem a dor dos socos e chutes que recebi naquela manhã, logo após ser pega pelos guardas dentro do palácio. O que nem esse maldito guarda ou os outros sabem é que eu *quis* ser pega. O ego inflado os cegava.

Mas, talvez, nem todos eles.

Por um milésimo de segundos, vi no olhar do homem mais poderoso de Aratny, compreensão. Enquanto estava no chão, sufocando com o veneno, algo brilhou em seus olhos.

De alguma forma, decidiu me enviar para cá. Então, o plano seguia de acordo.

— Estamos quase chegando.

O guarda número dois se vira para nós e percebe que estamos cochichando. Ele une as sobrancelhas e franze o cenho enquanto o guarda ao meu lado volta a me ignorar.

Presto mais atenção no caminho à frente. Ao longe, uma abertura começa a brotar em meio às árvores e noto pequenos focos de luz. São esverdeados e brilhantes. A ponta da Montanha rompe a paisagem e ao seu lado ondas que eu só vi até então nos livros e fotografias quebram-se na areia.

É lindo.

É assustador.

Bile sobe pela minha garganta e meu coração se descompassa. Ordeno que ele se acalme, mas talvez isso só piore as coisas.

Eu vou realmente fazer isso?

Minhas mãos me traem e tremem. Aperto-as o máximo que posso. Não quero demonstrar o que corre pelas minhas veias. Um medo que nasce pela prisão, é claro, mas, principalmente, de falhar. Isso me corrói de dentro para fora.

Conforme a abertura se torna mais nítida, consigo enxergar o portal da montanha. É enorme, como tudo nesse lugar. Esculpido na pedra, o símbolo de oito patas escorre até ao chão. A entrada é iluminada por tochas. A verdadeira bocarra dos pesadelos.

— Pode começar a suplicar. — O oficial número dois abre aquele sorrisinho imundo. — Gosto quando vocês suplicam. — Ele nos obriga a parar.

O barulho das ondas é ensurdecedor. Noto que era esse chiado que eu escutei antes.

— Quando vocês suplicam, quase faz a viagem até aqui valer a pena... — o outro responde ao meu lado.

Mordo os lábios para não soltar o que está preso na minha garganta nesse momento. Permito-me olhar para as ondas. Não sei quando irei vê-las novamente e isso me deixa triste.

— Ela pode não suplicar agora, mas quando ver os Cães de Caça, com certeza vai.

Um estrondo faz meus ossos vibrarem e não é o barulho das ondas.

— Cães de Caça? — Sei que ele falou essas três palavras por um motivo e vou morder a isca, por ora.

Os dois guardas me encaram devagar. Estão adorando o joguete que criam. A tortura é sua vitamina diária.

— Eles vivem lá em cima. — O homem mais afastado aponta seu dedo indicador para o alto. — Em breve vai conhecê-los.

Ponho minha atenção uma última vez nas ondas. Respiro fundo, gostando do sal que o mar entrega a cada lufada de ar. Quando encaro o topo da Montanha, minhas mãos gelam.

Bem lá em cima, na ponta imponente, ergue-se um castelo. Antes que eu possa piscar, um relâmpago cruza o céu e a chuva começa.

CAPÍTULO 2

Eu tinha seis anos quando escutei pela primeira vez a *história*. Ainda me lembro de segurar firme a mão mais próxima procurando por apoio. O medo escalou através dos dedos do meu pé e foi aos poucos lambendo a minha pele. As senhoras da vila onde morei em Mave não se importavam de assustar as pequenas criancinhas.

"É para o bem delas. Precisam saber o que acontece lá."

Foi assim que os demônios começaram a aparecer nos meus pesadelos. Nos pesadelos de todos nós. Dizem que a Montanha é a porta escancarada para *O Outro Lado*. Um lugar que não fica exatamente na nossa dimensão, mas que encontrou uma forma de chegar bem perto. Discorrem sobre seres que espreitam na escuridão, bebem do nosso sangue e se alimentam da nossa carne.

É claro que isso tudo se tornou lenda. Eram apenas fábulas para assustar os mais jovens e fazê-los se comportarem.

"Não desobedeça ou você vai para a Prisão de Insula."

Então, você cresce e se esquece dos contos de terror. Ou deveria esquecer.

No entanto, quando piso pela primeira vez aqui dentro, todo o tormento volta como um banho gelado que faz meus dentes tremerem.

O ar é diferente. Os pelos do meu braço estão arrepiados desde que cruzamos a entrada do local e uma pressão estranha incomoda minha cabeça. Preciso puxar com mais força a respiração e o zumbido em meu ouvido não para. É indiscutível que a Montanha tem uma energia. Algo que sobe nos seus ombros e fica cochichando dentro da sua mente.

O imenso corredor amplia o som das botas dos soldados. Somos só nós três durante muito tempo, até que a mão de um deles encosta em um sistema tecnológico preso à parede. Em Mave não é possível encontrar tamanha tecnologia, e suspeito que em nenhum dos outros reinos além de Aratny. As muralhas ao redor de Frederick Denova guardam o avanço da ciência apenas para si. É uma de suas maiores armas.

E ele a usa constantemente contra seus inimigos.

O código é digitado rapidamente enquanto o líquido desliza na tela, formando números e palavras. Consigo captar apenas a primeira sequência, mas o corpo do oficial esconde o resto. As portas de aço abrem-se lentamente e um novo mundo se revela para mim.

Estamos na base.

A rocha escura está por todos os lados. Pelo chão e através das paredes. Divide espaço com lâmpadas imensas que queimam em verde e divisórias de ferro. Soldados caminham para lá e para cá em uma cacofonia de sons.

— Cuidado! — a voz feminina grave grita do outro lado do salão e uma aranha (quase do meu tamanho) passa correndo enquanto carrega caixas em suas costas.

No sentido contrário, um grupo maior de pessoas está enfileirado. Os soldados seguram pranchetas e os analisam minuciosamente. Outros empunham bastões e lâminas com orgulho, assustando os pobres coitados. Os guardas me levam para essa direção.

Giro meu pescoço, procurando por saídas. Vai ser bem difícil passar despercebida por aqui, só não posso deixar isso me atrapalhar agora. Preciso ser efetiva e continuar colocando o plano em prática.

A primeira parte foi concluída, estou aqui dentro. Agora começa o segundo capítulo.

Aquele onde encontro o que vim buscar.

— Tenente Ruel — o guarda número um pronuncia, levanta a mão livre e toca a insígnia em seu capacete. Ele se desvia do amontoado de pessoas e me leva para um canto mais afastado. Tem um homem alto e corpulento encarando alguns documentos.

Tenente Ruel... Ele parece importante.

Não me limito a esquadrinhar seu corpo esguio e forte, o tipo de corpo que faria qualquer pessoa de qualquer maldito reino salivar. A barba está por fazer e o tom de seu cabelo é escuro. Pelo menos é o que eu consigo ver por baixo do quepe. A insígnia de oito patas é diferente, com um cristal vermelho. O uniforme também. No lugar da faixa em X, botões prateados descem por toda a costura frontal.

— Diga. — Ele nem ao menos olha para o homem ao meu lado. Está focado nos dados impressos no papel, as sobrancelhas grossas e escuras levemente enrugadas.

— Trouxemos a prisioneira. — Dessa vez quem responde é o guarda número dois, o baixinho.

O tenente não diz nada, está guardando o ar em seus pulmões. A conversa toda parece muito tediosa para ele.

— A que invadiu o palácio... — o oficial ao meu lado complementa.

As pálpebras do homem importante tremem de maneira quase imperceptível. Ele levanta os olhos (verdes, que surpresa...), emoldurados por longos cílios, e me observa por cima dos documentos nas mãos.

Escondo o rosto em meio aos cachos do cabelo. Quero passar a imagem de uma garota submissa, alguém à qual ele não precisará dedicar atenção por muito tempo. Quero que me ache insignificante. Apenas mais uma entre tantas que já invadiram o palácio atrás de comida e suplicando por condições melhores para o Imperador.

Dedos gelados seguram meu queixo e empinam meu rosto para cima. O tenente está me encarando enquanto gira minha face para lá e para cá. O aperto machuca, mas não tento me desvencilhar. Preciso permanecer como a personagem que criei, mas começo a perceber que isso não será tão fácil.

Ele me solta bruscamente e volta a analisar os papéis em sua mão.

— Vamos acompanhá-la até as celas. — O guarda número dois adianta-se e faz sinal de sentido. Ele me puxa como um saco de batatas. Cerro os dentes, porque talvez seja mesmo muito difícil manter a personagem.

— Não — o tenente fala baixo com voz rouca. Não precisa levantar o tom para ser ouvido. Sinto na minha pele o poder que exerce sobre qualquer um dos guardas. Em Insula, os animais mais belos escondem os piores venenos, e certamente estamos frente a uma espécie notável e perigosa. — Vocês não vão levá-la para as celas agora. — O comandante gira seu pescoço para trás, levanta o dedo e rapidamente outro aratnyano se aproxima.

A pele marrom-avermelhada do jovem é como o pôr do sol em dias quentes de verão. Os cabelos extremamente pretos e lisos travam uma batalha contra seus olhos.

— Tenente. — O novato segue o mesmo protocolo ao tocar a insígnia.

Algo nele me parece familiar, não sei bem se é o formato avantajado de seu nariz ou os olhos grandes e redondos ligeiramente arregalados. Imagino-o como um garotinho buscando aprovação.

— Oficial Mig, acompanhe os soldados Markus e Danish até o Salão do Expurgo. — Ruel me encara por apenas alguns segundos antes de voltar aos dados em suas mãos. — A diretora Ravenna vai falar com a prisioneira.

O quê? Quem é Ravenna?

— Sim, tenente. — O garoto acata a ordem sem discussão.

Consigo sentir o cheiro submisso vindo dele e isso, por um momento, toma minha atenção. É uma carta a ser usada? Anoto mentalmente seu nome e guardo dentro da caixinha de opções.

Ele avança rápido até estar na minha frente, cruza o olhar e desvia no mesmo instante, retornando para os homens ao meu lado. Indica com a mão o sentido que devemos ir e avança. Alguma coisa no meio de suas sobrancelhas enrugadas me diz que não está muito feliz em receber essa missão.

Nosso destino se encontra em uma escadaria larga no canto esquerdo do ambiente. Existe outra igual no canto direito. As duas desembocam em um segundo andar cheio de corredores. Quando estamos no último degrau, olho por cima do ombro para o tenente e encontro suas íris verdes fixadas em mim.

— Quer dizer que agora você recebe responsabilidades? — A conversa começa assim que desaparecemos em meio a um longo corredor cinza. O veneno escorre pelas palavras do oficial número dois, Danish, como foi chamado anteriormente. — Achei que o tenente nem soubesse que você existia — debocha olhando para o colega que o segue. — Por qual motivo a diretora está no Salão do Expurgo?

O militar de pele marrom avermelhada segue adiante em passos rápidos. Parece ter a minha altura, não mais do que um metro e setenta, mas a forma como curva os ombros o deixa menor. A mão puxa o uniforme vez ou outra para baixo, como um tique-nervoso.

Às vezes gira o rosto somente um pouco para trás, verificando se estamos acompanhando seu passo.

— Hoje é dia de batalha — Mig responde. Coça o canto da orelha enquanto se vira para trás novamente. Nossos olhares se cruzam algumas vezes, mas em todas ele desvia o seu antes de mim.

— Dia de sorte, *bonitinha*. — Danish, o de pele clara, quase funga no meu pescoço ao dizer isso. — Quem sabe você participe...

Afasto meu rosto do idiota e isso arranca risadas dos oficiais ao meu lado. Mig confere por cima do ombro e balança levemente a cabeça em negativa. Markus, o guarda número um, parece notar.

— Cadê seu namorado? — pergunta para Mig. Os ombros do garoto se retesam e ele tropeça nos pés.

Esse simples ato arranca mais risadas dos dois idiotas.

— Ficou nervosinho? — Danish incomoda o garoto.

— Eu não tenho namorado — ele responde, ríspido. Não consigo ver seu rosto, porque desde que ele se tornou o assunto, o garoto não voltou a olhar para trás.

— Mas queria, não é? — Markus continua. Quase sinto pena do garoto na minha frente, mas não me importo de o foco ter sido tirado de mim, por ora. — Acho que o problema é que *ele* não quer, né?

Mig trava a caminhada e enrijece os ombros rapidamente. Vira o rosto para trás com olhos arregalados, verificando se outras pessoas escutaram o que foi dito. As bochechas estão muito vermelhas. Muito vermelhas mesmo.

Isso vai ser interessante...

— Por que vocês não calam a boca? — Mig dispara as palavras e logo em seguida parece se arrepender. Ele engole em seco e endireita a postura.

Danish bufa. Depois, abre um sorriso e estala a língua. Sinto o ar arrepiar os fios dos meus braços quando lentamente o guarda avança até Mig com as duas mãos atrás do corpo. É quase menor em altura que o garoto, mas não parece se importar.

— O que você falou?

A cor some um pouco das bochechas de Mig, mas ele se mantém confrontando-o. Por um milésimo de segundos desvia o olhar para mim.

— Você ouviu... — O novato encara Danish, mas as mãos tremem um pouquinho.

— Você não quer arrumar briga comigo. — O guarda chega ainda mais perto, os narizes quase se tocando. — É melhor colocar o rabinho entre as pernas e voltar a andar.

O garoto fecha a cara. Algo o incomoda profundamente. Não é mais medo que preenche seu semblante, mas algo parecido com fúria cruza o cenho. Tudo acontece muito rápido e acaba mais rápido ainda. Mig se afasta do oficial venenoso e volta a caminhar.

Risadinhas carregadas de deboche preenchem o ambiente. Preciso morder minha língua para não soltar o comentário que tenho sobre *o rabo* do maldito soldado ao meu lado.

Fique quieta, Kalina. Você não precisa defender esse garoto. Você nem o conhece.

Só que não deixo de notar a forma como os ombros dele estão caídos. Como ele caminha com a cabeça um pouco abaixada agora.

Ignore, Kalina...

Conforme dobramos algumas esquinas e avançamos por corredores mais iluminados, telas enormes começam a decorar as paredes brancas. São painéis de última geração. Obra assinada pelos cientistas de Frederick Denova através da composição das toxinas. Mais um artigo de luxo proibido para o restante da população, mas exposto em cada ponto governamental da cidade. Já decorei as falas das propagandas obrigatórias em nossas escolas e comércios.

Pela mão soberana dos Cinco Deuses Irmãos, os Denova serão nossa salvação.

O rosto de Frederick aparece preenchendo a tela inteira e seus óculos redondos minúsculos brilham enquanto discursa orgulhoso sobre honra e pecado. As lentes prateadas escondem os olhos que encarei há mais de uma semana, que me fitaram enquanto sufocava no chão do palácio. Ao final do discurso, abre o sorriso sanguinário de quem sentencia a vida dos habitantes de Insula há mais de 30 anos. E, mesmo assim, continua saindo impune.

É uma lavagem cerebral escancarada. Só idiotas caem nisso — e fico assustada com quantos idiotas existem no mundo.

Começo a ver o fim do corredor selado por duas portas largas de aço. Mig se adianta e insere um código rápido, assim como feito pelo soldado mais cedo. As portas se abrem devagar, revelando uma caixa metálica. O carpete verde-escuro preenche chão, paredes e teto. Mig segura uma grossa alavanca no canto da porta e a abaixa depois que estamos lá dentro. A caixa começa a tremer e lentamente a subir.

O espaço é suficiente para umas dez pessoas, mas Danish e Markus continuam grudados em mim, bufando a pesada respiração em meus cabelos.

O metal range conforme subimos de nível. Percebo as chamas verdes que lambem por dentro das lâmpadas adicionadas nos quatro cantos do ambiente.

Quando sinto o solavanco sob meus pés, sei que chegamos ao nosso destino.

Saindo da grande caixa de metal, seguro o ar por alguns segundos ao avistar as gigantescas portas brancas que guardam o *Salão do Expurgo*. O nome está entalhado em uma grande placa no topo. Tento buscar algum conhecimento sobre o lugar na minha mente, mas lembro dos poucos comentários. Mesmo gastando muito dinheiro para fazer as pesquisas necessárias sobre a prisão antes de entrar aqui, nem tudo foi revelado para mim. As informações eram sempre muito caras e muitas não eram verdadeiras. Sei que os prisioneiros pagam por seus *pecados* dentro da Montanha. Uma das formas de nos responsabilizar pelos "erros" que cometemos contra os Cinco Deuses Irmãos. Tudo isso de acordo com as leis aratnyanas, impostas por Frederick Denova.

O pensamento explode dentro de mim. *E se... Eu a encontrar agora?* Meu coração se descompassa e o suor gelado escorre pelas minhas costas. *Quem sabe ela possa estar atrás dessas portas.* Meus pés quase não me obedecem, tamanha minha ansiedade.

Só percebo as muralhas se abrindo quando a luz do salão penetra o corredor.

Primeiro tem a multidão de corpos. Todos usando trapos brancos, um tipo de camiseta e calça solta. Os pés estão descalços contra o piso frio e absolutamente todos olham fixamente para a frente. As filas são rigidamente organizadas por soldados que empunham bastões escuros e pincelam o branco do lugar com o verde do uniforme.

Os três oficiais aratnyanos avançam comigo pela lateral do salão, carregando-me cada vez mais para a frente. Isso chama a atenção de uma pessoa ou outra, mas a rigidez de seus ombros continua direcionada para a atração principal.

Acima de um belo palanque, encontra-se uma mulher. A voz ecoa por todos os lugares enquanto as mãos gesticulam ativamente. Entendo somente algumas palavras soltas.

Essa deve ser Ravenna, não é?

Pouco me importo com isso agora, porque vejo a multidão de prisioneiros e quase posso sentir que *ela* realmente está entre eles. Só preciso encontrá-la.

Examino repetidas vezes as fileiras de pessoas. São cabelos de tons que não são dela. Olhos que não me veem de verdade. Meu coração está muito acelerado e pode até me trair. *E se não estiver aqui?* Deixo que meu corpo seja levado pelos guardas imundos. Conforme avançamos para a frente do salão, minhas esperanças fraquejam. A montanha é gigantesca e ela pode estar em qualquer lugar. É apenas o primeiro dia, ainda existe tempo. Não devo deixar o pânico me consumir apenas porque não a vi em meio aos prisioneiros no salão, certo?

O desespero toma conta de mim mesmo assim. Minha respiração acelera no peito e meus olhos perdem o controle. Os corpos transformam-se em borrões, mas presto atenção em cada pele, cada rosto, cada forma... Até que tudo congela.

Porque, de repente, eu a encontro.

Quase não a reconheci. Está tão diferente. Mesmo de longe posso ver que sua pele está opaca, e as olheiras embaixo de seus olhos, profundas e escuras. Os trapos parecem grandes demais para um corpo que um dia já foi esguio e forte. Ela parece escutar meus pensamentos, porque seus olhos se encontram com os meus.

Te achei.

Inconscientemente tento me desvencilhar dos guardas, mas eles me apertam com força. A vontade de correr até ela e agarrar seus ombros, pedir perdão e tirá-la daqui me consome.

Eu senti tanto a falta dela. Foram dias angustiantes sem pregar os olhos pensando no que estaria acontecendo aqui dentro. Se estaria bem. Se estaria viva.

Todo o meu corpo começa a tremer involuntariamente. Respiro fundo e tento manter o controle sobre meus ossos.

Volto meus olhos para a mulher no meio da multidão. Os vincos em sua testa estão muito aparentes. Espreme os olhos na minha direção e o semblante de surpresa desponta em seu rosto. Não parece nada bem e isso parte meu coração. Quero gritar e acabar com a raça de cada um aqui dentro.

O tremor aumenta cada vez mais e noto que não vem exatamente de mim, mas do outro lado do salão. A enorme parede branca começa a se dividir. Aos poucos revela um segredo que somente a Montanha pode guardar.

Escondido, bem no meio do coração da prisão, está o verdadeiro pesadelo.

Onde ratos, como nós, fogem de gatos como eles.

Estamos em frente a um labirinto.

Capítulo 3

Dois meses atrás

A kukri em minha mão perfura a carne em estocadas rápidas.

O sangue desliza pelos dedos e, a cada gotejar, torno-me irrefreável. A voz aguda grita "*Kalina!*", mas eu a ignoro. Preciso acabar com a existência *dele*. Chegar até o osso e parti-lo. Desfazer em farelos e jogar as partículas ao ar, eliminando qualquer chance de se recompor.

— *Kalina!* — ela persiste aturdida.

A lâmina quase se parte, tamanha é a força que coloco nela. Não me importo que ele tenha parado de lutar há vários minutos e que os grunhidos tenham silenciado. Meu único combustível é a certeza de que eu não posso voltar atrás.

Não outra vez.

Escuto o último suspiro de vida abandonar o corpo quando o grito da garota explode.

A pancada vem logo em seguida.

— *Kalina!*

Desperto.

— Kalina, acorda! — a voz familiar berra por trás da porta do meu quarto. Escuto as batidas esmurrando a madeira branca. — Que diabos… *Esse sono pesado*!

Os lençóis caem pelo chão e seguro o grunhido que começa a se formar na minha garganta. Só o ser mais insistente na face deste reino conseguiria me tirar da cama.

Deslizo meus olhos cansados pelo reflexo do espelho que cobre toda a parede. As tranças que fiz antes de me deitar, na noite passada, continuam inteiras, mesmo que alguns cachos tenham escapado. Não tive muita paciência para fazer o penteado, meus músculos estavam doendo e tudo o que fiz foi tomar um banho rápido e retirar o uniforme sujo.

As batidas perseverantes desencadeiam o mau humor que eu não gostaria de ter logo pela manhã.

Talvez eu mate a garota do outro lado da porta. Definitivamente vou matá-la.

— Ka… — A primeira sílaba do meu nome começa a ser dita, mas sou mais rápida.

Escancaro a porta e franzo a testa para o ser barulhento logo à frente. Está com o punho esticado no ar, pronta para esmurrá-la mais uma vez. A lateral de sua cabeça está decorada com finas tranças e os fios compridos e claros de seu cabelo caem pelas costas em cascata.

— Me diga que o mundo está acabando, Ehrika. — Coloco o aviso em cada palavra que digo por entre os dentes. — Apenas isso vai ser motivo para eu não arrancar a sua cabeça agora.

O violeta de seus olhos se ilumina, assim como o sorriso que toma todo o rosto. A maldita não percebe (ou ignora) meu mau humor, porque saltita assim que me vê. Em poucos segundos suas mãos estão em meus ombros, direcionando-me para dentro do quarto. Ela empurra a porta com o pé e espera pacientemente que a abertura se feche. Assim que o clique da tranca soa, Ehrika começa a falar.

— Safiny quer arrancar seu couro! — Sua bunda já está no tapete cor creme. Ela estica as longas pernas e tenta tocar a ponta dos pés com os dedos da mão. Ehrika é irritantemente matinal e o mínimo gesto de energia dela me deixa cansada.

Que horas são? Nove da manhã? Impossível ser feliz numa hora dessas, ainda mais fazendo alongamento!

— E quando ela não quer? — Bocejo e transfiro toda a minha atenção para o guarda-roupa cinza-claro. Abro as duas portas e vasculho por roupas confortáveis. Quando não estou trabalhando, gosto de usar tecidos macios e leves. Já basta ter que usar o uniforme duro e apertado durante as missões. Depois de ontem, *definitivamente* vou tirar o dia de folga. — Ela disse qual o motivo dessa vez?

— Kalina, Kalina... — Ehrika cantarola meu nome duas vezes. — O homem perdeu quase todos os dentes da boca e você ainda pergunta o motivo?

Fecho meus olhos, porque sei que estou completamente ferrada. O silêncio perdura pelo quarto durante alguns segundos, até que viro meu rosto para Ehrika e abro um olho.

Ela está com as duas mãos esticadas atrás do corpo e posso ver que seus lábios estão tremendo. A ordinária está doida para rir. Deixo escapar a primeira risada e isso é motivo o suficiente para ela se jogar contra o tapete. Ehrika segura a barriga em um acesso de riso e a imagem deixa a situação ainda mais engraçada.

— Pela *Deusa de Mave*! — Levanta o pescoço rapidamente e me encara, tentando ser séria. — Quanto tempo levou para ele começar a chorar?

Espero alguns segundos para responder, fingindo estar pensando na resposta.

— Menos de três minutos — digo orgulhosa.

— Kalina! — Ehrika gira para o lado e enfia o rosto no carpete enquanto ri.

O tecido confortável encontra minha pele assim que visto-o. Fecho as portas do guarda-roupa e desabo ao lado da garota. Abraço minhas pernas e encosto a cabeça contra a parede.

— Escuta aqui, eu não tenho culpa se as raízes dos dentes dele estavam podres e caíram como laranjas maduras no chão! — Ehrika continua rolando pelo tapete e me arranca mais uma parcela de risadas. — E, para finalizar minha defesa... — Deito-me ao lado dela e sussurro. — A esposa do homem pagou muito bem. O triplo do valor.

Ehrika emerge com uma expressão chocada.

— O triplo?

— O triplo!

Ela parece aceitar minha desculpa, porque se joga no chão e olha para o teto. Faço o mesmo. Existem algumas estrelas coladas lá em cima e ficamos olhando para elas. É uma coisa que fazemos muito.

— Minha morte vai ser rápida ou dolorosa? — questiono baixinho.

— Safiny quer arrancar sua pele lentamente, colar tudo outra vez e repetir o processo.

Escondo o rosto com as mãos e solto um resmungo. Existe um gigantesco problema me aguardando no primeiro andar da casa.

— Você tem sorte por ela ser sua mãe, Kali.

— Ehrika, estou ferrada *porque* ela é minha mãe. — Ergo meu busto e volto a me sentar.

A garota ao meu lado impulsiona o corpo para cima e fica de pé. Estica a mão para que eu me levante também. Não gosto do rumo que está tomando e a irritação aumenta quando ela segura a maçaneta da porta. Em um gesto teatral, Ehrika mostra o caminho para que eu vá na frente.

— Definitivamente depois de você.

— E eu achando que você era minha melhor amiga — rosno enquanto passo pela porta do quarto.

O piso amadeirado sob meus pés está gelado e a decoração colorida dá dor de cabeça. A parte de cima da residência é voltada para os quartos e banheiro dos moradores, mas não é muito grande. Por isso, não levo muito tempo até chegar ao início da escada. Respiro fundo porque sei que assim que começar a descer os degraus, vou encontrar um furacão me esperando.

Ehrika faz sinal com a mão, encorajando-me, e semicerro meus olhos para ela. A garota some para o lado contrário do corredor enquanto segura as risadas na boca.

Bem no meio da sala, de costas para mim, está Safiny Kaster, mais conhecida como minha mãe. Não consigo ver a expressão no seu rosto, mas parece estar com os olhos fixos na lareira. Usa roxo, o que não é um bom sinal. Ela sempre usa roxo nos seus piores dias.

Delicadamente, começo a colocar meu pé no primeiro degrau. Tento ser o mais silenciosa possível, mas nunca dá certo perto de Safiny Kaster.

— Chegou aos meus ouvidos, Kalina, que o Barão Central de Mave foi atacado ontem. — Minha mãe levanta a mão (ainda de costas) e começa a analisar as esculturas de pássaros repousadas na pequena estante acima da lareira. — Imagine que esquisito. Estava saindo de uma casa de jogos bem famosa no centro da cidade. *O Armazém do Espólio*, acredito que você conheça. — Repousa a escultura de um Bengali-Vermelho e lentamente vira o corpo em minha direção. Quando os olhos cor de sândalo me escrutinam, tomo coragem para descer os degraus até estar no mesmo andar que ela.

Certo, então mamãe ainda não sabe que fui eu. Calma. Podemos resolver isso.

Caminho até as poltronas confortáveis e procuro pela longa *chaise* amarela.

— Que terrível. E como ele está?

Ela aperta os olhos do mesmo jeito que eu faço.

— O homem acordou em casa, felizmente, mas disse às autoridades que a última coisa que viu foi… uma garota. — Mamãe toca uma trança inconscientemente, ela gosta de fazer isso. Hoje, suas tranças estão soltas, mas normalmente as enrola firme em um coque no alto da cabeça. — O mais interessante foi que a Baronesa Central interveio e disse que seu esposo bebeu muito e, por isso… tropeçou.

Seguro o sorriso que teima em sair de meus lábios.

É sempre um ótimo negócio trabalhar com mulheres.

— Um baita tropeço, não é? Dois olhos roxos e ainda perdeu os quatro dentes da frente. — Minha mãe me encara com olhos semicerrados, a pele negra retinta de suas mãos contrasta com o tom claro do estofado.

Procuro por uma almofada confortável e deito-me sobre ela. Visto a máscara mais cara-de-pau que existe e levo uma das mãos ao peito.

— Tombo horrível, certamente! — Eu não iria me entregar. — Sorte a baronesa estar com ele no momento, não é mesmo?

Mamãe começa a apertar com força o estofado e os nós de seus dedos perdem um pouco da cor.

— Eu não falei que ela estava com ele.

Droga. Maldita língua.

— Mãe…

— Kalina Kaster! O Barão Central? — Ela desvia do estofado e avança em passadas largas na minha direção. Pulo rapidamente da *chaise* e disparo para o outro lado da sala. — Por qual motivo eu não estava sabendo disso? Perdeu o juízo?

— A sua reação responde o motivo, mãe! Você não iria aceitar! — grito escondendo-me atrás de um dos sofás.

— É claro que não iria! — Mamãe pega uma almofada e joga na minha direção. O objeto passa bem em cima da minha cabeça. — Os soldados aratnyanos estão na cidade! Você sabe o que isso significa! Não podemos cometer erros nesse momento.

Ela fica cada vez mais irritada. Sei disso porque o ar está girando ao redor das suas mãos. A poltrona ao meu lado desliza, obstruindo uma possível rota de fuga.

— Mãe? — Arregalo meus olhos. — Vai usar seus poderes comigo?

— Pela Deusa de Mave, vou! — Ela gira a mão e a mesinha de centro desliza, quase me prendendo onde estou.

Poucas são as vezes que vi minha mãe usando os poderes em casa. Além de ser um gasto de energia, também é proibido pelo governo. Se alguém a vir fazendo isso, podem acusá-la. Mas, principalmente pela regra que criamos dentro de casa: jamais usar nossos poderes umas contra as outras.

— Garotas! — grita mais alto, chamando o restante de nós para dentro do circo em chamas. — Todas aqui! Agora!

Ehrika, que aparentemente estava escondida no início das escadas assistindo a tudo, é a primeira a aparecer. Ela salta de dois em dois degraus e, quando está no primeiro andar, recosta-se no final do corrimão da escadaria.

Mamãe sonda minha melhor amiga com olhos tomados por labaredas.

— Você sabia disso? — Ela aponta para mim.

Os olhos violeta da garota encontram os meus. Balanço lentamente a cabeça. Ela não precisa ser vítima desse caos todo.

— Sim...? — Ehrika responde, mordendo o lábio inferior.

Ótimo, os trovões começarão a cair nas nossas cabeças.

Só que eles não chegam. Ao invés disso, algo muito pior é direcionado a Ehrika: o frio congelante da decepção.

— Pitrya, Tolisie e Jheni... saiam daí agora. — Mamãe fecha os olhos e suspira profundamente.

De trás da parede que divide nossa sala com a cozinha da residência, três garotas aparecem. Elas dão passos comedidos e se aproximam de Ehrika.

— Quem mais sabia? — Minha mãe caminha até o meio da sala e encara as garotas.

— Elas não sabiam de nada — alerto nas entrelinhas para manterem-se quietas. Mas mamãe continua fitando-as com seu olhar de águia.

Tolisie é a primeira a levantar o dedo indicador. Os cabelos crespos estão despontando para todos os lados e ela mira o chão ao render-se.

Bufo chocada com a traição.

Sinto o olhar de Jheni em mim. A mais nova entre as três está me dando aquele sermão silencioso de *"Eu te avisei"*. Quase consigo ouvir sua voz em meus ouvidos. Ela empurra a franja para cima e revela os olhos alongados. Empina o queixo e confirma a dúvida de mamãe.

Minha última esperança é Pitrya. A garota está focada em algo no teto, ignorando o que acontece bem à sua frente. Tolisie a cutuca com o cotovelo e ela segura a barriga, resmungando com uma carranca.

— Tá! Sim. Eu sabia também! — Pitrya me encara, pedindo desculpas.

— É só apertar um pouco que todas vocês abrem a boca... — murmuro para mim mesma.

— Chega! Estão todas no olho da rua! — Mamãe se vira para mim, uma tempestade em forma de mulher. — Isso inclui você, Kalina! Não posso confiar na minha própria equipe?

Estica as mãos e a poltrona voa para o lado, assim como a mesinha de centro. Seu dedo indicador está apontado em direção à porta.

— Mãe, calma!

— Eu vou me acalmar quando vocês pensarem no que fizeram! — Avança para a entrada da casa. As pontas do seu casaco voam para todos os lados.

As outras quatro garotas estão paradas como estátuas, apenas encarando o ciclone Safiny Kaster.

Eu sei que é tudo da boca para fora. Mamãe é um pouco sentimental e dramática, mas sua irritação passa em poucas horas. Mesmo que nos expulse, depois estará correndo atrás de nós pedindo para que voltemos para casa.

— Mãe, calma! Não vai acontecer nada. Ninguém me viu, além da baronesa, e foi ela que me contratou. — Toco no braço de mamãe, mas ela se afasta. — Pagou três vezes o valor que cobramos, não poderia negar isso. Você sabe quanto dinheiro consegui com esse trabalho?

— Não importa o dinheiro! — Ela aperta as mãos em frente ao peito. — Sabe que *eles* estão próximos, se por algum motivo tiverem algo contra nós podemos todas ficar em perigo, Kalina! Você foi irresponsável!

Um arrepio começa a subir pela minha espinha. Será que mamãe está certa? O ataque contra o barão pode ter chamado atenção, realmente...

Afasto os pensamentos para longe, lembrando que isso tudo é um exagero.

Minha mãe sabe como usar as palavras para nos amedrontar. O poder que detém em Mave é por um bom motivo: a mulher bota medo apenas com a sua presença.

— Ninguém me viu... Eu me certifiquei!

Ela parece não ouvir, anda a passos largos em direção à porta da casa e gira a maçaneta com força.

— As cinco, fora!

Estou prestes a implorar para que pare com isso, mas travo as palavras na língua assim que os vejo. O vento rodopia pela sala quando a porta se abre. O ar frio traz consigo convidados que não são bem-vindos. Involuntariamente, olho para as meninas atrás de mim e elas me encaram de volta. O gosto azedo começa a se formar na minha boca e abro um sorriso falso no rosto.

Em suas vestes verdes e pretas, bem na entrada da residência, encontra-se um sargento aratnyano. O sorriso sem dentes que pincela seu rosto não alcança os olhos.

— Será que chego em má hora? — ele simplesmente diz.

Capítulo 4

Dois meses atrás

Os braços do sargento estão confortáveis às suas costas. A cabeça tomba um pouquinho para o lado e os olhos brilham como lâminas afiadas.

Tento manter as mãos bem paradas ao lado do corpo. Não quero fazer nenhum movimento que possa chamar a atenção.

Ele escutou a nossa conversa? Estávamos falando um pouco alto…

Existe uma quantidade absurda de possibilidades que podem se desenrolar nesses breves segundos, mas espero até que mamãe faça o primeiro movimento.

— Sargento! Sempre é uma ótima hora para recebê-lo. — A postura dela muda drasticamente. Endireita o tronco e abre um largo sorriso para o homem abominável na porta da nossa casa. — Infelizmente terá que se contentar apenas com a minha companhia. As garotas estavam de saída para o centro de Mave! Preciso de algumas coisinhas… — Mamãe vira-se graciosamente para nós, indica com a palma da mão a direção da escadaria. — Não é, meus amores?

Ehrika é a primeira a reagir. Faz uma rápida mesura para o sargento e, em passos rápidos, encaminha-se para a entrada da casa.

— Certamente! Não podemos perder a hora. — Sua voz doce e aguda acompanha o plano de minha mãe. — Sempre é um prazer encontrá-lo, sargento.

Pitrya, Tolisie e Jheni apressam-se atrás, mas minhas pernas simplesmente não obedecem ao comando. Não quero e não vou deixar mamãe sozinha com esses malditos aratnyanos. Deixo que o resto das meninas sigam as ordens, mas ignoro-as. Pressiono meus pés com mais força no carpete abaixo de mim.

As quatro garotas são todas sorrisos e palavras elogiosas. Estão bem próximo da porta quando o sargento estica seu braço, impedindo a saída de todas. Ele aperta o batente e mostra seus brilhantes dentes com uma simpatia exagerada.

— Na verdade, meu assunto requer a presença de todas vocês. Talvez possam ir às compras amanhã? — Faz um biquinho e tomba seu rosto, encarando minha mãe novamente.

Tem algo errado. Todos os pelos do meu corpo começam a se arrepiar. Tem algo de muito errado acontecendo. Nenhum soldado jamais entrou nessa casa antes, sempre fomos invisíveis, ou tentamos ser. O sermão de mamãe ecoa por meus ouvidos. Não estava sendo a pessoa mais cuidadosa na última noite, é claro. Mas foi *apenas* uma vez.

Deslizo meus olhos para a poltrona verde que está tombada de lado e para o jeito estranho que a mesinha de centro se encontra posicionada. Os minutos anteriores parecem um passado distante. O tipo de fotografia antiga que marca momentos que não voltam mais.

— E qual assunto seria esse, sargento? — Mamãe se vira lentamente até estar de costas para os intrusos. Seu caminhar é macio e os ombros estão relaxados. Escorrega os olhos para mim e me encara por longos segundos. *Kalina, fique alerta.* — Garotas, por favor, que tal preparar um chá para o nosso convidado?

— Não é necessário... — O sargento encerra o pedido. Ele ruma para dentro de casa e obriga as quatro meninas a seguirem na mesma direção. Elas tropeçam entre si, mas obedecem a ordem velada do homem.

Dois brutamontes vestidos de verde estão posicionados logo atrás. Os uniformes são mais simples que o do sargento, mas a insígnia de oito patas está brilhando no meio dos capacetes.

— Como quiser — mamãe conclui.

O homem não quer nos perder de vista, isso é claro. Ardiloso como qualquer aranha peçonhenta, não é? Minhas mãos suam um pouco e me lembro da kukri guardada no segundo andar. Maldição! Estou completamente desarmada e não posso usar meus poderes contra eles. Se fizer isso, será uma sentença de morte. Talvez, se fosse apenas por mim, apostaria um pouco nessa opção.

Enquanto minha mãe organiza a poltrona tombada com cuidado, Tolisie e Pitrya postam-se primorosamente ao lado da escada. Ehrika está se aproximando de mim e Jheni continua com lábios torcidos encarando a guarda aratnyana. Está enfrentando silenciosamente os homens e isso faz meu coração apertar um pouco. *Coisinha destemida.*

Não é preciso falar nada para que todas saibam que o momento é de extrema atenção. Caso mamãe dê o mínimo sinal para que o ataque seja feito, será isso que vamos fazer.

A mão quente de Ehrika alcança minhas costas e pressiona de leve com a palma.

Não consigo tirar meus olhos dos homens que avançam para dentro da minha casa. Exalam autoridade acentuada e isso faz meu sangue ferver. Quase posso ver a coroa invisível em cima de suas cabeças.

Quando a poltrona está de volta no lugar, mamãe senta-se confortavelmente e indica o outro assento para o sargento.

— Desculpe pela bagunça, cinco meninas cheias de energia, imagino que entenda! — Ela passa as mãos pelas tranças e cruza as pernas. — Sinta-se confortável.

O militar não precisa de um segundo pedido. Os dois brutamontes estabelecem-se como muralhas atrás dele.

— Obrigado. — O sargento arrasta seus olhos claros pela sala com demora. — Você tem uma bela residência, senhorita... — Enquanto o homem retira delicadamente as luvas de couro, as íris cravam-se em mamãe.

— Senhora, por favor — ela responde com um sorriso.

— Senhora, então. — Repousa o par de acessórios sobre as pernas revestidas em linho escuro. — Moram há muitos anos aqui?

— Vinte, para ser mais específica. Meu falecido marido e eu herdamos o local de um querido amigo. Um *bom* amigo.

— Um amigo admirável, tenho certeza — ele assente. Bate com a mão em seu joelho e abre o sorriso maior ainda. — Me deixa muito contente tal informação. Tenho certeza de que vai ser útil em uma investigação que estamos fazendo.

O ombro esquerdo de mamãe empina apenas um pouco. É bem rápido, mas demonstra seguramente um deslize. Já a vi fazer isso uma centena de vezes. Age desse jeito quando está realmente nervosa. Quando uma informação a pega de surpresa.

— Uma investigação? — A voz é carregada de horror.

— Ah, sim... Um assassinato. — O sargento semicerra os olhos.

Droga.

— Assassinato? — Mamãe estremece. Pressiona as costas contra o encosto da poltrona e leva uma das mãos à boca. Os olhos arregalam-se mais do que o normal. Mamãe nunca arregala os olhos daquela forma. Está atuando, é claro. — Não ouvimos falar de assassinatos há anos, sargento! Estamos em perigo?

O homem meneia a mão no ar e solta uma risadinha.

— Fique tranquila. O caso pode ser considerado um desaparecimento. — Ele se aproxima como se fosse contar um segredo. — Mas temos fortes indícios de que não tenha sido apenas isso. — O maldito desliza levemente seus olhos para o lado. Ele me procura em meio a todas as pessoas dentro da sala.

Mamãe acompanha o olhar do sargento e na mesma hora a cor de suas bochechas somem um pouco.

— E como podemos ajudar, senhor? Estou completamente à disposição para responder às suas perguntas. — Ela toma a atenção para si mais uma vez.

— Tenho certeza que pode me ajudar... — Os olhos azuis do homem não desgrudam de mim. Ele levanta seu longo indicador e aponta na minha direção. — Essa é sua filha, correto?

Faço uma mesura lenta e abro um sorriso que machuca minhas bochechas. Meu coração bate muito rápido. É tudo culpa minha e o alvo está preso no meio da minha testa.

Anos de pesadelos não me prepararam para esse dia. Levou, inclusive, mais tempo do que eu imaginava.

— Todas são minhas filhas. Mas se você quer separar pelo sangue... sim! — Mamãe me olha com orgulho, só que eu sei que é tudo fachada. Deve estar decepcionada pelo meu erro. Um erro tão ridiculamente estúpido.

— Onde você esteve ontem? — ele pergunta de súbito.

As palavras grudam na minha garganta e não consigo responder imediatamente. O que devo assumir? Mentir ou falar (quase) a verdade? Pense, Kalina!

— Estava comigo, sargento. — A voz de mamãe é carregada de certeza. Usa as palavras como armas para se defender. — Dentro desta casa. Por quê?

O homem abre um sorrisinho e balança a cabeça de leve.

— Tem certeza? — ele pressiona mamãe.

Ela, por sua vez, não titubeia.

— Tenho.

— Que bom. — O dedo indicador toca a boca e ele pondera. Encara-me por tempo demais, então afasta o sorriso de seu rosto. — E cinco anos atrás. Onde você estava?

— Que tipo de pergunta é essa? — consigo falar, mas me arrependo na mesma hora. — Eu tinha catorze anos. Me perdoe, mas não me lembro de muita coisa...

Mamãe se levanta da poltrona e encaixa o corpo um pouco na minha frente.

— Não consigo ver aonde iremos chegar com essas perguntas, senhor. Pode nos explicar? — fala preocupada.

— É claro, me perdoe. — O sargento brinca com as luvas antes de responder.

Antes de continuar, foca seus olhos na escultura do Bengali-vermelho.

— Cinco anos atrás, o Sargento Ottis estava em missão nessa mesma região. O último local onde foi visto foi próximo ao Bosque dos Gaviões. — Ele aponta para trás de si. — Fica bem próximo daqui, não é?

Então esse era o nome dele.

— Pelos Cinco Deuses Irmãos! — Mamãe volta a se sentar. A mão estendida sobre o peito. — Eu não sabia disso... Todos esses anos e nunca encontraram nenhuma pista?

É claro que eles não encontraram, *mamãe. Foi você que escondeu todas elas.*

O militar inspira profundamente e sombras tomam seus olhos. Ele vira o rosto para os dois guardas atrás de si e faz um movimento rápido. O da direita começa a sair da residência.

O sargento volta a vestir as luvas, desencosta do assento e encara minha mãe.

— É claro que encontramos.

A mão sobe e dois dedos estalam. Escuto o choro antes de enxergar a mulher sendo arrastada por guardas que, até então, eu não havia visto. O terceiro homem entra atrás deles e fecha a porta. Estamos isolados dentro da nossa própria residência. Os aratnyanos empurram um corpo curvado, que só reconheço quando estão bem próximo de nós.

— Senhora Lou! — Meu corpo reage antes que eu possa pensar no que estou fazendo, mas Ehrika agarra meu braço e me obriga a ficar parada.

— O que vocês estão fazendo? — Tolisie aumenta o tom de voz.

— Soltem ela agora! — Jheni chega bem perto de um soldado, mas ele a afasta com um empurrão. A menina cai no chão e é amparada por Pitrya.

O caos eclode ao nosso redor. Meus pensamentos estão embaralhados demais para que consiga pensar friamente.

Procuro por mamãe, mas seu semblante está indecifrável, encarando o que acontece.

— Por que essa senhora está sendo feita de prisioneira? — finalmente fala.

— Não é uma prisioneira, não entendam mal. — O homem sacode as mãos de leve, refutando a situação. — Na verdade, é uma testemunha.

Ehrika crava suas unhas no meu braço, mas não consigo reagir direito. Está doendo, só que não me importo. Não quero olhar para minha melhor amiga porque sei que isso seria muito pior.

Por isso, encaro a senhora de cabelos grisalhos no meio da sala. A pele enrugada está tomada por lágrimas e ela soluça repetidas vezes. O lado esquerdo da bochecha está roxo e não deixo de notar que a camisa está um pouco rasgada.

Eu não deveria me surpreender, é claro. Isso é o mínimo que fazem com a população em Insula.

Acham que são os donos das nossas vidas e senhores dos nossos corpos.

Não me arrependo do que fiz com aquele porco arrogante, teria feito de novo e de novo e de novo de novo e de novo…

Ehrika toca meu rosto.

— Kalina, pare! Você está tremendo!

Quando os olhos violeta encontram os meus, conversamos sem emitir nenhuma palavra de nossas bocas.

Existia uma testemunha.

A senhora Lou levanta o rosto e me encara em meio a lágrimas silenciosas.

— Me perdoe, criança. Não tive escolha…

O soldado ao seu lado a sacode e ordena que fique quieta. A idosa se encolhe e volta a chorar.

Não é possível que ela tenha visto o que aconteceu… Ehrika e eu reviramos todos os cantos daquele bosque antes de irmos embora. Ninguém estava lá! Eu tinha certeza.

Tinha?

O sargento está observando tudo com muito interesse. Não fala absolutamente nada, apenas delicia-se com o nosso silêncio.

Mamãe não parece perturbada, apenas encara o tapete da sala e mantém-se extremamente quieta. A atitude me assusta. Não é assim que ela reage às coisas. Por que não usa as palavras sempre afiadas contra o homem?

Engulo em seco e encaro o militar aratnyano. Ele está aqui por minha causa, não é? Então vamos resolver isso, de um jeito ou de outro.

— O que ela testemunhou? — O sorriso desaparece do meu rosto também, não preciso mais fingir nada para ele.

— Ah! Claro. Que cabeça a minha. Já provou as maçãs que essa senhora colhe? Deliciosas. — O sargento alisa uma mão contra a outra e todos conseguimos escutar o som do couro das luvas. — Ela tem uma plantação aqui perto. Fica dentro do bosque, acredita?

Minhas pernas falham levemente, mas eu continuo encarando o homem.

— Conheço bem.

O sorriso dele aumenta.

— Então você deve imaginar que ela colhe essas apetitosas maçãs há muitos anos, não é? — Consigo sentir a faca invisível sendo empunhada pelo militar. — Assim como ela colheu cinco anos atrás, em um belo dia de verão.

A senhora começa a chorar mais alto e o sargento emite um som para que ela fique quieta.

— E sabe o que ela viu nesse dia? — Os olhos do homem não desviam um segundo de mim. O semblante é duro como pedra e os olhos azuis quase viram obsidianas. — Ela viu o Sargento Ottis ser assassinado por você.

A senhora solta um lamento alto.

— Me desculpe, criança — choraminga. Os oficiais voltam a arrastá-la para longe. Ela nem mesmo tenta lutar contra eles, apenas aceita a derrota enquanto parte para fora da casa.

Vou ser presa. Vou ser enviada para a prisão de Insula.

As garras conhecidas do medo começam a apertar meu coração. Vozes dentro da minha cabeça gritam para que fuja, corra para bem longe. Talvez eu seja rápida o suficiente e consiga desaparecer em meio à mata.

Use seus poderes, Kalina. Outro ruído começa a sussurrar na minha orelha.

O sargento se levanta lentamente, os dois brutamontes atrás dele.

— Kalina Kaster, você está presa pelo assassinato do sargento Yuri Ottis.

— Não! — Ehrika cerca-me com seu corpo. — Vocês não podem fazer isso!

As outras garotas avançam na minha direção, berrando, mas os dois oficiais já estão adiantando-se para me prender.

Em meio aos corpos que tentam me proteger, olho para a minha mãe. Ainda está sentada na poltrona observando o chão. Suas sobrancelhas estão unidas e ela aperta as mãos uma contra a outra. A respiração em seu peito é longa e ela parece buscar o ar com dificuldade.

Eu só quero que ela olhe para mim antes que eu vá embora.

Não tenho muito tempo e preciso ver seu sorriso uma última vez.

Os guardas empurram Tolisie, que cai no chão e solta um grito. Isso me desperta na mesma hora. Está agonizando e posso ver na mão do guarda uma arma.

O maldito bastão preenchido por veneno.

O único poder que esses filhos de uma mãe conseguem ter.

— Parem! Eu vou com vocês. — Afasto Ehrika, que está rugindo alguma coisa para os aratnyanos. — Não machuque elas. Eu me entrego! — Jheni me abraça e se coloca contra o soldado, mas me desvencilho de seus braços antes que o inimigo utilize o bastão nela também.

Dou uma última olhada para o lado, mas nada mudou. É a mesma imagem de antes. Não sei o que está passando pela cabeça de mamãe, talvez esteja petrificada pelo choque. Talvez não queira ver o que vai acontecer. Ou, talvez, tenha desistido de me defender após o erro que cometi.

Tchau, mãe. Apenas penso, porque não tenho coragem de dizer em voz alta.

Estou pronta para ajoelhar-me em frente aos oficiais quando um movimento rápido acontece.

— Fui eu! — Mamãe está de pé e encara o sargento aratnyano. — Eu matei o Sargento Ottis, cinco anos atrás no Bosque dos Gaviões.

— O quê? — A pergunta sai arranhando minha garganta.

— E somente *eu* sei onde está o corpo. — Simples assim, sentencia sua prisão.

Os gritos de Tolisie no chão ainda estão altos demais e Pitrya está chorando ao seu lado. Jheni parou de lutar e agora encara a cena como se tivesse esquecido a forma de respirar. Ehrika está ao meu lado, balançando a cabeça em negação. Os soldados estão apertando meus braços, mas sinto a rigidez afrouxar um pouco depois da revelação que acabou de acontecer.

— Você não pode fazer isso... — O sargento rosna. O vermelho tomando todo o seu rosto.

— Você quer o corpo, não quer? — Minha mãe caminha lentamente até estar frente a frente com o homem.

Os dois duelam através do olhar por longos segundos, até que ele assente.

— Então você vai me levar no lugar dela.

A adaga invisível finalmente perfura meu coração. Sinto a dor consumindo meu corpo todo e começo a hiperventilar.

Cinco anos atrás, após assassinar o sargento Ottis, Ehrika e eu pedimos ajuda para minha mãe. Nós a incluímos na sujeira que eu fiz sozinha, a lambuzamos no sangue que eu roubei de outra pessoa. Ela foi jogada dentro de um redemoinho simplesmente porque eu era sua filha, nos obrigou a ficar dentro de casa, disse que resolveria tudo e partiu. Quando voltou, não falou mais nada.

Somente ela sabe onde está o corpo.

Livro-me das mãos pesadas dos soldados e corro até onde está. Agarro seus braços e tento fazê-la me olhar nos olhos.

— Mãe! O que está fazendo? Você não pode ir no meu lugar.

Os dedos de mamãe estão gelados e ela usa cada um deles para me afastar de si. Não me olha nos olhos. Não abre um sorriso triste. Muito menos fala palavras gentis. Ela só me ignora.

Os soldados já estão atrás de mim. Um deles puxa meu cabelo e me joga no chão.

— Safiny, não! — A dor na voz de Ehrika me machuca ainda mais. — Você sabe que não é culpada. Se alguém deve ser presa, sou eu!

Minha mãe gira seu rosto até encontrar os olhos da minha melhor amiga. Então, abre um sorriso.

Três palavras são ditas antes de ela se entregar.

— Cuide das meninas.

Tento me erguer, mas uma dor aguda ataca o lado esquerdo da minha costela. Quero berrar para mamãe não fazer isso, implorar para que me olhe e diga algo, mas um sentimento de vergonha me consome.

Ela não quis se despedir de mim.

Não falou para que *eu* cuidasse das meninas porque sabe que sou *eu* quem sempre comete os erros. Se não fosse por mim, nada disso estaria acontecendo.

A ardência começa a subir para os meus olhos e aperto-os com força porque não quero chorar agora. Ehrika desaba ao meu lado, coloca a mão no meu braço e tenta me ajudar a levantar.

— O que vamos fazer? — A voz dela treme. Os olhos estão muito vermelhos, olha para mim e depois para os soldados. Estão se afastando cada vez mais.

Jheni passa correndo por nós duas e começa a gritar palavras de baixo calão para os soldados. Pitrya berra para que a jovem volte, mas a garota é como um furacão.

Ninguém mais vai se machucar por causa de mim.

Com um grito de dor, me levanto e começo a disparar atrás dos homens e de minha mãe. Já estão atravessando a porta da residência, mas consigo segurar Jheni antes que faça algo de pior.

Ehrika aperta os braços ao redor da menina e a prende no lugar.

— Mãe! — grito do lado de fora de casa.

Tomo um susto quando duas aranhas gigantescas erguem-se no meio da rua. Nunca tinha visto criaturas tão grandes e isso rouba segundos da minha atenção.

O sargento me encara. Está próximo de uma das monstruosidades de oito patas, os soldados ao seu lado prendem as mãos de minha mãe.

Ela continua olhando para o chão, mesmo enquanto eu imploro por sua atenção.

— Por favor… — Tento chegar mais perto, mas esqueço que existem outros soldados além daqueles dois, que seguram-me com força. — Não abandona a gente, mãe! Por favor, não faz isso. As meninas precisam de você. *Eu* preciso de você.

A única reação que vejo dela é um engolir em seco.

Os olhos fixam-se no sargento mais uma vez, então ela acaba com todas as esperanças que ainda existem dentro de mim.

— Vou te entregar o corpo.

Na mesma hora, os soldados me arremessam contra o chão e o bastão encontra meu estômago. O veneno é como mil agulhas perfurando a pele constantemente, mas seguro os gritos dentro da garganta.

Minha mãe é transferida rapidamente para uma imponente gaiola presa às costas da aranha. As portas se fecham e ela desaparece da minha visão.

Só fico deitada no gramado, segurando os gritos até que Ehrika aparece ao meu lado, falando algo que não consigo escutar.

As longas patas da aranha começam a avançar para longe e não consigo girar o pescoço o suficiente para vê-la partindo.

Os rostos das outras três meninas estão ao meu lado também. Todas com lágrimas nos olhos e soluçando, puxam os cabelos com força e arranham a pele das bochechas.

Não consigo ouvir nenhuma delas. Uma pressão no meu ouvido afasta qualquer som do mundo. E até prefiro assim. Não quero escutar seus lamentos. Não quero ouvir o pranto de dor que carregam. Não quero saber de absolutamente nada.

Não quero, porque sei que tudo isso é por minha causa.

Minha mãe foi presa e não é culpada.
Eu sou.
Conto até três.
Então, libero os berros que cortam minha garganta.

Capítulo 5

Governos ditadores não gostam de surpresas.

Eles querem o poder sobre todas as peças que se movimentam pelo tabuleiro. Desejam prever o ataque e antecipar a defesa. Eliminar cada um dos peões até conseguir cortar a cabeça da rainha sem o mínimo esforço. O paraíso da tirania são pessoas apáticas, alienadas de pensamento e fracas o suficiente para serem esmagadas em silêncio.

O que é o completo oposto de minha mãe.

Safiny Kaster sempre foi um nome anunciado com orgulho pelo reino de Mave.

Alguém que veio do nada e conquistou tudo. Que se apaixonou furiosamente e sobreviveu à perda do grande amor repentinamente. Ela é a líder bem-sucedida da "Esquadra das Lâminas" e voz prestigiada nos encontros dos senhores e barões da alta sociedade. Safiny Kaster nunca foi alguém previsível e isso sempre chamou a atenção dos déspotas.

Uma mulher inteligente o suficiente para não ser derrubada por eles. A pedra no sapato que machuca dia após dia, mas que você nunca consegue encontrar. Ela é o espinho cravado por entre a pele dos aratnys sem chance de ser removido.

Safiny Kaster é todas essas coisas. Mas ela é, principalmente, a minha mãe. E eu sou o ponto fraco dentro da sua fortaleza. O único motivo que a fez ser enclausurada dentro da prisão de Insula.

E a única pessoa responsável por tirá-la daqui.

O piso brilhante machuca meus olhos. É branco. Não um branco inerte e sem vida, mas lustroso e escorregadio. É como uma tela nova pronta para ser pintada com sangue.

Assim como o piso, as paredes e o teto seguem a mesma estética. Estamos dentro de um cofre onde o mundo é alabastrino e o tesouro somos nós. E, assim como qualquer tesouro, pertencemos a alguém.

Depois que as portas do salão do expurgo foram abertas, meu universo todo virou de cabeça para baixo.

Os prisioneiros – pessoas de todos os tamanhos e cores, pertencentes a todos os cinco reinos de Insula –, estão rigidamente posicionados em fileiras que preenchem o centro do salão. Eles vestem o maldito branco em roupas baratas e não parecem muito limpas. A higiene não é um luxo dado aos pobres coitados.

A ordem é imposta pelos bastões e lanças dos aratnys. Eles caminham por entre os corpos e assustam os prisioneiros. Alguns soldados abrem sorrisos presunçosos e o ego inflado surge estampado no canto de suas bocas. Deleitam-se com o cheiro do medo que exala pelo ar. E deliciam-se com os suspiros de aflição e o abalo dos pés assustados.

A imagem toda embrulha meu estômago e preciso segurar a bile que queima minha garganta. Esse, definitivamente, não é o melhor momento para vomitar. Não preciso chamar ainda mais a atenção dos malditos peçonhentos. *Trate de engolir o ácido de volta para o estômago*, penso e respiro profundamente.

A intempérie de acontecimentos ao redor continua sufocando minha garganta, mas nada disso realmente importa para mim nesse momento.

Nem os prisioneiros.

Nem o labirinto.

Nem os aratnys.

O único motivo que ainda me faz ter um pouco de lucidez são os olhos cor de sândalo do outro lado do salão.

As mãos ásperas dos guardas machucam minha pele ao me empurrar. Estou me afastando cada vez mais de mamãe e o conjunto de pessoas no meio da sala atrapalha minha visão. Ela some vez ou outra e preciso esticar um pouco mais o pescoço para vê-la. Para enxergar a pele retinta que um dia foi cintilante, mas que agora está preenchida por cortes, hematomas e quase privada de vida. Para descobrir a forma como seus ombros despontam da camiseta e as bochechas tomadas pelo osso da face. Para observar o vinco no meio de suas sobrancelhas e a boca tomada por um formato de completa surpresa.

Mamãe está tão doente. Perdeu muitos quilos e não aparenta estar saudável. A cor verde que cobre o preto de sua pele não é *certa.* Foram apenas dois meses desde que levaram-na, mas a prisão conseguiu destruir seu corpo. Agora, me pergunto como está sua mente e noto a resposta se formando em frente aos meus olhos.

Mamãe estica a mão e tenta avançar. Aponta para mim, não se importando com nada mais. Cambaleia para a frente e quase tromba com outra prisioneira. As pernas dela não estão firmes e as mãos tremem convulsivamente. É o retrato completamente oposto de Safiny Kaster. Não é a mulher que sempre pareceu sólida e invencível. Ela está em frangalhos e vai se despedaçar se for pressionada um pouco mais.

Sacudo levemente minha cabeça, encarando-a. *Não, mamãe. Pare!* Mas ela não parece entender. A prisioneira ao seu lado empurra-a e começa a gritar. O uniforme verde de um dos soldados rapidamente aparece e separa a discussão, usando seu bastão em ambas. Mamãe cai no chão e essa última parte é o estopim para que eu mande todo o plano de ser uma prisioneira comedida pelos ares.

Empurro as mãos do oficial e consigo avançar alguns centímetros, mas ele chuta minha perna derrubando-me. Luto contra as garras dos soldados, mas eles me controlam. O bastão pressiona a pele do meu braço e fico momentaneamente imobilizada. O veneno adormece meu corpo e sou arrastada cada vez mais para o interior do grande salão do expurgo.

— Da próxima vez eu vou *te apagar*... — o soldado ruge no meu ouvido.

Faça isso, seu desgraçado. Porque, definitivamente, vou fazer coisas bem piores com você. O ódio preenche todas as veias do meu corpo, mas tento usar o tempo a meu favor.

Giro meus olhos pelo ambiente atrás de pistas, mas nada do que encontro é motivador. Estamos dentro de uma enorme caixa branca com apenas duas saídas. A primeira são as portas por onde entramos, a segunda se encontra no enorme labirinto por trás da parede oposta. Não existem muitas rotas de fuga e isso é um enorme problema.

São muitas pessoas aqui dentro e ainda mais soldados para nos atrapalhar. Preciso ser mais paciente e esperar pelo momento certo. Ele está bem próximo e não vou perder a chance assim que aparecer.

O efeito do veneno começa a passar e aguardo conscientemente por isso. Volto aos poucos a sentir o movimento dos meus dedos e os sons ao meu redor se tornam mais nítidos.

A voz da diretora Ravenna – que suspeito ser a líder imponente em cima do palco no canto esquerdo do salão –, alonga-se pela atmosfera do ambiente. Não tomo consciência para além de algumas palavras ditas por ela, mas me questiono se a mau-caráter não sente o mínimo remorso por estar orgulhosa pelo teatro todo.

Seria ingênuo da minha parte pensar assim. A *graciosa* aratnyana de cabelos castanhos deve dormir sonhos tranquilos durante a noite. A bochecha rosada deve sentir os lençóis de seda e travesseiros de pena de ganso. Tão segura por entre as paredes do imponente castelo construído com tijolos e sangue dos prisioneiros. Ela deve viver uma vida cheia de dádivas no topo da Montanha, enquanto os miseráveis sofrem embaixo.

Assim como qualquer aratnyano na porcaria de Insula.

Não foi difícil descobrir sobre a arquitetura da prisão. O cofre de mamãe não guarda mais todo o ouro que um dia guardou, mas pagar por essas informações valeu todas as nossas economias. Gastaria cada moeda e joia da nossa fortuna mais uma vez, se fosse para salvar mamãe.

Ela vai me perdoar. Quando estivermos bem longe daqui, dentro de um navio barato em busca de terras distantes, mamãe vai me perdoar. Não teremos luxo e precisaremos começar tudo outra vez. Mas eu sei que mamãe *vai me perdoar.*

Enquanto sou direcionada pelos guardas, um leve zumbido toma minha atenção para o palco. Uma tela imensa preenchida por líquido espesso surge com dez vezes o tamanho da diretora da prisão. Aos poucos a imagem de um garoto jovem preenche o enorme visor. Os grandes olhos verdes encaram todos nós através do movimento fluido das toxinas.

Quando o zumbido cessa, a voz ecoa por todo o salão.

— O pecado envenena Insula, mas o expurgo salva. — A imagem torna-se movimento e cor. — Quando os *Cinco Deuses Irmãos* nos presentearam poderes, também nos confiaram responsabilidades. — Ele parece ter a idade de Jheni, não mais do que dezesseis anos. A constatação faz meu coração doer. Penso, por um segundo, em como aquela *pequena tempestade* em forma de garota está agora. Imagino que fazendo as malas e, se possível, obedecendo Ehrika. Faço uma prece para que todas elas estejam bem. E, principalmente, longe daqui. Afasto as memórias e volto a atenção para o discurso do garoto. — Nossos justos governantes trabalham duro para manter o legado deixado pelos céus. Vocês estão aqui pelo perdão e a absolvição divina, alcançada através do sangue. — O rosto imaculado preenche toda a tela. É como um pequeno sopro de pureza. — O pecado mora na sua carne, mas uma vida de heresia pode ser purificada por meio do sofrimento. — Leva as duas mãos até a insígnia de oito patas que repousa em sua camisa de botões verde. — A todos vocês, coragem. Se não for nessa vida, outra os espera. Sobrevivam ao expurgo e estarão cada vez mais próximos da sabedoria. O labirinto aguarda por todos vocês.

Quando a mensagem acaba, o silêncio perdura por longos segundos.

Que merda foi essa? Não é novidade que o governo enfia por entre a nossa garganta mentiras e ilusões há anos, mas isso é ridículo. Sabedoria? Eu vou dizer onde enfiar essa maldita sabedoria. É uma história de terror narrada sob a carapuça dos contos de fadas e todos nós somos obrigados a ouvir e (fingir) acreditar.

Sinto o gosto do sangue inundar minha língua depois que mordo com força.

Eu *sei* o que acontece dentro do labirinto e não existe a menor possibilidade de deixar minha mãe entrar nesse inferno. Foi quando descobri a verdade sobre esse lugar que joguei tudo para o alto e me entreguei a essa loucura. Se um dia puder contar essa história, provavelmente vão me chamar de suicida. Só que, quando você sabe que a pessoa mais importante da sua vida passa pelas coisas que acontecem aqui dentro, você não pensa duas vezes antes de cometer uma loucura. Principalmente, quando você é a culpada por isso tudo. Se existe uma pecadora entre nós duas, sou eu.

Coloco um pouco mais de pressão em cima das pernas e sinto-as de novo. As mãos abrem e fecham e pareço ter controle sobre o meu corpo.

Os guardas, finalmente, suspendem a longa caminhada e se posicionam bem ao lado do palco. O oficial Mig continua avançando até estar nas escadas que dão acesso ao palanque. Ele sussurra algo para um militar desconhecido e os dois acenam com a cabeça.

Ravenna não parece notar nossa presença, porque volta a falar com o público.

— Chegou o momento. — Estica suas longas unhas escuras para a entrada do labirinto e, então, condena o futuro de todos dentro do recinto. — Que o expurgo purifique seus pecados!

Sem mais nenhuma palavra a ser dita, os soldados começam a empurrar os prisioneiros para a frente.

Preciso de todo o meu autocontrole para não reagir. Passeio meus olhos pelos prisioneiros procurando mamãe. O suor volta para as minhas mãos e as limpo no tecido de minhas vestes. A pressão ao redor dos braços parece mais folgada, mas sei que ainda não é o momento certo.

Percebo o movimento com o canto do olho, quando Ravenna é acionada pelo oficial que conversou com Mig segundos atrás. Ela desliza seus olhos para mim, mas não retribuo o movimento.

Enquanto alguns prisioneiros seguem determinados para o labirinto, outros sofrem violentos ataques ao tentar resistir. Nenhum deles escapa, os soldados fecham o cerco ao redor do povo que não consegue lutar contra a ameaça de oito patas.

Os olhos de mamãe despontam em meio ao caos. Ela está sendo levada pela confusão e a angústia que preenche sua expressão quebra meu coração. *Calma, mãe. Não vou te abandonar.* Repito a promessa que fiz a mim mesma durante todas as noites antes de dormir.

Os fios crespos do cabelo dela não estão mais trançados e os cachos perderam a bela definição. As olheiras profundas gritam uma história de sofrimento que não consigo aceitar. Meu peito começa a ficar apertado, e a respiração, sufocada. Não posso esperar muito mais tempo. Preciso agir.

Um sentimento animalesco, diferente de tudo o que eu já havia sentido antes, toca bem no centro do meu estômago.

Mamãe desaparece dentro do labirinto quando alguns poucos prisioneiros ainda estão do lado de fora. É agora. Giro meus pés lentamente na direção das gigantescas muralhas e abaixo levemente meu corpo, encontrando a posição certa para me impulsionar.

Os guardas ao meu redor começam a discutir. À minha esquerda, encontro Ravenna descendo as escadas. Coloco tudo o que acontece ao meu redor de lado e penso apenas nos motivos que fazem meu coração bater mais forte nesse momento. No sorriso brilhante e nas bochechas cheias de mamãe. No perfume de jasmim com baunilha que sempre usou e no creme de avelã que fazia todos os domingos para comermos com pão. Revivo as noites que pude dormir na sua cama porque fiquei com medo dos trovões e a forma ardente que sempre agiu para proteger quem ama. Eu me apego a todas essas coisas, mas principalmente na promessa de que não posso perdê-la.

Quando o último soldado deixa a entrada e o labirinto começa a se fechar, eu corro.

— Ei! — O berro voraz soa atrás de mim. — *Vagabunda*! Atrás dela!

Existem muitos metros de chão à minha frente até conseguir alcançar a entrada do labirinto, mas só eu sei o quão veloz consigo ser. Sei que vai dar tempo e que os covardes ficarão do lado de fora com a poeira sob meus pés.

As portas do labirinto deslizam devagar e o movimento sacode paredes e teto. A vibração por baixo dos meus pés alimenta minha vontade de avançar mais rápido.

Um soldado com o bastão corre pelo meu lado esquerdo, mas espero até que esteja perto o suficiente para realizar uma finta e desestabilizá-lo. Escuto o barulho do corpo contra o chão, mas não paro para ver a bela cena de rosto do homem contra o piso.

Penso na destreza dos pássaros e na fluidez de suas asas para me inspirar nesse momento. Mesmo sem meus poderes, imploro para que o ar ao meu redor me dê ainda mais agilidade.

Estou tão focada na abertura cada vez mais estreita entre as portas, que quase perco o controle dos meus pés ao presenciar o rosto de mamãe surgindo mais uma vez.

Ela tenta avançar para fora do labirinto, mas seu corpo parece esbarrar contra a parede. Então apoia-se nela.

— Volte pra dentro! — berro. As veias da minha garganta estão saltadas e a saliva voa para fora da boca. — Mãe! Volte pra dentro!

Coloco mais força nos meus pés, mas eles parecem estar em carne viva. Posso até perdê-los, se for necessário, só que não diminuo a velocidade.

As mãos trêmulas de mamãe empurram seu corpo para o lado e abre a boca de um jeito que parece o formato do meu nome. Kalina. O sorriso desponta, finalmente, no rosto maltratado e assente um pouco com a cabeça. *Isso! Ela entendeu! Está voltando para dentro.* Meu peito se enche ainda mais e esqueço os gritos enfurecidos atrás de mim.

Quero que saiba que eu nunca desistiria. É isso o que eu faço pelas pessoas que eu amo. Vou até o inferno se for preciso, para salvá-las, mesmo que me derrube junto.

As chamas tomam meus pulmões, mas não posso parar agora. As portas estão cada vez mais perto, mas tenho tempo o suficiente para passar.

Mamãe está bem no meio da entrada do labirinto, me esperando com as mãos repousadas acima da boca. Consigo ver os olhos brilhando e não tenho certeza se são lágrimas ou não. Existe um brilho no rosto que não existia antes e isso é motivo o suficiente para me fazer sorrir de volta para ela.

Nosso reencontro, depois de tanto tempo, está muito próximo e quase consigo sentir seu abraço. Estou pronta para gritar seu nome, quando o corpo de mamãe dá um impulso para a frente.

Uma ponta metálica surge no meio do estômago.

Ela cambaleia e me fita com olhos cheios de confusão. O sangue desliza pelos lábios e as lágrimas escorregam por suas bochechas.

Não.

O ar é roubado de mim e esqueço como é usar minhas próprias pernas. Elas enroscam-se e caio no chão, batendo meu rosto contra o piso. O impacto machuca meu quadril, mas tudo acontece rápido demais. Estou de pé mais uma vez antes que os guardas consigam chegar até mim.

As portas estão deslizando apressadas e quase duvido de mim mesma.

Mamãe tenta dar um passo para a frente. Estica sua mão na minha direção e fica perigosamente perto das muralhas desenfreadas. Se ela avançar, será esmagada pelas portas.

— Não! — A rouquidão ataca o timbre da minha voz. — Volte pra dentro! Estou chegando!

Meus olhos estão muito secos e doem. Preciso chegar até a mamãe e resolver isso. *Ela vai ficar bem, eu sei disso.* A lâmina desponta para fora da barriga tingindo toda a frente de sua camiseta em vermelho. Ela parece não me escutar mais, porque dá outro passo rumo a fenda. Antes que consiga realizar o ato, quando o grito está pronto para sair da minha garganta, uma mão esguia e pálida a segura com força.

A sombra eleva-se por trás e a puxa pelos braços. Mamãe tomba contra o desconhecido que a carrega cada vez mais para longe de mim.

— Solta ela!

A figura me encara atentamente com seus olhos amarelos e o rasgo escuro no lugar das pupilas redondas. Um ser que não pertence a esse mundo, mas, sim, às histórias mais assustadoras contadas no meio da noite.

A brecha entre as portas está estreita demais e começo a sentir a fria realidade soprando meu ouvido.

Não vou conseguir.

— Mãe!

Memorizo todos os traços do guerreiro antes que o gigantesco portal colida. Os fios claros do cabelo dele caindo pela testa. As veias azuis que sobem pelo pescoço e beijam as bochechas pálidas. Até mesmo a armadura preta que preenche todo o corpo.

Mas, principalmente, a aljava de flechas nas costas do maldito demônio.

CAPÍTULO 6

Na beira do lago, grandes olhos azuis me observam. O mais curioso é que tais olhos nem são tão grandes assim, pois pertencem a uma miúda garotinha. A pequena está bem longe. Em terra firme. Eu, por outro lado, afundo.

E afundo.

Afundo mais.

Para dentro das entranhas do lago. Ela olha, olha e olha, mas não faz nada além disso... Os finos cabelos cor de terra quase escapam das duas tranças que repousam delicadamente em seu busto magricelo. As sardas estão parcialmente escondidas debaixo do barro nas bochechas. E, não posso deixar de notar, que usa o presente dado por minha mãe. O vestido vermelho tornou-se seu tesouro, algo raro para ela e os pais tão humildes.

Mesmo com a água gelada enrijecendo minha pele, o pensamento arranca um sorriso dos meus lábios. A garotinha parece achar tudo muito interessante; seus olhos cismam em não desviar. Sei que vou perder a batalha, que logo vou submergir, mas não me entristeço pelo destino inevitável.

Até esse momento, nunca tinha percebido o quanto as árvores são altas e escuras nessa parte específica do bosque. Eu quase não enxergo mais o céu por entre o topo apinhado de folhas. Penso em gritar, mas alguém iria aparecer? Seria tola se tentasse fazer a voz sair de mim. Desejo, apenas, me despedir da garotinha. Dizer, encarando bem dentro dos olhinhos, que é uma boa amiga. Que se tivéssemos mais tempo para correr pela floresta, subir até o topo de cada árvore ou desbravar as cavernas que sempre aguçaram nossa curiosidade, teria sido muito bom. Tantas aventuras nos esperavam. Tantas histórias que poderíamos ter construído juntas.

Mas nada disso é dito, porque a água do lago me engole e eu desapareço até a mais profunda escuridão.

Esferas negras pincelam minha visão quando abro os olhos em um rompante. A dor aperta as costelas e meu tronco levanta instintivamente. Estou sentada, mas não faço ideia do que aconteceu. Aperto o metal gelado enquanto meus dedos buscam identificar a localização. A única coisa que separa minha pele do frio é um tecido fino como papel. Um zumbido incomoda os ouvidos sensíveis. *Bipes também?* A sensação na cabeça é a mesma que já senti ao girar várias vezes quando criança. Não gosto nada disso.

Por um breve momento, as imagens tornam-se mais nítidas. Quando olho para baixo em busca de respostas, percebo que estou em uma cama simples e prateada. Não é a única aqui dentro, pois se repete ao longo do ambiente. Estão todas lado a lado e mantêm-se cobertas por tecido branco (extremamente branco). A cena me faz pensar que talvez eu ainda esteja com a mente embaralhada.

Não é algo incomum de se ver. Esse lugar parece muito com a casa de cuidados que um dia precisei utilizar em Mave. Normalmente, quando ficamos doentes em nossas residências, tratamos o possível com os curandeiros da vila. Eles são mais baratos e (definitivamente) mais confiáveis. Os doutores que trabalham nos centros mais chiques normalmente representam o governo e isso nunca é uma boa situação.

Do meu lado esquerdo, um objeto comprido de metal segura uma espécie de bolsa pequena e transparente, preenchida por líquido azul intenso. O tubo fino conectado a ele desce até chegar à altura do meu quadril, a agulha perfura a parte macia entre meu braço e antebraço. O primeiro instinto é puxar o tubo para bem longe, mas a ação é interrompida quando uma corrente com tiras de couro segura minhas juntas próximo à cama. *Claro que estou presa.* A visão ainda parece embaçada, mas forço o olhar mais adiante. Nada além de paredes verde-claro, dezenas de camas de metal e uma parca iluminação. Não existe ninguém além de mim, também. Estou isolada aqui dentro e apenas uma porta grande e escura representa a saída.

A clareza chega aos poucos abraçando minha mente, mas traz consigo um pensamento que aperta meu estômago.

— Mãe… — lamento baixinho.

Respirar deveria ser algo natural, mas nenhum ar consegue entrar em meus pulmões. Respiro e inspiro, respiro e inspiro.

Não consigo respirar. *Como* respirar?

Lapsos de memória preenchem minha mente. Lembro-me dos meus pés contra o chão gelado e o tremor das portas deslizando por todo o meu corpo. Eu vejo o rosto de mamãe na entrada do labirinto. Esperando por mim… Só que tudo explodiu quando a flecha apareceu. O peito dela não deveria se partir daquele jeito, deveria? Como uma mulher tão forte pode ter sua carne esfrangalhada por um pedaço de metal? Isso deveria ser impossível, não? E o sangue. Tanto sangue… As mãos pálidas, pinceladas por veias azuis, tomaram para si o suspiro de mamãe. E a aljava de flechas em suas costas confirmou a quem a culpa pertence.

O que aconteceu com minha mãe? Ela não poderia estar…

Não tenho coragem de terminar a frase. Não posso acreditar nisso. *Eu não vou acreditar nisso.*

Minhas mãos repousadas no colo estão doloridas. A pele negra está bem vermelha em alguns pontos, mas pouco me importo.

Teria derrubado as paredes do expurgo com os punhos.

Os guardas chegaram mais rápido do que esperava, mas isso não me deteve. As unhas arranharam a pele dos rostos deles e meu pé acertou o ponto certo entre as costelas. Só conseguiram me conter quando a picada acertou meu pescoço e a calmaria inundou minhas entranhas.

Tento trazer as mãos até meu peito partido de dentro para fora. Porém, continuo no mesmo lugar, presa pelas amarras nos pulsos.

A flecha despontando do estômago de mamãe é tudo o que vejo. A maldita sombra da morte arrastando-a para longe.

Se puxar as correntes com força, talvez a dor na minha pele diminua um pouco dentro de mim. Estou bem perto de colocar em prática o pensamento, mas antes que tenha a oportunidade de fazê-lo, engulo em seco e enrijeço.

A porta no começo da sala abre, só que não dirijo meu rosto na direção do som. O estalo de saltos e botas retumba pelo chão e transforma o silêncio em ritmo. A visita só pode ser para mim. Então, espero.

— Kalina Kaster? — O tom doce quase faz meu nome se tornar poesia. Levanto meu rosto devagar até encontrar a mulher parada na ponta da cama. Ela é mais baixa do que eu, pensei na primeira vez que a vi, mas talvez seja assim que todos nós enxergamos os *queridos* aratnyanos. — Fico feliz em encontrá-la bem.

Pisco meus olhos algumas vezes porque a frase me pega de surpresa. Ela realmente falou que está feliz em me ver bem? Isso só pode ser piada.

Em poucos segundos, identifico que a mulher nos pés da minha cama gosta de evidenciar o poder através das roupas que usa.

O corpo está coberto por um vestido de mangas compridas e levemente soltas. Alguns pequenos detalhes em renda preta apertam os pulsos de forma estratégica. A cintura é bem marcada e o material pesado da saia pende até os joelhos. O pescoço (onde eu adoraria colocar minhas mãos e torcer) é beijado pela gola alta.

— Você é Ravenna? — consigo falar com calma, sem demonstrar o tremor em minha voz.

Antes de responder, ela ajeita a franja que roça seu queixo. O resto do cabelo é bem curto e as pequenas orelhas brilham com a gota prateada dos brincos. É como uma pintura digna dos melhores artistas.

— *Diretora* Ravenna — dá ênfase na primeira palavra. Sua boca está banhada num tom vinho-escuro; e os olhos esfumados, em preto.

Se é uma resposta que quer, não a presenteio com isso.

O homem atrás de si solta uma risada seca. Já nos conhecemos. *Tenente Ruel.* É bem mais alto, duas ou três cabeças maior que ela. A barba ainda está por fazer, mas não o suficiente para ser considerado desleixo. Ruel sabe que é um homem atraente e talvez use isso como arma.

Ficamos num jogo silencioso. Encaro os olhos verdes dele e deslizo lentamente para a bela diretora. São uma dupla e tanto. *Sinto o cheiro do veneno emanando de ambos.* Existe um tipo de energia, quase palpável, que desprende-se dos dois.

O duelo acaba no momento em que a diretora movimenta seu corpo para mais perto de mim. Acompanho a facilidade com que desliza seus pés até estar ao meu lado.

— Kalina… — Segura o silêncio por longos segundos. As íris escuras analisam meu rosto com muita calma. Por fim, continua a frase presa em sua língua: — Confesso que nem todos os prisioneiros chamam a minha atenção, não costumo visitar todos na ala de cuidados. Você deve imaginar. — Os dentes brilhantes despontam em um sorriso provocador. Ela meneia o queixo para o lado e parece pensar um pouco. — Invadir o palácio real? Foi atrevida… Para dizer o mínimo. — As longas unhas encaixam-se durante o aperto das mãos. — Sabe que precisamos te fazer algumas perguntas. A maioria delas envolve a motivação por trás do ataque ao palácio. — Ravenna repousa os dedos gelados no meu ombro. — Estou pronta para te dar a possibilidade de respondê-las por livre e espontânea vontade.

Não consigo segurar a risada irônica. A diretora me encara, esperando pela resposta.

— Eu só queria agradecer ao Imperador por ser um líder *tão bom*.

Deixo implícito nas últimas palavras o sarcasmo da resposta. Ravenna inspira profundamente. Retira a mão no instante que o tenente Ruel se assoma acima de nós duas. Ele me encara ferozmente.

— Você sabe *o que* eu preciso fazer, não é?

Ravenna demora um longo instante para concordar. Depois, afasta-se até o início da cama.

— Espero que saiba que eu te dei a chance de falar a verdade. — Quando termina a frase, vira o rosto em direção à parede.

O olhar gélido de Ruel faz um arrepio involuntário subir pela espinha. Ele estica a mão para o seu lado esquerdo. Não deixo de acompanhar o que o maldito tenente pretende fazer.

Seus dedos bronzeados repousam na pequena bolsa transparente preenchida por líquido azulado. Existe uma rosca que trava o escorrimento para o tubo.

— Você tem mais uma chance.

Empino meu queixo e engulo em seco. Não sei o que pode acontecer, mas quero apostar para ver.

O tenente apenas gira a roldana e tudo acontece.

O fluido escorre até a agulha presa na minha pele. É gelado, mas incendeia minha carne muito rápido. O grito aperta a garganta e, por reflexo, puxo o braço para cima. Só que não consigo fazer muita coisa a não ser tremer contra as amarras. A sensação é como lava queimando todo o meu braço, como mil agulhas penetrando diretamente a pele. Sinto as veias do pescoço saltarem e ranjo os dentes em resposta. A dor é tão forte que não consigo pensar em nada. Só quero que pare. Acho que nunca senti uma dor física tão forte como essa e estou prestes a enlouquecer. Antes que liberte o grito preso na garganta, a dor vai embora de uma só vez.

Ruel está na mesma posição de antes, a mão regulando o veneno.

— Comece a falar — ordena com a voz grave.

A cortina de cachos gruda na minha testa suada. Respiro pesadamente e preciso aliviar um pouco da força com que aperto a mandíbula. Se esse *bostinha* acha que vou baixar a cabeça para seus comandos tão rapidamente, está completamente enganado.

— Talvez, se você pedir por favor... — desafio em meio a arfadas.

Ruel avança para cima de mim. As veias em sua testa estão um pouco saltadas e ele parece ter chamas no lugar das íris verdes. Antes que possa me tocar, Ravenna segura seu braço.

— Ruel! — Ela puxa o homem para mais perto. — Não... Eu preciso dela.

O tenente continua me encarando, as narinas infladas como um touro pronto para atacar o rival. Ele desvia a atenção de mim assim que a mulher toca seu rosto com unhas compridas e escuras. Ela move o rosto do tenente para si com carinho.

— *Precisamos* dela. Entendido?

O aratnyano coloca a mão por cima da de Ravenna e assente uma vez. É como um cachorrinho sob a coleira. A porta de metal se abre e os dois se desvencilham. Ele volta sua atenção para a chegada dos visitantes. Ravenna aproveita os segundos antes que a nova plateia chegue e com seus dedos longos e finos retira os fios do meu rosto. Sinto, mais uma vez, o toque gelado, a unha raspando na minha pele. Ela coloca uma mecha atrás da minha orelha e fala baixinho, apenas para que eu escute.

— Não terminamos aqui, Kalina. — As sílabas são ditas pausadamente. — Tenho algumas perguntas que precisam de respostas e acho que você pode me ajudar com isso.

No momento em que termina sua frase, gira para longe. Majestosamente, caminha até Ruel, que a espera no corredor.

À frente do grupo visitante está um senhor. A insígnia em seu quepe brilha em vermelho. O lábio superior mal é visto por baixo do grosso bigode grisalho. O corpo grande e redondo veste o mesmo uniforme de Ruel, mas não tão alinhado quanto o do tenente.

O senhor abre os dois braços, seguido de um sorriso quando se aproxima.

— A festa aconteceu e eu não fui convidado? — A voz sai arranhada, o tom de quem traga muitos charutos certamente.

Atrás dele, mais dois soldados seguem seus passos sincronizados. Rapidamente reconheço o jovem garoto de pele marrom-avermelhada, Mig. Porém, ao seu lado, está um militar que eu ainda não conheço. Os cabelos laranja como chamas de uma fogueira

— Diretora Ravenna. — O homem repousa o dedo na borda do quepe e abaixa um pouquinho. — Onde está a atração principal da noite? — Olha para trás da dupla imponente e parece, finalmente, notar minha presença. — Então essa é a prisioneira barulhenta!

— Não sabíamos que estava de volta, Capitão Pathrenes. — Ruel faz uma mesura para o homem. Na hierarquia do exército aratnyano, logo acima do cargo de tenente, se encontra seu capitão. O velho definitivamente não exibe a imponência de Ruel, mas se está acima dele, o tenente precisa abaixar a cabeça.

— Não aguento mais um dia com aquela mulher! — O capitão bate as duas mãos com força na frente do rosto. — Agora que está *embuchada* se tornou sensível a qualquer coisa. Mas eu aguento, pois é meu sétimo menino! O número da sorte. — O velho empina sua barriga para a frente, satisfeito pela notícia que dá.

— Certamente será, capitão — o tenente concorda.

— Mas deixemos de falar de mim. — Ele dá dois tapinhas no ar, afastando uma mosca imaginária. — Fiquei curioso pelas notícias que chegaram até meus ouvidos. — O capitão aponta para a lateral da cabeça. — São orelhas grandes, como sabem, e nunca deixam escapar uma boa fofoca. — Tenta se aproximar um pouco, porém é impedido por Ravenna, que entra delicadamente na frente, afastando o homem. O movimento é o bastante para que os olhos pequenos se ajustem na minha direção. O sorriso morre na face assim que me vê com clareza. — *Pelo Deus de Aratny*, ela é a cara...

Pathrenes não termina a frase, busca pelos olhos de Ravenna, que assente.

— Também fiquei espantada. Diria que é a versão mais jovem de Safiny. Mas acho que faz sentido, por ser filha dela.

Eles estão falando da minha mãe e parecem conhecê-la. Berro contra as correntes e questiono onde ela está. Os dois ignoram minhas perguntas. Continuam na sua conversa particular, mas alta o suficiente para que todos escutem.

— E ela já sabe que a filha foi presa?

— Soube, por um breve momento.

— O que quer dizer? — Pathrenes questiona, os olhos assustados cravados em mim.

Ravenna gira o pescoço um pouco para trás. Todos dentro da sala me fitam. Sou a atração principal de um circo de horrores.

— Quer dizer que... — Preparo-me instintivamente para as garras que se aproximam do meu coração. — ... Safiny Kaster está morta.

CAPÍTULO 7

— *Onde?*
— *Pro-próximo às macieiras. No bosque. Eu acho...*
— *Você acha, Kalina? Pela Deusa!*
— *Não... Eu tenho certeza, deixamos o corpo lá. Mamãe, me perdoa...*
— *Você e Ehrika nunca estiveram no bosque, está me entendendo?*
— *O quê?*
— *Repita, Kalina!*
— *Eu e Ehrika nunca estivemos no bosque...*
— *Fiquem aqui. Vou resolver isso. Tudo vai ficar bem...*

Tudo vai ficar bem.

Pé esquerdo. Pé direito. De novo, meu pé esquerdo e depois o direito. Continuo focada no movimento, porque é o único controle que tenho agora. Se liberar meus pensamentos, talvez sufoque outra vez.

E não quero sufocar.

Esse é o terceiro momento na minha vida onde sinto garras afiadas penetrando a carne do meu pescoço. A coceira na garganta incomoda, como um pequeno inseto caminhando sobre minhas cordas vocais. Não quero gritar; já gritei demais e nem me reconheço quando faço isso. Gosto do silêncio, só que nem mesmo ele consegue me tranquilizar.

Quase escuto a voz de mamãe obrigando-me a acordar do torpor. *Kalina, você vai desistir agora?*

Não sei, mamãe. Estou tão cansada.

Ainda é muito cedo para isso.

Talvez eu não seja tão forte quanto achei que fosse.

Você é.

Sacudo os cachos pesados do meu cabelo para os lados. Abro bem os olhos, me tornando mais consciente de onde estou. Minhas mãos estão atadas com força e os braços são pressionados por dedos desconhecidos. Eles não me machucam, diferentemente dos soldados que me trouxeram para dentro da montanha. O aperto é firme, mas apenas o suficiente para que eu não escape.

Desvio a atenção para o oficial Mig marchando ao meu lado. O capacete redondo esconde os cabelos grossos, e ele parece absurdamente concentrado na tarefa. Mesmo com o mundo girando lentamente, me esforço para observar a quem pertence o outro aperto. Enxergo os cabelos vermelhos de fogueira. Ele parece sentir a minha atenção, porque baixa seus olhos e me fita. O soldado abre um sorrisinho, pincelado por sardas, depois volta a mirar a frente.

Sigo na mesma direção e identifico o caminho adiante. Estamos em um longo corredor que parece não ter fim. É feito inteiramente de cimento queimado e não comporta nenhuma outra vida além das nossas. Estamos completamente sozinhos. As lâmpadas não iluminam o suficiente e uma aura de escuridão escorre pelas paredes.

O que devo fazer agora? O pensamento cruza minha mente. Só quero me deitar no chão gelado e esperar a dor no peito passar um pouco. Não sinto a energia que deveria sentir e isso me deixa ainda mais cansada.

Eu deveria estar tramando um plano para fugir desses dois idiotas, mas meu corpo é quase carregado pela dupla. Qualquer passo que der sozinha, será em direção ao chão.

Minha mãe está morta.

Foi o que Ravenna disse.

Morta.

A palavra parece errada na minha boca. Não faz a ligação correta à imagem de mamãe. É um daqueles pesadelos que parecem reais até que você descobre que está apenas sonhando. Estou tentando acordar, mas não consigo.

Não posso acreditar nas palavras deles. Desistir de mamãe agora não faz parte do jogo e enquanto ela estiver longe dos meus braços, não deixarei de duvidar que é tudo mentira. Não até ver com meus próprios olhos o corpo dela.

Tente reagir! Quem sabe se chamar pelo meu poder...

Penso naquele ponto bem no meio do meu peito onde a queimação sempre começa. Esqueço o mundo ao meu redor e visualizo a liberdade dos pássaros no céu azul. Espero pacientemente pela conhecida intensidade que percorre minha pele, mas nada surge.

Estou vazia.

O cansaço volta em uma onda forte. Quem sabe, se eu coletar algumas informações, talvez ajude a avançar no plano (seja ele qual for) e preencha minha mente por enquanto. Já sei algumas coisas sobre o garoto de pele marrom, então espreito o de cabelos vermelhos. Não sei o que posso conseguir, mas tento pelo jeito mais fácil.

— Como é seu nome?

Ele gira o rosto e noto o jeito que as sobrancelhas estão levantadas. Percebo o capacete um pouco desalinhado e as faixas que cruzam a frente do seu uniforme tortas. O soldado abre um sorriso que vai até os olhos e forma pequenas ruguinhas nos cantos.

— Você pode me chamar de Alexis — diz em tom manso —, e o seu?

A resposta dele é rápida demais e me deixa desconfiada. Como assim? Não vai gritar comigo e me chamar de porca imunda?

— Você já sabe. — Sou um pouco ríspida, mas sai involuntariamente.

O garoto pressiona os lábios e assente rapidinho.

— É, eu sei. — Coça o nariz. — Kalina, né?

Deixo a constatação no ar. Ficamos em silêncio por alguns segundos, até que ele ressurge das cinzas.

— E aí, o que está achando da prisão?

Fala sério.

Mig engasga, olha para trás e chega mais perto para sussurrar alto.

— Não devemos conversar com a prisioneira...

A *prisioneira* está escutando bem, babaca.

O oficial Alexis se aproxima de mim também, baixando a voz ao responder o garoto. Eles se encaram, dividindo o meu espaço pessoal.

— Ela só queria saber meu nome. Não sou mal-educado. — Termina a frase abrindo um sorrisinho ainda mais empinado.

Mig bufa e parece procurar pelas palavras, mas não encontra uma resposta decente. Ele desiste, voltando à sua posição anterior. Alexis ainda está encarando o outro oficial. Dá uma risadinha e diz para mim:

— Ele ainda vai ter problema de coração.

Mig solta um *Rá!* irônico e volta a enfrentar Alexis, ignorando minha total existência.

— É claro que vou! Com você sendo meu *parceiro de ronda*, isso não está longe de acontecer.

Concentro-me no jeito que Alexis segura uma risada, balançando a cabeça. Suaviza a expressão e direciona a pergunta para mim mais uma vez.

— Ele deveria relaxar, né?

Não sei bem o que responder. Os dois parecem discutir muito, mas sem rivalidade. É quase... amigável? *Não esqueça que são aratnys nojentos. Não dê muita abertura, pode ser tudo teatro.* Quando não respondo, Mig decide se defender furiosamente

— Não me fala pra relaxar, você sabe que isso só me deixa mais estressado. — A voz dele é um segredo confessado entre nós três. — E... eu nem estava estressado, agora eu estou. — O garoto segura os segundos até finalizar o pensamento. — Você me estressa.

Certo, a conversa tomou um rumo totalmente particular e eu não faço parte dela.

— Eu te estresso? — Alexis se aproxima ainda mais. Um leve sorrisinho despontando. — Gosto disso.

Mig encara Alexis, incrédulo. A boca está aberta em um grande círculo e as bochechas têm um tom mais forte de vermelho. Começa a gaguejar e a cena toda me deixa meio envergonhada. *Estão flertando?*

Os dois pulam para longe quando interrompo o momento.

— Alguém vai me dizer pra onde eu estou indo? — Procuro por Alexis, porque com certeza ele é o elo mais fraco.

— Pra sua cela — Mig responde mais rápido. Seus ombros estão rígidos e ele encara o corredor à nossa frente mais uma vez.

Continue pressionando, eles parecem ter a língua solta, penso.

— E onde estamos agora?

— Você é bem curiosa, né? — Alexis ri, mordendo o lábio.

— Ou bem esperta... — Mig responde de soslaio para mim.

Demorou para notar, oficialzinho?

— Está com fome? — Alexis questiona. Isso me lembra da última vez que coloquei algo para dentro do estômago. Como se a minha bendita barriga tivesse acordado, ela ronca alto. O garoto ruivo começa a rir, o que quase faz Mig soltar uma risada junto. — A diretora Ravenna solicitou uma refeição para você.

— Mas não se acostume — o nervosinho dispara logo depois, o tom sério voltando à voz. — Refeições são dadas apenas uma vez ao dia.

— Ou *quando* são dadas... — Alexis completa.

A última informação não me surpreende em nada. A fome é uma tortura que destrói os necessitados aos poucos. Você perde a razão e se submete às piores regras apenas para conseguir um pedaço de pão no fim do dia. *O verdadeiro perigo de um trono ditador é o seu povo bem alimentado,* a frase dita por mamãe tantas vezes abre novamente a ferida no meu peito.

A lâmina bem afiada do luto volta a perfurar minha carne e me esqueço do mundo ao meu redor. Os pensamentos me bombardeiam de novo. E se tivesse sido mais rápida ou não tivesse me contido tanto? Teria sido diferente? Fui eu quem deixou a mamãe desestabilizada, fui eu quem chamou sua atenção no momento em que ela deveria estar focada. Foi minha culpa, tudo é minha culpa.

Controle-se! Você não viu o corpo, não pode acreditar tão facilmente.

Não sabemos o que somos capazes de fazer por quem amamos. Em quem nos tornamos quando nosso chão desaba. Como cada célula do nosso corpo responde à ínfima ideia da perda. Solto o grunhido por entre os lábios e os dois soldados me espiam com o canto dos olhos, mas não sinto a pressão das mãos aumentar. Eles só continuam me guiando pelo corredor enorme.

A energia fria e escura do ambiente aumenta a sensação de melancolia dentro de mim. Não existe nenhuma janela ao nosso redor, e isso só reforça a sensação de aprisionamento. Existem portas seladas em um mundo particular que não é compartilhado conosco. Algumas delas chamam atenção pelo tamanho ou pelas placas, informando que o acesso é apenas para pessoal autorizado.

Encontramos o fim do corredor e a mesma caixa de metal usada anteriormente para chegar até o salão do expurgo. A montanha é toda composta por corredores e portas, segredos e algemas. Tento gravar tudo, mas fica difícil conectar as direções aos ambientes.

No momento em que estancamos em frente a uma porta enorme, Mig desliza os dedos em um painel. Faz movimentos rápidos e logo as enormes portas se afastam para lados opostos. Seguro minha respiração ao perceber que chegamos às celas.

Por trás das grossas barras de ferro, olhares curiosos escrutinam os passos dados pelos militares. Alguns prisioneiros pressionam os rostos contra o gelado das celas e berram obscenidades. Os ombros de Mig estão rígidos, mas ele não baixa o olhar mesmo em meio aos xingamentos.

— Essa não vai durar um dia! — alguém grita.

O lugar é dividido em três andares preenchidos por cárceres. O bramido vem lá de cima, mesmo que eu não consiga enxergar quem tenha falado.

— Tem cara de ser Lovana — outra voz dispara em tom de nojo logo que passo por sua cela.

— É de Marzilis, pode voltar de onde veio e se afogar!

A cacofonia é tanta que mal consigo distinguir as palavras no meio das vozes e gritos. O ódio entre os reinos começou desde que as muralhas foram erguidas por Frederick Denova. Ele conseguiu nos virar uns contra os outros. Nenhum dos prisioneiros percebe que existe apenas um inimigo em comum.

— É aqui — Mig constata.

Estamos na última cela do primeiro andar, no canto mais afastado. Pela primeira vez, noto a mudança de postura de Alexis. Ele puxa o bastão preenchido com veneno e encara as prisioneiras dentro do cubículo cimentado.

Mig liberta minhas mãos e me encaminha para dentro. Quando atravesso a porta, preciso acostumar meus olhos à mudança de luz. O som da tranca atrás de mim estala e sinto um arrepio. Estou muito cansada, mas engulo em seco e enfrento o desconhecido que me espera aqui dentro. Levanto meu rosto e encontro três pares de olhos me fitando. Um deles, o de cor violeta, faz minhas pernas tremerem em choque.

Eu conheço esses olhos.

O que ela está fazendo aqui?

CAPÍTULO 8

Não foi fácil entrar no Palácio Real.

Longe disso, na verdade.

Depois que mamãe foi presa, foram longos dias de tortura psicológica. Nós esperávamos – assustadas – pelo barulho das botas dos soldados invadindo nossa casa mais uma vez. Foi a eternidade dos minutos passados em completo terror, imaginando os longos dedos do sargento apontados para mim ou para qualquer uma das garotas.

Só que o medo se transforma em algo perigoso quando você não tem mais nada a perder.

O plano começou a se desenrolar na minha mente durante as madrugadas frias embebidas pela culpa. As estrelas no teto do meu quarto derretiam-se e formavam o rosto de mamãe. Deitada no chão do meu quarto, eu a enxergava implorando para ser salva. Escutava sua voz através do vento durante as longas caminhadas solitárias. Era uma angústia que corroía cada lufada de ar que entrava pelas minhas narinas. Estava, pouco a pouco, esquecendo-me de quem era. A bússola dentro do meu coração indicava apenas uma direção: a Montanha. Só que não poderia colocar mais ninguém em perigo. Nenhuma outra pessoa seria presa além de mim.

É claro que as meninas não aceitaram meu plano. Primeiro, ignoraram-me. Acharam que tudo não passava de uma piada (como se eu fosse o tipo de pessoa que faz piadas). Depois, gritaram comigo. Ordenaram que eu esquecesse a ideia. No fim, as lágrimas tomaram o rosto de todas por saberem que eu não iria desistir.

"Se você entrar na Montanha, nós vamos fazer isso juntas."

"Não, vocês não vão."

Seria muito difícil fugir da fortaleza de pedra em cinco pessoas. Eu e mamãe poderíamos fazer menos barulho. Foi o que, depois de muito tempo, consegui enfiar na cabeça de Tolisie, Pitrya, Jheni e Ehrika. Nenhuma delas deveria se arriscar em um plano meu. Quando o erro era meu. Quando o crime era meu.

Mas elas imploraram para ajudar. Não teria conseguido estar aqui dentro, com as informações que tenho, se não fosse por cada uma delas. Ainda consigo sentir a intensidade da nossa despedida. O jeito confiante que elas disseram *tchau* ao invés de *adeus*. Como se fôssemos nos ver outra vez. A minha certeza não era tão forte quanto a delas, mas não comentei sobre isso em momento algum.

Ehrika participou da última parte do plano.

Ela conseguiu ter acesso ao palácio como guardiã. Foi contratada através de uma indicação de confiança (o que revela que confiança pode ser comprada em Aratny se você tiver dinheiro suficiente). Auxiliou durante semanas na limpeza e organização de toda a residência. Ela era uma sombra jamais notada em meio aos corredores. Conseguiu gravar os horários da agenda do Imperador Supremo e, quando chegou o dia combinado, Ehrika subiu as escadas até chegar ao quarto andar do palácio. Abriu despreocupadamente a janela e deixou-a assim. O lugar era bem próximo do telhado ao lado, o que facilitaria a entrada para uma garota que manipula o ar.

Esperei durante dias quentes que se transformaram em noites geladas. O único motivo que me manteve acordada eram os vultos de Ehrika através das janelas. *Ela está bem,* repetia a cada tremor das minhas mãos.

A última vez que a vi, eu já estava dentro do palácio colocando meu plano em prática.

A última vez que nossos olhos se encontraram, foi para despedir-se silenciosamente.

A última vez que a deixei para trás, foi com o pensamento de que ela estaria seguindo para fora do palácio em segurança.

Só que não foi a última vez que nos vimos, porque estou encarando suas íris violeta nesse mesmo momento.

Ehrika está presa sob a montanha também.

Fito-a por alguns segundos, sem acreditar no que vejo. Está agachada no canto mais afastado da cela. As mãos cruzadas ao redor do tronco, aquecendo-se. Ela parece tão atordoada quanto eu, porque ainda não conseguiu se mexer desde que nossos olhos se encontraram.

— Kalina — ela simplesmente diz e isso é motivo suficiente para derrubar a muralha que construí.

Esqueço o mundo ao meu redor e apenas lanço-me na direção de Ehrika. Ela tenta se levantar, mas a puxo em um abraço. Enterro meu rosto nos cabelos loiros de minha melhor amiga e fecho meus olhos bem forte.

— O que aconteceu? — consigo cuspir as palavras.

Ehrika pressiona seus dedos nos meus braços e quase faz o ar escapar dos meus pulmões, tamanha é a força com que me aperta.

— Me desculpa, Kali. — Ela está tremendo.

Com muita dificuldade, afasto Ehrika e percorro com meus olhos cada ponto de pele do seu rosto. O lábio superior está com um corte feio e a pele branca está arroxeada em alguns pontos. Não sei quem fez isso, mas já quero transformá-lo em adubo.

— Você não deveria estar aqui — sussurro para mim mesma. Rapidamente a realidade me toma e penso no pior. — As meninas?

Ehrika balança a cabeça e esconde o rosto por trás das mãos.

— Não sei. — Continua tremendo. — Espero que estejam dentro do navio, a uma hora dessas.

Seguro os pulsos de Ehrika e tento fazê-la me encarar.

— *O que aconteceu?* — pressiono um pouco mais.

— Eu estava seguindo o plano Kali, eu estava! — As bochechas da garota estão tomadas pelas lágrimas. — Não foi minha culpa. Sei que às vezes eu faço coisas meio impulsivas! Mas, dessa vez, realmente não foi minha culpa. — Sua voz fica ainda mais fina enquanto tenta se explicar. — Aquele maldito guarda! Sempre tomei cuidado com ele, mas naquele dia o intrometido ficou na minha cola. — Noto um pequeno corte no lado direito da cabeça de Ehrika e isso rouba minha atenção por alguns instantes. — Fiquei nervosa... Kalina, eu meio que surtei ao abandonar você naquele lugar. Fui descuidada... Talvez a culpa tenha sido minha, na verdade. Eu só... — As lágrimas aumentam. — Eu acho que a culpa foi minha mesmo. Kali, me perdoa...

Não deixo que ela continue a falar. Meus braços estão novamente ao redor de Ehrika. Acaricio suas costas enquanto ela treme convulsivamente. É um ato conhecido entre nós. O de sentir as lágrimas tocando o ombro uma da outra, e os dedos seguindo o caminho de pele carinhosamente. É a nossa forma de dizer – sem palavras – que estamos aqui e que tudo vai ficar bem.

— Shiu... Calma — falo baixinho. — Me perdoa, a culpa foi minha por ter te obrigado a fazer tudo isso.

Ehrika se afasta energicamente de mim.

— Não! Fiz isso pela Safiny, todas nós fizemos. — Quando escuto o nome de mamãe ser dito, todo o ar é arrancado dos meus pulmões. *Ehrika ainda não sabe.* — Aliás, você já a viu?

O brilho desponta nos olhos abatidos de minha melhor amiga. Ela limpa as lágrimas com mais força do que o necessário. As bochechas sensíveis ficam vermelhas instantaneamente.

O bolo que se forma na minha garganta não me deixa falar, então, apenas assinto.

— Safiny vai nos matar! — A garota torce a boca. Retira alguns fios do rosto que grudam com o molhado das lágrimas. Como não digo nada, ela fixa seus olhos com mais atenção em mim. — Falou com ela? — Ehrika pressiona.

Dessa vez, não faço nenhum gesto, apenas retribuo o olhar por longos segundos.

Ehrika estreita as íris violetas.

— O que foi? — Ela analisa meu rosto e espera pacientemente. Aos poucos, as linhas de sua face vão se contorcendo. — Aconteceu algo?

O cansaço volta a pesar meu corpo. Não quero falar sobre isso. Não quero ser a pessoa que precisa contar às outras o que aconteceu. Não era para ser assim. Eu deveria salvar mamãe. Eu deveria tirá-la daqui.

— Kalina? — Ehrika repousa a mão no meu braço e o segura com mais força. — Safiny está bem?

Dói encarar os olhos de Ehrika. Sou covarde o suficiente para desviar os meus e prestar atenção no puído uniforme que ela veste.

— Ehrika... — O murmúrio é quase inaudível.

As palavras enrolam-se na minha língua. É como se o que preciso dizer fosse traduzido em um dialeto que não sei falar. Como se fosse necessário muitos anos até que as frases estejam prontas para serem proferidas pela minha boca. Sinto-me idiota e ridícula. Pequena e descartável. A realidade parece não fazer sentido e talvez ela não faça mesmo. Minhas pernas começam a falhar, e eu não aguento o peso do corpo. É uma exaustão que consome pele, músculos, ossos, sangue e todas as células do meu corpo. Por isso, apenas me sento contra o piso gelado. Assim está melhor. Talvez, se eu esperar aqui por um tempo, sem pensar muito...

Ehrika inclina-se na minha frente e segura com força meus joelhos. Ela os sacode veemente.

— Kalina, *o que foi*? — A expressão de minha melhor amiga começa a se desfazer. Ela me encara, apreensiva. As unhas quebradas cravam-se inconscientes na minha carne.

Não vou conseguir contar o que aconteceu. Se falar em voz alta vai se tornar verdade e eu quero continuar ignorando essa possibilidade. Só que, eu não posso esconder de Ehrika. Ela merece saber.

Busco pelas íris violeta e apenas as fito por longos segundos. Aos poucos, a verdade começa a se revelar entre nós. É claro que ela entenderia tudo, Ehrika sempre entendeu.

— Não... — é a primeira palavra que sai de sua boca. A lágrima cai lentamente por sua face.

— Desculpa... — sinto necessidade de dizer.

Ehrika se afasta um pouco, balançando a cabeça.

— Não, Kalina. Não pode ser.

Sinto a queimação pressionar meus olhos, mas minhas bochechas continuam secas.

— Desculpa — falo mais uma vez.

Ehrika encosta sua testa no chão gelado, mas posso ouvir os soluços começando. Ela mal parece respirar em meio aos lamentos que saem de sua garganta. As mãos estão fechadas em punhos e vejo quando ela esmurra o piso.

É a primeira vez, em toda a minha vida, que sinto não ser certo abraçá-la.

Então, só aguardo até que ela decida gritar comigo. Porque sei que mereço isso. A merda toda aconteceu por minha causa, eu sou a culpada. Como posso achar que posso consolá-la? A pele dos meus braços está ardendo um pouco. Quando olho para baixo, percebo que minhas unhas estão cravadas e deixam tudo em carne viva. Obrigo-me a afastar as mãos para longe, e esse gesto faz a compreensão retornar como um chicote no meu peito.

Desvio a atenção de Ehrika e noto duas garotas estáticas do outro lado da cela. Estão muito quietas e observam atentamente. Eu tinha esquecido que não éramos as únicas aqui dentro.

A prisioneira de pele mais escura desvia o olhar e encara as unhas da mão. É um ato despreocupado, mas sei que ela quer deixar claro que não se importa com a situação à sua frente. A cabeça raspada é preenchida por tatuagens em arabescos. Percebo o movimento da segunda prisioneira e semicerro os olhos na sua direção. Está com os braços bem esticados ao lado do corpo e os olhos parecem quase marejados.

— O que você está olhando? — ameaço, empinando o queixo.

A pele da garota é bem branca, ela tem um nariz pequeno e arrebitado. Os cabelos castanhos são finos demais e emolduram o rosto cheio de sardas. Ela parece um pequeno ratinho indefeso. Vou chamá-la assim de agora em diante.

Quando a encaro, a garota automaticamente levanta a mão em um aceno estranho.

— Não quis escutar... — Aponta um dedo para o teto e gira-o. — Mas é meio pequeno aqui, sabe?

Aproveito para observar com mais calma o ambiente. A cela, definitivamente, é minúscula. O cimento queimado – que fez parte dos corredores do lado de fora – também preenche as paredes e teto aqui dentro. Não tem nenhuma cama. Nenhum banheiro. Somos apenas nós, dividindo o mesmo ar rançoso.

A voz anasalada da *ratinha* chama minha atenção mais uma vez.

— Meu nome é Nyllie.

Volto a encará-la, mas não respondo. Ela deve querer saber meu nome também. Só que não preciso dizer e nem quero. Ela que fique esperando pela resposta. Não vim aqui para fazer amigas. A mão de Ehrika pousa sobre a minha e a aperta. Meu coração acelera um pouco e volto a encará-la.

— Tem certeza? — A pergunta é dita com olhos vermelhos e inchados.

Não me faça falar sobre isso, Ehri.

— Eu vi acontecer... mas não tenho certeza.

O sangue lambuzando a camisa de mamãe preenche meus pensamentos.

— Como? — Ela engatinha até chegar mais perto de mim.

— Foi... — Busco pelas palavras, mas todas continuam entaladas na minha garganta. — Quando ela me viu... — A respiração começa a sair em arfadas rápidas. — Eu nem tive tempo de falar nada... — Aperto a mão de Ehrika com mais força. — Ela entrou no labirinto e aconteceu tudo muito rápido...

— Labirinto? — As sobrancelhas finas de Ehrika enrugam-se.

Ehrika também não sabe sobre essa parte. Não tive coragem de contar o que acontece aqui dentro, enquanto fazíamos as pesquisas por mais informações lá fora. Quando os cofres de mamãe ficaram vazios e os bolsos dos canalhas cheios. Ehrika jamais deixaria que eu entrasse sabendo da verdade. Mas não preciso explicar nada nesse momento, porque outra pessoa responde por mim.

— O *expurgo* — Nyllie diz. Giro meu rosto lentamente até observá-la. A garota está prestando atenção na nossa conversa e nem ao menos esconde. É uma típica fofoqueira, posso sentir o cheiro. Ou talvez seja bajuladora. Vou descobrir em breve.

Levanto uma sobrancelha questionadora.

— Vocês vão perceber que os prisioneiros não duram muito tempo aqui dentro. — Ela recosta-se na parede e lentamente escorrega seu corpo até estar sentada no chão. — *Eles* enchem a boca pra falar que é a purificação através do sofrimento, mas não passa de tortura. Querem nos eliminar do jeito mais fácil.

Que o expurgo purifique seus pecados, a voz do garoto aratnyano volta a ecoar em meus ouvidos.

Já que a garota começou a falar, aproveito para questionar a dúvida na minha cabeça.

— O que *tem* no labirinto? — Um frio sobe pela minha espinha. — Eu vi algo lá dentro. — Espero alguns segundos e concluo o pensamento. — *Alguém.*

— Os *Harakins* — ela simplesmente diz.

A palavra faz todos os pelos do meu braço arrepiarem-se. Não sei o que o título significa, mas causa um desconforto na parte de trás da minha cabeça.

— Hara... o quê? — a voz tremida de Ehrika dispara. — Não estou entendendo nada...

A prisioneira, Nyllie, olha para Ehrika e suas sobrancelhas formam um arco. Já vi essa expressão em outros rostos, é pena. Minha vontade é de pular na garota e fazê-la desfazer a feição. Não precisamos da pena de ninguém.

— Harakins — ela repete. — Guerreiros que trabalham para os Aratnys. — A ratinha levanta-se de repente. Aproxima seu rosto das grades e fita o caminho lá fora por alguns segundos. — Sabe as lendas que dizem que a montanha tem um portal para *O Outro Lado?*

— A dimensão dos demônios — falo, lembrando-me de todas as histórias contadas pelas senhoras do povoado.

— Então, aparentemente não são boatos. E os malditos guerreiros são de lá *mesmo.*

O silêncio toma conta da cela. Observo a mulher com as tatuagens, mas ela parece muito entretida com a sujeira sob as unhas.

— Ainda não tive a oportunidade de ver um deles. — Nyllie afasta-se das grades. — Nem quero, pra ser sincera... Mas dizem que vivem lá em cima, no castelo.

— Como pode ter certeza se nunca viu nenhum? — O tom de voz de Ehrika é incerto.

— Eu vi... — Solto o ar. Os olhos amarelos do guerreiro reverberam na minha memória. — Um deles *tentou* matar minha mãe.

Escuto a respiração de Ehrika falhar. Está apertando minha mão mais uma vez.

— O quê? — questiona, segurando as lágrimas.

Nyllie agacha-se, olha para mim e depois para Ehrika.

— Sua mãe está aqui dentro? Pelo *Deus de Lovano...*

Então ela é do terceiro reino.

Encaro os bracinhos finos de Nyllie e imagino como eles poderiam facilmente destruir as barras de ferro que nos prendem aqui. Levo um dedo até a parte de trás do meu pescoço e toco a pele sensível.

— Seus poderes? — Deixo implícito na minha frase o que quero dizer. Procuro pela prisioneira encostada na parede do outro lado da cela. Ela me ignora mais uma vez.

A jovem lovana sacode o rosto em negação, confirmando minha suspeita.

— Está adormecido.

— Nyllie, né? — Ehrika funga um pouco. — Como sabemos quando vamos para o... — Ela procura pela palavra certa.

— Expurgo — completo o pensamento.

Minha melhor amiga assente. A ratinha esfrega os olhos um pouco antes de responder.

— Eu não sei muita coisa… Apenas ouvi dos outros prisioneiros.

Uma voz estranha ecoa pela cela e meu corpo fica em estado de alerta.

— Todos vão para o expurgo. Ninguém escapa… — O timbre grave chama atenção. A *tatuada* continua olhando para as unhas, sem nenhum indício de que vai perder seu tempo conosco. — Em breve seremos nós, é só uma questão de tempo.

O eco do metal contra as grades acaba com a conversa. É um soldado aratnyano desconhecido. Ele abre um compartimento no pé da porta de metal e enfia quatro caixas pequenas através do espaço. Fecha com força e marcha para longe sem nem ao menos falar uma palavra.

— Comida! — Nyllie dá um gritinho. De forma desengonçada, atira-se para a frente e pega uma das caixas. Abre com rapidez, colocando seus dedos lá dentro e trazendo-os à boca.

Nossa outra colega perde o interesse nas lindas unhas e tem uma expressão de desespero no rosto quando avança e faz exatamente os mesmos movimentos da ratinha.

— Está com fome? — pergunto baixinho para Ehrika.

— Não — responde desanimada.

— É melhor vocês comerem — Nyllie fala, a boca suja de comida. — Ninguém sabe quando terá comida ou não. — A garota empurra as outras duas caixas e volta a devorar o alimento.

Pego a primeira e entrego a restante para minha melhor amiga. A comida é uma espécie de pasta laranja, com pedaços picados de algo que eu não faço ideia do que pode ser. O cheiro é forte e embrulha meu estômago por um segundo. Ehrika é a primeira a experimentar, engolindo com força. Não fico motivada a provar depois que ela torce o nariz e faz uma cara de desgosto, mas levo a gororoba até minha boca mesmo assim. O gosto é tão ruim quanto o cheiro, mas forço o alimento através da garganta.

Ehrika começa a fungar enquanto coloca seus dedos dentro da caixa.

— Eu vou tirar você daqui — sussurro para ela. O cansaço estampado em seus olhos.

— E Safiny? — As lágrimas perigam mais uma vez.

Minha mãe? É claro que não vou desistir dela, isso não faz parte do plano. Mesmo que possam dizer que está morta, algo dentro de mim grita o contrário.

Vou revirar a montanha para encontrá-la, viva ou não.

Se Ravenna quer esconder a verdade, então vou buscar a última pessoa que esteve com mamãe. O maldito harakin vai me contar algo, nem que eu precise arrancar as palavras junto de sua língua.

Levo os dedos cheios de comida à boca e forço o conteúdo a descer pela minha garganta mais uma vez.

Eu não vou te abandonar, mãe, prometo a mim mesma.

CAPÍTULO 9

A história que nos ensinam de Insula é perfumada e macia. Porém, a mente não esquece os verdadeiros eventos, mesmo que os livros sejam queimados e tentem alienar as novas gerações.

Trinta anos atrás, Frederick Denova tornou-se monarca do reino Aratny após a morte de seu irmão mais velho Félix – governante da época. O monarca, não completamente satisfeito, mirou a vastidão do continente de Insula sob as lentes prateadas dos seus óculos. Ele queria mais. Depois do golpe bem-sucedido em Aratny, instituiu que os pecadores dos outros quatro reinos existentes (Mave, Lovano, Marzilis e Veraz) seriam sentenciados ao mesmo pesadelo. Se antes cada um dos povos tinha liberdade de comandar suas terras como achasse mais justo, agora todos seriam encarcerados esperando pela purificação das leis divinas estipuladas pelo governo aratnyano.

Os anciões, por outro lado, continuam sussurrando através dos becos escuros e pelas tavernas ilegais. A prisão de Insula não é nossa salvação, pelo contrário. Ela é o moedor de carne daqueles que tentaram lutar contra a tirania de Frederick.

Apenas uma semana passou desde que coloquei meus pés aqui dentro e já posso sentir na minha pele todos os sussurros se tornando realidade. Não pude fazer muita coisa a não ser esperar, seguir as ordens dos crápulas e observar com cuidado tudo o que conseguia. É difícil manter a sanidade quando seu corpo vai sendo destruído pouco a pouco.

Assim como Nyllie avisou, a comida é escassa. Depois que fui trancafiada na nossa cela, foram dois dias sem comer nada. Quando a gororoba apareceu uma segunda vez, avancei para a pequena caixa e ingeri o alimento com voracidade. O buraco dentro do estômago machuca e te faz delirar. Os pés começam a tropeçar um contra o outro e os olhos mal conseguem ter forças para se abrir. Você passa mais tempo dormindo para não sentir a dor da fome, porque quando está adormecido a realidade não te assombra. Você tenta enganá-la, mas percebe que não existe maneira de vencer essa guerra.

O tempo aqui dentro corre diferente. As noites e os dias misturam-se lentamente até perdermos a noção completa das horas. Nenhuma luz penetra a fortaleza de pedra e a parca iluminação das lâmpadas é estranha aos olhos.

Nos primeiros dias fiquei encarcerada junto das três garotas e apenas esperei. A ansiedade no meu peito se transformou em uma velha amiga e os pesadelos com mamãe também. Acordei em vários momentos com os dedos de Ehrika me amparando.

— Você estava gritando, de novo — Ehrika falou cansada.

A boca está pálida e a pele embaixo dos olhos tornou-se mais escura. Perdeu peso, também. Mas, principalmente, já não sorri tanto quanto antes. Ela só fica sentada no canto da cela com os braços ao redor do corpo. Não quero deixá-la mais exausta, por isso me obriguei a dormir menos. Assim os pesadelos ficam distantes e os gritos também.

Nos primeiros dias, ainda segurei um fiapo de esperança por entre minhas mãos. Com o rosto grudado nas grades geladas da cela, chamei por mamãe, mas não recebi nada além de silêncio.

— Mesmo que ela esteja aqui dentro, não vai te escutar — a tatuada, que descobri se chamar Lana, advertiu. — Poupe sua energia.

Ela não entende que eu estou pouco me ferrando para as minhas energias. Mesmo que precise me arrastar através do chão da prisão, continuarei chamando por mamãe.

Às vezes penso que ela poderia ter estado nessa mesma cela, sentada nesse mesmo chão frio. Será que se sentiu sozinha? Alguém foi minimamente gentil? Será que pensou que iria conseguir sair daqui? Será que sentia saudade das meninas? Ou... pensava em mim? Os pensamentos quase enlouquecem minha mente em frangalhos, mas empurro para longe todas essas dúvidas porque não posso deixá-las me corroer ainda mais.

Mesmo os dias escorrendo por entre meus dedos, a fúria no meu peito não diminui e é apenas isso que não me deixa sucumbir. Isso e... Ehrika.

Aproximo-me de minha melhor amiga e encaixo meu queixo no espaço certo de seu ombro. Ele não está tão macio quanto já foi, agora machuca um pouco, mas não me importo. O cheiro de laranja também sumiu, mas isso é por estarmos todas sem banho. Os fios finos do cabelo estão caídos na frente do rosto, estico meus dedos e os afasto até atrás da orelha. Ehrika está dormindo e isso acalma meu coração um pouco. Espero que esteja tendo sonhos melhores do que a nossa atual realidade.

— Ela não vai durar muito tempo desse jeito. — A voz de Lana chama minha atenção. A mulher, que talvez tenha por volta de trinta anos, está apontando o dedo para Ehrika. — Só vai ser um *peso morto* pra carregar no expurgo.

O sangue sobe rapidamente para minha cabeça e preciso conter a língua antes que a mande calar a boca.

— Vamos ficar bem — murmuro, meus olhos afiados na direção de Lana. — E você não é a pessoa mais experiente para falar sobre isso.

A mulher me encara de volta, sem desviar.

— Se está falando do expurgo — desafia. O timbre grave que sai de sua voz torna cada uma de suas palavras potentes. — Não... Eu não tenho experiência ainda, mas em Veraz as coisas não são tão diferentes assim. — Lana abaixa seu corpo lentamente. Deita as costas contra o chão e coloca um braço sobre o rosto. — Se você for esperta o suficiente vai perceber que eu só estava tentando te dar uma dica.

Ou está tentando me desestabilizar ainda mais.

Deixo meus olhos repousados nos arabescos que despontam da pele dela e penso na nova informação que deixou escapar. Assim como Lana, Veraz (o quarto reino de Insula) guarda segredos em meio aos seus pântanos e florestas de mata densa. É um reino perigoso, certamente. Nunca estive lá, mas mamãe me contou de algumas viagens que papai fez antes de conhecê-la. Nunca explicou como ele conseguiu fazer isso, afinal você precisa de liberação do governo para atravessar as gigantescas muralhas. A expressão de mamãe era sempre desconfortável quando eu pressionava um pouco mais. Não queria deixá-la ainda mais triste pela morte de papai, era apenas curiosidade. O sentimento sempre foi diferente. Não pude conhecê-lo de verdade, porque sua morte aconteceu meses antes de eu nascer. Já mamãe viveu um grande amor. Ele foi tirado repentinamente dela e isso jamais seria esquecido.

"Ele quase foi devorado por um monstro, Kalina!" Os olhos de mamãe brilhavam enquanto contava. *"O bicho corria em duas patas, era escamoso e tinha uma boca enorme. E o grito! Tão ensurdecedor. Se não fosse a péssima visão do animal... Seu pai teria virado picadinho!"*

Era bom escutar mamãe falar de papai, mas isso não acontecia muito.

A lembrança aperta meu coração e sinto a ardência subir pelos meus olhos. Afasto-me de Ehrika com delicadeza e me aproximo das grades. Nyllie está sentada, encarando o lado de fora também. Ela desliza seus olhos para mim e abre um sorriso rápido.

— Ele voltou? — pergunto baixinho.

A ratinha olha para cima, procurando por uma cela específica no segundo andar.

— Não. — Torce a boca um pouquinho e as sobrancelhas caem levemente. — Eu acho que não volta mais.

Ficamos em silêncio durante alguns segundos.

— Por que você faz isso? — Aponto para o lado de fora. — Fica esperando as pessoas voltarem pras celas?

Nyllie coloca as duas mãos em cima das barras de metal e as aperta.

— Não sei... — A menina gira seu rosto na minha direção e me olha profundamente. — Talvez para acreditar que, quando for a minha vez, eu vou voltar também.

Algo no jeito como responde a minha pergunta me faz enxergá-la diferente. Ela já não parece alguém tão desconhecido. Estamos, lentamente, nos tornando mais do que prisioneiras sobrevivendo aqui dentro. É algo que me assusta, porque não quero ter mais uma responsabilidade nas minhas costas. Preciso lembrar que o motivo que me fez entrar aqui dentro se chama Safiny Kaster e ele continua sendo o único.

Antes que eu possa responder, um bastão choca-se contra as barras de ferro, assustando nós duas e acordando Ehrika e Lana.

— Hora de trabalhar! — o soldado aratnyano berra na nossa cara.

Ah, não...

A fraqueza no corpo não é motivo suficiente para que os crápulas parem de nos humilhar. Ele abre a porta da cela e os demais soldados fazem o mesmo ao longo do corredor. Somos obrigadas a entrar em uma fila de prisioneiros e começamos a ser escoltados pelos guardas.

Dentro da montanha, além de termos nossa liberdade detida, também somos obrigados a trabalhar para manter a prisão funcionando. No terceiro dia, já estavam nos levando para nossas funções obrigatórias. Minha primeira tarefa foi na cozinha. Descobri que a gororoba que comemos é feita pelos próprios prisioneiros, assim como a comida dos guardas e dos moradores do castelo. Nós alimentamos as bocas que devoram nossa carne nesse maldito lugar. O prisioneiro que ficou ao meu lado na tarefa tentou comer escondido um pedaço de batata, mas foi pego pelos soldados. Sangue esguichou de sua boca quando os aratnyanos o espancaram lá mesmo, no chão da cozinha. Desviei o olhar e só continuei esmagando as batatas, mesmo que o meu coração estivesse sufocando-me de tão rápido que batia.

Hoje, não sei bem para onde vão nos levar, mas apenas continuo seguindo em frente. Os tapas e pontapés ocorrem de tempos em tempos e os bastões encontram nossa pele também. Vejo um dos soldados que me trouxe para dentro da montanha, chamado Markus, gritando para que continuemos caminhando. Ehrika está bem à minha frente, mas já perdi a visão de Nyllie e Lana. Não sei mais quanto tempo posso esperar até que as coisas fiquem feias, principalmente com Ehrika presa comigo. Se minha melhor amiga não estivesse aqui, talvez não me importasse tanto com o que iria acontecer, mas me sinto responsável por ela.

Pressiono meu dedo indicador nas suas costas, forte o suficiente, para que saiba que estou aqui e ninguém vai nos separar.

Conforme nos afastamos das celas e serpenteamos através dos corredores, percebo que conheço o caminho que fazemos agora. É o mesmo que nos levou até a cozinha na última tarefa. Não descemos nem subimos de andar, o que significa que estamos minimamente próximo dos nossos cárceres. Esquerda, direita, segue reto e reto e reto, direita mais uma vez e pronto, chegamos ao nosso destino. No topo da grande porta de metal está escrito "Lavanderia". Quando ela se abre, o vapor beija nossos rostos.

Aqui é quente, muito quente.

Quando coloco meus dois pés dentro do ambiente, a primeira coisa que vejo é um gigantesco tanque feito de pedra escura posicionado bem no meio do lugar. Uma longa escada percorre sua lateral, finalizando em uma pequena base de metal na ponta. Ao lado dela, tonéis com roupas são puxados através de roldanas e cabos de aço. Existe um prisioneiro retirando peça por peça dos tonéis e jogando-as dentro do tanque. Mesmo de longe, percebo a força que ele precisa colocar para conseguir fazer seu trabalho.

Um senhor passa ao meu lado, puxando uma trouxa enorme de roupa. Não consigo acreditar que ele ainda tenha forças para carregar aquela quantidade de peso, os braços são raquíticos e ele tem uma corcunda enorme nas costas. Os olhos estão cravados no chão e ele apenas continua arrastando a sacola de pano até desaparecer por entre as paredes mais afastadas.

Os guardas nos organizam bem no início da lavanderia, cercando nossos corpos.

— Eu só vou falar uma vez e espero que entendam… — A voz carregada de ameaça ecoa por todo o salão.

Ehrika segura minha mão enquanto Markus grita conosco. Ele subiu em algo para ficar um pouco mais alto que o restante de nós. Mesmo sendo apenas um mero soldado de base na hierarquia, ainda está milhas de distância acima de nós, os prisioneiros.

As máquinas atrás dele soltam vapores de tempos em tempos e os sons misturam-se, deixando nossos ouvidos doendo. Percebo alguns prisioneiros mais afastados esticando tecidos em uma base larga e pressionando o metal quente em cima. Aquilo é certamente perigoso e a imagem de um guarda mal-humorado usando-o para castigar alguém me deixa alerta.

— Qualquer tecido que for minimamente danificado por um de vocês... — Markus cruza os braços em frente ao corpo e abre um sorriso cheio de dentes. — ... será motivo para punição.

Os corpos ao meu redor movimentam-se um pouco pela ameaça do homem, e os bastões aratnyanos são esticados ao mesmo tempo, apenas para deixar tudo mais dramático. Aperto mais forte a mão de Ehrika.

— A escala de trabalho será dividida em três grupos. Lavagem, secagem e... — O oficial continua com seu monólogo, mas minha atenção é desviada por um segundo.

O movimento abrupto no alto do tanque é estranho. Sem chamar a atenção de mais ninguém, levanto meus olhos lentamente e miro o prisioneiro em cima da base de metal. É o mesmo que vi logo que entramos na lavanderia, colocando as roupas dentro do tanque. Ele segura com força as bordas da grande construção de pedra e as mãos tremem levemente.

Há quantos dias deve estar sem comer?

— As roupas do castelo devem ser priorizadas, seguidas dos uniformes da guarda... — Markus continua ditando as regras da lavanderia. O rangido das máquinas está muito alto e preciso forçar minha audição para escutá-lo melhor.

O movimento, mais uma vez, chama minha atenção para o que acontece no alto da escada. O prisioneiro está puxando um tecido da sacola de pano, mas parece ter muita dificuldade, então desiste. *Vamos, garoto,* O pensamento é involuntário, mas continuo encarando o desconhecido até ele deixar o lençol cair por entre suas mãos.

— A escala termina quando a sujeira fica limpa. — A voz de Markus entra pelos meus ouvidos, mas não gravo nada do que diz.

O menino tomba um pouco para a frente, segurando na borda do tanque mais uma vez. Ele fecha os olhos e respira fundo. *Reaja, não quero ver mais sangue na minha frente.* Penso no tempo que os guardas vão levar para notar que o garoto não está trabalhando como deveria. Em como vão castigá-lo. A próxima pode ser eu, pode ser Ehrika, pode ser qualquer um de nós.

Cutuco minha melhor amiga e, quando me olha, empino o queixo na direção do prisioneiro. As íris violeta são rápidas e não precisam de muito mais para encontrar o garoto no topo do tanque. Já fizemos muito isso, a comunicação sem palavra alguma. Ehrika semicerra os olhos para o que acontece lá em cima e entende que não é bom.

Volto a encarar Markus. Alguém entrega um documento para ele e o soldado começa a citar nomes. Estou prestando atenção agora, torcendo para que Ehrika fique na mesma equipe que eu. Sinto o aperto forte dela na minha mão mais uma vez.

— Ele vai cair... — as palavras saem sussurradas pela boca da minha melhor amiga.

Meus olhos voam em busca do prisioneiro e, no mesmo instante, quando tenta se afastar do tanque, quase cai para fora do tablado de metal. A distância do topo da escada até o chão é no mínimo de dez metros, a queda seria feia. Talvez ele não sobreviva e isso faz meu coração acelerar. Ele volta a tropeçar um pouco para trás.

— Alguém precisa ajudá-lo! — uma prisioneira grita do meu lado.

Sua mão está esticada e ela aponta para cima, na direção do tanque. Markus ainda está no meio de seu discurso, quando para imediatamente e grunhe. Ele segue a direção indicada e nota o prisioneiro. Antes que ele consiga entender o que está acontecendo, o garoto tomba para a frente. Todo o seu corpo quase cai dentro do tanque, mas ele consegue se segurar com força.

Os gritos aumentam. Os prisioneiros estão apontando para cima também. *Ele vai cair! Façam alguma coisa!* Nenhum guarda mexe seu corpo para reagir, todos estão esperando por algum tipo de ordem.

A reação de Markus é ridícula e quase tenho vontade de avançar para cima dele.

— *Desça agora*! — ele grita para o garoto no alto.

Aperto a mandíbula e encaro o soldado. Ele quase parece não fazer questão sobre o que acontece lá em cima. Como se o prisioneiro fosse apenas mais um entre tantos e, se cair, será apenas descartado.

— Precisamos fazer algo! — Ehrika berra do meu lado.

Miro os olhos violeta dela e nego rapidamente.

— Não é problema nosso — murmuro em meio aos gritos. — É se expor demais.

Ehrika apenas me encara, incrédula. Grunho, sabendo que não vai desistir. Ela solta meu braço e faz menção de investir para longe, mas seguro-a e começo a correr antes que ela possa agir.

Maldição, Ehrika! Maldição.

Já estou correndo na direção das escadas e ignoro todas as advertências em minha mente sobre isso não ser uma boa ideia. Os soldados gritam para que eu pare e escuto o barulho das botas correndo atrás de mim.

Quando minhas mãos pressionam o metal frio da escada, sinto instantaneamente a diferença de agir sem meus poderes. Em uma vida distante, em meio às enormes árvores de Mave, eu só precisaria invocar o poder dentro de mim para transformar meu corpo em algo mais leve, mais suscetível a flutuar e consequentemente escalar qualquer coisa sem a pressão severa da gravidade. É claro que a terrível dor de cabeça e falta de ar viriam cobrar a conta depois, mas era ótimo conseguir fazer isso em momentos como esse.

Agora, uso apenas minhas mãos e a força em meus braços para escalar cada um dos degraus de metal da escada. Os gritos continuam aumentando e isso não me parece nada bom. Espero que o prisioneiro ainda esteja se segurando o suficiente para que eu consiga chegar até ele. Ouso olhar para cima rapidamente e o vejo. Aumento a velocidade sem pensar que um passo em falso pode me estatelar no chão. Miro meus olhos na direção contrária e percebo dois guardas no início da escada. Eles não ousam subir.

Covardes.

Quando chego ao final da escada, impulsiono meu corpo para cima e agarro a base. Puxo com toda a força, mas o movimento contra o metal do tablado faz o garoto perder o equilíbrio. O rosto está extremamente pálido e os olhos estão rolando para cima, tomados pela esclera branca. As mãos, que antes pressionavam a base do tanque, escorregam e o corpo desliza junto.

Consigo abraçar o quadril magro que ainda está para fora do tanque. Tudo acontece muito rápido, mas consigo ser mais veloz. O resto do tronco dele pende para dentro da gigantesca construção circular e preciso fazer força para puxá-lo de volta. *Certo, te peguei.* Estou focada na rigidez dos meus braços, só que meus olhos ousam procurar pelo líquido escuro que preenche a parte interna do tanque.

Água. *Muita água.*

Água espessa e misteriosa. Água que congela nossos ossos e abraça nossa alma.

Minha garganta se fecha e esqueço o mundo ao meu redor. Em um turbilhão, as memórias regressam sem eu solicitar sua visita. Vejo os olhinhos *dela*, me lembro dos gritos e das minhas perninhas correndo. A falta de ar começa, assim como o tremor nas mãos. Minha mente mergulha em meio à escuridão. O peso nos meus braços se torna mais leve e deixo que ele se distancie ainda mais. Preciso voltar à superfície e respirar, mesmo que ainda esteja em terra firme. Não tenho mais forças, não posso lutar contra isso, minhas mãos estão inertes e soltam o corpo sem pensar.

O barulho do impacto contra o líquido me desperta.

O que eu fiz?

Preciso me sentar na base de metal e abraçar minhas pernas, porque elas estão tremendo muito. Tudo gira e não consigo respirar. Forço o ar para dentro dos pulmões, mas é muito difícil. O som do corpo contra a água é muito semelhante ao que tentei esquecer por anos. Os gritos voltam a machucar os ouvidos, mas não tenho coragem de procurar por eles. Não quero chegar perto do tanque mais uma vez.

De novo não, de novo não…

Mãos ásperas pressionam meus ombros, mas não luto contra. Não sei bem como, mas estou pisando no chão da lavanderia mais uma vez.

"— Eu não vejo o corpo! Acho que afundou!"

"— Continue procurando!"

Ehrika. Onde ela está? Encontro dezenas de olhos me encarando. Alguns prisioneiros choram, outros mantêm o semblante fechado e uma parcela nem parece ligar para a situação. Ehrika está no meio deles correndo até mim. Porém, antes que ela consiga chegar, sinto uma dor aguda na minha cabeça. Caio no chão e levo meus dedos até o ponto que dói. Markus está acima de mim, várias mechas do meu cabelo presas por entre seus dedos.

— O que você pensa que está fazendo? — ele berra e a saliva voa de sua boca.

Sinto o primeiro chute contra minhas costelas e escuto o berro de Ehrika ao mesmo tempo. Está sendo contida por outros soldados. Ela esperneia e tenta socar o rosto deles, mas leva um tapa de volta. Outro chute vem com força e arranca meu fôlego. — Vai aprender a seguir as regras — Dessa vez, a bota acerta minha bochecha. Cuspo o sangue no chão.

— Covarde… — consigo falar por entre os dentes.

A fúria toma conta de Markus, ele levanta o pé acima da minha cabeça e me preparo para o golpe.

— Oficial… — O guarda congela na mesma hora, pousando seus pés rapidamente no chão. Endireita o corpo e segue na direção da voz. — O que está acontecendo aqui?

— Tenente Ruel — Markus faz uma mesura. Ótimo, era tudo o que eu precisava agora. — Estava explicando para a prisioneira como as coisas funcionam aqui dentro.

O tenente concorda lentamente. Atrás dele estão mais alguns soldados, até mesmo Mig. Nossos olhos se encontram, mas ele desvia rápido. O barulho das máquinas a vapor preenche o ambiente. Ruel olha para o tanque, levanta uma de suas sobrancelhas um pouco.

— O que aconteceu? — Retira a mão que estava repousada às suas costas e aponta para o alto.

— Perdemos um prisioneiro.

— Como? — O verde de seus olhos fica mais escuro.

— Dentro do tanque. — Markus engole em seco.

E vocês não fizeram nada para evitar isso.

— E por que a prisioneira está no chão?

A atenção do tenente queima a minha pele.

— Está servindo de exemplo para os outros.

Alguns prisioneiros reclamam, mas os bastões cessam as vozes rapidamente.

— O que ela fez? — Ruel parece muito curioso. Ele leva um dedo à sobrancelha e a alisa.

Markus não responde de imediato, mas, quando fala, sua voz está meio ríspida.

— Tentou ajudar o prisioneiro.

Os olhos de Ruel se espremem um pouco. Olha ao redor, notando a quantidade de prisioneiros parados presenciando a cena. Então, começa a caminhar na minha direção, indicando com a mão que Markus se afaste. Quando Ruel se aproxima o suficiente, agacha-se ao meu lado e fica me estudando por alguns segundos.

— Eu sei o que está tentando fazer. — Sua voz é baixa. Ruel fita o sangue no chão ao meu lado. Segura meu braço com força, me obrigando a me levantar do chão. Na mesma hora, sussurra perto do meu ouvido, o hálito quente. — E é melhor parar agora. A próxima a cair naquele tanque vai ser você.

O maldito está me ameaçando?

Puxo meu braço com força, tropeçando um pouco com a tontura. Ruel se afasta de mim e caminha até estar mais à frente dos outros prisioneiros.

— Sem comida por hoje. — Os protestos começam. São muitos prisioneiros gritando ao mesmo tempo. Ruel aponta seu dedo para mim e continua o discurso. — Agradeçam à colega de vocês. Infrações individuais podem gerar punições coletivas.

Um homem corpulento, com quase dois metros de altura, tenta avançar na minha direção, mas é contido pelos guardas. A careca está tomada pelo vermelho, tamanha a fúria com que me encara.

— Você ferrou com a gente! — grita para mim.

Observo todo o caos sendo formado em meio aos prisioneiros. Berram uns com os outros, empurram-se e voltam a atacar sem motivo. Os soldados tentam separar, mas a maioria apenas observa, rindo. Os mais revoltados são envenenados com os bastões, mas continuo sentindo os olhares carregados de ódio deles em mim.

A minoria encara Ruel. Tornei-me inimiga apenas com poucas palavras ditas pelo aratnyano. Aperto os punhos e as unhas cravam-se na pele.

Lentamente, o tenente distancia-se da confusão que criou e aproxima-se. Não o encaro mais porque não sei quanto controle tenho sem atacá-lo. O militar fala com a voz perigosamente baixa atrás de mim.

— Vamos ver o quanto você consegue ser esperta hoje à noite. — O frio sobe pela minha espinha. Aperto ainda mais a pressão das unhas, mas não ouso encarar o tenente.

Ruel afasta-se até estar na porta da lavanderia e, como se tivesse se esquecido de falar algo corriqueiro, vira seus olhos de volta para todos nós.

— Ao anoitecer, teremos o Expurgo.

Procura por mim em meio à multidão e, quando me encontra, abre um pequeno sorriso.

CAPÍTULO 10

A gota de suor escorre lentamente pelas costas.

Centímetro a centímetro, o líquido marca o seu caminho pela pele. Estou prestando muita atenção na sensação que me causa, até encontrar o tecido puído que visto e desaparecer como uma memória distante. É estranho não saber o que fazer com as mãos também, apenas as abro e fecho, abro e fecho e repito mais uma vez o movimento. Abrir e fechar, sem saber como interromper a frequência.

Respira, Kalina. Ehrika já murmurou algumas vezes ao meu lado. Não escutei nas primeiras três vezes que falou, era só um zumbido ao redor da minha orelha. Aparentemente, o aspecto saudável da minha pele se tornou pálido e esverdeado. Talvez isso tenha a ver com o embrulho no meu estômago. Se tivesse algo dentro dele, tudo seria colocado para fora. Só que o vazio não deixa, ele apenas aperta minhas entranhas e me lembra, novamente, de que estou faminta.

Os dedos dos meus pés se contorcem, as pernas estão um pouco trêmulas, o peito tenta expandir durante a respiração e a cabeça é pressionada por uma dor torturante. São diversas sensações rivalizando dentro de mim e eu não consigo atender nenhuma delas. É difícil controlar tudo o que acontece no meu corpo, quando meu cérebro foca em apenas uma coisa*: estamos aqui.* No último lugar onde vi minha mãe.

O salão do expurgo e, em breve, vou adentrar o labirinto também.

O pensamento volta a apertar meus pulmões e preciso pressionar meus pés com mais força contra o chão para não tropeçar. As paredes alvas ao meu redor enclausuram minha coragem. Estão roubando pouco a pouco a única parte que sobrou, aquela que eu jurei nunca deixar extinguir. A parte que eu guardei apenas para mamãe. *Seja corajosa.*

Minhas mãos voltam a abrir e fechar, abrir e fechar e repetir o processo tudo de novo.

Quando voltamos para a cela, depois que o caos explodiu dentro da lavanderia, procurei o canto mais afastado e encostei minha testa no cimento gelado. Fiquei algumas horas de olhos fechados, apenas respirando com dificuldade. A imagem do tanque ainda trazia o arrepio para minha espinha, mas o que mais me assombrava era o barulho do corpo do menino caindo lá dentro. Eu o soltei. *Eu o matei?* Não percebi que estava batendo minha testa contra a rocha até que Ehrika me puxou para longe e me abraçou forte. Senti o calor das lágrimas dela pela minha pele, mas continuei com as bochechas secas. Nenhuma gota saiu de meus olhos e não iria sair. A queimação aparece, mas logo vai embora. Tudo o que aconteceu até hoje foi culpa minha, não tenho direito de chorar por isso. Não sou a vítima aqui, mas uma das causadoras.

Nyllie e Lana não perguntaram o que tinha acontecido, apenas se sentaram em silêncio do outro lado da cela. O gesto me fez gostar um pouco mais das duas prisioneiras, não queria falar absolutamente nada e elas respeitaram o momento.

O fantasma das palavras ditas por Ruel antes de ir embora da lavanderia continuou assombrando todas nós durante as horas que se seguiram. O tenente já participa de uma lista seleta de pessoas que eu poderia matar com minhas próprias mãos. Jamais falaria isso em voz alta, mas arrancaria cada fio da sua sobrancelha grossa e, depois, faria o mesmo com o restante do corpo. Apenas pelo gosto de vê-lo implorar. Tirar aquele sorrisinho *nojento* do rosto *nojento.*

Foi difícil esperar pelas horas até o anoitecer, depois que voltamos para a cela. Quando a gente sabe que vai passar por um momento difícil, muitas vezes ansiamos para que aquilo aconteça logo. Não sabemos como vai ser o depois, mas a espera é sempre a parte mais angustiante. Eu odeio esses momentos de espera, talvez seja por isso que às vezes acabo tomando decisões perigosas. Como ter vindo para a prisão. Pensar no tempo que levaria para ver minha mãe, saber se ela estava bem ou não, vivendo com a culpa me corroendo... Isso seria como o inferno para mim. E quando a gente já vive no inferno, qualquer outra realidade parece como o céu.

No entanto, não são os portões do paraíso que encontro bem à minha frente, nesse momento. As portas do labirinto são a representação dos piores pesadelos e sei que irei encontrar todos os demônios lá dentro.

Abre e fecha. Abre e fecha. Abre de novo e fecha. A palma da minha mão encontra as unhas e as aperto mais um pouco. Ehrika segura meu braço e obriga-me a parar com o movimento automático. A pressão de seus dedos me torna mais consciente e isso desperta-me dos devaneios.

A manta do tormento repousa sobre todas as cabeças enfileiradas ao longo do iluminado salão. Estamos divididos em cinco longas linhas, com aproximadamente cem prisioneiros. É a imagem perfeita do abate. No lugar dos porcos que banqueteiam as mesas mais fartas em Insula, aqui estamos nós com as maçãs na boca. Será que as paredes do labirinto são tão limpas quanto essas? Pelo menos, na superfície, porque a sujeira está incrustada desde que o primeiro prisioneiro pisou aqui. Desde que a primeira vida foi ceifada nesse expurgo maldito.

Quantas pessoas inocentes já encararam as portas do labirinto antes de mim? Como eram suas histórias antes daqui? As famílias que foram obrigadas a deixar para trás? Quantos jovens tiveram seu futuro roubado e quantos idosos perderam a paz do fim de uma vida tranquila? A saliva queima pela minha garganta e preciso inspirar forte para fazê-la descer completamente.

— A purificação será feita em duas horas. — Hoje, não é a diretora Ravenna que está em cima do palco orgulhando-se pelo expurgo. Conheço esse senhor, *Capitão Pathrenes.* Está usando o uniforme verde e o quepe repousa em sua cabeça. Os bigodes grisalhos estão bem enrolados nas pontas e ele lê seu discurso com um largo sorriso no rosto. Tira os olhos do documento e mira os prisioneiros aos seus pés. — O *tempo sagrado*, vocês devem saber. — O homem empina o queixo e a barriga para a frente, muito satisfeito com o comentário. O sorrisinho no canto de sua boca. *Ele gosta de falar. Um verdadeiro idiota.* — Da partida desta terra... Dos nossos queridos Cinco Deuses Irmãos.... — Ele espera por alguns segundos, mas como o silêncio é sua única resposta, decide voltar a ler o documento. A boca em formato de bico.

O tenente Ruel não está aqui. Deve estar correndo com o rabinho entre as pernas atrás de Ravenna. Ou sendo o tapetinho preferido dela. Os oficiais Mig e Alexis, por outro lado, estão em posição de sentido, enquanto aguardam abaixo do palco. O velho Pathrenes termina de ler o texto em suas mãos, saudando o Imperador Supremo, Frederick Denova. Rapidamente, a gigantesca tela volta à vida atrás dele e o mesmo vídeo transmitido uma semana atrás retorna para me aterrorizar.

Aperto meus olhos e encaro as duas garotas posicionadas na fileira ao meu lado. Estão um pouco à frente, por isso consigo ver que Nyllie está abrindo e fechando as mãos assim como eu fiz e que a respiração de Lana está rápida demais. A *Veraze* sente meu olhar, porque vira o rosto na minha direção e me encara. A última conversa que tivemos, um pouco antes do expurgo, volta à minha mente.

"Seremos apenas eu e Ehrika", disse para as duas prisioneiras.

Elas ficaram em silêncio, até que Nyllie desviou o rosto para Lana. Ela estava abrindo a boca para dizer algo, quando a tatuada a cortou.

"Sobrevivo sozinha." Lana estreitou os olhos e me desafiou. A resposta era para Nyllie, mas para mim também. As lágrimas formaram-se nos olhos da ratinha, mas ela não retorquiu ou implorou, apenas aceitou a decisão.

Não posso salvar mais ninguém aqui dentro. Não posso colocar outras vidas acima de Ehrika e mamãe. E, para tirá-las daqui (porque eu vou encontrar minha mãe), preciso estar viva. Não conheço-as o bastante para saber se me trairiam, se fariam o mesmo por mim. Para sobreviver, você precisa sacrificar até mesmo a sua honra.

Dentro do salão do expurgo, os olhos de Lana se desviam levemente de mim e miram algo atrás do meu ombro. Ela estreita-os e a reação da mulher desperta a minha curiosidade. Deixo meus ouvidos mais sensíveis e escuto vozes acaloradas. Deslizo meu queixo para a discussão.

Encontro um homem de meia-idade, magricelo e calvo, segurando o braço de outro prisioneiro duas vezes maior.

— Por favor!

O senhor está implorando, mas não consigo ouvir o resto das palavras que saem de sua boca.

— Já disse que não, velhote! — O brutamontes empurra o raquítico homem. Com o impacto, ele quase cai no chão, mas não desiste.

— Eu sei que *ele* está aqui!

As mãos enrugadas do senhor voltam a segurar o prisioneiro ao lado.

— Eu não me importo com as suas loucuras! — O bruto empurra o senhor com força e ele choraminga.

Nenhum dos dois percebe que estou observando-os. O restante dos prisioneiros afasta-se um pouco, mas todos ignoram o homem desesperado.

— Não vou sobreviver lá dentro… — continua, aumentando cada vez mais a voz. — Me ajuda! Preciso encontrar meu filho.

Do que ele está falando? Também veio atrás de alguém que foi preso?

O de meia-idade continua implorando, o rosto está em um tom perigosamente vermelho.

— Você é louco!

O brutamontes dobra o braço do senhor e joga-o no chão. Eu deveria olhar para a frente naquele mesmo instante, mas sou lenta demais e acabo encontrando os olhos do homem transtornado. Ele se levanta de ímpeto e chega perto de mim muito rápido.

— Me ajuda! — Os dedos enrugados apertam minha pele. Está ardendo em febre.

— O quê? — Tento me afastar, mas o aperto é mais forte do que eu imaginava. Noto as rugas profundas por todo o rosto dele.

Percebo, com o canto do olho, o movimento dos soldados. Estão se aproximando.

— *Eles* sequestraram o meu menininho. — Os olhos arregalam e a saliva voa para fora de sua boca, encontrando minha bochecha. — As crianças estão aqui dentro. Eu sei! Meu filho está aqui dentro!

As palavras são despejadas para cima de mim, mas é difícil conectar os pensamentos do homem à realidade.

— Do que você está falando? — pergunto curiosa.

— Os aratnys! — A fúria pinta de vermelho os olhos vítreos. — *Eles* são os culpados.

Meu coração acelera no peito. Procuro por Ehrika e percebo que ela está escutando tudo também, o pesar em sua face.

— Culpados de quê? — Preciso que ele fale com todas as letras, que me explique melhor.

Porém, os soldados chegam antes que o prisioneiro consiga dizer. Eles me empurram e ordenam para que nossa atenção volte à mensagem na tela. O senhor é levado para longe, os gritos ficando cada vez mais baixos.

— Você está bem? — A expressão de Ehrika é carregada de pena. Nyllie e Lana me observam espantadas também.

— Estou. Ele… ele disse que o filho estava aqui dentro. — Levo um segundo para formular a frase. — Uma criança. Não entendi bem…

— Deve ter enlouquecido — Nyllie sussurra, os olhos estão voltados para a tela atrás do palco. — Conheço algumas pessoas que também ficaram assim depois que os filhos desapareceram. Pobre homem.

A informação me deixa atordoada por um tempo, o desespero do homem não me parecia apenas de loucura absurda. Principalmente se tratando das crianças desaparecidas pelo continente. Acontece há décadas. A rivalidade entre reinos acentua as acusações, os dedos são apontados e as famílias continuam sem resposta. Muitos acreditam que essas crianças são vendidas através dos portos de Marzilis em barcos que as levam para terras distantes. Outros enfatizam que elas estão sendo mantidas presas como escravas nos desertos de Lovano. O que se sabe, apenas, é que durante o dia ou à noite, somem e não voltam mais.

O frio sobe pela minha espinha e me lembro do dia em que *eu* quase fui levada. Quando as coisas não terminaram bem e perdi uma parte de mim junto.

Meu corpo começa a tremer e tento controlá-lo, mas logo percebo que não tem nada a ver com o que acontece dentro de mim.

— As paredes! — Ehrika expira. — Estão se abrindo...

A sensação não deveria ser conhecida, parece errado sentir o abalo sob os pés e entender o que isso significa. A desordem começa a se tornar real e os prisioneiros percebem o que os espera. Eu já expliquei para Ehrika, Nyllie e Lana, pelo menos um pouco, o que presenciei uma semana atrás. Talvez seja por isso que nenhuma delas chora ou se desespera nesse momento, mas é inevitável esconder o arrepio que cobre a pele de todas.

O rosto de mamãe está presente dentro de mim. Aceito o aperto que sobe pelo meu peito, porque ele não vai passar tão cedo. Vou carregá-lo comigo a cada passo que der de agora em diante, até o momento em que conseguir encontrá-la. Procuro pelos olhos violeta de Ehrika e os encontro me encarando também. Ela faz o gesto da Esquadra das Lâminas – a forma que mamãe sempre chamou a equipe formada por mim e as meninas em Mave –, levanta o mindinho e desliza em frente ao coração, num movimento diagonal. *Somos como uma lâmina. Se bem afiadas, partimos até os piores pesadelos.*

— Que o expurgo purifique seus pecados! — a voz do Capitão, em cima do palco, sentencia nosso destino.

Os guardas avançam empunhando os bastões. A algazarra de prisioneiros é desconcertante, mas no fim todos são obrigados a avançar para o destino final.

— Boa sorte. — O tom potente de Lana chega até meus ouvidos e aperta meu peito.

Quem sabe não fosse melhor se entrássemos juntas? A dúvida começa a surgir na minha cabeça, mas ordeno que ela volte de onde veio. Preciso ser racional agora. Pessoas são perigosas, principalmente aquelas que temos por perto.

— Pra você também — respondo, e Lana só precisa disso para começar a correr para dentro do labirinto.

Nyllie fica para trás. Os olhos estão muito arregalados e as mãos apertam o tecido da roupa.

Ehrika e eu nos entreolhamos. Nyllie é de Lovano, mas aqui dentro está sem seus poderes. O que é uma droga, porque ela seria essencial com sua força incomum. Agora, a ratinha é fraca e talvez só nos atrase. Não posso nem vou colocar nosso plano em perigo. *Engole a empatia, Kalina.*

— A gente se encontra no final do labirinto — digo, despedindo-me dela.

As luzes claras do salão evidenciam o tom mel dos olhos de Nyllie. Espero conseguir vê-los mais uma vez, no futuro. A lovana só assente com a cabeça uma vez e desaparece em meio aos corpos dos prisioneiros. A culpa tenta sufocar minha garganta, mas ignoro-a.

Ehrika está mordendo o lábio e seus olhos estão carregados de lágrimas. Quando olho em sua direção, não preciso falar nada.

— Eu sei — ela diz. Estamos nos aproximando cada vez mais das portas do labirinto. Já consigo ver os corredores brancos e alguns prisioneiros correndo para dentro. Outros ficam parados logo após a entrada. — Só nós duas.

— Por Safiny — Seguro forte sua mão. Os dedos de Ehrika estão muito gelados e ela treme um pouco.

— Por Safiny — responde e limpa os olhos com a mão livre. A voracidade das Lâminas toma sua expressão e sei que tenho uma guerreira ao meu lado. Alguém que já lutou comigo durante anos. Que tem o poder de derrubar homens e mulheres e que, certamente, também fará isso com demônios.

Chegou a hora da caçada.

Seremos diabolicamente perigosas.

As portas começam a se fechar e me preparo para iniciar o plano.

CAPÍTULO II

Tique-taque. Tique-taque.

O ponteiro desce lentamente até o próximo minuto. Desliza, cravando-se no segundo exato, mas logo avança seguindo o percurso do tempo. A necessidade incontrolável de respirar e precisar viver. Mas, também, de saber que existe apenas um destino final nisso tudo.

Tique-taque. Tique-taque.

A sensação elétrica permeia as pontas dos dedos de cada um dos prisioneiros, todos encaram o gigantesco relógio suspenso. Está posicionado entre um longo corredor branco, possivelmente o início do labirinto. Quando as portas se fecham atrás de nós, ficamos todos aguardando em um átrio anexado. Telas enormes refletem apenas uma mensagem: AGUARDE O SINAL.

Tique-taque. Tique-taque.

Tudo aqui dentro é exagerado e me faz sentir pequena. Encaro o relógio, mas ele apenas continua seguindo seu percurso calmamente. Desliza e enterra seu indicador no próximo número. O ritmo mantém-se constante.

Tique-taque. Tique-taque.

Ninguém ousa respirar ou falar ao menos uma palavra. O frio percorre nossos braços, mas o sangue corre quente por nossas veias. Não temos como voltar atrás, mesmo que nenhum de nós tenha escolhido viver esse momento.

A respiração fica presa nos meus pulmões enquanto aguardo pelo resvalar do relógio. Ele se move até encontrar o último número posicionado. Quando conectam-se, o tempo congela e não avança mais.

"Que o expurgo purifique seus pecados." A voz doce e masculina ecoa por todo o ambiente. *"A liberdade deve ser encontrada em duas horas."* Repentinamente, a mensagem presente na tela se modifica para um cronômetro vermelho. *"O tempo sagrado lhes dá a oportunidade de alcançarem a graça dos Cinco Deuses Irmãos."* O som de um apito agudo repercute. *"Aqueles que não encontrarem o fim do labirinto, seja pela lâmina dos guerreiros sagrados, ou pela escassez do tempo..."* Os prisioneiros agitam-se assim que o cronômetro começa a piscar. *"... serão considerados inaptos ao perdão santificado."* No mesmo instante, o barulho de gás estala pelo ar. Consigo ver o encaixe de metal nas laterais das paredes. Pelos pequenos círculos entalhados derrama-se vapor. Vão nos envenenar.

Silêncio.

Tique-taque. Tique-taque.

A tela continua piscando.

Tique-taque. Tique-taque.

"Que a graça divina esteja convosco."

Quando o cronômetro fica estático e a voz se cala, o apito explode. A manada de prisioneiros corre para dentro do labirinto desenfreadamente. Agarro a mão de Ehrika e evito que o mar de corpos nos leve junto. Precisamos esperar. Não podemos ser as primeiras ou as últimas a adentrar o labirinto.

— Ainda não! — grito para Ehrika. Ela está nadando contra a onda de prisioneiros, os dedos segurando os meus, mas o empurra-empurra é desordenado. — Espera!

Os que entram, decidem seguir para a direita, para a esquerda ou continuar em frente. São escolhas, e nesse momento apenas nós podemos fazê-las.

Minha estratégia é esperar o máximo de condenados dispararem pelos corredores do labirinto e evitar o sangue pelo chão. Será como um pequeno aviso sobre quais caminhos devemos seguir ou não.

Quando o perigo te ronda, é preciso encontrar presas mais fracas para que você não seja o alvo principal. É preciso torcer para ser rápida o bastante enquanto o predador se delicia com o sangue da vítima. É isso o que faço nesse momento, dou espaço para aqueles que irão na frente e, consequentemente, encontrarão nossos inimigos primeiro. Sei que temos pouco tempo e que a morte espreita no interior das paredes também, mas o desespero é uma arma ofuscante.

Conforme o átrio fica vazio e consigo perceber os poucos medrosos que continuam parados como estátuas, sei que chegou a hora. Eles serão a sobremesa e, com sorte, não estarei por perto para vê-la sendo servida.

— Corre! — grito para Ehrika.

Nós disparamos.

Avançamos pelo corredor com a visão clara do que se estende na nossa frente. O caminho percorrido continua imaculadamente branco, sem nenhuma gota de sangue para nos guiar. A luz no teto é forte e piora a situação, não é uma combinação boa para os olhos. Meus pés descalços encontram o chão, assim como os de Ehrika. Estamos em uma corrida frenética. Corre e respira, os olhos bem abertos procurando pelo inimigo.

Quando chegamos a uma bifurcação, precisamos desacelerar e fazer a primeira escolha do jogo. Para que lado seguimos? Antes de decidir, levanto meu dedo buscando a atenção de minha melhor amiga. O silêncio completo me assusta. Onde estão os malditos guerreiros harakins? Ehrika semicerra os olhos para os lados, procuramos qualquer mínimo ruído que possa nos ajudar a decidir para onde seguiremos. Nada. Apenas o zumbido em nossos ouvidos. Estou prestes a fazer a escolha, quando os passos ecoam pelo corredor atrás de nós.

Encaramo-nos com olhos arregalados, vamos ter que lutar cedo demais. Giramos, preparadas para encontrar o demônio de olhos amarelos, mas um prisioneiro avança correndo por entre nós duas. Ele não desacelera, continua focado em seu percurso.

Somos invisíveis para ele. Alguém está seguindo-o? Não pode ser, estamos tão perto do início... O homem avança pelo corredor direito. A decisão dele faz nossa escolha se tornar mais fácil. Pela esquerda, não é?

Não.

Travo na mesma hora e seguro o braço de Ehrika.

— Vamos atrás dele. — Aponto com um menear de cabeça.

Os olhos violeta de Ehrika apertam-se em confusão.

— Está maluca? É muito barulhento. Vai chamar atenção — responde, ansiosa. Como pode não perceber?

— Eu sei, mas não precisamos ficar perto. — Aproximo-me de Ehrika. — Talvez... Usar ele de isca. Se algo o atacar saberemos para que lado *não* ir — confesso a minha ideia.

Ela me fita por alguns segundos, os olhos arregalados. A boca está meio aberta em círculo.

— Você é um gênio diabólico, Kalina Kaster. — Quase engasga, mas aceita minha ideia na mesma hora.

Abro um sorriso envergonhado, mas não volto atrás com a decisão.

O prisioneiro está correndo, mas ainda conseguimos acompanhá-lo. Ele coloca o peso com mais intensidade na perna esquerda e isso deve ser a causa das pisadas barulhentas. Mais uma vez, o homem escolhe o lado direito e desaparece. Avançamos silenciosamente, correndo atrás da nossa isca.

Em Mave, durante nossas missões muito bem pagas, seguir alvos sempre foi corriqueiro. O segredo é manter-se silenciosa em meio às sombras. Hoje, nós não estamos sendo pagas para fazer isso nem temos cantos escuros para nos esconder.

As passadas do homem são tão altas que não precisamos nem mesmo ver seu corpo para saber a direção que segue. O caminho parece estranhamente calmo e limpo, e isso só piora a situação. A sensação aperta meu estômago e meu cérebro cria paranoias. *Apenas siga o homem, Kalina.* Confiro Ehrika com o canto do olho e o aperto no meu estômago aumenta. Como pude colocá-la aqui dentro? Ela estava trabalhando dentro do palácio por conta do meu plano, foi minha decisão.

Foco! Volto a encarar o corredor, o prisioneiro está um pouco mais à frente, desesperado. Tudo continua estranhamente limpo e silencioso. Tem algo errado, muito errado. Quase parece fácil demais. Não pode ser fácil demais.

E é claro que não seria fácil.

Vejo a ponta da bota preta despontando no canto da parede. Tem alguém no fim desse corredor esperando ansiosamente pela nossa chegada. O prisioneiro corre cada vez mais furioso e mal sabe que está seguindo em direção à morte.

Sei que o pensamento de usá-lo como isca foi dado por mim, mas não consigo mantê-lo agora. Estou prestes a alertar, mas tudo acontece rápido demais.

Seguro o ombro de Ehrika e a puxo com tudo para trás. O movimento é tão repentino que nós duas caímos no chão, emboladas em braços e pernas. Levanto meu rosto bem na hora que o demônio ataca. A enorme espada reluz empunhada pelo harakin. A armadura preta de couro percorre o corpo musculoso. Tem a cabeça raspada e parece um touro em forma de homem.

Em apenas um segundo, as paredes tornam-se vermelhas. O chão torna-se vermelho. O mundo é pintado de vermelho.

Talvez o prisioneiro nem tenha sentido quando o golpe acertou sua garganta. A lâmina separando facilmente a cabeça do corpo. O crânio quica uma, duas, três vezes, até pousar aos pés enormes do harakin. O guerreiro olha para o cadáver e lentamente desvia a atenção para nós duas. Então, abre um sorriso todo cheio de dentes e fala:

— Um já foi. — Começa a avançar na nossa direção.

Ehrika é a primeira a reagir. Minha melhor amiga pula sem esperar um instante sequer e quase arranca meu braço fora. Nós tropeçamos, mas corremos para longe. Não ouso olhar para trás. Minha pernas tremem. Penso no barulho da cabeça do prisioneiro ricocheteando contra o piso. O arrepio sobe pelo meu pescoço e suponho ser a próxima. Ehrika continua ao meu lado, estamos em um ritmo nivelado. Sei que ela pode correr mais rápido do que isso, mas continua seguindo ao meu lado. Consigo ouvir os estrondo das botas e o sonido da espada riscando o chão enquanto avança. O pânico me assombra e decido confirmar que o guerreiro está distante o suficiente.

Na mesma hora grito para Ehrika.

— Abaixa!

Nós nos jogamos no chão, escorregando metros e metros pelo piso. A espada do harakin voa centímetros acima de nossas cabeças, levando consigo alguns fios dos nossos cabelos. A lâmina crava com força na parede e atrasa o assassino por alguns segundos. Ele tenta pegar a arma de volta, só que está presa.

Dessa vez, sou eu quem agarra Ehrika e a leva para longe. Corremos em disparada, tentando nos distanciar ao máximo. Nem as botas, nem o barulho da espada é mais escutado. Mas uma risada alta arrepia os pelos do meu braço. Não sei bem para onde estamos indo, mas só quero tirar Ehrika daqui. Os corredores, pouco a pouco, são tomados por sangue, e não é um bom sinal, acho que estamos entrando numa zona muito perigosa.

Antes que possamos ser surpreendidas, peço para que Ehrika pare de correr. Estamos ambas ofegantes. Coloco minhas mãos sobre os joelhos e puxo o ar. Procuro, freneticamente, pelo assassino atrás de nós, mas ele não aparece.

— Aquilo… O que era aquilo? — Ehrika gagueja. — Pela Deusa, era enorme, Kalina!

A imagem do guerreiro volta à minha mente. A forma como ele separou a cabeça do corpo. O impacto dos pés dele contra o chão. *"Um já foi."*

Aperto meus olhos e solto a respiração por entre os dentes.

— Era um harakin. — Levanto o corpo e encaro o corredor ao nosso redor. — Foi um desses que… — Tento falar a palavra, mas não consigo. — Que vi com mamãe pela última vez.

— Era *ele*? — questiona. Ehrika recosta-se contra a parede, cansada.

— Não.

Ela assente. Passa os dedos pelos cabelos e percebo que está tremendo.

— Pra ser bem sincera... — A voz dela está um pouco fina. — Como podemos ter chance?

— Só preciso enfrentar um deles. — Recosto-me contra a parede oposta à de Ehrika. Olho para os lados e escuto por um segundo. — Os outros não me importam.

— Você não vai conseguir nada se estiver morta! — Ehrika caminha até mim e coloca as mãos nos meus ombros. — Kalina, precisamos sair desse labirinto.

Mordo os lábios e solto uma longa respiração.

— Nós vamos...

Ela me encara, procurando pela mentira. Não encontra, porque sabe que vou fazer de tudo por mamãe.

— Algum plano? — Os olhos violeta estão atentos.

É claro que tenho um plano. Não sei se é um *bom* plano, mas é algo.

— Não podemos fazer o mesmo caminho duas vezes — falo simplesmente. Ehrika me encara com a expressão azeda, achando que sou idiota. — O que eu quero dizer... — Estico minha mão e toco a parede ao meu lado. — Precisamos ficar mais alertas ao nosso redor, os caminhos que fazemos. Por exemplo... — Aponto para a encruzilhada logo à nossa frente. — Sempre que encontrarmos uma dessas, a gente escolhe um dos lados e continua. Mas se por acaso chegarmos em uma rua sem saída ou em um caminho que já fizemos, a gente volta e refaz até voltar nesse ponto. Provavelmente o outro corredor vai nos levar ao lugar certo. E o mais importante... — Ehrika me escuta com atenção. — A partir de agora não vamos mais correr... — A decisão martela na minha cabeça. Temos apenas duas horas, mas pode ser o suficiente, se não formos pegas. — Se corrermos, não vamos gravar o percurso direito.

Ehrika levanta os olhos e encara um ponto específico no teto. Sigo na mesma direção e noto o encaixe metálico.

— E se não der tempo? — pergunta, ainda encarando a pequena abertura.

Minha mão encontra sua bochecha rosada e trago sua atenção para mim.

— O que precisamos é... — Caminho um pouco para a frente. Espalmo minhas duas mãos na parede. — ... continuar seguindo sempre com as palmas fixadas e não retirá-las. Isso vai nos guiar para o fim do labirinto.

Ehrika enruga as sobrancelhas e tomba o rosto um pouco para o lado.

— Como sabe isso?

Estico meu pescoço para trás e escuto o som do ambiente. Silencioso ainda. Certo.

— Sabe que mamãe sempre teve amigos ricos, não é? — Ehrika assente. — Num desses casarões, tinha um labirinto no jardim. Eu costumava brincar lá, o dono do lugar, um senhorzinho, me ensinou um pouco sobre isso.

Ela esfrega a palma das mãos sobre os olhos e murmura:

— Nunca achei que fosse agradecer por um velho rico existir.

— Eu também não. — Aponto para a encruzilhada à nossa frente e indico para que escolha qual caminho seguiremos. Quando definimos, deixamos nossas mãos espalmadas na parede.

— Espera. — Puxo com minha unha a fina casca do machucado em meu joelho. Sujo meu dedo com uma gota de sangue e o esfrego na parede branca. — Agora sabemos que já passamos aqui.

— E se alguma daquelas coisas aparecer? — Ehrika fala, enojada.

— Ativamos o plano B. — Aperto os lábios. — A gente corre muito rápido.

O processo que fazemos é lento e angustiante. É claro que meu coração deseja correr, fugir e escapar desse lugar o mais urgente possível. Mas sou filha de Safiny Kaster e, se existe algo que mamãe me ensinou, é que os caminhos mais rápidos sempre estão ao lado do desfiladeiro.

A cada corredor que entramos, esfrego uma gota do meu sangue na altura dos olhos. Quando os cadáveres se tornam comuns, não me importo de usar o sangue deles também. Ao final da passagem, antes de virarmos em uma nova direção, escuto atentamente.

Prisioneiros correm ao nosso lado, mas desaparecem pelo labirinto. Em cada um desses momentos, meu coração acelera, pensando no pior. Não deixamos de ver, também, a armadura preta perseguindo ao longe os inocentes. É um pouco surpreendente, até mesmo para mim, não sentir a bile na garganta. Acho que estou tão focada em apenas sair desse lugar, que coloco toda a minha empatia adormecida. Ou, quem sabe, isso se chame instinto de sobrevivência. Seja qualquer um deles, não me orgulho, mas também não me arrependo.

Quando o barulho das lâminas ou das botas pesadas se torna alto demais, nós viramos na direção contrária. Não sei quanto tempo faz desde que iniciamos o expurgo, mas estou começando a acreditar que talvez não seja o suficiente.

— Ehrika... — sussurro o nome de minha melhor amiga.

Paro de andar e me preparo para confessar a ela minha insegurança. Só que não consigo fazer isso, porque sou silenciada pela cacofonia de sons ecoando por todos os lados. É ensurdecedor, como se mil taças estivessem sendo quebradas todas ao mesmo tempo. Agacho-me no chão, as mãos sobre os ouvidos. Ehrika faz o mesmo. Mordo a língua, mas não consigo me mexer. Quando o barulho para, as luzes do labirinto se apagam.

— O que... — Ehrika sussurra. — O que é isso?

As luzes acendem. E desligam. Acendem e desligam de novo.

— Não sei... — grunho para ela.

Abro meus olhos com força enquanto as luzes piscam repetidamente. Machuca a visão e faz você ver o que não existe, ou deixar de ver o que existe. É assustador e perigoso. Aperto a mão de Ehrika, porque não sei se é seguro continuarmos avançando dessa maneira.

— Eu acho que devemos... — A frase morre na minha garganta.

A figura caminha lentamente. Segura o corpo de um prisioneiro apoiado em seu quadril. Os braços esguios seguram o peso como se fosse muito fácil. Eu o vejo por entre a colisão das sombras e da luz.

"Você acha que consegue identificar ele?", Ehrika me perguntou dentro da cela.

"Sim", respondi sem dúvida alguma.

E lá está ele. O harakin que permeou meus pesadelos nos últimos dias.

O demônio de olhos amarelos que roubou a pessoa mais preciosa da minha vida.

Minha respiração entrecortada machuca a garganta, mas esqueço como deveria trazer o ar para dentro das narinas. Não consigo pensar em muita coisa, além de que estou próximo do guerreiro que esteve com a minha mãe pela última vez que a vi. O ser que pode me contar tudo o que eu preciso saber. Não consigo decidir se estou eufórica ou enfurecida. É difícil controlar o tremor das minhas mãos. Oculto completamente a desordem ao meu redor.

Esqueço-me até mesmo de Ehrika atrás de mim.

O arco está nas costas dele, assim como a aljava. A memória da flecha despontando do estômago de mamãe retorna e fico de pé na mesma hora.

— Kalina? — Ehrika pergunta, confusa.

O harakin caminha lentamente, repousa o corpo no chão e limpa as mãos no tecido de suas vestes. As luzes continuam estourando freneticamente e o guerreiro parece ainda mais bizarro.

Está muitos metros distante, mas eu consigo enxergá-lo perfeitamente. O cabelo claro despontando até a altura da bochecha, algumas mechas jogadas para cima da cabeça. A pele clara, com veias azuladas subindo do pescoço e encontrando as bochechas e o canto dos olhos. E as pupilas... fendas de gato entornadas pelo amarelo das íris. Eu jamais iria esquecê-lo, buscaria o desgraçado até nos portões do inferno e ainda saberia encontrá-lo.

— É ele — murmuro, sem conseguir me mexer..

A mão de Ehrika aperta meu braço.

— Certeza? — sussurra atrás de mim.

— Tenho.

O harakin não parece ter notado a nossa presença, mas assim que termino de falar, ele desaparece.

Você não vai escapar.

— Vem... — murmuro para Ehrika, esperando que ela me siga.

A sensatez desaparece do meu corpo. Não me importo com mais nada, apenas sinto que não posso deixá-lo sumir. Não quando tenho a chance de fazer todas as perguntas que estão dentro do meu peito. Posso escutar a voz de mamãe dizendo que estou sendo inconsequente e que devo esperar pelo momento certo de atacar. Só que é impossível afastar todas as serpentes que enrolam-se sobre minha garganta quando penso no harakin. Não posso deixá-lo partir, não sem antes perguntar sobre mamãe.

Sinto meu coração acelerado e os músculos retesados pelo corpo. É ele. É ele. É ele. A luz continua piscando freneticamente, mas consigo ver o corpo do guerreiro desaparecendo pelo corredor mais à frente. Os olhos sândalo de mamãe estão por todos os lados. A mão dela procurando por mim, desfalecendo sobre o peito do guerreiro. A crueldade nos olhos do demônio. Odeio pensar na forma como o corpo inerte de mamãe foi arrastado para longe. A fúria cresce dentro de mim.

Avanço com voracidade e derrapo pelo piso liso. Quando olho para o chão, em meio à mudança de luz, noto as pegadas de sangue. Está deixando uma trilha por onde vai. Meu primeiro instinto diz que é uma armadilha, mas ignoro-o.

— Ele sumiu. — Ehrika tenta me ajudar a levantar.

Respiro fundo, olhando para as marcas de sangue. Encaro o labirinto à minha frente. Não pode ter sumido. Não! Onde está? Grunho instintivamente. Volto a correr, seguindo as pegadas do harakin. Vão se tornando mais fracas, como se o líquido tivesse secado na sola de suas botas. O sangue de uma pessoa inocente. Alguém que morreu porque encontrou as trevas cedo demais.

As pegadas vão desaparecendo e meu pavor vai aumentando.

Não. Não. Não. Não. Não.

As luzes acendem, o branco voltando a cobrir tudo. A claridade machuca meus olhos. Tropeço nos pés e sinto o corpo de Ehrika chocando-se contra o meu também. Estamos, ironicamente, em uma encruzilhada.

— Merda! — Puxo meus cabelos com força. — Merda! Merda! Merda!

Giro, procurando por pegadas ou pela visão do harakin.

— Não grita… — Ehrika sussurra perto de mim. — A gente precisa sair do labirinto. Não sei quanto tempo temos!

— Quase peguei ele! Eu quase… — Não consigo escutar Ehrika. A fúria se torna, lentamente, decepção. — Ele sabe…

A queimação retorna para os meus olhos. A chance escapou pelas minhas mãos, assim como a última visão de mamãe nesse mesmo labirinto.

— Kalina! — Ehrika grita e me empurra para o lado.

A flecha passa raspando ao lado do meu rosto. Crava-se na parede atrás de mim, tremendo com o impacto. Quando olho para a frente, o harakin está com o arco esticado e uma nova flecha bem posicionada, mirando na nossa direção. Ele abre um sorriso enquanto me encara.

Seu merdinha!

Ele solta a flecha, de novo. Pulo para o lado, puxando Ehrika para o chão comigo. Estico-me rapidamente para cima, mas o guerreiro já está mirando a flecha em nossa direção mais uma vez.

É mortalmente rápido.

Tento avançar na direção dele, mas não consigo. Ele apenas segue disparando flecha por flecha. Dá o primeiro passo e avança. Tento falar, mas não consigo. A voz está congelada dentro da garganta. *Pensou que iria conseguir matar um assassino demoníaco com as próprias mãos, idiota?*

Estamos dançando uma valsa que apenas o harakin sabe tocar. Seguimos os passos que ele define, disparando para longe das flechas que, incessantemente, continua a lançar.

Por um segundo, quase não consigo desviar e a flecha raspa pela minha perna. Solto um grito, mas não arrisco parar de correr. Ehrika puxa meu braço e me traz para um corredor transversal. Isso nos dá tempo para correr um pouco mais.

— Ele vai nos matar — Ehrika berra.

Chegamos a uma nova encruzilhada e a escolha acelera meu coração. Não sei que horas são, ou quanto tempo temos. Não sei para que lado o harakin foi e muito menos se estamos perto do fim.

— Pela esquerda. — Aponto para o lado, tomando minha decisão.

Quando colocamos nossos pés na direção escolhida, o harakin surge com a flecha esticada. Ele arremessa-a e precisamos correr para o lado contrário.

Ehrika me segura, carregando-me com ela. Sempre foi mais veloz, ganhou de mim em todas as corridas. Conseguiu despistar nossos inimigos nos momentos mais difíceis.

— Vai! Você precisa ir! — grito, tentando soltar meu braço do aperto. — Ehrika, vai!

— Não! — minha melhor amiga grita, fincando suas unhas na minha pele.

— Se você não for, nós duas vamos morrer! — grito de novo, a voz arranhando minha garganta.

— Eu não vou! — A flecha passa por entre nossas cabeças. Ehrika grita e quase cai com o susto, mas consigo segurá-la.

Timidamente, escuto o barulho de vozes, cada vez mais altas. Elas estão conversando entre si, vozes graves e finas, em debates acalorados. Ehrika parece notar também, porque anuncia no mesmo instante.

— Ouviu isso? — Ehrika berra em meus ouvidos.

Procuramos pelas vozes, nossa última esperança de fugir desse labirinto. Não ouso buscar pelo harakin atrás de mim, mas sei que está nos caçando. As flechas continuam aparecendo vez ou outra, atrapalhando nossas escolhas de direção. Ele quer nos atrasar. Evitar a nossa fuga. Mas, quando escuto as vozes mais altas do que nunca, tenho a certeza bem no fundo do meu peito de que encontramos o caminho.

Vejo os soldados na porta com os bastões empunhados nas mãos. Percebo os prisioneiros que fugiram do expurgo. Alguns parecem estar chorando, outros apenas descansam, mas a maioria olha diretamente para nós. A angústia de saber exatamente o que estamos passando agora. O gigantesco cronômetro está na parede e revela nosso tempo. Temos ainda vinte minutos, mas nosso problema não é esse.

Ehrika impulsiona seu corpo cada vez mais para a frente. Estamos muito perto e quase sinto o gosto agridoce em minha língua. Grito, dando tudo de mim para chegar até o final. Ehrika é a primeira a atravessar as portas do expurgo, tropeça e cai no chão, exausta. Não escuto mais o som dos passos do guerreiro e não sei se ainda está atrás de mim. Mas não desacelero a corrida.

Vejo a linha que cruza o labirinto. Coloco meu pé em cima dela e na mesma hora uma flecha crava-se no chão. Assim como Ehrika, tropeço e me embolo na queda até estar estatelada no chão frio. A respiração arde nos meus pulmões, mas nós conseguimos. Inclino meu rosto para o lado e observo o longo corredor do labirinto. O harakin está posicionado ainda no início, o arco abaixado ao lado do corpo. Fico encarando-o, o ódio crescendo em meu peito. *Desgraçado.* Ele levanta a flecha que está em sua mão e coloca-a de volta na aljava às costas. Está me encarando, o sorriso ainda no rosto. Desliza lentamente de volta para o labirinto e desaparece.

Quando não o enxergo mais, baixo meus olhos e encaro a flecha cravada no chão.

CAPÍTULO 12

As gotas escorrem por cima do musgo no canto escuro da parede. O líquido alimenta a minúscula planta que nasce, cresce e sobrevive dentro de um lugar tão solitário. A luz débil do ambiente mal ilumina a pequena sala. No teto, duchas furiosas parecem chorar sobre os corpos dos sobreviventes. O impacto do jato dói ao encontrar a pele nua, mas não me importo. Os dedos dos meus pés cutucam a fina camada escorregadia que se forma pelo chão por causa da umidade. Estou cercada por paredes grosseiramente rebocadas por cimento, mas a aspereza do toque é quase reconfortante. Deslizo o dedo para cima e para baixo. Para cima e para baixo. Para cima e para baixo de novo. Continuo seguindo o ritmo sem prestar atenção de verdade. Meus ossos reclamam pela dor do frio, mas não posso sair debaixo da água. Os soldados não deixam. Querem que o sangue seja lavado, que a sujeira seja esquecida e que as lembranças sejam apagadas. Eles querem que o uniforme endurecido no chão seja descartado e que os novos tecidos puídos sejam vestidos sobre os nossos corpos. Prontos para um novo dia. Para a próxima etapa da purificação. Pedaços de carne esperando, lentamente, pelo próximo dia do expurgo. Quando não teremos a oportunidade de sentir a água outra vez pela pele, porque estaremos adormecidos pela eternidade no chão do labirinto.

Ehrika está ao meu lado, a cabeça tombada para a frente e os fios loiros encharcados. É estranho vê-la tão quieta, mas sei que não existem palavras para explicar o sentimento no peito. É a dor física dos músculos e a inércia da alma. A letargia que cala nossa boca e aperta a garganta. Não trocamos uma palavra sequer desde que deixamos o labirinto. Agora, os ombros dela estão tremendo, mas não sei se é por causa do frio. Achei melhor não perguntar, a água que escorre pelo rosto com certeza é uma amiga melhor nesse momento.

— O banho acabou! — Giro meu rosto um pouco para o lado. É estranho escutar quando meus ouvidos parecem não funcionar direito.

As botas dos soldados colidem contra a água no chão e os respingos molham nossos corpos nus mais uma vez. Eles carregam uniformes brancos nos braços e empurram um par para cada um dos prisioneiros dentro da sala. Os poucos sobreviventes do expurgo. Não tive coragem de olhar para o lado e procurar por Nyllie e Lana.

Minha pele ainda está molhada, mas visto o uniforme mesmo assim. Sinto o dedo de Ehrika tocando no meu mindinho. Enlaço-o e aperto apenas um pouco. Continuo encarando o chão e a umidade que cobre. O cansaço abraça meu corpo e me permito sentir o adormecimento.

Os soldados marcham para fora da sala mais uma vez, o som da água espirrando por baixo das botas que vestem. Um prisioneiro pergunta o que vai acontecer, mas em troca recebe apenas um tapa no rosto e a ordem para que fique calado.

Assim, quando todos os oficiais deixam a sala de banho e restam apenas os prisioneiros, solto a respiração presa no peito. Puxo Ehrika e afundo meu rosto no pescoço dela, apertando-a o máximo que posso.

— Desculpa — murmuro, sentindo uma dor forte no peito. — Me desculpa.

Minha melhor amiga pressiona o queixo no meu ombro, soluçando.

— Pelo quê? — pergunta, a voz embargada.

As garras da culpa rastejam pela minha espinha.

— Por ter te colocado em perigo. — O harakin volta à minha mente e preciso fechar os olhos com mais força. — Fui tão idiota.

Ehrika apenas me aperta mais forte.

— Está tudo bem — ela tenta me tranquilizar. Ehrika sempre faz isso.

Afasto-me rápido e a encaro bem nos olhos.

— Se algo tivesse acontecido com você... — Balanço minha cabeça, sem conseguir terminar a frase.

Ehrika meneia o rosto e vejo as lágrimas formando-se em seus olhos de novo.

— Mas não aconteceu.

Existe uma tempestade dentro de mim e não sei como controlá-la. Sinto essa necessidade de cuidar de Ehrika e evitar que qualquer coisa aconteça com ela. Tirá-la daqui o mais rápido possível. Mas minha vida foi arrancada do eixo desde que mamãe foi levada, mesmo antes de eu entrar nessa prisão. Perdi o meu norte quando os aratnyanos levaram-na de dentro da nossa casa.

— Kalina! Ehrika! — a voz conhecida chama por nós.

Procuro por Nyllie e a vejo correndo, vindo do canto mais oposto da sala. Quando chega mais perto, noto o corte em sua bochecha. Os fios castanhos da franja estão grudados na testa.

— Você conseguiu... — sussurro e o aperto do meu peito se afrouxa um pouco.

A miúda garota coloca seus braços ao redor de mim e Ehrika, tenta nos abraçar, mas logo desiste. Quando a encaro, ainda um pouco chocada, noto o quão pequena ela é. *Como conseguiu sobreviver?* A ratinha coloca a mão do lado da costela e faz uma careta.

— Você está bem? — Ehrika pergunta.

Nyllie balança o rosto fazendo que sim, mas não fala mais nada. Apenas fica na nossa frente, como se isso fosse o suficiente. Estico meu pescoço e procuro por Lana. O medo me consome, mas enfrento-o. Ao longo da sala úmida, os poucos sobreviventes (talvez trinta, ou menos) escoram-se pelas paredes. A maioria está em silêncio, mas alguns poucos conversam. É estranho ver tantas pessoas desconhecidas, mas sentir que de alguma forma temos algo em comum agora.

— Você viu... Lana? — Minha voz falha, com medo da resposta. Não encontro a mulher veraze que dividiu por dias a cela conosco. Nyllie levanta seus olhos cor de mel e une as finas sobrancelhas. Existe um espaço minúsculo entre os dentes da frente.

— Não... Não vi — murmura em resposta.

É paralisante a sensação que sinto agora. Eu sabia que isso poderia acontecer, mas somente quando acontece é que entendemos como não temos controle algum sobre nossos sentimentos. Esfrego as mãos contra o rosto. Ehrika está segurando meu ombro quando uma senhora se aproxima de nós.

— *Aquela* com as tatuagens? — A mulher de meia-idade aponta para a cabeça. Tem cabelos grisalhos e compridos. — Se for, ela já era. — Depois que fala, levanta a mão e balança em um gesto estranho.

— Como você sabe? — Ehrika vai na direção da prisioneira. A mulher levanta as duas mãos em frente ao peito, defendendo-se. Os olhos estão arregalados.

— Eu não fiz nada, boneca. Ela só foi mais azarada que eu. Um daqueles grandões acabou com ela.

Sinto o tremor subir pelas minhas pernas. Penso na lâmina encontrando a garganta do prisioneiro e o sangue espirrando para todos os lados.

— Você viu? Tem certeza? — Nylie pergunta com a voz trêmula.

— Pra que eu ia mentir, hein? Eu vi, com esses dois olhos aqui. — Ela aponta para o rosto, arregalando-os um pouco mais. — Não sou mentirosa não.

"Seremos apenas eu e Ehrika."

"Eu sobrevivo sozinha."

— Pobre Lana... — murmura Nyllie.

Fica difícil de respirar. Preciso puxar o ar com mais força, mas ele não vem. Lana era apenas minha colega de cela, alguém que apareceu na minha vida por apenas uma semana. Uma prisioneira que, infelizmente, acabou caindo nas garras dos aratnys. Mas não éramos amigas. Nem ao menos conversávamos direito. Então por que me sinto assim? Foi uma decisão mútua, não foi? Lana poderia ter se aliado a Nyllie, mas foi ela que decidiu seguir sozinha. *Foi você que a afastou primeiro, Kalina.* Minhas pernas ficam fracas demais e preciso me agachar.

— Não encosta em mim — alguém grita dentro da sala.

Abraço meus joelhos. Puxo o ar com mais força, mas ainda é difícil. Eu só quero me deitar um pouco... Não vai fazer mal se eu molhar minhas roupas, não é? Quando os soldados vão nos tirar daqui?

— Eu falei pra sair de perto! — a voz grave berra mais alto.

O mundo gira ao meu redor. Ehrika está agachada ao meu lado. Tenta falar algo, mas não escuto. Nós sobrevivemos ao labirinto. Nossos pecados diminuíram? Tivemos a bênção divina dos Cinco Deuses Irmãos? Lana era mais pecadora do que os sobreviventes nessa sala? Por isso perdeu a vida?

— Eu tava aqui antes, *veraz imundo* — a discussão continua.

O peso esmagador da realidade cai sobre minha cabeça. Mamãe sobreviveu ao expurgo quantas vezes? Ela esperou nessa mesma sala durante quanto tempo? Por que precisamos passar por isso? Porque somos pecadores? Os dedos de Ehrika tocam meu rosto, mas eu só consigo continuar puxando o ar com força e abraçar meus joelhos.

— Do que me chamou? — a voz responde com agressividade.

— *Veraz imundo!*

A dor na minha cabeça fica mais forte. Por que estão gritando? Miro, lentamente, os olhos na direção da discussão. Na parede mais afastada, dois homens se empurram. *Idiotas, calem a boca.* O homem mais alto, cabelos pretos e porte atlético está encostado na parede, ele encara o menor que o enfrenta furiosamente. Os dedos encostam acusadoramente no peito um do outro e os esbarrões se tornam mais violentos.

— Repete, se tiver coragem! — O menor empurra com força o seu oponente.

Os prisioneiros encaram a briga, mas ninguém gasta sua energia para impedir o desentendimento. As expressões cansadas representam exatamente o que eu sinto no meu peito agora. Estou completamente esgotada. Tão acabada, que escutar a disputa de território dos dois imbecis é o suficiente para consumar minha paciência.

Explodo em um salto, a água espirrando para todos os lados abaixo dos meus pés.

— Kalina? — Escuto a voz de Ehrika atrás de mim.

Encaro os dois prisioneiros se engalfinhando na parede oposta. A raiva vai crescendo pelo meu peito. Quando chego perto dos dois babacas, um deles gira o rosto com o maxilar trincado e me encara. Ele une as sobrancelhas falhadas e fica quieto por um segundo.

— Que foi? — O prisioneiro baixinho empina o peito, buscando briga comigo.

Mordo meu lábio e deixo a respiração sair com força pelas minha narinas. Meu dedo indicador pressiona o peito aprumado do prisioneiro. Ele tropeça um pouco para trás.

— O que *foi*? — vocifero para os dois. Minha voz está carregada de deboche. — Talvez vocês possam explicar, não é? Por que *dois ratos* estão disputando a porra de uma lata de lixo? — A última palavra sai mais alta do que eu esperava. Olho para o prisioneiro escorado na parede, de cabelos escuros. — Vocês acabaram de passar pelo inferno! Pessoas morreram lá dentro! — Aponto para fora da sala. — Uma mulher chamada Lana morreu. — O prisioneiro baixinho tenta falar, mas eu não deixo. — Ela também era de Veraz, sabia? — A menção faz a boca do homem se fechar. Ele desvia os olhos para trás de mim. Cruza os braços como um garotinho contrariado. Volto a encarar o prisioneiro escorado na parede. — Por que estão discutindo ainda? Vocês são a mesma droga de coisa aqui dentro. Não percebem? Essa rivalidade...

Nenhum dos dois parece gostar do que falo. Estão muito ocupados entortando as sobrancelhas e formando bicos com as bocas. Isso me deixa ainda mais irritada. Giro para longe dos dois e encaro o restante dos prisioneiros em silêncio. Alguns desviam o olhar, mas a grande maioria continua me observando. Vejo Ehrika respirando fundo e meneando a cabeça como sinal de encorajamento. Nyllie ao seu lado, tão pequena.

— Por que fazemos isso? — Caminho para o centro da sala, encarando os prisioneiros. — Não percebem? Eles *querem* isso! Se não for dentro da prisão, vai ser lá fora. — Meu fôlego começa a falhar, minha garganta arde. — *Eles* são nossos inimigos. Nós não podemos continuar sendo os ratos na lixeira! — A pressão na minha cabeça é forte demais. Eu quero gritar, fazê-los entender, mas sei que o veneno de Frederick Denova já contaminou a maioria dos moradores de Insula. Respirando forte, encaro a umidade sob meus pés. — Nós somos como água… — Eu me abaixo, tocando o líquido. Encaro-o. O movimento forma pequenas ondas. — Gotículas são inofensivas. — Formo uma concha com a mão. Quando ela está preenchida, observo-a por alguns segundos. — Mas, em grande quantidade, pode destruir impérios! — Arremesso a água para todos os lados. O silêncio ainda está preenchendo o ambiente. — Nós podemos ser a onda a afogar os verdadeiros ratos nessa história.

Fico de pé, meu peito sobe e desce com força e eu sinto o tremor voltando para minhas pernas. A fúria que me envolveu durante os últimos minutos parece se apagar e eu só me sinto muito cansada. A senhora de cabelos grisalhos, que contou sobre Lana, está com um sorriso estranho no rosto, mas outros prisioneiros reviram os olhos e voltam a encarar as paredes ao seu redor. Espio por cima do ombro e vejo que os dois prisioneiros idiotas ao menos pararam de discutir. Começo a me questionar de onde veio tudo isso. Por que eu falei essas coisas para eles? Os prisioneiros que se matem, eu não ligo. Não estou aqui dentro para ajudar nenhum deles. Da próxima vez, ficarei quieta.

Volto, lentamente, até Ehrika e Nyllie. Quando encontro as duas meninas, não tenho coragem de olhá-las nos olhos. Escuto as gotas caindo do teto e encontrando o chão. Alguns sussurros ecoando pelos cantos, mas os gritos cessaram.

— Caramba, Kalina… — Nyllie sussurra entre nós três.

Ehrika aperta minha mão, quando deslizo meus olhos para o seu rosto, está com um pequeno sorrisinho.

— Eu fui ridícula — confesso para as duas.

As garotas se aproximam de mim, negando com a cabeça.

— Você foi incrível — Ehrika me conforta.

— Eu não deveria ter feito isso, foi estúpido. — Minhas bochechas começam a ficar quentes.

Nyllie coloca sua mão no meu braço.

— Não foi! — Ela encosta um dedo no meu queixo. É tão pequena que sua altura bate no meu ombro. — Olha…

Deslizo meu rosto para trás e consigo ver na mesma hora alguns prisioneiros me observando. Um dos homens que discutia assente levemente, uma garota forte abre um pequeno sorriso. Talvez eles tenham me escutado. Talvez não tenha sido uma ideia tão ruim.

O calor em minhas bochechas começa a diminuir quando meus olhos resvalam para a entrada da porta. O oficial Mig está observando, escondido atrás do batente. As sombras o ocultam, mas consigo ver que é ele. Há quanto tempo está assistindo a tudo o que aconteceu? Ele escutou tudo o que eu falei? Isso não pode ser bom. Meu coração começa a acelerar. Devo ter colocado um grande alvo nas costas.

O oficial percebe minha atenção e na mesma hora empertiga o corpo. Ele dispara para longe, sem falar nada. Não sei o que isso pode significar, não sei se vai sair correndo e contar para os seus superiores. As dúvidas começam a se formar, mas não deixo o desespero me consumir.

Se fosse outro soldado, teria te punido na mesma hora. O pensamento surge, brilhando na minha cabeça. *Quem sabe ele não seja igual aos outros oficiais...*

Continuo encarando a porta, procurando pelo jovem aratnyano, mas ele não volta.

Capítulo 13

— Quanto tempo mais vão demorar para nos tirar daqui? — o prisioneiro grita.

— Prefere voltar para a cela? — alguém responde.

— Pelo menos lá eu consigo deitar!

— Pare de chorar! — a senhora retruca.

Levo a mão até meu pescoço e limpo a umidade que escorre pela pele. Já fiz esse mesmo movimento uma parcela de vezes na última hora. Não lembro exatamente, porque o tempo se estende de forma lenta e dolorosa. Ehrika está tremendo de frio e, mesmo que eu a abrace, o calor não é suficiente para aquecê-la. Nyllie decidiu que ficar sentada, mesmo molhando a bunda, é mais confortável do que se manter de pé por tanto tempo. Passeio meus olhos pela sala de banho e encaro os pés dos prisioneiros, estão ficando enrugados pela quantidade excessiva de tempo mergulhados na água. Inspiro profundamente e me escoro contra a parede, a sensação gelada percorrendo o fino tecido das vestes.

O homem e a senhora continuam discutindo ao meu lado. Por algum motivo, seus corpos se aproximaram lentamente de mim. Não buscaram por conversa alguma, mas notei a forma como trocaram a distância até estar aqui.

— Não vamos voltar para as celas. O expurgo acabou de acontecer — a velha cacareja, chutando a água com os pés. A frase que sai de sua boca chama minha atenção.

— O que quer dizer? — pergunto, o tom meio desinteressado. O completo oposto de como me sinto nesse momento.

A velha senhora tem traços alongados e cabelos espigados em um rabo de cavalo grisalho. Passa os dedos por entre os fios no penteado, pomposa pela atenção conquistada. Estreita os olhos, preparando-se para contar algo sigiloso.

— Logo após os expurgos, a prisão fica… — Segura a palavra por alguns segundos. — Perigosa.

O homem ao lado dela se espicha e dá um pequeno empurrão na mulher. Ela avança com o punho fechado, mas não desfere o soco.

— Perigoso pra quem? — ele zomba. — Já estamos ferrados mesmo.

Temos um ponto aqui.

— Escute, imbecil — a velha chia. A mão que estava cerrada espalma-se pelo braço do prisioneiro. Um tabefe, mas não forte o bastante. — Estou falando que *algo* acorda depois dos expurgos.

Talvez tenha sido proposital, mas a última frase é dita alta demais. Quase todos os olhos dos prisioneiros focam na senhora. Ela gosta da atenção que recebe, por isso continuo dando exatamente o que quer.

— Algo?

As pontas dos dedos de Ehrika tocam minha mão. Enlaço-os.

— Foi o que me contaram. — A velha gira pela sala, fazendo-se ser ouvida por todos. — Não vi mais *a menina* desde então, ela estava muito magra e fraca da última vez que trabalhamos juntas na cozinha, mas ela me contou. — De canto de olho, observa a porta. — Depois do expurgo, nós não voltamos para as celas.

Meus dentes rangem pela forma dissimulada com que a velha solta as informações.

— Então para onde vamos? — Inclino meu busto para a frente, desafiando a prisioneira. A mulher me encara, percebendo que não estou sendo muito paciente. Abre a boca, pronta para falar. Porém, não recebo a resposta que desejo.

Os guardas irrompem pela sala. Estão com os bastões aratnyanos empunhados nas mãos. A ponta perigosa embebida pelo veneno paralisante direcionada em aviso.

— Em fila — o soldado exige.

Não demora muito para todos estarmos ordenados, como cordeirinhos em rebanho. Um soldado no início, guiando nossos passos. Outro ao final, conferindo o ritmo. Além de uma parcela esbarrando contra nossos corpos e gritando para sermos mais atentos.

Quando saímos da sala úmida, os pés encontram o piso seco e gélido. Percorremos durante alguns minutos corredores desconhecidos aos meus olhos alertas. Sei que deveríamos ter virado à esquerda quando chegamos à bifurcação em T, logo após a cozinha para nos dirigir às celas. Mas os soldados vão para a direita, afastando-nos cada vez mais. *A velha está certa?* Um calafrio sobe pela minha espinha.

— Conhece esse caminho? — sussurro para Nyllie. A ratinha está logo à minha frente, o topo se sua cabeça batendo na altura do meu queixo. Ela nega silenciosamente.

Balanço o rosto um pouco para trás, trocando um rápido olhar com Ehrika. O tom de suas íris violeta está afiado. Penso, por apenas um segundo, nos momentos em que tivemos essa mesma troca de olhares. Quando a adrenalina da caçada pelas ruelas de Mave era nossa rotina. Quando o vento beijava nossas bochechas enquanto disparávamos pelos telhados e sacadas da cidade. Quando voltávamos tropeçando em meio às boas gargalhadas, tão verdadeiras que faziam nossos estômagos doerem. A tontura do álcool após comemorarmos mais um trabalho bem feito. Quando as contratantes preenchiam nossas mãos com sacos de moedas reluzentes em agradecimento. Trocas de olhares que me faziam sentir poderosa ao lado de Ehrika. Não me sinto assim quando a fito dentro da montanha. Nós perdemos nosso poder. Nós perdemos tudo.

Eu só não posso perdê-la também.

Assim como não posso perder mamãe.

Os dias estão escorrendo pelos meus dedos e, cada segundo que pinga para fora do meu controle é mais um espinho sendo cravado no meu coração.

É claro que existia a possibilidade de eu não encontrá-la quando comecei esse plano arriscado. De, talvez, não ter sido rápida o suficiente. Mas eu não poderia ficar sentada, vivendo uma vida de mentira, quando mamãe estava aqui dentro por minha culpa. Eu jamais conseguiria viver sabendo que a criminosa era eu. E, mesmo que eu não recuperasse a liberdade de mamãe, pelo menos passaria meus dias fazendo de tudo para mantê-la a salvo aqui dentro. Eu daria até minha última gota de sangue para defendê-la aqui dentro. Só que nem isso me foi concedido. Ela foi arrancada dos meus braços, sem eu ao menos poder tocá-la. Ela foi brutalmente apagada do meu futuro. Sem direito a um fechamento. Sem, ao menos, uma última despedida.

Sacudo meu rosto, afastando o pensamento.

Ela não morreu. Ela está aqui dentro, dessa montanha. E eu vou encontrá-la.

Mas e Ehrika? Involuntariamente, aperto meus olhos e engulo em seco. Não fazia parte do plano ter a vida da minha melhor amiga enredada nessa bagunça toda. Ela não deveria estar aqui dentro. Ela deveria estar junto de Pitrya, Tolisie e Jheni, dentro do navio da Capitã Bark. A mulher mais corajosa dos mares de Marzilis e último amor de Ehrika. Procuro por minha melhor amiga e ela me fita confusa. Apenas movimento o rosto um pouco, abrindo um sorriso fraco para ela. Ehrika levanta o canto da boca em resposta.

Vou tirar você daqui. Prometo. Mas não posso desistir de mamãe ainda.

Um barulho estranho invoca minha atenção. A porta ao meu lado se fecha tão rápido quanto abre. Ela guarda segredos dentro de suas paredes e não tem interesse em revelá-los. Contabilizo, ao menos, dez portas se repetindo, uma atrás da outra. São feitas de metal escuro, os painéis ao lado esperando pela liberação do pessoal autorizado. É exatamente isso o que acontece quando chegamos ao último acesso à esquerda. Abre-se, repetindo o som estranho, e, então, mantém-se aberta até que todos estejamos lá dentro.

É uma sala grande e preciso girar um pouco o pescoço para memorizar cada canto. A primeira descoberta é que temos uma segmentação no ambiente, sendo a primeira parte da sala recheada de telas e pessoas segurando arquivos, conversando impetuosamente. Não são soldados, porque o uniforme verde e preto não está vestindo seus corpos. Ao contrário, longos jalecos brancos escondem as calças de alfaiataria e as camisas bem abotoadas. Alguns sentam-se em frente às telas e minha curiosidade se aguça ao ver tantos dados circulando desenfreados enquanto os dedos continuam alterando a ordem das informações. *São cientistas.* A arma mais potente de Frederick.

Quantos desses homens e mulheres, trajando orgulhosamente seu uniforme pálido, foram responsáveis pelo descobrimentos das bombas químicas guardadas nos tanques subterrâneos de Aratny? Quantos deles estão trabalhando para o Imperador desde a tomada do poder, trinta anos atrás, quando Frederick Denova decidiu investir pesadamente na ciência e tecnologia do reino?

Eles nem ao menos olham para o lado quando entramos na sala. Somos pequenos insetos a serem estudados. Míseros germes prontos para serem analisados. É isso o que somos. *Apenas* isso.

Os soldados continuam nos guiando adiante, afastando-nos dessa primeira parte da sala. Mas continuo focada em esquadrinhar o rosto de cada um dos cientistas na sala, os gestos que fazem com as mãos e quais tipos de equipamento estão usando. No meio do lugar, próximo a uma grande tela, estão a diretora Ravena e o tenente Ruel. Meu coração dá um salto e preciso controlar as batidas desenfreadas. A sensação de frio toma conta do meu corpo e limito o tremor das mãos.

A última vez que vi os dois, ouvi da boca de Ravenna que minha mãe estava morta e fui torturada pelo cachorrinho aratnyano. Ele parece escutar meus pensamentos, porque encontra meu olhar do outro lado da sala. Não parece surpreso ao me ver. O jeito como sua expressão se amarga, quase entrega que estava me esperando. Lentamente, abaixa-se até ficar na altura da diretora e sussurra no ouvido dela. Ravenna tira seus olhos da tela repleta de dados e procura por mim. Sei disso porque, quando me encontra, não desvia. O que me deixa curiosa, é a diferença de expressão dela para o homem. Não está azeda, pelo contrário, está quase enérgica. Existe um brilho nos olhos. Uma ansiedade na forma como sua boca treme um pouco. Não gosto de nenhuma das expressões, elas parecem saber de coisas que eu ainda não sei.

Sou eu quem quebra a interação com a duplinha venenosa. Faço isso porque, com o canto dos olhos, noto a segunda repartição da sala aproximando-se cada vez mais. O lugar é dividido por uma grande parede envidraçada. Uma porta sela quem está do lado de cá, para quem vai ficar do lado de lá. Estou sendo enviada diretamente para a segunda opção.

Rapidamente, encaro o vidro e constato que apenas os cientistas poderão nos ver. A vidraça, translúcida de um lado, é da cor de piche aqui. Mais uma forma de controle sobre o que vão fazer com nossos corpos. Não gosto da sensação que o pensamento me causa.

O ambiente é pouco iluminado, mas consigo ver as mesmas camas metálicas da *casa de cuidados*, revestidas com panos simples e brancos, repetindo-se ao longo do lugar. Noto as correntes e algemas presas nas laterais, a mão sufocante das memórias desperta. Os malditos vão nos prender aqui dentro. Mas por qual motivo?

— Cada um em uma cama, agora! — o soldado que guiou a fila grita, o bastão batendo contra a mão.

— Por quê? — questiono, os pelos do meu braço arrepiados.

Ehrika e Nyllie estão ao meu lado. Coloco as duas atrás de mim e encaro o soldado. Ele revira os olhos com a minha pergunta.

— Na cama — grunhe, as sobrancelhas unidas. — Agora.

Ehrika segura meu braço, puxando-me para trás com elas.

— Só deita na cama — Ehrika murmura.

— Não — respondo, observando as algemas. Alguns prisioneiros estão seguindo a indicação, mas outros, como eu, ainda estão de pé. — Eles vão fazer alguma coisa com a gente.

— E você sugere fazermos o quê? — Ehrika cerra os dentes. — Pense em Safiny. — Quase machuco o pescoço com a força com que o giro até encontrar os olhos de Ehrika. — Precisamos seguir as regras, por enquanto.

O soldado atrás de mim me empurra.

— Não vou repetir — ele rosna no meu ouvido.

Certo. Não sei o que vão fazer. Não gosto de estar sob o controle deles. Mas, assim como Ehrika disse, preciso pensar em mamãe.

Indo contra todos os instintos dentro do meu corpo, deito-me na cama gelada. Ehrika está ao meu lado e à sua esquerda está Nyllie. O restante dos prisioneiros preenche os demais leitos. As lâmpadas do teto explodem e iluminam todo o interior. Finalmente, consigo entender exatamente onde estamos.

É uma caverna.

Rústica, se comparada aos outros lugares cimentados dentro da montanha. A rocha irregular desponta como navalhas para todos os lados. A solidez da pedra me faz sentir que estamos em um lugar tão antigo quanto a criação de Insula. Paredes que não foram tocadas e que guardam os enigmas do seu tempo. Escuras como o fundo de um poço jamais encontrado. É um pouco assustador perceber que estamos sendo presos aqui dentro. Não parece ser certo, é quase como se fôssemos intrusos.

— Boa noite. — A saudação repercute por todos os lados da caverna. Não é a voz de alguém que está compartilhando o mesmo ambiente que nós. Giro meu pescoço, procurando pelas caixas de som, mas não as encontro. — Vocês sobreviveram ao expurgo. A graça dos Cinco Deuses Irmãos recaiu sobre suas almas. — Deito minha bochecha no ombro e consigo ver Ehrika. Ela está encarando o teto, concentrada. — Isso não significa que deixaram os pecados para trás. A jornada pela absolvição é árdua e todos vocês estão comprometidos a passar por ela, tenho certeza. — Reviro meus olhos. — Agora, teremos a segunda parte do progresso.

Novos guardas atravessam a porta. Eles carregam pequenas caixas nas mãos. E algo mais... *Ah,* não. Seringas. Ehrika percebe também, porque gira seu rosto assustado para mim. Levanto uma sobrancelha para a minha melhor amiga. Ótima ideia, Ehrika. Muito bom mesmo! Que tal deixar esses dissimulados nos drogarem aqui dentro? Engulo a irritação. Ela não poderia saber que isso iria acontecer, mas não consigo controlar os pensamentos desastrosos que invadem minha mente nesse momento. Estou tão focada na quantidade de soldados que entram pela porta, que quase não noto quando Mig aparece também.

— A verdadeira transformação acontece através do enfrentamento dos nossos medos. — A voz continua vomitando besteiras aratnyanas. — A Montanha é um lugar sagrado. Aqueles que continuam sendo pecadores de coração não merecem prosseguir nessa existência.

Os guardas avançam para os prisioneiros. As seringas em mãos.

— Sai! Não coloca isso em mim — o prisioneiro na ponta da sala começa a gritar.

O guarda levanta a mão e desfere um tapa forte no rosto do homem. Sem esperar, desloca a seringa e perfura o braço do homem desacordado. O líquido no tubo é injetado até a última gota. Os guardas continuam cama após cama, seguindo o ritual. Eles avançam, como formigas operárias, e não espero até um deles chegar em mim. Pressiono as amarras contra os pulsos e sacudo-as, tentando me desvencilhar. Ehrika faz o mesmo, mas não adianta de nada. Estamos presas.

Uma sombra demora-se ao meu lado. É Mig. Está com a seringa em mãos. Ele agarra meu braço, a agulha brilhando em prata.

— O que é isso? — rujo.

Mig não responde. Ele intensifica o aperto, mas continuo tentando me desvencilhar.

— Pare de se debater — ele fala, exasperado, mas o tom é ameno. O garoto consegue perfurar a pele do meu braço. Minha respiração trava nos pulmões. Ele aperta a extremidade da seringa injetando o líquido através do meu músculo. O veneno deixa minha pele gelada na mesma hora. É uma sensação estranha, de relaxamento do corpo. Rolo meus olhos com dificuldade, mas ainda estou acordada. Mig debruça-se levemente sobre mim, então diz: — Quando as luzes se apagarem, feche bem os olhos — ele murmura. Não espera nenhum segundo a mais e vai em direção ao próximo prisioneiro.

Acompanho suas costas afastando-se e deixo as palavras sussurradas ecoarem pelos meus ouvidos. Outro soldado se aproxima de Ehrika e faz a mesma ação, a seringa perfurando o braço e injetando todo o líquido. Noto quando os ombros de Ehrika relaxam, mas o aratnyano não repete a frase para minha melhor amiga. Ele apenas parte, sem dizer uma palavra. *Então por que Mig falou aquilo para mim?*

O barulho das botas se afasta em direção à porta. Quando o último soldado ultrapassa o limite, o metal range e um estrondo é ouvido. Apenas os prisioneiros estão aqui dentro, todos enfileirados em camas de metal.

Respiro fundo, procurando pela dormência ou pela tontura da droga em minhas veias, mas ela não aparece. É como se o líquido tivesse me deixado mais relaxada, mas não menos alerta. Escuto, vejo e sinto tudo ao meu redor. A luz reflete acima de nós, mas não é forte o suficiente para iluminar todos os espaços aqui dentro. Principalmente o lado esquerdo da caverna, onde sombras escondem algo.

A explosão derrama o manto de claridade sobre todos os centímetros existentes da caverna. Preciso fechar meus olhos, tamanha é a alteração de luz, mas abro-os com calma até me acostumar com a nova visão.

Descubro que a caverna se estende cada vez mais para o seu interior, até desaparecer novamente na escuridão.

Encaro o ponto específico entre luz e a sombra.

— Que merda é essa? — prisioneiro do lado de Ehrika berra.

Escuto o barulho das correntes contra o metal da cama. Estão tentando se libertar, mas o esforço será em vão. Os soluços de uma pessoa ao longe se tornam altos demais.

Minha bochecha está pressionando firmemente no meu ombro, enquanto encaro aquele ponto específico no interior da caverna. As sombras tremeluzem e eu sinto a necessidade de encará-las. A lâmpada mais distante desliga, trazendo a escuridão mais para perto. *Algo... se mexe nas sombras.* A outra lâmpada desliga e a escuridão expande.

Quando as luzes se apagarem, feche bem os olhos.

— Fecha os olhos — repito a frase baixinho. Outra lâmpada desliga e a caverna é quase completamente tomada pela escuridão. — Fecha os olhos! — grito para Ehrika.

— Quê? — ela responde, confusa.

— Fecha os olhos! — Estou encarando, mais uma vez, a escuridão e posso ver a forma estranha com que se movimenta. — E não abre! Fala isso pra quem está do seu lado, agora!

Ehrika assente rapidamente. Estou abrindo a boca para gritar, quando a luz se apaga e tudo se torna breu.

Feche bem os olhos.

Meu rosto está tomado pela pressão de manter minhas pálpebras completamente fechadas. A voz está presa em minha garganta e não ouso falar mais nada.

Existe um silêncio mútuo ao nosso redor. Do tipo que você precisa segurar a respiração para não se fazer ouvido.

Track!

O estalo vem do fundo da caverna.

— O que foi isso? — alguém se desespera.

Track!

Está se aproximando, pouco a pouco, em nossa direção.

— Não abram os olhos! — deixo minha voz ecoar, amaldiçoando a mim mesma pela escolha estúpida de altruísmo.

Track!

O estalo quebra. Volta. Quebra de novo. E de novo.

Track!

— Lucy? — uma prisioneira questiona.

Track!

— Filha? — A voz embargada da prisioneira corta meu coração. O que ela está fazendo? Por que está chamando pela filha? Aperto meus olhos ainda mais. O coração acelerado.

Track!

— Lucy, onde você está? — a mulher grita, as correntes estalando enquanto ela se debate. — Filha, é você mesmo?

— Não abra os olhos! — grito. *Quando as luzes se apagarem, feche bem os olhos.*

Por quê? Por que não podemos abrir os olhos? Aperto o maxilar, me sentindo impotente.

— Filha... Estou com tanta saudade. — A prisioneira está falando em meio aos soluços. — Está aqui dentro mesmo?

Track!

— Não é a sua filha! — grito.

Track!

A prisioneira não parece me escutar, apenas continua conversando com o silêncio.

— Certo, vou abrir... — ela confessa, em meio ao choro. — É claro que confio em você, filha.

Os prisioneiros ao longo da caverna começam a gritar. Todos imploram para que a mulher não continue o que prometeu, mas ela não parece escutar ninguém além da voz em sua cabeça.

Não abra. Não abra. Não abra. Não abra.

Mas ela abre.

E os gritos começam.

Mesmo distante, consigo sentir a atrocidade dos urros que saem de sua boca. Os segundos parecem horas, transformados em completa tortura. O tinido fino se transforma em um gorgolejar através da garganta. Ela pede por socorro, mas ninguém pode ajudá-la. Aperto com força o metal abaixo de mim. Sinto as unhas quase quebrando por causa da força que coloco. A dor escorre através dos guinchos da mulher, até que ela fica em silêncio. Para sempre.

Minha respiração treme ao liberá-la.

Track!

O estalo volta. Ele percorre os corredores entre os prisioneiros. Está, lentamente, deslizando. Procurando sua próxima presa. E, eu sei, de alguma forma, que sou eu.

Sinto, em cada extremidade do meu corpo, que o ar ondula ao meu redor, preparando-me para encontrá-lo. Sinto, também, a presença forte erguendo-se acima da minha cabeça. Sinto, sem nem ao menos abrir meus olhos, que algo está empoleirado na minha cama, me observando. Aperto meus olhos o máximo que posso, a respiração presa no peito. Sinto toda a ansiedade da espera, de não poder me mexer para não despertá-lo.

Sinto, depois de tudo isso, o choque engolindo as forças do meu corpo quando *ela* fala.

— Kalina? — a voz de mamãe sussurra.

Cedo um pouco o aperto no metal da cama. *Mãe?* O impacto me deixa um pouco tonta. Sinto minha cabeça girar. Não pode ser minha mãe.

— Filha, você não deveria ter vindo atrás de mim, meu amor. — É *a voz dela.* Aveludada, mas imperiosa. Carregada de amor, mas afiada nas pontas. — Agora está tudo bem. Estamos juntas.

— Mãe? — A tontura fica mais forte. O ponto onde a agulha penetrou está doendo e o resto do meu corpo treme convulsivamente. — É você mesmo?

Libero a pressão sobre meus olhos.

Por que eu estou com eles fechados mesmo? Não consigo lembrar.

— É claro que sou sua mãe, filha! — A mão macia repousa na minha bochecha, quente e conhecida. O toque de mamãe. Parece tanto com ela. Só pode ser ela. Estou girando em meio à escuridão. Caindo e caindo e caindo. Minha única âncora é a voz dela. O toque dela.

— Não abra os olhos! — Consigo escutar, ao longe, a voz de Ehrika. Ela também está aqui? Por quê? — Não é Safiny!

— Querida! Sou eu… — mamãe responde. Está ao meu lado, acariciando minha bochecha. Estou tão relaxada. E se eu abrir meus olhos só um pouco? Estou com tanta saudade… O cheiro de jasmim e baunilha preenche meu nariz. O perfume que durante anos senti ao abraçá-la…

— Meu amor... Vamos! Estou morrendo de saudades, abra os olhos — ela pressiona um pouco mais, bem pertinho do meu ouvido.

Meus pensamentos estão tão embaralhados. Só penso no toque quente sobre minha bochecha, no cheiro conhecido e na voz que me faz sentir em casa.

— Agora você pode descansar, meu amor. É só abrir os olhos e tudo ficará bem — a voz de mamãe ronrona.

Sim, tudo vai ficar bem... Eu sei que vai.

Abro meus olhos e vejo dois círculos vermelhos me encarando de volta.

Acima de mim, com patas arqueadas pela cama, a criatura me examina. Escuridão está por todos os lados, mas a luz carmim que emana dos olhos *da coisa* delineia o suficiente para vê-la. É pontuda, com gigantescos espinhos brotando pelo corpo. Uma bocarra cheia de dentes abre-se bem próximo do meu rosto.

A criatura se aproxima ainda mais, contemplando o fundo dos meus olhos. A boca se estica em um largo sorriso. Meu corpo congela e não consigo desviar os olhos dos círculos vermelhos. Imagens involuntárias revelam-se dentro da minha cabeça. Sanguinárias e doentias. Carregadas de morte, dor e sofrimento. Os gritos são altos demais e não consigo deixar de enxergá-los.

Estou gritando, arranhando minha garganta até estar em carne viva.

A tontura ainda enevoa minha mente, mas aos poucos a neblina se dissipa. Vejo o rosto de mamãe e isso me dá mais força.

Luto contra o controle da criatura, usando todo o resto de força que tenho dentro de mim. Tento pensar no rosto de mamãe. Está distorcido em meio ao banho de sangue. Ela abre os braços para mim, pronta para me receber. A imagem torna-se cada vez mais nítida. O sangue indo embora, a escuridão desaparecendo. Corro na direção dela e a abraço com toda a minha força. *Estamos juntas de novo.*

Sinto um puxão forte e volto a enxergar a caverna. A criatura me observa, mas já não sinto mais as garras sobre a minha mente. Minha respiração volta ao normal e não grito mais. Ele gira a cabeça de um lado para o outro. Abaixa-se e solta a língua bifurcada, lambendo meu rosto.

— Uma pena... — a voz grave sussurra em meu ouvido — que não posso levar você comigo, criança.

Abruptamente, a pressão sai de cima de mim. Os estalos se tornando cada vez mais distantes. A criatura desaparece de volta para o casulo.

O brilho estoura através da sala. As luzes ao nosso redor iluminam a caverna mais uma vez e eu consigo ouvir a voz de Ehrika ao meu lado, gritando meu nome.

É estranho ouvi-la e lembrar por que estamos aqui. O motivo de meus braços estarem presos na cama gelada e por que não era mamãe sussurrando no meu ouvido de verdade. A realidade dói. Encaro o teto e fico estática durante alguns segundos, sendo tragada por tudo o que aconteceu. Não era o toque de mamãe. Nem seu cheiro ou o som de sua voz. Não era ela. A queimação aumenta nos meus olhos e sinto a ponta afiada da flecha invisível no estômago.

As portas se abrem e os passos – certamente soldados aratnyanos –, irrompem pelo chão. O toque de dedos liberta meus pulsos, depois segura meu ombro e me obriga a me sentar na cama metálica. A luz ainda machuca meus olhos, por isso pressiono-os, encontrando o breu. A fraca tontura ainda está dentro da minha mente, como uma velha amiga. Os braços de Ehrika me envolvem e ela dispara palavras por cima de palavras, mas não entendo nenhuma delas. Enfio meus dedos pelos fios claros do cabelo de Ehrika e apenas descanso o peso que sinto em seus ombros. Quando tomo coragem, abro os olhos e fito a cama mais distante. O corpo da prisioneira adormecido pela eternidade. Ela parece tão tranquila, em paz.

Abraço Ehrika com mais força. *Poderia ter sido eu.* Então por que ainda estou respirando?

Deslizo meus olhos para a gigantesca vidraça e percebo que não está mais oculta. Todas as telas, os cientistas e parafernálias aratnyanas estão visíveis. Só que eu não me importo com nenhuma delas.

Minha atenção está em Ravenna.

A diretora me encara de volta, a expressão em seu rosto revelando que presenciou tudo o que aconteceu e que… gostou do que viu.

CAPÍTULO 14

A soldada gira a tampa com cuidado. Anota o nome com uma caneta preta e confere se a saliva está segura dentro do recipiente. Ela desliza o pequeno pote para dentro da caixa repousada nas mãos do colega e assente, contente, por ter coletado tudo o que precisava. A militar dirige-se para a próxima vítima e inicia o processo mais uma vez. Abre a embalagem, do tamanho da palma da mão, aproxima-o da boca do prisioneiro e solicita que cuspa três vezes. Quando a baba está segura, ela a aprisiona e anota a quem pertence.

A dinâmica se reproduz ao longo da caverna. Os soldados ziguezagueiam com os fluidos dos condenados em seus minúsculos cofres. Eles também acharam uma boa ideia roubar um pouco do nosso sangue, assim como posicionar pequenos feixes de luz em nossos olhos enquanto registravam dados em suas pranchetas.

Estão nos estudando.

Pressiono o ponto dolorido em meu braço. O buraquinho invisível onde a seringa adentrou. Meus ombros não estão mais relaxados e me pergunto o que a droga em nossas veias pode ter feito com nossas mentes. Qual o motivo para tanto interesse em nossos corpos? O que escondem por trás dos testes que fazem? A verdade deve ser tão suja quanto penso, mas decido que isso não é o meu maior problema no momento.

Deslizo meu queixo para o lado e procuro pela incógnita que ronda meus pensamentos. As íris escuras de Ravenna estão compenetradas na tela logo à sua frente. O cientista gesticula com as mãos sobre o rosto, demonstrando algo para a diretora. Ela assente, morosa e, então, vacila até espreitar sua atenção em mim.

Ali. Mais uma vez. Os olhos da aratny.

"Confesso que nem todos os prisioneiros chamam a minha atenção, não costumo visitar todos na ala de cuidados. Você deve imaginar." Então, por que você me visitou, Ravenna?

Sustento o olhar da diretora, mas ela foge do confronto. Fugiu em todos eles.

— Ela não para de olhar para você — Ehrika murmura.

Desperto, um pouco assustada, com a voz da minha melhor amiga.

— Você percebeu também? — resmungo, contemplando Ehrika.

As íris violeta projetam-se para a vidraça, mas regressam rapidamente.

— Quando alguém olha *daquele* jeito... — Ehrika estreita os olhos. — ... para minha melhor amiga, você pode ter certeza que vou notar. Ela parece uma serpente preparando o bote. Uma serpente peçonhenta.

"Precisamos dela."

— Acho que sou importante, de alguma forma — cochicho. Ravenna ainda está imersa na conversa com o jaleco branco.

Ehrika torce as sobrancelhas e empina um bico.

— Como assim? — Ela parece muito confusa com a minha afirmação.

Resvalo meus olhos para o ombro de Ehrika e observo Nyllie encarando os próprios dedos. Ela está distante, mas prefiro diminuir o tom de voz.

— Acho que tem a ver com a minha mãe.

"Também fiquei espantada. Diria que é a versão mais jovem de Safiny. Mas acho que faz sentido, por ser filha dela." As garras longas e afiadas penetram meu coração mais uma vez.

Ehrika apenas me escuta. O dedo indicador sobe até o lábio e aperta um pouco. Sempre faz o gesto quando está refletindo sobre algo.

— Você pode tentar perguntar sobre Safiny, não acha? — pondera despretensiosamente.

— Ela não pareceu muito aberta a me dar informações na última vez que conversamos — esclareço.

— Se você for tão importante para ela, como acha que é... — As feições de Ehrika se transformam em uma máscara maquiavélica. — Pode tentar barganhar.

Ergo meu queixo para a gigantesca janela e vejo Ravenna um pouco afastada, está discutindo com Ruel. Não parece uma conversa fácil, pela forma como os ombros do tenente se tensionam.

— E se ela não quiser falar? — indago, avaliando a opção.

Ravenna leva um dedo acusatório até o peito do militar e o pressiona no uniforme. É muito menor em altura, mas sua energia o engole sem nenhum esforço.

— Então voltaremos à estaca zero. — Ehrika solta um muxoxo.

— Ou talvez você possa pedir para trabalhar no castelo.

Ehrika dá um pulo na cama metálica e preciso engolir o coração que subiu para a boca. Nyllie está com as duas mãos sobre os lábios, os olhos esbugalhados.

— Desculpa, não queria ouvir a conversa... — a ratinha se explica.

— Pela segunda vez? — reclamo, lembrando-me do dia em que nos conhecemos na cela da prisão.

Nyllie abre um sorriso envergonhado.

— Tudo bem, sou um pouco curiosa. — Junta as duas mãos e morde o lábio. — É um defeito meu. Acabei ouvindo tudo o que vocês conversaram e não me orgulho disso. Mas... — Estou prestes a dar o nome que a baixinha merece, quando ela nos presenteia com algo interessante. — Eu pensei em algo que pode ser útil para vocês. Pra encontrar a sua mãe...

Espera aí... Como ela sabe sobre isso?

Encaro Ehrika, chocada, mas minha melhor amiga apenas analisa Nyllie.

— Vocês falam um pouco alto, sabia? — a garota lovana tenta se defender.

— O que mais você ouviu? — questiono desconfiada.

Nyllie olha para mim e depois para Ehrika. Solta a respiração com força e então confessa:

— Tudo? — Ela espreme os olhos e morde ainda mais o lábio.

— Eu vou te matar... — rosno, levantando-me da cama.

Ehrika coloca a mão sobre meu busto, me obrigando a sentar de novo. Sua atenção está cravada na ratinha.

— Que ideia você teve? — interroga.

A presença de um soldado nos obriga a esperar por minutos até que se afaste de novo.

— É só que... Eu pensei muito desde que você... — Ela aponta para mim. — ... falou sobre um harakin ter sido a última pessoa a estar com a sua mãe. Eu pude sentir a sua angústia e fiquei pensando comigo mesma o que você poderia fazer para conseguir mais informações. Não consigo nem imaginar o que você deve estar sentido aqui dentro... — A ratinha me olha sem desviar. — Sei que não somos amigas, mas não pude deixar de me comover um pouco com tudo isso.

Tudo o que ela fala é muito bonito, mas quero entender aonde vai chegar com todas essas palavras. Não gosto de saber que a garota estava escutando todas as minhas conversas com Ehrika. Apenas concordo em silêncio, essa é a deixa para que continue.

— Certo... Foi apenas quando você começou a falar sobre a diretora... — Nyllie dá uma olhada sobre o ombro em direção a vidraça. Ravenna desapareceu. — ... que eu pensei em algo.

Existe um brilho no olhar de Nyllie. O típico fulgor que define pessoas naturalmente espertas. Aquelas que pensam demais e são donas de todos os planos existentes no mundo. *Quem é você?*

— É melhor se apressar... — Ehrika rumoreja. Percebo quando os soldados começam a se afastar com as caixas, abandonando a caverna.

— Os harakins vivem lá em cima... — Nyllie aponta para o teto. — No castelo.

— Isso eu já sei... — respondo um pouco agoniada. Quero que ela chegue ao ponto.

O brilho se eleva um pouco mais nas íris da garota.

— Mas você não deve saber que alguns prisioneiros podem trabalhar lá. Ou sabe? — É quase imperceptível o sorriso que desponta em sua boca ao terminar a frase.

Consigo ouvir o som das peças se encaixando na minha cabeça.

— Como você sabe disso? — questiono, meu coração acelerando com a possibilidade.

— Antes de vocês chegarem, *nós*... — A garota trava quando fala a palavra, o fantasma de Lana rondando nossos pensamentos. — Dividimos a cela com outra prisioneira. Ela foi levada por *bom comportamento* para trabalhar lá em cima. — Nyllie revira os olhos. — Não sei o que acontece depois que você sobe, mas suspeito que seja melhor do que aqui embaixo, não é?

Um silêncio paira sobre nós três por alguns instantes.

— Se você fosse trabalhar no castelo, poderia confrontar o harakin. Não precisaria esperar pelo expurgo — Ehrika murmura. Nossos olhos se cruzam e percebo a ansiedade deles.

É uma opção desconhecida. Eu estaria entrando na verdadeira toca das aranhas.

— Não sei. — A porta da caverna é escancarada e os oficiais aparecem com os bastões. Não seguram mais seringas, potes com saliva ou qualquer outra coisa. Eles estão aqui para nos levar de volta às celas. A sensação do aprisionamento esquenta meu sangue. *Não posso voltar para aquele lugar.* — E se eu não conseguir enrolar Ravenna?

Os prisioneiros estão se levantando das camas. A fila começa a se formar.

— Seja mais manipuladora do que ela, Kalina — Ehrika decreta. — É por Safiny.

É por mamãe. Tudo, até agora, foi por mamãe.

Nyllie é agarrada pelas mãos ásperas do soldado e desaparece entre os prisioneiros. Meus pensamentos estão muito acelerados e tento ordenar todas as opções existentes. O que eu faço? Pense, Kalina, pense!

— Faça isso, agora! — Ehrika chia ao meu lado, enquanto seu braço é contornado por mãos aratnyanas. Levanto-me, pronta para ir atrás da minha melhor amiga, mas ela apenas arregala os olhos. — Fale com Ravenna!

Escoro-me contra o metal da cama, o coração batendo descompassado. O tempo passa devagar enquanto vejo as opções que tenho e a necessidade de decidir qual movimento vou escolher fazer agora. Voltar para a cela com Ehrika e esperar pelo próximo expurgo? Ficar presa durante dias, me tornando cada vez mais fraca pela falta de comida? Ou, quem sabe, apostar nesse plano inseguro de Nyllie? É uma alternativa nova e não me sinto confiante o bastante para agarrá-la. Mas o que posso fazer além disso? Tudo o que eu fiz até o momento foi um pouco impensado. Todas as minhas ações foram apenas pela ânsia de encontrar mamãe. Ao menos, estando no castelo, posso encontrar novas alternativas, não é? *Você não pode ter certeza.* Raciocina! Preste atenção nos caminhos, Kalina.

A soldada está se aproximando cada vez mais. Vejo a forma como especula os olhos para mim, como se eu fosse apenas um saco de lixo a ser carregado para o lugar a que pertence. Apenas uma mosca zumbindo ao redor da orelha e que logo estaria esmagada no chão.

Eu não sou nenhuma dessas coisas. Sou Kalina Kaster e vou até o fim disso tudo.

Quando a soldada estica a mão na minha direção, disparo a frase com o queixo empinado.

— Quero falar com a diretora Ravenna — simplesmente digo.

A militar estanca, atrapalhada pelo meu pedido. Ela tomba a cabeça para o lado e torce o nariz. A risada debochada escapa da garganta.

— Você não tem direito a querer nada aqui dentro. — A mulher estica a mão, pronta para agarrar meu braço.

— Eu te asseguro que a diretora não vai ficar nada feliz se souber disso. — Aumento o tom nas minhas palavras, como uma ameaça. — Talvez seja você a próxima a parar nas celas da prisão.

Ela enruga as sobrancelhas, mas noto o subir e descer da garganta ao engolir em seco. *Isso, continue... Está dando certo.*

— Eu não vou importunar a diretora Ravenna por causa de uma prisioneira. — A última palavra é dita com nojo. Ela bate o bastão contra a mão e empina os ombros na minha direção. — Vem pra fila, agora...

— Diga que Kalina Kaster vai contar o motivo de ter invadido o palácio real — desafio a aratnyana, empinando meus ombros em sua direção. — Que vou contar tudo a ela.

Ela levanta as sobrancelhas, surpresa pela revelação que sai dos meus lábios. Não sabia que eu era a garota que chegou bem perto de Frederick Denova durante seu café da manhã? A surpresa que estampa as linhas do seu rosto é genuína? Bom... Isso é bom.

A soldada titubeia por um segundo, ponderando o peso das minhas palavras. Antes que ela possa decidir, complemento a ordem:

— E faça isso logo, porque posso mudar de ideia.

Capítulo 15

Um ano atrás

É estranho ver o mundo de cabeça para baixo.

A sensação de queda iminente. O sangue subindo para a cabeça. A gravidade lutando contra o corpo. Uma miscelânea de sensações dizendo "*isso* não é uma boa ideia".

É claro que não é uma boa ideia, sei disso. Mas não encontrei outra maneira de espiar mamãe em seu escritório.

Não é que eu seja curiosa a esse nível. É só que ela não parece muito bem nos últimos meses. Está escondendo algo, sei disso. Não deixa que nenhuma de nós – Pitrya, Tolisie, Jheni, Ehrika e eu – participe de suas reuniões com o Senhor Charles. O que é estranho, porque mamãe *sempre* nos deixa participar de todas as suas reuniões. Somos a *Esquadra das Lâminas*, trabalhamos para ela em qualquer caso que nos pague bem. Então, por que, apenas quando o Senhor Charles aparece, *ela desaparece*?

— Se você vir os dois em um momento inapropriado, não me conte — Ehrika fala com dificuldade.

— Que nojo… — respondo, evitando pensar na cena.

Minha melhor amiga segura meus calcanhares enquanto me debruço para fora da janela. As mãos dela afrouxam-se um pouco e seguro o grito na garganta quando começo a cair. Ehrika logo volta a agarrar minhas pernas e evitar minha morte.

— Pela Deusa, você é muito pesada, Kalina! — ela grunhe com a voz aguda.

Não consigo mostrar o dedo do meio para minha melhor amiga porque estou muito ocupada vendo o mundo invertido. Ehrika se escora na janela, enquanto me debruço para fora tentando enxergar o escritório de mamãe logo abaixo.

— Você é uma molenga chorona — respondo, mas acho que ela não escutou. Falei baixinho porque não quero despertar a atenção de mamãe.

— Será que você pode dar uma ajudinha, hein? — reclama.

Solto o ar pelo nariz, porque a última coisa que gostaria de fazer nesse momento é *dar uma ajudinha*. Já posso sentir a dor de cabeça característica aparecendo no fim do dia e a forma como meu estômago vai ficar enjoado durante horas. Mas, talvez, seja bom ajudar Ehrika um pouco, não quero despencar daqui de cima e não sei se confio nos bracinhos finos dela.

Aperto meus olhos, concentrando-me, e, então, o invoco. A queimação começa tímida, mas vai ampliando. Ele tenta se espalhar por completo, mas eu reduzo a potência a uma ardência suave. Consigo sentir o ar ao meu redor mais macio e a forma como meu corpo se torna mais leve. A pressão nas mãos de Ehrika está mais frouxa e já não machuca mais. Distorço a gravidade e preciso me concentrar o suficiente para que meu poder não se espalhe para os objetos ao redor. Não quero que a cortina de mamãe flutue, por isso respiro fundo três vezes e visualizo o formato do meu corpo, as extremidades e ordeno que *apenas* meus ossos, músculos e pele pairem no ar. Como uma pena flutuando, delicada e absolutamente livre.

— Ah! Tão melhor… — Ehrika se alegra. Suas mãos ainda estão em minhas canelas, apenas para me manter no lugar. — Está vendo Safiny?

— Ainda não…

Espalmo as mãos na parede branca da residência e inclino meu corpo até estar com os olhos bem próximo do topo da janela. Não vejo mamãe ou o Senhor Charles. O escritório está estranhamente silencioso e inabitado. Vejo a cadeira pomposa e confortável de mamãe atrás da sua gigantesca mesa de mogno. O tapete trançado cobrindo o chão e os livros na parede mais afastada. Vejo o quadro pintado por uma antiga amiga (Árvores durante o inverno de Mave) e sei que o nosso cofre está escondido logo atrás dele. Vejo, também, a fotografia em cima da mesa e me demoro alguns segundos nela.

Papai está sorrindo. Os braços protetores ao redor de mamãe. *Não*. Estão protetores ao redor da barriga dela. *Ao meu redor*. Amo essa foto. Já perdi horas analisando cada pequeno detalhe. O jeito com que a boca de papai entorta um pouco para a esquerda e como as sardas sobre o seu nariz são parecidas com estrelas. O cabelo dele é minha parte favorita. Louro escuro. Da cor que as folhas ficam no outono. E os dois, papai e mamãe, juntos, eram absolutamente adoráveis. Estavam apaixonados. Ele parecia feliz. Muito feliz.

Queria ter conhecido papai. Queria que ele tivesse me conhecido.

— Falta muito pouco, Safiny! — A voz rouca ecoa, tornando-se mais nítida a cada passada que os dois dão pelo escritório.

Aí estão vocês.

Mamãe é a primeira a aparecer. Ela avança em direção à mesa, coloca as duas mãos sobre o tampo e respira fundo. A cabeça tomba para a frente e os cachos despontam para todos os lados, dominadores. A pele retinta dela é alguns tons mais escura que a minha, o contraste com seu longo casaco laranja é divino. *Mamãe é tão linda*. E esperta, perigosamente esperta. Conheço a tensão em seus ombros e a forma como ela inclina o queixo em direção à janela. Empurro meu corpo mais para cima e escondo-me durante alguns segundos. Droga. Será que ela me viu?

— Alguém vai precisar se sacrificar. Não temos escolha — o Senhor Charles continua falando. Escuto a voz dele muito mais presente na última frase. Deve estar próximo de mamãe.

— Agora me diga a parte fácil — ela responde, autoritária.

Forço, com calma, meu corpo para baixo e observo a cena dentro do escritório.

Completamente grisalho, o belo bigode acima de sua boca e um porte atlético para a idade, Senhor Charles (como gosto de chamá-lo) está ao lado de mamãe. O homem, dono de uma grande fábrica de tecidos no centro de Mave, mostra isso através das vestes chiques que usa. O paletó azul e os sapatos lustrosos cheiram a dinheiro. Muito dinheiro. No início, achei que fosse um idiota. Mais um velho rico babaca que, de alguma maneira, iria menosprezar o que fazemos na Esquadra das Lâminas. Iria nos depreciar porque somos mulheres e porque nunca fomos tão abastadas de dinheiro como ele. Mas, pelo contrário, Charles virou um dos melhores amigos de mamãe e maior apoiador dos nossos negócios. Ehrika diz que o homem é completamente apaixonado pela mamãe, mas eu não quero acreditar nisso.

Ela gira o corpo, escorada na mesa. Cruza os braços em frente ao busto e encara o tapete com afinco.

— Não sei se é uma boa ideia invadirmos o palácio, Charles… — suspira. — É arriscado.

O homem aproxima-se mais e coloca uma das mãos ao redor do braço dela.

— O documento está lá. — Noto o jeito como o dedão desliza para cima e para baixo. — Com a assinatura de Frederick.

Mamãe descola os olhos do tapete e encara a mão de Charles. Por um segundo os dois ficam em silêncio, mas ela se afasta gentilmente do carinho do homem. Ele, por sua vez, olha para os próprios dedos, um pouco pensativo.

— E quem faria isso? Não sei se confio em alguém o bastante para compartilhar esse segredo. — Mamãe caminha até o centro do escritório e retorna os olhos para o Senhor Charles. — Quem seria corajoso o bastante?

— Você tem cinco meninas extremamente corajosas, sabe disso.

— Jamais. — Mamãe cruza os braços em frente ao busto mais uma vez. Ela empina o queixo para cima, protetora. — Eu nunca pediria isso para nenhuma delas.

— Você sabe que se conseguirmos esse documento, Insula explodirá em segundos. — O homem desliza para o lado, observando a fotografia na mesa. Gentilmente, pega o retrato e o encara. Noto o jeito com que mamãe vacila, quase avançando para tirar a foto das mãos dele. Ele, por outro lado, estica o braço e o entrega a ela, que pega a única imagem que temos de papai e a observa, com ternura. — Frederick pode nos dominar com o medo, mas jamais conseguirá controlar um povo em chamas, Safiny.

Mamãe continua encarando a fotografia.

Do que eles estão falando? A curiosidade dentro de mim está atingindo níveis absurdos e começo a sentir o cheiro azedo que a história expele. Eles querem invadir o palácio? Que documento é esse de que estão falando? Isso colocaria Frederick em xeque por qual motivo? Por que mamãe nunca falou sobre esse assunto com nenhuma de nós? Tantas perguntas se formam na minha cabeça.

O Senhor Charles caminha com cuidado, aproximando-se de mamãe como se ela fosse frágil ou extremamente perigosa. Conhecendo-a, aposto na última parte.

— Safiny… — ele fala, mas dessa vez não a toca. — Nós podemos ser parte do incêndio que finalmente acordará Insula.

Mamãe, lentamente, abre um sorriso.

— A primeira faísca foi riscada muitos anos atrás. — Ela desliza um dedo sobre o vidro que protege o retrato. — Se começar a arder agora, será por causa de Havier.

Papai?

Vejo o sorriso se abrindo no rosto do Senhor Charles. Ele está encarando a foto também. Mamãe desliza até a mesa, repousa a moldura e coloca os dois braços às costas, assumindo sua verdadeira postura de líder.

— Não vou colocar minhas meninas em perigo… — Ela é toda dentes brancos e um olhar sanguinário. — Mas irei colocar fogo, de uma forma ou de outra, no trono de Frederick. — Ela leva alguns segundos até terminar seu pensamento. — E, quando ele desabar, eu vou dançar em cima de suas cinzas.

Capítulo 16

Foram necessários 1983 segundos para que a guarda abrisse a porta que me mantinha presa na caverna, mirasse seus olhos ácidos e dissesse que Ravenna iria me encontrar.

Longos 1983 segundos contados na minha cabeça enquanto afastava o arrepio que subia pelo meu pescoço. Calculei cada um dos segundos na ponta da língua, os olhos fechados e as mãos suadas.

Durante 1983 segundos fantasiei todos os cenários que poderiam ocorrer nas próximas horas. Pensei nas palavras que iriam sair da minha boca. Nas respostas forjadas da diretora. Nas escolhas que teria que fazer.

Pensei, também, que talvez nada mudasse. Pensei no sorriso presunçoso da soldada me enxotando de volta para a cela. Pensei no quão tola eu seria por acreditar que, de fato, Ravenna teria algum interesse em mim.

Foram 1983 segundos pensando *e* ansiando *e* esperando.

Mas, agora, não penso em nada.

Quer dizer… *Eu penso sim.*

Penso em como o barulho das botas dos soldados ecoa diferente aqui em cima. Um agudo que paira no ar, expandindo e desmontando-se em fragmentos invisíveis. Em como o corredor é três vezes maior, feito para gigantes dançarem de braços dados com seus acompanhantes. Penso no teto abobadado e na pintura feita com lágrimas das fadas. Eu penso nas esculturas dos líderes de Aratny enfileiradas ao longo do caminho, sendo a última do Deus metade-aranha, metade-homem. As pinças saindo de sua boca e o torso esguio encaixado nas oito patas repousa confiante em frente ao gigantesco arco do castelo.

Eu penso em como pode existir um lugar como esse no topo da montanha. Como é absurda a disparidade dos ares. Em como essa imagem reflete exatamente a sociedade de Insula. Na base, os maltrapilhos, que seguem as leis descaradas e injustas dos que estão no topo. Dos que vivem seguros em suas gigantescas fortalezas.

Eu penso tanto, que mal percebo quando os guardas cessam a caminhada e batem três vezes na porta de madeira escura. Eles esperam, obedientes, até que o feixe de luz cresce conforme a porta se abre. Ela não range. O oposto disso, na verdade, escancara-se silenciosa.

Que surpresa encontrar você aqui.

O tenente Ruel me observa de cima. Não está nem um pouco feliz em me ver, é claro. Preciso segurar o sorriso bem dentro da boca, mas é doce a sensação de vê-lo com essa expressão azeda.

— Dispensados — ele simplesmente diz com a voz rouca.

Os dois guardas liberam a pressão sobre meus braços, enquanto Ruel afasta o corpo da soleira da porta. A luz amarelada do escritório beija meu rosto e avanço em direção ao tapete caro.

Ridiculamente fácil. Só precisei fazer uma promessa e veja onde estou. Dentro do escritório da diretora Ravenna. No topo da montanha.

— Olá, Kalina — ela diz, a voz baixa e suave.

Está sentada em uma bela poltrona bem no meio do lugar. A mesa à sua frente é ricamente entalhada e as janelas às suas costas cobrem do teto ao chão. Está muito escuro lá fora, mas posso apostar que o mar se estende lá embaixo. Vejo as estrelas, também, e somente isso já é recompensa o suficiente para ter vindo até aqui.

— Oi — respondo. A porta atrás de mim se fecha e consigo sentir a presença do tenente às minhas costas. — Achei que seríamos apenas eu e você — reclamo, imaginando as narinas infladas de Ruel.

Ravenna abre um sorriso.

— Hoje não. — Estica a mão para uma cadeira do outro lado da mesa, bem de frente para ela. — Sente-se.

Antes que Ruel possa me conduzir forçadamente, piso contra o tapete e sinto a maciez do material sob meus pés descalços. É morno e aquece os dedos. Quase choro de felicidade ao recostar meu corpo dolorido na poltrona macia. Afundo um pouco mais, fazendo-me confortável.

Ruel escorrega para trás de Ravenna, interpretando seu perfeito papel de cachorrinho. Os dois estão me encarando em silêncio.

Giro meus olhos ao redor do escritório, anotando mentalmente cada detalhe que vejo.

— Você recebe muitos prisioneiros aqui?

Percebo o lampejo que passa pelos olhos escuros de Ravenna. Ela estica os lábios em um sorriso sem dentes e coloca as duas mãos repousadas sobre a mesa. Inclina seu corpo para a frente e apenas me observa.

— Não — confessa. — Não recebo.

Pequenas linhas de expressão pincelam os cantos dos olhos quando sorri.

— Seu escritório é muito bonito. — Tento ganhar tempo, mas não é mentira. O escritório é realmente muito bonito.

— Obrigada — Ravenna agradece, me estudando.

— O castelo também — continuo os elogios. Quanto tempo mais consigo manter esse joguinho?

A diretora respira fundo. Morde os lábios e se inclina ainda mais na minha direção. Os longos brincos prateados balançam para a frente e para trás.

— Kalina, vamos ao ponto? — Tomba a cabeça um pouco para o lado. A franja deslizando com o movimento. — Você me prometeu algo.

E você aceitou rápido demais.

Desloco minha atenção para Ruel. Ele está com as duas mãos às costas, mas seus olhos estão cravados em mim. O tenente me odeia. É nítido. A forma como me assassina com os olhos diz absolutamente tudo. Só que não consigo entender *por que* ele me odeia tanto. Sou apenas uma prisioneira, não é mesmo?

Volto a encarar Ravenna e recebo um tipo diferente de resposta. Ela, por outro lado, está naturalmente curiosa com a minha presença. Não parece me odiar, mas pode ser uma excelente atriz.

— Esse é o problema. — Imito a postura da diretora, inclinando-me em sua direção. — Por que você me recebeu aqui? Você poderia conseguir essas mesmas informações me torturando… — Aponto um dedo acusatório para Ruel. — Como ele fez. Não entendo por que aceitou minha proposta.

Ravenna assente, pensando. Depois, tamborila as longas unhas na madeira.

— Porque eu não quero te torturar, Kalina — ela diz, parecendo genuinamente sincera. — E, também, porque algo me diz que nenhuma palavra sairia da sua boca mesmo perdendo todos os dedos da mão.

Ah… Por favor!

— Não quer me torturar? — Solto uma risada seca. — Você é a diretora da maior prisão de Insula.

— Mas não fui eu que te coloquei aqui dentro, não é? — As sobrancelhas escuras de Ravenna se unem um pouco. — E até o momento, a única coisa que fiz foi te escutar.

Por que quer algo…

— Mas mesmo assim — bufo. — Você comanda esse lugar.

A aratnyana se recosta, lentamente, contra a sua poltrona.

— Só que não sou eu quem faz as regras em Insula.

Estreito meus olhos. O que ela quer dizer com tudo isso?

— Não. Mas você trabalha pra quem faz.

Cruzo meus braços. Ela não pode querer se isentar do que acontece aqui dentro, não é?

— Sim. Eu trabalho — responde depois de alguns segundos.

— O que te faz ser igual a ele. — Jogo a isca.

— Não… Eu não sou igual ao Imperador. — E ela morde.

Observo Ravenna durante alguns segundos. Ela está querendo dizer algo, mas não vai falar com todas as letras. Decido, de forma estratégica, ser sincera.

— Não sei se consigo confiar em você.

Ravenna passeia seus olhos pelo meu rosto, lentamente.

— Kalina… Nem sempre queremos coisas diferentes. — Ela repousa a mão próximo ao decote no busto. — E você não tem nenhum motivo para confiar em mim. Mas seria muito bom se você confiasse…

Por que eu confiaria em você, Ravenna?

Minha mãe desapareceu dentro da prisão que você comanda. Insula é escravizado pelas leis do seu povo. Se acha que vou confiar tão fácil, está tremendamente enganada.

Só que não falo nada disso.

— Acho que existe uma forma de eu confiar um pouco mais em você — minto.

Existe um ceticismo em seus olhos.

— Diga.

E é agora que eu começo a jogar.

— Antes de te contar o motivo que me levou a invadir o palácio, quero fazer um acordo.

Ravenna semicerra os olhos para mim. Quase esqueço a existência de Ruel na sala, mas é impossível não escutar o rosnado baixo que ele solta, como um animal. A diretora o ignora e eu também.

— Você é uma prisioneira, Kalina.

— Eu sei — falo calmamente. — Mas não quero mais ser. — Levo meus dedos ao uniforme branco. O tecido áspero incomoda a pele dos dedos. — Pelo menos não lá embaixo.

— O que você quer? — A desconfiança transborda das palavras ditas.

Chegou o momento de fazer a grande aposta. *Nyllie, espero que você esteja certa.*

— Quero trabalhar no castelo.

Ravenna não consegue esconder a confusão nos olhos. Estão enrugados, procurando a falha na frase que saiu da minha boca.

— Por quê?

— Porque eu não sei mais quanto tempo consigo sobreviver à vida lá embaixo. — Penso no jeito delicado que Ehrika fala e tento imitá-la. — Se não for de fome, vou morrer no próximo expurgo. — Eu poderia chorar um pouco, mas não sei como fazer as lágrimas saírem. *Uma pena.* — Já não basta a minha mãe ter perdido a vida aqui dentro... Não quero ter o mesmo fim... — *Só que ela não está morta. Não pode estar.*

— Não sei se isso é uma boa ideia, diretora Ravenna — o tenente alerta.

As unhas da aratnyana apenas floreiam na direção do homem, calando-o. Quem sabe ele ganhe um petisco ao final, não é?

— Os prisioneiros que trabalham no castelo ainda são prisioneiros — ela diz.

— Tudo bem.

— Você ainda vai seguir ordens.

— Eu sei. — Deixo claro o que quero.

Ravenna enlaça os dedos.

— Antes de eu me decidir, preciso da informação que me prometeu...

Pondero se devo mentir ou contar a verdade. Antes de cruzar a porta atrás de mim, minha mente havia criado a história perfeita. Uma bela mentira sem furos. Porém, algo no jeito com que Ravenna fala sobre Frederick me faz pensar que talvez eu esteja à frente de uma espécie de *viúva-negra*. E o imperador nem suspeita.

— Certo. — Tomo fôlego. — Eu invadi o palácio em busca de um documento.

Ravenna desliza o queixo para Ruel e os dois trocam apenas um rápido olhar.

— Um documento? Que tipo de documento? — questiona, mantendo o tom calmo.

— Do tipo que poderia colocar o continente em chamas.

"Você sabe que se conseguirmos esse documento, Insula explodirá em segundos."

— E você invadiu o palácio *apenas* por causa disso? — As maçãs do rosto de Ravenna estão proeminentes pela tensão. — O que tinha nesse documento?

Passeio meus dedos pela tampa da mesa e bato-os contra a madeira.

— Não posso te falar — arrisco.

— Por que não?

— Porque, assim que eu te contar, você vai me descartar.

Ravenna solta uma risada curta.

— Eu não posso te descartar, Kalina. — A expressão muda muito rápido, tomada pela seriedade. — Eu não esperava encontrar a filha de Safiny Kaster aqui dentro, mas você apareceu milagrosamente. — Ravenna gira a poltrona e se estica para cima. — Existem muitas coisas que eu também não posso te contar, ainda. Mas acho que esse é um bom começo.

— Um começo para o quê?

— Confiança. — Ravenna caminha até a minha direção. — Eu não vou te pressionar mais, mas espero que em breve você compartilhe comigo mais informações sobre o documento. — Ela recosta o quadril na mesa, ao meu lado. Está me olhando de cima. — Vou te dar tempo para confiar em mim. Começarei aceitando sua proposta. — Ela gira o rosto e busca por Ruel. — Você será transferida das celas da prisão para a equipe de criados do castelo.

— Acho que é um bom começo, para ambas. — Meneio a cabeça.

— Ruel vai acompanhar você até os aposentos dos criados.

O tenente não espera uma segunda ordem.

— Eu não vou voltar para a cela? — O rosto de Ehrika preenche minha mente.

— Por que você voltaria? — Ravenna espera pela minha resposta. Eu devo citar o nome de Ehrika? Devo expô-la? Nem ao menos consegui me despedir… — Eu sei que a sua melhor amiga está aqui dentro dessa prisão.

Meu coração para. Maldição. Isso não é nada bom.

— Ela… — Vacilo um pouco, nervosa. — Pode ser transferida também?

Ravenna se afasta de mim, procurando pelo céu do lado de fora das janelas.

— Por enquanto, vamos manter sua amiga lá embaixo. — Ela está de costas, completamente alheia ao mundo lá fora. — Se você se demonstrar leal, podemos trazê-la para cá.

Controlo com todas as minhas forças a vontade de gritar contra a diretora.

— Como posso ter certeza de que ela ficará bem?

— Você tem a minha palavra de que a garota será alimentada e não participará do próximo expurgo. — Sua palavra? Ela não vale muita coisa para mim no momento.

— Obrigada… — murmuro. Na mesma hora, me lembro de Nyllie. — Tem… Mais uma garota. Ela divide cela conosco…

Ravenna gira o rosto para mim, a sobrancelha erguida.

— E você se importa com ela?

Engulo em seco. Eu me importo? Desde o momento em que entrei aqui, meu foco sempre foi mamãe e depois Ehrika. Por que eu deveria utilizar os recursos com alguém que nunca pertenceu à minha vida? Eu estava sendo sentimental demais.

— Não... Não me importo.

Ravenna assente.

— Mais alguma coisa?

Sim, tem mais uma coisa.

— Eu posso ver minha mãe? — O ácido ataca meu estômago.

Os traços de Ravenna se entristecem por um segundo.

— Infelizmente todos os corpos são transferidos para fora da montanha. Me desculpe.

Mentiras. Mentiras. Mentiras. *Continue com o plano, Kalina, questione o harakin.*

— Certo.

— O tenente Ruel acompanhará você até o aposento. A governanta do castelo vai apresentar as suas funções de agora em diante. — Ruel segura meu braço, os dedos apertando minha carne com força demais. — E, Kalina... Não é porque sua mãe se foi que você precisa desistir de tudo. Faça isso por ela.

Ah, eu vou fazer. Com toda a certeza...

Ruel me encaminha para fora do escritório. Está escuro no corredor. Não faço ideia de que horas são, mas nem mesmo as luminárias conseguem espantar as sombras autoritárias.

O tenente me arrasta, sem esperar ao menos meus passos contra o chão. Tropeço, mas Ruel me ergue antes que eu caia.

— Você está me machucando! — Tento sair de sua posse, mas ele é como uma rocha.

— Cale a boca — ele dispara, ríspido. — Se acha que vai me enrolar, está enganada. Ravenna pode querer acreditar em você, mas eu conheço esse seu jogo.

— Do que está falando? — Meu coração acelera.

— Você e seus acordos, não é? — A voz rouca se transforma em garras afiadas.

— E queria que eu apodrecesse na prisão?

— É o que você merece.

Esse cara é completamente maluco.

— Escuta, por que me odeia tanto? — Penso na possibilidade de atacá-lo ali mesmo, mas seria uma dor de cabeça em vão.

— Eu não te odeio. Você não é nada para mim — ele ri com deboche. — Eu só não vou deixar *um verme* como você estragar o que Ravenna está construindo, seja aqui na prisão ou fora dela...

Interessante. Continue falando.

— Um cachorrinho... Que fofo — cutuco-o ainda mais.

O tenente puxa meu braço com força e eu seguro o grito de dor na garganta.

— Continue rindo, quando menos esperar vou descobrir o que está tramando. — O tenente me empurra para o chão. Estamos em frente a uma enorme porta de ferro. — E, quando isso acontecer, serei *eu* a te jogar para os tubarões.

Ele esmurra a entrada algumas vezes. Passos começam a se aproximar do outro lado. O metal range conforme a abertura acorda.

Encaro a barra do vestido verde. No alto, pele e ossos me fitam de volta. A senhora tem os cabelos brancos repuxados em um coque firme, o que deixa o rosto ainda mais cadavérico.

— Boa noite, tenente Ruel. — Ela faz uma mesura.

— Mais uma para você brincar — ele ri, apontando para mim. Nem ao menos responde o cumprimento da senhora. Depois disso, gira e marcha para longe sem olhar para trás.

Observo os ombros largos desaparecerem na escuridão. Quando volto meus olhos para cima, a mulher me observa com seu nariz adunco e sobrancelhas despenteadas.

— Se você acha que aqui é melhor do que lá embaixo, está imensamente errada. — Ela vira as costas para mim e começa a entrar. — Você teria muito mais paz se tivesse continuado em sua cela.

Levanto-me, batendo as mãos. O filete de sangue escorre do corte vívido em minha pele.

— E feche as portas — ordena. — O castelo à noite não é nem um pouco seguro.

Sinto o calafrio subir pela espinha. Seguindo a ordem da governanta, empurro o metal e bato a tranca.

CAPÍTULO 17

— Rápido, não temos o dia todo — a governanta apressa.

Os criados aceleram o passo, atrapalhando-se para carregar o baú nas mãos. Dentro, os tapetes estão cuidadosamente engomados. Dobrados em três partes e acomodados nas caixas dos seus respectivos donos. Alguns foram delicadamente trançados com fios de ouro, outros parecem ter sido costurados por mil agulhas para chegar ao resultado final. Pequenas obras de arte feitas para hospedar pés sujos. Não consigo imaginar o valor existente em cada um desses baús, mas para quem os usa aqui em cima, são apenas *tapetes.* Meus dedos ainda estão sensíveis devido à goma quente que passei nos tecidos. O trabalho roubou o dia anterior inteiro, mas a pele ainda dói devido à queimadura. Quando implorei por uma pomada a Irvine – a governanta do castelo –, ela apenas me analisou de cima a baixo e deu as costas.

Procurando alívio, passei a noite com os dedos sobre o metal gelado da cama.

Nesse momento, sou a última na fila dos criados. Na ponta está a senhora cadavérica, e, atrás de nós, dois soldados acompanhando o percurso.

Eles estão por toda parte.

Faz quinze dias que fui transferida para o castelo. Quinze longos dias que passaram como cinco. A cada minuto, algo precisa ser feito. E nunca sozinha. Seja dividindo a tarefa com outro criado, seja com os militares grudados nos nossos calcanhares, Irvine sempre tem na ponta da língua uma nova função que precisa ser feita. "*Os corredores devem ser encerados*" ou "*As janelas estão imundas*". Limpei, até mesmo, as privadas nojentas dos malditos guerreiros harakins. Passei o dia esfregando os ladrilhos até que tudo estivesse brilhando. A criada que trabalhou comigo na função resmungou, cansada que "*amanhã estará tudo sujo de novo*". Não existe descanso aqui em cima. O pó precisa ser retirado dos quadros e os lençóis precisam ser trocados a cada dois dias nos aposentos reais.

Só que tanto trabalho também não é um problema quando você quer estudar o ritmo do lugar. A cada tarefa solicitada em uma nova região, o mapa em minha cabeça se expandia.

Entendi, até o momento, algumas coisas. Os soldados dormem na base da montanha, mas a diretora Ravenna, tenente Ruel, Capitão Pathrenes e qualquer oficial de patente alta têm um belo e confortável quarto na ala leste do castelo. Na direção oposta, ficam os dormitórios dos guerreiros harakins. Os demônios dormem em lençóis de seda e são donos de quartos privados. Não tive muitas chances de observar os assassinos, estão misteriosamente quietos, mas os sussurros dizem que podem acessar livremente todos os cômodos do castelo. Sei que existe um salão de treinamentos próximo ao átrio central. Não conheço essa parte, mas o treinamento acontece quase todos os dias. Escutei baixinho as lâminas e urros vindo de algum lugar enquanto limpava o chão. Precisei fechar os olhos para não pensar no labirinto.

Ainda não encontrei *aquele* harakin.

Não descobri nada sobre sua rotina e o que faz. Não sei qual é o seu quarto ou a que horas treina. Passaram quinze dias e ainda tenho zero informações sobre o guerreiro.

É frustrante.

Sei que preciso agir, bolar algum plano para encontrá-lo logo, só que o trabalho nunca acaba e os olhares estão sempre sobre mim. Os dias estão escorrendo por entre meus dedos e a única coisa que posso fazer é esperar.

Você não vai conseguir fazer nada se não conhecer o castelo, é o que tento falar para mim mesma.

São noites apagadas pelo cansaço, ou em claro pensando em Ehrika. Imaginando como minha melhor amiga está vivendo na prisão. Se a palavra de Ravenna realmente foi suficiente. A aratnyana quer conquistar minha confiança, mas ainda me mantém como uma criada aqui em cima. Eu a vi poucas vezes pelos corredores do castelo. Servi chá alguns dias atrás, mas a diretora apenas agradeceu e voltou a ler os documentos em cima da sua mesa. Não comentou nada sobre nosso último encontro, sobre estar esperando pelas informações que deseja. Ela só sorriu e me liberou. O que é confuso, não sei quais são as cartas que está jogando. Prefiro aguardar antes de apostar as minhas.

É difícil encontrar as respostas para todas as perguntas que estão pincelando meus pensamentos. Foi tudo tão rápido. Tão desenfreado. Tantos acontecimentos sucederam até esse momento. Minha prisão no palácio, encontrar mamãe e perdê-la em poucos segundos, Ehrika sendo engolida por tudo isso, o expurgo e até mesmo aquele teste bizarro na caverna. *O teste.* Por que Mig sussurrou para que eu fechasse os olhos? Tentou me ajudar, não? Ainda não encontrei sentido para isso. Desde o primeiro dia em que nos encontramos, notei o jeito com que me olha, curioso. Como se soubesse de coisas que eu não sei. É um tipo de olhar que vacila, que se alonga por tempo demais. É outro cachorrinho da diretora? Não acho que seja isso.

Tudo ficou ainda mais confuso quando esbarrei com ele pelos corredores, três dias depois da minha transferência. O oficial arregalou os olhos ao me ver e estancou no meio do corredor. Os baldes de água em minhas mãos estavam pesados, mas tentei trocar algumas palavras. Ele simplesmente me ignorou e zarpou para longe. Não olhou para trás em nenhum minuto após isso. Desde então, sempre que trombamos aqui em cima, o soldado acaba fugindo para o lado contrário. Será que se arrependeu de ter me ajudado? Por que não quer que eu me aproxime? Tantas perguntas se formam na minha cabeça.

E a principal delas: onde está minha mãe?

O coração sempre acelera quando vejo lugares desconhecidos. É uma nova oportunidade a cada dia de encontrá-la. Fantasio que estará dormindo em algum quarto nas torres afastadas, mas ela nunca está.

São quinze dias procurando por mamãe. Pensando em Ehrika. Investigando o harakin. E, principalmente, me questionando se tudo vai valer a pena.

Quantos dias mais vou precisar passar por isso? Até onde é o meu limite antes que eu desista?

Inspiro fundo e puxo o baú mais para cima.

Saímos da sala de costura, localizada próximo à ala dos criados no castelo, em direção ao setor administrativo, onde estão todos os escritórios. A região fica no primeiro andar. Perdemos alguns bons minutos atravessando o gigantesco castelo, mas enfim chegamos. O soldado abre a porta do escritório para que eu entre. Está desocupado nesse momento, mas consigo ver a fotografia do capitão Pathrenes sobre a mesa. Deslizo os tapetes nos lugares certos e sinto o olhar do soldado ardendo sobre tudo o que faço. Pego o baú vazio de volta e o arrasto para fora da sala.

Estou pronta para perguntar ao soldado se ele perdeu alguma coisa, mas as palavras morrem na minha boca. Meu coração acelera ao ver um harakin bem no meio do corredor ao lado de Irvine. Durante o choque, penso que é ele.

Só que não é. Não. Esse guerreiro parece ser alguns anos mais jovem. O corpo não é tão definido e os ombros são mais estreitos. Os cabelos têm a cor errada, são pretos e despontam para todos os lados em cachos. Tem algo estranho no seu rosto e levo alguns segundos para notar que é o sorriso na boca. O jeito que fala e os dentes à mostra, mas não de uma maneira sanguinária. Se não fosse pelo estranho tom de amarelo dos olhos e as veias azuis subindo pelo pescoço, eu quase poderia confundi-los como o neto e sua avó. Só que eles não são isso. Ela é uma governanta aratnyana e ele é um assassino harakin.

— Vai ficar parada aí? — O soldado atrás de mim me empurra.

Olho para o corredor e noto que nenhum criado voltou da função ainda. Preciso forçar meus passos até estar mais próximo de Irvine, mas deixo minha cabeça baixa e fico em silêncio. O baú está mais leve sobre meus braços, mas ainda dói segurar por muito tempo. Quero colocá-lo no chão, mas sei que o soldado vai me castigar por isso. *Quem sabe não seja hora de escutar a conversa dos dois?*

Resvalo meus pés com calma até estar perto o bastante.

— Quanto sangue? — ela pergunta para o harakin.

O guerreiro coloca as duas mãos na cintura e olha para cima.

— O suficiente pra lambuzar o chão. — A voz que sai de sua garganta não conecta-se ao rosto. É fina e quase adorável. — Mas eles estão bem! — Mostra o dedão em afirmativo. — Foi só o Blizze sendo agressivo no treino. Então... alguém pode limpar?

Irvine solta um suspiro. Ela olha de rabo de olho para mim.

— Vou pedir para os criados irem até o salão depois daqui, certo?

O harakin balança a cabeça e dá um pulo animado. Está começando a se afastar, quando olha para o lado e me vê.

— Essa aí é nova. — Aponta para mim. — Quem é?

Irvine me encara por um segundo, quieta.

— É uma criada.

O jovem harakin avança na minha direção rápido demais. Meus instintos berram para que eu corra. Tropeço em meus próprios pés e quase caio. Ele, então, estende a mão. Os cachos do cabelo caem na testa.

— Meu nome é Hux. — Fica com o braço erguido em minha direção, o sorrisinho simples em seus lábios.

Que diabos... O que está fazendo? Ele espera minha resposta, mas a governanta avança, batendo na mão do harakin.

— Pare com isso, os criados não são seus amigos. — Ela empurra delicadamente o guerreiro. — Você não deveria voltar ao treinamento?

— Ah, sim... — Ele coça a cabeça, depois levanta a franja um pouco. — Deveria...

— Volte ao seu treinamento e pare de incomodar meus criados. Ou eu vou te transformar em um deles! — ralha, mas sua voz parece quase terna ao falar.

O harakin corre em direção a Irvine e dá um beijo em sua bochecha. Antes de desaparecer, vira e acena.

Quando olho para a governanta, a mulher esconde um sorriso fraco. Percebe que a observo e fecha a carranca na mesma hora.

— Por que está parada? Vamos!

— Os guerreiros estão treinando? — murmuro, escondendo minha excitação. Quero ter certeza de que o momento chegou.

— Está com medo? — ela pergunta, o gelo em sua voz.

O oposto disso, senhorinha...

Balanço o rosto em negativa e na mesma hora sinto a chegada do restante dos criados. Ela gira o dedo comprido e enrugado para cada um de nós e ordena.

— Peguem todos os panos que puderem, temos muito sangue para limpar.

Capítulo 18

É um cheiro de ferro combinado a sal.

Cheira a guerra, a morte e a fúria. É um cheiro que inunda o nariz e se apossa da sua respiração. É um cheiro que não se confunde, mesmo que você nunca tenha sentido antes. É cheiro de sangue e suor. É o cheiro que sinto quando entro no salão de treinamentos dos harakins.

Não sei o que esperava encontrar aqui dentro. Corpos expostos pelas paredes e barris de sangue poderiam ser um bom começo, mas não é isso que eu encontro.

Quatro pilastras dividem o ambiente. No meio, o chão é revestido por um material diferente e macio feito uma arena. Nas paredes, as cordas estão preparadas para servir de apoio aos guerreiros. Noto os sacos de areia pendurados ao lado de alvos amarelos.

Seria apenas uma grande sala com todo tipo de equipamento, não fossem os assassinos demoníacos treinando vorazmente nesse instante.

O tinido das lâminas arranha os ouvidos e vejo as faíscas brilhando quando metal encontra metal. Os corpos giram sobrenaturalmente, esquivando-se da investida do inimigo. É como uma tempestade raivosa em dias muito quentes. Os dois harakins utilizam cada milímetro da arena em busca da vitória. Poderia ser quase… *bonito*. Só que é impossível ver beleza na forma destruidora como se movimentam.

Ao redor deles, íris amarelas acompanham o ritmo do embate. Alguns estão sentados relaxadamente pelo chão, outros procuram pelo conforto dos bancos acolchoados. Existem aqueles que preferem continuar de pé, encarando fixamente a luta se desenrolar. Estão gostando do que veem. Alguns são maiores em tamanho, mas mesmo os menores continuam sendo muito fortes. Cabelos cacheados, lisos, compridos, curtos, loiros, castanhos. Peles escuras ou claras, mas todas com um fundo acinzentado. Homens e mulheres esculpidos em músculos. As veias subindo pelos braços, pescoços e rostos. O arremate nas pupilas em fenda preta.

Já identifiquei um deles, o de cabeça raspada. É o maior entre os dois combatentes. Sei quem é. Não poderia esquecer o momento em que a lâmina nas suas mãos tirou a vida do prisioneiro dentro do labirinto. Ele continua parecendo um gigantesco touro caçando o oponente. A expressão é ardil enquanto gira o corpo em busca do ponto descuidado para enfiar a lâmina.

O segundo guerreiro não me chama a atenção. É só mais um entre tantos. Não tem os cabelos claros ou o sorriso desafiador no rosto. Não… Ele não é quem eu procuro.

Desgrudo minha atenção da luta e vasculho o restante do local. Alguns poucos demônios estão se exercitando, sem interesse no embate. Vejo entre eles o jovem harakin, Hux, serpenteando para o fundo da sala. Estou acompanhando o caminho que faz, quando escuto um tossir baixo ao meu lado. Uma das criadas que me acompanhou até aqui me encara com uma expressão nada amigável.

— Pare de se mexer — ela murmura —, ou os soldados vão nos castigar.

É só então que noto o jeito como meu corpo estava deslizando para o lado inconscientemente. Volto a me posicionar com os três criados. Fomos ordenados a esperar até que a luta finalizasse. Tem sangue pelo chão, mas os guerreiros não se importam nem um pouco de pisar sobre ele. O vermelho é quase preto, outra diferença entre nós. Não se importam de inundar o salão todo com pegadas meladas porque sabem que os criados vão limpar depois. O que é um bilhete premiado para mim nesse momento. Foi difícil esconder o frenesi que senti ao entrar na toca dos leões. Mas noto o jeito que as mãos dos outros três prisioneiros tremem ao segurar as cestas. Estão completamente apavorados.

— Boa, Blizze! — uma guerreira grita.

Volto a encarar o embate no momento em que os dois vultos ficam estáticos. As lâminas pressionadas com firmeza uma contra a outra. Colocam toda a força que têm, buscando derrubar o inimigo contra o chão. O harakin corpulento parece estar ganhando, mas o desconhecido assoma-se contra ele. É nítida a mudança de expressão que se apossa da face do assassino do labirinto. Ele não quer e não pode perder.

Seria prazeroso vê-lo derrotado no chão.

O desconhecido, subitamente, desequilibra-se e isso é tempo suficiente para que seu oponente avance contra ele. Quando as costas do guerreiro encontram o chão, o troglodita (que eu suspeito se chamar Blizze pela forma com que a torcida vibra) chuta a lâmina abatida. Ele parece invencível e isso me deixa ainda mais irritada.

Bufo baixinho, segurando a indignação ao escutar a festa que ele faz com a vitória.

— Não sei por que ainda aposto contra você, Blizze — grita um guerreiro sentado. Ele começa a se levantar lentamente. — Nunca ganho.

— Vocês precisam aprender uma coisa — responde, depois embainha a espada nas costas. — Eu nunca perco.

O derrotado engatinha resmungando sobre ter sido uma vitória injusta.

— Você chutou minha canela… — ele resmunga mais alto.

Blizze se aproxima do guerreiro e o empurra com o pé.

— Cale a boca e aceite que perdeu.

A criada ao meu lado me empurra, indicando que é hora de limpar. Em minhas mãos seguro uma cesta com alguns panos e materiais de limpeza. Acompanho os outros três prisioneiros que procuram pela sujeira dos harakins. A maior parte está na superfície de combate.

— Você luta sujo — a conversa continua.

Preciso passar ao lado deles e sinto os pelos do meu braço arrepiando-se no mesmo instante. Carrego a cesta até um canto mais afastado e me agacho lentamente. Consigo enxergar o restante da sala, os espaços que estavam ocultos pelas pilastras.

— Luto pra vencer de qualquer jeito — Blizze vangloria-se.

Idiota.

Deslizo minha mão para dentro da cesta e retiro o tecido. Levo-o até o chão e limpo as gotas de sangue. Faço o movimento com calma, lançando olhares furtivos para o lado. Existe uma parede no canto mais distante repleta de lâminas. E não deixo de notar que uma kukri está repousada ao lado de uma faca karambit, minhas duas favoritas. As lâminas ocupam o espaço do teto ao chão. *Isso sim é uma bela imagem de se ver.*

Escuto um gritinho e o barulho de algo caindo no chão. Olho por cima do ombro e encontro uma das criadas recolhendo os produtos da sua cesta. Próximo a ela está Blizze, batendo a mão contra o tecido da calça e disparando um olhar assassino para a garota.

— Perdoe-me, não vi o senhor... — ela implora. Um dos recipientes vaza líquido verde pelo chão.

— Você deu sorte que a espada estava embainhada — ele cospe as palavras chutando o cesto para longe. Depois, solta uma risada cheia de prazer ao ver o rosto dela empalidecer.

Cerro os dentes e obrigo-me a olhar para longe. É um babaca, um verdadeiro babaca! Aperto o tecido sujo de sangue, levo-o até a cesta e deposito-o lá dentro. Penso nas diversas possibilidades de usar a kukri contra o harakin. Eu poderia começar pelo estômago. Seria lento, mas valeria o tempo. Levanto meus olhos, procurando pela lâmina, sentindo saudade do peso dela nas minhas mãos.

Só que não consigo mais enxergá-la. Alguém está escorado na pilastra, ocultando a parede distante. Os fios claros do cabelo estão repousados atrás das orelhas, mas existe uma mecha específica caindo pela testa. Na boca, um sorrisinho contente e, nos olhos, um brilho predador.

Está olhando diretamente para mim.

Você.

As memórias voltam como um turbilhão impossível de parar. Não quero ficar lembrando, mas é como uma adaga perfurada no peito. É como se a flecha ainda estivesse enterrada no meu coração. Não existem palavras para explicar o sentimento que se carrega dentro de um corpo em luto, mas, principalmente, não existe descanso para aqueles que nem ao menos sabem se devem se sentir assim.

Meu corpo reage antes que eu consiga pensar direito. Já estou me levantando, pronta para encarar o harakin frente a frente, quando sinto um esbarrar forte contra minhas costas. Caio com força no chão e sinto a dor nos joelhos na mesma hora.

Levanto o rosto rapidamente, mas o guerreiro não está mais escorado na pilastra. Sumiu. Não. Não. Não.

— Vocês são todos *burros*? — Giro meu rosto para trás e solto um rosnado baixo ao ver que é Blizze. Ele passa a mão pelos fios raspados do cabelo. — Não consigo andar por aqui sem que um *de vocês* esbarre em mim. — A expressão no rosto é de nojo. — Faça o trabalho direito e fique no chão sem atrapalhar mais ninguém.

O burburinho ao nosso redor aumenta. Alguns guerreiros estão encarando com atenção. Inspiro forte, mantendo a calma. Bato as mãos umas nas outras e ignoro o guerreiro. Começo a me levantar novamente, mas no mesmo instante o harakin empurra meus ombros, me fazendo cair no chão.

— Você não me ouviu? — ele ruge. — Ou preciso te ensinar uma lição?

Estou tão cansada. Cansada de apanhar. Cansada de ficar calada. Cansada de esperar. Cansada de não me defender. Eu estou simplesmente cansada.

— Encosta em mim mais uma vez e vou acabar com você — falo baixinho, em reflexo.

O troglodita puxa meu uniforme com força para cima, levantando-me na altura do seu rosto. Meus pés quase não tocam o chão e a gola do uniforme sufoca meu pescoço.

— O que você disse?

Alguns harakins estão formando um círculo ao nosso redor. Procuro pelos guardas, mas lembro que nos deixaram aqui dentro e partiram depois disso. Troco apenas um olhar com a criada limpando o chão, mas ela entende na mesma hora. Levanta-se, em silêncio, e caminha em direção à porta do salão.

O harakin me sacode um pouco, aproximando o rosto ainda mais de mim.

— Eu perguntei... — As veias do pescoço ficam ainda mais saltadas quando ele fala. — O que você disse?

Penso por apenas um segundo o que devo responder. Será que meu silêncio vai acalmá-lo? Será que, mais uma vez, devo guardar as palavras na minha garganta? Quase um mês se passou e tudo o que eu fiz foi ficar quieta e esperar. Atuar como uma pessoa submissa aqui dentro é difícil. Mas fica ainda *mais difícil* servir a esse papel quando seres desprezíveis como esse harakin tentam me amedrontar. Não basta nos assassinar nos corredores do labirinto, ainda querem brincar com meu psicológico fora do expurgo? É uma pena que minha língua seja maior que a boca e que, na maioria das vezes, esteja na sua versão bifurcada.

A voz quase não sai da minha garganta quando respondo.

— Eu disse pra não encostar em mim.

Subo o joelho com toda a minha força até encontrar a virilha do guerreiro. Quando ele arregala os olhos, surpreendido, subo minhas mãos ao redor do meu uniforme e puxo o tecido para baixo. Tropeço um pouco, mas entro em posição de defesa com os braços na frente do rosto.

Berros de animação preenchem o círculo ao nosso redor. Os harakins criam uma espécie de arena com seus corpos, mas não consigo ver direito, porque toda a minha atenção está focada no guerreiro à minha frente.

Ele me observa um pouco chocado, mas logo a fúria pincela seu rosto.

— Eu vou te matar — ele rosna, avançando sobre mim.

Os dias dentro da montanha sugaram uma boa parte da minha força. Estou mais lenta do que costumava ser e posso sentir as dores pelo corpo com mais intensidade. Só que eu não abaixo minha cabeça mesmo sabendo que o demônio de olhos amarelos tem o triplo do meu peso e tamanho.

Estico meu corpo para trás em um rápido mortal. Quero me afastar do harakin, mas a dor nos meus músculos me atinge instantaneamente.

Onde estão os guardas? Preciso ganhar tempo até que cheguem.

Blizze investe contra mim, mas agacho-me no exato instante. Resvalo por baixo dos enormes braços do guerreiro e no último segundo enterro um chute nas costas dele. *Certo, talvez eu não precisasse fazer isso.*

A muralha feita de músculos apenas tropeça com o meu ataque, só que aparentemente isso foi motivo suficiente para que os urros ao nosso redor se tornassem mais estridentes.

A adrenalina beija minha pele e arrepia os pelos do meu braço. É boa a sensação de devolver para ele um pouco do que merece. Sinto a raiva crescendo no meu peito e a vontade de humilhá-lo em frente aos seus coleguinhas só aumenta.

— Podemos ficar aqui o dia todo — comento, segurando o sorrisinho.

Fica quieta, Kalina! Escuto Ehrika na minha cabeça.

Atiro-me contra o chão quando o harakin tenta acertar meu rosto com um chute. Ele fecha a mão em punho e desce rápido, tentando encontrar seu alvo. Giro para a direita e o barulho do soco contra o piso ecoa por todos os lados. Não sei quanto tempo mais consigo escapar das investidas dele. Impulsiono meu corpo até estar de pé e me afasto, arfando com os pulmões pegando fogo.

Desvio meus olhos para a porta do salão, mas ela continua fechada. *Merda!*

O harakin não desiste e tenta atacar mais uma vez pela frente. Sinto a cotovelada nas costelas quando tento refazer meus passos. *Ele estava esperando por esse movimento.* Preciso ser mais cuidadosa. Se eu cair, vai ser literalmente meu fim.

Observo a pilastra à minha frente e faço uma escolha. Não existe mais espaço para correr e minha última chance vai ser isso. Sinto os passos pesados do harakin atrás de mim enquanto ele corre. Coloco toda a velocidade que consigo e encaixo um pé na parede, depois outro, o corpo gira pra trás e encontro o alvo. O movimento sai um pouco torto, mas é o melhor que consigo fazer. Sem meus poderes, a gravidade atrapalha o ataque e perco a fluidez do golpe, mas é suficiente para que minhas mãos encontrem o pescoço do harakin. Encaixo o aperto ao redor dos ombros e puxo nossos corpos para trás.

Em apenas um segundo, estamos no chão.

A queda machuca um pouco as minhas costas, mas me obrigo a sair rápido de perto dele.

O estrondo de vozes machuca meus ouvidos. Os guerreiros estão completamente agitados. Berrando uns sobre os outros. Volto a encarar a porta do salão quando vejo os soldados entrando ao lado da criada. *Agora eles aparecem...*

O guerreiro se levanta do chão, as narinas infladas e as veias estourando ao redor do pescoço. Ele solta um urro grotesco da boca e corre na minha direção. A expressão transtornada.

Antes que ele possa me atacar, pares de braços o seguram. Os harakins tentam o conter, mas o guerreiro é muito mais forte.

— Para, Blizze! — a harakin grita nos ouvidos dele. — Você sabe que não pode matar os criados. Vai ferrar pra todo mundo!

— A vadia merece morrer. — Ele se debate contra os braços que o seguram.

— Ih! Blizze… — A voz jocosa chama minha atenção por um segundo, já escutei aquele tom. — Aceita que perdeu… Ela te derrubou bonito! — Hux ri enquanto assiste à cena. Quanto mais olho para o seu rosto, mais percebo o quão novo ele é. Talvez catorze, quinze anos?

Continuo parada em posição de defesa enquanto os guerreiros seguram o harakin furioso.

— Saiam do caminho! — Escuto a voz do soldado se aproximando. Alguns guerreiros obedecem rapidamente, mas outros ficam assistindo à cena e ignorando as ordens feitas pelos guardas.

Quando os dois soldados chegam próximo de mim, percebo que conheço seus rostos. O de cabelo preto é Mig, o outro é Alexis.

— Decidiram trabalhar? –- rosno.

— Estávamos ocupados — Mig dispara, seco. — Agora vamos, você já deu seu show. — Ele pega no meu braço com força.

Já dei o meu show? Eu quase morri aqui dentro porque o troglodita se achou no direito de me atacar, e quem deu um show fui eu? Preciso morder a língua com muita força para não arranjar mais problemas. É claro que Mig seria igual aos outros. Um aratnyano de merda. Escuto os resmungos e risadas atrás de mim, mas deixo que os oficiais me levem para longe do salão.

Antes que meu corpo passe pela porta, sinto uma queimação conhecida na parte de trás da minha cabeça. Aquela sensação que você sente quando alguém te observa. Giro meu rosto um pouco apenas para confirmar o que já esperava.

Ele está recostado confortavelmente na pilastra. A mecha clara cai sobre a testa e, nas suas mãos, algo que faz meu coração acelerar.

O desgraçado segura uma flecha.

Capítulo 19

Tem algo errado.

— Aonde estamos indo? — pergunto, esticando meu pescoço para o corredor no qual deveríamos ter virado.

A porta de madeira gasta some da minha visão e uma bola se forma na minha garganta. Acabamos de passar pelo dormitório dos criados, lugar que venho dormindo nos últimos quinze dias, afastado das áreas comuns do castelo. Estamos longe dos escritórios ou dos dormitórios reais. Nenhum cômodo de serviço está estabelecido nesta região. Apenas quartos abandonados, torres mal cuidadas e depósitos antigos. Sei disso porque Irvine ordenou que alguns móveis velhos fossem movidos para cá. A única coisa que vive nessa parte do castelo são as aranhas nojentas e suas teias, além da infindável quantidade de pó que se derrama pelo chão.

Não gosto da força que Mig e Alexis colocam sobre meus braços, nem da urgência em seus passos desde que saímos do salão de treinamentos. Eles não me disseram muita coisa, apenas que iriam me acompanhar até meu aposento, até que Irvine soubesse da situação.

A adrenalina continuava presente no meu corpo e os meus pensamentos estavam enevoados. Só conseguia pensar no rosto de Blizze e sua prepotência insuportável, mas, principalmente, na oportunidade perdida de ter encontrado mais uma vez o maldito harakin. *Ele estava com a flecha nas mãos.* A mesma flecha que despontou do peito de mamãe. Era uma afronta completa.

— Fale baixo! — Mig ralha, arregalando os olhos.

— Passamos pelo meu aposento! — falo alto, ignorando a ordem do soldado. — O quarto dos criados fica lá atrás!

Os oficiais não respondem de imediato, apenas apertam com mais força meus braços e aumentam a velocidade, fazendo-me tropeçar.

É estranha a sensação do medo no estômago. Volta a lembrança de Mig observando por trás da porta enquanto as palavras saíam desenfreadas da minha boca. Também, o alerta sussurrado pelo soldado segundos antes de o teste começar na caverna. Todos os olhares suspeitos disparados para mim quando me viu pela primeira vez na montanha. Ele estava me cercando esse tempo todo? Acompanhando meus passos, direcionando informações no meu ouvido? Era tudo um plano para me encurralar nesse momento? *Mas por quê?*

— Estamos quase chegando... — Alexis murmura, sério. Os cabelos vermelhos estão escapando do capacete torto, como sempre.

Não confio em nenhum dos dois aratnys ao meu lado e não consigo formular uma teoria plausível para o que está acontecendo. Penso nas piores possibilidades, porque é isso o que faço de melhor. Ehrika estaria achando o ponto positivo da coisa, enquanto meu instinto berra para que eu chute a cara dos dois nesse exato instante e fuja.

— Foi Irvine que mandou vocês me trazerem aqui? — tento coletar mais informações, ganhar tempo com eles.

— Não se preocupe com isso — Mig responde.

Pois bem, meu estado de espírito nesse momento é completamente preocupado. E quanto mais ele fala isso, mais preocupada eu fico. Não se deve confiar nas palavras de homens desconhecidos que apertam seu corpo e te levam para lugares escuros. É um gigantesco alerta vermelho piscando na minha cabeça.

— Me solta agora — advirto, colocando intensidade em cada palavra que falo. — Ou eu juro que vou fazer algo que não quero.

Só que eles não me soltam.

Testo o aperto nos meus braços e percebo que o de Alexis está mais frouxo que o de Mig. *Certo, vamos começar pelo ruivinho.* Depois de me desvencilhar a pegada do idiota eu vou usar meu punho para acertar o ponto entre os olhos de Mig. Quando o soldado cair no chão, voltarei rápido com um chute contra o peito de Alexis. Os dois vão estar desorientados e a única coisa que vou precisar fazer é correr. Sim, é um bom plano.

Vamos lá, Kalina. Você consegue fazer isso, já se livrou de situações piores.

Sugo o ar pelo nariz, enchendo o peito e preparando a respiração para atacar. Preciso ser objetiva em cada golpe, sem perder nenhum segundo. Repasso mentalmente o plano e conto até três antes de lutar.

Um. Dois. Três.

E eles me soltam.

— Kalina — Mig sussurra, ansioso, olhando para o longo corredor atrás de nós. — Por favor, entre. — Ele espalma a mão e empurra uma porta estreita de ferro.

Estamos apenas nós três no corredor empoeirado. Eu e dois soldados aratnyanos que não faço ideia de quem sejam. O chão sob nossos pés é de pedra rústica e as paredes estão descascadas pelo tempo. As lamparinas presas pelos cantos quase não iluminam o ambiente e o ar é rançoso pela falta de ventilação. Na minha frente, a porta de metal parece um portal para o *Outro Lado* e, mesmo assim, Mig continua me encarando com olhos arregalados de ansiedade, esperando que eu entre.

— O que vocês querem? — Com cautela, dou um passo para trás. — Eu não vou entrar aí.

— Eu prometo que não vamos fazer nada. — Mig implora. Ele olha por cima do ombro, procurando por algo no corredor. — Só queremos conversar.

— Não confio em vocês. — Dou mais um passo para trás. Deslizo meus olhos para Alexis, que está escorado na parede ao lado da porta. O uniforme completamente desarrumado. Como não prenderam até agora o imbecil pelo desleixo?

— Eu entendo a sua desconfiança. — Noto o suor surgindo por cima do lábio de Mig. — Eu também não confiaria, se fosse você. Mas prometo que vai entender tudo quando subir por essa escada.

O soldado estica mais a porta e consigo ver os degraus de pedra desembocando em um segundo andar. É uma entrada estreita em forma de escadaria. Não sei o que tem no final dela e também não tenho muita vontade de descobrir.

— Por favor — Mig continua implorando.

Mais um passo e estarei afastada o suficiente para correr. Não posso confiar na palavra desses dois. São todos iguais, prontos para dar o bote a qualquer momento.

Percebo o resvalar da mão de Alexis para a cintura e o jeito com que aperta algo embainhado ao lado do quadril. Preciso ser rápida ou muito provavelmente o guarda vai me atacar usando seu bastão ou qualquer lâmina escondida. Coloco meu pé delicadamente em direção ao corredor. Estou pronta para fugir.

— Tome. — Alexis oferece uma adaga para mim. Está segurando pelo lado da lâmina, o cabo virado para que eu o tome nas mãos. Mig solta um suspiro entrecortado e se afasta como um furacão.

— Perdeu o juízo, Alexis? — O nervosinho gruda seu corpo contra a porta. Os olhos esbugalhados estão focados na arma que o outro oferece para mim.

— Ela precisa se sentir segura… — Alexis explica para o colega. Depois, volta a me fitar e meneia a cabeça em direção à porta. — Você pode usar essa adaga contra mim, caso se sinta em perigo.

Fico momentaneamente sem reação ao ver a lâmina sendo entregue a mim por um soldado aratnyano. O que é isso? Um teste? Espero mais alguns segundos, porque ainda não me decidi sobre o que fazer.

— Isso é tão perigoso pra gente quanto é pra você — Alexis continua. — Acredite.

Estico a mão devagar, esperando por qualquer reação da dupla. Repouso os dedos no cabo da adaga e aperto com firmeza. O soldado solta a lâmina e abre um sorrisinho, assentindo com a cabeça. O peso familiar da arma me dá um pouco mais de confiança, como uma extensão do meu corpo. Agora, pelo menos, tenho algo para me defender além dos punhos e pés.

— Primeiro vocês. — Aponto com a lâmina para a escada. — Vou logo atrás.

Os dois se entreolham. Mig é o primeiro a subir, conferindo desconfiado o corredor antigo. Alexis segue logo após, sem olhar para mim. Se eu quiser, posso sair correndo nesse exato instante e deixar os dois tontos para trás. Mas existe algo na forma como Mig pede por favor. Como se ele estivesse falando a verdade. Como se ele realmente precisasse falar comigo sobre algo. E, neste momento, não tenho muita coisa a perder, por isso eu atravesso a porta e fecho-a silenciosa.

No início é difícil enxergar os degraus, mas alguns filetes de luz no topo da escada ajudam a encontrar o caminho. Quase não sinto os dedos, tamanha é a força que coloco para segurar a lâmina à frente do meu corpo. Não tiro meus olhos das costas de Alexis e Mig, tentando antecipar qualquer sinal de que isso seja algum tipo de armadilha. As paredes são de grossos tijolos e, quando chegamos ao topo, percebo que acabamos de entrar em uma torre antiga.

Os raios de luz vazam do telhado quebrado, como rachaduras. O teto é muito alto, em formato de cone, e as cortinas grossas escondem janelas atrás de si. Ao nosso redor, móveis estão abandonados em seus mais variados estados de qualidade e lençóis brancos escondem metade deles. Quadros, estátuas, poltronas, mesas e artigos de decoração. A poeira encontra meu nariz e sinto a coceira despertando.

Alexis caminha um pouco mais adiante e arrasta duas poltronas e Mig está encaixando uma terceira. Permito que meus olhos analisem com mais calma os cantos da torre. Em um deles, um par de óculos redondos me encara de volta.

— Que porra! — Pulo para trás, entrando em posição de defesa.

— O que foi? — Os dois patetas largam as poltronas e giram o corpo, procurando pelo inimigo.

É só uma estátua de Frederick.

Solto a respiração presa no peito e sinto o calor subir para as bochechas.

— Nada. — Abaixo a adaga. — Achei que tinha visto alguém.

Alexis continua curioso, procurando pelos cantos. Ele vê a estátua e se aproxima dela.

— Foi isso daqui, né? — Pega um tecido e joga por cima do Imperador. Depois, solta um muxoxo pensativo. — Realmente, a cara não é uma das mais bonitas...

Sinto a risada de Mig tocando minha pele mesmo de longe. Ele parece ter achado o comentário muito engraçado, porque a mão está sobre a boca, escondendo o riso. Alexis escorrega os olhos para o garoto de cabelos pretos e vejo o brilho que toma suas íris.

O comentário do ruivo foi uma surpresa interessante. Se qualquer outro soldado escutasse a ofensa sobre o Imperador saindo de sua boca, seria considerado atitude desrespeitosa e certamente haveria punição.

— Você acabou de insultar o seu Imperador — retruco.

Os dois garotos desfazem o contato visual e parecerem lembrar que estou dentro da torre. Alexis livra os cabelos do capacete e joga-o no chão, leva os dedos até a gola do uniforme e a afrouxa. Quando parece satisfeito, senta-se confortável na poltrona, todo pernas e braços.

Mig, por outro lado, tem uma postura invejável. Senta tão próximo da ponta da poltrona que parece prestes a cair. São completos opostos, mas, ao mesmo tempo, formam uma dupla interessante. São curiosos, no mínimo.

— Sente-se. — Mig aponta para a poltrona em frente a eles.

— Por quê? — questiono, ainda incerta sobre os dois aratnys.

— Porque, talvez, a nossa conversa seja um pouco longa — explica, as mãos sobre os joelhos numa pose milimetricamente alinhada. O jeito que fala é sempre muito rápido, mas agradável. Enquanto o colega tem um tom preguiçoso, porém divertido.

Arrasto meus pés até a poltrona e me sento. Estou observando as mãos dos garotos e onde estão suas armas.

— Certo, desembucha — ordeno.

Mig procura pelos olhos de Alexis, que o responde com um aceno rápido de incentivo.

— Talvez você não acredite no que eu vou dizer agora... — Ele também tira o capacete. Alisa os fios lisos e grossos do cabelo com os dedos. Depois repousa o acessório no colo. — Mas nós estamos do *mesmo lado.*

O vento invade através do telhado e corta o silêncio da torre.

Bufo, de um jeito nada educado. Recosto-me contra a poltrona e aponto a adaga para o emblema de oito patas.

— É claro que sim. — Reviro meus olhos. — Percebo isso pelo uniforme que usa.

A perna esquerda de Mig começa a se movimentar, nervosamente.

— Não é porque visto essa farda que ela define quem eu sou. — Ele leva um dedo até a insígnia no capacete. — Se hoje uso isso, é justamente porque o odeio.

— Mas você tem um bom ponto — Alexis se intromete, relaxado na poltrona. O jeito que está esticado sobre o encosto quase explica o motivo do uniforme sempre desalinhado. — Nós somos dois aratnys de merda, servindo dentro da prisão de Insula e maltratando prisioneiros como você.

— Resumiu como ninguém. — Bato de leve a lâmina contra a mão algumas vezes.

— O ponto aqui é que nós somos dois aratnys de merda... — Ele levanta um dedo, solicitando minha atenção. — Mas nós não servimos ao Imperador... — Ele leva alguns segundos para finalizar o pensamento. — Pelo menos não de verdade.

As rugas começam a se formar na minha testa, mas Mig intermedia antes que a completa expressão de confusão tome meu rosto.

— Kalina... — ele pede por minha atenção. O garoto se aproxima de mim, ficando ainda mais na ponta da poltrona. — Seu pai se chamava Havier Kaster, não é?

As sombras seguram meu coração e o apertam até sangrar.

Estreito meus olhos para o garoto, pensando se devo ou não levar a adaga até a garganta dele. Não sei se conseguiria segurar a lâmina com firmeza o suficiente, porque minhas mãos estão tremendo muito.

— Como você sabe o nome do meu pai?

Alexis cruza os braços sobre o peito. Mig coloca o capacete no chão, depois segura as duas mãos entre si e suspira.

— Porque o seu pai foi alguém muito importante. — Ele desvia o olhar. — E a sua mãe também.

Afasto-me da poltrona e aponto a adaga para Mig.

— O que você sabe sobre minha mãe?

Alexis parece acordar, aproximando-se rápido também.

— Ei! Calma aí. — Ele espalma as duas mãos na frente do corpo. — Nós não sabemos nada sobre a sua mãe no momento. Apenas que ela morreu dentro do labirinto, no dia que você chegou.

— Mentirosos! — rujo.

A torre parece muito quente e pequena demais. É difícil respirar.

— Acredite em nós… — Mig pede. — Sua mãe e seu pai eram duas lendas dentro da nossa luta e…

— Espera aí… — Balanço as mãos, obrigando-o a ficar quieto. — Como assim *nossa luta?*

Mig engole em seco, tomando fôlego. Algumas gotas de suor escorrem da testa, mas ele as afasta logo.

— Seu pai foi um dos fundadores da *Ruptura*, Kalina — ele diz simplesmente. — Vinte anos atrás.

Ruptura.

Que merda de palavra é essa?

— Eu não entendo nada do que você fala — reclamo, tirando a adaga de perto do garoto. Tem um tipo de zumbido ecoando nos meus ouvidos. — Seja direto, ou eu vou embora daqui.

— Existem pessoas em toda Insula que não concordam com o governo de Frederick Denova. — Mig estica os ombros. — Assim como seu pai. Assim como sua mãe. E assim como você.

— Assim como nós… — Alexis confessa, alongando o canto da boca.

Encaro, de novo, os uniformes que vestem.

— Vocês querem dizer… — Reviro os olhos. — Um *grupo rebelde*? — Solto uma risada no final. — Do tipo que vai unir suas insatisfações e derrubar um ditador que governa há mais de trinta anos? — Começo a esticar minhas pernas, pronta para sair desse lugar.

— Seu pai acreditava nisso — Mig tenta me convencer.

— E veja onde está… — Passo lentamente a adaga em frente ao pescoço. — Morto.

Mig arregala os olhos para mim. Alexis tomba o rosto um pouquinho. Eles ficam em silêncio, durante alguns segundos. Depois, Mig solta um suspiro e desaba na poltrona.

— Talvez você não seja como pensamos que fosse…

Levanto uma sobrancelha, curiosa.

— E como vocês acharam que eu fosse?

Mig esfrega o rosto com as duas mãos.

— Alguém que iria destruir a montanha de dentro para fora. — A naturalidade nas palavras do garoto arrepia minha pele.

— E por que vocês pensaram isso sem nem me conhecer? — questiono.

Alexis e Mig se encaram. O ruivo dá de ombros e o outro responde:

— Porque você é filha de Safiny Kaster.

A adaga escorrega das minhas mãos caindo no meu colo. Seguro a respiração e preciso fechar os olhos, porque dói escutar o nome de mamãe na boca de outra pessoa.

— Mas esqueça… — Mig explica, a voz ainda agradável. — Nós não podemos compartilhar informações sobre a Ruptura com pessoas de fora e…

Meus olhos estão bem fechados quando pergunto.

— Por que vocês estão me contando isso?

Volto a enxergar e percebo o olhar ansioso de Mig.

— Por quê? — Ele alisa a calça preta. Os dedos meio dobrados. — Porque achamos que você iria gostar de saber que seu pai foi quem começou tudo isso. — Alexis concorda com as palavras de Mig. — Porque sua mãe nunca abandonou o grupo, mesmo afastada. — Tento buscar na memória alguma informação sobre o assunto compartilhada por ela. Nada. Penso na nossa casa sempre cheia de amigos. Quantos deles eram rebeldes dessa causa? — E porque você é filha deles. Está presa aqui dentro e precisamos de alguém com força o suficiente para nos ajudar a... *mudar* as coisas.

— Mudar as coisas? — repito o final da sua frase.

— Seria bom termos uma voz potente entre os prisioneiros... — ele sussurra, como se fosse um segredo. — Sabe, os prisioneiros não confiam em soldados.

Não me diga.

— Vocês estão querendo tomar o poder da prisão de Insula? — É um pouco chocante pensar na prepotência dos dois patetas na minha frente. — Espera aí, quem comanda isso tudo?

Alexis abre um sorriso, as sardas sobre o nariz evidenciadas.

— Temos *nosso* líder — Ele empina o queixo. — E não pergunte mais sobre isso.

Pela Deusa de Mave, que não seja nenhum desses dois.

Miro o teto da torre. As rachaduras vazando luz.

— Como vocês vieram parar nisso? — A curiosidade parece um caminho mais fácil na conversa. — Vocês parecem saber tudo sobre mim, mas não sei nada sobre vocês. Como posso confiar?

Ainda estou encarando o telhado, quando Mig começa a falar.

— Tenho mais três irmãos, todos mais velhos. — A voz dele treme um pouco. — Sempre soubemos que nosso futuro seria servir ao governo, assim como nosso pai. — Abaixo meu rosto devagar, encontrando Mig meio encolhido. Ele quebra a postura perfeita de sempre. — Quando completei dezoito anos, vim diretamente para cá, como soldado. — Ele coloca os dedos por entre os fios grossos do cabelo e puxa-os levemente. — O que foi um erro. Eu odiei absolutamente tudo aqui dentro. — Os ombros de Mig estão curvados. — Quando vi a forma que as pessoas eram tratadas aqui dentro... Foram os piores dias.

Mig abre a boca para continuar o desabafo, mas volta a fechá-la. Encara os dedos.

— Então eu apareci na vida dele — Alexis fala orgulhoso.

Mig abre um sorriso tímido.

— Você é tão arrogante, Alexis. — O soldado esconde o sorrisinho de novo. — Mas sim, ele... — Mig aponta para o garoto ruivo, revirando um pouco os olhos. — ... apareceu na minha vida.

Alexis estica o tronco e se aproxima. Está bem próximo de Mig, perto o suficiente para que seus braços rocem um no outro.

Observo o rosto de Mig e noto a expressão triste que ele carrega. Não parece algo fácil de contar.

— Agora é minha vez. — O garoto ruivo toma o controle da conversa. — Primeiramente... — Ele levanta um dedo. — ... você precisa entender que eu nunca me imaginei fazendo isso. — Ele aponta para o uniforme. — Diferente desse daqui, eu nunca consegui me manter calado. Isso me causou alguns... problemas. — Alexis coça a cabeça enquanto fala a última palavra. — Meus pais são pessoas muito amorosas, mas sempre concordaram com o governo de Frederick. Era angustiante ver pessoas que eu amava apoiando um crápula como ele! — Alexis arregala os olhos, o tom vermelho preenchendo a pele do rosto. — Foi aí que eu conheci pessoas que tinham o mesmo pensamento que eu. Visão de mundo, entende? — Alexis apoia os cotovelos nas coxas. — Fiz amizades muito importantes. Foi através delas que conheci a Ruptura.

— E o que você tá fazendo aqui dentro? — Semicerro os olhos.

O garoto espera alguns segundos para responder, o brilho apagando-se por um segundo em sua face. A atenção de Alexis vai para bem longe.

— Eu quase fui preso em uma emboscada do governo. Meus pais me obrigaram a servir. Relutei muito, é claro. Mas minha mãe simplesmente desabou e implorou por isso. Disse que, se eu não o fizesse, todos iriam acabar na cadeia.

— E você aceitou? — É estranho ver Alexis contando isso.

— A Ruptura queria colocar alguém aqui dentro. — Ele dá de ombros. Voltando a me encarar. — Então... Meio que funcionava pra todo mundo.

— Menos pra você — Mig diz baixinho, olhando para o chão.

— Agora funciona — Alexis responde, mas não olha para Mig.

Não sei bem o que dizer para os dois garotos, então fico apenas quieta. Eles compartilharam uma parte da sua vida comigo e dou crédito por isso. Mas ainda é difícil desconectar a ideia de que são dois soldados aratnyanos, vestindo uniformes aratnyanos e trabalhando no exército aratnyano.

— Existem *outros* além de vocês dois aqui dentro? — Decido sondar um pouco mais.

— A Ruptura cresceu muito desde o dia que foi criada — Alexis é quem responde. Ele voltou a se recostar na poltrona. — Existem pessoas do grupo em todas as partes de Insula.

— Pessoas influentes — Mig completa.

O senhor Charles pertence à Ruptura? Ele é um homem bem influente em Mave. Será que as reuniões dele com mamãe eram para falar sobre isso?

Minha cabeça começa a doer um pouco. São muitas informações e não sei se confio em todas elas.

— E o que vocês querem fazer, exatamente? — direciono a conversa para o caminho importante.

— A movimentação contra Frederick já está acontecendo lá fora. — Alexis aponta para o teto. — Mas a Ruptura quer que as mudanças aconteçam aqui dentro também. Você sabe, essa é uma das maiores armas do Imperador... — Ele levanta as mãos e balança os dedos teatralmente. — O medo.

— E vocês querem que eu ajude intermediando o contato com os prisioneiros. — Noto que a luz no teto começou a escurecer. — Não sei se a minha palavra vai ser suficiente pra isso.

— Eu vi o jeito que você hipnotizou todos os prisioneiros naquela sala, Kalina — Mig volta a falar. Ele está citando a sala de banho, sei disso. — Você tem a mesma força da sua mãe.

— E seria importante termos alguém como você do nosso lado.

Observo, lentamente, os dois. Passeio meus olhos por cada linha do rosto dos soldados. Estudo a forma como os ombros estão curvados ou esticados e demoro vários minutos para responder a proposta deles.

O que eles me apresentaram hoje é uma verdadeira maluquice. Só que os garotos sabiam o nome de papai. Se foi realmente ele quem criou isso... Meu coração se aquece de orgulho por imaginar que a história se desenrolou dessa maneira por causa da sua iniciativa. Foi assassinado vinte anos atrás e as suspeitas sobre quem o havia matado sempre rondaram minha mente. Mamãe não gostava de falar sobre o assunto comigo, mas agora entendo um pouco mais o motivo. Ela não queria que eu me envolvesse com a Ruptura. Não queria que eu terminasse como ele. A cada dia, mais perguntas preenchem minha cabeça e coração. Tanta coisa que não sei sobre mamãe.

Mas talvez eu possa usar essa oportunidade ao meu favor, também.

— E se eu disser que sim? — Jogo a isca, esperando que eles a mordam. — O que vocês fariam por mim?

Mig e Alexis pulam para a frente, eufóricos.

— O que você precisar aqui dentro... — Mig parece nervoso, a voz treme um pouco. — Vamos te dar suporte...

— Eu quero encontrar minha mãe — disparo, sem esperar mais nada. — Eu quero procurar em cada canto desse castelo, prisão e montanha por ela.

Os dois se entreolham por um segundo. Não trocam palavras, mas existe uma comunicação pelo olhar.

Alexis estica a mão na minha direção.

— Bem-vinda à Ruptura.

Encaro o aperto do garoto, esperando pela minha confirmação. Deslizo meus dedos e selo o pacto proposto por eles.

— Bem-vindos à revolução.

Respondo dessa maneira porque sei que é o que querem ouvir, mas eu nunca disse que eu era uma garota de palavra.

CAPÍTULO 20

O cheiro de laranja e mel domina meus sentidos. Algumas folhinhas estão grudadas no fundo da xícara e vê-las faz meu peito se apertar com familiaridade. Mamãe sempre amou chá de laranja com mel. Então, servi-lo para os inimigos soa como o pior castigo possível.

Engulo o pequeno aperto que começa a subir na minha garganta e continuo limpando o resto dos biscoitos abandonados pelo capitão Pathrenes e sua tropa. Deixo escapar alguns farelos pelo chão por causa do maldito tremor nas mãos. É fome. Ainda não comi nada e já são dez horas da manhã, pelo menos é o que diz o relógio sobre a mesa do militar. Os dias começam muito cedo por aqui e, antes que possamos comer, precisamos alimentar a boca dos aratnys em seus escritórios e aposentos reais. É só depois de tudo isso que Irvine libera uma mixaria de pão duro com água e, quando está de bom humor, um mingau gelado. O lembrete diário de que ainda somos prisioneiros no fim de tudo isso.

Seguro o bocejo que cisma em escapar por minha boca. Meus olhos ardem e percebo que estou mais tonta do que pensava.

Não durmo bem há dias. Os olhos teimam em grudar no teto escuro ao longo das noites dentro do dormitório dos criados. Penso em Ehrika o tempo todo. A dúvida corroendo-me por dentro e despertando pensamentos desesperados. São dezessete dias sem vê-la. Sem nem ao menos saber se está viva. Não posso perder mais uma pessoa, não depois de papai. Não depois de mamãe. Não Ehrika… Mas talvez seja isso que Ravenna quer que eu faça. Que eu implore e dê tudo o que ela quer. Eu só não sei ainda o que é, exatamente.

— Estou com tanta fome — a criada sussurra ao meu lado.

Quase deixo as xícaras caírem com o susto que levo ao escutá-la tão perto. A garota, Cecily (foi o nome com que se apresentou), avança com o pano nas mãos para terminar de limpar os farelos sobre a mesa do escritório de Pathrenes. Os oficiais continuam focados em uma conversa animada, esparramados em poltronas confortáveis. O líder está com um charuto na boca, o cheiro me deixando nauseada.

— Sobraram alguns biscoitos. — Mostro os pedaços quebrados que os homens deixaram. Alguns estão mordidos pela metade, como se tivessem tido preguiça de continuar. — Coma quando sairmos daqui.

A criada arregala os olhos, quase lambendo os lábios de vontade. Também estou com fome, mas o jeito com que ela olha para os farelos é desolador. Parece ser tão jovem, ainda mais que Nyllie, e isso parte um pouco meu coração. Essa vai ser minha atitude mais gentil com a garota. Não quero que ela pense que somos *amigas*.

Junto as xícaras em cima de uma bandeja grossa de metal, confirmando que tudo está limpo. Irvine foi enfática pela manhã, cuspindo regras e mais regras em nossas orelhas. Cecily comentou que já fez essa mesma tarefa diversas vezes, mas que a governanta nunca se cansa de ameaçar os criados sobre voltarem para a prisão caso algo saia da conformidade. A velha é tão sádica quanto qualquer um aqui em cima.

Dois dias atrás, depois do que aconteceu no salão de treinamentos com Blizze, Irvine foi até o nosso quarto e usou todas as palavras que possuía em seu vocabulário para me humilhar. O alerta em cada uma delas sobre o que iria acontecer comigo numa segunda vez.

— Os senhores desejam mais alguma coisa? — De cabeça baixa, Cecily aproxima-se dos oficiais e questiona. — Terminamos toda a limpeza.

A criada é invisível para eles. Os soldados continuam sua conversa animada e a fumaça dos charutos escapa pela boca enquanto falam. Com a bandeja nas mãos, deslizo até estar atrás de Cecily. Ela tenta chamar a atenção mais algumas vezes, mas em todas é completamente ignorada. Nós somos como moscas zumbindo nos ouvidos desses idiotas, não é mesmo? Aperto com mais força as alças da bandeja. A garota me encara e faz um gesto com os ombros. Ela bufa e tenta mais uma vez.

— Capitão Pathrenes...

— Eu disse para ela... — O bigodudo bate uma das mãos na perna com força e a risada rouca trovoa por todo o escritório. — ... preciso de férias de você, mulher!

Os outros três oficiais acompanham a risada do capitão e isso é a gota d'água para mim. Respiro fundo e então tusso com força, machucando minha garganta. Eles ignoram, mas eu aumento a intensidade da tosse até estar mais alta do que suas vozes. Um por um, os oficiais param o assunto e olham na minha direção. Quando conquisto a atenção de todos, baixo minha cabeça de forma submissa.

— Me perdoem — falo acanhada. — Estou um pouco resfriada.

Os aratnys continuam em silêncio, me observando. Começo a pensar que talvez tenha sido uma ideia muito estúpida, mas o capitão Pathrenes quebra a quietação. Ele aponta o dedo em minha direção, balançando-o como se fosse uma salsicha e gargalha imperiosamente.

— É melhor tomar água quente com limão, garota! — diz mordaz, mas ainda risonho. — Ou esse resfriado pode *piorar* — dá ênfase na última palavra.

O velho está me ameaçando?

Com os olhos na bandeja, mordo a bochecha para segurar a língua.

— Mil perdões — Cecily intromete-se. — Terminamos tudo por aqui. Gostaria de mais alguma coisa? — O oficial aratyano meneia a mão, espantando-nos.

Sem demora, a criada abre a porta do escritório e espera que eu saia. Quando estamos no corredor, ela fecha silenciosamente e as gargalhadas voltam a trovoar do outro lado da parede. Tem uma soldada de guarda na porta que nos encara com expressão azeda. Estão por todos os lados, observando nossos passos.

— Você não pode fazer essas coisas! — Cecily adverte baixinho. — Poderia ter sido castigada!

— Tem sorte que eu não joguei essa bandeja na cabeça dele — reclamo. Cecily ri e meu coração se aperta ao me lembrar da risada de Ehrika. — Vamos largar isso na cozinha. — Levanto a bandeja. — Assim você consegue comer os biscoitos escondida.

Enquanto caminhamos pelos corredores, evitando ao máximo a atenção dos militares, Cecily pega ligeira dois pedaços quebrados de biscoito. Coloca um na boca e enfia o outro na minha. Foi estúpido e perigoso, mas a fome faz você cometer atos impensados.

— Melhor comer agora! — ela diz com a mão por cima da boca cheia de farelos.

Meu corpo todo se tensiona por um momento, mas depois relaxo, agradecida por ter dividido comigo.

— Obrigada — murmuro enquanto engulo o biscoito de chocolate. O sabor é intenso, a massa derrete na boca e pequenos cristais de açúcar brincam com minha língua. — Pela Deusa de Mave, isso é muito bom.

— Você é de Mave? — Ela demonstra interesse. Estamos chegando cada vez mais perto da cozinha do castelo. — Eu também sou, mas do interior.

— Minha mãe era também… — A fisgada no peito é veloz. Olho para a criada e penso em perguntar sobre mamãe. — Inclusive, por acaso, você conheceu alguma Safiny aqui dentro?

— Safiny? — A garota pondera por um segundo. — Acho que não… Por quê? Sua mãe estava aqui? — ela pergunta com os olhos cheios de pesar. Não gosto dessa expressão no rosto, é como se ela tivesse com pena. Apenas confirmo, balançando a cabeça.

Ficamos em silêncio até as portas da cozinha do castelo aparecerem na nossa frente. É um espaço pequeno, voltado apenas para produzir lanches rápidos e o que mais for solicitado de última hora pelos moradores do castelo. Todo o resto dos alimentos continua sendo responsabilidade dos prisioneiros lá embaixo. Cecily empurra com as costas a porta e tenta puxar assunto.

— Então… Eu lavo e você seca? — Ela aponta para as xícaras e pratos na bandeja.

Estou pronta para concordar com a proposta dela quando as batidas do meu coração paralisam.

— Olá.

A voz é baixa e cadenciada, como se tivesse todo o tempo do mundo para falar. Esqueço como se usa as pernas ou como meu pulmão funciona. Os pés pesam uma tonelada e eu não consigo desviar meus olhos dele.

Dentro da cozinha do castelo está o ser que ronda todos os meus pesadelos.

As mechas claras do cabelo estão atrás das orelhas e o corpo não usa o uniforme preto robusto dos harakins. Veste apenas uma camisa branca, um pouco grande para ele, e calças escuras. Quase parece *normal*, não fosse a cor de seus olhos amarelos e as veias azul-escuras em sua pele.

— Preciso de ajuda... — ele fala, olhando para mim.

Sinto as batidas do meu coração despertando como uma bomba eclodindo e a respiração sai do meu nariz alta demais. Não quero demonstrar meu desequilíbrio momentâneo, mas jamais pensei que pudesse encontrá-lo nessa cozinha.

Não respondo nada, mas Cecily já está caminhando para dentro. A bandeja treme um pouco e aperto-a com força. Noto os olhos do guerreiro observando minhas mãos e, depois, subindo para o meu rosto.

— Claro! O que o senhor precisa? — A voz de Cecily não esconde a surpresa. Está tão chocada quanto eu. — Podemos levar o que necessita até seu quarto...

O guerreiro não responde de imediato. Ele dá a volta no balcão posicionado bem no meio da cozinha. O movimento faz com que eu e Cecily pulemos para trás. Ele para de andar e olha para nós duas, um sorriso aparecendo no rosto.

— Eu só vou pegar isso. — Com calma, abre uma porta dos armários e retira um saco pequeno de farinha. Depois, coleta alguns ovos que estão dentro do pote largo e puxa duas tigelas. Ele volta a nos encarar, mostrando o que está nas suas mãos, então caminha até o balcão e despeja tudo na bancada.

— O que... — Cecily toma coragem de falar. Ainda estou na porta, não tive coragem de entrar. — O que o senhor precisa?

— Pensei em fazer um bolo — ele simplesmente diz, abrindo agilmente o saco.

Ele vai fazer o quê?

A criada olha de soslaio para mim, mas não consigo falar nada. Ela se apruma e devagar avança até o balcão.

— Claro! — Cecily se prontifica. — Faremos um bolo! Em breve o senhor receberá, acompanhado de chá. Ou prefere café? — A garota continua falando desenfreada.

O guerreiro ignora o que Cecily diz, levanta as mangas da camisa. Os braços são esguios, mas não tão fortes quanto imaginei. Começa a despejar a farinha em uma tigela e quebra o ovo em outro pote.

— Eu posso fazer — ele responde, sem parar de preparar a receita.

— O senhor... — Os ombros de Cecily estão tensos, mas a voz continua calma. — Sabe como fazer?

O harakin para o que está fazendo e levanta os olhos.

— Sei — confirma. Quebra mais um ovo, despejando-o junto. Depois que fala, um tipo de silêncio desconfortável preenche a cozinha. — Você não vai largar essa bandeja? — O guerreiro não me olha, mas sei que é comigo que está falando. Sinto um calor subir por minhas bochechas. Caminho devagar até a pequena pia, próximo à ilha onde ele está. Deixo as xícaras e me viro lentamente para observá-lo mais de perto.

Não consigo deixar de notar algumas mechas claras do cabelo caindo na bochecha. Talvez ele leia mentes, porque puxa os fios para trás bem na hora. Analiso cada ponto do rosto do harakin e conecto-o à última lembrança de mamãe. *É ele, claro que é ele.* O que me pergunto agora é se ele se lembra de mim. Se ele sabe quem sou.

— Na verdade — o guerreiro declara subitamente e olha para os lados, procurando algo — preciso de mel, manteiga e fermento.

Cecily dá um pulo do meu lado, prontificando-se na mesma hora.

— O mel está bem ali. — Ela me cutuca, indicando um armário ao lado. — A manteiga e o fermento não estão aqui, mas busco em um minuto. O leite para dar liga também, senhor. — A criada começa a sair da cozinha. Avanço rápido e seguro seu braço. Ela me olha, confusa, e sussurro na sua orelha, o mais baixo possível.

— Não me deixe aqui sozinha…

Cecily olha por cima do ombro para o harakin. Ela tira meus dedos de seu braço e empurra minha mão com calma.

— Eu já volto. — Empina o queixo para o ser assustador na cozinha. — Siga as ordens que forem dadas. Não quero ser castigada por causa da sua desobediência.

Quando ela deixa a cozinha, sinto o frio do medo lambendo minha pele. Mas não era isso que eu queria? A oportunidade está literalmente à minha frente. Ou melhor, às minhas costas. Giro rápido, com medo que ele me ataque por trás, mas apenas o encontro parado, me encarando sem fazer nada. Não está mais mexendo na mistura de bolo, a atenção toda direcionada para mim.

Preciso de uma arma. Uma faca? Onde? Percorro as bancadas da cozinha procurando por algo afiado, mas não encontro nada.

— O mel — ele comenta, quebrando o silêncio. Encaro-o por alguns segundos, tentando entender o que disse. — Ali… O mel — reafirma, apontando para o pote com líquido amarelo denso. *Apenas aja como uma criada obediente, Kalina.* Caminho até o armário e pego o recipiente.

Coloco o pequeno pote próximo ao harakin e percebo a faca repousada na bancada. Não é tão afiada, mas vai servir muito bem para cortar a carne, se necessário. Fito-a por um segundo a mais, deslizando minha mão com calma. Meus dedos quase tocam o cabo, mas ela é roubada de mim. Quando olho para o ladrão, percebo um sorrisinho no canto da boca. Afasto-me dele, encontrando o armário às minhas costas. Como pode não haver nada nessa cozinha para usar como arma? Tem uma panela de ferro pesada do meu lado. Terá que ser isso.

— Estava de olho em mim?

E a resposta para tudo isso está bem ali. Veio atrás de mim, é claro. O guerreiro pega o mel e mistura um pouco com os ovos.

Eu posso fingir. Dizer que não sei do que ele está falando. Mentir descaradamente, apenas para não enfrentá-lo agora, só que eu não quero fazer isso. Não vou fugir do idiota e não vou deixá-lo fugir de mim.

— Você notou? — retruco, minha voz um pouco mais agressiva do que eu queria.

— Notei. — Ele vira o rosto e me observa.

— Foi por isso que tentou me matar no labirinto? — *Isso. Vamos começar assim.*

É claro que eu quero pular em cima do infeliz nesse mesmo momento e questionar sobre tudo, mas não posso fazer isso. Não depois do que fiz no salão de treinamentos. Irvine deixou muito claro o que aconteceria comigo se eu atacasse outro guerreiro.

Não posso voltar para a prisão. Não agora, que a Ruptura apareceu nos meus planos. Não sem antes utilizar a escassa liberdade que tenho aqui em cima, no castelo. Preciso encontrar minha mãe e existem muitas formas de fazer isso. Uma delas é tirando a informação dele.

O demoniozinho para de misturar o bolo, pega um pano e limpa as mãos.

— Não leve para o lado pessoal. — Joga o pano na mesa e espalma as duas mãos no mármore. — Eu só estava fazendo meu trabalho.

— Acredite, eu não julgo o trabalho de ninguém. — Caminho devagar até estar no lado oposto do balcão. — A menos que coloque a minha vida em perigo. Então teremos um problema.

O engraçadinho estreita os olhos amarelos e se inclina na minha direção.

— Você não deveria falar assim comigo — alerta, fechando o semblante. — Não deveria falar assim com nenhum harakin.

— Ou o quê? — Mordo minha língua, tentando segurar a vontade de questionar sobre a minha mãe. Não sei ainda o quanto ele se lembra dela, ou se notou que sou a filha dela. Não sei o quanto posso me aproximar da verdade sem fazê-lo fugir. — Vai disparar uma flecha em mim também? — Minhas pernas tremem um pouco ao supor isso. Talvez tenha sido explícito demais.

— A resposta já está na sua mente, não é mesmo, Kalina? — ele murmura.

Perco o ar dos pulmões e me seguro na bancada.

— Como você sabe meu nome? — questiono, incisiva.

Não tenho tempo suficiente para processar o que acabou de acontecer, porque Cecily entra na cozinha em um rompante. Ela entrega a manteiga e o fermento ao guerreiro.

— Precisa de mais alguma coisa, senhor? — A criada recolhe as tigelas sujas sobre a ilha de mármore. — Posso terminar o bolo, se achar melhor.

O harakin ignora a pergunta que fiz e volta a misturar os ingredientes dentro da vasilha. Ele despeja uma pitada de fermento e depois a manteiga.

— Como você sabe o meu nome? — insisto alto, inclinando meu corpo na sua direção. Cecily arregala os olhos para mim, meneando a cabeça em negativa.

— Ela falou mais cedo. — O harakin aponta para Cecily. Ele nem olha nos meus olhos ao responder. A postura dos ombros mudou e o tom de voz também. Está frio e desinteressado agora. — Posso te chamar de *criada*, se preferir.

— Não falou não… — Viro-me para Cecily e noto que o tom amarelo de sua pele está quase branco. — Você disse meu nome?

— Eu… — A prisioneira alterna seu olhar entre mim e o guerreiro. — Eu não lembro. Talvez tenha dito.

Ela falou? Tento repassar na minha cabeça toda a cena, mas a memória não ajuda. Talvez ela tenha dito… Meus ouvidos não estavam funcionando muito bem quando entramos na cozinha. O choque foi tão grande… Ah! *Calma, Kalina.* Respiro fundo e volto a observar o guerreiro. Se veio até aqui para me amedrontar, conseguiu o completo oposto. Ele não me deu muitas informações, então eu não vou usar esse momento para revelar as minhas. Ainda mais desarmada, com tanto em jogo nas minhas mãos agora. Não… Eu vou esperar pela hora certa de atacá-lo e confirmar todas as dúvidas na minha mente. Será em breve.

Afasto-me da bancada e espero o guerreiro terminar o que está fazendo. Ele também acolhe o silêncio e não comenta mais nada. Cecily parece nervosa, mas fica mais disposta a ajudar enquanto ele termina o que está fazendo.

O harakin coloca a tigela em cima da ilha.

— Quando terminar de assar, leve para o meu quarto — ele ordena para Cecily. — Com chá, por favor.

Quase reviro meus olhos com a solicitação.

Ele se afasta da ilha, indo em direção à porta. Quando passa ao meu lado, sinto vontade de recolher a panela de ferro e bater em sua cabeça. Aperto minhas mãos com força. Está quase chegando à porta quando arrisco uma última jogada.

— Qual é o seu nome, *senhor*? — Ele está com a mão sobre a porta, mas estanca ao ouvir minha pergunta.

Vamos lá, me dê ao menos uma informação.

Cecily segura o ar ao meu lado, extremamente quieta.

— Vixen — ele diz, empurra a madeira e some da cozinha sem olhar para trás.

Com o punho, soco o armário liberando todo o estresse no meu corpo.

— Você ainda vai se meter em problemas, Kalina… — Cecily adverte, o semblante chocado.

— Já estou até o pescoço, um a mais não vai mudar em nada — respondo entre os dentes.

Pelo menos agora eu sabia o nome de um deles… Vixen.

Capítulo 21

Já não tem mais ninguém do outro lado da porta. Antes, eu conseguia ouvir a voz de Cecily perguntando se eu estava bem. Resmunguei algumas vezes, dizendo que logo sairia daqui, inventei uma dor de barriga qualquer e falei que ela não precisava se preocupar. A verdade é que minha bunda está no chão frio dentro de um minúsculo banheiro. O cheiro não é nada agradável, mas já me acostumei.

Solto os fios do meu cabelo que estão presos no coque alto e deixo-os cair por meus ombros. O alívio me abraça e encosto minha cabeça na parede atrás de mim. Meus joelhos estão esbarrando no assento gelado e nem ao menos posso esticar minhas pernas, porque não tem espaço suficiente. É pequeno, só que isso me acalma. Porque, aqui dentro, é como se eu pudesse me esconder da tempestade que acontece lá fora.

Fecho meus olhos um pouco e o rosto de mamãe aparece. Depois, vejo as íris violeta de Ehrika. Forço meus pensamentos para longe, mas é impossível deixar de questionar como Jheni, Tolisie e Pitrya estão. Rezo para que tenham zarpado para longe de Insula. As passagens foram compradas, seis ao total. A minha, de mamãe e Ehrika não serão usadas, certamente. Mas eu espero que as garotas possam ter um pingo de sensatez e fujam para bem longe. Vou sentir falta de cada uma delas. Eu já sinto agora mesmo.

Baixo minha cabeça até os joelhos e inspiro fundo, tentando acalmar meu coração que bate descompassado.

Vixen... O nome dele é Vixen.

— Isso se for o nome verdadeiro... — murmuro para mim mesma.

O harakin pode ter inventado essa informação na hora, não é? Não existem motivos para que ele tenha falado a verdade para mim. Por que ele teria falado a verdade? *Estava de olho em mim?* Aperto mais os olhos, tentando esquecer o sorrisinho egocêntrico no rosto dele. Fazer um bolo uma ova, o guerreiro queria me assustar com aqueles olhos amarelos e os comentários ácidos. E eu só fiquei lá, impotente como uma boneca de pano. Mordo o lábio inferior com força até sentir o gosto do sangue.

É quase cômico como os dois patetas, Mig e Alexis, se tornaram minha opção mais segura no momento. Claro que eu não me importo nem um pouco com a baboseira idealista que falam. Mesmo que eles digam que foi papai quem criou esse grupo rebelde, eu não sou meu pai. Nunca aspirei ao altruísmo. Não me importo muito com as pessoas fora da família e poderia me manter assim pelo resto da vida. Eu iria até o fim do mundo para defender quem eu amo, mas o meu limite se estende apenas até aí. Além disso, as chances dessa Ruptura conseguir mudar algo dentro do governo são muito pequenas. O que me interessa nessa história toda é como eu posso *usar* os dois idiotas a meu favor dentro do castelo.

Pulo de susto com as três batidas fortes na porta ao meu lado.

— Já disse que vou sair! — respondo para Cecily.

As pancadas se tornam ainda mais agressivas. Lascas e poeira caem por cima de mim.

— Abre a porta. — O som grave e masculino vem do outro lado. Aperto a ponte do nariz porque sei de quem é aquela voz. — Agora.

Parece que o dia não pode ficar melhor, não é?

Quando giro a maçaneta com força, sou presenteada com o semblante nada simpático do tenente Ruel me esperando. Dois brutamontes estão atrás dele e quase sinto uma ponta de decepção por não serem Mig e Alexis.

— O que você quer? — Não consigo fazer muita cerimônia com o cachorrinho.

— A diretora Ravenna solicita a sua presença. — Ele torce o nariz quando termina de falar.

Não está gostando nada da situação. *Qual é o seu medo, tenente? Acha que posso roubar Ravenna?* Se ela fosse dez anos mais jovem, quem sabe…

— Estou no meio de um negócio importante… — Tento irritá-lo um pouco mais. Aponto para o banheiro atrás de mim.

Ele estreita os olhos e dá uma risada seca.

— Você pode esperar.

— Pode ser que eu não consiga… — ironizo.

— O cheiro vai combinar com você. — Ruel abre um sorrisinho e indica que os guardas avancem.

Estou pronta para retrucar, mas as mãos enormes já estão sobre meus braços, puxando-me pelos corredores. Penso em lutar contra o aperto dos trogloditas, mas não faço esse esforço. Apenas deixo que me carreguem, seja onde Ravenna estiver. O ponto de encontro não parece ser o seu escritório, porque estamos cada vez mais subindo os andares.

Tem uma larga escadaria de pedra que sobe até o topo da fortaleza, ela desemboca em um corredor comprido repleto de estátuas nas mais variadas poses. São todas românticas, mas assustadoras. Flores e plantas por todos os lados, como uma estufa aberta. Vejo rosas vermelhas, margaridas brancas e longas folhas de samambaia. É mais um daqueles lugares dentro do castelo que eu ainda não tinha conhecido. Talvez tenha se tornado uma das poucas surpresas boas aqui dentro.

Paramos em frente a duas portas de vidro canelado, mas consigo ver o azul do céu do outro lado. Ruel abre-as e um vento gelado lambe minhas bochechas. Estamos fora do castelo, em uma varanda com espaço suficiente para uma festa acontecer. As nuvens estão pincelando toda a minha visão e levo alguns segundos para notar

Ravenna sentada à uma pequena mesa disposta no terraço. Ela beberica em uma xícara, observando o horizonte. Veste uma camisa preta cheia de babados no busto e um broche de pérolas no meio. As mangas são delicadas e compridas, apertando-se nos pulsos finos da diretora.

É quase doloroso sentir o ar livre ao redor do seu corpo depois de tanto tempo sob a montanha. Até mesmo o frio que envolve minha pele é diferente, como um afago cheio de vida e não como o toque preenchido de morte. Estou tão embasbacada, que mal percebo quando os soldados me colocaram em uma cadeira de frente para a diretora da prisão.

A mesa é grande o bastante para mais duas pessoas. A toalha branca tem delicados bordados verdes e por cima dela existe tudo o que for perfeito para um café da tarde. Vejo a xícara com líquido rosado na minha frente e um prato com doces também. Os dois soldados se afastam, abandonando a varanda.

— Pode ir também, tenente. — Ravenna vira-se para mim, repousando a xícara na mesa.

Uma conversa a sós? Gosto disso.

— Tem certeza, diretora? — depois de alguns segundos, o cachorrinho questiona.

— Vá — Ravenna responde um pouco mais ríspida, os olhos focados apenas em mim. — Agora.

Não consigo perder a chance de ver o tenentezinho ser enxotado. Quando olho em sua direção, percebo que ele retribui o olhar com expressão azeda. Fecha as portas e não nos incomoda mais.

— Você já comeu hoje? — A voz da líder do castelo chama a minha atenção. Lembro-me da última coisa que comi, o pedaço de biscoito compartilhado por Cecily.

— Coma, então. — Ela aponta para a mesa.

Encaro a comida visivelmente deliciosa. Meu estômago resolve roncar alto como que para confirmar minha fome. Claro que as boas intenções dessa mulher são tão confiáveis quanto o sorriso de uma hiena. O que ela vai querer em troca desse banquete? A diretora parece notar minha desconfiança. Ergue o pequeno corpo e estica o garfo, rouba um pedaço do bolo e saboreia-o. Por fim, engole o alimento e aconselha que eu coma. Pega um guardanapo e limpa o batom vermelho. Certo, ela quer que eu confie nela. Decido aceitar a oferta, principalmente pela fome que machuca a barriga.

— Fiquei sabendo do seu desentendimento na sala de treinamentos. — O bolo desce inteiro pela minha garganta. Encaro-a em silêncio, tentando descobrir o que ela pensa sobre isso. Penso em Ehrika e no alerta da diretora sobre *me manter na linha*. Ravenna abre um sorriso relaxado e pequenas ruguinhas aparecem ao redor dos seus olhos. Ela comenta com divertimento na voz: — De todos os guerreiros, você teve problemas justamente com o líder deles?

O jeito que ela fala é como se fôssemos amigas. Está tentando ser amigável. Ela só não sabe que demoro muito para gostar de alguém.

— Ele foi chorar para você? — brinco, voltando a comer o bolo.

— Foi. — Ravenna dá uma risada e isso me pega de surpresa. Eu nunca a tinha escutado rir. — Mas já está resolvido. Indico apenas que não esbarre com ele de novo. — Antes de beber o chá, completa: — Pela segurança de ambos.

O alívio inunda meu peito. Ela não quer me castigar. Não parece irritada ou decepcionada comigo. Na verdade, a conversa é quase... agradável.

— Então... — Remexo no resto de bolo que existe em meu prato. — Ehrika está bem?

Ravenna me encara por cima da borda da sua xícara. Assente apenas uma vez, mas o suficiente para que eu entenda. Solto o pequeno fôlego preso na garganta. *Ela está bem.* Deixo meu corpo relaxar, porque sinto a dor sobre os ombros. Estico meus pés um pouco, mas esbarro em algo. Tento encaixar de novo, mas não consigo. É duro em algumas partes, mas meio molenga em outras. Espio por baixo da toalha e solto um berro de susto.

— Tem aranhas aqui! — Recolho as pernas para cima do banco, abraçando os joelhos. Vejo as duas aranhas do tamanho de cachorros crescidos saindo de baixo da mesa. As coisinhas nojentas são escuras e peludas, com pinças enormes para fora da boca.

Ravenna faz uma das coisas mais assustadoras que eu já vi. Ela acaricia aquele ser de oito patas como se fosse seu bichinho de estimação.

— Não se preocupe, são inofensivas. — Ravenna volta a bebericar o chá. — Cuido dessas duas desde que me tornei diretora da prisão. — Ela bate de leve na mesa e isso chama a atenção das aranhas. Elas correm para o lado de sua dona.

— *Fofas* — falo da maneira mais falsa que consigo.

Depois de alguns segundos, crio coragem para baixar meus pés novamente. Pego a xícara e bebo um pouco do líquido rosa. É doce, mas tem um toque de menta no final.

— Kalina — Ravenna volta a falar. Ela limpa as mãos em um guardanapo de pano limpo, o repousa ao seu lado e junta os dedos sob o queixo. — Eu pedi para que te trouxessem até aqui porque preciso te contar algo. — Certamente eu não esperava por isso. A situação toda parecia seguir apenas um caminho e seria eu falando sobre o documento de Frederick. — Ainda não consigo acreditar que você está aqui dentro, mas parece que o destino quis que nos encontrássemos mesmo.

Preciso me empenhar ao máximo para não rir com deboche do que ela acabou de falar. Se o destino fez minha mãe ser presa e, consequentemente, eu também, odiei ter nosso encontro escrito nas estrelas.

— É sobre a sua mãe — ela diz devagar. — Você pediu para ver o corpo dela, mas eu não posso te dar isso.

Solto a xícara e ela quica com o impacto na toalha. Esfrego os olhos com as mão até sentir dor. Por que todos parecem conhecer ou saber ou esconder coisas sobre mamãe?

— E por que você faria isso? — murmuro.

— Porque eu quero que você perceba que não sou essa vilã que vive nos seus pensamentos. — A brisa bagunça a franja de Ravenna, mas ela desliza os dedos pelos fios escuros, ajeitando-os. — Que temos muito mais em comum do que pensa e que talvez possamos fazer grandes feitos juntas.

— Eu sou apenas uma prisioneira — tento instigá-la a falar mais. — Não tenho nada de especial. — Eu quero que ela me conte seus planos, todos eles.

— Eu entendo que pense assim. — Ela abre um sorriso cheio de dentes alinhados e brancos. — E assim que eu tiver certeza que confia em mim, vou te contar tudo. Mas, neste momento, acho que seria mais importante se fôssemos com calma, até porque eu não sei se *eu confio* em você o suficiente.

— Justo — concordo com o que diz. Ela é uma mulher esperta, seria suspeito se confiasse tão rápido.

— Mas, como eu falei, quero te contar algo sobre a sua mãe. — Ela puxa o bule madrepérola e despeja mais um pouco de chá na xícara. — Essa vai ser mais uma demonstração da minha sinceridade com você.

No céu, o azul límpido é como um enorme tapete se estendendo pela eternidade. Eu espero alguns segundos antes de assentir para que ela fale.

— A sua mãe era bem conhecida dentro do palácio, sabia? — É claro que ela era. Quase solto um sorriso ao pensar nisso. — Escutei muito o nome "*Safiny Kaster*" nas últimas reuniões de que participei. Toda a influência dela não passaria despercebida pelo governo, acredito que entenda. Nenhum líder gosta de sentir que existe outro líder por perto, não é mesmo? — Escuto todas as palavras de Ravenna em completo silêncio. Ela está finalmente falando de minha mãe e eu não quero interrompê-la. — Existia uma certa rivalidade entre o Imperador e a sua mãe. — Ravenna percebe a forma como minhas sobrancelhas estão unidas. — Existia um ódio entre os dois.

Bom, isso é verdade. Mamãe sempre destruiu Frederick de todas as formas possíveis dentro da nossa casa em Mave. Nunca foi segredo que ela não concordava com a forma que o Imperador comandava o continente, mas o que me choca é saber que ele conhecia mamãe.

— O Imperador veio até aqui visitá-la — Ravenna fala ponderadamente. Esperando pela minha reação. — Não foi uma visita tranquila. As coisas se tornaram mais difíceis para ela aqui dentro. O Imperador foi enfático, não queria que ela escapasse.

Engulo a bile que sobe pela minha garganta. Lembro-me do estado físico de mamãe e como ela parecia debilitada. Foram apenas dois meses de prisão, mas ela parecia estar aqui uma vida toda.

— Talvez você não acredite em mim, mas eu tentei ajudar Safiny. Tentei conversar inúmeras vezes com ela, mas sua mãe é muito mais teimosa do que você. Minhas mãos estavam atadas. Frederick pressionou muito para que ela passasse pelos expurgos. Ficou sem comida por dias e dias. — Preciso enterrar meu rosto nas mãos para me controlar. O que ela está contando me fere tanto que quase sinto o sangue escorrer pelo meu peito. Não quero mais ouvir sobre isso. Não quero saber o quão lenta fui para salvar minha mãe. — Só que ela era uma verdadeira guerreira, Kalina.

— Do que adiantou? — cuspo as palavras.

Minha garganta está ardendo e eu esqueço como é respirar. Pego a xícara que está na minha frente e jogo-a no chão, partindo a cerâmica em pedacinhos. As portas se abrem e Ruel entra, mas Ravenna levanta a mão e ordena que ele volte por onde veio. Quando estamos novamente sozinhas, ela volta a falar.

— Ela sobreviveu por muito mais tempo do que qualquer outro prisioneiro sobreviveria. Admirei Safiny pela força que carregou consigo até seu último dia. Mas, infelizmente, ela não soube aceitar a mão que eu estendi a ela.

— Não fale da minha mãe desse jeito — grunho, a dor me partindo de dentro para fora.

— O que eu quero que você entenda é que, podemos honrar a memória de sua mãe juntas. — A diretora estica a mão na minha direção, mas eu não quero tocá-la. — Sei que foram os Deuses te enviando para fazermos isso juntas.

— Fazer o quê? — cuspo as palavras, segurando a raiva que me inunda cada vez mais. Sempre que converso com essa mulher me sinto completamente confusa. A exaustão do corpo e mente não ajudam nem um pouco. — Minha mãe morreu! Eu não tenho mais nada pelo que lutar — digo as palavras porque quero que a diretora pense que desisti de mamãe.

— Está errada. — Ravenna levanta-se de ímpeto. As aranhas, que antes estavam no chão, sobem pela mesa. Afasto-me, sentindo o arrepio pela espinha. — E eu prevejo coisas grandiosas para você.

— Por que eu não posso ver o corpo da minha mãe? — tento mais uma vez.

A diretora vacila, demorando alguns segundos antes de responder.

— Porque o Imperador solicitou o corpo dela.

O quê? Não... Isso não pode ser verdade.

— Eu vou matá-lo.

— Não seja tola, Kalina. — A diretora caminha na minha direção com os braços cruzados. — Se você matar o Imperador, será enviada novamente para cá. Talvez seja sentenciada à morte pelo Conselho Real. Isso tudo é muito maior. O futuro de Insula pode estar em suas mãos.

Não quero ouvir mais nada da baboseira que sai de sua boca. Não bastasse os dois patetas da Ruptura colocando o peso sobre meus ombros, agora a diretora tenta me enredar em um plano conspiratório contra o governo? O governo do qual ela faz parte? Não posso nem ao menos perguntar se ela conhece a Ruptura sem entregá-los, mas suspeito que estejam em cantos opostos dessa guerra.

Meus dedos raspam no concreto do parapeito e observo o azul infinito. É reconfortante ver a liberdade na forma de uma imagem. Lá embaixo, os quilômetros de rocha da montanha se estendem até desaparecer em meio às nuvens. Estamos tão alto que não consigo enxergar o mar. Queria poder ver as ondas quebrando na areia da praia e, quem sabe, observar alguns pássaros planando em cima do oceano. Estou de costas para Ravenna, ignorando sua existência por enquanto. É minha forma silenciosa de dizer que preciso de um tempo.

— Eu entendo. — Escuto a voz de Ravenna. — É muita coisa para você assimilar.

— Estou tão cansada — confesso para ela. Não sei por que isso escapou da minha boca. Talvez seja pela imensidão azul baixando as muralhas ao meu redor. — Não sei como posso te ajudar estando fraca desse jeito. — Ravenna fica em silêncio. — Se quer tanto que eu confie em você, que eu me una a seja lá o que está tramando… — Preciso mexer as peças do jogo, talvez essa seja a hora. — Traga Ehrika para o castelo, por favor.

Ela continua calada. *Será que fui longe demais?*

— Diretora Ravenna? — questiono, mais uma vez.

A curiosidade me vence e decido enfrentá-la. Quando giro meu corpo, procurando pela aratny, a aranha pula na minha direção. As oito patas grudam em meu braço e rapidamente prende a presa na minha pele. Empurro o bicho para longe e o chuto em desespero. Não leva nem dois segundos para que a minha visão embace. Seguro-me no parapeito e sinto o vento levantar meus cabelos. Ravenna se aproxima rápido, me segura e apoia devagar até chão. Sinto o ar ficar mais pesado e não consigo puxá-lo para dentro dos pulmões.

O veneno está subindo pelos vasos sanguíneos e me matando aos poucos.

— Me ajuda… — tento falar, mas a voz quase não sai.

— Você vai ficar bem — Ravenna sussurra em meio a um sorriso.

Quando a escuridão começa a dominar meus sentidos, apenas fecho os olhos e aceito o sono profundo.

CAPÍTULO 22

Quando abro meus olhos, vejo flores.

Elas são amarelas, miúdas e se repetem por padrões. É um papel de parede antiquado, que reveste parede e teto, transformando tudo em uma coisa só. A estampa se embaralha um pouco porque minha cabeça não para de girar. Meus olhos ainda não se acostumaram com a luz amarela que vem do lustre. *Eu nem sabia que isso existia no quarto dos criados. Coisa estranha…*

Meus músculos entram em alerta no instante exato que me lembro de tudo.

— Ah! — solto um grito, arrepiando-me com o calafrio que lambe todo o meu corpo. Penso na textura dura e peluda do bicho e tenho vontade de vomitar.

Ok. Estou viva. Mas *onde* estou? Preparo-me para o pior e puxo minhas mãos para cima, esperando as correntes. Só que meus braços estão livres. *Qual é a pegadinha aqui?*

Deito meu rosto e analiso o ambiente. Com toda a certeza não estou em um quarto para criados. É tudo muito pomposo ao meu redor. A cama é grande, cheia de cobertas macias e felpudas. Os travesseiros cheiram a baunilha e a maciez me lembra penas de ganso. *Caríssimos.* A luz amarela tenta criar um ambiente aconchegante, mas a tensão em meus ombros não me deixa aproveitar. Impulsiono meu corpo para cima e vasculho cada centímetro do ambiente com os olhos. *Espera, preciso reformular minhas ideias.*

Lembro-me, primeiro, de estar com Ravenna bebendo chá e comendo bolo. Estávamos falando de mamãe e Frederick. Isso, certo! Depois… Encolho-me com pavor. Depois eu fui picada pelo monstrinho de oito patas.

— Inofensivo, não é? — ironizo. Olho para o meu braço e encontro a marca das pinças na minha pele. Está bem roxo, mas não tão feio quanto pensei. É um alívio agridoce que me enlaça. — Esse quarto… — Jogo minhas pernas para fora da cama e sinto o tapete felpudo sob meus pés. — É um aposento — constato.

Forço a memória atrás das palavras da diretora. É difícil, porque tudo se tornou um borrão em segundos. *Você vai ficar bem.* Franzo o cenho, recordando a tranquilidade ao me ver sufocar envenenada. Eu também me lembro do sorriso em sua boca.

A roupa no meu corpo ainda é o mesmo uniforme dos criados, o vestido preto de mangas curtas e o avental verde em frente ao busto e saia. Caminho lentamente até a porta do quarto e aperto meu ouvido contra a madeira. Calo meus pensamentos e tento ouvir a conversa dos soldados de guarda, mas o silêncio total se estica pelo corredor.

Bem, não vamos perder a oportunidade de fuçar as gavetas, não é? Se alguém foi descuidado, pode ter deixado algo de interessante aqui. Tudo pode virar uma arma, se você souber como manuseá-la.

Transformo-me em um furacão abrindo gaveta por gaveta nos armários baixos, mas não encontro nada além de pó. A mesma coisa acontece quando verifico o imponente guarda-roupa de nogueira. Meu coração dá um pequeno salto ao ver alguns vestidos guardados dentro dele. São lindos, brilhantes e coloridos.

— Não são de Ravenna — murmuro para mim mesma. — Rosa? Ela morreria.

Fecho as portas, esquecendo os tecidos bonitos e me sento na cama mais uma vez. Vejo as sapatilhas gastas do uniforme repousadas do lado da cama. Pego-as e as visto porque me sinto menos indefesa assim. É um pensamento tão ridículo, mas é a verdade. Apenas o ato de cobrir meus pés me faz sentir pronta para algo, esperando pela bomba que vai explodir a seguir na minha vida.

Não sei quantas horas se passaram desde que apaguei, mas a cor escura que vem da janela confessa que o dia se foi. Penso em voltar para a cama e aproveitar a maciez dos lençóis, dormir uma noite confortável, mas a inquietação faz cócegas no meu corpo. Talvez eu deva perguntar para os guardas se Ravenna deixou algum bilhete explicando o que aconteceu. O motivo de eu estar aqui, nesse quarto.

Chego em frente à porta branca e coloco minha mão na maçaneta, esperando que duas coisas aconteçam. A primeira é que a porta esteja trancada. *Ela não está.* A segunda é que os soldados apareçam no corredor. *Não tem ninguém aqui.* Observo a passagem escura, iluminada por luminárias preenchidas de chama verde. Volto para dentro do quarto e fecho a porta. Colo minhas costas na porta e inspiro fundo.

Como assim? Não tem ninguém de guarda?

Repasso na minha mente todos os dias que trabalhei como criada aqui em cima. Em cada um deles a porta do quarto se manteve trancada e com guardas observando--nos. Então, por que não tem ninguém verificando o meu quarto também?

Alcanço a cama e coloco alguns travesseiros por baixo da coberta, dando forma a um corpo adormecido. Não sei se isso será suficiente para enganar alguém, mas prefiro fazê-lo. Por via dúvidas, apenas. A única coisa que sei é que estou sozinha pela primeira vez em um pouco mais de duas semanas dentro do castelo. Sem guardas nos meus calcanhares, sem olhares vigiando o que faço. Não imagino quanto tempo vou continuar assim, mas sinto que a chance de investigar o castelo sem ninguém vigiando acabou de chegar.

Quando já estou de pé mais uma vez, percebo meu reflexo no grande espelho de moldura dourada. Os olhos castanhos que me fitam estão cansados. Minha pele negra, que sempre esteve brilhante, se encontra opaca e ressecada. Passo o dedo por meus lábios grossos e sinto as rachaduras. A aparência é de alguém derrotado, mas a chama dentro do meu peito continua acesa.

A adrenalina está por todo o meu corpo quando abro lentamente a porta, com medo de que algum aratnyano esteja me esperando do outro lado. O corredor continua inabitado, apenas com o carpete estendido pelo chão e a decoração clássica da ala de hóspedes. Giro a maçaneta para trancar a entrada do quarto e, quando escuto o barulho da fechadura, meu coração acelera assustadoramente.

Por onde começar? O escritório de Ravenna seria um lugar perigoso, mas interessante. Quem sabe se eu usar meus talentos nada éticos para abrir o trinco e... *Merda!* Escondo-me atrás de uma planta quando vejo alguém caminhando no corredor adjacente. Talvez ele não tenha me visto. Eu espero que não. Estico meu pescoço e tento observar melhor o soldado. Meu coração volta a acelerar descompassado quando enxergo os cabelos loiros de Vixen.

Seguro a respiração e sinto as mãos geladas. *Ele, sempre ele!* penso, cerrando os dentes e apertando os olhos. O que eu faço? Volto para o quarto? E se ele estiver me seguindo? Como ele sabe que eu estou nessa parte do castelo? Levo as mãos até as bochechas e dou leves tapinhas, acalmando-me. Esgueiro-me um pouco mais para fora do esconderijo e tomo alguns segundos para perceber o jeito estranho que o harakin caminha. Curvado e tropeçando para os lados. Tão lento quanto uma lesma de gelo. Ele leva uma das mãos ao rosto e esfrega, tropeça e quase cai, mas volta a caminhar até desaparecer da minha vista.

Parece... bêbado? As rugas encontram-se no meio das minhas sobrancelhas. Isso significa, também, que ele está... vulnerável, não é?

O sorriso se forma na minha boca e um plano interessante desperta na minha mente. Disparo pelo corredor atrás de Vixen, tomando o máximo de cuidado para não fazer barulho. Quando chego à quina entre as paredes, estico meus olhos e vejo que ele não avançou metade do caminho. Está tão desengonçado que precisa se escorar nas paredes. Parece que alguém virou uma garrafa toda de álcool na garganta.

O castelo inteiro está adormecido. Os corredores são mal iluminados pelas luminárias e os raios de luz da lua vazam pelas janelas enormes de vidro. O céu brilha estrelado nessa noite. Estou caminhando passo a passo, com a máxima calma atrás do harakin. Já quase nem me escondo, porque o palerma parece estar bem longe *daqui*. Ele escora a mão no final da parede e se vira para a direita, desaparecendo momentaneamente.

O que vou fazer com você, Vixen? penso, decidindo entre todas as possibilidades. Sinto falta da kukri nesse momento, ela seria tão bem-vinda. Mas sem uma lâmina, qualquer outra coisa serve. Deslizo meus olhos pelo corredor e vejo um pequeno vaso de vidro. *Isso* parece divertido. Posso quebrá-lo e usar uma ponta afiada contra a garganta do demoniozinho. Coloco minhas mãos sobre ele e sopeso o estrago que pode fazer caso jogado contra a nuca de alguém. Ainda mais se esse alguém tiver olhos amarelos.

Giro para o corredor direito em busca da minha presa, esperando encontrar o loirinho tropeçando nos pés. O que vejo, na verdade, é um corpo curvado e estático. Ainda está de costas para mim, mas parado. A imagem é quase assustadora, com a imensa janela no final da passagem e a lua observando tudo do lado de fora. *O que você está fazendo?...*

Ele explode. Vixen joga o corpo contra a parede e solta um grito de dor. Ele espalma a mão contra o papel de parede e tenta se segurar, mas os joelhos falham. Depois, o harakin leva os dedos livres até a cabeça e pressiona um ponto específico.

Está escuro, mas as luminárias verdes e a luz do luar desenham o corpo do guerreiro enquanto ele se contorce. Tropeço para trás, chocada com o barulho que sai de sua garganta e quase deixo o vaso cair da minha mão.

Vixen parece gemer enquanto estica as pernas para a frente com dificuldade. Ele volta a tropeçar, mas o grito cessa de sua garganta. É uma imagem que faz os pelos da nuca se arrepiarem. Nenhuma espécie consegue confundir um urro de dor. Vem de dentro da alma, carregando peso demais.

Vê-lo assim é um misto de horror e animação. O possível assassino de mamãe está sofrendo e completamente indefeso bem na minha frente. Que belo presente o destino decidiu entregar nas minhas mãos, não é? Talvez eu não deva perder mais tempo.

"Jogo Sujo, Kalina." Escuto na mesma hora a voz de minha mamãe nos meus ouvidos. *"Vai atacá-lo pelas costas?"*. Se precisar, sim... Você levou uma flechada no peito desse mesmo jeito, não é? Por que eu tentaria agir de qualquer outra maneira com ele?

Vixen tomba para a frente e os joelhos encostam no carpete. Ele está arfando tão forte que consigo escutar sua respiração. Seja lá o que esteja sentindo, uma ressaca forte demais ou uma enxaqueca potente, não me importo. Eu só coloco um pé em frente ao outro até estar bem perto do guerreiro. A luz banha os cabelos dele, tornando-os brancos como uma *raposa do norte*. Penso em acertar sua cabeça nesse mesmo ângulo, mas a vontade de ver o rosto surpreso me ganha. Passo minhas pernas pelo lado e o observo de frente.

Os fios claros estão caindo pela testa e escondem as íris fixadas no chão.

— Situação patética... — murmuro. Vê-lo fatigado desse jeito é quase decepcionante. — Levante-se. — Empurro com meu pé a perna do guerreiro.

Ele não se move nem olha para mim. As veias subindo pelo braço estão ainda mais grossas e escuras. *Então vai ser assim?* Ergo o vaso com uma das mãos, mirando o ponto exato onde devo quebrá-lo. Só que parece tão fácil... Quero que ele me encare, veja que sou eu fazendo as perguntas. Com a mão livre, seguro com força o queixo de Vixen e levanto seu rosto para mim.

Arfo ao encontrar os olhos dele tomados pela escuridão.

As pupilas amarelas sumiram, assim como o branco da esclera. É tudo completamente, preto.

O guerreiro tem lágrimas beijando seu rosto e, quando mira minha face, parece não me enxergar. Fecha os olhos e baixa a mão, repousando-a em cima da minha. Desvencilho-me violentamente, não quero que ele me toque. O harakin volta a abrir os olhos possuídos e pela primeira vez *me vê.*

Eu levanto o vaso, pronta para destruí-lo, mas o grito que sai da garganta dele é ensurdecedor. Vixen coloca as duas mãos sobre a cabeça e desaba, encostando a testa no chão. O vidro em minha mão voa para o lado e se espatifa em milhões de pedacinhos.

Os quadros começam a balançar descontrolados. A vidraça da janela treme tanto que parece estar prestes a explodir.

A longa unha do medo traça lentamente o caminho da minha espinha. Deixo Vixen para trás e corro para longe, voltando pelo corredor de onde viemos. Miro por cima do ombro e vejo que o harakin continua gritando, a testa colada ao chão e tudo ao seu redor vibrando intensamente.

Intensifico a velocidade nas pernas e me viro na direção do meu destino. Antes que eu consiga prever, um corpo se choca comigo.

Mig está me olhando abismado, o capacete torto na cabeça pelo impacto.

— O que está fazendo aqui? — Outro grito irrompe pelos ares e o soldado agarra meus ombros. — Vamos! Ruel não pode te encontrar sozinha no castelo.

Ele puxa minha mão e me obriga a correr ainda mais rápido. Quando acho que estamos longe o suficiente, meu coração acelera ao ouvir as vidraças explodindo atrás de nós.

CAPÍTULO 23

— Espera! — Coloco as mãos nos joelhos, arfando. — Espera... Preciso de um minuto — digo, puxando o ar para dentro dos pulmões.

Mig está respirando pesado. Os olhos arregalados em busca de qualquer movimento no corredor atrás de nós. O capacete está nas mãos e os cabelos pretos estão bagunçados pela corrida.

— Nós estamos quase lá — ele pressiona, indicando o caminho. — Só mais um pouco.

— Que merda foi essa que aconteceu? — disparo, ignorando a última parte dita pelo soldado. Ele esfrega os olhos e os ombros caem um pouco. — Você não parece tão chocado quanto eu. As paredes *tremeram* — vocifero. — O que acabou de acontecer, Mig?

— Escuta, é melhor a gente ir para a torre. — Ele diminui a distância entre nós. — Se alguém nos encontrar juntos não vai ser bom.

Observo por cima do ombro o corredor escuro. Os gritos cessaram ou talvez estejamos longe o bastante para não ouvir mais nada. Sinto uma energia pesada nos observando nos cantos afastados. *Nem todo perigo é visível aos olhos.* Por isso, cedo ao pedido de Mig e volto a correr na direção da ala antiga do castelo.

Durante todo o trajeto repasso na minha mente os olhos pretos de Vixen, os gritos carregados de dor e a forma como o vaso explodiu contra a parede. *Foi ele quem fez aquilo, não foi?* Parecia... perdido. O jeito derrotado não combinava com o rosto. Esperava vê-lo com um sorrisinho presunçoso, mas o que encontrei foi um corpo possuído pela desordem.

Mig encaixa a mão na porta de ferro antiga e abre-a, revelando a escadaria de pedra. Fito o rosto do soldado e depois observo a entrada da torre. Demoro alguns segundos, lembrando que não estou com a adaga nas mãos para me defender. Ele me encara um pouco confuso, mas depois entende.

— Você vai precisar confiar na gente em algum momento. — Ele retira uma lâmina pequena do cinto e a entrega para mim. Puxo-a sem esperar nem um segundo a mais e subo as escadas.

Quando encaixo meu pé no último degrau, vejo velas iluminando o ambiente. Estão dispostas em pontos específicos da sala, apenas o suficiente para afastar a escuridão.

As três poltronas ainda estão no mesmo lugar que deixamos, mas percebo um novo lençol branco esticado no chão. Em cima dele tem um pão pequeno, suco e duas maçãs. Meu estômago ronca com a visão. Alexis está sentado e as costas escoradas contra a parede. Quando me vê, abre um sorriso e acena com dois dedos.

— Olha só quem resolveu aparecer. — Ele volta a olhar para o caderninho que está na mão e afunda um tipo de giz no papel. — Sumiu o dia todo... — o ruivo comenta.

— Estava ocupada — minto, porque não quero contar o que aconteceu com Ravenna. Não sei o quanto posso confessar disso tudo. Alexis apenas concorda com a cabeça, sem me pressionar mais sobre o assunto.

Mig irrompe atrás de mim. O ruivinho estica o rosto e vejo como estica as costas um pouco mais para cima.

— Era o Vixen? — ele pergunta.

Parecem conhecer o harakin.

— Acertou — confirma Mig. O militar de pele escura passa ao meu lado e me observa de canto de olho. — Aliás, o que você estava fazendo com ele? — Os olhos de Mig estão carregados de dúvida. — Você não deveria estar na ala dos criados?

Crie uma boa desculpa, Kalina.

— Eu... — tropeço nas palavras. — Passei mal à tarde. A diretora liberou um quarto para que eu me recuperasse.

Mig estreita os olhos. Não acredita na minha história, é claro.

— Ravenna parece gostar de você — Alexis externa o pensamento.

— Até demais. — Mig coça a orelha, mordendo a boca.

Certo, hora de mudar o foco do assunto.

— Eu não estava *com* Vixen — enfatizo. Não vou contar exatamente o que estava fazendo, mas não preciso mentir completamente. — Na verdade estava apenas o observando. Ele não parecia muito bem. Andava pelo corredor aos tropeços no meio da noite.

— Não se preocupe com isso — ele murmura, dando as costas enquanto vai em direção das poltronas.

— Não me preocupar? — Espanto-me com a frase. Caminho até o garoto e coloco minha mão no móvel estofado obrigando-o a parar o movimento. — Ele parecia possuído, Mig! Os olhos estavam completamente pretos... — Intensifico as palavras na minha boca. — Ele explodiu as janelas do castelo!

— Eu sei. — Mig solta um suspiro longo. — Já aconteceu isso antes.

— Como assim? — Meus braços caem inertes ao lado do corpo. O militar aproveita o momento para levar o banco até próximo do lençol. Arrasto-me e desabo sobre o encosto. — Por favor, alguém me explica o que tá acontecendo. — Enfio meu rosto nas mãos.

— Tem algo de errado com aquele harakin — Alexis toma o controle da conversa. — Desde que chegou *do Abismo*, ele parece... estranho. — Quando olho por entre os dedos, vejo que o garoto continua rabiscando o papel.

— Todos eles são estranhos pra você — Mig murmura, olhando por cima das pernas de Alexis. Tenta ver o desenho, mas o ruivo afasta.

— É que eles são assustadores! — Alexis arregala os olhos. — Vamos lá… Não tem como achar seguro dividir o mesmo teto com esses demônios. — Alexis leva o caderninho em frente ao rosto, escondendo o nariz e a boca. — E se decidirem matar todos nós? — sussurra apavorado.

— Você sabe que não podem fazer isso — Mig responde sério. Quando olha para mim, percebe que estou completamente confusa.

— Por que não podem? — pergunto, a lâmina pequena pressionada contra a mão.

— Os criados não te contaram?

— Contaram o quê?

— É, parece que não… — Ele puxa uma maçã e a estica para mim. Aceito o presente, agradecendo ao final. Depois que mordo a fruta, o soldado continua: — O Imperador tem um acordo selado por sangue com o *Senhor dos Harakins*. — Mig parece contar um segredo. — O pai deles.

Quase engasgo com o pedaço de fruta na boca.

— Pera aí! Aqueles assassinos são *irmãos*?

Alexis solta uma risada observando minha expressão.

— Tipo isso — Mig continua. — Chegam de tempos em tempos através do abismo. É uma fenda aberta entre as dimensões, sabe? Aqui… — Ele aponta para o chão. — … e do *outro lado*.

Lembro-me dos contos de terror mais comuns na vila. O segredo encontrado sob a montanha. A abertura para o mundo dos demônios. O que se mantinha como uma dúvida sobre esse lugar, era *o que* Frederick Denova fazia com esse poder nas mãos.

— Vocês já viram? — balbucio. — O abismo?

Os dois soldados me encaram.

— A fenda é radioativa. Poucos têm acesso a ela, mas sim… — Mig comenta. — Eu já vi. Fica na zona morta da montanha.

— Você já viu um deles atravessar a dimensão? — Giro a metade da maçã mordida na minha mão. — Como é isso?

Mig recosta o braço no joelho.

— Não vi, mas sei que é bizarro. — O corpo dele treme um pouco com o pensamento. — As sombras sobem do fundo do abismo até converterem-se em algo corpóreo.

— Dizem que os monstrinhos chegam aqui como bebês que vêm ao mundo, se é que me entende. — Alexis levanta as sobrancelhas algumas vezes.

Tento imaginar a cena macabra. As sombras dando vida aos guerreiros. Não é uma imagem agradável.

— Mas o que Frederick dá em troca? — As perguntas se embaralham na minha cabeça. — O que o Senhor dos Harakins cobra?

— Essa é uma pergunta que apenas ele pode responder. — O vento entra pelo telhado partido e apaga algumas velas. Mig se estica, indo em direção a elas, puxa alguns fósforos e começa a acendê-las. — Uma pergunta que preocupa a Ruptura.

— Por que você acha aquele guerreiro, o Vixen, estranho? — questiono a Alexis.

Ele está bebendo suco, mas para e limpa a boca antes de responder.

— Porque nenhum dos outros guerreiros faz isso que você presenciou hoje... — Ele recosta a cabeça na parede, mexendo o líquido na garrafa de vidro. — E não me parece ser algo seguro. Já comentei sobre isso com o capitão Pathrenes, mas ele só diz para esquecer porque os harakins não são problema do exército.

Isso me parece sujeira sendo jogada para baixo do tapete.

— Então vocês não se misturam?

— Não. Apenas convivemos. — O oficial dá de ombros.

— Entendi.

Volto a comer a maçã pela metade nas mãos. Alexis termina de beber o suco e Mig volta a se sentar no lençol após acender as velas apagadas. Ele tenta pegar o caderno ao lado de Alexis, mas o garoto não deixa. Puxa o papel e o esconde às costas. Percorro meus olhos pela torre e tomo consciência pela primeira vez de que não perguntei o motivo de eles estarem aqui tão tarde da noite.

— Que horas são?

Mig puxa um relógio de bolso e informa que já passou da uma da manhã.

— Vocês dois não deveriam estar no dormitório? — Mordo a maçã com calma, porque talvez eu esteja muito interessada em descobrir o que acontece entre esses dois. — Já é bem tarde, não é?

Alexis abre um sorriso lânguido e continua desenhando algo no caderninho. Até mesmo eu estou curiosa sobre a arte que está fazendo. As pálpebras de Mig começam a tremer muito rápido e ele leva uma das mãos à nuca. Preciso segurar a risada presa nos lábios.

— Ah. — Ele olha para o lado. Depois volta a me encarar. — Sim, os dormitórios...

— Velas, pão e frutas. — Aponto para os itens citados. — Vocês estavam em um piquenique no meio da madrugada?

Mig está sufocando com a própria língua, mas Alexis o salva, respondendo.

— A gente gosta de ficar junto.

Mig já está pegando o pão e o enfiando na boca. Ele mastiga quieto, mas eu noto o brilho que pincela os olhos.

Apenas assinto, desistindo de torturar o tímido soldado ao meu lado.

Eu não sei o que tem entre eles, mas existe algo...

— Vocês ouviram os gritos? — volto ao assunto.

Mig engole o pão e os ombros relaxam.

— Ouvimos — confirma. — Foi por isso que te encontrei. — Ele indica com a cabeça o menino de cabelos vermelhos. — Fomos para lados diferentes do castelo. — Ele enruga as sobrancelhas, tomando consciência de algo. — Aliás, como você chegou tão rápido aqui?

Alexis descola os olhos do caderno e demora alguns segundos para responder.

— Fiquei cansado. — E abre um sorrisinho culpado. — E com fome.

— Soldado exemplar — Mig debocha.

— Sempre. — Alexis leva um dedo até a insígnia de oito patas aceitando o elogio falso.

O gesto faz meu coração acelerar. Eu quase tinha esquecido que os dois garotos na minha frente são aratnys. Quase parecia uma conversa entre amigos em meio às madrugadas insones. Risadas fáceis e confiança inquebrável. Só que eles não são meus amigos. São soldados dentro da prisão de Insula. Servem ao Imperador Frederick, mesmo que falem o oposto disso.

Pare de perder tempo com os dois. Use-os.

— Como Ehrika está? — Os dois viram o rosto para mim.

— Quem? — Mig questiona.

— Você me viu com ela, a loira. — Lembro-me da sala de banho e da caverna. — Eu não sei nada há mais de duas semanas.

Mig recorda-se.

— Eu a vi vagamente nos últimos dias. — Leva um dedo até a testa e coça um pouquinho o meio das sobrancelhas. — Mas hoje eu não a vi.

— Ela não estava na cela? — pergunto ansiosa.

— Não... — Ele olha para cima, a mão sob o queixo. — Ela não estava na cela.

Meu coração acelera. *Onde ela está então? Será que Ravenna acatou meu pedido?* Sinto o calor começar a inundar meu sangue. Preciso voltar para o aposento, talvez Ehrika esteja lá. Quem sabe...

Quem sabe esses dois patetas possam me ajudar com mais uma coisa.

Olho com mais atenção para eles. Os uniformes verdes no corpo e o conhecimento sobre o castelo e a prisão na cabeça.

— Mais uma coisa... O que acontece com os corpos dos prisioneiros mortos no expurgo? — Mig quase se engasga com a pergunta e Alexis arregala os olhos um pouco chocado. — É só que... — Recosto-me mais contra o assento, encolhendo os ombros teatralmente. Fungo uma vez. — Eu não pude ver o corpo da minha mãe e... — Deixo a frase no ar.

Vejo o momento em que a piedade desliza pela face dos dois. *Não olhem para mim assim, idiotas. Minha mãe não está morta.*

— Os corpos são levados para o necrotério primeiro. — Ele pigarreia. — Depois são feitos exames. — Ele aperta os lábios antes de terminar a frase. — Depois os mortos são enviados para fora da montanha.

Meu cérebro começa a processar as informações muito rápido.

— Você acha que nesse necrotério existem documentos sobre os cadáveres? — Sinto um arrepio pelo corpo. Mamãe não é um deles, mas talvez seja um bom lugar para tirar minhas dúvidas. — Talvez algo sobre a minha mãe?

Mig abre a boca para falar, mas Alexis se intromete.

— Com certeza — ele afirma enfaticamente.

— E você consegue acessar esses arquivos? — pergunto ansiosa para os dois.

Mig enruga a testa um pouco tenso.

— Eu posso tentar… — O garoto coça o pescoço.

— Ele consegue. — Alexis aperta o ombro do outro garoto.

Miro seu rosto e um sentimento bom surge. Ele não parece ser alguém tão detestável assim. Mig sacode a cabeça e enterra os dedos nos cabelos.

— Só que primeiro eu preciso descobrir quando o necrotério vai estar vazio — ele fala consigo mesmo. — Não posso simplesmente mexer nos documentos com o médico dentro do consultório.

— Posso ir com você? — inclino-me pra frente, segurando a mão de Mig. No fundo, sei que esse pedido pode me colocar em perigo, mas ainda não confio totalmente nesses dois. Preciso ver com meus próprios olhos ou nunca vou conseguir acreditar nas palavras que dizem.

— O quê? — Ele olha para meus dedos sobre os dele. — Não, seria muito arriscado!

— Por favor… — Aperto mais forte. — Faça isso como uma demonstração de que eu posso confiar em vocês. — Olho para Alexis também. — Que eu posso confiar na Ruptura.

Mig demora um pouco, respirando forte. Consigo sentir pelo toque que o coração está acelerado. Ele desliza o queixo para Alexis, como sempre faz. Os dois trocam um olhar demorado e, então, Mig assente, concordando.

Um frio começa a embrulhar minha barriga.

É o primeiro passo concreto de busca sobre o paradeiro de mamãe. Estou tateando em meio ao escuro, completamente perdida desde que cheguei. Só que agora, talvez, possa achar a confirmação que assombra meus dias dentro dessa montanha.

Não preciso fazer muito esforço para abrir um sorriso de agradecimento. Quando estou de pé, prestes a ir embora, vejo o caderno de Alexis aberto sobre o colo.

No papel, o giz de cera desenha o rosto de Mig.

CAPÍTULO 24

Eu só preciso de uma boa noite de sono.

Sossegar minha mente durante algumas horas e não pensar em mais nada. Não me preocupar com Ehrika ou sentir saudade de mamãe. Não me perguntar o que Ravenna quer comigo ou se devo confiar realmente nos dois soldadinhos. Eu só quero adormecer sem ter sonhos vívidos ou não conseguir cessar a mente porque meu corpo todo dói pelo leito duro.

Eu só quero me desligar da realidade por um tempo.

Visualizo na minha cabeça a cama macia e os travesseiros cheirosos do aposento. Só preciso me arrastar mais alguns metros até encontrar a porta do quarto que deixei horas atrás. Não quis a companhia de Mig e Alexis quando saí da torre. Foi melhor para todos nós que eles continuassem no piquenique privado, enquanto me desloco para essa parte do castelo.

Já são quase duas horas da manhã e não sei mais quanto tempo ainda tenho antes que Irvine irrompa pela porta. Não sei nem se poderei dormir outro dia naquele quarto luxuoso.

Dobro mais um corredor escuro e sinto olhos invisíveis por todos os lados. Meus ouvidos estão atentos e quase posso escutar os gritos fantasmas de Vixen pelos corredores. Talvez ele esteja me esperando em algum canto, pronto para me atacar. Gabando-se pela minha falta de agilidade em acabar com ele. Bufo, pensando em todos os xingamentos possíveis que possa usar contra mim mesma. Deixei que o medo se apossasse de mim e perdi a oportunidade de forçar o demoniozinho a falar. *O que você poderia ter feito? Ele estava descontrolado.* O lado que tenta ser gentil comigo mesma sussurra nos meus ouvidos e, por ora, acolho esse pensamento.

Quase choro de alegria ao espiar pelo canto da parede e encontrar o corredor do aposento vazio. Não tem nenhum guarda em frente à porta. Ainda é muito estranho que Ravenna tenha me deixado livre, mas não quero pensar nisso também.

Quando não pensamos nos problemas, eles quase deixam de existir. É uma sensação falsa, mas momentaneamente libertadora.

Escorrego meus pés para a entrada do pequeno paraíso dos sonhos e verifico os dois lados do corredor, por fim giro com calma a maçaneta. Quase posso sentir um entusiasmo infantil se derramando pelo meu corpo e tenho uma vontade súbita de rir histericamente.

Só que os sonhos podem ser transformados em pesadelos apenas com um estalar de dedos.

O tenente Ruel está sentado confortavelmente na cama. A barba por fazer pincela seu rosto, assim como os olhos verdes cristalinos brilhando de forma bestial. Atrás dele, no outro lado do quarto, dois brutamontes que sempre o seguem me encaram com a expressão fechada.

— Onde estava, Kalina? — Percebo nas mãos do tenente um dos travesseiros colocados embaixo das cobertas. Ele acaricia o tecido com lentidão, esperando a minha resposta.

Eu faço e refaço mil planos na minha cabeça durante o meio segundo que tenho para responder.

— Não posso mais ir ao banheiro? — Tomo cuidado para pôr confiança na voz.

O aratnyano olha para o travesseiro com o maxilar cerrado. Ele não gosta nem um pouco da minha resposta. O que me deixa contente.

— Feche a porta. — Ruel levanta a mão e faz um gesto rápido, indicando que eu entre. Meu corpo congela, penso nas possibilidades do que posso fazer. Se correr, estarei oferecendo ainda mais suspeitas. Não posso colocar em risco o que conquistei com Ravenna até agora, muito menos ser enviada para a prisão justo no momento em que vou trabalhar com Mig na busca de minha mãe.

Entro no quarto e bato a porta atrás de mim. Eu sei que o homem à minha frente me odeia, mas tenho Ravenna ao meu lado, não é mesmo? Esse cachorrinho parece obedecer a sua dona.

Pelo menos é isso o que eu acho.

— Onde *estava*, Kalina? — ele pergunta mais uma vez. Coloca o travesseiro de lado e inclina-se para a frente. Junta as duas mãos e leva dois dedos aos lábios, esperando pela minha resposta.

— Eu já disse. — Encaro-o. — Fui ao banheiro… — Escoro contra a porta, cruzando os braços em frente ao peito.

Os dois guardas estão mortalmente quietos como estátuas em meio a um jardim de inverno. Ruel toma o silêncio para si também. Seu rosto relaxa, mas percebo a tensão em seus ombros. Ele se levanta da cama e caminha passo a passo até estar de frente para mim. Esquadrinha-me de cima a baixo e apanha um cacho solto do meu cabelo. Quero estapear a mão dele, mas me seguro.

— Ravenna confia em você, mas eu não — sussurra bem perto de mim. O hálito quente na minha bochecha.

Ele abre um sorriso e solta meu cabelo. Gira o corpo na direção dos dois guardas e balança os dedos. Os dois brutamontes despertam rápido demais. Tento abrir a porta e escapar, mas não sou rápida o bastante. Tem uma mão impedindo que os gritos saiam da minha boca e meus braços são violentamente puxados para trás. Sinto a fisgada cruel quando minhas mãos são amarradas com força.

Tento chutar os soldados, mas não consigo nem menos fazer cócegas. Ruel está um pouco mais próximo e sinto o desejo ardente de matá-lo. Ele é o tipo mais venenoso das aranhas mais perigosas.

O tenente aproxima-se do espelho ao lado da cama e aperta a lateral da moldura. Escuto um clique baixo seguido do movimento ao puxar o espelho para a frente. Uma passagem secreta se revela bem aqui. Machuco minha garganta quando tento com todas as forças gritar. Não posso deixar que esses três homens me arrastem para dentro desse buraco. Puxo todas as forças que tenho dentro do meu corpo e imploro aos Cinco Deuses Irmãos que isso não aconteça. Estou pulando e gritando e me debatendo com tanta intensidade, que não percebo o calor conhecido crescendo no meu peito.

É como se uma chama tivesse acordado, mas não o suficiente para se manter viva. Então, se apaga. Durante semanas o veneno em minhas veias afastou essa mesma labareda de mim. Quando pensava na sensação, eu mal conseguia me lembrar do sentimento. Era como se eu tivesse inventado tudo na minha cabeça e nunca possuísse meus poderes de verdade. O que aconteceu agora me faz relembrar todas as sensações que um dia me fizeram sentir poderosa. Parece quase impossível, já que o implante ainda corre pelas minhas veias, mas *eu sei* o que senti.

Com meu descuido, os guardas conseguem empurrar meu corpo para dentro da passagem escura. Ruel está à frente, escancarando as portas fechadas. Serpenteamos por corredores úmidos e em determinado momento um cheiro forte de enxofre começa a inundar minhas narinas. *Que fedor é esse? Um animal morreu aqui?* Sinto as costas enrijecendo quando constato que pessoas morrem todos os dias dentro dessa prisão. O aroma da morte que percorre as paredes pode ser exatamente delas. A vontade de vomitar sobe rápido para a minha garganta e eu não sei quanto tempo vou conseguir segurar. Tusso repetidas vezes enquanto tento afastar o gosto da bile ardente na minha língua.

Estou tonta pela forma com que os brutamontes apertam meu nariz e boca e tento não mexer muito meus pulsos porque sinto que podem estar quase em carne viva. Mal consigo focar nas paredes úmidas de pedra e nos longos corredores secretos. Ruel retira um molho de chaves do bolso e destranca uma porta. Não é algo comum dentro do castelo, o que me faz pensar que estamos avançando por corredores ocultos. Eles me arrastam pelo piso liso da nova sala e Ruel bate a porta atrás de nós. Não consigo identificar onde estamos, porque tudo está encoberto pelo breu.

Os pelos do meu braço se arrepiam quando escuto um grunhido grave. Abro os olhos em meio à escuridão, mas não consigo identificar de onde o rosnado continua vindo.

— Luzes! — Ruel ordena e na mesma hora uma explosão se acende no teto.

Escuto o barulho de uma cadeira sendo arrastada e logo sou jogada no seu assento gelado. Tento abrir meus olhos, mas fica difícil com pontos brilhantes bagunçando minha visão. Outro rosnado repercute e tenho quase certeza de que está vindo da minha reta.

Quando meus olhos se acostumam à iluminação, tento entender onde estamos. Vejo Ruel escorado em uma bancada ao lado. Atrás dele existem várias telas e botões brilhando. Estamos em um tipo de galpão com pé direito alto.

— O que você vai fazer? — confronto-o. Tento me levantar, mas os brutamontes prendem meus ombros ao lugar.

— Com você? — O tenente puxa do bolso um cigarro e acende o isqueiro prateado. Traga com intensidade e exala a fumaça, relaxado. — Não vou fazer nada com *você*.

A entonação na última palavra faz um apito soar nos meus ouvidos. Ruel aperta um botão na parede próximo a ele e mais luzes se acendem na minha frente.

O rosnado estronda como um raio, ensurdecendo-me na mesma hora.

Tem um tipo de caixa feita de vidro e metal estendendo-se por toda a parede alguns metros ao longe. A iluminação esverdeada banha a criatura que está presa lá dentro.

— Sabe... — O barulho das botas de Ruel retina pelo piso. — ... a ciência é uma coisa muito bonita. O que você vê aí na sua frente é uma bela obra de arte. Não é mesmo?

Eu nego com os olhos arregalados. Se está se referindo à*quela coisa*, eu posso discordar em mil línguas diferentes.

— O que vocês fizeram? — A última palavra sai tremida.

— Nós evoluímos.

Preso na caixa de vidro existe um ser de oito patas gigantescas e uma longa cauda espinhenta. O tronco é peludo e a cabeça abre em uma bocarra cheia de dentes. A língua bifurcada pende para fora e os olhos pequenos giram para todos os lados. Ele ruge, corre e avança. É a mistura das bestas mais terríveis de Insula. Só que a parte mais assustadora está na névoa escura que emana com cheiro de enxofre.

Ruel caminha até a jaula e repousa sua mão aberta no vidro. A criatura avança na direção do homem e o encara salivando. Rosna e pula, o choque do corpo nem ao menos faz a caixa tremer. O material parece extremamente reforçado, mas não consigo me sentir segura mesmo com a constatação.

— Foi ideia de Ravenna. — Ele continua concentrado no monstro. O cigarro está na boca enquanto fala perdido em pensamentos. — Brilhante. Como tudo o que ela faz, é claro. — Ele traga a nicotina, vira-se para mim e solta a fumaça que dança ao redor do rosto. — Ravenna é o futuro de Insula. Tenho certeza disso. Mas me preocupo muito com as alianças que ela faz. Não confio em metade delas, e é por isso que preciso protegê-la.

— Conheço o seu tipinho — retruco.

O oficial descarta o cigarro no chão e pisa nele com as botas pesadas.

— Você é o veneno dentro dessa montanha, não é mesmo? — ele cospe. — Desde o segundo que te vi, eu soube. Não tente esconder o joguinho sujo, porque sou imune a ele.

— Ravenna sabe sobre isso? — grito. Os guardas apertam com mais força meus ombros e um deles dá um tapa no meu rosto.

— Ela vai saber… — Ruel faz aquele maldito gesto com a mão e me preparo para a nova surpresinha do dia. Metal range por todo o ambiente. O teto acima da jaula se abre e gritos abafados tornam-se mais nítidos. Eu não preciso escutar mais do que murmúrios para saber na mesma hora a quem pertence.

— Ehrika! — O terror é como um banho de água congelante sobre a pele. As cordas prendem o corpo da minha melhor amiga. Ela desliza centímetro a centímetro e não consegue fazer nada além de gritar. — Vocês prometeram que ela ficaria segura!

— Eu não prometi nada. — Ruel solta uma risada que o faz parecer uma hiena sanguinária. — E tenho certeza de que esse acordo pode ser reavaliado…

O estrondo do metal está mais alto e os metros entre Ehrika e a criatura estão diminuindo.

— O que você quer?! — suplico, sem desgrudar os olhos da minha melhor amiga. — Me diz o que você quer! — O choro de Ehrika parte meu coração em milhares de pedaços impossíveis de serem reconstruídos.

— Quero a verdade! — Ele soa agressivo, rangendo os dentes enquanto questiona. — Aonde você foi essa noite? Com que você esteve? O que está fazendo no castelo?

O pavor embaralha a lucidez da minha mente e só consigo escutar os gritos de Ehrika. Penso em contar tudo sobre Mig e Alexis. Entregá-los sem pensar duas vezes apenas para salvar Ehrika. Estou pronta para falar, quando a vejo balançando o rosto vorazmente.

— Eu… — gaguejo, mirando a garota suspensa no teto. — Eu…

Ehrika balança todo o corpo. As íris violeta estão focadas em mim e só em mim. As lágrimas descem pelas bochechas, mas ela balança o rosto e urra assim que o tenente começa a me questionar.

— Eu já disse! — grito a plenos pulmões. — Não foi minha intenção sair sem escolta!

— Mentirosa! — o tenente esbraveja. Ehrika grita contra a mordaça e os olhos se arregalam quando a distância entre ela e a criatura fica perigosamente curta. *O que eu devo fazer? Pense, Kalina. Pense!* Ruel corta o recinto com passos largos e assoma-se sobre mim. Desfere mais um tapa na minha bochecha. Sinto o gosto do sangue e deixo-o escorrer pela minha boca.

— Por que você está fazendo isso? — murmuro, sentindo a derrota se aproximar. A ardência nos olhos aumenta a cada segundo.

— Porque eu gosto… — Ele se agacha, até estar me olhando bem nos olhos. — E porque é assim que eu faço as pessoas falarem.

Cuspo no rosto de Ruel.

Ele fecha os olhos e limpa com os dedos a saliva nos olhos e nariz. Depois, levanta e chuta a minha cadeira. O punho acerta meu estômago.

A dor lancinante percorre todo o meu corpo e me encolho, sem ar.

Escuto os soluços de Ehrika e observo em meio aos cachos o quanto ela está perto da morte. A criatura dispara de um lado para o outro, impulsionando-se para o alto, buscando a sua presa. Mesmo nos últimos segundos que precedem o fim da vida, minha melhor amiga está com seus olhos violeta cravados em mim. Ela parou de se debater, não chora mais. Apenas espera. Assim como eu. *Por Safiny.*

— Uma última chance, Kalina — O aratnyano ajeita o cabelo preto por baixo do quepe. Gotas de suor escorrem pelo pescoço. — Confesse, e eu libero a garota.

Ainda não existem palavras que consigam explicitar o significado do amor que eu e Ehrika sentimos uma pela outra. Não é um amor apenas de irmãs. É um encontro de almas que foram destinadas pelo universo a se encontrarem. É como se, para eu conseguir respirar, Ehrika precisasse estar respirando também. É como se fôssemos pertencentes ao mesmo pó de estrelas derramado na terra. Dizem que os amores mais arrebatadores são aqueles carregados de paixão carnal, mas eu posso contestar todas essas suposições. Ehrika é minha amiga. Não, ela é *minha melhor amiga*. A melhor parte da minha vida.

E eu jamais, em hipótese alguma, desistiria disso.

Respiro fundo, reunindo coragem. Vou contar tudo sobre a Ruptura. Mig e Alexis serão presos e isso dói de um jeito que eu não esperava. Toda a minha esperança de saber o paradeiro de mamãe vai acabar junto com eles. Vou perder a confiança de Ravenna e talvez seja assassinada aqui dentro. Mas nada disso importa realmente. Eu não vou trair Ehrika.

Abro minha boca, chacinando Ruel com os olhos. Estou pronta para contar tudo.

— O que está acontecendo aqui? — A voz de Ravenna preenche o ambiente. — Tenente Ruel, o que significa isso tudo?

A diretora avança pelo salão. Tem algo de diferente nela, noto que é a ausência de maquiagem. Também não usa os saltos altos, por isso fica muito menor em altura. Nada disso tira a imponência dela ao caminhar furiosa até o oficial que tem duas vezes o seu tamanho.

— Diretora Ravenna. — Ruel leva um dedo ao quepe, entrando em posição de respeito. A expressão lunática no rosto foi substituída pelo choque. A pele bronzeada parece meio verde agora.

— Tira a Ehrika de lá! — interrompo os dois, berrando o máximo que posso. Esforço-me contra as amarras dos soldados, pulando para todos os lados.

Ravenna desliza os olhos para a jaula e arfa ao encontrar Ehrika presa.

— Pelo Deus… Interrompa isso agora mesmo, tenente Ruel! — vocifera, mirando o aratny. A expressão no rosto dela é fria como gelo e ela aponta as unhas escuras para Ehrika. — Eu falei para tirar a garota de lá. — A diretora empurra o homem. — Quem você pensa que é para ir contra as minhas ordens?

Ruel indica com o queixo para que um dos brutamontes vá até as telas e botões atrás de nós. Meu coração quase se desmonta no instante em que o rangido do metal cessa e Ehrika detém-se no ar.

— Ravenna, eu… — O cachorrinho tropeça nas palavras, mas é interrompido na mesma hora.

— Diretora Ravenna — ela corrige, ríspida.

— Diretora Ravenna — ele repete, obedecendo a ordem. — Ela não é confiável. — O militar aponta para mim, as mãos tremendo levemente.

— A única pessoa que não me parece confiável nesse momento é você, tenente. — A resposta de Ravenna é como um tapa em Ruel, ele tropeça um pouco para trás e não esconde o choque. — Agindo pelas minhas costas? — A diretora semicerra os olhos afiados.

O metal range outra vez e Ehrika volta a ser içada para a abertura no teto. A criatura urra, raivosa pela privação de sua comida. Fecho os olhos e respiro fundo algumas vezes. Meu coração acelerado diminui as batidas a cada segundo.

— Retire-se — Ravenna ordena. — Amanhã cedo vamos conversar sobre o que aconteceu aqui. Vocês... — Ela fala com os dois brutamontes. — Tragam a prisioneira... *Ehrika*, para cá.

Quando o guarda solta meu ombro, Ravenna encosta suas mãos nos meus braços.

— Você está bem? — ela questiona, tirando uma mecha de cabelo do meu rosto.

Os soldados desaparecem pelas portas atrás da prisão do monstrengo. Ravenna dá um aperto fraco nos meus braços e pede pela minha atenção. Não tinha percebido que meu corpo todo estava tremendo.

Minha vontade é de gritar com ela. Ehrika deveria estar segura! Ravenna tinha me prometido isso. A única atitude da aratnyana que me detém é a forma como ela escorraça Ruel. Tem um tipo de mágoa brilhando no rosto dela. A expressão de alguém que foi traído.

Quando o tenente decide seguir as ordens de sua superior, ele passa perto de nós duas e sussurra para Ravenna.

— Você vai se arrepender por ter confiado nessa garota.

Ravenna rodopia, ágil, e desfere um tapa no rosto do homem. Ele a encara com choque nos olhos. Leva uma das mãos à bochecha e repousa os dedos na pele vermelha. Faz uma continência rápida e marcha para longe, sem olhar para trás.

A diretora percebe que minhas mãos estão amarradas e prontamente se coloca a soltá-las. Enquanto ela luta contra o nó apertado, fica em completo silêncio. Não sei o que está pensando nesse instante, mas quase sinto a rachadura que se abriu entre os dois. Não existe nada mais fatal do que uma mulher quando é enganada.

Estou com as cartas na mão e sinto que é a hora certa de jogá-las.

— Se você me quer como aliada — murmuro. — *Ele* está fora.

Ravenna está soltando o nó, mas percebo a forma como suas mãos erram o movimento por um segundo.

— O quê? — Minhas mãos estão livres. A cientista volta a me encarar com o semblante pleno.

— Ruel... Se me quiser dentro do seu plano, ele precisa estar fora. — Não desvio, assegurando minha proposta. Ela percorre os pensamentos durante algum tempo, até que assente uma única vez, como sempre faz. — E mais uma coisa... — Meu coração acelera com meu próximo pedido. — Ehrika fica no castelo.

A diretora abre um sorriso mordaz.

— Você é audaciosa. — Une as mãos em frente ao corpo. O robe preto que veste está quase encostando no chão. — Você *pode* confiar em mim, Kalina. — Enquanto Ravenna fala, vejo um ponto claro despontando pela porta. — Ruel está fora e Ehrika pode ficar no castelo a partir de agora, mas não ache que seus pedidos serão dados em via única. A minha confiança é frágil e pode se quebrar mais rápido do que imagina. — Ela se afasta um pouco, mas não antes de se despedir. Então, parte para fora do galpão.

Os guardas arrastam Ehrika. Ela quase não consegue colocar força nos pés, mas procura ansiosamente por mim. Quando nossos olhos se conectam, disparo na sua direção. Ela se desvencilha dos braços dos brutamontes e nossos corpos se chocam em um abraço. Caímos agarradas no chão. Ehrika feita apenas de lágrimas, o corpo tremendo contra o meu e as mãos agarrando meus ombros com força. A ardência em meus olhos aumenta, mas apenas sinto o cheiro familiar dela. O cheiro de casa. O cheiro de paz.

O cheiro da única pessoa em quem eu posso confiar de verdade.

CAPÍTULO 25

— Mas nem o seu sobrenome? — pergunto baixinho, porque sei que se mamãe descobrir que estamos acordadas ainda, não será nada bom. — Não lembra nem disso?

A garotinha, que eu descobri se chamar Ehrika depois de muito insistir, me fita com seus olhos violeta bem arregalados. Ela morde a almofadinha do dedão e então balança a cabeça, como fez em todas as outras vezes que eu, ou mamãe, ou qualquer pessoa perguntou a ela.

Bufo, um pouco incomodada com o jeito quieto dela. Como assim ela não sabe o sobrenome? Quando eu perguntei como era seu quarto, depois de mostrar o meu, ela só ficou olhando com uma cara engraçada e disse que não sabia o que era um quarto. Eu tentei explicar, mas ela só ficava balançando a cabeça.

A luz da lua entra pela janela do meu quarto e quando olho rápido demais, Ehrika fica parecendo uma fantasminha. O cabelo dela é bem loirinho e tem fios fininhos. Bem diferente do meu, que se enrola em cachinhos e são castanhos. Emprestei uma das minhas camisolas para dormir, mas ficou um pouco grande nela. Mamãe disse que isso acontece porque Ehrika precisa comer mais. Quando ela estava se trocando, consegui ver as costelas bem saltadas e uns ossos no quadril que eu nunca tinha visto em mim. No jantar fiz questão de dividir minhas batatas, mesmo que ela já tivesse engolido as dela. Ehrika comeu tudo e eu fiquei bem feliz.

— E sua mamãe? Seu papai? Será que eles tão te procurando? — Eu não queria fazê-la se sentir mal, mas acho que cometi um erro. Os olhos violeta se enchem de lágrimas e ela começa a soluçar. Não sei bem por que, mas fico com vontade de chorar junto, porém seguro bem as lágrimas. — Calma. Não fica triste. Você pode ficar aqui com a gente, mamãe te falou isso, né?

Ela enxuga os olhos com a manga da camisola e assente. Eu me aproximo com cuidado, porque sei que a garotinha se assusta fácil. Fico com vergonha, mas seguro a mão dela.

— Então eu posso ficar aqui? — Quando Ehrika fala, sinto um negócio bom no peito.

— Pode. — Balanço minha cabeça bem rápido e os cachinhos voam para todos os lados. — E não tem problema que você não saiba seu sobrenome. Eu te empresto o meu.

Secretamente, fico torcendo para que a mamãe e o papai de Ehrika não procurem por ela. Para ela ficar aqui e a gente poder brincar bastante. E para que ela não se perca mais nem fique sozinha.

— E como é o seu sobrenome? — pergunta baixinho.

— É Kaster — dou ênfase no A e ela repete, enrolando a língua no R. — E agora é o seu também, tá bom?

Ela concorda sem compreender o que aquilo significa: que levaria esse sobrenome consigo para sempre.

Naquela noite pegamos no sono de mãos dadas. Assim como todas as noites seguintes que vieram.

A luz do luar entra pela janela e entorna os cabelos de Ehrika como sempre fizeram. Se fito rápido demais, ela volta a parecer um espectro bem à minha frente. É como um *déjà vu*, uma lembrança que deveria ser bonita, mas tem gosto agridoce em minha língua. Estamos sentadas, uma de frente para a outra, sem falar nada por algum tempo. Escutei Ehrika chorar e ela me ouviu pedir desculpas sem parar. Limpei suas lágrimas e ela me abraçou repetindo que eu não tinha culpa. Agora, nos resta apenas sal grudado nas bochechas e um silêncio profundo.

Seguro as mãos de Ehrika com medo de que ela desapareça de novo. Sei que, se isso acontecer mais uma vez, talvez eu não aguente.

Depois que os guardas a trouxeram até mim, fomos escoltadas de volta para o castelo. Tudo passou como um borrão. Não deixei mais ninguém chegar perto da minha melhor amiga. Antes de Ravenna retirar-se do galpão, ordenou que fôssemos realocadas em um novo quarto no castelo. Eu não voltaria para o último aposento. Não depois do que aconteceu. Não sabendo que existia uma passagem secreta atrás do espelho e que Ruel poderia aparecer a qualquer momento. Talvez Ravenna estivesse querendo amenizar a situação nos dando uma cama confortável e privacidade, mas não havia como atenuar o estrago feito.

No fim, ainda éramos prisioneiras. Ratos de laboratório.

A parte mais dolorosa disso tudo é que, para encontrar mamãe, eu quase havia perdido Ehrika.

Os pulsos claros dela estão virados para cima. Têm uma mancha vermelha, bem lesionada por causa das cordas. Prendo a respiração só um pouquinho e obrigo os gritos nos meus ouvidos a irem embora.

Ehrika quase morreu e é tudo culpa minha. Estou perdida e estou fazendo os outros se perderem também. Sou uma tola em supor que consigo fazer tudo dar certo. Que tenho controle sobre a situação e que consigo jogar esse jogo. Sou uma péssima jogadora.

— Como você está? — A pergunta de Ehrika afugenta todas as minhas dores.

Nós ainda não havíamos conversado muita coisa desde que a porta se fechou atrás de nós dentro do quarto. O nó na minha garganta quase não deixa a voz sair.

— Não sei... E você?

— Bem. — Ela funga, limpando os olhos.

— Mentirosa — murmuro, apertando a mão dela de leve. Se Ehrika acha que vai mentir para me fazer sentir melhor, ela está muito enganada. — Me desculpa, de novo.

— Kalina… — começa a resmungar, mas eu não a deixo concluir.

— Só, por favor, aceita minhas desculpas. — Levo suas mãos até meu rosto e repouso minha testa nelas. — Ou não aceite, talvez eu não as mereça.

Ehrika faz um barulhinho com a boca para que eu me cale. Puxa as mãos para perto de si, me deslocando junto. Só percebo o abraço quando o calor de pele esquenta. Ficamos assim por minutos intermináveis, sem dizer mais nada. Sinto o palpitar do coração dela e foco minha atenção apenas nisso. Um lembrete de que a minha pessoa favorita no mundo está aqui comigo.

— Vou acabar com aquele desgraçado — resmungo ainda agarrada a Ehrika. Não preciso falar o nome de Ruel para que ela saiba de quem estou falando. — Juro. Ele não tem ideia de com quem mexeu. Poderia fazer o que quisesse comigo, mas com você? Ele está ferrado!

Ehrika solta uma risadinha e eu me afasto dela, encarando-a. Quero fazê-la sorrir mais, tirar gargalhadas de seu peito.

— Por que está rindo? Duvida de mim? — Exagero na entonação e abro a boca, ultrajada.

— Pelo contrário. — Ela morde a almofada do dedão, como sempre faz. — Porque eu sei que você vai acabar *mesmo* com ele. É só questão de tempo.

Não deixo o sorriso escapar do meu rosto, mas penso na última frase dita por minha melhor amiga. Será que temos tempo? Cada segundo escoa por entre meus dedos e eu fico tentando agarrá-los inutilmente.

— Que bom que está aqui — digo de forma egoísta, porque o último lugar em que Ehrika deveria estar era o castelo. Porém, nesse momento, escutar a voz dela me faz relembrar todos os motivos para estar fazendo o que faço. — Mas, assim que eu me reencontrar com Ravenna, vou implorar para que você volte para casa.

— Ei! — Ehrika dá um pulo, o semblante fechado. — Primeiro, desde quando você e essa mulher se tornaram tão *amigas* para pedir algo assim? E segundo, eu não vou embora sem você, Kalina. Esqueça!

— Você precisa! Se algo acontecer… — imploro. Não sei até onde Ravenna vai por nossa aliança, mas posso barganhar a liberdade de Ehrika. — Tem tanta coisa que você não sabe…

— Então comece a me contar! — Ela gesticula com as mãos, apressando-me. — Eu me segurei esse tempo todo, mas não consigo mais. — Ela pega um travesseiro e coloca no colo, depois volta a segurar minha mão. — E Safiny? Descobriu *algo?*

Percebo o jeito delicado que fala sobre minha mãe, como se estivesse com medo de falar as palavras. Ela não olha nos meus olhos agora, fita as mãos esperando pela resposta.

— Ainda não descobri muita coisa… — Os ombros dela despencam quando conto a verdade. — Mas existe um local aqui dentro… Um necrotério — apresso-me a dizer. Sinto um calafrio na possibilidade de encontrar algo sobre minha mãe. — Se ela realmente morreu… — A palavra quase não sai da minha boca. — Talvez eu ache os documentos oficiais. Isso vai responder muitas perguntas…

— Safiny não está morta — Ehrika enfatiza e meu coração se aquece com a ânsia com a qual ela diz isso. — Mas… E se você encontrar? O que vai fazer? — Ela ainda passa o dedo indicador por cima de uma cicatriz pequena, feita durante um de nossos trabalhos na Esquadra das Lâminas. Não foi bonito o jeito com que Ehrika despencou do telhado, mas, sem poderes, ela sempre precisou confiar apenas na força física. Até hoje, nunca entendemos o motivo de Ehrika não ter nenhum poder, de nenhum dos cinco reinos.

— Você sabe o que eu vou fazer… — De repente, fica difícil de respirar. Não existe outra escolha a não ser honrar a memória de minha mãe. — Eu não posso continuar sem acabar com isso.

Ehrika suspira e, então, olha para mim profundamente. Eu sei que ela está se preparando para dizer algo que não quer. Ela faz uma careta típica, com os cantos do nariz enrugados e o lábio superior tremendo.

— Durante esses dias, pensei muito sobre essa possibilidade… — Ela se ajeita melhor na cama, tomando mais tempo para falar. — E quando imaginei que Safiny poderia estar realmente morta, pensei no que você poderia fazer. Vingar-se de alguma forma… — Eu mordo a carne de minha bochecha para não interrompê-la. Seguro a vontade de gritar para que ela não termine o que tem a falar. Não quero escutar. Não quero. — E, Kalina, será que Safiny iria querer que você se colocasse em perigo? Será que ela gostaria de ter sua memória honrada através de mais sangue? Eu não consigo pensar na possibilidade de perder você também…

Preciso me afastar de Ehrika, porque não consigo ouvir o tom de súplica em sua voz. Eu sei que, se me pedir mais algumas vezes, talvez eu ceda apenas porque é *ela* pedindo. Porque se fosse ela no meu lugar, eu faria a mesma coisa. Fico de costas para ela e aspiro o ar gelado do quase crepúsculo para dentro do meu peito.

— Mamãe sofreu durante cada dia que esteve aqui dentro por causa deles. Eu não pude conhecer o papai por culpa deles, porque eles tiraram isso de mim. Se estamos presas aqui dentro é por culpa deles. Insula vive com medo por culpa deles! — Não quero elevar muito a minha voz porque não sei quantos ouvidos podem escutar o que digo. — Não me peça para parar agora, por favor. Você sabe que eu não posso… Eu simplesmente não posso.

Preciso me movimentar. Sinto-me irritada o tempo todo nos últimos dias. Quando penso em mamãe, não é mais um abatimento que se apossa de mim, é muito mais próximo da frustração.

Meus pés encontram o caminho até a janela do quarto. Observo a lua brilhante e o azul escuro tornando-se mais ameno. Não quero olhar para as paredes ao meu redor porque elas pertencem aos inimigos. Tudo aqui dentro pertence aos inimigos, inclusive eu.

Ehrika se levanta da cama também. O reflexo na janela exibe o momento em que ela joga o travesseiro no chão.

— Você pode! É sua escolha não parar. Podemos tentar fugir, nós duas. Esse era o plano desde o início, não era? Deixar tudo isso para trás!

A conhecida ardência nos meus olhos rompe mais uma vez as barreiras que ergui. Não quero chorar. Prometi a mim mesma que só derramaria minhas lágrimas sobre o corpo de mamãe. Até lá, eu guardaria cada uma delas comigo. Espalmo as mãos no vidro gelado e tento me acalmar. Eu poderia escutar as palavras ditas por Ehrika de qualquer outra pessoa e isso não iria me afetar. Mas com ela é sempre diferente. Se Ehrika não fosse meu pilar na busca por mamãe, como eu iria continuar?

E se eu fosse embora? Aceitasse que mamãe morreu, como todos ao meu redor falam? Não precisaria me envolver mais com os planos de Ravenna ou da Ruptura. Eu só precisaria segurar na mão de Ehrika e partir. Imagino essa possibilidade, mas ela não se sustenta nem por um instante. Ela evapora assim que penso na forma como o sargento tentou tocar em Ehrika no bosque anos atrás. Em todos os dias que vi mamãe chorando pela falta de papai. Como as pessoas da vila vivem reféns do governo e suas leis ditadoras. Não existe a mínima chance de eu desistir agora.

O calor começa inofensivo.

Ele aquece o centro do meu peito e vai se espalhando como fios de ouro dentro das veias. Sinto meus pulmões se expandindo e deixo a consciência vagar ainda mais longe. É tão suave que eu levo algum tempo até perceber que estou sentindo uma pontinha do meu poder. *Aqui está ele de novo.* Uma felicidade incontrolável sobe pela ponta dos meus pés até terminar nos cachos do meu cabelo. O veneno injetado no meu corpo, assim como em cada um dos prisioneiros, deveria adormecer meu poder. Só que ele parece estar despertando cada vez mais. Deixo fluir sem pressa, apenas sentindo-o expandir.

Vagarosamente, procuro por Ehrika no meio do quarto. Ela está com as mãos sobre a boca. Ao seu redor, alguns objetos levitam. O travesseiro está orbitando por cima da cama. O vaso com flores, que deveria estar na cômoda, agora gira próximo à porta.

— Isso não faz sentido. — Sinto vontade de gargalhar alto. Não sabia que estava sentindo tanta falta do calor conhecido. Isso me faz sentir poderosa.

Giro meus dedos e direciono o vaso até Ehrika, entregando-o a ela. Minha melhor amiga sorri, incrédula. Tento fazer o mesmo movimento com o travesseiro, mas sinto uma pontada forte no peito. Ele despenca na cama, perdendo para a gravidade. O vazio se alastra dentro do meu peito e rouba todo o calor que me preenchia. Fecho os olhos e tento invocar mais uma vez a chama poderosa, mas a dor de cabeça aguda ataca e eu caio no chão.

Ehrika corre na minha direção. Sinto seus dedos tocando meu rosto enquanto arfo, buscando ar.

— Você usou seus poderes... — Ehrika diz o óbvio, mas mesmo assim é muito bom escutar. Ela afasta os fios do meu cabelo e toca apele atrás do pescoço. — Consigo sentir a ponta do dispositivo. Como?

— Eu não sei...

Abraço Ehrika, porque nesse momento é só isso que preciso.

— Preciso que me escute... — sussurro em seu ouvido. — Vou te contar tudo o que aconteceu. Mas, por favor, não me peça para desistir. Porque eu não vou.

O silêncio ocupa cada espaço do aposento. Ehrika não verbaliza seus pensamentos, apenas assente e estreita o abraço.

Quando os pássaros começaram a cantar, nós fomos dormir. As mãos enlaçadas, como se nada tivesse mudado nas nossas vidas.

CAPÍTULO 26

É como se mil vozes sussurrassem no meu ouvido. Elas chamam pelo meu nome: "*Kalina*", e não tenho opção a não ser segui-las. A névoa preta se derrama por todo o ambiente e não consigo encontrar o caminho de volta. Avanço em passos relutantes. Minha cabeça gira e garras geladas roçam minha pele. O sangue escorre em gotas grossas e lentas, torturando-me por não conseguir ao menos tocá-las. Sou como uma bailarina dançando a última valsa. Depois disso, não voltarei a respirar.

Kalina...

Sei que cheguei aonde deveria porque as garras não me empurram mais e não estou rodopiando sem direção. Ainda não consigo enxergar nada, mas sinto uma brisa bagunçar meus cabelos. Os sussurros acariciam minha pele e escuto um tom diferente. É melodioso, tem ritmo e força. Gosto da sensação de ouvi-lo. Está distante, o que me faz sentir uma vontade incontrolável de seguir atrás também.

Fique, Kalina...

Estanco na mesma hora, obedecendo a ordem. As palavras estão se embaralhando e já não sei mais se clamam apenas por mim. Pouco a pouco, a escuridão se dissipa e eu percebo que eram meus olhos que estavam vendados. Nada me prepara para a imagem bem à minha frente.

O gigantesco abismo se estende. Ele é infinito, escuro e maligno. Estou na beira e sinto a brisa rodopiando do fundo até tocar meus lábios e sussurrar meu nome novamente. Tropeço, tentando fugir da queda, mas não saio do lugar. Vou despencar e talvez nunca encontre o fim disso.

As garras voltam com força e pressionam a carne de meus braços. Arrancam um grito do fundo da minha garganta e quase me fazem perder o equilíbrio. Não caio porque elas me seguram e isso não faz sentido algum. Arrisco um olhar por cima do ombro, tomada por uma súbita coragem de encarar o motivo que me prende aqui em cima. Os olhos amarelos são familiares. Todos os pelos da minha nuca arrepiam-se quando percebo quem está atrás de mim.

Você.

Abre um sorriso, evidenciando as veias azuladas de pescoço. Os cabelos claros caem pelo rosto e ele apenas me encara de volta. As fendas negras sobre as pupilas crescem e o tomam como breu. Ele avança devagar até estar muito próximo do meu rosto e isso me enoja profundamente. Tento desvencilhar-me dele, porém suas garras cravam-se ainda mais. Sinto o gosto do sangue nos meus lábios antes que ele diga:

Adeus.

E, então, me atira para a morte.

Eu caio diretamente no abismo.

Ehrika precisou segurar meus braços enquanto eu me debatia contra as cobertas. Ela gritou meu nome repetidas vezes até conseguir me fazer abrir os olhos. Grunhi ao perceber que tudo não passava de um pesadelo. Contei para Ehrika sobre o sonho e meu último encontro com o harakin. Agora ela sabe que o nome do maldito é Vixen. Para ser sincera, me senti envergonhada por ter sonhado mais uma vez com o demoniozinho. Eu sei que ele é uma pedra no meu sapato, não preciso ficar relembrando essa informação até quando tento descansar, mas esse tipo de situação anda se repetindo mais do que o normal.

Já era fim da tarde quando acordamos. O que me assustou um pouco. Por quantas horas nos deixaram dormir? Eu esperava ouvir os berros de Irvine em meus ouvidos, obrigando-me a vestir o uniforme e limpar janelas encardidas ou qualquer coisa do tipo. Mas ela não apareceu. Pelo contrário, o que recebemos foi uma gigantesca bandeja com pães quentes, geleias doces e chás coloridos entregue por Cecily. Ela arregalou os olhos ao nos ver dormindo no aposento, mas não questionou absolutamente nada. Apenas entrou, deixou o banquete e partiu de cabeça baixa. Antes de fechar a porta, consegui ver os dois guardas escoltando a entrada.

Tem um bilhete preso embaixo da minha xícara. A assinatura de Ravenna em letras cursivas no papel.

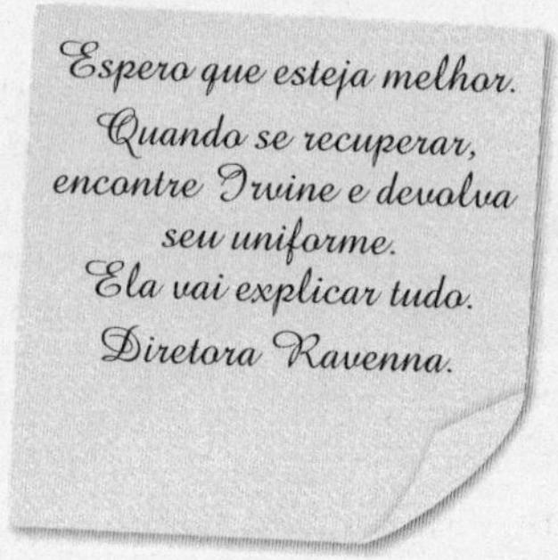

— Isso quer dizer exatamente o quê? — Mostro o bilhete para Ehrika, que está com a boca cheia de pão, as bochechas saltadas como um esquilo fofo. Ela lê calmamente e, depois de engolir o alimento, amassa o papel devagar.

— Que está tentando te comprar com um pequeno gosto de liberdade. — Ehrika joga a bolinha de papel para o lado e sorve o chá. — Agora, o que *eu* te pergunto… Você vai cair nessa?

Não respondo porque Ehrika já sabe meu pensamento sobre os últimos acontecimentos até aqui. Perdemos horas e mais horas conversando antes de pegar no sono. A diretora da prisão de Insula vem sendo, até o momento, uma peça no jogo que eu não esperava. Suas atitudes me deixam confusa, é claro. Ela age como se existisse algum tipo de segredo que eu ainda não sei e, pelo que consigo captar de suas palavras, ela tem interesse em derrubar Frederick Denova do trono. Talvez ela me veja como uma voz ativa em Mave, assim como minha mãe era. Só que uma voz baixinha ainda sussurra no fundo de minha mente, alertando que existem muito mais coisas a serem reveladas.

Assim como foi pedido, recolho o uniforme que já está sujo pelo meu suor, lágrimas e sangue e visto as roupas que foram entregues pelos guardas. Ehrika recebe uma trouxa igual à minha.

Deslizo as pernas pelas calças de couro e visto a bata verde-escura com detalhes em prata nos ombros e busto. Ehrika recolhe uma fita solta no pequeno saco e trança meus cabelos, a ponta enfeitada pelo adorno. São roupas feitas de tecidos simples, mas me preocupo pela mudança de vestimenta. Entrei na montanha como uma prisioneira. Subi ao castelo como uma criada. E agora eu me assemelho cada vez mais a uma aratnyana. Ravenna, aos poucos, me traz para perto de si. Se tem boas intenções com tudo isso, não me importo. Nunca vou confiar nela.

— Preciso encontrar a governanta. — Mostro as peças. Além disso, a última parte do bilhete me deixou muito curiosa. O que Irvine tem para me explicar?

Ehrika assente e pula da cama, vindo em minha direção.

— Então eu vou com você. — Ela ajeita as vestes.

— Tem certeza? — Dou uma olhada nos pulsos ainda vermelhos. As olheiras arroxeadas estão profundas contra sua pele branca. — Você ainda parece cansada.

— Quer se livrar de mim, Kalina? — Ehrika franze as sobrancelhas — Achei que me conhecesse melhor do que isso...

Fecho os olhos, deixando a voz de Ehrika aquecer meu coração. Corro até ela e a abraço forte.

— Eu senti tanto a sua falta.

Minha melhor amiga devolve o abraço.

— Eu também.

Quando saímos do quarto, solicitei para os dois guardas de plantão que nos levassem até Irvine. Eles não discutiram ou entortaram o nariz, apenas acataram meu pedido e indicaram o caminho. Era uma postura estranha vinda de um oficial aratnyano.

Tentei explicar para Ehrika tudo o que eu conseguia durante o caminho. Apresentando as alas e como se divide o castelo. Ainda vai levar tempo para ela entender tudo, mas, como sempre, minha melhor amiga fixou os olhos violeta com atenção a cada informação dada.

— Quando você conhecer Irvine, não deixe se assustar tanto — brinco. — Ela pode parecer em alguns momentos como uma ceifadora de almas.

— Veremos quem pode ser mais assustadora. — Ehrika levanta as sobrancelhas repetidas vezes, um sorrisinho em seus lábios. — Além do mais...

Ehrika não termina a frase, puxa meu braço rapidamente, fazendo-nos parar na mesma hora. Seus olhos arregalam-se e ela perde toda a cor das bochechas. Acompanho a direção para a qual ela olha e entendo o motivo do choque. Estamos próximo ao salão de treinamentos e, justamente agora, eu consigo ver alguns harakins entrando e saindo do ambiente. Abro minha boca para acalmá-la, mas minha pele se arrepia.

Os uniformes.

Estão vestindo armaduras pretas como no dia que entramos no labirinto.

— O expurgo é hoje? — Avanço até os guardas. O de cabelos escuros meneia a cabeça, assentindo.

— Tem sorte de estarem aqui em cima — o guarda comenta, o que arranca risadinhas do colega. *E aqui está o deboche de sempre.*

Ignoro por completo o tom da voz e volto para Ehrika. Ela continua parada no mesmo lugar, o que irrita um pouco os oficiais, que resmungam para nos apressarmos.

— Eles não podem nos machucar aqui em cima. — Passo minha mão no braço dela, despertando-a. Ehrika volta seus olhos para mim e assente.

Espio para dentro do salão quando atravessamos as portas e vejo que estão se armando até os dentes. Alguns usam o momento para treinar, outros ajustam o uniforme e o restante busca as armas na gigantesca parede de equipamentos.

É difícil deixar de pensar que eles estarão, muito em breve, tirando a vida de prisioneiros. Não quero deixar isso atrapalhar meu foco, mas não existe chance de esquecer os terrores que se escondem dentro do labirinto. É nesse momento que lembro, pela primeira vez, de Nyllie.

— Como está a menina de Lovano? — murmuro para Ehrika. Os soldados estão um pouco mais à frente.

— Eu não sei… — Ela faz um biquinho. — Eu fiquei sozinha depois que você subiu para o castelo. Os soldados levaram a Nyllie para outra cela, eu acho. Como eu te disse, Ravenna cumpriu com o acordo de não me fazer passar pelo expurgo nem trabalhar na prisão.

De fato, Ehrika me contou tudo o que passou na parte de baixo da montanha durante as duas semanas que estivemos afastadas. Pareceu que a diretora realmente honrou com sua palavra.

Quando chegamos em frente a duas portas repletas de ornamentos dourados, percebo que ficamos perdidas em pensamentos durante todo o resto do trajeto. Os guardas abrem as portas e a beleza do local é como um choque pelo corpo. Estamos dentro de uma biblioteca. Uma gigantesca biblioteca. Escuto a respiração de Ehrika falhar um pouco. Tem uma música melodiosa e calma preenchendo o ambiente e o ar aqui dentro tem o cheiro inconfundível: livros! Ehrika sempre foi muito mais apaixonada pela leitura do que eu, por isso fito-a enquanto somos levadas para dentro do espaço. Prateleiras e mais prateleiras estão por todos os lados e, bem no meio de tudo, sentada à uma mesa, está Irvine. Ela usa o vestido verde, na mesma tonalidade de minha bata. Está com óculos na ponta do nariz e mexe com cautela em um livro. Quando nos aproximamos, noto que ela está reparando as folhas. Isso me deixa surpresa, não conhecia esse lado da mulher.

— Madame Irvine… — O guarda chama a atenção dela. A governanta não olha para cima, continua focada no que estava fazendo. — A diretora Ravenna solicitou que *essa criada* lhe entregasse seu antigo uniforme.

Ehrika, um pouco atrás de mim, continua encantada mirando tudo ao seu redor, está toda boba com o que vê. Engulo em seco e avanço para mais próximo da mesa. Um dos guardas estica o bastão repleto de veneno e me obriga a esperar. Irvine levanta os olhos, a ponta longa do nariz empinando-se.

— Ela não é mais uma criada. E abaixe essa arma. — O guarda segue a ordem e pede desculpas para a governanta. — Podem ir agora.

— Mas… Madame… — Os oficiais entreolham-se. — A diretora Ravenna indicou que…

— Eu estive em contato com a diretora Ravenna há poucas horas, estou sabendo de tudo o que aconteceu. — Irvine estica seus longos dedos cadavéricos e alisa as folhas que estão sendo colocadas embaixo de uma espécie de prensa. — Afinal, sou eu quem cuida deste castelo, não é mesmo? Agora vão! Deixem que eu lido com o assunto.

Os dois oficiais titubeiam um pouco, mas se retiram-se do local. A governanta me encara sem falar nada, apenas me observando. Seguro o uniforme em minhas mãos, apertando-o um pouco. A mulher desliza seus olhos ocres para Ehrika, atrás de mim, e nega com a cabeça.

— O que foi? — Minha voz sai um pouco ríspida e me arrependo na mesma hora.

— Então, você conseguiu, não foi? — Ela volta a alisar as folhas, encaixando-as abertas uma por cima da outra. Ehrika continua quieta atrás de mim. — A diretora Ravenna confia cada vez mais em você. Ou ela tem muito mais visão do que eu, ou está tremendamente errada com a escolha que fez.

Estico minhas mãos e largo o uniforme em cima da mesa. Uma vontade súbita de debochar da mulher me invade, mas eu seguro a língua.

— Onde posso falar com a diretora Ravenna? — Abro um sorriso amarelo.

— Ela não está no castelo. — A governanta baixa uma manivela com cuidado e a prensa desliza junto, fixando os papéis. — Precisará esperar até que volte de Aratny. Enquanto isso, está sob meus cuidados. Espero que a confiança dada a você pela diretora valha a pena. — A governanta aperta ainda mais o livro, talvez com força demais.

Engulo o gosto azedo que sobe por minha língua e aceito obediente o que fala. Ehrika está observando toda a cena, ela avança com calma e se apresenta para Irvine.

— Muito prazer em conhecê-la. — Faz uma mesura. — Me chamo Ehrika.

— Eu sei — Irvine responde, especulando minha melhor amiga dos pés à cabeça. — Ainda não sei qual o tamanho do problema que vejo, mas seja bem-vinda ao castelo, senhorita.

Não sei bem como reagir ao que acabei de escutar, mas minha atenção é totalmente desviada quando escuto o barulho de algo caindo no chão bem ao nosso lado. Dou um pulo e fico em posição de defesa, quando vejo a armadura preta do harakin saindo de um dos corredores. Coloco rapidamente Ehrika atrás de mim, mas ela se desvencilha e fica ao meu lado, preparada.

— *Irvi*, uma bagunça! Não achei o livro 276! — O jovem harakin, Hux, como conheci, sai de um corredor segurando uma pilha de livros até seu queixo. Ele está olhando para Irvine, mas, ao notar nossa presença, abre um sorriso gigantesco. — Ei, eu te conheço!

O guerreiro corre com uma agilidade sobrenatural e solta a pilha de livros em cima da mesa. Na mesma hora, eu e Ehrika nos afastamos. Noto que ele tem na cintura um tipo de espada mais curta e, do outro lado, discos pontudos em uma argola no quadril. Está vestido para o expurgo. Vê-lo dentro da biblioteca não parece certo, um ambiente tão puro e intocado. Afinal, ele é um assassino.

— Você acabou com o Blizze! — Ele pega um livro e roda-o nos dedos. Os olhos amarelos estão brilhando enquanto fala. O sorriso é assustador. — Ninguém tem coragem de bater de frente com ele, sabia? Aliás, como é o seu nome mesmo?

O guerreiro estica o tronco em minha direção, ansioso. Irvine levanta-se e pega o livro da mão de Hux.

— Garoto, está na sua hora. — Ela tira os óculos, repousando-os na mesa. — Você tem trabalho a fazer.

Hux desvia a atenção rapidamente, esquecendo-me por completo. Percebo como seus ombros caem e ele fecha o semblante em uma expressão estranha. Por que ele está fazendo biquinho? Olho para Ehrika, que me fita da mesma maneira confusa.

— É, eu sei… — Hux passa a mão por cima das capas dos livros, demorando-se. — Acho que não tenho como fugir disso, né? — Ele dá de ombros e parece novamente se lembrar de que estamos aqui. — Foi legal ver você de novo.

O garoto tenta me cumprimentar, mas fico apenas observando-o, desconfiada. Ehrika, por sua vez, avança e aperta a mão de Hux com um sorriso. Está interpretando o papel gentil e amável, mesmo que não seja isso que sente. Quase tenho um ataque do coração quando vejo o que acabou de fazer, mas me seguro ao notar o brilho que desperta no rosto do jovem guerreiro. Ele deixa a biblioteca depois disso, deixando uma quantidade absurda de questionamentos na minha cabeça.

Quando olho novamente para Irvine, ela já está arrumando os livros deixados por Hux.

— Harakins podem andar livremente pelo castelo? — Tento manter minha voz desinteressada, como se a pergunta fosse apenas uma curiosidade boba. Quero ouvir a confirmação saindo da boca da governanta.

Irvine dá a volta na mesa, deixando para trás a pilha de livros.

— Os guerreiros, assim como você, nesse momento, têm a confiança da diretora Ravenna, o que significa que podem usar todos os ambientes comuns do castelo seguindo as regras impostas. — A governanta caminha até uma estante próxima e começa a mexer nos títulos expostos. — Você, Kalina, não é mais uma criada. Mas ainda vive aqui dentro sendo uma prisioneira, o que me confunde profundamente, se quer saber. Como disse, só sigo ordens e foi isso o que a diretora Ravenna ordenou que fosse feito. — Pega um exemplar, segue para a mesa e, calmamente, volta a trabalhar no que estava fazendo — *Aproveite* sua *hospedagem*.

Irvine diz a palavra com uma entonação debochada.

— Obrigada… Se me permite, acho que preciso descansar um pouco mais. — Faço uma mesura e me viro para Ehrika, pronta para chamá-la para irmos embora. Minha melhor amiga, porém, está fitando Irvine com olhos curiosos. — Vamos?

Ela morde a almofada do dedão e então abre um sorrisinho.

— Sabe, eu não estou tão cansada assim… — Sou pega de surpresa. O que aquela pequena tempestade em forma de pessoa está tramando? — Na verdade, gostaria de utilizar a biblioteca um pouco… Posso acompanhá-la? — Ehrika fala com Irvine.

A governanta coloca os óculos na ponta do nariz um pouco surpresa.

— Gosta de livros? — Parece interessada.

— Gostar seria um eufemismo. — A garota avança com liberdade, puxando um pequeno banco e sentando-se do lado da senhora. — Eu sou devota a eles!

As duas, então, engatam em um diálogo que nem mesmo eu acredito ser possível. Observo-as por um tempo e então bufo. *Traidora…* Giro sobre os meus pés, analisando as estantes abarrotadas de livros, o tapete em tons de vermelho-escuro e marrom, e as luminárias brilhantes. Tudo é impecável aqui dentro, e Ehrika certamente perderá algumas horas contemplando cada detalhe. Quando volto meus olhos para minha melhor amiga, ela está me encarando. Aproveita para fazer um pequeno movimento com a cabeça para o lado. *O quê?* Ela repete a ação. Dou um passo para perto da porta e a garota meneia o rosto rapidamente.

Garota ardilosa. Isso é tudo um plano?

Conforme me afasto, silenciosa, espero pela chamada de atenção da governanta. Só que ela está sendo muito entretida pelos hipnotizantes olhos violeta.

Antes de ir, levo meu mindinho próximo ao coração e deslizo na diagonal. Nossa forma secreta de dizer *eu te amo*, mesmo que ela não possa ver isso agora.

Quando saio para fora do corredor, procuro pelos guardas, mas está tudo vazio. Penso na possibilidade de encontrar Mig e Alexis na torre do castelo, mas nada disso desperta meu interesse nesse momento. Existe um pensamento ricocheteando minha mente desde a hora que passamos pelo salão de treinamentos.

Talvez eu precise de uma arma para me defender, não é?

E a kukri exposta na parede vai servir muito bem.

CAPÍTULO 27

As luzes da sala de treinamento estão apagadas.

A energia fria e perigosa permanece pelo ambiente mesmo sem os guerreiros. Temo que passos pesados demais possam acordar demônios adormecidos, por isso deslizo a sapatilha em meus pés com a máxima delicadeza que consigo. A porta está cerrada atrás de mim. Para começo de conversa, eu já a encontrei assim. Foi prazeroso descobrir que nenhum dos assassinos de olhos amarelos estava mais aqui quando cheguei. Provavelmente estão alguns andares abaixo, preparando-se para roubar vidas inocentes (ou não tão inocentes assim). Não consigo deixar de sentir um arrepio subindo pela espinha, porque a memória é uma coisa traiçoeira. Impossível esquecer cada mísero detalhe do labirinto. Sei que não deveria me importar, mas quanto mais eu penso sobre o que acontece aqui dentro, mais questões se formam na minha cabeça. Sei que o crime de muitos que estão atrás da grades é ter sido contra o governo de Frederick Denova. Hoje, o sangue vai escorrer pelas mãos dos harakins e as paredes brancas do expurgo serão tingidas de vermelho.

Sacudo a cabeça um pouco, afastando os pensamentos indesejados, e repito comigo mesma o que vim fazer aqui. Já posso imaginar que muitas das lâminas devem estar embainhadas na cintura dos guerreiros, mas torço para que *aquela* em específico esteja esperando por mim.

O ar gelado arrepia os pelos dos meus braços. Desço o desnível que fica próximo à entrada e alcanço as quatro pilastras no meio do salão. O carpete macio está limpo, sem gota alguma de sangue. Os pesos estão escorados no chão e os sacos de areia presos ao teto. Não sei se preciso gravar cada ponto desse lugar, mas informação nunca é demais.

Resvalo os olhos por cima do ombro confirmando que ainda sou a única alma viva dentro do salão. Quando confirmo, avanço até a parede repleta de lâminas. Elas são lustrosas e afiadas. Desde as pequenas, perfeitas para socar na jugular do inimigo, até mesmo as longas, mestras em cortar cabeças. Enquanto Ehrika se deleita com os livros lá em cima, é esse tipo de imagem que faz meu coração acelerar. Sou uma garota que gosta de coisas brilhantes, de pedras preciosas a armas intimidadoras.

Só tem um problema. Todas elas estão presas por pequenos cadeados. *Acho que os aratnys não confiam tanto assim nos guerreiros.*

— Maldição! — sussurro rangendo os dentes. — Estava fácil demais, não é? — reclamo comigo mesma.

Quem sabe seja menos complicado do que imagino. Pode existir um molho de chaves em algum lugar aqui dentro. Quem sabe se eu procurar com atenção, consiga encontrar algo. *Desista,* um pensamento sabotador insiste.

— Fique quieta! — discuto com as vozes na minha cabeça.

Giro o rosto para os lados e encontro bastões de ferro escorados em um canto, mas são grandes demais. Em um ponto mais afastado estão o arco e as flechas. Meus pés ganham vida e quando percebo já estou encarando a ponta cortante da flecha. Testo a lâmina no meu dedo e sinto a frieza do material. Como deve ser a sensação dessa pequena placa perfurando o meu peito? Será que mamãe sentiu dor? Quero partir em mil pedaços a flecha, esmagar o arco e arremessá-lo contra as pilastras. Deixar um presentinho para quem for encontrar a arma destruída após o expurgo. Só que não posso fazer isso. Minha mandíbula vai sair do lugar se continuar colocando tanta força como coloco. Inspiro o ar gelado e tento acalmar os nervos nos meus ombros. Quando abro os olhos, pronta para ir embora, derrotada, uma bota velha brilha como um pote de ouro.

— Talvez isso sirva... — Surrupio o sapato e arranco um adorno em formato de alfinete. Com os dentes, moldo o material até que ele fique esticado o suficiente. O sorriso escapa dos meus lábios ao me lembrar da garotinha que me ensinou a arrombar uma porta pela primeira vez alguns anos atrás. — Jheni, sua ladrazinha sem vergonha.

Segurando meu bilhete premiado, avanço como uma águia até estar fazendo meu trabalho. Sei que sou ágil, mas não posso dar chance ao azar. Qualquer um pode aparecer aqui dentro e não quero ser pega por um dos guardas. Aguço meus sentidos e manejo o metal entre meus dedos. Preciso encontrar a posição certa do encaixe. Alguns segundos escorrem pelo relógio, mas eu sei que estou muito perto de abri-lo. A adrenalina é uma manta protetora, mas uma péssima aliada. Demoro algum tempo até perceber as cócegas atrás da cabeça. Aquela sensação de estar sendo observada de novo.

Lentamente, encaixo meu queixo próximo ao ombro e vasculho cada pequeno ponto da sala. Ainda estou com os dedos possessivos no cadeado, o metal pronto para encontrar a solução desse enigma. Mas existem segredos que parecem impossíveis de se solucionar.

Você só pode estar de brincadeira.

Existe uma pilastra obstruindo a visão, mas não consigo deixar de notar os olhos amarelos fixos em mim. Ele está confortavelmente sentado com os braços cruzados. O rosto pendendo para o lado e revelando-se por trás da coluna. Ele quer que eu o veja, está fazendo de propósito como quem diz "*Olá, você me achou*". Quando nossos olhos demoram por tempo demais um no outro, ele abre aquele sorriso cheio de dentes perigosamente brilhantes.

— Ah... Não pare por minha causa — diz, ainda muito bem acomodado. — Eu estava verdadeiramente curioso sobre quanto tempo você levaria para roubar a kukri.

Não seja por isso.

Giro o metal, libertando o som do clique. Parto os fios protetores e agarro a lâmina em minhas mãos.

— Quem disse que eu parei? — Quando busco pelo demoniozinho ele já não está mais lá. — Com medo de me enfrentar, *Vixen*? — Falo seu nome com desprezo, o sabor ácido na minha língua.

Grudo minhas costas na parede, defendendo minha retaguarda. A kukri pesa na minha mão do jeito certo. Imagino todas as formas de perfurar a carne do guerreiro, se ele se aproximar demais.

— Eu tenho algumas perguntas pra te fazer, na verdade... — brado enquanto o caço. Onde o maldito está escondido? O lado direito dá em direção à entrada do salão, enquanto o esquerdo desemboca em uma parede. As grossas pilastras podem facilmente esconder uma pessoa adulta e aposto todas as minhas fichas que o covarde está em uma delas. — Talvez você *conhecesse bem* uma pessoa que era muito querida por mim. Eu só queria falar sobre ela, nada mais. Vamos... Podemos conversar, não é mesmo?

Escuto uma risada baixa ecoando pelo salão, só que é difícil de identificar de onde exatamente vem. Mais uma vez nossos caminhos se cruzaram. Se o maldito está de olho em mim, assim como estou nele, talvez não seja tão difícil de isso acontecer. Esse é o momento perfeito, na verdade. Estou com a minha lâmina favorita, apenas nós dois dentro desse salão. O que mais eu poderia querer?

Tem uma lâmpada piscando próximo à coluna do canto. Alguns dizem que os deuses enviam sinais para nos guiar, acho que vou acreditar nesse.

— Não acho que você queira apenas conversar... — A voz reverbera do lado direito do ambiente.

— Vamos lá... Quem não deve, não teme. Não é esse o ditado? — As palavras saem carregadas de espinhos.

— Quando se trata de você, Kalina... — O sussurro surge de várias direções. Salto, um pouco descontrolada, pressentindo a presença dele. — Eu temo todas as coisas.

— Como sabe meu nome? — vocifero. Nunca fui uma pessoa paciente e não seria diferente agora. Quero respostas, mas recebo apenas silêncio. — Fale!

Os passos se tornam mais confiantes conforme chego à primeira pilastra. Deslizo a lâmina, mas não encontro nada. O próximo alvo não está muito distante, só mais alguns passos e poderei descartá-lo também. O que tira meu foco é o barulho no final da sala, bem onde o arco e flecha deveriam estar. Merda! *Era dele! Como pude ser tão estúpida e não perceber?* Escondo meu corpo atrás da coluna, pressentindo o perigo ao meu redor. É o tipo de piada sem graça que a vida gosta de contar. A lição que ninguém deseja aprender. O mesmo harakin e a mesma flecha.

— Eu vou te encontrar — as palavras jorram pela língua. — E *quando* encontrar, vou fazer você se arrepender por um dia ter cruzado o meu caminho.

O covarde não acata minhas provocações. É como um parasita que se alimenta do sofrimento, mas não sobrevive sem uma carne para sorver. A única maneira de lidar com sanguessugas como ele é fazendo picadinho ou colocando fogo. Posso fazer os dois, se necessário. Estou preparando a próxima frase de baixo calão a ser dita, quando escuto o zumbido vindo na minha direção. A flecha se enterra a centímetros do meu rosto. Grito instintivamente e tropeço para o lado como uma idiota despreparada. A imagem se transforma com o clarão da porta se abrindo e não consigo acreditar que o demoniozinho está bem ao lado dela. Aquele sorriso que escorrega pelo canto da boca e que deleita-se ao ver meu estado desnorteado.

— Ah, mas você não vai fugir… — Disparo atrás do guerreiro. Ele atravessa a porta e a fecha com força depois de sair. As regras do castelo são claras, os harakins não tem permissão de atacar ninguém, mas isso não significa que eu não vou. Estico minha mão e puxo a maçaneta, escancarando a porta. Quando avanço para o átrio, meu corpo esbarra em alguém. Quase desabamos ao chão, mas o soldado é mais rápido e me segura.

— Por que eu sempre te encontro nessas situações? — Mig bufa com os olhos arregalados. — O que pensa que está fazendo aqui? — Ele olha para os lados freneticamente. — Pelo amor dos Cinco Deuses Irmãos!

Afasto Mig porque não tenho tempo a perder. É possível que o guerreiro já tenha desaparecido e isso arranca um urro de irritação da minha garganta.

— Você viu ele? — questiono alarmada.

— Quem? — Mig tenta me empurrar para dentro do salão de treinamentos, mas eu finco meus pés no chão.

— O harakin. — A impaciência me consome. — Ele acabou de sair daqui!

— Não, eu não vi. Mas por favor, Kalina, preciso que olhe para mim! — Ele coloca as duas mãos nos meus ombros, sacudindo-me de leve. Deixo minha atenção focar no oficial um pouco. — Está na hora… — o aratnyano sussurra. — Vamos procurar pela sua mãe hoje.

Apenas uma frase tem força o suficiente para tirar meu chão nesse momento e Mig acabou de dizê-la. É uma mescla de empolgação e saudade. De medo e confiança.

Que o maldito harakin se exploda, por enquanto.

Chegou a hora de encontrar a minha mãe.

CAPÍTULO 28

Os corredores estão mais silenciosos do que nunca e até os sussurros parecem gritos no meio da noite.

Baixo minha voz em um tom audível o suficiente para que Mig me entenda.

— Você não vai entrar mesmo comigo?

Não sei se o uniforme que visto é dele ou de Alexis, mas cai bem sobre o corpo. Agradeço mentalmente pela trança firme que Ehrika fez em mim, porque só assim consegui encaixar o capacete sobre meus cachos. O acessório esconde um pouco do rosto, mas ainda consigo enxergar bem a expressão preocupada de Mig enquanto marchamos pelos corredores. Suei frio quando alguns soldados aratnyanos passaram por nós, mas eles apenas cumprimentaram o garoto ao meu lado e seguiram em frente. Senti-me invisível diante da vista grossa que fizeram. *Outros membros da Ruptura?*

— Vou ficar te dando cobertura do lado de fora, — O oficial pausa rapidamente a fala. Tem um barulho de passos vindo do corredor, mas, enquanto esperamos, nada acontece. — É mais seguro assim.

Sei que ele está certo. Sei bem disso. Não consigo explicar de onde vem essa relutância no peito quando penso em entrar no necrotério sozinha. Eu não tinha parado para pensar, na verdade, que existia essa possibilidade. Achei que o pateta iria participar de toda a missão, mas ele não vai.

— Certo, vou tentar ser rápida... — murmuro, como um lembrete a mim mesma.

Mig para de caminhar ao escutar a frase sair da minha boca, ele coloca as mãos nos quadris e arregala os olhos.

— Você precisa ser rápida — cochicha com intensidade. — Nós temos duas horas, no máximo, depois o castelo vai ser tomado por guardas. — Ele coça a orelha deixando-a vermelha. — Principalmente o necrotério...

— A gente não precisa falar disso agora — silencio-o, porque não quero pensar no motivo de o necrotério ficar cheio. — Chega de perder tempo — falo impaciente.

Depois que nos trombamos em frente ao salão de treinamentos, Mig atuou como um guarda exemplar, escoltando-me para os "compromissos solicitados". Nós nos encaminhamos para os últimos andares do castelo, chegando bem próximo da divisão entre a prisão e os laboratórios. Em um pequeno almoxarifado pude vestir o traje aratnyano. Depois de estar devidamente trajada, a dúvida surgiu na minha mente.

— Como você sabia onde eu estava? — perguntei logo depois que saí da salinha.

O garoto aproximou-se e pediu permissão para ajeitar meu uniforme. Ele dobrou a gola e desentortou o capacete.

— Eu não sabia — ele comentou. — Mas sua amiga lá na biblioteca explicou que você tinha saído para *dar uma volta.* — Ele abriu um sorrisinho com covinhas. — Eu imaginei que estava aprontando algo…

Mig esclareceu que lembrou sobre o expurgo momentos antes de acontecer. Seria o momento propício para buscarmos os documentos no necrotério. A maioria dos guardas, harakins e até mesmo doutores estariam envolvidos com a cerimônia. Seria mais fácil de evitar suspeitas ou, pior, sermos pegos. Foi por isso que ele varreu o castelo atrás de mim. O coitado estava com as bochechas vermelhas contra a pele marrom e ofegava como um fumante. E Mig jamais fumou, pelo menos foi o que ele disse.

— Ainda não acredito que Alexis ficou com Ehrika e Irvine — murmuro, lembrando tudo o que o soldado me contou. — Seria de grande ajuda ele aqui com a gente.

— E quem iria enrolar a governanta? — ele defende o amigo. Quer dizer, não sei bem se é apenas um amigo, mas vou esperar que os dois compartilhem a informação quando tiverem vontade. — É fácil gostar de Alexis, nem mesmo Irvine consegue resistir — falou, com carinho na voz.

No fundo, fiquei aliviada que o *pateta dois* ficou com Ehrika na biblioteca. Ela, muito provavelmente, iria arrancar meu couro quando me encontrasse. Eu não deveria estar fazendo esse tipo de coisa sem falar com ela antes, era o nosso pacto. Sempre nos manter em contato e alertar sobre os planos uma da outra. Ela foi a primeira a saber quando decidi vir para a montanha e teria sido a única, se não tivesse me obrigado a contar para o restante das meninas.

— Eu só queria… — Desperto dos pensamentos quando Mig intervém. Noto quando espera um pouco, engolindo em seco. — Eu soube o que aconteceu com você e com a sua melhor amiga. Espero que esteja bem. Ainda quer fazer isso hoje?

— Nada vai mudar isso. — Ajeito o capacete. — Pra falar a verdade, não me importo com as coisas que acontecem comigo, foi escolha minha estar aqui. O que me preocupa é Ehrika — Respiro fundo e, pela primeira vez, compartilho com o aratny. — É culpa minha ela estar aqui dentro. — Mig me encara e sinto que vai tentar discordar de mim. Mas não deixo. Mudo de assunto bem rápido. — Quem te contou sobre o que aconteceu?

O jovem soldado não responde de imediato, apenas desvia os olhos de mim.

— Alguém da Ruptura.

— Quem? — Repasso na minha mente todos que estiveram presentes durante a tortura de Ruel, de quais soldados eu pude ver os rostos, mas nada significativo gruda na memória.

— Você vai conhecer no momento certo. Por enquanto é melhor não nos expormos muito. É uma pessoa de confiança. — Mig dá as costas para mim, deixando-me sem a opção de questionar sobre o assunto.

Esse mistério todo está começando a me dar nos nervos, mas não vou pressioná-lo mais sobre isso. O foco é outro agora. O dia parece quase perfeito. Sem guardas. Sem harakins. Sem Ravenna. Eu só espero que o conto de fadas não se torne uma história de terror.

Conforme vagamos pelos andares e encontramos o frio da montanha, descubro que o necrotério fica localizado em um trecho mais afastado das celas e do labirinto. Mig explica que é o setor dos laboratórios e que mais distante ainda fica a zona morta. O ar é pesado e úmido. Fede a morte, mas não como a carne podre pode cheirar. Ele cheira a químicos e limpeza excessiva. Os corredores voltam aos tons acinzentados e com pouca iluminação. Os pés estão quase doendo pelo tempo que investimos nisso, mas não ouso questionar a Mig quanto tempo mais vai levar. Não quero desestimulá-lo, fui eu quem implorou para que fizéssemos isso. Além disso, quero esconder os temores que começam a arranhar as paredes do meu peito.

Porque, durante todo o tempo, fico me perguntando se quero de fato encontrar os documentos sobre a morte de minha mãe. Será que não seria melhor continuar lidando com a dúvida de não saber onde ela está? As perguntas ficam rondando minha mente e tento apagá-las.

— Chegamos.

É um corredor sem saída. O necrotério fica localizado na última sala. Na frente, uma pesada porta de ferro com trancas e mais trancas. Ele tira do bolso um molho de chaves e abre com rapidez a porta, do jeito antigo da coisa. Quando ela se move, um barulho arranhado ecoa dos parafusos no vão entre a parede. Mordo o lábio e aperto os olhos em reflexo. Já estou esperando que algum soldado apareça e talvez Mig tenha pensado a mesma coisa, porque o rosto dele está distorcido pela ansiedade. Uma vontade súbita de rir me invade e por um minuto penso que posso estar sendo tomada pela loucura.

A porta é deslizada com mais cautela dessa vez. O soldado entra comigo e acende as luzes correndo. Meus olhos ardem assim que o cheiro do lugar entra pelo nariz. Não é um espaço muito grande, mas me dá calafrios mesmo assim.

— Está vendo aquelas duas portas? — O soldado aponta. Alguns metros à frente, duas portas dividem a mesma parede. — A da direita é o escritório do especialista, os documentos estão ali. É só procurar nas gavetas.

— E na outra? — Os músculos do meu corpo estão ficando dormentes pela ansiedade.

— Não precisa entrar ali, foca nos documentos! — Mig chia, exasperado. — Boa sorte — Antes de fechar a porta, ele olha para mim por alguns segundos, mas não diz o que está na sua língua. Ele bate à porta e me prende *na casa dos mortos.*

Certo, preciso ser rápida.

Passeio o olhar pelas paredes e descubro que, à minha esquerda, grandes gavetas metalizadas estão empilhadas uma em cima da outra. Elas têm o tamanho suficiente para que corpos sejam guardados ali dentro. *Ai, merda! E se tiverem mesmo corpos ali? E se um cadáver estiver comigo nesta sala?* Apresso o passo até a maçaneta da porta indicada por Mig e a destranco, fugindo dos fantasmas. O que encontro é uma saleta minúscula com mesa e poltrona simples no meio. Procuro pelas gavetas citadas e xingo mentalmente. O espaço é abarrotado de compartimentos! Se ele quer que eu seja rápida, talvez devesse ter entrado comigo, não é mesmo? Deixo as reclamações para depois, porque certamente irei despejá-las nos ouvidos do coitado. Abro a gaveta mais perto de mim. Entendo bem rápido que os documentos são ordenados por ordem alfabética, isso vai me poupar um tempo que não tenho. Na teoria parece fazer sentido, mas na prática as coisas pioram a cada instante.

— Ai, caramba... — sussurro quando acho o primeiro documento de um prisioneiro.

SERVIÇO DE VERIFICAÇÃO DE ÓBITOS DO EXPURGO

RELATÓRIO PRELIMINAR DE NECROPSIA

Data de Necropsia: Expurgo 1520
Nome do(a) prisioneiro(a): Amantha Gruleris
Idade: 33 anos
Sexo: Feminino
Reino: Lovano

EXAME EXTERNO: PESO: 72Kg ESTATURA: 1,75m
Sinais cadavéricos presentes: Instrumento Perfurocortante

A prisioneira morreu em decorrência de perda de sangue (hemorragia) interna. Lacerações por todo o tronco, com maior incidência na região do coração e pulmões. Ao todo foram contabilizadas trinta e sete perfurações...

Não termino de ler o documento. Um enjoo toma conta do meu estômago. Sei que pessoas morrem dentro do labirinto. Passei por isso, assim como os outros. Mas ler um pedaço de papel explicitando as perfurações que foram feitas no corpo dessa mulher... O ar é roubado de mim e por um segundo sinto a necessidade de me sentar.

Continuo com a próxima gaveta e esmiuço outro documento.

Data de Necropsia: Expurgo 820
Nome do(a) Prisioneiro(a): Ariel Olix
Idade: 19 anos
Sexo: Masculino
Reino: Veraz

É impossível não notar que a idade do prisioneiro é a mesma que a minha. Morreu por sufocamento, o pescoço quebrado em diversas partes. O futuro roubado não somente dele, mas de todas as pessoas que teriam passado pela sua vida. Os filhos que poderia ter ou o amor avassalador que jamais sentirá. Abro com força outra gaveta e pego mais documentos. Um a um, vou devorando seus nomes, idades, reinos e como morreram. Tantas pessoas, tantas famílias deixadas para trás, tantas vidas tiradas de forma cruel. Aperto com força meus olhos. *Isso não é justo.* Os Aratnys pensam que são Deuses. Que têm a graça divina para fazer essa chacina sem fim. Eles são como baratas, escondem-se atrás da sua fortaleza de pedra e pensam que são difíceis de matar. Só que não é impossível se forem esmagados com a força certa.

Devolvo os documentos com cuidado, muito mais por respeito aos nomes escritos, do que pelo temor de encontrarem depois fora de ordem. Estou pouco me ferrando para eles nesse momento. Deslizo meus dedos para o compartimento, e quando o escancaro, encontro a letra *S.*

— Acho que chegou a hora — murmuro para mim mesma. As mãos grudadas no gelado do metal. Não consigo esconder o tremor enquanto leio nome a nome em cada registro. São tantos documentos, nomes e vidas. Se o expurgo existe há trinta anos, quantas pessoas não passaram por aqui? Quantas identidades já foram esquecidas? Aumento o ritmo e engulo os documentos. *Saara... Sabina... Sadriele...* Onde está Safiny? Meu coração parece estar prestes a explodir no meu peito. Luto contra o queimar em meus olhos, a respiração pesada saindo dos pulmões.

Safiny.

— Não... — O nome estampado reluz nas minhas mãos. Sou uma covarde e quero desistir agora mesmo. — Não!

Não apenas por mim, mas por Ehrika, Pitrya, Tolisie e Jheni, conjuro toda a coragem que existe em mim e leio o restante do papel.

Safiny... Wellister.

— Não é ela...

A vontade de gargalhar de felicidade me inunda. Mas, ao mesmo tempo, uma ansiedade delirante se abate em mim. Se não é minha mãe, onde está o documento dela? As emoções misturam-se sem dentro de mim e sinto que posso estar enlouquecendo de verdade. Coloco o papel de volta e me forço a procurar de novo e de novo e de novo e de novo e de novo.

Não existe nenhum documento com o nome Safiny Kaster nestas gavetas.

Então o que isso significa? Que ela está viva? O documento pode ter se perdido? Nem ao menos fizeram os exames? O quê? Seguro o berro entalado na garganta. Não encontrei nenhuma resposta e isso parece bom, mas é tão angustiante também.

Avanço a passos trêmulos para fora do cubículo e preciso me segurar um pouco nas paredes. O alívio é tão anestesiante ao redor das minhas pernas que já não sei bem como usá-las. Dou de cara com as caixas metálicas na parede e uma comichão desperta nas minhas costas. Talvez eu devesse procurar ali, só para ter certeza.

As gavetas me encaram de volta, reluzindo e convidando-me a tocá-las. Não consigo nem pensar na perspectiva de encontrar o corpo de mamãe dentro de uma delas, mas empenho-me na busca.

A primeira gaveta está vazia, assim como a segunda e a terceira. Na quarta, já não fico esperando pela mamãe. Muito menos na quinta. Só que é na sexta tentativa que meu estômago embrulha e eu quase vomito no chão. Os dedos do pé estão azulados, e o corpo, nu. Puxo a etiqueta de identificação posicionada no calcanhar e leio o nome desconhecido.

— Desculpe… — sussurro para o corpo enquanto cerro a gaveta.

— *Oficial, o que faz aqui?*

O ar não vem. Está entalado na garganta depois de escutar a voz de alguém que não é Mig ou Alexis do outro lado da porta. Coloco as duas mãos sobre a boca e arregalo os olhos porque eu simplesmente não consigo processar a situação direito.

Maldição! Pense rápido. Vamos! Não tem muito onde me esconder nesse espaço principal. Eu poderia entrar em uma dessas caixas metálicas — mesmo que muito a contragosto —, mas o barulho seria alto demais. A saleta minúscula seria pior ainda. Só existe um lugar para correr.

Giro a maçaneta da segunda porta e torço para que esteja aberta. Agradeço a todos os Cinco Deuses Irmãos enquanto fecho-a atrás de mim, evitando qualquer tipo de som. Não tenho muito tempo para me localizar, então a única coisa que consigo ver é que tem uma mesa de metal no meio da sala e muitos instrumentos afiados ao seu redor. Serrotes, facas e pinças. A gigantesca lâmpada pende bem em cima de tudo isso e tem armários repletos de jarros com… órgãos? *Onde fui me meter?* Quase saio correndo por onde entrei, mas lembro que não posso fazer isso.

O rangido da porta revela que eles estão entrando no necrotério. Se eu não mexer a minha bunda nesse momento, vão me encontrar aqui!

Minha primeira atitude é pensar em roubar os instrumentos afiados e usá-los contra os guardas, mas isso seria tão idiota quanto berrar que estou aqui. Então, uma ideia se formula na minha cabeça quando vejo um grande cesto de plástico posicionado no canto. Dentro dele tem vários lençóis e quando levanto alguns o cheiro de putrefação embrulha meu estômago. *Isso é…?* Não quero pensar muito. Apenas pulo dentro da enorme cesta e me cubro com o primeiro lençol que encontro. No exato segundo, a porta da sala de necropsia se abre e passos estouram pelo ambiente. Fico estática, tentando não chamar a atenção. Mal respiro, pelo medo e cheiro ao meu redor.

— Na mesa. — Escuto o barulho do metal estalando e aperto os olhos com força. — Já temos quantos para hoje?

— Até o momento são quinze, mas o Expurgo não terminou. Podem vir mais, senhor. — Deduzo que seja um soldado.

— Certo — a primeira voz responde. — Tomem cuidado com o sangue no chão. Não quero minha sala lambuzada com essa nojeira.

— Sim, senhor — o guarda responde ao especialista.

O desgraçado está falando de porcos no abate ou pessoas?

— Trouxe a liberação do Pathrenes?

Alguns passos parecem se aproximar de mim e o coração sobe para a garganta. Imobilizo cada célula do meu corpo. O peso de um novo lençol cai sobre a minha cabeça.

— Eu não consegui, o capitão estava bebendo conhaque com os sargentos e me ignorou — responde o soldado.

É claro que Pathrenes estava fazendo isso. Típico.

— Não posso deixar nada na mão de vocês, imprestáveis! — O homem distancia-se de mim e eu libero a expiração aos poucos do nariz. — Onde ele está?

— No escritório, senhor.

— Sai do meu caminho — ele rosna, batendo os pés.

Depois de alguns segundos, a porta se fecha e escuto a discussão ficando mais distante até desaparecer por completo. Estou paralisada, sem coragem para me levantar. O que eu devo fazer? Eles foram embora? Talvez estejam do outro lado da porta conversando...

Você escutou o que eles falaram, Kalina. Vá embora agora!

Retiro os tecidos de cima de mim e respiro profundamente. Tento não fazer barulho algum, porque não sei o quão sozinha estou. Mas é quase impossível me manter silenciosa quando vejo a mão caída ao lado da mesa de metal. Está escapando de um saco escuro que esconde o corpo todo. A imagem é desoladora, como se ela estivesse tentando fugir da morte.

É a mão de alguém que nunca mais poderá tocar a maciez de outras mãos. Nunca mais poderá sentir o gelado das águas de um rio. Nunca mais poderá segurar a delicadeza das flores. Ela jaz, agora, na solidão eterna.

A confirmação vem como um soco no meu peito. Gostaria de ter mais tempo para poder fazer uma prece, mas apenas me despeço da pobre alma.

Fecho a porta atrás de mim e encaixo melhor o capacete na cabeça. As mãos tremem tanto que preciso colocá-las embaixo dos braços e esperar por alguns segundos até que o calor da pele esquente os dedos. Nesses finitos segundos, exalo todo o ar dos meus pulmões e encaro o chão do necrotério, percebo algumas gotas de sangue solitárias e a percepção de que aquilo pertence a alguém me quebra.

Poderia ser o sangue de mamãe ou o meu. Só que não é. Se antes de chegar até aqui eu já duvidava com todas as minhas forças de que ela pudesse estar morta, agora as esperanças no meu peito ganharam uma armadura sólida e indestrutível. Eu nunca desisti e jamais farei isso. O que preciso é encontrá-la e eu estou mais perto do que nunca.

Ravenna está mentindo para mim.

E não vou mais seguir as setas que ela indica. Ah, não... Eu vou avançar arrancando as respostas de alguém que sabe tanto quanto ela.

E, se Vixen não utilizar sua língua para falar, só me resta cortá-la fora.

CAPÍTULO 29

— De novo, Kalina!

Não sei *quantas* vezes minha bochecha já encontrou a terra áspera, mas se tornou *suficiente* para que eu decidisse algumas coisas. A primeira delas é que continuaria derrotada no chão. Mesmo que mamãe quisesse muito que eu fosse uma versão tão boa quanto ela na arte da luta, eu jamais seria. Todo o talento da família ficou consigo, eu tinha certeza.

— Levanta e tenta mais uma vez! — Agachou-se perto de mim e deu um tapa no solo, levantando toda a poeira.

Com muita força de vontade (até mesmo aquela que eu não tinha), empurrei meu corpo para cima. Encaixei meus pés na posição que mamãe já tinha ensinado e esperei. Essa era a parte fácil, é claro. Mas a adrenalina que se despertava segundos antes do combate, essa era uma sensação à qual eu não conseguia me acostumar nem um pouco.

— Agora! — Mamãe avançou como um trovão, desferindo golpes e mais golpes. O estrondo de seu ataque era tão assustador quanto a impossibilidade de atacá-la. Fiquei apenas me defendendo, sem conseguir desviar para uma abordagem ofensiva. A velocidade dela, somada à sua precisão sobrenatural, equivalia a um tornado engolindo tudo o que encontrava. E eu era a pobre coitada no meio disso tudo.

Claro que mamãe tinha anos de experiência, precisou se virar cedo depois que fugiu de casa ainda jovem. Aturar a tia amargurada dela não era uma coisa fácil, então aprendeu muito nova que em Insula, ou você aprendia a bater, ou você levava um belo soco no meio da cara. Não só figurativamente.

Ela impulsionou a perna para cima, em busca do meu rosto, mas consegui prever o movimento desviando antes do golpe ser finalizado. Não deixei de aproveitar o momento para enfiar meu punho no estômago de mamãe. Ela urrou e caiu para trás, com as mãos em cima da barriga. Meu corpo gelou inteiro com a imagem.

— Me desculpa! — Desabei, mas não conseguia ver o rosto dela porque os fios crespos estavam escondendo a expressão. Ela estava tremendo, mas em silêncio. — Te machuquei?

Notei ao empurrar o cabelo um pouco para o lado que risadas despontavam dos lábios de mamãe.

— Garota! — Pulou em cima de mim, derrubando-me no chão. — Você me pegou de jeito, hein! — Poeira voou para todos os lados quando caímos juntas no chão. — Kalina, minha guerreira. — Mamãe agia como se eu tivesse vencido uma intensa batalha, só que eu não tinha feito absolutamente nada de mais. Sabia disso. — Acho que estamos bem por hoje, não é?

— Eu só acertei um golpe o treino inteiro… — Os olhos escuros dela me fitavam. — Como ficar orgulhosa disso? — Ágil, ela colocou seu dedo indicador sobre meus lábios, silenciando-me.

— Para alcançarmos o sucesso daquilo que queremos do fundo do coração… —Tocou rapidamente o lado esquerdo do peito, depois fez o mesmo gesto no meu. — … precisamos aceitar as pequenas conquistas diárias. Os corajosos são aqueles que nunca desistem.

Raios do entardecer resplandeciam ao redor de mamãe como uma manta angelical.

— Então serei corajosa — respondi, com meu coração sentindo todas as palavras que saíam de minha boca.

— Então, seja corajosa, Kalina.

Serei, mamãe. Sempre e por você.

— Mas por que você quer saber isso? — Cecily entorta as sobrancelhas. — Irvine deixou bem claro que você não é mais criada, não precisa servir aos harakins.

Estou segurando a bandeja nas minhas mãos. O pequeno pedaço de bolo que roubei da cozinha e uma xícara de chá.

— Ainda não me parece certo… — minto, porque na verdade estou bem contente por não precisar mais lavar privadas.

Ainda não consigo acreditar totalmente no ato gentil da diretora da prisão. Não deixei de notar, também, os olhares atravessados dos soldados pelos corredores. Durante os três dias que se passaram desde que Ruel me torturou, e também a Ehrika, Ravenna pareceu tomar para si a culpa de nos recompensar pelo que passamos. O que é ridículo. Somos duas prisioneiras *mavianas*, uma delas (eu) atacou o atual Imperador de Insula e, pior, é filha de uma das mulheres mais ativas contra o governo. Então, não faz o mínimo sentido que a aratnyana esteja, cada vez mais, liberando regalias para nós duas.

Vantagens fictícias, porque ainda sou uma prisioneira. Ainda preciso continuar apenas dentro dos corredores luxuosos e não tenho autorização para avançar para além disso, como sair do arco de entrada do castelo. Irvine continua relembrando dia após dia as regras e gosta de citá-las com sua boca enrugada. Os soldados não perdem a chance de usar o bastão envenenado para me assustar, mas, de modo geral, a fantasia que se constrói ao meu redor é de que estou sendo muito bem tratada. De que tenho um quarto confortável para dormir com minha melhor amiga, e que a barriga sempre está cheia nos almoços e jantares. Posso usar a biblioteca e até acessar o terraço, mas o evito, porque não sei se as aranhas nojentas estão por lá.

Ravenna não está no castelo. Ela partiu com o tenente Ruel, transferindo-o de volta para o centro de Mave. É mais uma demonstração de sua lealdade comigo. Está devolvendo o cachorrinho ao canil. Antes de ir, deixou Irvine encarregada de transmitir uma última mensagem: Quando voltar, iremos conversar sobre o documento que tentei roubar no palácio de Frederick. O tempo de espera tinha acabado.

Até o momento, ela só fizera cumprir com a sua palavra. Aceitou me trazer para o castelo. Cuidou de Ehrika. Retirou-me do trabalho de criada e ainda expulsou o meu pior inimigo (e, muito provavelmente, alguém que deitava sobre seus lençóis). Ravenna é ambiciosa e demonstra isso a cada estratégia de seu jogo. Porque ela está jogando. Assim como eu.

É admirável a paciência que ela exerce sobre os meus pedidos, muitas vezes, autoritários. Eu fui moldada para ser como uma rocha impossível de se curvar, mas Ravenna parece como uma *hera* adaptável a qualquer superfície. E está fazendo exatamente isso, envolvendo-me nos seus planos.

Não estava tendo nenhum problema até então. Na verdade, seu jogo estava *indo* ao encontro do meu em diversos momentos. Só que tudo mudou.

Ravenna está mentindo para mim.

E eu vou descobrir o motivo disso.

— É só me dizer qual é o quarto do *senhor* Vixen. — Mostro a bandeja. — Ele parecia muito irritado, não devemos deixá-lo esperando.

A garota pressiona seus olhos amendoados, adornados por longos cílios escuros. Demora alguns segundos para responder, mas logo desiste. Pega um pano gasto em cima da pia da cozinha do castelo e repousa-o nos ombros. O vestido verde está um pouco grande em seus ombros juvenis, mas as marcas invisíveis no rosto revelam uma história pesada demais para alguém da sua idade.

— Quarto setenta e sete. — Quando termina de falar, puxa o balde preenchido por pratos sujos para o colo. — É o último no corredor dos harakins.

Setenta e sete.

Abro um último sorriso para Cecily, agradeço e parto para fora da cozinha. Quando estou longe o suficiente, delicio-me com o bolo e beberico o chá.

Querido Vixen, será que você aceita uma visitinha?

A temperatura fria da lâmina encontra a pele quente da minha mão. Ela se encaixa bem, desenhando-se como uma extensão do meu braço. Roubada do salão de treinamentos, a kukri não voltou para o seu lugar de origem. Ficou muito bem guardada embaixo do meu colchão, pronta para ser usada contra qualquer surpresa indesejável. Até então, não fui confrontada sobre isso. Se naquele dia Mig notou que eu a escondi por baixo da bata logo que saímos do salão, não demonstrou.

Hoje, tudo discorreu de forma calma e tranquila. Depois que me deleitei com o bolo e chá, aproveitei para seguir o plano de um dia inofensivo. Sem levantar suspeitas ou uma atenção desnecessária dos guardas. O que eu iria fazer quando a noite caísse seria um segredo meu e só meu. E, talvez, eu fosse quebrar uma das regras mais importantes com Ehrika, porque não iria levá-la junto comigo. Não encontrei Mig ou Alexis pelos corredores do castelo nos últimos dias. Até mesmo a torre se encontrava vazia. A última vez que os vi, foi após minha quase captura dentro do necrotério. O garoto de pele marrom-avermelhada estava quase desmaiando quando o encontrei alguns corredores adiante, apavorado pela possibilidade de eu ter sido descoberta. Quando ele me perguntou sobre mamãe, eu apenas respondi que ela *estava viva.*

O relógio corre diferente aqui em cima, lento e rápido ao mesmo tempo. A busca por mamãe se arrasta por quase dois meses desde que fui presa e eu me pego pensando, durante alguns momentos, se isso já não é tempo demais para um dia encontrá-la de verdade. As vozes na minha cabeça dizem que sou esperançosa demais, mas é que não existem forças dentro de mim para aceitar, ainda, que eu a perdi para sempre. Será que, se eu nunca encontrar o corpo, eu nunca vou desistir?

Não sei que horas são, mas as estrelas no céu sussurram que chegou o momento.

Deitada na cama, não preguei os olhos mesmo com o rosto repousado no travesseiro. O braço de Ehrika está pesado ao redor da minha cintura. A luz do luar escapa através da cortina. Mais uma madrugada pontuada no calendário. Ergo o braço de Ehrika com muita calma, mas não me preocupo de fato que ela acorde. O sono da criaturinha nunca é importunado, mesmo com mil trovões caindo do céu. Quando repouso a mão dela em cima do travesseiro, escrevo um bilhete simples pedindo que me espere dentro do quarto. Embainho a kukri por entre a calça e o meu quadril. Tranço com calma meus cabelos e deixo meus pés livres. Gosto de sentir onde piso, os passos se tornam mais silenciosos.

Quando tudo parece pronto, estico minha mão para a porta, pensando em abri-la. Só que, antes, testo algo. Fecho meus olhos e relaxo a respiração. A saudade inunda meu peito. Sinto falta de manipular o ar ao redor das mãos, senti-lo deslizando pelos dedos e girando em bonitas formas quase visíveis. Sinto até mesmo saudade das dores de cabeça quando ultrapassava o limite da gravidade. Mamãe sempre alertava sobre esse poder perigoso e, ao mesmo tempo, poderoso. *"Poucos descendem da Deusa em sua totalidade, Kalina. Se ela te abençoou, é porque você é especial"*, mamãe gostava de falar.

Quando os pratos caíam da mesa em casa, era eu a levitá-los de volta. Quando alguma das garotas tentava pregar uma peça jogando o balde de água sobre mim, as gotas ficavam paralisadas no ar. Eram tantas as possibilidades, mas não era permitido utilizá-lo fora de casa em hipótese alguma, não sem a assinatura de liberação do governo. E eu não tinha isso. Ninguém tem.

De olhos fechados, tento chamar a queimação para o meu peito. Ela desperta tímida naquele ponto único, próximo ao coração. Desmancha-se pela pele e invade minha mente. Sinto-me completa, assim como todos os que herdaram o poder da gloriosa Deusa de Mave. Ainda é um mistério voltar, cada vez mais, a sentir isso. Tento relembrar quando foi que voltei a sentir isso, mas a memória se embaralha e não me ajuda muito. Os pensamentos focam na liberdade, leveza e imensidão em meu entorno. Guio para fora do meu corpo e, delicadamente, deslizo minha mão em um giro. A maçaneta segue o meu comando e logo a porta se abre sem que eu toque nela. O sorriso desponta na minha boca. Isso está realmente acontecendo? Só que do mesmo jeito que a chama se acendeu no meu peito, ela se apaga sem se despedir. Ainda não estou dominando totalmente o poder como um dia fiz, está esgotando-se muito mais rápido. O que significa que o veneno ainda surte efeito no meu corpo.

Já não espero pelos guardas escoltando minha porta. Eles não estão mais aqui. Sei que isso pode e vai mudar em poucos dias. Depois que a conversa com Ravenna acontecer, ela pode se tornar uma aliada ainda mais fiel ou meu maior pesadelo dentro da montanha. Enquanto isso, aproveitarei o tempo que me resta para colocar o plano que ronda meus pensamentos desde o dia em que vi minha mãe no labirinto.

E, claro, continuarei de olhos abertos para qualquer perigo ao meu redor. Seja ele aratnyano ou não.

Confiro o metal por baixo do tecido da camisa enquanto enfrento a solidão do corredor. Eu teria apenas três armas e uma delas seria a lâmina que pressionava minha pele. As outras duas seriam o silêncio e a surpresa.

Quanta coragem para enfrentar um verdadeiro ser nascido para matar. Só pode ser idiota, Kalina. A insegurança grita nos meus ouvidos.

— Os corajosos são aqueles que nunca desistem — sussurro de volta a frase dita por mamãe tantos anos antes. Sigo-o como meu mantra pelo resto do caminho.

Se durante o dia a fortaleza de pedra pode se transformar em um labirinto, à noite você precisa lutar contra as sombras que teimam em brincar com a sua mente. Parece que as formas e as cores distorcem-se. O clima é gelado e se torna perigoso compreender o quanto você está sozinho.

Prossigo com meus passos pelo carpete vermelho, varro com os olhos as paredes ao meu redor e afasto os vultos criados pela paranoia na minha cabeça. Puxo do cinto a kukri e seguro-a próximo ao corpo. Apenas por via das dúvidas, caso algum soldado apareça e me veja com a lâmina. Ato de prevenção, não é mesmo? A impulsividade é um dos meus grandes defeitos, mas mamãe me treinou bem com as armas.

Estou bem. Só preciso me manter silenciosa e focada no quarto setenta e sete. Nada mais vai me atrapalhar nessa noite, não é? Então por que continuo sentindo-me observada a cada passo que dou? O nervosismo se enrosca como uma serpente no meu pé. Espio por cima do ombro e meu coração acelera quando vejo um vulto deslizando por entre um corredor e outro atrás de mim. *Que droga foi essa?* Paraliso no meio do corredor, encarando o fim da passagem. Talvez seja só a troca de iluminação que vem da janela. *Siga em frente, você tem uma missão!*

Boto velocidade nos pés e repasso o mapa na minha cabeça. Preciso chegar até o salão principal, onde as escadarias desembocam na ala dos harakins. Quero ser ainda mais ágil, mas se eu correr posso despertar a atenção de algum soldado fazendo ronda, por isso continuo me esgueirando pelos cantos e escondendo-me junto às sombras. Mesmo que eu sinta um instinto estranho dizendo para ficar longe delas. É como um medo infantil ao escuro. Quando você sente que monstros espreitam embaixo da cama.

A mistura de alívio e nervosismo começa a me sufocar quando vejo as escadas. Pode ser que fazer essa visita ao harakin completamente sozinha seja um erro, mas eu não colocaria Ehrika em perigo de novo. Mig e Alexis provavelmente iriam me matar por pensar em atacar um harakin. Então não existe muita escolha sobre isso.

Piso no primeiro degrau e seguro a adaga em minhas mãos com força. Pulo o restante de dois em dois, não aguentando o tempo que levaria subindo-o normalmente. Viro à direita, porque sei que o outro lado me levará para o caminho dos quartos reais e provavelmente estará infestado de guardas.

Quando estou quase no fim do percurso, o baque de botas ressoa um pouco mais ao longe. É suficiente para que eu grude minhas costas na parede mais próxima. Um ponto cego para quem olha de baixo, tomado totalmente pelas sombras. Observo por mais um tempo, esperando os convidados aparecerem. A respiração está presa na garganta e o tremor nas mãos espalha-se para os braços e pernas. É uma mistura de nervosismo com a frieza do ar. Meus dentes estão se chocando, desenfreados. E eu nunca tinha sentido tanto frio aqui no castelo como sinto agora. Quando os passos desaparecem, relaxo meu corpo.

Estou prestes a voltar para o plano, quando sinto uma pressão congelante na pele do meu pescoço. Alcanço o ponto com os dedos, mas não tem nada. Minhas costas continuam grudadas na parede e ao meu redor só existe a escuridão da noite. Sinto mais uma vez a estranha pressão, mas ela escorrega pela minha mão segurando a kukri. Quase a solto por reflexo, mas movimento o braço com esforço para cima. As sombras se desenrolam do meu pulso como uma víbora fugindo depois de tentar dar o bote.

Afasto-me com urgência, procurando a fraca luz do corredor. O frio desaparece instantaneamente do meu corpo e as sombras tremeluzem irritadas.

— O que é isso? — pergunto a mim mesma, sem acreditar no que vejo.

Não existe tempo para raciocinar, porque *a coisa* me ataca e quase me derruba com o impacto. Deixo de lado o plano sobre ser silenciosa e disparo para longe. Espreito por cima do ombro e presencio uma das cenas mais assustadoras que já vi. As sombras se enrolam, deslizam e avançam atrás de mim. Não consigo controlar minhas pernas, elas apenas correm e correm e correm. O sentimento primitivo dentro do peito me obriga a fugir. Esbarro em uma parede quando o tentáculo das sombras investe contra mim. Viro, dessa vez, para o longo corredor à minha esquerda. Quando volto a olhar para trás, seguro o grito na garganta quando as sombras tomam todo o ambiente. Não existe passagem de volta, apenas um corredor sem saída. É o meu fim. A imensa janela reflete a lua lá fora, observando toda a cena. Quando chego ao limite e não tenho mais para onde correr, contemplo meu destino.

Os tentáculos assomam-se cada vez mais, engolindo tudo o que tocam.

Giro meu rosto para o lado e noto a maçaneta de um quarto. É isso ou ser devorada pelas sombras.

Faço a minha escolha.

Abro a porta e um berro involuntário quase sai da minha garganta. Mergulho para dentro do aposento e bato a porta logo em seguida. Seguro a maçaneta do lado de dentro com as duas mãos, esperando que as sombras tentem arrombá-la. O silêncio que se segue lá fora é ensurdecedor. Sinto as batidas do meu coração na garganta e, aos poucos, minha mente se acalma. Inspiro e expiro, tentando organizar as ideias do que acabou de acontecer.

O que era aquilo? Sinto minhas bochechas queimando quando penso no quão assustada fiquei. Não assustada, descontrolada seria a palavra para descrever como me senti. Parecia, até, que eu estava fora de mim. Seria uma vergonha ter que contar isso para mamãe um dia. Tudo ficou tão confuso na minha mente, preciso reorganizar os pensamentos.

Então, eu lembro.

Ah, não… A kukri na minha mão se torna ainda mais pesada. Viro-me, lentamente, descolando meus olhos da porta e buscando pelo aposento em que me meti.

A luz azulada entra pela gigantesca janela no lado direito do quarto. Uma cama enorme, cheia de travesseiros e cobertas bagunçadas fica próximo a ela. O chão tem tapetes grossos e graciosas plantas por todos os lado.

Nada disso importa. Porque, bem no meio, sentado em uma poltrona confortável, está Vixen. Ele me observa atentamente com uma taça em sua mão.

Quando nossos olhares se encontram, ele abre um sorriso.

— Finalmente você veio, Kalina.

CAPÍTULO 30

Eu tinha quinze anos quando vi pela primeira vez um predador caçar a sua presa.

Era uma questão impossível que o ratinho conseguisse se livrar das garras do imponente gavião.

O pequeno estava deliciando-se com o resto da minha maçã, abandonada após uma refeição preguiçosa. O bosque parecia um lugar aconchegante para se descansar após o intenso treinamento. Ehrika banhava-se no lago, mas preferi me manter bem afastada das águas traiçoeiras. Não existia calor escaldante que me fizesse olhar com bons olhos para a falsa calmaria azul. Existem certas coisas que *ele* toma de forma egoísta para si e não devolve mais. Não importa se os gritos que imploram por misericórdia sejam jovens demais.

O focinho do rato apareceu primeiro, saindo da toca após sentir o cheiro da fruta. Era fascinante ver a coragem tomando-lhe os sentidos e obrigando-o a investir no alimento. A tarde estava tranquila, as árvores dançavam coladas ao vento quente e os pássaros cantarolavam a mais bela melodia eternizando o momento. Tudo parecia perfeito. Até que o guincho cortante alterou a cena.

O gavião arremeteu furioso na direção do roedor e o capturou com suas garras. A situação toda foi um choque do qual era impossível acordar. Apenas fiquei observando o animal levando sua presa para longe com olhos arregalados e respiração acelerada. Era improvável que outro fim se desenrolasse para o pequeno além da morte. Claro que pensei em usar meus poderes e desestabilizar o gavião, mas existem regras no mundo animal e uma delas era essa. O gavião estava – assim como o ratinho – tentando sobreviver e não cabia a mim fazer essa escolha.

Antes que eu pudesse entrar em uma discussão acalorada contra meus sentimentos, o pássaro soltou um grito alto e libertou o roedor de suas garras. O bicho caiu na grama fofa e, velozmente, disparou de volta para a sua toca.

Até hoje não sei explicar o que aconteceu durante aqueles eternos segundos. Só que uma voz dentro de mim continua apostando que foi a ânsia de viver que fez o rato lutar com todas as suas forças.

Para o resto de nós, é quase impossível acreditar em algo assim. A presa raramente se livra do ataque. É por isso que estão em lados opostos da hierarquia.

Diante disso, você sempre deve fugir do caçador. Somente assim conseguirá prolongar a existência. Pelo menos é isso o que a vida nos ensina. *Fuja do perigo.*

Basta você decidir escutar os avisos ou não.

E é claro que eu ignorei *cada um deles.*

Nenhum de nós dois moveu-se ainda.

Vixen segura a taça em sua mão esquerda, o que me faz pensar que ele pode ser canhoto. Não faço ideia do motivo de essa informação passar pela minha mente agora, mas as ideias estão trabalhando rápidas demais.

Sinto o carpete debaixo dos meus pés. É macio e afundo ainda mais os dedos, tomando cuidado para não fazer nenhum movimento brusco. O harakin parece muito confortável na sua poltrona. Não veste o uniforme assassino. A camisa branca de botões veste seu peito e as calças escuras desenrolam-se até as canelas. Uma de suas pernas está cruzada por cima da outra e o braço direito abraça o encosto estofado. Ele performa a pose de um rei em seu trono, no conforto de seu castelo. Muito lentamente, o demoniozinho arrasta o cristal preenchido de líquido vermelho até sua boca e sorve um longo gole. Os olhos amarelos nunca desgrudam de mim.

Apenas o luar ilumina o luxuoso quarto. Os pálidos raios se derramam por cima do papel de parede chique em todas as paredes e uma cortina pesada desce do teto ao chão. A cama mais perto dos vidros parece confortável (e sufocante) com tantos travesseiros e almofadas. A coberta grossa despenca do colchão, caindo pelo piso. A poltrona na qual ele se senta está posicionada na parede mais afastada, no sentido direto da porta. O harakin não parece ser nem um pouco organizado. Vivendo em meio ao caos. Mas, sabendo que os criados fazem a limpeza dia a dia, imagino que essa bagunça não seja de muito tempo atrás.

Meu corpo todo parece uma pedra de gelo, mas as bochechas ardem em chamas. Como pude ser tão estúpida? Como pude deixar o medo me encaminhar diretamente para a toca do meu predador? Foi como se as sombras estivessem invadindo os poros da minha pele, guiando-me através de pequenas cordas invisíveis até aqui. Os tentáculos enredaram-se na lucidez da minha mente e me transformaram na mais fraca das presas. Quanto mais penso nisso, mais acredito que nada do que aconteceu foi por coincidência. Que, talvez, o alerta de Irvine sobre o castelo não ser seguro à noite seja exatamente por causa dos filhos do abismo e suas artimanhas perversas.

"Finalmente você veio, Kalina."

Se isso é uma armadilha, eu caí feito um roedor em busca da maçã. Mas, assim como o pequeno, lutaria com todas as minhas forças para livrar-me das garras do gavião.

Jamais saberei quais pensamentos brincam na mente do harakin quando lanço a kukri em sua direção. A lâmina voa com precisão, mas o alvo se torna a parede. O guerreiro escapa como fumaça, atravessando para o outro lado do aposento. A agilidade de um gato no meio da noite. Ele ainda está com a maldita taça nas mãos. Intocada. Termina de beber o líquido com gosto, repousa o copo na mesinha de centro e bate as palmas das mãos duas vezes com calma. Ele suspira longamente antes de falar.

— Isso... — Ele aponta para a adaga vibrando na parede. — ... foi extremamente desagradável. — Depois, escorrega os dedos pelos cabelos e faz um biquinho. — E vai deixar um buraco terrível na minha parede.

O deboche nas palavras que saem de sua boca é o estopim da minha paciência. Se ele quer brincar comigo, então que a diversão comece.

Invoco o calor como uma chama em combustão. Ela desperta enfurecida e se alastra por todos os cantos do meu corpo. Dessa vez, foi tão simples quanto respirar. O combustível final sendo a imagem de mamãe e a flecha em seu peito.

Sacudo minha mão no ar e miro a taça ao lado do harakin, ordeno que ela avance sobre ele. O objeto voa contra o corpo do guerreiro e se espatifa no ombro em milhares de pedacinhos. Enquanto ele abre a boca momentaneamente chocado, avanço. A chama manifesta-se como uma velha amiga, acompanhando-me no embate. Deslizo pelo tapete até estar perto o suficiente de Vixen e investir um chute contra seu rosto. Ele só tem tempo de reagir quando o pé está na altura exata que preciso. O braço forte protege a pancada e ele me afasta um pouco com o empurrão. Espero pelo seu primeiro ataque, mas o idiota não parece fazer questão. Ele se acha tão melhor assim? Vai esperar até que eu me canse para me atacar?

Quando dou um passo para a frente, sinto uma dor pungente embaixo do meu pé. Os cacos de vidro estão por todos os lados e devo ter pisado em algum deles. Não posso lidar com o sangue, então mordo o lábio suprimindo a vontade de grunhir. Exijo com meu poder que a mesinha de centro deslize contra as pernas do harakin, mas ele apenas salta sobre ela e corre para o outro lado do quarto.

Para a direção da kukri presa na parede.

— Ah, você não vai fazer isso... — rosno para o demoniozinho. Ele se move quase flutuando pelos móveis, mas eu escolho o caminho mais curto até a lâmina. Ordeno que a queimação no meu peito acorde de novo e manipulo o ar ao meu redor, crio uma pequena ventania que balança a arma até que ela cai no chão.

Rolo pelo carpete e seguro o cabo da kukri. A euforia me consome e levanto o rosto, procurando pelo desgraçado. Algo macio bate contra o meu rosto. Penas voam para todos os lados e nada parece fazer sentido.

— Você me atacou com isso?

Vixen segura outro travesseiro, pronto para jogá-lo em mim mais uma vez. Os pés estão sobre o colchão e ele inclina o tronco para a frente, me provocando. Que ridículo! Ele é maluco? E ele está... sorrindo?

Chega de gracinhas.

O sorriso fácil desaparece do rosto do guerreiro quando a explosão do meu poder faz seu corpo levitar só um pouco. Estou usando mais poder do que devo e em breve estarei esgotada, então esse é meu último ataque. Atiro-o de costas contra a cama e pulo em cima do seu quadril, imobilizando-o com a kukri em sua garganta. O ar ao redor de seus pulsos imobiliza-o. Estou prestes a banhar o branco do tecido com o vermelho de seu sangue. Ele tenta respirar embaixo de mim, mas eu coloco ainda mais pressão, inclinando-me sobre seu corpo. Aproximo meu rosto do seu ouvido e ameaço-o sem piedade.

— Onde está a minha mãe? — Volto a encarar as pupilas amarelas de Vixen. — Me diga!

Bem de perto, consigo ver as veias deslizando pelas bochechas e nos cantos dos olhos.

— Eu não sei, Kalina… — ele sussurra.

— Mentiroso! — O guerreiro arfa quando aperto o metal com força, rasgando sua carne um pouquinho. — Ela estava nos seus braços! O que aconteceu?!

Vixen fecha os olhos e engole em seco.

— Sim, você me viu com ela… — Quando volta a me fitar, tenta levantar o rosto um pouco, mas eu não deixo. — Só que eu não sei onde ela está…

Solto uma risada seca. Chega de *tentar* ter paciência. Estou cansada de escutar os outros mentirem sobre mamãe. Frederick, Ravenna, Ruel… Vixen! Ele vai descobrir que não é o único assassino nesse quarto.

— Você é inútil — murmuro.

Retiro a adaga do pescoço do guerreiro e a ergo o mais alto que posso. A lâmina mira o ponto exato entre os olhos amarelos dele.

Estou prestes a descê-la, quando a última frase que eu esperava ouvir sai da boca dele.

— Você é exatamente como Safiny disse que seria.

Meu mundo para.

A chama furiosa dentro de mim se apaga. Esqueço como é respirar e usar as mãos. A kukri desliza dos meus dedos e crava-se bem ao lado do rosto do harakin. Com os braços livres, Vixen relaxa os ombros e tomba o rosto um pouco para o lado, me analisando.

— O que… — Eu mal consigo formular as palavras. — O que você disse?

Com calma, ele ergue o tronco, aproximando-se demais. Resvala o queixo e olha para a adaga na cama.

— Eu tenho muitas coisas para te contar, Kalina. — Quando ele volta a atenção para o meu rosto, estica o canto da boca. — Mas que tal sair de cima de mim agora?

Capítulo 31

Tem uma mancha vermelha na gola da camisa de Vixen.

A marca que deixei minutos atrás quando perfurei a pele com a kukri. O sangue não escorre mais, está seco. E ele não demonstra se importar também, porque nem parece sentir o ferimento. Voltou ao seu trono, posicionado no meio do quarto. Parece mais confortável do que nunca, girando a mecha loira do cabelo lentamente pelo meio dos dedos.

As penas do travesseiro ainda estão pelo chão, assim como os cacos de vidro. A luz da lua ainda entra pela janela e nós dois apenas nos encaramos enquanto espero que ele comece a falar.

Estou desnorteada, não só pela frase sussurrada do harakin, mas porque fui desarmada em segundos. Foi uma das maiores falhas que já cometi em anos. Baixei a guarda quando tudo poderia não passar de um blefe. *Ainda pode. Não se esqueça disso, Kalina.* Mas como ele fala sobre mamãe como se a conhecesse? Como ele parece *me* conhecer?

Gostaria muito de poder relaxar sobre a poltrona macia onde estou sentada. Só que a pressão na minha cabeça parece prestes a explodir. Meu coração está tão acelerado que chega a ser audível. E eu não sei se o embrulho no meu estômago vai se manter aqui dentro.

Giro devagar a ponta afiada contra minha coxa, deixando claro para o guerreiro que estou com ela. Esse foi outro motivo que me fez confiar, minimamente, no harakin. Ele poderia ter roubado a kukri no exato instante em que ela caiu ao seu lado, mas não o fez. Apenas a ignorou e esperou que eu saísse de seu colo. Foi só depois de muitos minutos tentando entender o que tinha acontecido que eu voltei a empunhá-la, envergonhada pela minha desatenção momentânea.

— Você não vai falar nada? — Pressiono ainda mais a ponta afiada contra a perna. — Ou será que preciso usar *isso aqui* de novo? — Giro a kukri próximo ao rosto.

Vixen abre o sorriso preguiçoso, os olhos amarelos reluzindo.

— Paciência não é uma virtude sua, percebo. — Ele está com o cotovelo apoiado no encosto da poltrona. A mão segura o queixo e, depois que as palavras saem de sua boca, um dedo alisa o lábio. Odeio-me por sequer perder tempo reparando nisso.

— E você está acabando com o pouco que resta dela. — Inclino meu corpo para a frente, franzindo as sobrancelhas. — Fale sobre a minha mãe, *harakin* — ordeno.

Vixen abre a boca pronto para me responder, mas seu foco muda muito rápido.

— O seu pé... — Ele empina o queixo na minha direção só um pouquinho.

— Estou bem, não preciso... — tento minimizar a situação, mas ele me interrompe.

— Está sujando todo o meu tapete.

O guerreiro levanta-se suavemente e abre uma gaveta. Nas mãos traz uma toalha e a joga na minha direção sem o menor cuidado. *Eu deveria pisotear cada canto desse carpete pomposo, seu idiota.* Semicerro os olhos e abro um sorriso amarelo sem agradecer. Encaixo a toalha no machucado e limpo o sangue.

Subitamente, ele pergunta:

— Por que você está *aqui*?

— Sem essa. Sou eu quem faz as perguntas, não você — respondo afiada.

O harakin recosta-se na poltrona e volta a alisar o lábio.

— Vou te dizer o que eu acho. — Aponta o dedo acusador para mim. — Eu acho que você está aqui porque pensa que... — Demora-se no final da frase. — ... *matei* Safiny.

Aperto a mandíbula ao escutar o nome de mamãe saindo da boca dele mais uma vez de forma tão desleixada.

— E não matou? — enfrento-o. Não consigo mais dar atenção para o corte no meu pé. A única coisa que consigo pensar é no meu coração está tão acelerado prestes a sair pela boca. Ele parece ponderar a resposta, mas decide ser direto.

— Não.

Não diz mais nada, apenas sustenta meu olhar por tempo demais. O suor gelado escorre pelas minhas costas e talvez eu esteja hiperventilando. *Não vou aceitar essa droga de resposta.* Arremesso – com toda a força que existe no meu braço –, a toalha na direção do mentiroso. Antes que se choque com seu rosto, o harakin a recolhe no ar e segura-a como um troféu.

— Péssima pontaria. — Ele abandona o tecido pelo chão, depois dá uma batidinha na mão teatralmente. — Mas como eu estava dizendo... — Desfaz o sorriso e parece muito sério de repente. — Eu não matei a sua mãe, Kalina.

A enxaqueca se torna mais intensa. Tenho vontade de fechar os olhos e não escutar mais nada. *Ele está mentindo.* Como todos os outros. Mentem o tempo todo. Não posso acreditar tão fácil, mesmo que no fundo do meu peito queira me iludir com a resposta dele.

— Eu vi a flecha atravessar a barriga da minha mãe, Vixen... — Agora é a minha vez de apontar o dedo na direção dele, acusadora. — E eu vi a aljava nas suas costas. Vi quando mamãe caiu nos seus braços.

— E você supôs que eu sou o único harakin que sabe usar um arco? — A resposta é ácida. — Existia um alvo enorme nas costas da sua mãe. Você não faz a mínima ideia de tudo pelo que ela passou aqui dentro.

— E você sabe? — Inclino meu tronco para a frente, fincando com força a ponta da kukri no tapete.

— Mais do que você imagina.

O que está escondendo, então?

— Eu não acredito em você. — O aperto no peito se torna doloroso demais. — E é melhor que me faça mudar de ideia. — A ardência sobe para os olhos, mas eu a afasto. — Então me responde, Vixen… Se você não a matou, onde ela está?

Ele solta um longo suspiro, tomando algum tempo para responder.

— Quando eu digo que não sei onde ela está, estou sendo sincero — ele pontua cada palavra que diz, o tom baixo. — Os guardas a levaram depois que tudo aconteceu e você precisa entender uma coisa, Kalina… — As íris amarelas brilham. Ele estica a mão e a coloca em cima do peito. — Quando eu vi sua mãe pela última vez, ela *estava* viva.

O mundo gira em câmera lenta e eu preciso segurar o banco embaixo de mim para não cair.

— V-*viva*? — gaguejo, encontrando as letras na língua.

Ele retira os dedos do busto e alisa o cabelo, tirando os fios loiros da testa. Depois, olha para a janela do outro lado do quarto, observando a lua.

— Pelo tempo que eu estive com ela, sim. — *Isso já é algo… Não é?* — Eu tentei estancar o sangue. A flecha não estava próximo do coração ou pulmões. O maior problema era a perda de sangue, porque a cada segundo que se passava a hemorragia interna aumentava. — Ele enruga os olhos um pouco. Lembrando, talvez. — Não tirei a flecha, porque isso só pioraria a situação, você deve saber. Safiny estava perdendo muito sangue, mas parecia minimamente lúcida. Ela falou seu nome… Foi por isso que eu soube que você estava aqui.

Penso no rosto glorioso de mamãe em nossa casa. As bochechas proeminentes e o reluzir de sua pele sempre hidratada. As reuniões animadas com os amigos, regadas a muito vinho para os adultos e doces para as crianças. Depois, tento conectar a mulher que sempre pareceu indestrutível, como a pessoa que vi minutos antes do expurgo acontecer quando cheguei à montanha. Aquela mulher não parecia ser mais uma sobrevivente. Ela estava débil e não parecia ter chance alguma.

— *O quê*? — Minha voz falha. O tremor nas pernas quase me faz procurar pelo chão. Em nenhum momento, até agora, deixei que pensamentos negativos se infiltrassem na minha busca por mamãe. Mas escutar tudo isso deixa a luta muito mais difícil.

Vixen faz menção de se levantar, mas eu estico a mão, obrigando-o a ficar parado. Ele não ousaria tentar me *confortar*, não é? Pelo bem dele, que não o fizesse. Quando se aconchega mais uma vez na cadeira, volta a falar.

— Safiny ainda pode estar em algum lugar, se recuperando — ele diz, não tão seguro.

Não consigo formular as ideias direito. É claro que a hemorragia pode ter matado mamãe, não tenho como descartar essa possibilidade. Mas uma esperança irracional tenta de todas as formas preencher meu coração apenas por saber que ela estava respirando e lúcida quando Vixen a ajudou. Volto a encarar os olhos amarelos dele, lutando contra as dúvidas dentro do meu peito.

— Quem fez isso com ela? — vocifero, o sangue esquentando.

— Eu não tenho certeza... — murmura, dando de ombros. — Naquele dia todos estavam atrás da sua mãe e...

— Calma aí! — interrompo-o. — Como assim estavam atrás da minha mãe?

Vixen esfrega os olhos e eu preciso me segurar muito para não esganá-lo.

— Você nunca se perguntou como tantos prisioneiros sobrevivem ao labirinto, mas quase nenhum sobrevive à prisão? — Penso em ex-prisioneiros da montanha que já passaram pela minha vida em Mave e percebo que eu nunca, realmente, conheci um sobrevivente.

— Por que você diz isso?

— Assim como sua mãe virou um alvo, outros também foram. Basta você sobreviver por tempo demais. Ou despertar a ira de uma pessoa importante. A lista de quem devemos caçar sempre chega. E foi a vez de Safiny naquela noite.

Quanto mais o harakin fala, mais suja eu me sinto. Não é difícil acreditar no que ele diz. Talvez esse tenha sido um dos motivos para que eu e Ehrika tenhamos conseguido sobreviver ao expurgo, porque não éramos o alvo.

— E você resolveu ajudá-la e ir contra todos os seus queridos irmãos? — O deboche escorre das minhas palavras duras. — Me desculpe, mas não consigo comprar esse seu papinho. Como você e minha mãe conversavam dentro do expurgo? Eu sobrevivi a esse pesadelo, sei bem como funciona. Seria impossível! Outros guerreiros poderiam ver vocês dois...

— Não precisa acreditar em mim, se não quiser — responde com tranquilidade. — Mas existem muitas coisas dentro do labirinto que você não sabe. Passagens desconhecidas, câmaras secretas que nós utilizamos para surpreender os prisioneiros. Como acha que conseguimos atravessar os corredores e nunca nos perder? — Penso no jeito que ele sumiu enquanto o seguia no dia do meu expurgo. Agora tudo faz sentido. — Eu ajudei Safiny a sobreviver cruzando esses lugares. Era pouco tempo, mas conseguimos conversar o suficiente.

Vixen fica em silêncio durante longos segundos. Recosta a cabeça na poltrona e simplesmente se cala. Quando sinto que estou minimamente controlada, decido perguntar algo que está entalado na minha garganta.

Você é exatamente como Safiny disse que seria.

— Mamãe falava sobre mim? — Não consigo respirar direito, decido caminhar pelo quarto enquanto Vixen responde. Expulso a última pergunta da minha língua, temendo que a resposta não seja o que quero ouvir. — Como você a conheceu, exatamente?

Deslizo meu pé dolorido pelo tapete fofo e ignoro a possibilidade de estar sujando-o. O movimento acalma.

— Safiny é uma das mulheres mais inteligentes que conheço. — Ele fala no presente, é, e não *era*. — Observadora, igual a você. Manipuladora também. — Entorta o canto da boca. — Igual a você...

Giro meus olhos para o harakin pronta para discutir, mas ele já está caminhando em direção à janela. Quem ele pensa que é para falar assim comigo?

— Além, é claro, da força física. — Escora-se no vidro e encara de longe. — Rápida como uma fênix.

— Eu já sei de todas essas coisas. Esqueceu que ela é *minha mãe*? — Cruzo os braços em cima do peito.

Vixen mostra os dentes brancos em uma risada fácil. *Por que ele sempre está sorrindo? É irritante.*

— Quero apenas que você entenda que nunca foi fácil matar Safiny dentro do labirinto — continua. — Se existiu alguém imbatível até mesmo para nós, foi ela.

Aperto meus dedos uns contra os outros. Não sei aonde ele quer chegar, mas espero que seja rápido.

— Então você tentou matá-la? — questiono mais uma vez.

— No início? — Ele dá de ombros. — É claro. — Seguro o ar nos pulmões porque minha vontade é jogá-lo para fora da janela. — Mas não éramos apenas nós de olho nela. Sua mãe estava observando-nos a cada expurgo, procurando pelo futuro *aliado*.

— Ela nunca iria se aliar a um de vocês. São assassinos... — Enrugo as sobrancelhas. Minha cabeça dói ainda mais.

— Assim como você se aliou à diretora, não é? — Ele estreita os olhos e abre um sorrisinho. — Ela é tão assassina como qualquer um de nós, a diferença é que as mãos continuam limpas. Você não é tão diferente da sua mãe, Kalina. Só encontraram caminhos opostos para conseguir o que queriam aqui dentro.

Seguro a resposta que insiste em sair da minha boca, porque sei que no fundo ele está certo. E porque quero que continue falando.

Em silêncio, apenas gesticulo para que vá em frente. Ele tensiona um pouco os ombros e as linhas do rosto se tornam menos relaxadas.

— Ela notou bem rápido que eu tinha alguns... *problemas*. — Ele cruza os braços, desviando o olhar. — Com os outros harakins principalmente. Blizze e eu não nos damos muito bem. Ele acha que por ser o líder, também é o nosso rei. Só que não é assim que as coisas funcionam, pelo menos não pra mim.

— Minha mãe estava te espionando no expurgo? — questiono ainda mais confusa.

— Safiny salvou a minha vida, Kalina — diz, encarando o chão. Parece tão diferente sem o sorriso no rosto. Inconscientemente leva os dedos até o pescoço. — Blizze teria me matado, se não fosse por ela. Estava tão irritado naquele dia. — Levanta os olhos e me encara. — Aparentemente eu não matava pessoas o suficiente. Só que eu sei que não era por causa disso que Blizze queria encrenca... — Ele ergue o queixo e a máscara de deboche volta ao rosto. — Nós temos visões diferentes e ele não gosta nem um pouco da minha.

Quero perguntar sobre o que está falando exatamente, mas prefiro continuar com o foco em mamãe. Nada sobre o demoniozinho me interessa.

— E como ela conseguiu te ajudar? — Penso no trovão Safiny Kaster e a saudade machuca ainda mais.

— Blizze nem viu o chute que o desacordou enquanto estava… me *sufocando*. — Vixen só dá de ombros mais uma vez, como quem finge não se importar. — Depois, ela apenas ficou me encarando enquanto eu tentava respirar de novo. Agradeci pelo que tinha feito. Então ela esticou a mão e me ajudou a levantar.

Visualizo cada detalhe da cena que o harakin me conta. Apenas mamãe seria corajosa o suficiente para fazer isso. Mesmo assim, eu não consigo aceitar tão rápido que ela tenha se colocado em perigo por causa de Vixen.

— Mas por que mamãe faria isso? — Minhas pernas estão tremendo e sinto a necessidade de me sentar no chão. — O que minha mãe queria com você?

— Nem todos os harakins gostam da vida que levam. — Desgruda as costas da janela. Coloca um pé após o outro, aproximando-se, quando passa por mim quase posso sentir um aroma novo. — E sua mãe sabia sobre algo escondido dentro da montanha que poderia beneficiar não somente a mim, mas a todos que odeiam isso tudo. — Ele gira o dedo.

Fico em silêncio, tensa pela aproximação súbita. O harakin se cansa e decide que a poltrona é sua parte favorita do quarto.

— Nós somos tão prisioneiros quanto vocês. Não podemos *desistir*, porque não temos para onde voltar. Se fizermos isso, somos considerados desertores e o rei do Outro Lado não nos receberia de braços abertos. Sabe o que eles fazem quando isso acontece? — Vixen espera pela minha resposta, mas quando não a recebe, continua: — Os aratnys simplesmente nos jogam no abismo e nós caímos até o fundo em direção à morte.

— Vocês poderiam se rebelar.

— Nem todos concordam, Kalina. Alguns só querem continuar seguindo as ordens. A comida é boa, os aposentos também. Ser um harakin é tudo o que somos. — Ele morde o lábio, pensativo. — Foi por isso que, quando Safiny apareceu me prometendo uma oportunidade de acabar com tudo isso, eu me interessei. Eu a defendi no expurgo em troca das informações. Tentei ajudá-la, procurando o que queria aqui dentro do castelo, mas não achei absolutamente nada.

— E o que seria? — A ansiedade preenche minha voz.

Vixen abre um sorrisinho cheio de deboche.

— Você acha mesmo que eu vou entregar todas as informações assim? — Fica alguns segundos calado, antes de continuar: — Eu sei da existência da Ruptura. — O silêncio preenche o quarto. Ele espera minha reação. — Vocês não são os únicos que gostam de investigar.

— Minha mãe te contou, não foi? — testo a minha teoria, mas lembro que Mig nunca comentou sobre conversar com mamãe dentro da prisão.

— Safiny nunca falou sobre a Ruptura pra mim, Kalina. — Ele abre ainda mais o sorriso. — Existe uma pessoa entre vocês que às vezes *fala demais.* Se me levar até os líderes, eu conto o que Safiny estava buscando.

Minha cabeça está girando e eu não consigo mais ouvir uma palavra do que Vixen diz. Não existe a possibilidade de eu entregar Mig e Alexis tão facilmente. Eu não vou fazer isso.

— Por que você quer falar tanto assim com eles? — Seguro o tremor na voz.

— Por que, talvez, o que sua mãe procurava não esteja no castelo. — Vixen levanta-se lentamente da poltrona. Reajo da mesma maneira, segurando a adaga com força. — Mas talvez esteja dentro da Montanha. — Vixen faz uma mesura. — E se você conseguir uma reunião com a Ruptura, perceberá que Insula está prestes a arder em chamas.

Essa frase. Não. Não. Não. Não.

Salto da poltrona e avanço para a porta. Não consigo mais ficar nesse quarto.

— Temos um acordo? — ele eleva a voz. O mindinho estica em direção ao coração e desliza fazendo o gesto da esquadra das lâminas. *Não pode ser.* Apenas giro a maçaneta e parto para o corredor sem dar uma resposta.

Não tenho mais medo das sombras, porque sei que elas conseguiram o que queriam.

E Vixen também.

CAPÍTULO 32

Ravenna voltou.

Está de pé bem em frente à minha cama.

A franja longa trilha o caminho até o queixo e os fios curtos parecem um pouco maiores desde a primeira vez que a vi. Encaixam-se abaixo das orelhas enfeitadas por uma série de brincos brilhantes. Os olhos, tão escuros quanto um lago em meio à noite, estão perfeitamente esfumados em marrom, e a boca, tingida por um batom vinho.

— Bom dia. — Ela abre o sorriso brilhante. — Desculpe te acordar tão cedo.

O que ela não sabe é que eu mal preguei os olhos desde que voltei do quarto de Vixen.

Ehrika não tinha acordado mesmo depois da minha partida. O sono pesado da minha melhor amiga sempre foi um dos mistérios mais curiosos que já encontrei. Foi bom não precisar explicar nada para ela. Eu não sabia nem o que dizer, porque ainda não sei se acredito em tudo o que Vixen falou. Com a bochecha pressionando a maciez do travesseiro, fiquei observando o rosto de Ehrika enquanto sonhava. Não queria dormir e encontrar os demônios me esperando em meus pesadelos. Por isso, quando o sol despontou pela janela e as batidas soaram, não foi difícil me levantar e abrir a porta para a diretora.

É realmente muito cedo, então me pergunto o motivo de ela estar aqui.

— Não tem problema — respondo, alisando a colcha. Giro meu queixo e vejo Ehrika desperta, mas com imensas olheiras em seu rosto amassado. — Você voltou — murmuro, dizendo o óbvio para a diretora.

— Não achei que levaria tanto tempo para resolver tudo em Aratny — Está sozinha no quarto, mas duas soldadas desconhecidas esperam do outro lado da porta. Ravenna nunca anda desacompanhada dentro do castelo. — Mas sim, estou de volta. — Desliza os olhos para o meu lado e meneia a cabeça. — Não tivemos a chance de nos conhecer ainda.

Ehrika estica o corpo para cima e, muito mais sociável do que eu, oferece o aperto de sua mão. Mesmo sabendo todos os pensamentos negativos que ela pensa sobre a aratnyana, jamais demonstraria isso. Uma verdadeira política, se posso dizer. Muito mais esperta do que eu, certamente.

— Prazer em te conhecer. — Penso nos comentários debochados em sua mente nesse momento. — Obrigada por isso. — Ela balança a mão para os lados, mostrando o quarto.

Ravenna percorre a visão pelos móveis e assente uma única vez, o movimento típico.

— É o mínimo que posso fazer por vocês. — Em cima dos saltos que lhe dão uns bons quinze centímetros, se aproxima da borda da cama. A preocupação estampada nos olhos. — O tenente Ruel não pertence mais à unidade militar da Montanha, agiu sem o meu consentimento e foi transferido para um batalhão ao sul de Marzilis.

Antes que eu possa falar, Ehrika questiona a diretora.

— Você salvou a minha vida. — Ela abre um sorriso. *O que você está tramando?* — Não sei como te agradecer. Ainda mais depois de saber como vem tratando a Kalina. Obrigada! — Ela coloca uma das mãos protetoras no meu ombro. — Preciso perguntar, é claro… — *Aí está… O que Ehrika quer?* — Como você nos encontrou naquela noite?

A pergunta explode na minha mente. É claro. Como eu não me questionei sobre isso? Quando encaro Ravenna, ela balança a cabeça, concordando com a pergunta.

— Entendo a sua dúvida. — A aratnyana procura pelos meus olhos. — Fui informada do que estava acontecendo naquela noite pela governanta. Um dos soldados que acompanhava o tenente Ruel é de confiança e rapidamente passou a mensagem para ela. Você precisa agradecer pela agilidade de Irvine, me avisou assim que soube. Se eu não tivesse pessoas de confiança aqui dentro, não seria a diretora da maior prisão de Insula.

Penso nos dois brutamontes que me arrastaram para o galpão. Eles eram belos atores, porque não demonstraram piedade em momento algum. E Irvine… A velha não parece gostar muito de mim, mas deve servir a Ravenna com unhas e dentes. Além do mais, Ravenna me deixar vivendo como hóspede dentro do castelo certamente é um segredo, então suponho que a mulher tenha apenas pessoas que confia aqui em cima.

— Que sorte — respondo, tentando não demonstrar a incerteza. Meus ombros ainda estão tensos por tudo o que escutei na madrugada e eu não processei metade disso. — Você quer conversar comigo sobre o documento, não é? — disparo, cortando a conversa fiada. Sei bem que ela está aqui por causa disso.

A diretora me analisa por um tempo, depois junta as mãos em frente ao corpo e assente sem enrolar. Está usando outro de seus vestidos elegantes, um vermelho tão escuro que quase se transforma em preto.

— Não podemos mais perder tempo, Kalina. — A voz está carregada de um tom maternal e isso faz a minha pele arrepiar. — Fiz tudo o que pude para que fosse merecedora de sua confiança, mas preciso confiar em você também. Foi você quem procurou por mim, acredito que se lembre.

Sabia que esse momento iria chegar. Na verdade, me surpreendo pelo tempo que a diretora levou para cobrar mais informações sobre o documento.

Ravenna olha para Ehrika, a expressão séria, mas não de um jeito irritado.

— Eu não me importo de falar sobre isso com você estando nesse quarto — ela diz, encarando os olhos violeta da minha melhor amiga. — Porque Kalina confia em você, mas espero que entendam que estou me colocando em perigo por confiar em ambas. Só que acredito que mudanças não acontecem se não nos arriscarmos.

Ehrika fica quieta, sem responder. Penso em tudo o que pode acontecer daqui para a frente e tomo uma decisão. Estico minha mão e seguro os dedos ao meu lado.

— Você confia em mim? — Ehrika assente assim que pergunto. Ela não precisa de tempo algum para pensar. — Me espere aqui, então. Podemos terminar essa conversa no seu escritório? — questiono para a diretora.

— É claro.

Quando me levanto, indico que Ravenna vá na frente. Ehrika sussurra um *se cuida*, mas não discute. Sei que ela pode ficar magoada com a minha escolha de afastá-la dessa conversa, mas eu não posso imaginar o que a diretora vai querer de mim. E, se eu puder tirar Ehrika de toda essa sujeira, vou fazer isso. Quando penso em todo o futuro roubado dela, nos anos que poderia passar ao lado da Capitã Bark, vivendo aventuras e construindo uma família. Não posso imaginar deixá-la perder isso por causa de uma rede perigosa que se forma ao meu redor. Por isso, quando estou prestes a sair do quarto, levo o dedo mindinho ao coração e fecho a porta.

O fantasma de Ruel ainda ronda o escritório da diretora, mesmo estando apenas nós duas dentro dele. Imagino o cachorrinho escondido em algum dos cantos, mas ele não está aqui.

— Quer beber um chá? — ela pergunta, do outro lado da mesa. A poltrona em que se senta parece ser duas vezes maior que ela.

— Estou bem — respondo, batucando o encosto do braço. É claro que estou nervosa. Vou entregar a última informação que me mantém em vantagem nesse jogo. Só que existe um segredo que ronda os olhos escuros de Ravenna e ele parece envolver o meu nome.

Ela coloca as mãos em cima da mesa e cruza os dedos entre si.

— Certo. Não vou mais enrolar quando ambas sabemos o que viemos fazer aqui, não é? — As batidas do meu coração aceleram a cada palavra dita. — Me conte sobre o documento.

— É muito difícil acreditar que você não está fazendo essa pergunta a mando de Frederick. Na verdade... — Inclino-me na direção de Ravenna. — ... é muito estranho que ele não tenha mandado me matar aqui dentro, como fez com a minha mãe.

Os sentimentos começam a borbulhar no meu peito. As dúvidas estão todas entaladas na garganta, mas seguro a maioria delas. Ravenna inspira fundo e fecha os olhos. Os longos cílios tremem antes de falar.

— Ele já fez isso — Ravenna confessa. — Esse foi um dos motivos que me fizeram ficar tantos dias afastada. — As íris pretas estão brilhando quando me encara de volta. — O imperador quer a sua cabeça desde que você chegou na montanha, mas eu não deixei que isso acontecesse. Porque quando eu soube que você era Kalina Kaster, filha de Safiny Kaster, os Cinco Deuses Irmãos sussurram nos meus ouvidos que isso não estava acontecendo por coincidência. E quando eu vi seu rosto... Eu tive ainda mais certeza. Então, a única coisa que eu te peço é: confie quando digo que também quero derrubar Frederick do trono. — O choque corre por todo o meu corpo. Ela disse, com todas as letras. *Ela disse.* — Estou trabalhando nisso há anos, mas existem poucas brechas. Estamos tão perto, *tão perto...*

A mulher recosta-se contra a poltrona e deixa o cansaço consumir seus ombros. Ela fica em silêncio durante minutos, apenas me encarando.

O abalo ainda está repercutindo por cada pedacinho da minha pele. A diretora da montanha acabou de confessar com todas as letras que é uma traidora do governo de Frederick. Mas por que ela não fala o nome da Ruptura? Se ambos querem acabar com o trono ditador, por que parecem estar em lados apostos ainda? Sinto uma vontade irracional de perguntar exatamente isso, mas o rosto de Mig e Alexis resvala pelos meus olhos. Não... Essa pergunta eu devo fazer a eles.

Então, decido continuar meu jogo com Ravenna.

— Minha mãe tinha certeza de que o governo Aratny foi o responsável pela morte do meu pai. — As palavras libertam-se da minha língua. — Não somente ele, mas outras pessoas por toda Insula. — Ravenna, lentamente, descola suas costas da poltrona e inclina-se na minha direção. As sobrancelhas arqueiam e a boca treme um pouquinho. Ela não fala nada, apenas me escuta. — Papai morreu envenenado — digo, a voz ficando rouca pela vontade de chorar. Pigarro, tentando manter-me assim. — Existe um dossiê guardado por Frederick com todas essas informações, além da localização da maioria dos corpos.

— Você não sabe onde está o corpo do seu pai? — ela pergunta, confusa.

— Eu sei. — Penso na lápide escondida no meio do bosque perto de casa. — Papai conseguiu fugir dos homens que o atacaram, encontrou mamãe antes de morrer nos braços dela. — Limpo a garganta mais uma vez, porque a dor nos olhos fica forte demais. — Ele só conseguiu sussurrar a palavra aratny, antes de partir.

Desvio o olhar para a janela atrás de Ravenna, procurando pelo céu azul.

— E onde está o corpo do seu pai? — ela questiona de repente.

Como assim? Que tipo de pergunta é essa? Volto a encarar Ravenna. Está com os olhos um pouco arregalados, esperando pela minha resposta.

— Por que você quer saber isso?

A diretora alivia a expressão tensa e sacode um pouco a cabeça, afastando algum pensamento.

— Nada. — Desiste do questionamento. — Curiosidade, apenas. Qual era o nome do seu pai mesmo?

— Havier.

— Havier... — ela enrola o nome na língua.

— Você o conheceu? — pergunto, porque o jeito que fala parece estranho.

— Não — responde rápido. — Não tive a oportunidade.

Balanço a cabeça em concordância.

— Então… — eu murmuro, sentindo uma comichão nos dedos dos pés. — O que eu te contei, você acha que pode ser útil para tirar Frederick do trono?

Ravenna balança a cabeça lentamente.

— Acho. — Depois, abre um sorriso.

— E o que acontece agora? — Tenho medo do que ela possa responder.

— Vou entrar em contato com algumas pessoas que estão dentro do palácio. Sondar sobre esse dossiê, porque nem mesmo eu sabia da existência dele. Pode ajudar, é claro. Mas não vai ser suficiente para tirá-lo do trono.

O fundo do meu estômago afunda. Quando enfrentei mamãe sobre estar escondendo de mim as conversas com o Senhor Charles, ela me confessou sobre esse documento. Explicou sobre a morte de papai, algo que nunca era falado dentro da nossa casa. Ela tinha certeza deque Frederick poderia ser desmascarado. Mamãe mentiu para mim? Não posso acreditar que fez isso, não ela.

Pressiono minhas costas contra a poltrona, sentindo-me tonta por um momento. Deslizo meus olhos para Ravenna e espero os gritos ordenando que as guardas entrem e me levem embora. Só que ela não faz isso, pelo contrário.

— Você está bem? — pergunta, quando percebe meu jeito.

Observo a aratnyana e, talvez, pelo torpor que se abate em mim, deixo deslizar outra pergunta que ecoa na minha mente.

— Por que aquela aranha me picou? — O ponto arroxeado no meu braço quase não aparece mais. — Você disse que eu iria ficar bem, mas eu estava sufocando.

— O veneno não era mortal. E eu sabia que você iria ficar bem.

A resposta é vaga e me deixa ainda mais irritada. Eu poderia ter morrido em frente a ela. Como pode dizer que eu ficaria bem?

— Certo. — Não discuto, porque tenho outra dúvida. — Posso te fazer mais uma pergunta?

Ravenna levanta as sobrancelhas bem desenhadas e assente.

— Se eu puder responder…

— Minha mãe morreu dentro do labirinto? — A voz de Vixen desliza pelos meus ouvidos.

Uma pequena ruga se forma entre as sobrancelhas da diretora.

— A flecha perfurou o coração da sua mãe, Kalina — ela fala com confiança. — Não pudemos fazer nada, foi encontrada morta logo no início. — Escondo o tremor nas minhas mãos embaixo da mesa. Ravenna está mentindo? Por que ela falaria algo assim? — Desculpe, mas sua mãe não conseguiu mais lutar sozinha aqui dentro.

Pressiono os dedos contra meus olhos. *Ela não estava sozinha, ela tinha Vixen.* Sinto vontade de gritar, porque quero acreditar nessa teoria. Penso no que Ravenna contou, sobre mamãe não ter aceitado a proposta dela quando estava presa, e isso trovoa pelo meu coração. Se mamãe não confiou em Ravenna, por que eu devo confiar?

— Kalina. — Ela estica a mão por cima da mesa. Quando vejo a palma virada, sei que quer apertar a minha. — Você esclareceu muitas dúvidas minhas e a principal delas: se eu poderia confiar em você. — Quando seguro sua mão, ela aperta a minha.

— Vou te pedir apenas mais uns dias antes de te contar o que precisa saber, porque tem uma coisa que quero entregar para você. — Ela encaixa a outra mão, formando uma concha. — Até lá, vou deixar Irvine cuidando de você, certo? Nem sempre vou estar disponível para te encontrar, mas prometo que vou investigar o dossiê e em breve você vai saber tudo o que precisa saber.

— Por que a governanta precisa ficar de olho? Você não confia em mim? — Agora que entreguei o que queria, vou voltar a ser uma prisioneira…

— Irvine é uma das poucas pessoas em quem confio aqui dentro. — Ela aperta ainda mais meus dedos. — E porque tenho medo que algo aconteça com você. Os harakins ainda obedecem ao Rei do Outro Lado e não sei o que Frederick pode pedir a ele.

Garras afiadas cravam-se ao redor do meu coração e um medo absurdo percorre minha garganta. Penso no rosto de Vixen e no tempo que passei em seu quarto. Lembro-me de Blizze e do momento em que ele quase me sufocou. Até mesmo Hux e nosso encontro na biblioteca. Eles estão por todos os lados nesse castelo.

Como se Ravenna estivesse escutando meus pensamentos, ela me alerta:

— Não confie em nenhum deles, Kalina.

E, assim, percebo que nunca escapei verdadeiramente do labirinto. A saída ainda está muito distante e todos os demônios estão com os olhos nas minhas costas.

E eu continuo sem saber qual é o maior entre eles.

CAPÍTULO 33

Existem três caminhos na minha frente.

Eles são opostos entre si e todos me assustam de maneiras diferentes. Alguns trechos acabam se cruzando e confundindo a direção que escolhi desde o início. O caminho fácil é feito de sorrisos bonitos, vestidos rodados e palavras gentis. O difícil é preenchido por informações dúbias, piqueniques na madrugada e líderes misteriosos. O último e mais pavoroso é construído em cima de olhos dourados, confissões reveladoras e gosto de sangue.

Eu não confio em nenhum desses caminhos.

Só que meus pés doem e já não lembro direito meu nome. Poucos são aqueles que te contam a verdade sobre buscar algo e se perder no meio da rota. Sobre como é difícil você se agarrar em uma esperança que parece cada vez mais um delírio. Até onde você consegue ir sem deixar a loucura te tomar completamente? As dúvidas começam a se dissolver e você só sente saudade de poder sentir o sol nos cabelos e o vento nos ouvidos. Sente falta de conversas simples, que não estejam carregadas de espinhos.

Eu me sinto assim a cada dia que passa.

Ravenna continua afirmando que mamãe morreu, mas que não existe nenhum corpo para me despedir. Ela confessou que deseja tirar o trono de Frederick e que eu sou uma chave importante nisso tudo, mas não me conta exatamente o porquê.

A Ruptura segue como uma história contada por dois soldados jovens demais, mas que até o momento não desistiram de me apoiar na busca de mamãe. Jogaram-me dentro de um furacão pronto para mudar os ventos de Insula, mas não revelam todas as informações necessárias.

E Vixen... O guerreiro demônio foi o único, até agora, que me deu informações sólidas sobre mamãe. Aquele que espreitava meus pesadelos em meio à noite talvez seja quem mais pode me guiar ao destino que quero. Só que não sei ainda o quanto posso confiar nele, porque tanto Ravenna, quanto Mig e Alexis, todos alertaram-me sobre os harakins. Os filhos do Rei do Outro Lado seguem as ordens dadas pelo Imperador, um acordo de sangue selado entre as duas dimensões.

Então, por que meu instinto diz que Vixen foi o único que pareceu não esconder nada de mim? *Espere para descobrir quando as sombras estiverem enroladas no seu pescoço, Kalina.*

Os pensamentos martelam enquanto serpenteio pelo castelo. Deixei o escritório de Ravenna com uma quantidade ainda maior de perguntas. Só que nenhuma delas me interessa tanto quanto a mentira contada sobre mamãe. Se o demoniozinho diz que ela estava viva e Ravenna afirma que estava morta, prefiro acreditar na primeira opção. Sempre vou acreditar na primeira opção, mesmo que isso acabe sendo uma péssima escolha. O que vim buscar aqui dentro não foi o trono de Frederick Denova, a derrubada da montanha ou a liberdade de outras pessoas. Eu quero a minha mãe e somente a minha mãe.

Os raios de sol invadem a janela e beijam meu rosto. A sensação é boa e inspiro o ar por um segundo, tomando coragem para seguir até o quarto e confessar tudo a Ehrika. Quero contar o que aconteceu na noite passada e o que Ravenna revelou para mim. Quero que minha melhor amiga me abrace e fale que estamos indo bem, que relembre o motivo de permanecermos aqui dentro, apenas para que não seja eu a dizer novamente.

É apenas isso que desejo ouvir no momento, só que o barulho do tapa chega nos meus ouvidos como um intruso barulhento.

— Cadela imunda! — A voz masculina escapa de um corredor mais à frente, ainda não sei a quem pertence, mas meus pés decidem que é hora de descobrir. — Acha que pode comer pelos cantos sem ser pega?

O choramingo fino guia meus passos e meu coração acelera ao pensar em Ehrika.

Escondo-me atrás de uma folhagem grande, cheia de flores laranjas e muito maiores em altura do que eu. Deslizo meus olhos por entre as folhas e consigo ter visão total do que está acontecendo.

A criada, uma senhora que já vi limpando as janelas do castelo algumas vezes, está ajoelhada. Os tufos de cabelo estão saindo do coque, o que me faz pensar que foram puxados com força. Acima, olhando com nojo, está um guarda. Ele gesticula enquanto a mulher encara o chão, chorando.

— Onde pegou isso? — O guarda mostra um pequeno pedaço de pão. É difícil identificar, mas já vi Pathrenes se deliciar com alguns desses. Ela não responde, apenas treme em meio ao choro. Parece muitos anos mais velha que minha mãe. — Ei! Eu te fiz uma pergunta!

O guarda puxa o cabelo, arrancando um grito que preenche o corredor e faz meu coração acelerar. Quero acabar com o troglodita. Arrancar os dedos da mão, um por um. Só que eu não posso fazer isso.

— Pegou na cozinha? — O oficial mostra o pão mais uma vez.

— Si-sim… — A senhora mal consegue formular uma frase, os soluços brigam com a voz. O coque na cabeça está quase desmanchado, tamanha força com que foi puxado.

— Pegou onde, *escória*? — cospe as palavras.

— No lixo, senhor. — A criada consegue finalmente falar. — Estava com muita fome.

O aratnyano dá uma risada debochada. Fita-a por alguns segundos, olha para o pão em sua mão e parece ponderar o que vai fazer.

Minha impaciência sobe cada vez mais pela minha garganta. Fecho as mãos e as unhas cravam-se na carne.

— Está com fome? — O guarda mostra o pão para a criada. Ela assente algumas vezes, olhando fixamente para a comida. — Então, pode comer...

O desgraçado joga o pão no chão e pisa com suas botas de couro, esfarelando milhões de pedacinhos. A pasta gruda no carpete do corredor. Quando termina de esmagá-lo, olha de volta para a criada.

— Quando acabar de comer, limpe essa bagunça. — Dá as costas e caminha pelo corredor. Vem na minha direção, obrigando-me a ficar encolhida em meio à folhagem.

Quando o guarda está longe o bastante, volto a observar a criada no corredor. Está recolhendo os farelos, limpando-os com as mãos. Leva alguns dedos a boca e sorve o que resta do alimento.

A cena me causa embrulho no estômago. Sinto a pontada no peito e penso em ir até a cozinha buscar comida. Não sei bem como agir, o que falar. Crio coragem nas pernas para sair do esconderijo e ir falar com ela, mas vejo alguém se aproximando do outro lado do corredor

É um harakin. Mas não é Vixen ou Blizze.

É Hux.

Meu coração acelera quando percebo que está caminhando fortuito em direção à mulher. Se esse maldito fizer mais alguma coisa para a criada, talvez eu não segure meu instinto. Quase acabei com um deles, perdi minha chance com outro, não cometeria o mesmo erro três vezes.

Quando o guerreiro parece estar perto o bastante da senhora, me posiciono pronta para atacá-lo. Ela parece notar a presença também, porque as costas ficam rígidas na mesma hora. Ela encolhe-se um pouco, esperando pela próxima humilhação.

Hux olha para trás, como se estivesse verificando algo. Ele, então, estica uma maçã para a senhora. *O quê?* Ela balança a cabeça, voltando a limpar com seus dedos a sujeira do chão. Hux agacha-se ao lado dela, repousando a fruta no colo da criada. Ela, instintivamente, esconde o alimento em meio às vestes.

Hux sobe novamente e volta pelo caminho de onde veio. Ele não diz mais nada, nem espera por uma resposta da criada.

Também não escuta quando ela diz baixinho:

— Obrigada.

Nem todos os harakins gostam da vida que levam, Kalina.

E talvez Hux seja um deles.

Escrevi uma carta e a deixei na torre.

Demorou um dia inteiro para que fosse respondida e entregue por baixo da minha porta. O líder da Ruptura aceitou o encontro com Vixen, mas não nos termos que eu imaginava. Mig e Alexis continuariam seu trabalho de porta-vozes e, quem quer que fosse a pessoa que lidera a organização, não se colocaria em perigo por uma informação ainda desconhecida.

O que era bom. Eu não me importava muito com as condições, apenas queria fazer o harakin falar mais sobre mamãe. Então, quando a noite chegou e as batidas na porta soaram, não foi difícil suspeitar o motivo pelo qual o garoto ruivo estivesse solicitando uma reunião. O outro guarda, encarregado de cobrir o nosso aposento, liberou muito facilmente a solicitação de Alexis. Tão fácil que suspeitei ser membro da Ruptura também. *Ou um idiota completo.*

Ehrika ainda está com a expressão fechada comigo. Contei o que fiz na madrugada, que invadi o quarto de Vixen e a deixei dormindo. A reação dela foi um entornar de sobrancelhas e braços cruzados em frente ao busto.

— Por que fez isso? — perguntou. — Achei que fôssemos um time, Kalina. Achei que você confiasse em mim.

Com o coração sangrando, tentei segurar a mão de Ehrika, mas ela não retribuiu o aperto.

— E eu confio, com a minha vida. — Tentei amenizar a bagunça que fiz, mas sabia que ela não iria aceitar tão fácil. — Só que não é responsabilidade sua colocar a vida em risco aqui dentro. Você não escolheu vir para cá, eu sim.

Ela apenas girou o rosto para a janela do aposento e não olhou mais para mim.

— Pare de querer salvar a vida de todo mundo — disse com os olhos enchendo-se de lágrimas. — Colocando apenas a sua em perigo. E se você tivesse morrido? Como eu ficaria aqui dentro? Completamente sozinha, Kalina.

Ela estava certa e sabia disso. Mas como explicar que eu estava cansada de perder todos aqueles que amo por culpa minha?

A outra solicitação feita na carta era a de que Ehrika pudesse participar de todas as reuniões com o grupo. Não existia mais a possibilidade de afastá-la. Se quisessem a minha presença nisso tudo, ela se envolveria também. Aceitaram, é claro. Seria estúpido perder uma guerreira para a causa.

Agora, minhas mãos suam porque não sei se a escolha que fiz pode colocar todos em perigo. Se o harakin, como Ravenna disse, não é de confiança, estou trazendo-o diretamente para o encontro de Mig e Alexis. Ambos podem ser presos, se tudo não passar de uma armadilha e isso sufoca um pouco a minha garganta. Não quero me apegar aos patetas, mas talvez eu já esteja um pouco.

Depois que Alexis nos trouxe até a porta da torre, partiu em busca de Vixen. As velas iluminam o ambiente e a luz da lua escapa pelo telhado rachado. Durante a noite, quando o castelo está adormecido e os sonhos invadem a mente dos moradores, é quando decidimos nos reunir mais uma vez.

— Isso é loucura. — Mig está suando mais do que o normal. — Não deveria ter deixado que Alexis fosse sozinho.

Ehrika se aproxima e coloca uma das mãos no ombro do garoto. Eles já estão nesse nível de intimidade, até porque estamos falando de Ehrika e minha melhor amiga sabe como fazer amizades em segundos.

— Fica calmo. O seu namorado já vai voltar. — A garota está dando tapinhas no ombro de um Mig muito incrédulo. — Ele é capaz de fazer isso, você sabe!

— Namo... Namorad... — o oficial balbucia as palavras, sem conseguir finalizá-las.

Seguro um sorriso ao ver a cena. Ehrika parece nem ao menos notar que Mig está quase tendo uma síncope com o que saiu de sua boca.

Ao nosso redor as estátuas assustadoras estão escondidas pelos lençóis brancos (mas eu verifiquei cada uma para ter certeza), as velas são a única fonte de luz além da lua escapando pelo telhado quebrado. Ehrika gostou de um grande quadro esquecido no canto da sala e tento manter uma conversa tranquila com ela.

A porta no fim das escadas range. Seguro a kukri que ainda está comigo desde o dia em que a roubei do salão de treinamentos. Se alguém deu por falta, eu não sabia. Nós três esperamos durante segundos que parecem muito mais longos, até que nosso convidado chega.

Ele coloca o pé no assoalho de madeira e então impulsiona seu corpo esguio para dentro da sala. Os olhos amarelos cintilam, iluminados pela pouca luz das velas acesas.

— Tudo certo. — Alexis aparece logo atrás, desfazendo a respiração que estava presa em nossas gargantas. — Esse aqui quase parecia estar esperando por nós, não tive nem tempo de bater na porta quando ele abriu...

Alexis caminha em direção a Mig, como sempre. Os dois trocam um sorrisinho.

— Estava esperando. — Vixen olha diretamente para mim. — Achei que fosse decidir mais rápido, Kalina.

Odeio a forma como meu nome fica na boca dele.

— Não é tão fácil confiar em você, se me permite a gentileza — respondo caminhando em direção ao harakin. Ele não mexe um músculo, abrindo um sorriso gigantesco quando paro próximo a ele, estico minha mão para o lado e puxo uma poltrona. — Sente-se.

O guerreiro morde o lábio, guardando alguma resposta em sua língua. Por fim, acata meu comando. Ehrika arrasta outra poltrona até a minha direção e entrega sem dizer nada. Quando me sento, bem em frente a Vixen, os outros três se posicionam atrás de mim.

O demoniozinho observa tudo em silêncio com um dedo sobre o lábio. Tem uma mecha loira caindo pela testa.

— Você queria um encontro com a Ruptura, não é? — começo falando. — Pode considerar feito.

Vixen solta uma risada. Olha para trás de si, analisando todos os cantos. Volta as pupilas amarelas para nós e então aponta.

— *Isso* é a Ruptura? — ele debocha. Esparrama-se pela poltrona, abraçando o encosto e tombando o rosto um pouco para o lado.

Mordo a bochecha e inspiro profundamente.

— Você achou que iríamos te entregar tudo de bandeja? — Eu estico minhas mãos em direção aos soldados atrás de mim. — Mig e Alexis, eles são os únicos que você precisa conhecer nesse momento. Se o que tem a oferecer for bom o suficiente, podemos te apresentar ao líder.

O que Vixen não precisa saber é que eu também só conheço esses dois patetas.

Vixen desliza o tornozelo direito por cima do joelho. Ele tem essa mania, por acaso sente-se como um príncipe?

— Como ficou sabendo de nós? — Alexis pergunta. Não consigo ver o rosto do soldado porque estou muito ocupada trucidando Vixen com os olhos.

— Vocês precisam treinar melhor a língua. — Ele leva um dedo ao ouvido e dá duas batidinhas. — Não vou entregar *o garoto,* porque gosto dele. — Vixen aponta para os meninos atrás de mim. — Mas precisam parar de fofocar pelos cantos, foi muito fácil juntar os pontos.

Reviro os olhos. Realmente ele se acha superior, não é? Não sei exatamente de quem ele está falando, mas tenho minhas suspeitas.

— Pare de enrolar e fale logo o que tem a oferecer. — Inclino meu corpo para a frente e uno as mãos. — No final me diga como pode ser útil para achar minha mãe.

Vixen abre um sorriso brilhante. *O maldito sorriso*. Ele desliza os dedos pelo cabelo antes de perguntar:

— Quantos *de vocês* existem aqui dentro?

O jeito que fala parece ser para Mig e Alexis. Deslizo meu rosto para o lado, procurando pelos garotos. Eles estão trocando um longo olhar, provavelmente decidindo o que vão revelar ou não.

— A maior parte da nossa organização está entre os soldados — Alexis confessa. — Por quê?

— Então conseguem se infiltrar em qualquer parte da montanha, correto? — Vixen semicerra os olhos.

— Nem todas — Mig responde. — Algumas são liberadas por patente. Nosso líder é quem organiza a distribuição aqui dentro. Não podemos simplesmente ir aonde quisermos. Precisamos aguardar por ordens, como qualquer soldado.

O demoniozinho bufa, balançando a mão.

— Esperava mais de vocês, talvez seja por isso que Safiny nunca tenha me dito nada. — Quando o harakin fala o nome de minha mãe sinto minha pele arrepiar.

— Ainda não consigo acreditar totalmente nisso. — Eu o encaro, cuspindo a dúvida. — Que minha mãe iria confiar em você, em vez deles. — Aponto para trás com o dedão.

Vixen resvala as pupilas amarelas para Alexis e Mig e faz um biquinho.

— Vocês falaram alguma vez com a Safiny?

— Não. — Os meninos demoram um pouco para responder. — Nós nem conhecíamos Safiny, na verdade. — É Mig quem continua a falar. — Soubemos que ela estava aqui dentro quando a Kalina apareceu no castelo. Nosso líder não gostou do rumo que as coisas tomaram quando ela subiu para o castelo. Pensou que Ravenna poderia estar tramando algo. — A forma como o militar se explica é longa demais. Então suspeito que esteja se explicando para mim, e não para o harakin. — Mas eu sabia quem era a Kalina porque... Bem, ela invadiu o palácio real.

Sinto os dedos do meu pé contorcerem-se. Eu não contei nada sobre o que a diretora vem tramando. E não sei ainda se devo compartilhar. Por enquanto, deixo guardado como uma carta na manga. Pelo menos até saber se eu estou realmente do lado da Ruptura.

— Por que vocês não ajudaram a minha mãe? — Volto a encarar Mig e Alexis.

— Estava presa e os olhos de Frederick estavam nela... Não conseguiríamos fazer muita coisa — o ruivo explica, só que ele não parece muito confiante enquanto fala. — E bem... Ela nunca fez parte da Ruptura, se afastou do grupo depois que seu pai morreu.

Preciso respirar fundo para não mandar esse grupinho rebelde se ferrar. Eles parecem, assim como Ravenna, estar atrás de propósitos próprios e me pergunto até onde iriam para isso.

— O que foi que Safiny te pediu para procurar aqui em cima, então? — Alexis nota minha expressão, porque rapidamente muda de assunto. Ele está encarando Vixen agora.

— Bom... A primeira vez que nos falamos ela perguntou se existiam crianças no castelo... — Vixen simplesmente fala, os dedos em meio aos cabelos. Ele fala a frase como se fosse uma conversa simples, sem uma guerra prestes a explodir. Todos na sala levam alguns segundos para entender o que aquilo significava.

— Crianças? — Ehrika questiona, confusa.

— Como assim? — Alexis pergunta mais uma vez.

Então a memória do homem, minutos antes do expurgo acontecer, invade minha mente. *As crianças estão aqui dentro. Eu sei! Meu filho está aqui dentro!*

Não pode ser.

— As crianças raptadas — sussurro.

Vixen gruda o olhar em mim e lentamente desfaz a pose desleixada. Ele endurece os ombros e fecha o semblante. Está prestando atenção no que digo.

— Você diz... — Mig começa. — As crianças desaparecidas em Insula? Por que elas estariam aqui dentro?

Um nó se forma na minha garganta.

— Mas... Eu achei que eram usadas como moeda de troca nos portos de Marzilis — Alexis gagueja em meio às palavras.

— Minha namorada... — Ehrika comenta e noto a voz rouca ao falar da Capitã Bark. — Trabalha no porto e diz que é uma mentira. Ela nunca viu nenhuma criança ser transportada dessa forma e, se tivesse visto, com toda a certeza essa informação teria vazado para os jornais ilegais do continente.

Mamãe nunca me falou sobre isso. Como ela poderia saber disso? O segredo que ela carregava consigo e o senhor Charles era sobre o desaparecimento das crianças, e não sobre o documento da morte de papai?

Não consigo me manter sentada, por isso me levanto da poltrona e dou alguns passos para longe.

— Aqui é definitivamente o melhor lugar para esconder uma sujeira como essas. — Aproximo-me rapidamente dos dois soldados. — Só que se essas crianças estão aqui dentro... — murmuro, analisando o rosto de cada um dos dois. — Vocês deveriam saber, não é? — confronto os dois soldados e começo a sentir um arrepio na pele. Estão mentindo?

Alexis e Mig se encaram e a confusão estampa o semblante.

— É claro que não! Nunca esconderíamos isso. Se eu soubesse de algo assim... — Mig tira o capacete e percebo a respiração acelerada. — Se existisse algo assim, nosso líder saberia!

— Ele não esconderia algo assim... — Alexis sussurra. Mas percebo o tremor na sua voz. Até mesmo ele está duvidando. — Podemos perguntar sobre isso e...

— Não! — interrompo. — Não... Por enquanto não falem nada.

Se for realmente verdade e Frederick Denova estiver por trás dos desaparecimentos, toda a população de Insula precisa saber. São anos de dor e sofrimento. O continente explodiria em chamas, como mamãe sempre disse.

Crianças... Como ele pôde fazer isso?

— Existe alguma maneira de nós... Não sei, sabermos mais sobre a arquitetura da montanha? — Ehrika pergunta, chamando nossa atenção. — Se vocês não têm acesso à montanha, como um todo, e as crianças não estão no castelo, talvez algum tipo de ajuda seria bem-vinda.

— Nós poderíamos tentar conseguir a planta da prisão... Porém nem todos os lugares podem estar representados lá.

— E onde, exatamente, podemos encontrar essa planta? — eu questiono.

Quando olho para Vixen, percebo que seus olhos estão anuviados. Ele está encarando um ponto atrás de mim, perdido em pensamentos.

— É aí que está o problema... Teríamos que entrar no escritório da diretora Ravenna. Todos os documentos sobre a montanha ficam com ela. — A respiração de Mig ainda está alterada, ele começou a andar de um lado para o outro.

Não posso deixar que os dois soldados saiam dessa sala. Se o que mamãe suspeitava realmente estiver certo, me pergunto como o líder da Ruptura não saberia de algo assim. Afinal, existem tantos soldados aqui dentro. Algum deles teria notado, não?

Fecho os olhos percebendo o grande problema que pode estar quase explodindo na minha cara nesse momento.

— Eu vou — sussurro. — Vou procurar a planta no escritório.

Ehrika se apressa e me abraça. Os dois soldados começam a conversar entre si, debatendo o quão maluca eu posso estar. Vixen apenas fica em silêncio, observando a bagunça que fez.

— Quando faremos isso? — Mig pergunta depois de alguns minutos.

Olho para a rachadura no telhado acima de nós e percebo que não vou conseguir colocar meu rosto no travesseiro se não fizermos isso o quanto antes.

— Vocês dois... — Aponto para os soldados. — ...vão ficar de guarda no aposento da Ravenna, se ela sair preciso que corram o mais rápido que puderem para me avisar. — Depois, seguro a mão de Ehrika. — E você precisa me cobrir no nosso quarto, Irvine tem que achar que estou dormindo, caso apareça por lá. — *É uma péssima ideia, mas ainda é alguma.* — Vou entrar no escritório hoje, precisamos resolver isso o mais rápido possível.

Espero pelos murmúrios de descontentamento, mas nenhum deles me interrompe. Vixen está muito quieto, mas volta a lucidez quando me dirijo a ele.

— Espero que não esteja mentindo para nós. — Caminho até estar bem perto dele. O harakin precisa levantar o pescoço para cima para me enxergar. — Porque se eu descobrir que está nos enganando, eu juro que te caço até no inferno.

Abre um sorriso e assente lentamente.

— Eu só quero a minha liberdade, Kalina — Estica o corpo para cima, como um gato. Os olhos amarelos estão encarando os meus. — Se isso for o suficiente para acabar com essa prisão, podem contar comigo. Não tenho nada a perder mesmo.

Por um tempo, apenas ficamos nos encarando. Quero procurar nas pupilas amarelas do guerreiro a mentira que esconde. Ele não desvia, sabe que estou fazendo exatamente isso.

A informação caiu como uma bomba no meu colo e não consigo ainda entender o tamanho do estrago que isso pode causar. Mas, assim como o demoniozinho, não tenho muita coisa a perder. A pergunta que martela em minha mente é a mesma...

Se essa informação é tão poderosa, por que Ravenna nunca a revelou?

CAPÍTULO 34

— Me explica de novo por qual motivo você precisa estar aqui comigo?

Verifico a cor do crepúsculo derramando-se pelo castelo. Levamos mais horas do que esperávamos com o interrogatório de Vixen e pergunto-me quanto tempo ainda temos antes que o dia amanheça completamente. Giro meu pescoço para trás, porque tenho certeza de que as sombras estão se mexendo. E, em uma parcela de vezes, quase tive um ataque do coração, porque aranhas nojentas correram perto de mim.

Depois que decidi vasculhar o escritório de Ravenna, ainda tive que aguentar Ehrika e Mig enchendo meus ouvidos com alertas. Minha melhor amiga não queria que eu me colocasse em risco, já o oficial tinha a completa certeza de que eu cometeria alguma besteira.

Fiquei lisonjeada por essa última parte.

Meu único trabalho seria entrar (muito) rapidamente no lugar, procurar pelas plantas baixas da construção da montanha e sair antes que o castelo acordasse. Algo simples, já que Mig e Alexis estariam de olho no quarto de Ravenna e minha experiência arrombando fechaduras nos pouparia tempo. Só que na prática tudo é diferente.

O arrepio desliza pela minha pele e sinto um beijo gelado na nuca. O que eu estou fazendo? Vou invadir o escritório da diretora da maior prisão de Insula? *Como se entrar na própria prisão já não fosse loucura o suficiente.*

Estou tentando trabalhar a maldita respiração, mas o harakin ao meu lado é um fato extremamente desconfortável.

— Você não sabe apreciar um bom trabalho em equipe? — Ele tenta soar sério, mas o brilho em seus olhos o dedura.

— Prefiro trabalhar sozinha — disparo enquanto me embrenho pelos corredores escuros do castelo. Sinto a lâmina na cintura e penso que em dois segundos vou sacá-la e usar contra Vixen.

— Não é o que parece... — Quanto mais acelero o meu passo, mais descansado o demoniozinho parece. Como se não sentisse dificuldade alguma em caminhar ao meu lado. — Todas as vezes que te vi, sempre esteve com alguém ao seu lado.

Volto meus olhos para o harakin, semicerrando-os em sua direção.

— Como na vez em que quase me assassinou no labirinto? — cuspo as palavras carregadas de veneno. Se ele acha que esqueci as flechas disparadas na nossa direção, está muito enganado.

— Não seja dramática... — Solta uma risada ao final.

O que ele disse? Um instinto assassino desperta dentro de mim. Estanco na mesma hora, buscando pela kukri na minha cintura. Se for rápida o bastante, posso enfiá-la no olho direito do desgraçado.

— Talvez eu tenha colocado expectativas demais, Kalina. — Vixen também para de caminhar. — Não percebeu mesmo, não é?

Aperto os dentes, segurando a vontade de arrancar um olho do loirinho.

— Percebi o quê? — Posso estar enganada, mas uma nova ruga nasceu na minha testa desde que Vixen começou a falar. Não quero ouvi-lo. Gostaria que voltasse para o seu quarto e deixasse que tudo fosse resolvido por mim.

— Eu estava mostrando a saída para vocês.

Que palhaçada é essa?

As risadas escapam antes que perceba o que estou fazendo. Não posso me descontrolar dessa forma, mas é tão ridículo o que acabei de escutar. Se o bonitinho acha que vai tirar sua parcela de culpa pelo que fez, ele poderia esperar sentado.

Vixen se aproxima rápido demais. Não consigo reagir antes que esteja bem próximo. Penso na possibilidade de isso tudo ter sido o plano inicial do harakin. Ficar sozinho comigo e me assassinar sem testemunhas. Mas tudo o que ele faz é levantar um dedo em frente ao meu rosto. Interrompo o movimento do guerreiro e torço a mão dele com força.

— Não me toque sem eu deixar — rosno contra ele.

Quando afasto a mão do idiota, ele entorta as sobrancelhas e levanta as mãos em frente ao peito.

— Eu só ia tirar isso... — Vixen aponta para o ar e vejo o longo fio de uma teia. Ele abre um sorrisinho e eu quase sinto o ímpeto de quebrar todos os dentes daquela boca.

Como a minha mãe pôde se aliar a esse cara?

Empurro o guerreiro para longe e volto a caminhar, sem esperar por ele. Sei que os escritórios ficam alguns corredores a oeste de onde estamos, por isso precisamos ser rápidos.

— Safiny nunca comentou que você fosse uma exímia criminosa. — Ouço a voz de Vixen perto de mim, mas ignoro a sensação de perigo que preenche meus braços. — Onde aprendeu a abrir fechaduras dessa maneira?

Lembro-me do salão de treinamentos e o roubo da kukri. O calor sobe para minhas bochechas quando imagino o tempo que ele esteve me observando. Como não percebi?

— Meu trabalho é encontrar pessoas. — De canto de olho, observo que Vixen está prestando muita atenção no que digo. — Muitas vezes, pessoas se escondem atrás de fechaduras.

Estamos quase no corredor dos escritórios militares. Pressiono minhas costas contra a parede, pronta para verificar se algum soldado está escoltando as portas. Antes que eu consiga fazê-lo, Vixen apenas continua caminhando em frente.

— O que está fazendo? — pergunto um pouco alto.

Ele leva um dedo ao ouvido, do jeito que fez ao explicar como tinha descoberto a Ruptura.

— Digamos que tenho um poder. — Ele está falando da audição. Só pode ser isso. — Vamos, te dou cobertura.

A imponente porta de madeira de carvalho está esperando pacientemente no final do corredor. Vixen fica alguns passos para trás, escutando os sons ao redor. Ainda não consigo me sentir completamente relaxada perto do guerreiro, mesmo que tenha demonstrado com muitas informações que esteve próximo da minha mãe.

Puxo do bolso o mesmo metal que utilizei no salão de treinamentos. Agacho-me em frente à tranca e encaixo o objeto até sentir a conhecida pressão. Inspiro profundamente e começo o processo para abrir a porta.

Talvez seja nervosismo, mas levo muito mais tempo do que o normal para abrir esse pequeno segredo de ferro. Sinto os olhos de Vixen queimando minhas costas. Não ouso olhar para trás, porque se estiver com aquele sorrisinho debochado, talvez eu largue tudo e mande-o para o inferno.

Talvez meu poder possa ajudar. Já usei em outros momentos e foi de grande ajuda. Concentro-me, esperando que a queimação acordar, mas ela não vem com tanta facilidade. Sei que está aqui, mas fazê-la sair é algo que leva esforço. Quando consigo sentir o ar beijando minha pele e a pressão da gravidade por entre meus dedos, ordeno que elas deslizem pela tranca e a abram.

O clique é baixo, mas o suficiente para despertar um sorriso no meu rosto.

Quando ergo meu corpo, girando em busca de Vixen e seus olhos acusadores, o encontro mordendo o lábio e analisando a cena. Ele assente uma vez e começa a se afastar, indo de volta pelo corredor.

— Você tem 30 minutos. — Está distante, mas consigo escutar a última frase. — Vou verificar se mais alguém está acordado pelo castelo, volto pra te buscar.

Quem ele pensa que é?

Acha que viramos amiguinhos apenas porque mamãe se aliou a ele? Talvez tenha entendido errado a situação, mas eu não confio.

Giro a maçaneta dourada e abro a porta do escritório. As estrelas brilham do outro lado das janelas e consigo ver o mar quebrando ao longe.

O cenário perfeito para a busca incessante da verdade.

Plantas da montanha... Se eu fosse a diretora da prisão de Insula, onde guardaria as imagens desse lugar? Minhas costas pressionam a madeira grossa da porta porque ainda não tive coragem de avançar atrás dos documentos.

A única luz que ilumina o ambiente é a lua lá fora. Ela escorrega pelas gigantescas janelas do teto ao chão. Se fosse Ravenna, também iria querer ver uma paisagem como a que se estende do lado de fora.

Deixo meus olhos passearem pelo gigantesco tapete vermelho no chão. Ao meu lado uma lareira está adormecida e, do outro, um relógio antigo em formato de armário está parado no tempo. A mesa imponente mantém-se limpa como sempre no centro. Ravenna é uma mulher organizada, notei isso no dia em que tivemos nossa primeira reunião nesta mesma sala. Parecem séculos desde que aconteceu. A contagem de tempo aqui dentro é estranha.

Certo, não posso mais esperar! Por onde começo? As gavetas parecem um ótimo lugar para iniciar a investigação. Então vai ser isso! Dou meu primeiro passo, mas lembro que posso não estar completamente sozinha. E se algum filhote de aranha nojento estiver se escondendo pelos cantos? Instintivamente tenho um calafrio ao me lembrar da última vez que lidei com essas criaturas desprezíveis.

A lâmina em minha mão se torna uma extensão do meu corpo. Lembra de uma vida que faz falta. Uma Kalina que parece ter existido em outra dimensão.

Caminho enquanto observo todos os lados que posso, inclusive o teto.

— Tragam essas patinhas peludas aqui — murmuro. — Cortarei todas elas...

Espero que esse desafio entre nos *ouvidinhos* dessas desgraçadas e não quero nem ao menos saber se essas criaturas têm ouvidos de verdade. O recado está dado e me sinto um pouco mais corajosa com isso.

A escuridão do lado de fora da janela confirma que ainda tenho algumas horas até que o castelo acorde. Não perco mais tempo antes de abrir as gavetas de um armário baixo e reluzente. Em cima vejo um vaso com flores brancas. O cheiro inunda meu nariz e observo com mais atenção o candelabro ao seu lado. Mais afastado, dois pequenos quadros estão repousados. Abro a primeira gaveta esperando encontrar papéis e mais papéis, mas até me desconcentro com a visão de um local completamente vazio. Continuo com a segunda gaveta e o mesmo acontece.

Posso ver que Ravenna é uma pessoa que guarda poucas coisas consigo. Antes de avançar para o próximo armário, me dou a liberdade de verificar o que são os quadros e encontro uma Ravenna sorridente ao lado de Frederick. Meu coração acelera, mas tento controlá-lo. Guardo o primeiro quadrinho e volto meus olhos para o segundo. Dessa vez, a diretora está muito mais jovem. Tem longos cabelos escuros, bem diferentes do corte curto que exibe atualmente. Está inclinada em um tipo de parafernália tecnológica que os aratyanos costumam usar para ver mais de perto os micro-organismos. Ou qualquer coisa em que gostem de meter as fuças. Solto a foto e volto à missão. Tenho que parar algumas vezes o que estou fazendo, porque meu cérebro decide pregar peças em mim. Sons de passos e movimentos nas sombras se tornam comuns.

Tudo o que encontro são alguns poucos livros de contabilidade, mas os dados são de entradas de comida e abastecimento. As informações podem ser analisadas para ajudar, mas eu não tenho tempo para isso. Preciso continuar focada nas plantas baixas. Encontro pastas com nomes de prisioneiros e outras informações dos militares. Mas nada sobre os documentos que quero. Vasculho cada canto do escritório onde mais pastas e arquivos podem estar guardados, mas nada de importante me salta os olhos.

Passaram-se quantos minutos? Horas? Deixei escapar algo? Talvez eu deva verificar tudo novamente. Não! Eu sei que procurei com atenção. Vai ser um tempo jogado fora. Só que não quero voltar de mãos vazias.

Desabo ao lado da mesa, escorando-me contra ela. Preciso acalmar meus pensamentos ou nada disso vai valer a pena. *Onde você guarda as plantas da montanha, Ravenna?*

Observo com calma a mesa perto de mim. Ela é pomposa, ricamente entalhada e tem um material denso. Mesas muitas vezes guardam segredos, não é mesmo? Agacho-me e engatinho até o outro lado, onde a cadeira de Ravenna está encaixada. Se eu encontrar um compartimento secreto, vai ser mais doce que as balas de melão que mamãe fazia.

Deslizo meus dedos por todos os centímetros que vejo, procurando alguma fissura. Sei bem como essas coisas se escondem, então não será muito difícil de encontrar. O pensamento perfeito, mas não adianta continuar procurando quando não existe nada a encontrar. Bato com a minha mão espalmada no tapete e seguro o urro de decepção.

Não tem nada aqui. É apenas uma mesa cara, como qualquer outra. O desânimo percorre meu corpo e preciso me deitar um pouco no tapete sofisticado. Ele é tão macio que me faz lembrar a grama do bosque perto de casa. Deito minha cabeça e fecho os olhos, porque começo a sentir um gosto ruim na minha boca. E eu não gosto dessa sensação. Respiro fundo e abro meus olhos, mirando o teto.

Bem, isso não seria uma derrota completa, não é mesmo? Mig e Alexis poderiam tentar encontrar essas plantas com outros oficiais. Quem sabe Pathrenes? Não é? Minto para mim mesma, obrigando-me a não deixar meu peito despencar até o vazio. O tempo está correndo… Eu só queria que ele parasse de andar como os ponteiros do velho relógio no início do escritório.

O relógio.

Estico meus olhos para o compartimento de madeira silencioso próximo à porta. Coisas podem ser guardadas dentro dele. Impulsiono-me às pressas e vou em direção à minha última tentativa. Está trancado, o que faz minha boca abrir um sorriso.

O que você guarda aqui dentro, Ravenna?

Não preciso usar nada além do metal fino em minhas mãos para abrir a tranca. Foi simples e rápido. Estico a portinhola e vejo o grande relógio encaixado. Abaixo dele, alguns frascos com líquido escuro estão alinhados. Que droga é essa? Penso na possibilidade de roubar um deles, mas Ravenna daria falta. Então devolvo ao lugar de início. Ao lado, tem um caderno grosso que parece ser bastante usado. A letra dela é péssima e não entendo muita coisa do que está escrito. São fórmulas, contas e códigos. Parece importante. Muito importante. *Devo levar comigo?* Será que Ravenna colocaria esse castelo abaixo, caso isso sumisse? Folheio as páginas procurando por qualquer uma das plantas baixas da montanha, mas não as encontro. Sacudo o caderno com força demais, mas não tenho muito mais tempo. Estico meus olhos para a porta porque vejo vultos dançarem no vão do chão. Tem alguém vindo!

Antes que eu possa guardar o caderno, algo cai aos meus pés. Agacho-me rápido para recolher, torcendo para que seja útil. É uma pequena foto antiga e muito surrada.

Um jovem de cabelo louro escuro está sorrindo de volta para mim. Talvez tenha a minha idade, não tenho certeza. Ao lado dele está Ravenna. Ela tem oito ou dez anos e está radiante com o sorriso no rosto. Eles parecem muito próximos. Ravenna não mudou absolutamente nada, parece a mesma. Só que o garoto... Eu conheço esse garoto.

Minhas mãos começam a tremer e quase deixo a foto cair. O sol reflete atrás deles, beijando os fios do cabelo e transformando-o em mel. Eu já vi esse mesmo sol batendo nesses mesmos cabelos. Já vi esse sorriso com covinhas e o formato do queixo afinado. As sardas por cima do nariz e as sobrancelhas que se arqueiam altas demais.

Eu já vi tudo o que pertence a esse garoto porque, na outra foto, ele está abraçando minha mãe.

Esse garoto é o meu pai.

O tempo para como desejei minutos atrás. Aproveito para procurar algo escrito na parte de trás da foto e encontro uma única frase à caneta.

Pequena Ravenna, feliz aniversário.
Com amor, Vierrah Denova.

Vierrah... Denova? O mesmo sobrenome de Frederick Denova? O imperador de Insula?

Aperto meus olhos e aproximo a foto. Vasculho cada mínimo detalhe e sinto um frio abraçar meus braços. Não pode ser. Por que papai está nessa foto com Ravenna? Por que ele assinou com esse nome desconhecido? Ele se chama Havier Kaster. Tropeço para trás e caio no chão, segurando a foto.

Passos ecoam do lado de fora do escritório, mas estou muito lenta. Guardo a foto no meu bolso e impulsiono o corpo para cima. Devolvo o caderno, fechando a portinhola, mas a porta se abre rápido demais e me preparo para encontrar os olhos escuros da diretora.

O sorriso clássico não está mais nos lábios de Vixen. Pela primeira vez noto que a respiração está pesada, como se estivesse sem ar e as veias de seu pescoço parecem ainda mais escuras.

— Rápido. — A voz do guerreiro é baixa, mas sinto nos meus ossos o alerta em cada palavra dita por ele. — Estão vindo.

— Quem? — murmuro, enrolando a língua.

O guerreiro toma fôlego antes de acabar de vez com o pouco de equilíbrio que me resta.

— Ravenna e... — As íris amarelas cintilam. — Ruel.

CAPÍTULO 35

O meu pai.

Minha mente só consegue perceber três coisas nesse momento. A primeira é o chão contra meus pés enquanto corro, a segunda são as paredes tornando-se borrões ao meu redor e a terceira é a foto queimando contra a palma da minha mão no bolso.

Seguro com força demais porque não posso perdê-la. Os instintos mais predatórios dentro de mim foram ativados e não consigo me desligar disso. Preciso defender esse pequeno pedaço de papel com a minha vida.

Acho que Vixen me conduziu como uma boneca de pano enquanto eu corria desorientada. Amparou meus tropeços e me indicou os corredores que deveríamos seguir. Ele é rápido e silencioso, o que é bom. Não sou nenhuma dessas coisas agora. Estou prestes a explodir.

Pequena Ravenna, Feliz Aniversário. Com amor, Vierrah Denova.

Nada faz sentido. É claro que podem ser apenas semelhanças. Existem pessoas parecidas em Insula, mas eu sei todos os traços de papai. Passei horas e mais horas da minha vida encarando a única fotografia que existe dele na nossa casa. Então eu sei bem que aquele tom vermelho contra o sol pertence só a ele. A covinha na reta exata do sorriso e o arqueado da sobrancelha são todos dele.

Como pode Havier Kaster estar na mesma foto que Ravenna? Como ele pode assinar com um nome que não é o dele? Como pode todo o meu mundo ser uma mentira?

Quem era o meu pai?

Nunca falamos sobre o passado dele. Na verdade, mamãe gostava de contar sobre como se conheceram, o jeito que se apaixonaram e todo o conto de fadas aconteceu. Dois jovens perdidos no mundo se encontraram e viveram uma linda história de amor. Até que papai foi assassinado e tudo o que restou foi saudade.

Parando para pensar com calma, nunca falamos da infância de papai. De onde ele veio e o que fazia antes de mamãe existir na sua vida. Não ter tido a oportunidade de viver na mesma época que ele era uma ferida aberta. Não gostava de falar muito, porque sempre sangrava. As perguntas eram poucas, porque ver a dor estampada no rosto de mamãe era torturante. Pergunto-me agora se ela escondia a verdade de mim.

Se sempre soube que Havier Kaster nunca existiu. E o pior de tudo, se sabia que papai era um Denova.

Minhas pernas desistem de correr. Preciso desacelerar o passo no meio do caminho. Vixen só percebe que estou travada no corredor quando já se encontra muitos passos à frente.

— Kalina? — Ele ainda não trouxe o sorriso de volta à boca. — O que está fazendo?

O que eu estou fazendo? Eu não sei, Vixen. Eu simplesmente não sei mais.

As paredes giram e contraem-se ao meu redor. Aperto mais forte a foto na palma da minha mão, mas não tenho coragem de encará-la.

— Você tem certeza? — pergunto de olhos fechados. Estou enjoada e com medo de cair.

— O quê? — Escuto os passos leves de Vixen aproximando-se.

— Você disse… — Tento abrir meus olhos, mas sinto os ossos amolecendo. — Quem estava indo para o escritório?

— Está tudo bem? — A voz de Vixen está baixinha perto de mim. Ele toca meu braço, mas afasto-me rapidamente. Não quero que me toque.

— Só repita os nomes, por favor — imploro, porque o cansaço já não me deixa ser orgulhosa.

Vixen demora apenas alguns segundos para responder, por isso abro meus olhos e o encaro antes que fale.

— A diretora Ravenna e o tenente Ruel — As paredes se tornam sólidas e a respiração explode dentro de mim. — Escutei as vozes antes de vê-los.

Aperto com mais força a foto na minha mão.

— Escutou o que eles estavam falando? — Não consigo controlar o tom ríspido que sai da minha língua.

— Estavam distantes demais, Kalina. — Vixen desliza os olhos para trás de nós, procurando o longo corredor. — Mas isso não é nenhuma surpresa, não é? Quando eles não estão juntos?

— Surpresa nenhuma… — balbucio, sentindo o calor subir para minhas bochechas.

O militar deveria estar a centenas de quilômetros de distância nesse momento. Foi o que eu escutei sair dos lábios vermelhos da aratnyana. Foi no que ela me fez acreditar e, no fundo, *eu acreditei.* Então, por que o cachorrinho está aqui dentro mais uma vez? Porque os dois estão caminhando em meio à madrugada pelos corredores? O que Ravenna esconde de mim? Tantas perguntas rondam minha mente e estou cansada de não ter resposta para nenhuma delas.

Disparo pelo corredor, deixando Vixen para trás.

— Vem! — O torpor no meu corpo modificou-se para um turbilhão de energia. Corro o mais rápido que posso em direção ao segundo andar do castelo. — Precisamos avisar Mig e Alexis.

Tomamos cuidado para não esbarrar em oficiais aratnyanos em meio à madrugada. Risadas e passos desconhecidos nos atrasam um pouco. A audição de Vixen parece ser mais sensível do que imaginava. Ele escuta coisas que eu não consigo escutar. Deixo que nos guie até que Mig esteja visível em frente ao aposento real de Ravenna. Nas mãos, segura o bastão da guarda.

— Cadê o Alexis?

Mig dá um salto para trás, apontando o bastão na nossa direção. Quando percebe que somos nós, rapidamente encaixa a arma na cintura.

— Em ronda — sussurra, olhando para a porta atrás de si. Estica as mãos, nos afastando do lugar. — Saiam daqui!

— Ravenna não está aí dentro — disparo em meio aos dentes cerrados. Mig empertiga-se, os olhos arregalados. — Mas vai chegar em breve.

— Você conseguiu? — A voz dele está um pouco aguda. — E como assim ela vai chegar em breve? Precisamos sair daqui, então!

O jovem oficial leva as duas mãos à boca. Está girando os olhos assustados para todos os lados

— Não consegui as plantas baixas — respondo a primeira dúvida dele. — Mas encontrei outra coisa.

Vixen escora-se contra a parede e não me interfere. Aposto que está usando seus ouvidos sobrenaturais para prever a chegada da diretora. Ele serve para alguma coisa, afinal.

— Preciso encontrar o Alexis! — Mig fala para si mesmo. — Onde ele se meteu? — O garoto leva as mãos aos joelhos e respira rápido demais.

Empurro-o para o lado e me agacho contra a tranca da porta. Existe um tipo de energia fluindo pela minha pele que não existia antes. Não quero escutar Mig ou Vixen, porque toda a minha atenção está direcionada ao metal em minhas mãos. Ele encaixa perfeitamente no trinco e desliza até realizar o trabalho. A porta range ao abrir e revelar o aposento de Ravenna. Não espero um segundo sequer antes de pular para dentro do lugar e disparar uma última ordem ao soldado e o harakin.

— Fujam daqui — Fecho a porta o e obrigo que a queimação no meu peito segure a porta com o ar enquanto tranco a fechadura mais uma vez.

Os grunhidos de Mig do outro lado da porta estão altos demais, mas ele é arrastado para longe. Se não correrem rápido o bastante, Ravenna vai encontrá-los e teremos sérios problemas.

O sangue faz meus ouvidos latejarem. Caminho com cuidado pelo enorme aposento real. O tamanho equivale a três quartos, como o que estou estabelecida. Noto primeiro o pomposo lustre de cristais derramando-se pelo meio da sala. Está iluminando todos os móveis próximos. Desde a cama alta com dossel e o tecido delicado que pende sobre ele. Tem um pequeno piano descansando em uma das paredes e um bar privativo com taças e garrafas de vinho. As rosas vermelhas estão por todos os lados perfumando o ambiente. Ravenna gosta de usar tons escuros no dia a dia e isso reflete na forma que decora seu quarto.

Tenho vontade de tocar em tudo e investigar os pequenos segredos da diretora, mas não tenho todo o tempo do mundo para fazer isso. Preciso encontrar um esconderijo seguro o bastante.

A primeira ideia é esgueirar-me por entre os casacos pesados dentro do maciço guarda-roupa. Eu caberia dentro dele e seria um lugar inteligente para fazer de refúgio, certo? Não! Fecho as portas e disparo os olhos para baixo da cama. Clássico, não é? Mas quando estou perto o suficiente sinto um calafrio subir pela minha pele. Muitas coisas podem se esconder aqui embaixo também. O tempo está se esgotando. Preciso me decidir ou posso ser descoberta.

Grossas cortinas caem pelo chão ao lado da janela. Elas despencam do teto e embolam-se pelo chão. São enormes e pesadas. A diretora sempre demonstrou ser uma amante da paisagem que se estende do lado de fora. Apresso os passos até conseguir tocar o pano. Ele é resistente e feito em três tipos de camadas. Posso me camuflar atrás disso aqui.

Pondero a escolha que vou fazer, mas o tempo acaba. Escuto a chave ser encaixada no trinco da porta e mergulho em meio à cortina. Agacho-me o bastante até que o tecido contorne meu corpo o suficiente. O calor cobre minha pele assim que fico sufocada pelo esconderijo. Tem uma poltrona bem à minha frente e isso vai ajudar a disfarçar.

A porta se abre e depois se fecha. O silêncio pulsa por todos os lados e começo a achar que talvez eles saibam que estou aqui dentro. Nada acontece durante alguns segundos, até que o som de vidro espatifando-se quase me faz esquecer que estou escondida.

— Calma, Ravenna! — A voz grave arrepia a minha pele. A última vez que a escutei, eu estava vendo minha melhor amiga quase ser destroçada por um monstro. — Está sendo paranoica!

— Olha só quem fala! — ela responde. Não consigo ter noção de onde estão, porque o tecido é grosso demais. — Você me pedindo isso? Por favor, Ruel!

— Ei... Vem aqui.

— Agora não, preciso de uma bebida.

O suor nas minhas mãos aumenta e tento respirar o mais lentamente que consigo. Não consigo enxergá-los e isso me deixa angustiada. Acho que Ravenna está próximo do pequeno bar, porque o barulho de garrafas e taças fica nítido.

— O relógio estava aberto — Ravenna fala mais uma vez.

Meu coração vai parar na boca quando lembro que não tranquei o armário, apenas a porta do escritório. Como pude ser tão estúpida?

— Mas nada desapareceu, não é? — Ruel pergunta.

A foto no meu bolso queima como uma floresta em chamas. Seguro o ar, esperando pela resposta.

— Não que eu tenha notado. — Fecho os olhos e meu corpo todo amolece. — Mas...

Ravenna fica em silêncio durante alguns segundos.

— Mas o quê?

— E se *ela* tiver entrado no meu escritório?

Ravenna não precisa nem ao menos dizer meu nome. Cada célula do meu corpo reage ao tom que a aratnyana fala.

— Por que ela faria isso? — A voz de Ruel se torna mais audível enquanto ele caminha pelo quarto. Escuto um ranger de metal e suspeito que esteja sentado na cama. — A pirralha confia em você.

— Não tenho certeza.

— É claro que confia. Você deu tudo o que ela quis. Vi o jeito que olhou para você depois que me deu o tapa. Foi o arremate perfeito, Ravenna.

Preciso morder a mão com força para não gritar. O tenente acabou de confessar o teatrinho dos dois e me sinto tão burra. Foi tudo arquitetado entre os dois? A diretora usou a tortura de Ehrika para conquistar ainda mais a minha confiança? Posso sentir o sangue na língua enquanto cravo o dente na pele.

— Preciso contar a verdade para ela. — Ravenna está se deslocando pelo quarto, percebo pela mudança de volume da voz. — Se a garota descobrir sozinha, pode deixar de confiar em mim.

— O exame ficou pronto?

A aratnyana grunhe e escuto o bater da taça contra a mesa.

— Ainda vai levar mais alguns dias, mas eu tenho certeza Ruel! — O vulto de Ravenna assoma-se ao meu lado. Está olhando para fora da janela. — Ela tem os traços exatos de Vierrah. O mesmo nariz, as sobrancelhas e os olhos. Eu sei que ela é filha dele.

Vierrah. Esse nome de novo. *Sou filha de Havier Kaster!*

— Mas a saliva de Frederick vai ser o suficiente?

A cama range mais uma vez e a voz de Ruel fica mais alta. O corpo enorme do tenente se encaixa próximo à diretora. Aperto-me ainda mais contra o chão.

— Espero que sim. Aquele velho insuportável não largava a taça, no mínimo precisa ter valido a pena. — A voz dela torna-se mais branda quando Ruel a abraça por trás. — Sem o corpo de Vierrah não tenho outra escolha.

O teste dentro da caverna, o sangue e saliva sendo retirados de mim. Os dias que Ravenna esteve em Aratny. Todas as memórias vão se embaralhando e aos poucos o quebra-cabeça se organiza na minha cabeça.

O exame de compatibilidade sanguínea. Foi por isso que a diretora perguntou sobre o corpo de papai. *Foi por isso que mamãe sempre o manteve escondido?*

— Ruel... — O alerta de Ravenna é manhoso. Ela não quer que ele pare. Aperto meus olhos com força, mas consigo escutar a respiração pesada dos dois. — Está tarde.

— Prometo que vai valer a pena — ele murmura contra a diretora.

O arrepio de nojo sobe pela minha pele quando escuto a risada prazerosa da mulher.

— Você não pode ficar aqui por muito tempo — adverte mais uma vez. — Sabe que foi expulso, não é mesmo? — Ri no final da frase.

Sinto as bochechas ardendo com a vergonha que me consome. Ela está debochando de mim. O tenente responde com um murmúrio. O gritinho da diretora faz meu coração acelerar, mas é apenas Ruel a pegando no colo, eu acho. Os dois se afastam um pouco e posso apostar que estão indo para a cama.

— Por favor, faça a fedelha assinar o documento rápido. — O barulho de metal range mais alto dessa vez. — Vou enlouquecer longe de você.

Documento? Do que ele está falando?

— Ela *vai*. Serei a segunda mamãe com todo o apoio que dou a ela... — Arqueja ao final. — Não vai demorar até Insula ser minha.

Escuto a risada de Ravenna, beijos são dados e palavras desejosas são disparadas entre os dois. Aperto minhas mãos contra os ouvidos, afastando os sons nojentos que fazem. Encolho meu corpo ainda mais contra a parede, quero afundar em meio à cortina e desaparecer.

Penso nos olhares curiosos da diretora sempre que me via. As perguntas confusas sobre minha mãe e meu pai. Todas as regalias dadas sem motivo. Ela sempre esteve do meu lado porque sempre quis me usar em um plano que nem consigo entender direito. A foto no meu bolso faz meu coração apertar.

Não quero acreditar nisso. Minha vida toda foi uma mentira? Minha mãe escondeu isso de mim todos esses anos? Por que ela faria isso? Meus olhos ardem e empurro as lágrimas para dentro de mim. Não vou chorar, não posso chorar.

Não sou filha de Havier Kaster. Meu pai é Vierrah Denova. Alguém que não conheço, que não faz parte da minha vida. Um desconhecido completo, que parece ter sido próximo de Ravenna. As unhas arranham meus braços e me sinto suja ao pensar no sangue que corre nas veias.

Sinto-me suja porque sou uma aratny. Porque sou uma Denova.

CAPÍTULO 36

A lápide está mais suja do que da última vez que estivemos aqui.

Quando a forte chuva começou a cair, noite passada, a primeira coisa que pensei foi nisso. O barro iria sujar tudo, as flores iriam se afogar e teríamos um enorme trabalho para limpar. Não sairíamos daqui tão cedo, mamãe jamais deixaria.

Já reclamei algumas vezes sobre trazermos as meninas para ajudar, mas ela nunca deixa ninguém vir. É um lugar especial, longe de tudo e todos. Somente eu, ela e… papai.

A lápide não tem foto. Algo que não consigo entender bem. Afinal, quase todas as outras que vi tinham uma bela fotografia estampada. Pessoas muito pobres não tem condições de pagar por isso, mas nós não somos pobres. Pelo contrário, nossa vida é muito confortável e só melhora financeiramente nos últimos tempos. Mesmo assim, mamãe escolheu deixar apenas o nome do papai.

"Esposo querido, pai amoroso.
Para sempre.
Havier Kaster."

Nós não conversamos muito quando estamos aqui. Minha mãe sempre fica mais quieta do que o normal. Sinto que é direito dela se isolar.

A dor de perder alguém que esteve com você por dias, meses ou anos é incurável. A pessoa que já foi o seu mundo todo e agora não existe mais. Não tem nada para ocupar o imenso buraco no peito. É uma dor que machuca porque é viva, pulsante e sangrenta.

Só que é muito diferente perder alguém que nunca teve a possibilidade de respirar o mesmo ar que você. É a dor de não ter tido a oportunidade de existir no mesmo tempo e espaço que essa pessoa. Essa dor… Ela nasce cicatrizada, mas jamais curada. É como se você nascesse sem uma parte sua. Sem nunca entender o que poderia ter sido ao lado dela. A dor é contínua e não existem lembranças felizes que te ajudem a sorrir nos dias mais difíceis.

É assim como eu me sinto sem papai. Sei que ele teria sido a minha gravidade. Por isso, me ancoro em mamãe. A única rocha que me traz de volta ao chão.

Quando terminamos de limpar e a lápide volta a ser branca, encontro seu sorriso. As flores estão embelezando todo o cantinho de papai mais uma vez.

— Sempre que chove, eu sinto o cheiro dele, sabia?

É claro que eu sei. Ela já tinha falado disso algumas vezes, mas eu sempre finjo que é a primeira vez.

— Sério? Queria sentir o cheiro dele também.

— É só inspirar fundo, vai... — Demonstra como fazer.

Abro um sorriso porque acho a cena toda muito engraçada. Repito o movimento. O cheiro que sinto é uma mistura de eucalipto, terra molhada e ar fresco. Quando abro meus olhos, mamãe está com os cílios molhados. Isso também não é novidade. Ela sempre chora quando vem visitar papai. Talvez seja por isso que não deixa mais ninguém acompanhar. Porque não quer que descubram que existe um coração ferido dentro do peito.

A gente só fica observando a lápide por tempo demais. O descanso eterno de alguém que amamos de todo o coração. Quando estamos só nós três, nenhuma palavra é necessária. Mesmo que ele não esteja fisicamente aqui, consigo sentir sua presença. E, quem sabe algum dia, tente enfrentar um pouco dessa dor que me consome. Um dia eu serei corajosa o suficiente para abrir a ferida cicatrizada e deixar o sangue escorrer.

Giro a maçaneta, esperando o pior.

O embrulho no estômago me faz aguardar por um tempo antes de tomar coragem. Não quero abrir a porta e encontrar Ruel com seu sorriso cínico ou Ravenna e a máscara perfeita da falsidade. Não quero lidar com Irvine e sua carranca mal-humorada, pronta para me delatar aos inimigos. Eu só quero abrir a porta do meu quarto e encontrar Ehrika bem. Sentir que pelo menos essa parte da minha vida não saiu do eixo.

Tenho medo do que se esconde atrás da porta do meu aposento depois de tudo o que aconteceu. Depois de esperar por horas até que os dois parassem de ofegar e pegassem no sono. Depois de aguardar até que Ruel vestisse as roupas e fosse embora. E orar para que Ravenna fizesse o mesmo. Foram longas horas sem dormir, repassando na minha mente as mentiras que escutei ao longo dos anos. Repetindo mentalmente meu nome para que não esquecesse. *Kalina Kaster. Kalina Kaster. Kalina... Kaster?*

Quando giro a maçaneta do quarto, respiro fundo, porque não sei se consigo ter forças para lutar contra qualquer outro problema.

A porta se abre e encontro Ehrika sentada na poltrona afastada. Está sozinha, sem Ruel ou Ravenna. Não tem Irvine ou qualquer outra pessoa. Somos apenas nós duas. Quando sente a minha presença, gira o rosto bem rápido e consigo ver o vermelho em seus olhos.

Ela está bem. Está aqui. Fecho a porta atrás de mim e espero que diga alguma coisa. O semblante choroso se transforma em uma careta de fúria que raramente vejo em Ehrika. Estica o dedo acusatório e avança na minha direção.

— Você! Eu vou *acabar* com você!

Os passos soam como pequenas explosões. Quando chega perto o suficiente e abre a boca para berrar comigo, desabo em seus braços.

Meus joelhos batem contra o chão e sinto a ardência crescendo nos meus olhos. Não para de aumentar. Toma conta de mim. Meu peito fica apertado e a garganta arranha. O que está acontecendo comigo? Por que não consigo me controlar?

Ehrika tenta segurar meu corpo, mas nós duas caímos no chão.

— O que aconteceu? — Ela parece em pânico. Não quero assustá-la, mas eu *estou assustada.* Estou cansada. — Desculpa, Kali! Só estava muito irritada porque você sumiu a noite toda e fiquei preocupada e…

Puxo Ehrika para perto e a abraço tão forte que quase não respiro. Aperto os olhos e… choro.

As lágrimas brotam, desafiadoras. Descem por toda a minha pele e caem pelo chão. Estou soluçando como não me deixo soluçar desde que mamãe foi presa. A dor flui por todo o meu peito e sinto espasmos reverberando pelo corpo. Quanto mais liberto a angústia presa na garganta, mais pesada me sinto. As mãos de Ehrika alisam minhas costas enquanto sussurra no meu ouvido.

— Estou aqui — repete várias e várias vezes. — Estou aqui.

Penso na nossa casa e no cheiro de avelã que percorria a cozinha. Lembro-me da lareira sempre acesa durante o inverno e das risadas corriqueiras enquanto bebíamos chá de laranja com mel. Recordo o rosto de Jheni, de Tolisie e Pitrya e os planos que estavam traçando para o futuro. Eu imagino o último dia antes de levarem mamãe e como ela parecia muito feliz por estar viva.

Por estar com a gente. Por ter uma família.

Arrasto minha mão até encontrar a fotografia dentro do meu bolso. Entrego-a para Ehrika, mas não consigo falar nada. Não olho para a imagem porque não quero ver o rosto de papai ao lado de Ravenna.

Ela segura com delicadeza a foto e se afasta um pouco de mim. Desliza os dedos pela minha bochecha e limpa as lágrimas. Só depois encara a foto e demora um tempo percorrendo os olhos pelas duas pessoas sorridentes.

— Não pode ser… — sussurra. As íris violeta estão grudadas na fotografia. Ela traz a imagem para perto dos olhos e observa com atenção. — Esse… Esse garoto é o seu pai.

Senti tanto orgulho na primeira vez que mostrei para Ehrika o retrato guardado no escritório de mamãe. Não somente os dois estavam nele, mas nós três juntos. A forma como papai segurava a barriga dela e o sorriso no rosto. Eu estufava o peito para falar seu nome. Havier Kaster.

Empurro a fotografia na mão de Ehrika para o lado. Ela lê a frase escrita e noto o momento que para de respirar.

— Onde você encontrou isso?

Tento responder, mas as palavras se embolam. Respiro fundo uma parcela de vezes até que a frase escapa pela língua.

— No escritório.

As lágrimas retornam, embaçando minha visão. Aperto os olhos, mas elas não param de chegar. É fácil deixar que desçam pelas bochechas depois de tanto tempo contendo-as.

— Você acha que ela sabe? — Ehrika lê mais uma vez a frase atrás da foto. — Só pode ser isso, Kalina. Tudo o que ela fez até agora... Só isso explica.

Então eu conto.

Aos tropeços, embaralhando as palavras e levando tempo demais para formular as frases. Ehrika apenas me abraça e escuta. Não diz nada. Ela continua limpando minhas lágrimas, segurando minha mão, dizendo que está aqui comigo.

Está sendo a rocha que me segura no chão. Porque, nesse momento, minha melhor amiga é o último fio de sanidade. Ninguém é forte o bastante assim. Nem mesmo os heróis das histórias mais épicas conseguem resistir a tudo. Ninguém é forte desse jeito. Absolutamente ninguém.

— Aquela cobra peçonhenta! — Ehrika rosna. A voz aumenta muitos decibéis enquanto amaldiçoa a diretora e o tenente. — Foi tudo um teatro? Juro que *eu vou* matá-la. Fique com o cachorrinho! Ninguém mexe com a minha melhor amiga.

Uma risada fraca escapa quando percebo as mesmas palavras que disse quando Ruel a torturou, saindo de sua boca.

Ehrika estica um sorriso fofo e suas íris violeta brilham.

— Está duvidando de mim? — Aperto os olhos e deixo o riso escapar mais uma vez.

— Nunca — respondo, porque eu não duvido mesmo.

Volto a respirar um pouco melhor e contenho as lágrimas por tempo o bastante. Quero manter os olhos fechados, porque estão pesados, mas ainda tenho coisas a dizer.

— Ravenna quer me usar para conquistar o trono de Frederick. — Seco as bochechas e estico as costas. — Eu não sei como ela vai fazer isso, mas preciso descobrir antes. Tenho medo de que meu tempo esteja acabando, Ehrika.

— Se o seu pai é Vierrah Denova, então você...

Engulo em seco, afastando a vontade de chorar mais uma vez. Deixei que a dor escapasse do meu peito, mas não posso mais fazer isso. Ninguém vai esperar pelo fim do meu luto para atacar, então preciso fazê-lo primeiro. Afio cada espinho preso no meu coração e expulso todos os demônios.

— Pertenço à família do Imperador.

— Quem é Vierrah Denova?

Os olhos grandes e redondos de Mig me encaram depois que faço a pergunta. Ele pisca algumas vezes e procura por Alexis atrás de si. Estamos no nosso esconderijo não tão secreto assim. A torre, localizada na ala antiga do castelo.

Dormi durante algumas horas para me recuperar e acordei com *essa* ideia na cabeça. Cacei os dois patetas até encontrar Alexis deixando a biblioteca. O garoto me encarou como se eu fosse uma assombração. Derrubei o papel no chão e continuei seguindo em frente.

Chegaram um pouco atrasados, mas apareceram no encontro urgente que solicitei. Se alguém poderia me contar o passado da família Denova, seria um dos dois.

— Não entendeu a pergunta? Quem é Vierrah Denova? — questiono de novo.

— Eu entendi o que você disse. Só não entendo o motivo disso.

Mig está sentado do jeito que sempre se senta. As costas retas e o quadril repousado bem na ponta da cadeira. Ele veste o uniforme milimetricamente alinhado e mantém o capacete mesmo aqui dentro. Já o garoto jogado na poltrona ao seu lado é o verdadeiro caos. A farda está torta e a primeira coisa que faz é libertar os cabelos vermelhos. Ele está com o queixo encostado no peito e tenta decifrar o que acabei de falar.

— Apenas responda à pergunta. — Inclino meu corpo na direção deles. — Vocês dizem estar do meu lado, mas nunca me dão as informações de que preciso. Não estou pedindo muita coisa.

Mig parece um pouco magoado quando termino de falar, mas não vou agradecer pelo que fez no necrotério. Eu não posso me contentar apenas com isso, existe muito mais em jogo agora. Alexis respira fundo e decide endireitar a postura.

— Frederick teve dois irmãos — ele começa a explicar. — Felix era o mais velho, nosso primeiro Imperador. Ele morreu depois de alguns anos e Frederick tomou posse de Aratny. Foi depois disso que Insula recebeu o golpe de poder. — Preciso prender a respiração porque não sei se estou realmente preparada para o que vou ouvir. Conheço essa parte, todo mundo sabe da história. — Vierrah era o irmão caçula.

Procuro por Ehrika. Está escorada contra a parede, mas quando escuta o que o garoto diz, tropeça para a frente.

— Vierrah Denova era irmão de Frederick? — Ela interfere a conversa e os garotos ficam ainda mais confusos.

— Mas... — Tento juntar tudo o que aprendi sobre a família real, só que não consigo recordar desse nome ou uma foto além da que está no meu bolso. Eu teria notado que era papai. — Por que eu nunca ouvi falar dele antes?

— Qual o interesse todo, Kalina? — Mig pergunta de novo. Ele está muito mais desconfiado que o garoto ao seu lado.

Empurro a poltrona atrás de mim e me agacho até estar segurando as mãos do oficial.

— Só me diga, Mig... — imploro.

Ficamos apenas nos encarando até que ele concorda de leve.

— Porque ele fugiu assim que Frederick tomou o poder, trinta anos atrás — começa a explicar e cada palavra dita é como um soco no peito. — Nunca mais foi visto e consideraram-no como conspirador do trono. Foi retirado dos livros oficiais e eu aposto que o Imperador fez isso por medo.

Sinto a mão de Ehrika repousar no meu ombro e acalmo as batidas aceleradas do coração.

— Como você sabe disso tudo? — O garoto na minha frente não tem mais do que vinte e poucos anos.

— Aprendemos dentro da Ruptura — Alexis é quem fala. — O nosso líder acha importante sabermos do passado de Frederick.

Preciso me sentar no chão. Mamãe sempre contou sobre como meu pai era um viajante solitário, alguém que desbravava os reinos e não se prendia a nenhum deles por muito tempo. *Ele fazia isso porque estava fugindo.* Foi depois que se apaixonou que estabeleceu morada em Mave. Foi por isso que criou a Ruptura? Porque não queria mais se esconder?

— O que ela tem? — Alexis pergunta para Ehrika enquanto respiro e inspiro algumas vezes.

Ela começa a inventar alguma desculpa, mas todos levantam os olhos na direção das escadas. As lâminas são sacadas quando olhos amarelos reluzem na escuridão.

— Vejo que está inteira — Vixen fala olhando para mim. Depois, mira as fendas pretas para os outros ao meu lado. — Por que não me convidaram para a festa? Achei que já pudesse me considerar membro do seu *pequeno* clube. — O jeito que diz "pequeno" me irrita na mesma hora.

— O que você quer? — murmuro, impulsionando as pernas para cima.

Ele demora alguns segundos para responder.

— Saber se a impulsividade valeu a pena na noite passada. — Vixen se aproxima com passos comedidos. Para ao lado de Ehrika e dá um tchauzinho, minha amiga se afasta na mesma hora. — Você adora invadir quartos que não são seus, não é?

Ele cruza os braços e levanta uma sobrancelha. O idiota está me testando, mas não vou cair na piadinha.

— De verdade, Vixen. — Aproximo-me e o encaro bem de perto. — Por que está aqui? Você já deu a informação que tinha e a Ruptura vai trabalhar nisso. Não precisa mais participar dessas reuniões, nem se colocar em perigo. Não entendo o que ganha perdendo o seu tempo com a gente.

O harakin fica em silêncio por muito tempo. Ele não desvia o olhar de mim. Estamos em uma batalha silenciosa. Quero que ele diga o que esconde por trás do sarcasmo e, se for apenas um passatempo, que desista logo e volte à sua vidinha confortável. Noto a forma como as sobrancelhas caem e o leve encolher dos ombros assim que perde a guerra.

— Eu entendo que não confie em mim. — O timbre da voz é despido de acidez. — Na verdade, eu entendo que não confie em ninguém, Kalina. Você não tem motivos para aceitar a minha ajuda ou me enxergar como um aliado. — Ele deixa os braços caírem ao lado do corpo. — Mas eu não posso parar agora. Não quando Safiny trouxe algum tipo de esperança para mim. Eu sonhei com a possibilidade de me ver livre desse lugar. Porque, assim como todos que estão lá embaixo, aqui em cima também é uma prisão. — Ele fecha os olhos e toma fôlego. — Se existem crianças presas dentro desse lugar, preciso ajudar a encontrá-las.

Todos ao nosso redor estão estáticos. Ninguém ousa respondê-lo. O guerreiro que acabou de despejar todas essas palavras não se parece em nada com o demoniozinho debochado de sempre. Vixen parece ser alguém cheio de camadas, mas não sei quantas delas são verdadeiras.

Mamãe o escolheu. Ela não aceitou a mão estendida de Ravenna, nem procurou pela Ruptura. Foi ele quem esteve ao seu lado até os últimos dias. Se existe algum fio de esperança dentro de mim para encontrá-la, não posso esquecer sua decisão.

— Eu já te avisei uma vez, mas vou avisar de novo. — Deixo que um sorriso tímido se abra nos meus lábios quando falo. — Estrague as coisas comigo e vou te caçar até no inferno, se preciso.

O demoniozinho empina os ombros e volta a vestir sua personalidade convencida.

— O inferno é bem longe.

— Pra você ver como sou determinada.

Ele assente e aumenta ainda mais o sorriso. Estica a mão e aceito o aperto. Ele demora para soltar meus dedos, segurando-os por tempo demais.

— Certo. — Volto a encarar as três estátuas ao meu lado, só que feitos de carne e osso. — Eu tenho uma missão pra vocês dois.

Aponto para Mig e Alexis. O primeiro torce as sobrancelhas, ansioso, e o segundo quase pula de animação. Tão opostos.

— Chega de informações pela metade. Quero falar com o seu líder.

Ehrika grita um "isso!", apoiando minha decisão, e quase solto uma gargalhada pela energia que corre no meu corpo.

— Não sei se ele vai querer se revelar tão cedo, Kalina.

Mig tenta encontrar desculpas, mas não vou aceitar nenhuma delas. O relógio está correndo muito rápido e não posso mais esperar. Preciso descobrir o que Ravenna está tramando e acho que a informação que tenho será suficiente para provocar a Ruptura.

— Diga que a filha de Vierrah Denova tem informações sobre os planos da diretora.

A cor dos dois patetas quase some.

— E quem… — Mig gagueja com olhos arregalados. — Quem é ela?

Empino o queixo e deslizo as mãos para a kukri na minha cintura.

— Sou eu.

Capítulo 37

— Ruptura significa romper bruscamente — Alexis explica. O orgulho preenchendo cada palavra que diz. — Historicamente quer dizer definir uma nova fase, mudar o jeito que vivemos e pensamos — o soldado continua falando enquanto seguimos atrás. Somos guiados apenas pela parca luz que carrega nas mãos. — É uma nova perspectiva frente ao presente e passado. É transgredir aquilo que dizem ser certo, mas que acolhe apenas uma pequena parcela de pessoas. — Ele muda de direção e descobrimos um novo corredor invisível. — É por isso que nos intitulamos assim. Porque queremos partir as leis que regem Insula e transformar o sistema. — O lampião dança em meio ao breu e ilumina um pouco mais do seu rosto. Ele procura pelos ouvintes atrás de si e verifica se estamos prestando atenção. — Entendeu?

O túnel de pedra é como uma noite sem estrelas. Você só consegue enxergar os pensamentos na sua cabeça porque todo o resto é tomado pela escuridão. Não fosse os dois palermas indicando o caminho que devemos seguir, talvez eu nunca encontrasse esse lugar. Meu pescoço dói pela tensão que ponho sobre ele. A cada minuto procuro pelo inimigo esperando a nossa chegada.

— Ah! Entendi — Ehrika responde contendo a voz. Estamos tentando manter o silêncio, mas o jeito dela lidar com o nervosismo é falando demais. — Vocês são tipo os mocinhos querendo mudar o mundo. — Dá um tapinha leve nas costas do garoto. — Tão bonitinho!

Mordo o lábio para segurar a risada na boca.

— Não sei se somos os mocinhos — Mig murmura para si, mas todos nós escutamos. As paredes da montanha revelam todos os segredos, mesmo os sussurrados.

— É claro que somos os mocinhos! — Alexis contrapõe. Ele desliza o braço sobre os ombros de Mig e o puxa para si. Desce a boca até o ouvido do garoto e acrescenta com carinho: — Por que está falando assim, *Mi*? — O apelidinho no final.

Ehrika me cutuca tão forte que o ar me escapa.

— Nada. Só ando pensando em umas coisas — responde baixinho.

— Podemos só… — Sou eu quem cochicha agora. — Calar a boca? E se alguém nos escutar?

Confiro o caminho que fizemos, mas não encontro nada além de escuridão. *Ninguém está nos seguindo, Kalina. Acalme-se!* Engulo o nervosismo e obrigo-me a olhar para a frente de novo. Ao meu lado está Ehrika e do lado dela está Vixen. Encontro pupilas amarelas me observando e o arrepio sobe pela pele. As chamas esverdeadas escapam do lampião que Alexis carrega e iluminam um pouco o rosto do harakin. Semicerro meus olhos e balanço a cabeça perguntando silenciosamente o que ele quer. O demoniozinho tem a audácia de repetir meus gestos e responder com um sorriso presunçoso.

— Estamos quase chegando — Alexis avisa.

O sangue nas minhas veias esquenta muito rápido porque não sei o que vou encontrar. Na verdade, sei que vou encontrar *alguém*. Essa pessoa desconhecida e intitulada líder da Ruptura. A cabeça principal de toda a organização rebelde. E o mais importante de tudo, alguém que conheceu meu pai. Pergunto-me se das duas maneiras, Havier e Vierrah?

Durante os dois dias que se sucederam desde que encontrei a fotografia, precisei esperar com muita paciência pela decisão dele. Vesti a melhor máscara que encontrei e bebi doces chás com Ravenna. Respondi todas as perguntas venenosas da governanta e aturei os guardas na minha cola. Agi como uma hóspede submissa e simplesmente esperei. Era minha última esperança.

Ele aceitou me encontrar.

Não na torre dentro do castelo. Porque seria perigoso demais, mas em um lugar tão desconhecido quanto sua identidade. Existem túneis que percorrem a montanha na forma original. Pouco vista por Ravenna ou os guardas que a seguem, mas um espaço que a Ruptura encontrou bem embaixo das patas das aranhas.

Chegou o momento de confrontá-lo e descobrir o que esconde. Fazer as centenas de perguntas presas na garganta. O que quer de mim? Por que não ajudou minha mãe? O quanto sabe sobre as crianças desaparecidas? Dos três caminhos que se estendem na minha frente, esse é o último a ser percorrido.

Esbarro contra as costas de Alexis quando ele para subitamente.

— É aqui. — Ele ilumina a frente de uma parede rochosa.

— Mas não tem nada aqui. — Ehrika se aproxima para ver melhor.

— É claro que tem — Mig responde e pressiona a mão deslizando-a porta invisível para o lado. — Entrem!

Minha melhor amiga segura meu braço e me encara durante alguns segundos. Não podemos mais voltar atrás. Meu coração vai ser partido pelos dois patetas caso isso seja uma armadilha. Não quero acreditar na possibilidade, mas ela existe. Os soldados estão nos encarando com sombras escondendo metade do rosto. Penso no dia que levaram-me pela primeira vez até a torre. Quando Alexis entregou a adaga na minha mão apenas para que me sentisse mais segura. A forma como Mig ajudou na busca por mamãe no necrotério sem se acovardar. Penso nos piqueniques em meio a madrugada e no jeito que os dois me fazem rir.

Antes de avançar a entrada indicada, abraço Mig. O corpo do garoto se retesa, mas não perduro no ato. Faço o mesmo com Alexis. Ele responde ao meu toque com um pouco mais de simpatia. Enquanto o seguro, consigo ver a lareira crepitando dentro da caverna. Não quero entrar antes de dizer o que preciso.

— Obrigada — falo baixinho para os dois.

Ehrika toca o meu braço, mas continua em silêncio. Ela sabe que isso significa muito para mim. Existia uma muralha ao meu redor que foi derrubada pelos garotos e rezo para que ela continue no chão.

— Pelo quê? — Mig pergunta.

— Por tudo.

Eles se entreolham e tentam esconder sorrisos tímidos. Mig é o primeiro a seguir em frente, desaparecendo na caverna. Ehrika acompanha o garoto logo depois. O braço de Vixen toca em mim quando avança. Minhas bochechas esquentam porque quase me esqueci da presença dele. Alexis ainda está esperando. Antes de entrar, murmuro para o soldado.

— Eu conheço *ele?*

O garoto abre um sorriso travesso.

— Conhece.

Aperto as mãos e o suor forma-se no meio dos dedos. Apresso meu passo para dentro da caverna e encontro a figura encapuzada.

Bem ao lado da lareira rústica feita de rochas e madeira está o líder da Ruptura. Ele veste uma longa capa preta escondendo o rosto. Meu coração está muito acelerado, mas não consigo identificar quem é. Ele espera que a porta feita de rocha sele nosso segredo para levantar os longos dedos até o disfarce.

Quando o tecido cai sobre os ombros, escuto a arfada de Ehrika.

O líder da Ruptura tem cabelos brancos presos ao coque, nariz adunco e olhos ocres.

O líder da Ruptura é a governanta, Irvine.

Meu primeiro pensamento é que isso tudo realmente é uma armadilha. Os dois delataram-me para a velha peçonhenta e Ravenna surgirá em poucos segundos.

Só pode ser isso, não é?

Mig e Alexis percorrem a caverna e acendem aos poucos as lamparinas adormecidas. Elas desenham o ambiente e revelam um ambiente parcialmente mobiliado. Pergunto-me quantos desses móveis são do castelo e como conseguiram trazer até aqui. Um tapete puído está próximo da lareira, crepitando, e algumas rochas parecem servir de poltronas com almofadas jogadas por cima. Tem uma mesinha de centro baixa próximo de Irvine e nada além disso. O lugar é escuro, gelado e com cheiro de mofo. Nem um pouco confortável e nem um pouco acolhedor.

Depois que os soldados terminam o trabalho, encaminham-se para perto da senhora. Fazem uma mesura, respeitosos. Ela os libera com um aceno de mão e postam-se atrás dela.

— Parece que viu um fantasma — Irvine comenta, o leve traço de humor no tom da voz.

De todas as pessoas que pude imaginar encontrar nesse momento, a governanta do castelo certamente não era a primeira de minhas apostas. Ela aponta para as almofadas e senta-se em uma delas. Os soldados estão com as mãos atrás do corpo, queixos empinados e seriedade no rosto. Estão na presença da pessoa que verdadeiramente seguem. Sua líder. Ehrika e Vixen mantêm-se silenciosos ao meu lado

— Quem é você? — a pergunta escapa da minha boca.

Irvine encaixa as mãos uma na outra e repousa em cima do colo. Ela não carrega mais no rosto os traços de mau humor e os ombros estão mais relaxados enquanto fala.

— Depende. — Abre um pequeno sorriso. — Deixei de ser *apenas uma* pessoa há muitos anos, criança.

Procuro por Ehrika ao meu lado e, quando nossos olhos se encontram, dá de ombros. Vixen está encarando fixamente a governanta. Dou um voto de confiança e aproximo-me das almofadas, sentando-me em uma delas.

Tenho muitas perguntas a fazer, tantas que não sei nem por onde começar.

— Então você é a líder da Ruptura… — Observo o óbvio. — Muita coisa faz sentido agora.

— Fico surpresa por nunca ter suspeitado. — Empina um pouco o queixo e as rugas ficam mais aparentes nos cantinhos dos olhos quando sorri. — Os soldados fazendo vista grossa pelos corredores, esses dois sempre disponíveis ao seu redor… — Aponta o dedo para Mig e Alexis. — Acha que a vida dentro do castelo teria sido fácil sem mim? Se não tivesse mexido os pauzinhos e organizado os meus soldados para te acompanhar, Ravenna teria percebido muito antes as suas saídas no meio da noite, criança. — A voz rouca está divertida enquanto se gaba. — Ou você acha que a governanta do castelo não estaria de olho em você?

Todo esse tempo me perguntei se as facilidades aqui em cima eram um presente da diretora. É claro que não seriam. Como fui estúpida.

— Ravenna confia em você.

— De olhos fechados — concorda presunçosa.

Ninguém suspeitaria de uma senhorinha, não é mesmo? Passeio meus olhos pela postura satisfeita de Irvine. Está feliz por esfregar na minha cara todas essas informações.

— Você sempre soube de quem eu era filha?

As sobrancelhas de Irvine elevam-se um pouco e ela aperta os olhos. Passeia os pontos do meu rosto antes de responder. Os ombros caem levemente, também.

— Gostaria de ter sabido antes, mas sua mãe escondeu você — responde amarga. A respiração se prende na minha garganta. — Safiny nunca confiou em mim. E eu entendo, é claro. Por que confiaria na babá dos Denova?

O embrulho no estômago volta como uma tempestade.

— Você conheceu meu pai?

— Eu troquei as fraldas do seu pai, Kalina. — Abre um sorriso nostálgico. — Vierrah era como um filho para mim. Cuidei não somente dele, mas de Frederick e

Felix. Nenhum dos meninos se apegou tanto quanto o seu pai. Talvez por ter sido o mais novo entre os três. — Alisa a saia do vestido enquanto fala. — Conheço bem os Denova, a parte boa e ruim da família.

Observo as rugas profundas no rosto da senhora. Os fios brancos presos ao coque. Ela tem idade para ser minha avó, o que ajuda na história que me conta, mas ainda não estou totalmente convencida.

— Por que meu pai fugiu? — Lembro-me do que Mig e Alexis revelaram. Foi logo depois da morte de Felix e a tomada do trono por Frederick. — Você sempre soube onde ele esteve?

— Vierrah estava muito abalado — explica, perdendo-se nas memórias. — Eu não estava mais trabalhando no palácio, os meninos haviam crescido. Mas depois que Felix morreu, seu pai se fechou para o mundo. Nem comigo se abria. Ele costumava ir à minha casa todas as semanas para me ver, mas desapareceu depois da mudança do trono. — A expressão de Irvine envelhece enquanto conta a história. — Foram muitos anos até que ele apareceu na minha porta no meio da noite. Estava com os traços de um homem, me contou que tinha se apaixonado por uma garota em Mave e que não queria mais se esconder.

— Minha mãe — sussurro, a dor se apossando do meu peito.

— Safiny foi a força que ele precisava para enfrentar o passado, mas como disse… — A líder da Ruptura me encara com certa mágoa nos olhos. — Ela nunca confiou em mim. Mesmo quando criamos a organização juntos, ela nunca acreditou na minha palavra. Tudo piorou quando seu pai foi assassinado, alguns meses depois. Safiny sempre achou que eu estava envolvida, o que me machuca, se posso dizer. Seu pai era meu filho, não de sangue, mas era.

Então foi por isso que mamãe não falou com a Ruptura? Foi por isso que ela não recebeu ajuda aqui dentro?

— Mas minha mãe me teve logo após a morte do papai, como você não soube disso?

— Safiny escondeu a gravidez. Quando a barriga cresceu o suficiente para notarmos, ela deixou de ir às reuniões. Vierrah nunca contou para mim sobre você, criança. Tenho certeza de que respeitou a decisão da sua mãe, mas também me dói pensar nisso. Porque você… — Tenta se aproximar de mim, mas desiste no meio do caminho. — Você seria minha neta.

O frio da caverna envolve meus braços. Irvine se cala e noto um leve brilho nos olhos, mas ela pisca algumas vezes, afastando o início das lágrimas.

— Mas mamãe não me escondeu sempre, todos sabiam que eu era filha dela. Não consigo entender…

— Quando confrontei sua mãe, implorando pela verdade… — A voz de Irvine treme um pouco. — … ela negou que você fosse filha de Vierrah. Disse que foi fruto de um caso de uma noite. Mesmo suspeitando, aceitei a escolha de Safiny por esconder a verdade. Ela queria te proteger, Kalina. Sabia que se a verdade fosse revelada, sua vida estaria em perigo.

Preciso de um tempo para processar tudo o que acabei de ouvir. Esfrego os olhos algumas vezes, com mais força do que devo. O silêncio preenche a caverna, mas ninguém responde por mim.

— Você sabe quem matou papai?

— Frederick, é claro! — rosna. O ódio que a governanta sente pelo Imperador percorre meus ossos. — Mas nunca conseguimos provar isso. É minha missão de vida. Se conseguíssemos comprovar que foi ele quem ordenou o assassinato do próprio irmão, do príncipe caçula, Frederick teria que enfrentar o conselho.

— Por quê?

— Não matarás sangue do teu sangue — Irvine cita a frase com veemência. — É proibido na lei sagrada dos Cinco Deuses Irmãos.

Tenho vontade de revirar os olhos quando escuto a resposta saindo da boca da mulher. Nunca fui para uma escola ortodoxa porque todas são comandadas pelo governo. Mamãe nunca se dedicou a nos ensinar as leis do império Denova, porque ela sempre os odiou.

— Frederick é um tirano. Mesmo se descobrissem, o que fariam contra ele? — desafio-a. — Ele tomou Insula para si.

— O conselho — ela diz e as chamas da lareira crepitam intensamente em resposta. — O maldito colocou tanto poder nas mãos daqueles homens que em segundos seu trono pode ser derrubado. A corte foi instituída pelo canalha como uma segurança a mais, pois morre de medo de perder o controle de Aratny e, principalmente, de Insula. Tem medo de que o matem, mas fez isso com os próprios irmãos. Um verdadeiro covarde. Não segue as leis porque acha que nunca vão conseguir provar que as descumpriu.

— E ele está certo — murmuro. — Está no poder até hoje.

Irvine meneia a cabeça, concordando com o que eu disse.

— Mas acho que existe uma pessoa que pode provar.

Todos na sala fixam os olhos na governanta.

— Quem? — O tremor nas minhas mãos é incontrolável.

— Ravenna.

Todas as memórias, desde o primeiro dia que coloquei os pés dentro da montanha, voltam à minha mente. A diretora disse com todas as letras que deseja derrubar Frederick do trono.

— Ela consegue — afirmo para todos na caverna.— De alguma forma, ela consegue. Eu só não sei como, ainda.

Irvine inclina-se na minha direção e coloca a mão sobre a minha.

— Ela te disse isso?

— Não… — A confusão anuvia minha mente por um tempo. — Mas confessou que quer tirar o Império de Frederick. Eu só me pergunto porque ela está me envolvendo nisso.

— O trono de sangue, Kalina! — Irvine diz ansiosa. — Como pode não saber disso?

Empurro-a e me afasto para longe. Ehrika se aproxima e pergunta se estou bem, mas apenas meneio a cabeça. *Estou tão confusa.*

Vixen continua com os olhos fixos em Irvine, sem dizer uma palavra. Mig e Alexis permanecem na posição de sentido.

— O que é o trono de sangue? — pergunto receosa.

— Depois de Frederick, só existe você na primeira linhagem dos Denova — fala pausadamente. — Se ele for destituído do trono pelo conselho, você é a próxima Imperadora.

Isso só pode ser piada. Acho que vou vomitar, ou desmaiar. Talvez faça as duas coisas juntas. Preciso me apoiar nos joelhos, porque as pernas fraquejam.

— E como Ravenna se beneficiaria disso?

— Influenciando você a acabar com a lei — Irvine confirma todos os meus temores. — Sem o trono de sangue, qualquer um pode comandar Aratny. Ravenna conquistaria Insula rapidamente.

Faça a pirralha assinar o documento, a voz de Ruel ecoa pelos meus ouvidos.

Os dedos de Ehrika estão ao redor dos meus braços. Tenta falar algo, mas não a escuto. O mundo gira e o caos explode dentro do meu coração. As peças do quebra-cabeça vão se encaixando e as perguntas recebem respostas.

Todo esse tempo Ravenna tentou me manipular para conquistar o trono. Para dá-lo a mim e depois tirá-lo com suas garras afiadas. Sei que não deveria me sentir traída, mas é um sentimento muito próximo disso.

Irvine estica as pernas e logo põe-se de pé.

— É por isso que vai continuar dando ouvidos a Ravenna.

— Está doida?

— Na verdade, estou mais ciente do que nunca. Você vai arrancar todas as informações que puder e, quando a diretora estiver nas nossas mãos, vamos acabar com ela também. — Irvine se aproxima alguns passos. — Descubra qual é a carta que guarda na manga e arranque-a como uma lâmina.

— Não sei se consigo — grunho. Como posso olhar para o rosto daquela mentirosa de novo? — Não sei se quero.

— Você não tem escolha.

Estamos em uma batalha silenciosa. Olhos ocres afiados na minha direção e as chamas da lareira crepitando no ritmo do meu sangue. Estou prestes a retrucar quando a porta da caverna se abre outra vez.

Salto para longe, procurando a kukri na minha cintura. Mig e Alexis estão empunhando os bastões e Irvine veste a capa sobre o rosto. Ehrika e Vixen entram em posição de ataque, mas olhos dourados brilham em meio à escuridão.

— Opa, foi mal — Hux comenta em meio a risadinhas. — Sou só eu!

Os três membros da Ruptura soltam o ar quando percebem o intruso, mas Ehrika e eu continuamos prontas para o ataque.

— Vixen? — O jovem harakin fecha a porta atrás de si. — Isso não é uma boa ideia... — Aponta para o demoniozinho. — Ele é problema!

— É um prazer te ver também, Hux. — O outro guerreiro faz uma mesura teatral. Então ele é o garoto com a língua solta?

— Está atrasado — Irvine comenta com a voz dura.

— Eu sei, Irvi. — Avança pela caverna. Quando passa ao meu lado, acena com intensidade e abre um sorriso gigantesco. — Oi, pra vocês! Tudo bem? — Sem esperar pela resposta, vai até a governanta e a abraça. — Blizze estava de olho em mim de novo.

Depois de conferir todos os presentes na caverna, o menino coloca as mãos na cintura e solta um longo suspiro.

— E aí, o que perdi?

Alexis ri com a pergunta, mas logo volta ao foco quando Mig lhe dá uma leve cotovelada na barriga.

— Kalina estava prestes a decidir o futuro de Insula — Irvine responde ácida, me colocando contra a parede. — Estamos esperando a resposta.

Imperadora.

O futuro que nunca desejei. O plano que jamais arquitetei. O que devo fazer? Seguir meu coração e abandonar essa loucura, ou aceitar que não existe mais possibilidade de sair disso? O futuro de todas as pessoas no continente pode mudar se eu aceitar seguir em frente.

Se eu acolher meu sangue e lutar pelo trono.

Talvez mamãe não consiga dançar nas cinzas de Frederick.

Mas eu posso.

CAPÍTULO 38

A tesoura desce pelo caule até encontrar o ponto perfeito da poda.

Ela se fecha em um estalo e separa a flor da roseira. Os espinhos estão prontos para arrancar uma gota ou duas do meu sangue, em contrapartida. Seguro a flor vermelha entre os dedos e exibo-a para a mulher ao meu lado. Ela meneia o rosto, satisfeita pela escolha que fiz, será uma bela aquisição para o novo buquê do seu quarto.

O convite foi feito cedo pela manhã. Os lençóis ainda estavam quentes quando deixei o quarto e o café foi engolido pela metade. O bilhete entregue pelos guardas dizia que Ravenna estaria me esperando no jardim interno, próximo à larga sacada onde bebemos chás juntas no topo do castelo. Quando cheguei aqui, vagueei em meio às plantas até achar a diretora segurando uma tesoura fina e delicada. Assim que me viu, abriu um largo sorriso e indicou que a auxiliasse na tarefa.

As rosas colhidas repousam em cima da pequena mesa de metal oxidado e o barulho do vento entra pelas vidraças ao lado. Em nenhuma das vezes que estive aqui em cima notei o canto dos pássaros. Certamente não se sentem seguros, visto que as aranhas estão por todos os lados. Sinto saudade de ouvi-los cantar e do bater de suas asas, mas entendo que a prisão não seja lugar para se fazer morada.

— Como passou a noite? — Ravenna pergunta enquanto desliza as mãos pelas rosas, evitando os espinhos. É irritante ouvir o tom quase maternal nas suas palavras.

Ela quer saber como passei a noite?

Eu poderia contar que mal dormi, pensando em tudo o que descobri nos últimos dias e que tive pesadelos com o seu rosto esfaqueando-me pelas costas. Que as lágrimas encharcaram meu travesseiro e que precisei segurar os gritos na garganta para não chamar atenção. Eu poderia contar que estou quase enlouquecendo por não avançar no meu plano de encontrar mamãe e fugir daqui. Mas não vai ser isso o que vou responder. Irvine deixou claro como devo agir e isso inclui forçar todo o meu autocontrole quando a diretora faz perguntas desse tipo.

— O quarto é muito confortável — respondo com o tom mais ameno que consigo. — Não durmo bem assim faz meses. — Corto o caule, imaginando ser o pescoço da diretora. — E você?

Ravenna rompe o talo da flor e solta um longo suspiro. Abandona a tarefa em seguida e repousa a rosa junto de suas irmãs. A tesoura é guardada dentro de uma caixa pequena de madeira entalhada.

— Se posso ser sincera... — Começa com suas mentiras. Tem um pequeno vaso no chão que é deslocado para próximo das flores. Puxa um dos caules e encaixa-o dentro do recipiente. — Não durmo bem há semanas.

Pareceu bem descansada na cama com Ruel, cinco dias atrás.

— Aconteceu algo?

Ravenna continua deslizando as rosas para dentro do vaso. O buquê está se formando aos poucos e é encantador. Quando termina, a diretora abre um sorrisinho e cheira uma das flores. Estica a mão solicitando a tesoura que seguro. Quase nego o pedido, sentindo-me rebelde, mas o entrego. O objeto vai parar dentro da caixa também.

— Aconteceu — diz, voltando os olhos escuros para mim. A maquiagem está impecável no rosto e o corpete justo de renda define os seios. Ela tem um guarda-roupa magistral, mas só posso elogiar isso entre as suas qualidades nesse momento. — Me acompanhe.

Existe algo no ar ao nosso redor que faz a minha pele arrepiar. Espio o caminho em meio às roseiras e não vejo ninguém além de nós duas. É claro que os soldados estão escondidos, porque Ravenna jamais ficaria desacompanhada. Só que a forma com que nos deixa cada vez mais próximas, como se fôssemos apenas nós duas no mundo, é uma jogada inteligente.

— Para onde? — ouso questionar. Não quero que ela pense que estou aceitando tudo com muita facilidade.

— Você vai ver.

Então, a sigo.

Serpenteamos o jardim interno até uma pequena fonte escondida mais adiante. A água desliza ao redor das pernas de uma estátua em forma de aranha e, ao seu lado, um banco feito de pedra nos aguarda. A diretora é a primeira a se sentar, indicando que eu faça o mesmo.

— Pronto, estamos totalmente isoladas aqui.

— Deveria me sentir segura com isso? — Cutuco-a com as palavras.

— Kalina. — Coloca uma das mãos sobre meu braço e contenho a vontade de torcer os dedos dela. — Comigo, você *sempre* estará segura.

O jeito como a mentirosa coloca ênfase no "sempre" me causa enjoos.

— Então por que estamos aqui?

Ao nosso redor só existem vidraças revelando o mundo lá fora, além da fonte barulhenta e do paredão de pedra atrás de nós.

— Por que preciso revelar algo para você — murmura com lábios cor de vinho. — Algo que vai mudar tudo.

É claro que suspeito o que a maldita aratnyana vai dizer, mas não consigo conter as batidas aceleradas do meu coração. Porque no momento que ela falar, vai se tornar ainda mais real.

— Está me assustando — murmuro, entregando um pouco mais do controle para Ravenna.

— Não fique. Estou aqui para te apoiar nisso tudo.

E pronta para me enterrar viva depois.

A diretora estica os dedos para o espaço entre a fonte e o banco e retira uma pasta do vão. Estica o elástico e retira alguns papéis.

— Deve ter notado que me ausentei do castelo durante alguns dias. — Ela não desvia os olhos dos meus enquanto fala. — Estive em Aratny. Mais precisamente no palácio do Imperador. — Entorto o nariz ao ouvi-la falar do crápula, mas não digo nada. — Ele queria saber de você, se já estava...

— Morta.

— Exato. — Os longos cílios batem enquanto pisca com calma. — Como te disse, Kalina, estou fazendo tudo para ganhar tempo. Ele quer a sua cabeça porque você invadiu o palácio, mas principalmente porque é filha de Safiny.

— O que esse velhote tem contra a minha mãe, hein? — Faço-me de sonsa, mas sei exatamente os motivos que Frederick teria para querer minha mãe morta.

— Existem muitas coisas que você não sabe. Segredos que nunca foram revelados. — Estica os papéis para mim, mas não solta completamente. — Eu só te peço que me escute e não deixe que o que está escrito aqui... — Aponta para os documentos. — ... a apavore.

O formigamento começa na ponta dos dedos do meu pé. Não preciso ler as palavras escritas para saber o que significam, porque já passei por esse momento alguns dias atrás. Mesmo assim, preciso agir de acordo com o que Ravenna espera. O mais puro e total choque, é claro. Quando estico meus dedos e seguro os papéis, encontro o resultado positivo de compatibilidade sanguínea entre mim e Frederick Denova.

— Consegui roubar uma taça de vinho no jantar que tivemos no palácio — Ravenna começa a falar. — O laboratório testou a saliva do Imperador com o seu sangue.

— Do que está falando? — Tremo a voz ao perguntar.

— O seu pai, Kalina. — A aratnyana abre a pasta e retira outro papel. Quando coloca nas minhas mãos a foto, o tremor que percorre o meu corpo não é atuação. — Era Vierrah Denova, irmão mais novo do Imperador.

O retrato que seguro é de papai, Frederick e Felix, o antigo Imperador.

Os três estão abraçados. Meu pai é o menor entre eles, com catorze ou quinze anos talvez. O sorriso largo e os cabelos cor de mel são bagunçados pelo irmão mais velho. Felix talvez tenha vinte anos, o porte atlético e os traços extremamente parecidos aos de papai. Mas Frederick, com óculos redondos sobre o nariz, parece desconfortável. Tão diferente dos outros dois irmãos, como se não quisesse estar presente na foto. Os cabelos fininhos caem pela testa e olha diretamente para a câmera. Diretamente para mim.

— Aqui... — Ravenna aponta com a longa unha. — ... é Vierrah, mas você o conhece como Havier.

Não achei que fosse despertar tantos sentimentos dentro de mim ao ver isso. Só que dói observar o sorriso de papai, tão reluzente, ao lado dos irmãos. O que ele estava pensando nesse dia? Qual era o motivo das risadas arrancadas do peito? Como foi a vida antes de tudo acontecer? Parece tão feliz. Tão vivo. Preciso fechar meus olhos, porque a lápide gelada dentro do bosque é uma memória dolorosa.

— Foi por isso que você perguntou sobre o corpo do meu pai? — O tremor na minha voz aumenta. — Desde quando você sabia disso?

Jogo os exames no chão, afastando-os de mim. Ravenna estica as mãos e os recolhe, levando algum tempo para responder.

— Eu tinha suspeitas, mas nenhuma certeza. Foi por isso que levei tanto tempo para te contar tudo.

— E por que está me contando agora? — Elevo a voz.

Ravenna mostra a foto mais uma vez.

— Porque Vierrah merece ter sua memória honrada. — Olha para o rosto do papai. — E porque Frederick cometeu um crime.

Isso não é nenhuma novidade, não é? O imperador comete crimes todos os dias.

— Matou meu pai — concluo o pensamento dela.

A mulher concorda com o que digo, mas não parece ter terminado de falar.

— E Felix também.

O barulho da fonte se torna alto demais de repente.

— O quê?

— Entendo que é muita coisa para assimilar nesse momento, mas preciso que acredite em mim. — Guarda a foto e se aproxima mais. Com calma, me dá tempo para afastá-la. Quando não faço isso, pega minhas mãos. — Tenho como provar que Frederick assassinou Felix. Investiguei isso durante anos e finalmente posso provar.

— Mas… O imperador Felix morreu de causas naturais, um infarto.

— Com vinte e cinco anos? Algo incomum, mas que pode acontecer, eu sei. Só que… — O brilho nos olhos escuros de Ravenna são chamas. — Isso aconteceu porque Frederick o envenenou dia após dia, durante um ano inteiro. Foi Vierrah quem suspeitou pela primeira vez. Foi por isso que fugiu.

Ah, papai… Antes de encontrar a diretora, achei que estava preparada para qualquer coisa que me dissesse. As revelações não me pareciam mais cabíveis de surpreender. Agora, minha mente trabalha muito rápido ligando todos os novos pontos.

— Mas vocês, os aratnys, são imunes aos venenos…

— Nem todos os venenos.

— Foi por isso que o seu bichinho de estimação me atacou? — Afasto-me um pouco de Ravenna.

— Espero que me perdoe por isso. — Arruma os fios da franja enquanto fala. — Mas eu precisava ter certeza de que o seu sangue iria aceitar o veneno.

— E se eu tivesse morrido? — Pulo para longe, controlando-me para não esganá-la. Mulherzinha audaciosa.

— O antídoto estava comigo, seria rápido de reverter.

Ela é doida, completamente maluca.

— Eu não sou o seu estudo científico, Ravenna.

A diretora põe-se de pé. Mesmo com os saltos altos, que lhe dão bons quinze centímetros, continua mais baixa do que eu.

— Não estou te estudando. Só queria ter certeza, Kalina. Você não imagina como essa possibilidade tirou meu sono desde o momento que colocou os pés aqui dentro. Se você fosse filha do Vierrah, finalmente teríamos uma Denova para ocupar o trono no lugar de Frederick.

A menção ao plano de Ravenna ecoa pela minha mente. É claro que ela me quer no trono. Será mais fácil se eu passar para ela a coroa, não é mesmo? Não precisará lutar contra todos os senhores do conselho. Uma mera cientista querendo liderar Insula nunca conseguiria tal feito.

— Como você sabe que meu pai foi o primeiro a suspeitar? — Penso na forma como falou de papai minutos atrás. Foi estranha, como se soubesse muito mais. — Você disse que ele fugiu por causa disso.

O sorriso se abre nos lábios. A megera estava esperando pela pergunta.

— Meus pais trabalhavam nas pesquisas financiadas pela família Denova. Foi assim que conheci Vierrah. Ele era como um irmão mais velho, o único entre os três que me dava atenção. — Cruza os braços delicadamente, relembrando o passado. — Passava muito tempo no palácio. Foi em um desses dias que escutei a discussão entre Vierrah e Frederick, seu pai o estava acusando de matar Felix. — O arrepio sobe pela minha espinha. *Então a impulsividade vem de família.* — Vierrah não se despediu de mim quando partiu e por muitos anos achei que estivesse morto.

Sei que Ravenna é manipuladora, mas o que está falando nesse momento me parece verdade. Talvez tivesse essa relação com papai. O que me deixa confusa.

— E como você soube que eu era filha dele?

— Porque, assim como escutei Vierrah acusar Frederick de matar Felix, sua mãe o acusou de fazer o mesmo com o irmão mais novo. Não levou muito tempo para investigar a vida de vocês, mas nunca consegui encontrar nada sobre o seu possível pai. Quando você apareceu aqui dentro, Kalina, foi como se o destino quisesse que nos encontrássemos.

Respiro fundo, acalmando o coração. A diretora está me observando agora, analisando cada passo que dou. Fico em silêncio durante vários minutos. Nenhuma de nós duas ousa dizer algo. Fecho meus olhos e tento ganhar tempo. Preciso continuar atuando como uma pessoa em estado de choque. A voz de Irvine martela na minha cabeça, ordenando que eu roube todas as informações que puder da aratnyana. Por isso, empurro as palavras para fora da língua.

— Seria mentira dizer que não percebi o jeito que você cuidou de mim até agora. — O gosto é azedo enquanto falo, mas visto a máscara de gratidão. — Me perguntei quais eram os motivos pra tudo isso, mas jamais imaginei que envolveria minha família. — Respiro fundo. — Que envolveria meu sangue. — Caminho devagar até estar perto de Ravenna. — Mas eu confio em você.

Ela abre um sorriso largo e assente uma única vez. Estica as mãos e segura as minhas.

— Nós podemos honrar a memória de Vierrah e Felix, juntas. — Quase posso ver a língua bifurcada saindo de sua boca. — Serei sua conselheira, a pessoa com quem sempre poderá contar.

— Sei disso e acredito no que diz, mas vou precisar de tempo para assimilar tudo. Sabe, eu sempre acreditei que fosse filha de Havier Kaster. — Forço uma lágrima falsa descer pela bochecha. — Mas aquele garoto na foto é meu pai, eu sei que é. E se meu sangue é compatível com a família Denova, tudo começa a fazer mais sentido. Dói, mas faz sentido. — Preciso mostrar para ela o quanto confio nas palavras que diz. Mordo o lábio e espero uns bons segundos antes de concluir o discurso. — Quero acabar com Frederick. Ele tirou tudo de mim e vou tirar tudo dele. Como podemos provar os crimes que ele cometeu? — Aperto as mãos de Ravenna.

A diretora semicerra os olhos e diminui o sorriso. Ela olha para um ponto atrás do meu ombro, na direção das vidraças.

— Sobre isso... É algo que precisamos conversar. Sabe que tudo o que estou fazendo é por você, não é? — Baixa a voz e não gosto do tom que a conversa começa a ter. — Tudo isso que te contei é muito perigoso, posso ser presa e assassinada por traição.

— Mas você pode confiar em mim também.

Ravenna estica uma das mãos e a encaixa na minha bochecha. Preciso me controlar para não refutar o toque.

— Eu posso, Kalina? Posso revelar os segredos e confiar que guardará todos consigo?

— Claro que pode. — Coloco minha mão por cima da dela, como Ruel fez um dia.

A diretora demora alguns segundos enquanto lê minha expressão.

— Então mostre que existe uma verdadeira guerreira dentro de você. — Ela solta minha outra mão e toca com a unha o ponto certo do meu coração. — Alguém que vai lutar ao meu lado para derrubar Frederick, não importa as dificuldades que tenhamos. Que está disposta a se colocar em perigo e eliminar os inimigos. Que vai guardar todos os segredos dentro de si e jamais revelará a ninguém.

Descubra qual é a carta que ela guarda na manga e arranque-a como uma lâmina.

— E como eu posso provar isso?

Engulo em seco, forçando a voz a sair da garganta. As palmas de Ravenna são frias como gelo e me dão calafrios nesse momento.

— Vista o uniforme dos harakins, entre o no expurgo e traga a cabeça de um pecador.

As palavras saem como veneno dentro das minhas veias. Posso ver o sangue invisível escorrendo da boca da aratnyna enquanto finca o último espinho no meu coração.

— Faça isso por mim e confiarei em você, Kalina.

CAPÍTULO 39

A adaga na minha mão perfura a pele.

Estico meu braço, sentindo a aderência da armadura.

O sangue escorre por entre os dedos.

Ela encaixa perfeitamente em todos os lugares do corpo.

A luz some dos olhos dele.

Os sapatos são pesados nos pés, botas com sola grossa.

O cheiro da morte me abraça através do vento.

Respiro fundo e observo o longo corredor branco à minha frente.

O dia em que matei pela primeira vez.

Hoje, vou matar pela segunda vez.

Qual é o preço para seguir com uma vingança? É certo ceifar uma vida para que outras tenham futuro? Ser uma guerreira destemida é o mesmo que ser uma assassina? Tantas perguntas embaralham-se na minha mente, mas talvez nenhuma delas tenha resposta.

— Você parece meio enjoada… — A voz feminina ecoa atrás de mim. A harakin (não conheço essa, mas vou chamá-la de *mosca,* porque não para de zumbir nos meus ouvidos) está escorada contra a parede. A risadinha que solta é carregada de cinismo.

— Se quiser desistir, a hora é agora. — Por outro lado, *essa voz* é conhecida. É Blizze, infelizmente.

Ignoro ambos e boto mais força nas kukris em minhas mãos. Elas não são longas, mas vão servir o suficiente para o que preciso fazer.

— São minhas babás? — debocho.

Estão comigo por um único motivo: confirmar que vou matar um pecador com as minhas próprias mãos. A necessidade de me movimentar torna-se insuportável, mas quando dou um passo para a frente, os resmungos dizem para aguardar. O expurgo vai começar em breve.

— Como vou saber a hora de atacar? — questiono para eles.

— Você vai saber — Blizze responde.

Onde estão Vixen e Hux?

Os soldados de Ravenna me acompanharam até o labirinto, mas foram os dois assassinos que me guiaram pelos túneis invisíveis embaixo e através das paredes. Estão na minha cola desde então.

"*Vamos estar com você*", Hux tentou me acalmar noite passada, quando estávamos quase todos na torre. "*Só não morra antes de chegarmos até você*", foi o que Vixen respondeu enquanto tentavam organizar um plano.

Não tivemos muito tempo para formar algo sólido. Na verdade, não tive tempo para entender a complexidade do pedido de Ravenna. Eu só aceitei quando propôs. As respostas estão cada vez mais próximas e não posso recuar agora.

Foi só quando confessei para Irvine na biblioteca o que iria acontecer que as coisas ficaram mais nítidas.

— Ravenna quer quebrar você de dentro para fora — a líder da Ruptura disse. — Mas mostre a ela que é inquebrável, Kalina. Sele a confiança e, depois, quando conseguir o que quer, cace a maldita aqui dentro.

Giro as kukris nas mãos mais uma vez. Preciso acalmar meus nervos aflorados, porque meu peito pode explodir a qualquer momento. Respiro e inspiro rápido. *"Sou como uma lâmina. Se bem afiada, posso partir até o pior dos pesadelos."* Repito o mantra da Esquadra e imagino as garotas ao meu lado.

Quando os harakins atrás de mim empertigam as costas, suspeito que a hora tenha chegado. Fecho meus olhos bem apertados e espero. Se você se concentrar, dá para ouvir o barulho das portas do labirinto aprisionando as vidas aqui dentro. A voz através dos alto falantes sentenciando o expurgo e um silvo estridente.

Quando o silêncio se derrama pelo labirinto, abro meus olhos e corro.

Minha primeira missão é despistar os dois insuportáveis atrás de mim, só que eles são como carrapatos. Corro para um lado, viro para o outro, acelero o passo e escorrego pelo piso brilhante. Fujo dos vultos, porque não quero encontrar os prisioneiros, mas meu corpo é empurrado com toda a força contra a parede. Mal consigo conter o urro que sai da minha boca quando Blizze cola o rosto bem próximo do meu.

— Está tentando escapar da gente? — vocifera. O hálito quente encontra minha bochecha.

Encosto uma das lâminas na barriga do troglodita e a pressiono. O harakin se afasta com os olhos amarelos tomados pelo vermelho.

— Apenas mate um pecador — ele rosna.

Quer arrumar briga comigo tão cedo? Porque tenho algumas coisas entaladas na garganta para dizer. Não preciso dos dois demônios zumbindo no meu ouvido para fazer o que preciso fazer. Estou prestes a cuspir todas as palavras na cara do idiota, quando uma prisioneira derrapa pelo corredor dando de cara com nós três. Abre a boca, horrorizada, e só fica estática no meio do caminho. Tem cabelos longos, muito claros e as lágrimas estão por todo o rosto. O tremor invade o corpo e não a deixa escapar.

— O que temos aqui? — A mosca solta uma risada debochada. — Um brinquedinho.

Blizze, que estava de frente para mim, abre um sorriso enorme e balança o rosto na direção da garota. De todos os corredores do labirinto, essa azarada precisava escolher justamente esse? Mordo os lábios para não bufar com a irritação, mas não deixo de analisá-la de cima a baixo. Ela desliza os olhos dos harakins para mim e repete o movimento algumas vezes. Suas pupilas ficam maiores. Está com medo.

Os guerreiros movimentam-se dando espaço para o meu ataque. Olhares queimam minhas costas enquanto caminho lentamente como uma predadora cercando a sua presa. Forço a palavra "Fuja" com a boca, mas não sei se ela está entendendo. O som não sai da minha garganta, mas repito o movimento com os lábios enquanto deslizo lentamente para ela. Se a prisioneira não correr, vou precisar decidir muito rápido entre matá-la ou ter problemas com os dois assassinos atrás de mim.

Mexa-se, garota! Corra. Salve sua vida.

Continuo ordenando, mas ela está em completo estado de pânico. O corpo treme tanto que os dentes batem uns contra os outros. Seguro com mais força as kukris e começo a duvidar de que ela vá ter forças para agir. Estou tão perto que já não sei mais o que posso fazer, talvez não tenha escolha.

A garota solta um grito estridente quando a flecha encontra a carne do braço. Ela desperta, tropeçando para trás. Não preciso procurar pelo dono do ataque, porque sei a quem pertence. Vixen revela-se do outro lado do corredor com o arco esticado. Exibe o sorriso cheio de dentes brancos e, pela primeira vez, gosto de ver o gesto ser direcionado para mim.

— Essa é minha — rosna, apontando para a prisioneira.

Contenho o suspiro na garganta, agradecendo mentalmente o demoniozinho. Mantenho o semblante fechado para Blizze não desconfiar do meu alívio. Os harakins não estão nem um pouco felizes com Vixen e deixam isso muito claro com palavras ofensivas que gritam para ele. O guerreiro avança até a prisioneira e a arrasta para longe, o sangue dela escorre pelo piso e deixa um rastro vermelho. Não quero pensar no que ele vai fazer com a garota. Não é meu problema agora.

— Mexa-se — Blizze grita. — Precisa caçar!

Desvio do sangue, mas os dois harakins não fazem o mesmo. As botas deixam marcas pelo chão. Os sons de choro, lâminas e *coisas* quebrando ficam cada vez mais nítidos conforme avançamos. Por sorte (ou azar) os únicos prisioneiros que aparecem no meu caminho já estão sendo perseguidos por outros guerreiros. O tempo está esvaindo, assim como as esperanças de que consigo me livrar dos carrapatos atrás de mim.

Passos se tornam cada vez mais audíveis no corredor lateral e definitivamente não são as botas dos guerreiros de olhos amarelos. Tento correr para a direção oposta, mas Blizze segura meu braço com força e rosna, mais uma vez, nos meus ouvidos. Não posso continuar enrolando ou desconfiarão de mim.

— Vem. — Ele empurra meu corpo, direcionando-me para a direita.

Vozes discutem alto no outro corredor, o que não é uma atitude esperta no momento.

— *Não vou te ajudar, é um peso morto!* — alguém diz.

Quando Blizze me empurra para a entrada, encontro os barulhentos. O homem de barba farta tenta desvencilhar o braço do aperto de uma senhora. Ela não me parece totalmente desconhecida, mas não lembro onde posso tê-la visto antes. Estão no meio do corredor, mas congelam quando percebem nossa presença.

— Merda! — ele grita.

Empurra a senhora com força e ela bate o rosto contra o piso quando cai no chão. O homem corre para a direção contrária, abandonando-a sozinha contra três harakins. Ele a jogou diretamente na boca dos leões e não parece sentir remorso.

Meu estômago embrulha. Talvez eu esteja tentando encontrar motivos para matar… Mas um sentimento urgente cresce dentro de mim. A prisioneira tenta se levantar do chão, mas não consegue. Um filete de sangue escorre pelo corte na testa. Levanta os olhos azuis para mim e lembro na mesma hora de onde a vi. É a criada que foi humilhada por um pedaço de pão. A coitada voltou para a prisão? Por causa do soldado que a encontrou comendo escondida?

— Vocês não acham que eu vou realmente matá-la? Não é? — desdenho, apontando a kukri na direção da senhora. — É lamentável, olhem para ela… Está jogada no chão como um saco de batatas podres, é uma inútil, sabe?

Viro para os dois guerreiros, encarando-os. Estão observando a mulher no chão.

— Ela parece o suficiente, não acha? — Blizze comenta. — Apenas mate.

— Não… Eu quero caçar! Não é isso o que Ravenna pediu? — Tento soar com o mesmo tom irritante que Blizze fala. — Ela é tão fraca que merece ser deixada aqui, quem sabe os ratos não se sirvam da sua carne, não é?

O embrulho no estômago aumenta e meu coração aperta. Espero que ela não tenha escutado as palavras que disse. Provavelmente prefere continuar viva, mas não quero humilhá-la mais do que já foi. Os dois assassinos se entreolham. Blizze continua ordenando que eu acabe com a vida da prisioneira, mas a mosca diz que seria divertido caçar mais um pouco.

Estão nessa discussão que me dá cada vez mais tempo, mas noto a expressão enfurecida do brutamontes quando algo acontece atrás de mim. Giro meu corpo muito rápido com medo do que posso encontrar. Outro guerreiro está bem em cima da mulher, puxando-a com força e mantendo uma lâmina no pescoço.

Dou um passo para a frente, mas o jovem harakin sibila.

— Perdeu sua chance… — O arrepio sobe pela nuca ao ver o sorridente Hux parecer uma cobra prestes a atacar. Ele continua forçando a ponta da lâmina no pescoço da prisioneira, ela chora pensando que a morte a encontrou. Não sei o quanto pode estar certa, mas espero que ambas estejamos erradas.

Quando o garoto desaparece com a sua presa, solto a respiração da garganta.

— Está perdendo tempo! — Blizze grita no meu ouvido. — Se não escolher alguém, eu vou fazer isso por você.

— Eu já escolhi! — berro.

O suor escorre pelo pescoço quando os assassinos me observam desconfiados. Não posso mais perder tempo, não tenho escolha. Vão me obrigar a matar alguém.

Se não fizer isso, vou perder a confiança que construí com Ravenna até aqui. Estando tão perto de descobrir a verdade sobre Frederick.

— Quero caçar *aquele* covarde. — Aponto a kukri para o corredor.

A forma como o homem abandonou a prisioneira sem olhar para trás. O jeito como a empurrou contra o chão e simplesmente desapareceu. Nada disso é suficiente para me fazer matar alguém, mas nesse momento precisa bastar. Pelo menos até encontrar uma forma de mudar a situação.

Os corredores se tornam borrões brancos ao nosso redor. Tento organizar minha mente, decidindo quais direções escolheria se fosse um prisioneiro tentando fugir. O labirinto é muito grande e existem muitas possibilidades. Talvez consiga ganhar tempo para pensar em um novo plano. Mas, quem sabe, esteja apenas contando mentiras para mim mesma. O barulho dos demônios me irrita cada vez mais. Grito para que se afastem, porque vão dedurar nossa localização. Aceitam, mas não distanciam-se o suficiente para que consiga despistá-los.

Crio motivos plausíveis para continuar caçando o prisioneiro. Já nem consigo odiá-lo tanto pelo que fez. Se estivesse em seu lugar, não teria feito o mesmo? Como posso julgar alguém que está vivendo seus dias dentro desse lugar? Quanta bondade pode existir em um coração até chegar ao limite? Talvez ele seja um pai de família, quem sabe um filho. Talvez tenha um trabalho digno no reino e até um cachorro para brincar. Talvez o homem seja uma pessoa boa, sendo corrompido pelo sistema assim como eu.

Talvez ele não mereça morrer.

Talvez não deva matá-lo.

Mas alguém precisa. Então, quem?

Caio no chão, derrubando as lâminas. Elas escorregam para longe de mim e minha cabeça dói com o impacto. Corria tão rápido e não pude prever quando tudo ficou preto de repente. A última coisa que vi foi o movimento antes de virar uma esquina entre os corredores e a batida contra o meu corpo. Tem outra pessoa no chão caída também.

Sacudo minha cabeça, tentando desanuviar os pensamentos embaralhados. Blizze e a mosca se aproximam. Estico a mão para pegar a lâmina, mas ela é chutada pela pessoa desconhecida perto de mim. Quando foco melhor meu olhar, o coração gela.

Talvez a azarada do dia seja eu.

É o prisioneiro que cacei até agora. O homem que procurei motivos para assassinar. Está me encarando, os olhos arregalados. A lâmina que chutou está longe, mas a segunda caiu bem próximo a ele. O covarde segue meu olhar e encontra a kukri. Quando a toma para si, aponta para nós.

— Afastem-se! — berro, ordenando que os harakins fiquem onde estão. Com calma, encaro o prisioneiro assustado. — Larga a arma.

O homem aperta ainda mais os dedos contra o cabo. Os olhos estão abertos demais e as pupilas quase tomam as íris. A cor se esvaiu da pele e o suor escorre pela testa.

— Sai daqui! — ele grita, balançando a lâmina. — Sai!

— Me entrega a arma — ordeno, de novo.

Não existe a menor possibilidade dele acatar meu pedido e eu sei disso. Seria burrice da sua parte, mas não posso deixar de tentar. Preciso decidir com calma o que vou fazer. Se não lutar contra o prisioneiro, Blizze vai fazer pior.

Inclino meu corpo um pouco para cima. O prisioneiro repete o movimento, mas de forma abrupta.

— Não se mexe! Não se mexe! — berra, afastando-se de mim.

A outra kukri está cada vez mais perto dele. Se perder as duas, ficarei completamente indefesa. Analiso a situação mais friamente. Posso atacá-lo rápido pelas pernas, deslizando um chute e tirando-o do chão. Seria tempo o suficiente para roubar a lâmina abandonada e enfrentá-lo igualmente. É um bom plano.

Conto mentalmente até três e avanço.

O prisioneiro dá um grito assustado, mas não perde tempo até reagir. Ele se afasta para o lado e ataca com a lâmina mirando meu estômago. Desvio, mas o movimento é contrário à direção que eu desejo seguir. Estamos andando em círculos.

— Você não quer fazer isso… — murmuro.

O prisioneiro morde o lábio e solta um ronco de raiva. Observa-me de cima a baixo e compara os harakins atrás de mim.

— Por que está fazendo isso? Você não é uma deles. — Ataca de novo, mas consigo dar um tapa forte no seu antebraço, fazendo-o errar o ângulo do meu rosto. A lâmina não sai da mão.

— Só me dê a kukri e prometo que vou te deixar ir… — sussurro, mas o prisioneiro não parece acreditar. Eu mesma não acreditaria.

Ele ataca pela terceira vez e o movimento sai torto. Consigo forçar a lâmina para fora da mão e ela cai ruidosamente no chão. Não tenho tempo de buscá-la, porque o homem desfere socos e chutes em contrapartida.

Corra, seu idiota! Fuja!

Só que ele não faz isso. Ele urra ainda mais alto e continua com o ataque. Defendo-me, mas sei que não vou conseguir aguentar por muito tempo. Quem sabe se apagar o homem, consigo enrolar os dois guerreiros. O homem leva o punho até meu rosto, mas levanto o braço, parando-o na mesma hora. Abro minha guarda e levo uma joelhada no estômago. Solto o ar dos pulmões e tento firmar os pés, mas outro soco rápido acerta minha bochecha, deixando-me tonta.

O prisioneiro não para. Derruba-me no chão e me imobiliza, desferindo socos e mais socos no meu rosto. Penso em usar meu poder para afastá-lo, mas os dois guerreiros estão vendo tudo. Ravenna saberia que não estou mais adormecida e não quero que descubra agora.

— Por que está do lado deles?! Por quê?! — o prisioneiro grita e as lágrimas brotam dos olhos dele.

Eu não estou. Eu não estou. Eu não estou. Repito para mim mesma.

Soca meu rosto outra vez, mais outra e não para. O mundo gira e o sangue toma conta da minha boca. Poderia deixá-lo me apagar, então. Ignorar o grande problema em que me meti. Só que, se fizer isso, estarei apenas fugindo dos pesadelos que devo enfrentar. O homem em cima de mim já está morto. Se não for pelas minhas mãos, será nas de Blizze ou do próprio Expurgo. O homem em cima de mim já está morto porque vive em um mundo injusto, sem pudor e desigual. Está morto porque Frederick é seu Imperador.

— Por quê?! — ele berra cada vez mais furioso. Não consigo pedir desculpas antes de esticar a mão para o lado.

Sinto as lágrimas lavando o sangue pelo meu rosto e tento formar as palavras na boca. Aperto com força o cabo da kukri abandonada e rezo pela alma do prisioneiro.

Peço perdão pelo que estou prestes a fazer.

Mas apenas faço.

A lâmina se encaixa no ponto exato do pulmão dele. A carne é rasgada pelo fio afiado e parte-se em dois. O prisioneiro engasga e congela em meio aos socos que desfere. Quando arfa, olha incrédulo para mim e ficamos apenas presenciando o momento juntos. Não consigo dizer nada, apenas aceito o julgamento que faz com olhos apáticos. Sei que quando retirar a kukri, estará tudo acabado. A dor vai acabar, o tormento vai acabar, o sofrimento vai acabar.

— Por que está do lado deles? — ele murmura. O sangue escorre em um filete na boca e cai pelo uniforme branco.

Me desculpe. Puxo a lâmina e ele inala a última respiração entrecortada. O corpo do prisioneiro tomba por cima de mim, abraçando-me no sono eterno. Não sei quem é o homem que acabei de matar, mas deixo que o peso me prenda contra o chão. Não quero sair daqui, não quero enfrentar o que acabei de fazer.

Diferentemente do que Irvine falou, não sou inquebrável.

Algo rachou dentro de mim.

CAPÍTULO 40

O líquido machuca minha garganta.

Deve estar em carne viva, porque sinto o gosto do sangue enquanto vomito pela terceira vez. O cheiro é forte, mas não me importo de continuar perto do fluido fedorento. Não me importo nem de limpar a sujeira da boca.

Acho que vou vomitar uma quarta vez, porque o enjoo não passa. Não sei se um dia vai passar. Acabei de matar uma pessoa e o peso do corpo dela continua sobre meus ombros.

Quando penso nisso, a bile volta para a garganta e me pergunto o que mais pode ser expelido de dentro de mim. Meus joelhos pressionam o chão gelado do banheiro e a mão fica suja pelo líquido transparente. Os olhos estão pesados e ardendo de tanto chorar.

Sinto dor, também. Não a que aperta meu coração, mas a que fere meu rosto. É até reconfortante a pele febril latejar. Lembrando-me de que o pobre homem partiu deixando sua marca impressa dentro e fora de mim.

O grito sai da minha garganta e ecoa por todas as paredes. Ignoro a voz na minha mente que me diz para levantar, guardar as lágrimas e fingir frieza. Só que não consigo fazer isso. Ravenna queria me quebrar e conseguiu. Talvez esteja enlouquecendo, porque uma risada maníaca sai da minha boca em meio ao choro.

Ela conseguiu... A maldita conseguiu.

Deixo meu corpo tombar para o lado quando não encontro forças para me erguer. Sei que o vômito está bem próximo do meu rosto, mas e daí? Só fico deitada encarando o teto.

As lâmpadas são fortes e iluminam todo o vestiário dos harakins. O chão e paredes são ladrilhados em verde claro e várias cabines com chuveiros preenchem a primeira parte do lugar. Os sobreviventes da chacina, por outro lado, ficam com uma câmara escura e úmida. A disparidade de tratamento mesmo após o expurgo.

Penso nos olhos amarelos de Blizze deliciando-se enquanto o sangue do prisioneiro escorria por cima de mim. Gostaria de encontrá-lo agora e acabar com o sorriso no rosto. Na verdade, gostaria de entrar no próprio abismo e caçar o Rei do Outro Lado. Acabar com ele, assim como quero acabar com Frederick. Destruir todos eles. Absolutamente todos.

Fecho meus olhos bem apertados, porque a luz começa a incomodar. Se ficar deitada por tempo suficiente, talvez o mundo pare de girar e não machuque tanto respirar.

— Posso ficar aqui com você?

É a voz de Vixen dentro do banheiro.

Abro meus olhos de ímpeto, ignorando qualquer dor que possa sentir pela luz. O que ele está fazendo aqui? Espalmo minhas mãos por cima do vômito sem me importar. Impulsiono meu corpo e o encaro de pé.

Vixen tem sangue nas bochechas e ainda veste o uniforme. Os fios loiros estão sujos pelo suor e não estampa nenhum tipo de sorriso no rosto. Está me analisando com cuidado, os ombros caídos e a expressão serena.

— Ou quer que eu vá embora? — pergunta mais uma vez.

Fico em silêncio sem conseguir responder o que quero. A comichão começa a crescer dentro do meu peito, a sensação de que o meu poder quer despertar, mas ordeno que volte para dentro de mim. *O que eu quero, Vixen?*

Dou um passo na direção dele.

O guerreiro apenas espera, sem se mover. Ele deveria entrar em formação de defesa, mas não faz isso. Avanço mais uma vez e ele continua apenas me encarando, totalmente desarmado. Quando estou muito próximo dele, nossos narizes quase se tocando, mostro o que quero.

Desfiro o soco no peito, mas o demoniozinho nem ao menos se mexe. Solto outro com mais força, mas Vixen apenas espera que termine. Quero lutar, quero que me ataque e me machuque. Quero sentir dor física para que a dor no peito se torne menor. Só que ele simplesmente não responde aos meus ataques.

— Eu tenho nojo de vocês! — berro. — Odeio vocês!

Estapeio a bochecha do guerreiro. Ela fica vermelha por um segundo, mas logo some. Espero que rebata meu golpe, mas é inútil. Vixen não vai me machucar. O silêncio dele me enlouquece. Coloco as duas mãos nos quadris e grito, expulsando toda a dor do fundo da minha alma. O harakin não toca em mim ou fala comigo. Só fica esperando a tempestade passar.

Só que ela não vai passar tão rápido.

Avanço para as toalhas brancas e felpudas dobradas em cima do banco. Jogo-as para os lados e chuto o móvel. É tudo muito simples, fácil de destruir. Procuro pela parede ao meu lado e soco-a. Desfiro outro soco e mais outro. Repetidas vezes. O verde se torna, aos poucos, vermelho e não consigo sentir os dedos direito. Se quebrar cada um dos ossos não vou me importar, porque a dor não aparece com tanta facilidade.

— Kalina... — Vixen tenta segurar meu braço.

Desvencilho-me dele, mas o guerreiro é muito mais forte do que eu. Ele aperta meu pulso, o suficiente para me paralisar.

— Me solta! — grito. Vixen é apenas alguns centímetros mais alto, então é fácil encará-lo de perto. Continuo ordenando que me solte, mas ele não recua. — Eu mandei soltar!

Quando termino de alertar, libero a queimação no meu peito e explodo.

Tudo o que estava adormecido dentro de mim revela-se em um piscar de olhos. Sinto meus cachos voando para todos os lados. As toalhas estão levitando e batendo contra as paredes. O banco espatifa-se contra o teto e quebra algumas lâmpadas. Os chuveiros estouram e a água vaza como uma tempestade.

Procuro pelo medo nos olhos de Vixen, mas ele mantém a máscara de tranquilidade. Só que não consegue esconder a mudança na cor e tamanho das veias em seu pescoço. As íris amarelas desaparecem em meio à fenda preta. Ele precisa colocar mais força nos pés também.

Intensifico a perda de gravidade sobre o corpo dele, manipulando o seu peso. Quero destruí-lo, quebrar seus ossos e fazê-lo implorar.

— Você não é uma assassina — Vixen murmura, os pés tentando se manter no chão. Ele inclina o corpo na minha direção. — Você não teve escolha.

Aumento a força contra o demoniozinho. Não quero ouvi-lo falar. Os pés estão saindo do chão aos poucos e intensifico ainda mais o poder. As lágrimas caem por entre as feridas do meu rosto e dói. É claro que sou uma assassina.

— Seja corajosa, Kalina. Safiny espera isso de você.

Mamãe.

Perco as forças nas pernas e Vixen me abraça. Todos os objetos que levitavam caem contra o chão. Os chuveiros param de vazar e a água encharca tudo. Pressiono meu rosto contra o peito dele e choro. Os dedos tocam meus ombros e o queixo repousa no topo da minha cabeça. O cansaço pesa sobre o meu corpo e não consigo mais me manter de pé. A menção à mamãe foi a última gota para me partir completamente.

O harakin apenas me segura contra seu corpo e deixa que eu esvazie a dor no tecido do uniforme. Ele não fala nada e fico grata por isso. Quanto mais o tempo passa, mais vergonha começa a esquentar minhas bochechas.

Vixen seria a última pessoa dentro dessa montanha que um dia imaginaria estar compartilhando minha vulnerabilidade. Durante dias e dias tive pesadelos com seus olhos amarelos e ansiei por acabar com o sorriso da sua boca. Ainda é difícil aceitar que, talvez, ele seja minha última ligação à mamãe. Que foi nele que ela depositou todas as suas esperanças e confiança inabalável. Que foi ele quem a amparou nos seus últimos dias de solidão e que faz o mesmo comigo agora. Vixen esteve com ela e está comigo.

Os braços dele pressionam minhas pernas, colocando-me no seu colo. Ele impulsiona o corpo para cima e me retira do chão. Não tiro meu rosto do seu peito e aperto a malha da armadura com mais força. Resmungo para que pare de caminhar e só nos deixe quietos por um tempo. Não quero voltar para o meu quarto ainda. Não quero enfrentar Ravenna. Só quero ficar aqui, em silêncio.

Escuto o ranger de metal e sinto a água quente cair em cima de mim. Afasto-me dele, o coração acelerado, e tento entender o que está acontecendo.

— Você estava tremendo — Vixen fala baixinho. — Achei melhor te trazer para tomar um banho quente. — Arregalo os olhos e procuro pelas mãos do garoto. Ele balança a cabeça em negação. — Com as roupas no corpo, Kalina. — Minha respiração se acalma um pouco. Noto as mechas loiras grudando no rosto enquanto a água cai. Os olhos voltaram ao tom amarelo de sempre e as veias no pescoço estão mais finas.

— Pode me colocar no chão — falo. Faço um movimento brusco para que me solte. Ele desce delicadamente meu corpo.

A sensação da água escorrendo pelo rosto é boa. Alivia a ardência dos cortes como um toque delicado. Estamos em um pequeno compartimento, apenas nós dois. Não é uma situação que me deixa confortável, mas meu corpo pede para que eu fique. Então, fico.

Vixen está mortalmente quieto, mas não sai do meu lado.

Ele levanta a mão devagar, me dando tempo para entender o que vai fazer. Seu dedo indicador se estica em direção ao meu rosto e, por mais alguns segundos, espera minha ordem para que se afaste.

Eu não digo nada.

Vixen toca meu rosto.

— Ai... — reajo, porque dói.

— O que ele fez com o seu rosto? — As palavras tocam minha pele. Ele enruga as sobrancelhas e noto o enrijecer da mandíbula. As narinas dilatam e eu quase penso que está irritado. Mas sei que não é isso.

— Eu mereço.

— Não merece. — Leva os dedos ao meu queixo e levanta meu rosto na sua direção. — Desculpe por não ter estado lá quando você precisou. Tentei te encontrar, tentei mesmo. Mas vocês desapareceram. Achei que Hux estaria por perto...

Não deixo que ele continue a falar.

— Não teria mudado nada — tento acabar com a conversa.

— É claro que teria... — Olha confuso para mim, quase ultrajado.

— Não, Vixen. Era uma escolha minha e eu fui até o fim — grunho, batendo a mão contra a parede. — Mas achei que fosse ser mais forte.

As lágrimas misturam-se com a água do chuveiro.

— Você é forte, Kalina.

— Você gosta mesmo de falar meu nome, não é?

Vixen abre aquele típico sorriso cheio de dentes. Não me dá uma resposta em palavras, mas assente confirmando. Ele olha cada ponto do meu rosto machucado. Cada centímetro de pele. Devagar. Sem pressa. Avaliando-me. Observando-me. Examinando-me. Levo meus dedos até a bochecha, no ponto onde a carne repuxa, mas não tenho coragem de tocar. Quando a vergonha me toma, decido desafiá-lo.

— Gosta do que vê?

Não sei por que o estômago embrulha. Talvez eu não queira ouvir a verdade. Quando ele termina de escutar a pergunta, desliza os olhos para a minha boca, mas volta rapidamente aos olhos.

— Não está tão ruim assim. — O sorrisinho é leve, despido de sarcasmo.

Fecho meus olhos e inclino meu rosto em direção à água, deixando que ela banhe minha pele e lave o sangue.

É engraçado como a água me deixa calma nesse momento. Cai pelo meu corpo, mas não me sufoca. Sinto meu coração acelerar, porque a vontade de falar sobre isso se torna palpável. Algo que guardo bem dentro de mim há tanto tempo. Algo que nunca achei que fosse conseguir pronunciar de novo. Só que toda essa jornada dentro da prisão mexe com a minha cabeça e coração.

— Você já sentiu um medo que congela os seus ossos? — Empurro as palavras para fora da língua.

Abro meus olhos e encontro Vixen me fitando. Ele inclina o rosto um pouquinho para o lado. Noto, pela primeira vez, que tem uma pequena pinta em cima da boca. Ela é bem clarinha, mas bem de perto é fácil de ver.

— É claro que sim. — Ergue uma sobrancelha. — E você?

A água quente banha minhas bochechas e relaxa meus ombros. São segundos de silêncio, mas Vixen aguarda com paciência.

— Quando eu tinha cinco anos, perdi uma amiga. — A vontade de desviar os olhos é ardente, mas não faço isso. Vixen parece ser alguém que já passou por coisas das quais não se orgulha, assim como eu. — Ela caiu no lago próximo da minha casa, mas nenhuma de nós sabia nadar. Então não tive coragem de ajudá-la.

Ele balança a cabeça, concordando comigo. Não me interrompe, só escuta.

— Estávamos assustadas porque uma desconhecida tentou nos influenciar a acompanhá-la para fora do bosque. Eu só... eu gritei para que minha amiga corresse. Muitas crianças estavam sendo sequestradas naquela época, até hoje... Como você sabe.

Respiro fundo, porque a minha voz começa a falhar. Não quero voltar a chorar. Só quero despejar o sentimento para fora de mim.

— Ela caiu no lago e gritou por ajuda. Eu... Eu *não* ajudei. Só voltei para casa correndo, com toda a velocidade que consegui colocar nas pernas e pedi para que minha mãe fosse ajudar. Quando voltamos... — A covardia me toma por completo e desvio o olhar. — Ela já estava morta.

Engasgo na última palavra e começo a chorar. Falar sobre isso abre a ferida que está sangrando dentro do meu peito há muito tempo. Vixen puxa minhas mãos e as aperta. Estou sem forças, então apenas deixo que ele as leve em direção ao rosto. Espalma meus dedos ao redor das suas bochechas.

— Você era apenas uma criança, Kalina — ele fala meu nome, de novo.

— Eu sei, mas... Levou anos até eu entender isso. Até hoje tenho pesadelos com esse dia. Não consigo entrar em nenhum tipo de lago, rio ou mar. Eu... Eu simplesmente congelo.

O calor das bochechas de Vixen contra minhas mãos ajuda a acalmar a tempestade no peito. Ele guia meus olhos para os seus e me escuta dizer cada palavra.

— Você não teve culpa.

Um aperto forte pressiona meu coração. Ele não sabe do que está falando. Tenta me fazer acreditar que sou inocente, mas está errado. Quase tenho vontade de vomitar ao pensar em mamãe presa por minha culpa.

— Pare, Vixen... — Puxo as mãos para longe do rosto dele e na mesma hora sinto frio. — Eu sou culpada, sim. Minha mãe ter sido presa foi minha culpa. Ela estar desaparecida é minha culpa.

Os olhos amarelos estreitam-se.

— Não vou dizer o contrário — fala com cautela. — Mas pode me contar por que acha isso?

Não sei se tenho forças para falar sobre esse assunto. Escorrego pela parede até estar sentada contra o piso molhado. Abraço minhas pernas e encaixo o queixo no joelho. Vixen faz o mesmo movimento, está de frente para mim. As pernas dele encostam nas minhas.

— Eu já perdi tantas pessoas que amo — começo dessa maneira. — Primeiro meu pai, depois minha amiga... Eu não poderia perder mais ninguém — O aperto no peito volta. Lembro-me do rosto do sargento Ottis por cima da Ehrika no bosque e a fúria me toma. Encaro Vixen e deixo de me importar com seu julgamento. — Quando eu vi aquele *porco* machucando Ehrika... Eu não ficaria parada de novo. Não... Eu tinha jurado que nunca mais faria isso. — Forço a pele machucada do queixo contra o joelho. — Eu berrei para que ele se afastasse, mas o maldito me deu um tapa. Ehrika estava em pânico, ela me dizia para fugir. Eu não ia fugir! Não de novo...

A voz sai mais alta do que esperava e ecoa pelo banheiro. Fecho meus olhos tentando me acalmar. Deixo a água lavar meu rosto de novo.

— Eu tirei a vida daquele aratnyano sujo e não me arrependo.

Espero pela expressão julgadora no rosto de Vixen, mas ele continua impassível.

— Minha mãe era a única que sabia onde estava o corpo. Era o nosso segredo. Pelo menos era o que pensávamos — suspiro.

— Safiny se entregou no seu lugar — ele murmura, juntando os pontos.

— Por minha culpa minha mãe talvez esteja morta. — Eu o encaro e a dor começa a partir meu coração de novo. Dói porque, quando falo em voz alta, percebo que estou começando a acreditar nisso. — Eu sou culpada.

Iniciamos uma batalha silenciosa com os olhos. Ele me encara e eu devolvo. Nada sai de nossas bocas. A água continua caindo e consigo sentir a pressão das canelas de Vixen contra as minhas. Ganho a disputa quando o harakin fecha os olhos, encosta a cabeça na parede e abre um sorriso.

— Como é ter uma mãe? — A pergunta me tira do eixo.

Levo alguns segundos para responder

— É como ter uma casa para voltar no final do dia. É como se você navegasse pelo oceano e encontrasse o seu porto seguro. É como se você não entendesse nenhum tipo de linguagem, apenas aquela que ela fala. Ou não gostasse de nenhuma música, a não ser a voz dela cantando.

Continua com os olhos fechados, o sorriso no rosto começa a murchar.

— Deve ser bom — murmura. O jeito que fala é melancólico.

— Você se lembra da sua vida? Antes de vir pra cá? — pergunto baixinho.

Vixen meneia a cabeça, em negação.

— Só me lembro da escuridão. Da voz do nosso pai ordenando que lutássemos por Frederick. — Abre os olhos e fita seus braços, pernas e toca no cabelo. — É legal ter um corpo. Do Outro Lado somos apenas... Fumaça? Não sei explicar, é como se vagássemos pelo universo sem fim. Não sentia nada, apenas existia. Nós só existimos por causa dele, nosso pai. Nossa vida é isso. — Ele mira as unhas concentrado. — Talvez tenha sido um erro nos mandar para cá.

Não entendo bem o que quer dizer com isso, mas tento ouvi-lo assim como me ouviu. Estico minha mão, apontando sem jeito pra ele. Levanta uma sobrancelha, curioso pelo gesto.

— Não sei como você era antes, mas até que esse seu novo eu é... legal.

Pela Deusa, falei isso mesmo? O calor sobe pelas minhas bochechas. Vixen abre um sorriso gigantesco e seus olhos brilham. Inclina-se na minha direção.

— Você, Kalina Kaster, acha que eu sou legal? — Ele parece muito animado com a constatação.

Certo, isso tudo é muito pra mim...

A intimidade que criamos nesses poucos minutos me deixa desconfortável. Decido que é hora de me levantar, ir para o meu quarto e ver Ehrika. Preciso muito ver Ehrika.

— Tenho que ir — respondo.

Vixen assente, aceitando minha escolha. Ele me ajuda a levantar e dá espaço para que eu saia primeiro do cubículo. Quando estou prestes a ultrapassar o limite escorregadio, tropeço e sinto a mão de Vixen segurando meu braço.

Pela Deusa, Kalina. Firme essas pernas.

— Estou meio tonta ainda...

Os dedos de Vixen machucam meu pulso. Giro meu rosto pronta para ordenar que ele me solte, mas o choque rouba minhas palavras. A escuridão tomou por completo os olhos do harakin.

Ele me empurra e leva as duas mãos à cabeça. O grito de dor ecoa da garganta do guerreiro e ensurdece meus ouvidos. Tento segurá-lo, mas Vixen parece não me escutar. Ele puxa os cabelos com força, apertando os dedos contra as têmporas. A voz é um ganido de sofrimento e a imagem parte meu coração. O que aconteceu? Fiz alguma coisa?

Ele bate a cabeça contra a parede, mas não é o suficiente. Continua batendo e batendo.

— Para, Vixen! — Agarro a cintura, tentando puxá-lo para longe. O harakin me empurra e desabo no chão. Ele tropeça para fora do cubículo e cai de joelhos. Quando levanta a cabeça, volta a gritar. As veias no pescoço parecem prestes a explodir.

Por um curto espaço de tempo, ele desliza os olhos para mim e junta as sobrancelhas. Como se realmente estivesse me vendo. O delicado momento acaba em um segundo, porque Vixen volta a gritar com o rosto pressionando o piso.

Tento usar meus poderes para controlá-lo, mas nenhuma chama acende. Estou vazia.

— Socorro! — grito, mas os berros de Vixen são muito mais altos que os meus. — Socorro! — Corro em direção à porta do banheiro. Antes que chegue, os soldados explodem para dentro correndo. Eles passam por mim e vão em direção a Vixen.

As lágrimas voltam a escorrer pelo meu rosto. Já vi essa mesma cena acontecer. Quero ajudá-lo, mas não posso. Primeiro porque ele continua debatendo-se e gritando. Os guardas tentam controlá-lo, mas não conseguem. Segundo, porque sinto braços fortes me arrastando para fora do banheiro. Grito, esperneando e pedindo para que não o machuquem.

A última coisa que vejo é a agulha perfurando o pescoço do harakin e o silêncio tomando conta de tudo.

Capítulo 41

Não vejo Vixen há três dias.

Mesmo procurando-o no seu quarto, perguntando para Alexis e Mig, até mesmo confrontando Irvine, não consegui encontrá-lo desde então. A única informação que tive acesso foi sobre terem o levado para a enfermaria depois do surto que teve. É comum isso acontecer, foi o que disseram. Vixen precisou ser sedado e afastado muito mais vezes do que pensei.

O arrepio sobe pela pele ao imaginar os gritos carregados de dor e quando me lembro dos olhos tomados pelo breu. O descontrole do corpo, buscando uma forma de cessar o tormento. Escuto as batidas do crânio contra as paredes e o chão, repetidamente. *Por que* isso acontece com Vixen? *O que* realmente acontece com Vixen?

Todas essas perguntas tumultuam meus pensamentos. Mesmo quando fui levada para o meu quarto, três dias atrás, não consegui tirar da cabeça o rompante de caos que aconteceu naquele banheiro. Não consegui ajudá-lo. Não da forma como ele fez.

Ehrika estava me esperando depois do expurgo. Não queria assustá-la com o estado do meu rosto, mas foi impossível esconder as marcas pela pele. Quase colocou o castelo a baixo quando me viu. Gritou pelos corredores que eu precisava ser tratada antes que os cortes infeccionassem e obrigou Irvine a agir rápido, mas a governanta ralhou que Ehrika estava sendo dramática. Com todas as pomadas e remédios solicitados, minha melhor amiga cuidou de mim. Os dedos delicados passeando pelos hematomas e as palavras de carinho para acalmar meu coração.

Contei absolutamente tudo para ela. Desde o momento em que pousei meu pé no labirinto, até o segundo em que deixei Vixen para trás no vestiário. Não existem segredos entre nós duas e qualquer um que entre na nossa vida deve saber isso.

No dia seguinte, Hux me encontrou pelos corredores do castelo. Pediu desculpas por não ter estado ao meu lado quando tudo aconteceu. Os olhos tomados por olheiras profundas e o semblante sempre enérgico tornou-se abatido. Quando disse que estava tudo bem, o garoto caiu no choro. Foi um pouco chocante ver tal cena. Um harakin chorar. Mas Hux era diferente dos outros e… Extremamente jovem. Quando confirmei sua idade, meu peito se apertou de novo. Catorze anos. Mesmo não sendo uma grande admiradora de abraços, senti vontade de consolá-lo, mas não o fiz. Seria perigoso expor tamanha intimidade.

Foram três longos dias de pura letargia desde o dia em que tirei a vida do prisioneiro.

O rosto dele continua voltando nos meus pesadelos, por isso quase não dormi. A inquietação por não saber notícias de Vixen era outro incômodo, assim como o silêncio total da diretora mesmo tendo feito o que ela havia pedido. Essa última parte foi como um presente, também. A fúria dentro de mim ainda estava ardendo e não sei o quanto estaria controlada caso o rosto de Ravenna aparecesse na minha frente. Achei melhor, por mim e por ela, esperar.

Nessa manhã acordei pensando em mamãe. O estômago continua embrulhado pelas palavras ditas no banheiro, a compreensão de que talvez a tenha perdido para sempre. É um duelo interno entre sentimento e razão. Os lapsos de esperança que me motivam a não desistir já perdem força em comparação aos pensamentos de derrota. Talvez ela esteja morta e eu nunca encontre seu corpo. O gosto do pão na minha boca é azedo e não gosto do café dentro da xícara. O que está acontecendo comigo? A motivação que bombeava meus pulmões dia a dia está se apagando? Não posso desistir de mamãe.

Ehrika não está aqui comigo. Saiu cedo para ajudar Irvine na biblioteca e a incentivei para isso. Gosto de tê-la ao meu lado, mas precisei de um tempo sozinha.

Coloco a xícara de café sobre o pires, porque minhas mãos estão tremendo de novo. Enfio os dedos no meio dos cabelos e pressiono as têmporas com o mindinho. Não consigo levantar os olhos quando as batidas ecoam na porta e os soldados entram pelo quarto.

Ravenna quer me ver. Chegou o momento de encarar os olhos escuros da víbora e fingir que não percebo o veneno escorrendo dos dentes.

E é isso que faço.

A memória desse mesmo local ainda é fresca. Estamos na larga sacada do castelo. Dessa vez o chá não está posto e as promessas ainda não foram feitas. A diretora repousa suas unhas bem feitas sobre o encosto da varanda e observa o mundo de cima. É a imagem certa para retratá-la. A vida da aratnyana sempre foi assim, não é mesmo? Estou ansiosa pelo dia em que vou poder empurrá-la do pedestal.

Os soldados continuam próximo de nós duas, mesmo depois que me soltam. É uma sutil mudança de tratamento, visto que ela estava nos dando privacidade. Será que está incerta sobre o meu estado de espírito desde que me obrigou a matar um inocente?

Ela arregala os olhos quando mira os cortes no meu rosto, mas disfarça rapidamente. Vixen foi no mínimo gentil ao dizer que não estava ruim, na verdade está péssimo. Os cortes já começaram a fechar, mas as partes avermelhadas tornam-se muito roxas. O olho esquerdo está inchado e tem um corte profundo no meu lábio que sangra vez ou outra. Não posso reclamar pela falta de dentes, todos continuam na minha boca.

O dia está gelado e o sol se esconde no meio das nuvens nubladas. Ravenna fala comigo, mas observa a bela paisagem.

— Você conseguiu. — O tom orgulhoso na voz me dá nojo. — A cada dia que passa, fico mais certa de que é você o futuro de Insula.

O vento úmido bagunça meus cachos. Descanso meus dedos doloridos na pedra e flexiono-os enquanto escuto o que ela tem a dizer. Visto a máscara mais falsa que tenho e abro um sorriso simples. Talvez o corte abra no meu lábio, mas não me importo.

— Fiz isso por minha mãe — murmuro, observando o balançar das árvores lá embaixo. — E pelo meu pai. Tenho uma conta enorme a acertar com Frederick.

— E você vai. — Ravenna desliza para mais perto. — Nunca duvidei disso, quero que entenda. — Coloca uma mão por cima do meu braço. — Mas você precisava enfrentar o expurgo como uma guerreira para perceber o poder que tem dentro de si.

Essa canalha realmente quer me fazer engolir esse papinho?

— Eu sei — minto. — Perder minha mãe foi como me afogar dia após dia, mas sentir o sangue do pecador nos meus dedos foi como respirar de novo. A morte dele foi a bênção dos Cinco Deuses Irmãos. Senti bem dentro de mim.

O brilho cintila cada vez mais nos olhos de Ravenna enquanto falo.

— O sofrimento é um artifício poderoso para amadurecermos, Kalina. Você será a Imperadora de Insula, mas é importante que saiba que não vai ser um caminho fácil. Vai exigir muita frieza.

Meneio o rosto concordando com o que diz.

— Eu só quero me vingar de Frederick. Se para isso precisar arrancar meu coração fora, que isso aconteça.

— Vou estar do seu lado, querida. — Ravenna aperta levemente a mão. — Tenho sonhos para esse continente e você parece ter também. Conosco no poder, podemos revolucionar Insula de maneiras inimagináveis.

As engrenagens estão rodando dentro do cérebro da cientista. Não consigo imaginar quais mudanças estão sendo arquitetadas na cabeça dela, mas nenhuma envolve me manter no poder. A adaga está escondida em meio às vestes e ela tentará usá-la assim que possível, é só questão de tempo.

— E quando iremos fazer isso? Como vamos tirar Frederick do poder? — ataco, relembrando as perguntas que fiz quatro dias atrás.

A diretora não esconde o sorriso dessa vez. Observa a imensidão em frente a nós e percebo que os fios do seu cabelo estão mais compridos, escapando por trás das orelhas.

— Primeiro precisamos confirmar o assassinato de Felix e Vierrah. — Volta os olhos para mim e estica uma unha na minha direção. — Você pode me ajudar revelando onde está o corpo do seu pai, faremos os testes necessários para encontrar o veneno nos ossos. Deve ser o mesmo usado no antigo Imperador.

— Ainda não consigo entender essa parte.

— Existe uma substância produzida fora do continente, trazida através dos mares de Marzilis. Descobri que Frederick fez um acordo com pessoas influentes nessas terras desconhecidas e manipulou a nova toxina capaz de envenenar até mesmo a *nós.*

Não gosto do jeito que fala como se eu pertencesse ao mesmo grupo. Ainda não consigo aceitar que o sangue nas minhas veias é Denova e acho que nunca vou aceitar.

— E como vai provar isso? — indago descrente.

— Edmundo Nory vai confessar tudo para o conselho.

— Quem?

— O cientista que trabalhou com Frederick. — Semicerra os olhos contendo a animação. — Genial, mas um pouco desequilibrado. Vive nos pântanos de Veraz desde que Frederick o isolou, trinta anos atrás. Ninguém sabe do paradeiro exato, principalmente porque vive rodeado de crocodilos e répteis que correm em duas patas. — Ravenna empina o queixo, imodesta. — Mas é claro que descobri a localização. E vamos fazer uma visita.

Abre um sorriso ainda maior, cheio de segredos e respostas.

— Você vai para Veraz?

— Vou. E você vai junto, Kalina.

Quase tropeço quando ela diz isso. É como uma flecha no meu coração. Como assim vou com ela para o terceiro reino? Vou sair do castelo? Ir embora da prisão? E Ehrika? Como vou manter contato com a Ruptura? Como vou procurar minha mãe e as crianças desaparecidas?

— Mas e como vai explicar para Frederick o meu sumiço?

A aratnyana dá duas batidinhas em cima da minha mão boa.

— Vamos forjar a sua morte. Ele só precisa de um corpo e de documentos que confirmem que é você. Consigo todos eles.

Meu sorriso vacila. *Foi isso que fez com a minha mãe?*

— Estou ansiosa por isso, diretora. — Finjo animação.

— Me chame de Ravenna de agora em diante.

Ela está jogando com todas as suas cartas e vou fazer o mesmo. Engolindo todo o meu desprezo, a abraço. O corpo dela enrijece, mas logo relaxa. Suas longas unhas roçam por meus braços embalando o momento *mamãe e filhinha.*

Enquanto seguro-a contra mim, entendo por que as nuvens estão nubladas hoje. A tempestade vai começar muito em breve. O tempo está se esgotando e não tenho para onde correr.

Consigo sentir a verdade em cada célula do meu corpo.

Em cada partícula de ar que inspiro para dentro dos pulmões.

A revolução precisa explodir antes que Ravenna exploda todo o resto.

CAPÍTULO 42

— Onde está a Irvine?!

Entro na biblioteca como um furacão. As portas atrás de mim batem por causa da força que coloquei nelas. Ehrika está sentada na mesa onde outrora a governanta esteve. Minha melhor amiga faz o mesmo processo de reparar as páginas de algum livro gasto e levanta os olhos violeta, alarmada.

— Fale mais baixo — sussurra entre os dentes, o queixo aponta o lugar por onde entrei.

Certo, não deveria agir dessa maneira sabendo que os guardas de Ravenna podem notar. Diminuo o tom da minha voz quando repito a pergunta.

— Onde *ela* está?

— Acabou de sair. — Ehrika se põe de pé, abandonando a tarefa que fazia. — Por quê? Algo aconteceu?

Ando de um lado para o outro, repassando tudo o que ouvi minutos atrás.

— Preciso falar urgentemente com Irvine.

— Vou encontrá-la. — Prontifica-se, colocando as pernas para andar.

Seguro seu braço.

— Não, deixa que eu vou. — Tento obrigá-la a se sentar, mas conheço o temperamento estampado no seu rosto.

— Fique aqui e descanse. — Retira meus dedos com delicadeza. — Não sei se você andou fugindo dos espelhos, mas a sua cara não está das mais saudáveis! — Direciona-me até a cadeira acolchoada e exige que eu me sente. — E segundo, Irvine tem um favoritismo velado por mim.

Reviro os olhos, porque o favoritismo não é velado coisíssima nenhuma. A velha aratnyana não esconde o quanto gosta de Ehrika. Apenas leitores conseguem entender verdadeiramente o amor por livros de outro leitor. É uma ligação fofa que as duas desenvolveram.

— Certo, mas não demore — murmuro, deixando o suspiro sair no final. — Preciso contar o que acabei de ouvir.

Se eu escutasse essa mesma frase, jamais deixaria a pessoa que a proferiu sair da sala antes de desembuchar tudo, mas Ehrika é um tipo estranho de ser. Consegue controlar a curiosidade até o limite e isso me deixa embasbacada. Como consegue? Tenho um lado curioso que não cessa até receber as respostas que precisa.

— Vou ser rápida — sussurra, olhando por cima do ombro. Antes de desaparecer, leva o mindinho até o coração e desliza na diagonal. Nosso gesto particular, o segredo da Esquadra das Lâminas.

Quando as portas batem atrás de Ehrika, deixo meu corpo relaxar na cadeira. Estou sozinha na biblioteca e a solidão momentânea é bem-vinda. Não sei quanto tempo as duas vão demorar para voltar, então decido ocupar minha mente com alguma outra coisa. O livro no qual Ehrika está reparando é vermelho, as folhas estão separadas da capa. É uma história grande, com muitas páginas para comportar todas as palavras necessárias. No outro canto da bancada tem um livro menor, é verde e a textura da capa é aveludada. Trago-o para minhas mãos e folheio-o por um tempo. É poesia, muito bom na verdade. Leio trechos menores e sinto uma coisa boa no peito. Talvez possa levá-lo comigo para o quarto e continuar a leitura antes de dormir.

As portas da biblioteca se abrem mais uma vez, mas não levanto os olhos para falar com Ehrika.

— Quando disse para não demorar, estava pensando em horas. Foi tão rápido assim? — brinco.

Espero pela resposta engraçadinha da minha melhor amiga, mas não é ela quem responde.

— O tempo é algo curioso, não é mesmo? — A voz de Vixen preenche a biblioteca. Meu coração acelera e deixo o livro cair no chão. *Mãos idiotas!* — Para mim, três dias foram lentos como um século, mas para você deve ter sido rápido como minutos.

O guerreiro caminha lentamente, os pés quase se arrastando pelo tapete. O uniforme não veste mais o corpo, no lugar está a camisa branca de botões e a calça preta confortável. O cabelo é uma confusão de mechas caindo pela testa, outras repousam atrás das orelhas e beijam o início do pescoço. Ele cessa o andar no meio do caminho, as mãos nos bolsos e apenas me encara.

— Oi — fala. O sorriso de volta ao rosto.

— Oi — respondo, sem saber como agir.

Passei os últimos três dias pensando nele. Sei que isso aconteceu apenas porque estava preocupada, não era uma lembrança boa os gritos carregados de dor. Só que não existia nenhum tipo de relação amigável entre nós dois até pouco tempo atrás. Parece que algo mudou. Ainda não sei como isso aconteceu, mas não sinto o desgosto que sentia ao vê-lo antes. Talvez tenha a ver com o fato que o assassino não é bem um assassino e que foi muito gentil comigo após o expurgo. Não costumo agradecer por cada ato de educação direcionado a mim, mas talvez ele mereça um voto de confiança.

Ainda o odeio? Talvez não.

Confio nele? Um pouco mais.

Algo mudou? Definitivamente sim.

Ficamos em silêncio por um tempo, apenas segurando o olhar um do outro. Não sei bem o que dizer para ele. *Oi! Por onde esteve? Aliás, o que foi aquilo que aconteceu, hein?* Também não vou comentar que estive preocupada, seria meio humilhante demonstrar isso tão cedo. Mas não preciso pensar em nada, porque Vixen decide falar antes de mim.

— Você gosta de ler? — Aponta para o livro no chão.

— Na verdade não, acho que não nasci pra ser uma leitora.

Ele volta a caminhar, aproximando-se de mim.

— Bobagem, não existe isso. — Dá a volta na mesa. — Todo mundo é leitor, só é preciso encontrar a história certa para despertar isso.

Agacha-se perto de mim, pega o livro caído e lê o título na capa.

— Poesia? — Os olhos amarelos erguem-se e as fendas pretas estão do tamanho certo. — Achei que seu tipo de leitura fosse mais *sanguinário*.

Repousa o livro na mesa e dá uma risadinha. O comentário arranca um sorriso dos meus lábios. Talvez esteja certo.

— E você, Vixen, qual o seu tipo de livro favorito? — Noto o brilho nos olhos antes de responder. Escora as mãos e o quadril na mesa, perto de mim.

— Gosto daqueles com finais felizes.

Demoro um tempo para processar a resposta do harakin.

— Por quê? — pergunto curiosa.

Ele parece decidir durante alguns segundos entre dizer a verdade ou não.

— Porque sinto que o meu final não vai ser assim.

As palavras despertam um arrepio na minha nuca. O tom divertido desapareceu e não gosto da forma que soa nos meus ouvidos. Ele não responde mais nada, só espera que eu continue a conversa.

— O que aconteceu naquele dia? — mudo de assunto. — Os seus olhos...

Ele se desencosta da mesa e leva uma das mãos ao pescoço. Os dedos são longos e finos, tem mãos bonitas. Quando penso nos calos das minhas, desenvolvidos após muito treino e missões por Mave, quase sinto inveja. Vixen respira fundo e estica a palma virada para mim, esperando que eu aceite o convite. Procuro pelas portas da biblioteca, mas ninguém entra. Onde Ehrika e Irvine estão?

— Não vou te machucar — murmura.

— Nem que você quisesse. — Abro um sorriso egocêntrico antes de segurar a mão dele.

Vixen nos direciona para os corredores mais afastados, onde a poeira é aparente e os livros são antigos. As prateleiras são apertadas e os raios de luz nas janelas não escapam com tanta intensidade.

— O que está tramando, Vixen? — questiono, buscando pelo rosto do harakin.

A mão dele é quente contra a minha. Aperta levemente meus dedos quando responde.

— Não sou o vilão que pensa que sou, Kalina.

Liberta o aperto quando chegamos ao último corredor e começa a deslizar a ponta dos dedos pelos títulos encaixados nas prateleiras. Passeia os olhos pelas capas e demora-se ao retomar o assunto.

— Existe outro motivo para eu ter ajudado sua mãe. — Ele não olha para mim quando fala.

Então estava escondendo algo. Seguro a respiração nos pulmões e tento me acalmar. Talvez não seja nada que me faça querer arrancar a cabeça do demoniozinho.

— E qual é o motivo? — pergunto baixinho, aproximando-me dele.

Vixen está com o braço esticado, tentando alcançar um livro mais alto da prateleira. Manipulo meu poder e foco a atenção na escolha do harakin, o vento empurra o objeto para a mão dele. As íris amarelas cintilam na minha direção, agradecidas. Ele limpa a poeira no corte das folhas e abre a capa.

— Porque tudo fez sentido quando Safiny me falou sobre as crianças.

O guerreiro leva algum tempo lendo as primeiras páginas. Quando se dá por satisfeito, fecha o livro e estica-o para mim.

— Talvez você goste desse.

Aceito a indicação, mas não deixo que mude de assunto. Coloco o livro na prateleira ao meu lado. Aproximo-me dele, cravando meus olhos no seu rosto. Não quero que fuja.

— Do que você está falando, Vixen?

O guerreiro encosta a bochecha na prateleira e me encara de volta. As íris amarelas passeiam pelo meu rosto antes de ele falar.

— Aquilo que você viu no banheiro… — Fecha os olhos um pouco, tomando tempo. — Acontece comigo há mais de um ano. Começou como pequenas dores de cabeça, mas evoluiu para fortes enxaquecas. — Volta a me encarar e noto a vulnerabilidade estampada no rosto. — Perco a consciência nesses momentos e tenho… Visões.

— Você parece sentir dor — sussurro.

— Dói bastante. — Ele ri, mas não parece achar realmente engraçado.

Encosto minha bochecha na prateleira também. Estamos os dois olhando um para o outro enquanto Vixen confessa seu segredo.

— As visões alternam entre si. No início eu não entendia muito bem, eram *flashes* rápidos demais. Mas conforme passou o tempo, as cenas foram ficando mais nítidas. — Ele toca um livro inconscientemente. — Eram sempre crianças. Normalmente estão sozinhas, brincando ou qualquer coisa do tipo, mas sempre são levadas à força. — Minha respiração acelera enquanto escuto o que Vixen diz. — Só que o mais estranho é que eu era essas crianças, cada uma delas. Estava vendo o que elas viam. Repetidas vezes.

— Você conseguia ver quem as atacava? — pergunto, pensando na desconhecida que tentou me levar no passado.

— Não. É sempre muito embaçado. E acontece rápido demais.

Se o que Vixen diz é verdade, talvez a teoria de mamãe seja muito real. Quem sabe elas estejam aqui dentro e o harakin, de alguma forma, tenha acesso às memórias delas.

— Mais alguém tem essas enxaquecas?

Estou tonta. Estico meu corpo, me distanciando um pouco e tento firmar melhor as pernas. É muito difícil acreditar em tudo que escuto, mas a revelação explica as reais motivações do harakin.

— Não que eu saiba. — Afasta-se da prateleira e se aproxima de mim de novo. — Acho que é fácil notar quando uma crise acontece, né?

O cantinho do lábio dele sobe e consigo ver a pequena pinta escondida.

— Sabe, aquela não foi a primeira vez que vi você tendo uma enxaqueca — confesso. O calor sobe para as minhas bochechas. — Você explodiu uma janela e... Eu quase acertei um vaso na sua cabeça. — A gargalhada escapa da minha boca com a lembrança. — Mas você explodiu o vaso também.

Vixen leva uma das mãos até o peito, ultrajado. Inclina-se na minha direção e estreita os olhos.

— Eu sabia que era você. — Observa meus olhos com atenção. Sempre achei o castanho deles tão sem graça. Muito diferente do violeta de Ehrika ou do amarelo que pincela os de Vixen. Mas ele demora no tom das minhas íris, parece gostar do que vê. — Sonhei com você, a propósito.

Meu coração salta com a confissão dele. Por que me sinto assim? Também sonhei com Vixen, mas não significou nada. Na verdade foram pesadelos. Talvez os dele também tenham sido.

— Por acaso você me atirava em um abismo? — Levanto minha sobrancelha desafiadora. — Porque foi exatamente isso que eu sonhei.

— Então você sonhou *comigo*? — Vixen dá ênfase na última palavra. Morde o lábio inferior e espera pela minha resposta com um brilho no olhar.

Dou um empurrão de leve no ombro dele e libero as risadas presas na garganta. O harakin conseguiu me fazer rir de um jeito que não ria há dias. Talvez ele seja um bom amigo, afinal de contas.

— Ravenna quer me levar para fora da prisão — confidencio. A garganta se aperta com a afirmação.

O sorriso fácil desaparece do rosto do guerreiro. Os ombros enrijecem levemente.

— Quando? — Do jeito que se movimenta, consigo sentir o tecido da manga da camisa raspando na pele do meu antebraço. — Por quê?

— Ela encontrou uma forma de desmascarar Frederick. Vamos para um reino chamado Veraz. — Sacudo meu rosto, afastando o pensamento. Um cacho rebelde se solta da trança que prende meu cabelo. Vixen, instantaneamente, estica os dedos e coloca a mecha atrás da minha orelha. Ele demora tempo demais na pele do meu lóbulo. Eu deveria afastar sua mão, mas agora que somos amigos acho que isso é algo normal, não é?

— Você vai para longe — ele constata.

— Talvez eu vá.

Vixen expira profundamente.

— Então acho que não temos muito mais tempo.

— Pra quê? — pergunto baixinho, com medo da resposta.

Ele continua com a mão pousada na minha orelha, mas se aproxima lentamente do meu rosto. Sinto um formigamento na barriga, um sentimento estranho, diferente. Não sei bem o que é. Quanto mais Vixen se aproxima, mais os pensamentos na minha cabeça embaralham-se. Repasso tudo o que aconteceu até chegarmos aqui. Tento entender o rumo que fez essa amizade estranha nascer. Quase fecho os olhos quando o harakin chega pertinho do meu ouvido e fala:

— Para encontrar Safiny e as crianças.

Libero a respiração presa e tento acalmar as batidas aceleradas no coração. Quando Vixen se afasta, retira a mão da minha orelha e me observa com um sorriso no canto da boca.

— No que estava pensando, exatamente? — provoca.

Ele está zombando de mim? Quem sabe eu mostre para ele o que estava pensando com um soco bem no meio das fuças. O sorrisinho irritante cheio de dentes brancos está cada vez maior e penso em mil maneiras de ofender o ego do maldito. Não sei por que estou tão irritada com a situação, mas não tenho tempo para fazer mais nada.

Ehrika aparece, assustando a nós dois.

— Pela Deusa de Mave, o que está acontecendo aqui?

CAPÍTULO 43

— Pare de me olhar assim — murmuro pela quinta vez, mas Ehrika continua mirando as íris violetas na minha direção. — Já disse que não aconteceu nada.

A garota está confortável com os cotovelos sobre a mesa e o rosto escorado no meio das mãos. As palmas apertam as bochechas e os lábios formam um biquinho.

— E eu ouvi — responde, segurando o sorrisinho debochado. — Não sei por que fica repetindo isso.

— Porque você está me olhando com *aquele* olhar.

E sei bem o que significa. Todas as vezes que pensa que minha boca encontrou a boca de outra pessoa, me olha desse jeito.

— Bom, vocês pareciam bem íntimos — diz. Dessa vez não se contém e solta uma risadinha.

— Era *o Vixen*, como pode pensar que algo aconteceu? — bufo. — Até uma semana atrás eu ainda pensava em matá-lo.

— Mas não pensa mais... Ou pensa?

— Eu...

O estrondo das portas da biblioteca me salva de responder a pergunta. É claro que teria respondido que sim, mas estou tentando afastar esse pensamento desagradável sobre o harakin. Afinal de contas, preciso manter o mínimo de uma relação amigável com ele. É um guerreiro esperto e pode ajudar a encontrar mamãe e as crianças. Parece muito disposto a isso. Tirando esse fato, não tenho o mínimo interesse no idiota. Ele é desagradável e não gosto do sorrisinho sempre estampado no rosto. A forma como desliza os dedos pelos fios do cabelo e a pose principesca quando se senta, tudo me irrita. Ainda estou chocada pela possibilidade ter passado na mente de Ehrika. Como ela pôde?

Irvine avança pela biblioteca. O vestido verde escuro escorre até o chão e esconde os pés. As longas mangas fecham-se nos pulsos e a gola abraça o pescoço também. Caminha silenciosa até nos encontrar próximo à mesa central.

Vixen deixou a biblioteca assim que Ehrika apareceu. Cumprimentou minha melhor amiga e disse que só havia ido buscar um livro. Antes de partir, pegou o título que me indicou e depositou nas minhas mãos novamente. O objeto está abandonado no canto da mesa, porque ainda não decidi se vou levá-lo comigo ou não.

— Pronto — Irvine fala baixo. — Dois dos meus guardas estão no corredor. Você pode falar agora. — A governanta dá a volta na mesa e se senta na sua poltrona, observando a entrada da biblioteca. Ehrika e eu estamos de pé, escoradas no tampo de madeira lustroso

Olho por cima do ombro, verificando se estamos realmente sozinhas. Meu coração acelera, porque sei que o que vou falar pode mudar nossa relação.

— Ravenna sabe como encontrar a prova do assassinato de Felix.

As sobrancelhas de Irvine se unem um pouco. Analisa meu rosto antes de perguntar:

— Frederick matou Felix?

— Envenenado.

Assente duas vezes, perdida em pensamentos.

— Não me choca em nada. — Une os dedos indicadores sobre os lábios. — Mas ela realmente saber como provar o assassinato do antigo Imperador... Isso muda tudo. — As íris ocres cintilam. — Já suspeitava, mas a certeza é assustadora.

— Mas temos um problema. — Encaro Ehrika. — Ravenna quer forjar minha morte e me levar para Veraz com ela.

— O quê?! — Minha melhor amiga pula. — Sem chance, Kalina!

— Do que está falando? — Irvine gesticula para que Ehrika se acalme. — Por que você vai para Veraz?

Então eu conto.

Conforme revelo os segredos da diretora, o tom oliva da pele de Irvine se torna mais pálido. Ela pressiona os dedos contra os lábios espremidos e assente enquanto escuta tudo em silêncio.

— Não posso ir com ela — determino. — Não antes de encontrar minha mãe e... — Limpo a garganta, respirando fundo. — Antes de encontrar as crianças desaparecidas.

Até o momento, guardei essa informação de Irvine. Pedi que Mig e Alexis não revelassem para a líder sobre a teoria de mamãe e Vixen, principalmente porque não sabia o quanto poderia confiar nela. Pela expressão no rosto da aratnyana, os dois soldados seguiram meu pedido. Ela arregala os olhos e se inclina para a frente. Procura por intrusos na porta da biblioteca, mas não encontra nada.

— O que você sabe sobre isso?

Mordo a parte interna da minha bochecha.

— Não muito, mas aposto que você sabe.

Ehrika cruza os braços e une as sobrancelhas. A expressão sempre gentil desapareceu do rosto.

Irvine alisa o tampo da mesa, levando tempo para responder.

— Não posso pedir que entendam as decisões que tomo como líder da Ruptura. — Empina o queixo e confronta nosso olhar acusador. — Mas nem todas as escolhas éticas são as mais inteligentes em uma guerra.

— Está dizendo que existem crianças aqui dentro e você não falou nada?

Tropeço, afastando-me de Irvine.

— Não. — Ergue o corpo, arrastando a poltrona. — Estou dizendo que carreguei o fardo sozinha, porque sabia que, se o restante dos meus soldados soubessem, iriam colocar tudo a perder. — Puxa uma gaveta no lado direito da mesa e coleta um papel em branco e caneta. — Você acha que a Ruptura sobreviveu tanto tempo como? Agindo de forma impulsiva é que não foi, criança.

Começa a desenhar algo no papel em silêncio, mas não ouso me aproximar. Minha respiração ainda está muito acelerada. Como ela pôde falar sobre isso com tanta frieza? O desaparecimento de crianças acontece há anos em Insula. Famílias que tiveram seus filhos roubados para sempre. O sofrimento estampado no rosto de cada mãe e pai.

— Elas estão aqui dentro mesmo? — Ehrika pergunta entre os dentes.

Irvine estica o desenho para nós e bate com a caneta algumas vezes em cima. Arrasto meus pés até conseguir enxergar o suficiente do papel. É um grande triângulo dividido em três partes.

— Essa é a Montanha. — A governanta ignora as perguntas que fizemos e leva a caneta à base do triângulo. — Aqui ficam os soldados, a prisão e o restante das áreas de trabalho, como sabem. — Está explicando, mas não entendo aonde tudo isso vai chegar. Depois, Irvine arrasta a caneta para a ponta do desenho. — Aqui fica o castelo, onde estamos. Os aposentos reais e a estrutura para os harakins — diz o óbvio. Ehrika se aproxima cada vez mais do mapa que Irvine criou. A senhora desliza os dedos até o meio e bate com a unha no centro. — Mas é aqui que as coisas acontecem.

— O expurgo — murmuro.

— Não somente isso. — Volta a desenhar, repartindo em três partes. — O que consegui descobrir nesses três anos que trabalho como governanta é que, além do labirinto, temos os laboratórios e a zona morta.

— O abismo fica aqui, não é? — Aponto para a última parte.

— Correto. — Fica em silêncio por um tempo e observa a porta da biblioteca mais uma vez. — Mas tenho informações de que as crianças estão escondidas aqui também.

— E por que não fez nada ainda? — Seguro a vontade de gritar contra ela.

— E fazer exatamente o que, Kalina? — A líder da Ruptura bate as mãos contra a mesa. — Você não sabe de nada mesmo. Acha que foi fácil colocar os *ruptores* aqui dentro? A revolução é um processo lento e perigoso. Se hoje nós temos soldados de confiança, foi porque passaram por um processo exaustivo para confirmarem isso. Ou acha que confio em qualquer um que diz estar ao meu lado?

— Mas estamos falando de crianças!

— E eu estou falando da vida de milhões de pessoas, garota.

Ehrika fica completamente em silêncio, apenas observando nossa discussão. O tom da líder da Ruptura é duro. Guardo as palavras dentro da garganta, porque não sei o que responder.

— Se acha que eu não tenho pesadelos com isso, definitivamente não me conhece. — Alisa os fios rebeldes para dentro do coque. — Meus homens lutam todos os dias para salvar as crianças lá fora. Não faz ideia de quantas já salvamos.

— E onde estão as outras? — murmuro.

Irvine estica o dedo enrugado e aponta para os laboratórios.

— Existem segredos que ainda não consegui desvendar, mas aposto que estão em algum lugar aqui. Coloquei meus homens em alguns desses pontos, mas é muito difícil infiltrar ruptores no quadro dos cientistas. São desprezíveis e escolhidos a dedo por Ravenna e Frederick.

— Então está dizendo que é impossível entrar lá?

— Estou dizendo que é perigoso e que não ajo dessa maneira. — Ela espalma as duas mãos sobre a mesa e respira fundo.

Diminuo a distância e encaro os olhos ocres de Irvine. Não tenho mais tempo para agir de forma comedida, não sabendo que Ravenna está cada vez mais perto de conseguir o que quer.

— O quão perto a Ruptura está de conquistar a Montanha?

Irvine aperta os olhos e abre um sorriso amargo no canto da boca.

— Eu sabia, Kalina Kaster, que você seria um problema.

Ehrika desperta, avançando para perto da governanta também.

— Se Insula souber sobre o que acontece aqui dentro, teremos força o suficiente para acabar com a imagem de Ravenna e Frederick.

— Por favor, apenas me deixe procurar por elas. — Coloco minha mão por cima da de Irvine. — Se não encontrarmos nada, desisto dessa ideia e vou com Ravenna.

— Não, Kalina… — Ehrika ruge.

— Não temos outra escolha, precisamos de provas — explico, cansada. Irvine me encara em silêncio, decidindo o que vai fazer. — Preciso fazer isso por minha mãe, pela memória dela. É a nossa chance mais sólida de expor as sujeiras que acontecem aqui dentro.

Os ombros da líder da Ruptura caem e balança o rosto em negativa.

— Você não pode simplesmente ir…

— Me ajude então. — O coração acelera. Não posso desistir agora. O rosto de mamãe ecoa por todos os meus pensamentos. Quase sinto o cheiro dela nesse momento. Preciso terminar o que começou aqui dentro.

Irvine observa o mapa que desenhou por algum tempo.

— *Se* formos fazer isso — fala. E o início da frase energiza meu corpo todo. — Precisamos estar preparados para o pior. — A líder pega a caneta e o papel e volta a riscá-lo. — Vamos deixar todos em estado de alerta. Meus soldados principalmente, mas precisamos de mais pessoas.

— Quem? — O frio desliza pela minha barriga.

— Os prisioneiros, é claro. — Circula a base da montanha. — Mig me disse que você teve voz ativa entre eles durante várias situações e que tem uma amiga lá embaixo, certo?

Ehrika e eu nos entreolhamos.

— Nyllie? — sussurro.

— É o nome dela? — Irvine questiona. — Se for, vai usá-la de ponte entre aqueles que acha que são de confiança. Preciso que deixe muito claro que talvez as coisas mudem em três dias.

— Mudar como? — Ehrika pergunta.

— Tudo — Irvine responde.

O ar é roubado dos meus pulmões.

— Está dizendo que vamos tomar o controle da Montanha? — sussurro.

— Não sei ainda. — A senhora alisa os fios mais uma vez. Acho que é a sua forma de lidar com o nervosismo. — Mas quero estar preparada para isso.

— Pela Deusa de Mave… — Ehrika diz com as duas mãos sobre a cintura, as íris violeta olhando para o nada.

As garras afiadas do medo brincam com meu coração. Não acredito que vamos realmente fazer isso.

— E qual é o plano, exatamente?

— Vou solicitar uma reunião com Ravenna e o restante da diretoria militar da prisão para daqui três dias. Estaremos aqui… — Aponta para o topo do castelo. — Vou colocar Mig como responsável da prisão ao lado do restante dos ruptores. — Circula a base da Montanha. — Vocês duas, Alexis e o senhor Vixen vão se infiltrar como soldados durante isso nos laboratórios.

— Vixen?! — O tom da minha voz sai mais alto do que esperava.

Ehrika pula tapando a minha boca e Irvine arregala os olhos para a porta da biblioteca.

— Ele é um harakin experiente e pode ser útil caso encontrem *problemas* — explica. — Sabemos da audição potente que tem, será útil.

— Mas ele não vai passar despercebido. — Ehrika aponta para o próprio rosto. — Aqueles olhos assustadores e as veias pelo pescoço.

— Isso é fácil de resolver.

Certo, então o harakin vai com a gente. Não sei por que o embrulho no meu estômago aumentou, mas não é uma sensação boa.

— E como vou falar com Nyllie? — questiono. Minhas mãos estão suando.

Irvine pega o mapa que desenhou e começa a rasgá-lo, acabando com as evidências da nossa conversa. O desenho se transforma em pequenos pedaços de um segredo perigoso.

— Volte para o seu quarto e espere pela visita de Mig. Ele vai levar um uniforme da guarda para você.

— Eu vou para a prisão?

— Gostaria de enviar um bilhete? — sibila.

É claro que não posso enviar apenas uma mensagem para a ratinha. Preciso olhar nos olhos dela enquanto explico toda essa loucura.

— Certo — concordo com a ordem dada por Irvine. Antes de partir, peço pela atenção da aratnyana. — Obrigada.

— Não me agradeça ainda — murmura.

Meneio meu rosto um pouco, apenas aceitando o alerta temeroso.

Quando estou quase indo embora, lembro-me de algo e volto até a mesa. Escondido por entre o tecido da bata que visto está o livro que Vixen indicou para mim. Vou levá-lo comigo.

CAPÍTULO 44

As botas pesadas ecoam pelos corredores da prisão. Não sou Kalina Kaster nesse momento. O uniforme que visto é aratnyano e o nome indicado a usar é outro. Sou um soldado seguindo meus colegas de guarda.

O garoto de cabelos vermelhos segue na dianteira, verificando o caminho. Mig está ao meu lado, os olhos atentos para qualquer movimentação estranha. Atrás de nós estão duas guardas pertencentes à Ruptura. Quase sou engolida pelos corpos, mas é um artifício para que me torne invisível enquanto avançados ao destino final.

As batidas soaram na porta do meu quarto apenas perto do anoitecer. Pensei que Irvine pudesse ter desistido do plano que organizamos, mas os garotos explicaram que a demora se deu por outro motivo. Foi necessário verificar, primeiro, se a ratinha ainda estava viva. Afinal, quase um mês se passou desde o dia que subi para o castelo. Trinta dias que deixei para trás a garota lovana. Ela passou por quantos expurgos desde então? Quando penso nisso, percebo que a Kalina que entrou na Montanha jamais se importaria com esse fato. Só que a minha versão de agora se importa. Pelo menos um pouco mais.

Os primeiros andares do castelo foram mais fáceis de percorrer. Poucos soldados durante longos percursos. Depois que passamos o arco de entrada, e invadimos a área acinzentada da prisão, a tensão se tornou mais palpável.

Enquanto o elevador descia os andares, meu coração batia freneticamente no peito. Nada poderia dar errado nesse momento. Não tão perto do que estamos prestes a fazer.

O destino final é a lavanderia da prisão. Na escala da noite está o nome de Nyllie.

— Se algum soldado passar perto de você, cole seus olhos no chão — Mig murmurou. — Deixe o resto com a gente. — O garoto está sendo tão impositivo quanto Irvine. Daria um ótimo líder no futuro. — Seja rápida. Se não conseguir encontrar a prisioneira em dez minutos, nós vamos embora. Entendeu?

— Entendi.

Quando a porta larga de aço revela que estamos perto do nosso destino, o tremor nas minhas pernas volta com tudo.

O vapor dos caldeirões abraça minha pele assim que entramos na lavanderia da prisão. O lugar é quente e úmido. O ar é denso e o cheiro inunda o nariz. A cada passo que dou, um novo aroma me inebria. A limpeza é dividida em equipes e cada uma delas cuida de um tipo específico de roupa. Quanto mais cheiroso e lento o processo, mais alta é a hierarquia de quem veste os tecidos.

Passeio meus olhos rapidamente pelo ambiente e encaro o gigantesco tanque de lavagem. Continua imponente no meio da lavanderia, como se nada tivesse acontecido. Como se nenhuma vida tivesse sido engolida em meio às suas águas. *A culpa foi sua, Kalina. Não se esqueça disso.* O arrepio começa a subir pelos meus braços, mas afasto os pensamentos para longe.

A ronda dos soldados é entediante durante a noite. Os poucos que estão dentro do ambiente mantêm a atenção em conversas paralelas. Abaixo meu rosto tentando esconder cada vez mais a minha identidade, mas Mig continua guiando com calma meus passos. Ele avisou que qualquer movimento brusco poderia chamar a atenção dos soldados mais desconfiados.

— Vou enrolar aqueles dois. — Empina o queixo sutilmente para a dupla posicionada próximo ao tanque. A pele marrom avermelhada do soldado está levemente suada. Não sei se é pelo calor ou pelo nervosismo. Aposto em ambos.

— Combinado.

Assim que confirmo, Mig segue para o lado esquerdo e não olha para trás. Alexis desloca-se em silêncio também e já perdi de vista as duas soldadas ruptoras. Estou sozinha nesse momento.

O tempo começa a correr e as paranoias retornam todas para a minha mente.

Qualquer olhar enviesado dos prisioneiros, me faz acreditar que serei descoberta. O bastão envenenado está na minha mão. Estico-o em frente ao corpo como um aviso para que fiquem calados. Sou uma aratnyana nesse momento e não vou deixar de usar se necessário.

A cada passo que dou para dentro da lavanderia, as luzes ficam mais fracas e o calor mais intenso. Existe uma sala específica para estender os lençóis brancos do castelo. Alguns prisioneiros entram e saem do lugar. É tão quente que se ficar muito tempo perto pode machucar a pele e os olhos.

Não encontro Nyllie em nenhum maldito canto da lavanderia e o nervosismo começa a apertar meu peito. Onde ela está? Não posso voltar de mãos vazias para o castelo. Irvine não pode desistir agora do plano. Passo ao lado de alguns prisioneiros pressionando os uniformes dos soldados entre chapas de aço. O vapor sobe das máquinas assim que as duas partes prendem as roupas. Um pouco mais à frente, prisioneiros dobram calças e camisetas brancas.

Aperto o passo, buscando cada vez mais rápido pela ratinha. Preciso encontrá-la. Em breve Mig me enxotará da lavanderia e não poderei fazer mais nada. Talvez se eu voltar para o início e refazer todo o percurso…

Tropeço os pés quando alguém me puxa para o lado. Os lençóis estendidos me enredam e tento usar o bastão contra o inimigo. Se for algum soldado que percebeu minha real identidade estarei completamente ferrada. Formulo opções para fugir sem fazer muito alarde, mas o pulso que me segura é muito fino e as mãos estão calejadas e sujas.

— Kalina? — A voz é quase sussurrada. Meu coração dá um salto ao ouvi-la depois de tantas semanas.

— Nyllie! — Desloco-me mais para dentro da sala de secagem. O calor é desconfortável, mas o ambiente é mais reservado. Ela arrasta os pés para perto, ignorando a temperatura também.

É só quando consigo olhar para o rosto da ratinha que percebo o quanto está péssima. Os ossos das bochechas estão muito aparentes e o cabelo está ralo e quebradiço. As olheiras sob dos olhos estão escuras e a boca está tomada por feridas. A garota está sobrevivendo, mas não parece mais a mesma pessoa que convivi durante quinze dias na prisão.

Não consigo reagir muito bem à imagem dela e fico sem palavras durante algum tempo. Se tivesse pedido para Ravenna levá-la ao castelo, será que a diretora a teria levado? A ratinha estaria muito melhor, isso é um fato. Não teria sofrido tanto. Mas eu escolhi abandoná-la aqui embaixo.

— Você está bem? — murmuro, embasbacada.

A garota não me responde, apenas estica o corpo e me abraça. O cheiro não é dos melhores, mas ignoro e devolvo o abraço. Está tão magra que sinto os ossos das costas despontando contra a pele.

— Achei que... — A voz está rouca. — Onde esteve? Não vi mais você e nem a Ehrika.

Quando me larga, encontro um sorriso enorme no rosto. Tem tantas coisas que preciso falar para ela, mas a vergonha invade meu peito. Como vou confessar que passei os últimos trinta dias vivendo no castelo? Que durante semanas dormi com cobertas quentinhas e comi bolos deliciosos? Como vou falar tudo isso sabendo que ela estava aqui embaixo, sobrevivendo a cada dia sem a minha ajuda?

— Eu... Estava lá em cima.

Arregala os olhos e abre a boca numa expressão de surpresa.

— Você conseguiu mesmo?

Meneio o rosto, envergonhada. Não devo me sentir assim, porque nem conheço a garota, mas não consigo afastar esse sentimento.

— É por isso que estou usando isso. — Aponto para o uniforme. — Porque preciso falar com você sobre algo importante.

A lovana parece notar pela primeira vez a roupa que uso. Observa o emblema de oito patas no capacete e se afasta um pouco.

— Kalina, o que está acontecendo?

— Preciso que me escute — Seguro os ombros da garota com delicadeza. — Não tenho muito tempo. — Engulo em seco, pensando em uma maneira de falar sobre o que vai acontecer. Não quero dar muitos detalhes, porque não sei o quanto pode ser seguro. — Você conhece outros prisioneiros que são de confiança?

— Como assim? — A ratinha olha para os lados.

— Não posso te contar muita coisa, mas só peço que acredite em mim. Em três dias muita coisa pode mudar aqui dentro, mas pra isso dar certo precisamos de apoio.

Ela semicerra os olhos, as engrenagens começando a funcionar dentro da cabeça da ratinha.

— Você quer dizer…

— Vou te tirar dessa prisão.

— Como? — O rosto se ilumina pela primeira vez.

— Confia em mim?

Ela não me responde na hora, mas assente energicamente.

— Nos próximos três dias preciso que sonde prisioneiros de confiança e os deixe alertas — murmuro rápido. O tempo está se esgotando e logo Mig vai vir atrás de mim. — Alguns soldados estão do nosso lado. Quando chegar a hora, você vai saber o que precisa fazer. Confie neles.

Analiso a expressão da ratinha. Meu coração está muito acelerado, estou confiando de olhos fechados na garota e posso me arrepender profundamente.

— Posso contar com você?

O tempo anda mais devagar no momento em que faço essa pergunta. Ela pode gritar a qualquer momento e me entregar. Pode simplesmente se negar a participar disso. Ela pode me trair, mas não tenho outra opção a não ser acreditar nos olhos cor de mel da prisioneira.

Nyllie concorda abrindo um sorrisinho com lábios rachados.

— É claro que você pode contar comigo.

Solto o ar dos pulmões e a puxo para um abraço. Com uma risada, ela responde ao gesto.

— Preciso ir agora — digo. Antes de me afastar, ajeito a franja da garota. — Se cuida, viu?

— Você também.

Eu me afasto, retornando para a lavanderia disfarçadamente.

É difícil conter as batidas altas do coração nos meus ouvidos. Finalmente foi ascendido o fósforo. Basta acreditar que todo esse combustível será o bastante para colocar a montanha em chamas.

CAPÍTULO 45

— Como que coloca isso? — Ehrika reclama pela décima vez.

Diferentemente dela, já estou vestida dos pés à cabeça com o uniforme da guarda de Aratny. Depois de usar três vezes as roupas do inimigo, quase me sinto acostumada. Ainda mais com todas as dicas e correções feitas por Mig, o soldado mais *arrumadinho* dessa montanha.

— Não é assim — digo. Ela tenta passar o braço pela faixa decorativa do colete, mas está fazendo errado. A risada fica presa nos meus lábios enquanto caminho até minha melhor amiga. — Deixa eu te ajudar. — Tomo o controle da situação.

Estamos no almoxarifado que uma vida atrás usei para me vestir antes de ir atrás dos documentos de mamãe no necrotério. É uma sala apertada, com pouca iluminação e cheia de caixas e mais caixas. O depósito guarda materiais de limpeza e diversas louças antigas da cozinha. Quase ninguém passa por aqui e fica próximo o suficiente da saída do castelo.

Os cabelos claros de Ehrika caem pelas costas do colete. Cresceu tanto no último mês que quase encontra a cintura.

— Precisa de ajuda com a trança? — pergunto, tocando nos fios compridos.

A porta do almoxarifado se abre e nós duas entramos em posição de defesa. Encontro os olhos amarelos de Vixen e lembro que o harakin foi indicado por Irvine a nos encontrar nesse mesmo lugar. A governanta usou os últimos dois dias para repassar todas as informações a cada um dos membros do plano de hoje. Não quis nos reunir por segurança, mas usou de sua autoridade dentro do castelo para repassar as informações sem suspeitas. Ontem, após acompanhar a entrega de chás e bolinhos no nosso aposento, passou um bilhete explicando mais uma vez a organização do plano.

Vixen precisaria passar por algumas mudanças antes de seguir conosco aos laboratórios. Os apetrechos para isso estão guardados dentro de uma bolsa de pano dentro de uma das caixas do almoxarifado. Se a tentativa for um sucesso, teremos o harakin ao nosso lado na busca de mamãe e das crianças.

É estranho ver Vixen depois do que houve na biblioteca. A forma como Ehrika insinuou que algo tivesse acontecido entre nós dois me fez pensar se talvez ele não tenha cogitado o mesmo. Espero que não. Gosto de tê-lo como um aliado nesse momento, mas não quero que nada além disso aconteça. Não consigo ainda acreditar que a possibilidade possa ter passado pela mente dela. É incabível.

O harakin fecha a porta atrás de si e analisa o ambiente ao redor. Levanta uma mão e acena rapidamente para nós duas.

— Estou particularmente curioso pela transformação de hoje. — Ele não sai do lugar, está congelado como uma estátua. — Então... Quem vai me ajudar com isso?

Ehrika me empurra e quase tropeço nos meus próprios pés. A linha tênue entre querer proteger minha melhor amiga e esganá-la acabou de ser ultrapassada.

— Estou ocupada com meu cabelo. Kalina já está pronta, então pode te ajudar — ela dispara, indo para o final da pequena sala e sentando-se em um banquinho. Materializa uma escova nas mãos e começa seu trabalho, silenciosa.

A garota é uma verdadeira cara de pau e nem ao menos esconde o que está tentando fazer, mas ela não vai conseguir o que quer.

Empino meu queixo e mal olho para o rosto de Vixen quando estico meu dedo, indicando que se sente. Tem uma cadeira velha em meio às caixas do depósito. Ele segue obediente e repousa confortável esperando pelo próximo direcionamento. Vasculho em outra caixa onde os uniformes foram guardados e encontro o saco de pano. Dentro dele Irvine guardou um *muda-cor* para as íris de Vixen, um vidrinho com creme bege claro e um pó selador. A cor é muito mais viva que a da pele pálida do harakin.

Com os produtos nas mãos, mostro-os rapidamente e decido começar o trabalho.

— Vamos começar pelo rosto. — Apoio os itens em uma bancada ao lado. — Se não der certo, você nem precisa vestir o uniforme.

Vixen observa curioso os vidrinhos ao lado. Ele tenta pegar um deles, mas tiro da direção de suas mãos e levanto uma sobrancelha. Ergue as mãos rendido e desliza um sorriso na boca.

— Você é meio mandona, sabia?

Giro a tampa da base corretora e lambuzo meus dedos com quantidade suficiente para o rosto de Vixen.

— Então siga as ordens que dou — alerto. Preciso afastar o sorriso que tenta despontar da boca, mas talvez ele tenha percebido.

Os fios loiros do cabelo do guerreiro estão caindo por cima da testa. Com a mão livre, encaixo meus dedos por entre a raiz e puxo para cima. Finjo não notar o leve tremor que toma as pálpebras dele quando faço isso.

— Segure aqui para mim. — Pressiono as mechas, mostrando o que quero que faça. Ele reage abrindo um sorriso preguiçoso e, quando seus dedos procuram seguir a ordem dada, resvala cada um deles sobre a minha mão.

Afasto-me bem rápido. *Como pode ser tão atrevido?*

Divido o creme pelos dedos e ganho tempo. Não tinha parado para pensar que vou precisar tocar no rosto de Vixen. Vou ser obrigada a encostar nas bochechas, no queixo e, quem sabe, próximo da boca do guerreiro. Procuro por Ehrika do outro lado da sala, mas ela está praticamente de costas para nós, ignorando totalmente nossa existência. *Traidora.*

Respiro fundo e começo o processo. Primeiro reparto o produto pelos pontos importantes. As veias ao redor dos olhos e das bochechas são mais aparentes, então trabalho nelas primeiro. Quando noto que está equilibrado, avanço para a testa, nariz e queixo. A pele de Vixen é macia e se adequa bem ao creme. Se mantém o processo todo observando meu rosto.

— Não tinha certeza se você viria mesmo — falo baixinho, apenas para Vixen ouvir.

Ele inclina a cabeça para o lado um pouco e levanta a sobrancelha. Estico minha mão, ordenando que ele volte para a posição de antes.

— A única possibilidade para eu não vir, seria você dizer que não quer — ele responde tão baixo quanto eu. O aroma da pele de Vixen sobe até meu nariz. Não tinha, até o momento, determinado o cheiro do guerreiro, mas agora sinto com mais clareza. Parece o mesmo perfume de uma pequena planta chamada *patchouli*. É um cheiro fresco. Sei o nome, porque ela é muito presente nos bosques de Mave.

— Você pode ser útil.

— Me sinto lisonjeado. — O tom da resposta é divertido.

Percebo que todas as veias azuladas do rosto sumiram por causa do creme, mas torço os dedos dos pés quando encaro o pescoço do guerreiro.

— Vou precisar passar isso aqui também. — Aponto. Mordo a parte de dentro da minha bochecha. — Tudo bem?

Vixen apenas assente. Erguendo o queixo para expor melhor a pele. Reponho o líquido na ponta dos dedos e, delicadamente, pincelo os pontos do pescoço dele. Sinto quando engole em seco conforme contorno os cantos que precisam de mais atenção. É um processo demorado e em alguns momentos consigo sentir as batidas do coração dele. Está bem acelerado e constatar isso faz o meu coração acelerar também. Evito encontrar os olhos do harakin, mesmo quando sei que ele está fazendo o contrário. Quando termino essa parte do trabalho, pego o pó e selo a tintura.

É estranho vê-lo sem as veias ao redor dos olhos, subindo pelo pescoço e deslizando pelas bochechas. Os olhos assustadoramente amarelos ainda estão brilhando.

— Quase pronto — explico. Busco pelo muda-cor e mostro para ele. — O toque final é agora.

Ele se ajusta melhor na cadeira, estica os braços e pernas. Bate os pés contra o chão numa reação ansiosa. É engraçado ver a forma como se comporta, quase como se estivesse esperando ganhar uma recompensa.

— Estou curioso — confessa, soltando uma risada entrecortada.

Abro um sorriso antes de explicar o que vou fazer. Mostro o vidrinho para ele.

— Isso aqui se chama muda-cor, é um tipo de pigmento que altera o tom dos olhos. Não sei qual foi o escolhido por Irvine, porque todos os líquidos são pretos dessa maneira. — Tiro a tampa e pego um contador de gotas dentro da bolsinha. Coleto um pouco do líquido e me inclino na direção de Vixen. — Você vai precisar recostar a cabeça na caixa atrás de si e olhar para cima. Vou pingar isso aqui no seu olho e o líquido não pode escorrer.

Meneia a cabeça e faz o que peço. Ao redor dele as caixas o enclausuram e não consigo chegar até o seu rosto da maneira certa. Algumas gotas escapam do contador e preciso decidir como vou fazer isso.

— Vai para o lado.

Com meu pé, empurro o quadril dele um pouco e libero espaço na cadeira. *Faça isso rápido, Kalina.* Amparo meu joelho próximo à coxa de Vixen e percebo quando ele segura a respiração. Estou fisicamente mais próxima do harakin do que já estive antes. As mãos dele estão bem firmes em cima do colo. O fito, procurando pelo ponto certo da pupila. Quando encontro, solto a gota escura. Vixen fecha o olho, acostumando-se ao muda-cor. Repito do outro lado e ele reage da mesma maneira.

— Espere alguns segundos. A substância pode incomodar um pouco no começo, mas age rápido — explico, afastando-me. Recolho todos os itens utilizados e guardo de volta a bolsinha de pano. Procuro pela caixa onde tudo foi escondido por Irvine e devolvo os materiais. — Se tudo der certo, você pode pegar o uniforme aqui mesmo nessa caixa e...

Mal termino a última palavra quando volto a olhar para Vixen. Não consigo formular minhas ideias enquanto observo o tom azul oceano que toma o lugar do amarelo sol. O tom, agora rosado da pele, esconde a cor sobrenatural das veias. Ele quase parece um garoto normal, vivendo uma vida normal.

— Você ficou... — Embaralho as palavras. — Ficou bom. — Obrigo-me a expulsar a frase antes que pense algo pior.

— Posso ver?

Olha ansioso para o meu rosto. Nenhum tom de deboche e sarcasmo reveste suas palavras nesse momento. É até vulnerável no jeito que fala.

Procuro por um pequeno espelho guardado com as nossas coisas e estico o objeto para ele. Levanta até a altura do rosto e observa atentamente cada ponto da pele, a cor dos olhos e o jeito que tudo orna. Afasto-me, dando privacidade para o momento. Não sei bem como agir, ele está bonito – muito bonito, na verdade –, mas não vou dizer isso. Vixen já tem um ego bem inflado e não preciso aumentar com mais elogios.

Ehrika está finalizando a trança. O que me faz questionar por que demorou tanto assim com o penteado. Sei que costuma levar um par de minutos para fazê-lo, mas não tanto assim. Os olhos violeta dela encontram os meus enquanto coloca o capacete na cabeça.

— E aí, deu certo? — Indica com o queixo Vixen.

— Deu sim — murmuro, deslizando meu rosto para trás em busca do harakin.

Vixen está com o uniforme nas mãos. Observa o ambiente de novo e pergunta onde pode trocar as roupas. Indico um canto mais afastado, no meio das caixas. Ele desaparece, mas ainda fico com a imagem do seu rosto praticamente humano na cabeça.

— Está pronta? — Ehrika pergunta atrás de mim.

Afasto a confusão de pensamentos da mente e volto a encarar minha melhor amiga.

Se eu estou pronta?

É claro que estou. Desde o instante em que entrei nessa montanha.

Eu só não sabia ainda que era para fazer isso.

Capítulo 46

As especificações do plano são claras.

— *Ao menor sinal de descontrole da missão, precisamos fugir.* — Enquanto citava as ordens, o tom de Alexis era inflexível. Nos buscou no almoxarifado depois de esperarmos por algum tempo sua chegada. Estava com os olhos levemente arregalados e o uniforme completamente desalinhado. — *Quando digo o menor sinal, quero dizer um olhar demorado demais, uma resposta dada errada ou uma liberação negada, estão entendendo?* — falou, olhando diretamente para mim.

Sei que tem muita coisa em jogo. Não posso deixar a emoção guiar minhas atitudes agora. Mesmo que o fantasma das palavras de Ravenna continue assombrando cada segundo dos meus dias. Está prestes a forjar minha morte e me levar para um reino distante. Não posso aceitar isso, não sem ter certeza de que não existe outra opção de conseguir isso. Quero enredar a diretora na própria teia, mas para fazer isso preciso encontrar a armadilha antes.

Irvine está se colocando em perigo nesse exato momento. Alexis confirmou que a reunião solicitada pela governanta está acontecendo no castelo. E que Mig e os outros soldados da Ruptura estão fazendo rondas pela prisão, prontos para reagir a qualquer instante.

— À esquerda. — O aratnyano de cabelos vermelhos direciona logo à nossa frente.

Estamos organizados como indicou. Enfileirados, marchando obstinadamente. Os soldados sempre estão transportando prisioneiros ou nas rondas designadas pelos comandantes das equipes. Precisamos desempenhar o segundo papel perfeitamente. Sabemos para onde estamos indo dentro da montanha. Qualquer vacilo pode despertar a atenção indesejada.

— *A área dos laboratórios é mais afastada. Quer dizer... Poucos são os soldados designados para esse lado. Quando alguém aparece, pode ser questionado* — Alexis explicou, espiando para fora da porta, antes de sairmos do almoxarifado. — *Soldados não gaguejam ao responder seus superiores. Jamais olhem nos olhos de alguém que vista quepe com a insígnia de oito patas vermelha ou branca. Vocês não têm essa autoridade.*

Antes de partirmos para nossa missão, Alexis entregou uma espécie de chave mestra usada pelos soldados. Explicou que poderia abrir algumas portas, mas não todas. Elas precisam de senhas. Fez com que repetíssemos seis números, para o caso de precisarmos usar o código de acesso. Mesmo assim, não era certeza que funcionaria nos laboratórios.

— Tem alguém vindo... — Vixen sussurra.

Estamos ordenados por Alexis, eu, Ehrika e Vixen no final. Marchando pelo longo corredor em direção à zona de testagem dos venenos da montanha. O harakin foi designado a usar sua audição para nos guiar conforme vozes ou passos ecoassem à frente, mas estamos em um caminho sem lado algum para correr ou nos esconder agora.

O uniforme aratnyano aparece no final do longo corredor. Está sozinho, caminhando na nossa direção. Engulo em seco, contendo o leve tremor que tenta começar nas mãos. O militar se aproxima e nota nossa marcha. Diminui o ritmo da caminhada que está fazendo, vasculhando o rosto de Alexis primeiro. A insígnia de oito patas no capacete é preta, o que significa que está na mesma patente que nós. Miro o chão, escondendo meu rosto atrás dos ombros de Alexis. Talvez, se continuarmos apenas caminhando, o desconhecido não questione nada.

Quando nossos corpos deslizam ao lado do soldado, ele vira o rosto, nos observando. O silêncio continua preenchendo o ambiente e o tempo corre em câmera lenta. Qualquer mínima mudança no ritmo da nossa marcha ou na postura de nossos ombros pode nos entregar. E se ele notar que não somos soldados aratnyanos? E se ele tentar chamar pelos outros colegas e nos emboscar? E se...

Calma, Kalina!

Alexis vai nos guiar. Irvine o designou como nosso líder nessa missão. Seja o que ele indicar, vamos obedecer. A atenção do soldado continua cravada na gente, mirando nossos rostos enquanto avançamos para o lado contrário. Ele não fala nada, assim como nenhum de nós. Começo a soltar a respiração certa de que ele continuará se afastando em silêncio.

— Estão indo para os laboratórios? — o aratnyano desconhecido pergunta com um berro. Quase tropeço nos meus próprios pés assim que o coração pula direto para a minha garganta. — Não tem ninguém por lá. — É nítida a desconfiança na voz. — Precisam de ajuda?

— *Caso alguém nos aborde, devemos fazer uma meia-volta assim...* — Alexis mostrou enquanto treinava no almoxarifado nossa postura. — *Levem a mão até a insígnia no capacete e respondam com poucas palavras.*

Alexis é o primeiro a parar a caminhada. Nós seguimos suas ordens e fazemos a meia-volta. Os dedos alcançam a insígnia e ficamos em silêncio, esperando o movimento do garoto atrás de mim. Ele resvala para o lado, tomando a liderança da conversa.

— Oficial — Alexis cumprimenta. A voz carregada de seriedade. Mal parece o garoto desleixado que convivi durante dias na torre do castelo. — Fomos solicitados para uma coleta na zona dos laboratórios.

O oficial encara Alexis por alguns segundos, corre a atenção para o restante de nós e volta a perguntar.

— Que tipo de coleta?

Respiro fundo. O maldito soldado está fazendo perguntas demais. Começo a sentir a comichão no fundo do meu peito e pondero o quão impulsivo seria usar meu poder para desacordar o idiota. Apenas não o faço, porque Alexis volta a debater com o aratnyano.

— É confidencial. — Alexis dá um passo na direção do soldado. Fico em estado de alerta imediatamente. — Estamos seguindo ordens diretas da diretora Ravenna. E você está nos atrasando. Como é mesmo o seu nome, oficial? — Alexis chega mais próximo do militar, tomando toda a atenção para si. — Apenas para termos como repassar o motivo da demora aos superiores.

O homem se empertiga e a cor das bochechas some. Desliza os dedos para a insígnia de oito patas, despedindo-se de nós. Dá meia-volta e continua a seguir o caminho que estava fazendo anteriormente. Afasta-se cada vez mais, sem olhar para trás. Esperamos em silêncio até que desapareça.

— Vamos, Alexis! — cicio para o militar. Ele continua observando o corredor por onde o soldado acabou de partir.

O garoto gira o corpo e dá alguns passos seguindo minha indicação, mas para no meio do caminho.

— Preciso ir atrás dele — bufa, levando os dedos aos olhos. Depois aponta para o corredor atrás de si. — Não sei... Parecia desconfiado demais. — Coça a testa, ponderando. O capacete fica torto quando faz isso, mas não endireita de volta. Ele olha de um lado para o outro, como uma barata tonta. — Eu preciso apenas verificar. É melhor vocês irem sozinhos daqui, os laboratórios estão logo à frente. Prometo que vou ser rápido e volto em minutos.

— Nós podemos te esperar aqui — digo, pensando na mudança do plano.

— Não... Seria ainda mais estranho três guardas parados no meio do corredor. — Ele rói uma unha, parecendo nervoso como Mig pela primeira vez. — Tem uma porta virando esse corredor que dá acesso aos laboratórios principais. É uma área pouco visitada, mas Irvine indicou que começássemos por lá. Testem a chave e a senha, se não der certo voltem imediatamente para o almoxarifado e me esperem, certo? — Aponta para Vixen. — Use esses ouvidos, pelo amor de Aratny!

Gira o corpo e vai atrás do guarda desconfiado, olha para trás no meio do caminho e aponta para nós três.

— Agora!

Vixen é o primeiro a reagir, os olhos azuis mirando meu rosto. Ele empina o queixo e meneia a mão para o caminho que Alexis indicou.

— Não tem ninguém por perto — murmura. — Melhor irmos.

Voltamos a marchar comigo na dianteira. Seguimos o longo corredor e, quando chegamos no final, encaramos os dois lados disponíveis para escolha. Do lado esquerdo mais portas desconhecidas se fazem presentes, mas do lado direito encontramos um portal maior escrito "Laboratório de Alta Testagem para o Desenvolvimento Aratnyano". Só pode ser essa a direção. Os alertas sobre "Apenas pessoal autorizado" aparecem cada vez mais ao decorrer do caminho. Antes de seguirmos, olho para Vixen e chamo-o silenciosamente. O harakin verifica atrás de si e avança até estar perto.

— Vá na frente e nos guie.

— Tem certeza de que devemos continuar? — Ehrika murmura atrás de mim.

— Não podemos desistir agora. — Vixen une as sobrancelhas grossas. Meneia o rosto em negativa. — E Alexis já vai voltar. — Abre um sorriso, tentando acalmar o tom nervoso que escapou da boca.

Analiso a expressão do harakin. Foi ele quem contou a teoria de mamãe e se arriscou por ela. Em nenhum momento deixou de participar das reuniões e sempre demonstrou estar interessado na busca das crianças. Não consigo entender todas as motivações dele, mas vejo nesse momento o quanto o guerreiro anseia por continuar. Consigo ver bem dentro dos seus olhos.

— Vamos procurar a entrada do laboratório principal — digo para ele.

O guerreiro assente e esconde o sorriso, mas rapidamente sua expressão fica tensa. Ele endireita o corpo e gira como o vento no instante em que dois cientistas de jaleco branco revelam-se, saindo de uma porta mais à frente. Vixen volta a marchar e fazemos o mesmo. Não sei se os dois aratnyanos nos viram conversando, mas não podemos perder tempo. O sangue parece queimar nas minhas veias conforme nos aproximamos deles. Estão conversando focados em duas telas transparentes nas mãos. O líquido verde circula pelo apetrecho tecnológico conforme os dedos dos cientistas clicam na superfície. É uma imagem diferente para os meus olhos. Em Mave não temos essa tecnologia, é extremamente avançada para qualquer reino que não seja Aratny.

Quando os dois senhores chegam mais perto, fazemos o que Alexis indicou no almoxarifado. Estancamos as passadas dos pés e marchamos forte três vezes, ecoando o som das botas no chão. Os dedos avançam até encontrar a insígnia de oito patas no capacete. Nenhum dos dois cientistas nota nossa presença, apenas seguem reto em meio a uma discussão acalorada.

Vixen avança até o local de onde os dois homens saíram. A porta é enorme, feita de aço e circulada por algumas lâmpadas vermelhas.

P.H estava gravado no alto da parede. *O que isso significa?* Tem uma placa logo abaixo alertando que o acesso é restrito.

— Aqui! — sussurro, olhando para o painel com encaixe para chave. — Podemos testar. — Tiro do meu bolso o item compartilhado por Alexis e mostro para os dois. — Nos dê cobertura, Vixen. Se ouvir qualquer movimentação, avise antes que seja tarde demais.

O harakin analisa a porta, lê os dados informados e aceita a ordem. Volta alguns passos para trás e concentra-se em silêncio. Ehrika agarra o bastão carregado de veneno aratnyano e direciona-se para o outro lado do corredor.

Encaixo a chave com cuidado no pequeno buraco no painel. Giro-a com calma torcendo pelo clique da tranca, mas um brilho esverdeado desperta ao redor do painel. As linhas sobem e descem, ganhando vida ao redor da chave.

— *SENHA.* — Uma voz melodiosa ecoa através da tela.

Forço os números ditos por Alexis para fora da língua e aguardo pela resposta. As linhas dançam pela tela, subindo e descendo. Alongam-se como ondas, mas não respondem nada. Procuro por Ehrika e a encontro observando a cena com rugas de preocupação.

— *SENHA INCORRETA.* — A voz decide responder e um bipe faz meus ouvidos doerem.

Droga! Seguro a chave e tento girá-la de novo.

— *SENHA* — questiona mais uma vez.

Tento pensar com mais calma, imaginando o que poderia ser. Alexis falou que não tinha certeza sobre o código, mas quis acreditar que seria isso. O que é ridículo, mas era minha última esperança.

— Consegue ouvir algo? — sussurro para Vixen.

O harakin apenas balança o rosto em negativa. Cerro os dentes contendo o nervosismo no meu peito. Quem sabe a senha tenha a ver com o governo de Frederick? É um tiro no escuro, mas não quero desistir.

— O governo prospera — digo, lembrando-me da frase sempre dita nos discursos que o ditador faz.

— *SENHA INCORRETA.*

Fecho os olhos quando o bipe machuca meus ouvidos pela segunda vez. É claro que não seria isso, mas quis pelo menos tentar. Ehrika avança para o meu lado, sussurrando, apressada.

— É melhor irmos. — Está bem perto de mim. Analisa com atenção a tela. — Alexis não voltou até agora. Lembra o que ele disse!

— Eu sei! — reclamo baixinho. Inspiro fundo, obrigando-me a tirar minhas mãos do painel. Estico meus dedos para a chave, mas não tenho coragem de tirá-la ainda. — Só me deixe tentar mais uma vez...

— Kalina... — alerta.

— Por favor, só mais uma vez. — Mordo o lábio, implorando para minha melhor amiga.

Ela segura meu olhar. Solta um longo suspiro e se afasta, voltando para a posição de antes.

Repito todos os passos até escutar a pergunta melodiosa. Encaro as linhas verdes dançando pelo painel, aguardando a resposta. Mordo a parte interna da bochecha, repassando na minha cabeça algum tipo de informação que poderia ter estado naquele caderno de Ravenna ou nas palavras ditas por ela, mas é como procurar uma agulha em um palheiro. Pressiono as unhas contra as palmas das mãos, mas não consigo formular nenhuma resposta decente. Não temos tempo para fazer isso. A melhor estratégia é voltarmos para o almoxarifado, ou esperar até que alguém apareça aqui e fale a senha correta. Mas não temos como saber quando isso vai acontecer.

Coloco minhas mãos na cintura, tentando me acalmar. Então é isso? Chegamos até aqui e nada será feito?

A luz no painel se apagou após esperar pela resposta. Puxo a chave, relutante, e a guardo no bolso. Não quero encarar o rosto de nenhum dos dois atrás de mim.

— Ainda podemos investigar outras salas por aqui. — Tento motivá-los.

— Espera... — Vixen diz. Algo no timbre da sua voz está diferente. Não é aquele tom de sempre. É um tom quase... Machucado. Um tom cansado. — Quero tentar algo.

Sem perder tempo puxo a chave e a encaixo no painel. Os minutos estão se esgotando e se o harakin escutou algo, pode ser uma boa tentativa, não é mesmo? Poderia questioná-lo antes, mas não faço isso. Afasto-me do painel dando espaço para que responda a pergunta.

— *SENHA.*

Vixen se aproxima lentamente e o ar falha na garganta quando tenta respirar. Coloca a mão na parede e escora-se antes de dizer o que suspeita. A voz sai arranhada dos lábios.

— Projeto Harakin.

Ficamos em silêncio, esperando pela resposta. A mão dele treme enquanto as linhas verdes deslizam para cima e para baixo. Encaro as costas do guerreiro, rígidas, e meu coração começa a acelerar descompassadamente. Por que ele tentou isso? O P.H marcado no alto da parede começa a fazer sentido e o mundo ao meu redor fica barulhento demais.

— Vixen... — sussurro, esticando a mão na direção dele.

A luz do painel brilha e o barulho da tranca se abrindo ecoa por todos os lados.

— *ACESSO LIBERADO.*

CAPÍTULO 47

A porta bate atrás de nós.

Tudo aconteceu muito rápido. A resposta saindo da boca dele como uma pergunta dolorosa. Quando os lábios tremeram por um segundo enquanto as luzes do painel brilhavam e o jeito impulsivo que teve ao escancarar a porta de entrada e indicar que entrássemos. Como o guerreiro acertou a senha? Foi uma aposta por causa da sigla P.H na parede? Ou foi apenas sorte?

Assim como o oficial desconfiado comentou anteriormente, quase não existem pessoas à vista. O lugar está praticamente deserto. Mas isso não significa que estamos seguros. O ambiente é como um enorme galpão feito de metal.

— *Os cientistas gostam de ignorar nossa presença. Então apenas ajam como se estivessem seguindo ordens e nenhum deles vai desconfiar.* — Foi o que Alexis disse, mas não sei qual é o limite para que a desconfiança surja.

— O que fazemos agora? — Ehrika murmura, olhando ao redor.

— Se algum deles perguntar algo, dizemos que Ravenna nos designou para buscar os venenos — respondo, recitando as indicações dadas por Irvine.

O laboratório é gigantesco. Na parte inicial, onde estamos, consigo ver escadas de metal dando acesso a um segundo andar. Telas preenchem todas as paredes e os dados à vista são difíceis de entender. Três cientistas, vestindo jalecos brancos, estão com os olhares fixados enquanto cutucam com os dedos a superfície dos painéis. Mesmo imaginando que a tecnologia seria algo presente por aqui, é surpreendente ver tudo isso.

No topo da escada, duas mulheres conversam energicamente. Consigo ouvi-las discutindo. Lentamente, caminho até estar abaixo delas escondida por uma pilastra. É um pouco difícil entender tudo, mas forço meus ouvidos. As palavras se embaralham, mas escuto *urgência, errado e Ravenna.* Vixen posiciona-se ao meu lado, escutando também. Ele repousa um dedo no meu braço, alertando-me para ficar em silêncio.

— Estão irritadas porque hoje deveria acontecer algum tipo de… — Fica quieto. Espero alguns segundos até sua voz voltar. — Teste. Algo que Ravenna deveria supervisionar. Estão esperando pela… liberação? — Vixen solta um resmungo que não consigo entender. — Acho que é isso, mas estão se afastando.

— Uma liberação? — pergunto zombeteira.

— Está pensando o mesmo que eu? — Levanta uma sobrancelha, o sorriso aparecendo no canto da boca. A expressão cansada de minutos atrás sumiu. Quero perguntar o que aconteceu, como chegou à conclusão da senha, mas não temos tempo para isso.

— Deveríamos dar essa liberação, então. — Encaro Vixen, levantando uma sobrancelha desafiadora. — Ordens de Ravenna, certo?

O lampejo nos olhos azuis é a resposta que preciso para tomar coragem e agir. Ehrika está um pouco mais ao lado, observando as telas discretamente, mas avança assim que indico as escadas. Interpretando o papel de soldados obedientes, começamos a marchar até a escadaria. Quando chegamos ao topo, encontramos as duas cientistas discutindo em frente a outra porta fechada. A de cabelos ruivos nos vê primeiro, mas a de cabelos escuros nos ignora completamente.

— O que fazem *aqui*? — a cientista chia. Deve ter por volta dos cinquenta anos. Algumas rugas nos cantos dos olhos evidenciam a idade.

A outra começa a digitar a senha em um pequeno visor, muito parecido do restante das telas dispostas pelo laboratório.

— Senhora — falo, assim como Alexis indicou que nos dirigíssemos aos cientistas —, a diretora Ravenna solicitou que o teste fosse iniciado. Ela está em uma reunião importante e não poderá comparecer no momento.

Vixen e Ehrika estão posicionados atrás de mim. A cientista os observa atentamente, depois volta a me olhar dos pés à cabeça.

— Ela disse isso? — Semicerra os olhos. — Ravenna e suas desculpas!

— Sinto muito, senhora.

A cientista ruiva olha para a de cabelos pretos, que por sua vez apenas dá de ombros. As duas discutem rapidamente, mas a primeira não dá o braço a torcer.

— Não vamos começar teste algum — responde direta, apontando o dedo para mim. — Ravenna precisa estar aqui. Se algo der errado, não será minha culpa.

Droga. Não sei do que ela está falando, mas preciso encontrar alguma desculpa para continuar dentro do laboratório.

— Entendido, senhora. Podemos auxiliar em algo? — Jogo a isca.

— Bom, já que estão aqui... — A mulher bufa. — Precisamos levar lá para dentro essa remessa dos sedativos. — A outra aratnyana abre a porta atrás de si e um longo corredor aparece. — Pelo Deus de Aratny, sejam rápidos!

As caixas são pesadas. Erguemos do chão e avançamos para a segunda parte do laboratório. Ehrika vai primeiro, seguida por mim e Vixen. Escuto a porta sendo fechada atrás de nós.

Acabamos de avançar para um lugar desconhecido e a surpresa do que conseguimos fazer começa a arrepiar meu pescoço. Na pior das hipóteses, posso usar meus poderes para desacordar os soldados ou cientistas e Vixen certamente conseguirá caçar alguns.

O ambiente em que estamos é como um *hall* aberto e simples, sem muitos móveis ou telas. O chão é lustroso e as portas repetem-se ao longo do corredor.

— Por que ainda estão parados? — A ruiva ralha conosco. Está sozinha dessa vez, porque a segunda cientista avança para o fim do corredor, deixando-nos para trás. Acompanho sua caminhada até que ela escolha o caminho à esquerda para virar.

Seguimos a cientista ruiva até o local destinado. Ela abre a porta, revelando um depósito com caixas idênticas às que carregamos. Por que precisam de tantos sedativos?

Meu coração acelera cada vez mais. A situação não é nada boa. Procuro pelo olhar de Vixen enquanto ele desce o material ao meu lado. Nos poucos segundos em que nos encaramos, fica claro que pensamos a mesma coisa. Chegamos até aqui e não podemos voltar atrás.

Ehrika voltou para o corredor e observa atentamente nossa movimentação. Ela verifica o teto alto e as portas ao seu lado. Quando seus olhos violeta encontram os meus, a decisão é tomada.

— Acabaram? Não tenho o tempo todo do mundo! — A aratnyana está ao lado do batente da porta conferindo o trabalho.

— Na verdade, não acabamos ainda... — falo baixinho.

Os olhos da cientista são tomados por confusão. No mesmo instante, Ehrika a empurra para dentro da sala. A mulher não tem tempo nem de gritar antes que Vixen tape sua boca e a desacorde com um mata-leão. Repousa, lentamente, o corpo no chão.

— Quanto tempo até ela acordar?

— Não muito... — Vixen coloca um dedo no pescoço da cientista, verificando. — Acho que pode acordar em alguns minutos, talvez.

Ehrika entra quase voando na sala.

— Vou resolver o problema — resmunga, abrindo uma caixa de sedativos. Pesca um vidrinho de lá e arranca a faixa preta do colete. Mergulha o líquido no pano e pressiona-o no nariz da mulher. — Assim ela vai demorar mais para acordar. — Enrola o adereço nos pulsos da ruiva, prendendo-os para trás e abre um sorrisinho no final. Vixen e eu nos encaramos, chocados com a rapidez de Ehrika.

Fechamos a porta do depósito atrás de nós e caminhamos em direção ao corredor. A cientista de cabelos pretos virou para a esquerda, então decido avançar para o mesmo lado. É como se estivéssemos em um labirinto de portas e mais portas. Aos poucos, conforme as abrimos, o medo vai subindo pelas minhas pernas. São como quartos básicos, com camas brancas e algumas mesas e cadeiras. É muito estranha a quantidade desses aposentos aqui dentro.

— Ouviram isso? — Vixen pergunta. Estanca no lugar, olhando para os lados, procurando pela direção do som.

— O que foi? — sussurro.

— Não ouvi nada — Ehrika responde.

Vixen mira o chão, concentrando-se.

— Eu acho... — ele continua tentando falar, mas nenhuma palavra sai da boca.

— O que você ouviu? — Coloco minha mão no braço dele. Para mim o silêncio continua tomando conta do laboratório, mas sei que o harakin tem uma audição muito mais apurada do que a minha.

Ele leva um tempo a mais escutando, mas ergue bruscamente a cabeça e encara o fim do corredor. O capacete quase cai, revelando os cabelos loiros.

— *Não*...

E começa a correr.

Nós avançamos atrás de Vixen, mas o guerreiro é muito mais rápido. Ele corre como se a vida dependesse disso. Não gosto de vê-lo agindo dessa maneira, porque só existe um motivo para isso. E não sei se estou pronta para descobrir a verdade. Meu peito arde e a boca fica cada vez mais seca. Vixen já está alguns metros à frente quando começo a ouvir também.

Gritos.

Muitos gritos.

Gritos de uma criança.

Vixen joga todo o corpo contra uma porta e a abre em uma explosão. Ele desaparece dentro da sala e consigo ouvir os berros tornando-se mais nítidos. Quando alcanço o lugar, Vixen já estava imobilizando um cientista de jaleco branco, enquanto outro está no chão desacordado.

E, bem no meio da pequena sala metalizada, repleta de tubos e telas com dados, um líquido preto é injetado no bracinho de uma criança.

CAPÍTULO 48

— Fecha a porta! — Vixen berra. — Agora!

Tento responder a ordem dada pelo harakin, mas meu corpo não reage. Não consigo desgrudar meus olhos do corpinho repousado na mesa gelada. Os braços miúdos e a barriga saliente característica da infância são os primeiros detalhes que partem meu mundo em dois. Os gritos continuam saindo da garganta do pequeno em sucessivas ondas de dor, mas não tenho absolutamente nenhuma reação, senão segurar minhas mãos na parede ao meu lado. Um aperto angustiante sobe pelos meus pulmões e empurra as lágrimas para fora dos meus olhos. Acho que estou tendo um pesadelo e logo vou acordar, porque não quero acreditar que essa imagem seja real. Em nenhum instante da minha vida pude pensar que tal situação fosse possível de acontecer. É uma crueldade que ultrapassa qualquer limite.

— Kalina! — Vixen berra de novo.

Ehrika puxa meu braço, obrigando-me a entrar. Bate a porta atrás de nós, botando o peso do corpo contra o metal. Não sei ainda como reagir, porque o chão sob os meus pés rachou e posso cair a qualquer momento.

— Não me machuque… Po-por f-favor… — O cientista engasga nos braços de Vixen.

— Cala a boca! — O harakin aperta com mais força o pescoço do homem.

O ar mal chega aos pulmões do cientista, deixando-o praticamente roxo e com olhos esbugalhados. A língua pende para fora da boca enquanto ele tenta se soltar da pressão do guerreiro. Vixen vai matá-lo se não diminuir a força que coloca sobre o homem. Obrigo meus pés a agirem e aproximo-me dos dois. Os olhos azuis do harakin estão presos na criança.

O menino continua gritando, tomado pelo sofrimento. O corpo dele está conectado a diversos tubos e todos injetam um líquido de coloração escura. Quero fazer alguma coisa para diminuir a dor que sente, mas sei que o maldito cientista é o único que pode acabar com isso.

— Vixen — falo de forma comedida. Não quero assustá-lo mais do que já aparenta estar. — Vai matá-lo, se continuar o sufocando assim.

Ele direciona a fúria dos olhos para o meu rosto.

— E ele não merece isso?

Coloco minha mão por cima da de Vixen, apertando-a.

— A criança está sofrendo. — Tento afrouxar um pouco do aperto ao redor do pescoço do cientista. — Precisamos que ele faça isso parar. — Encaro o homem nos braços de Vixen. — Desligue aqueles aparelhos agora!

O homem tenta falar, mas a voz não sai. Aperto a mão do guerreiro e ele afrouxa minimamente a pressão sobre o homem. O aratnyano suga o ar com dificuldade, a cor voltando às bochechas.

— Não posso. A criança vai morrer se fizer isso — cospe algumas palavras roucas.

Vixen solta um rosnado quase animalesco e dou um pulo para trás com a reação. Nunca tinha visto-o tão tomado pela fúria como vejo agora. Ele volta a sufocar o cientista, mas o homem consegue libertar algumas palavras mesmo com dificuldade.

— Não posso retroceder, porque o veneno já foi introduzido nas veias. — Algumas lágrimas caem dos cantos dos olhos do maldito. O homem é tão patético. — O corpo já está se *transformando.*

O berro estridente da criança me deixa desconcentrada.

— Como assim, está se transformando? O que vocês estão fazendo?! — grito. O cientista não responde. Tenta se desvencilhar de Vixen, mas pego um dos dedos do aratnyano e torço com toda a força que tenho dentro de mim. — Fala!

— Em um harakin! — ele grita.

— O quê? — Empurro a mão do aratnyano e ele volta a chorar. Estou com nojo de vê-lo agindo dessa maneira. Tão fraco. — O que você disse?

Busco os olhos de Vixen, mas ele está encarando a criança sem expressão alguma no rosto. Não sei o que se passa na sua cabeça agora, mas está muito longe daqui.

Os gritos do menino ficam estridentes e ele começa a se debater na mesa. Não posso continuar parada, preciso fazer algo. Avanço até ele e observo os tubos grudados no seu corpo. A pele está com um tom pálido e já consigo identificar as veias azuladas subindo pelo braço através do líquido injetado. O espasmo faz o tronco da criança subir e cair de volta contra o metal. Ela começa a convulsionar bem na minha frente, a espuma saindo da boca.

— Ehrika! — chamo pela minha melhor amiga, mas ela continua grudada na porta com olhos arregalados. As lágrimas estão caindo pelo rosto enquanto fita a criança na mesa. — Preciso de ajuda! — grito de novo. Aumento o tom da minha voz, mas os berros do pequeno ser são altos demais.

Em um primeiro momento, Ehrika não se movimenta, está em completo estado de choque. Mas quando os bipes nas telas ao nosso redor se tornam descontrolados, ela acorda e dispara na nossa direção.

— O que eu faço?

— Eu não sei... — murmuro, segurando os braços da criança. Está com a pele escaldando em febre. — Só segure as pernas para que ele não se machuque mais, vou tentar colocá-lo de lado para não engasgar.

Ehrika segue minhas ordens e nós duas lutamos contra os espasmos que teimam em eclodir pelo peito do garoto. Miro o rosto dele, os olhos rolando para dentro e revelando a esclera branca. *Isso é ruim, não é? Não pode ser bom.* Os bipes aumentam a frequência e informações rolam descontroladas, explicando algo que não consigo entender.

— O que está acontecendo?! — berro para o cientista. Suor escorre do meu pescoço e têmporas. Minhas mãos escorregam, mas volto a apertá-las. — Faça algo!

O aratnyano apenas balança a cabeça em negativa. Continua imobilizado por um Vixen apático. O harakin observa a cena e meu peito se aperta ainda mais. Se a criança que está nessa mesa está se transformando em um harakin, então a vida de Vixen é uma mentira.

— Ele vai morrer! — imploro uma última vez para o homem de jaleco branco.

Ele desliza os olhos para as telas ao lado da cama e movimenta o rosto de novo.

— A... Criança é fraca... Demais — ele liberta as palavras.

O zumbido nos meus ouvidos fica cada vez mais insuportável. A sala gira ao meu redor enquanto encaro o rosto do cientista. Ele realmente não vai fazer nada. Ele não quer fazer nada. Como podem existir pessoas tão desprezíveis? É de uma criança que estamos falando. O veneno que a está matando foi injetado por ele.

Com todas as forças que me restam, volto a observar o rosto inocente em dor. As bochechas gordinhas estão tomadas por lágrimas e a boca se mantém retorcida em agonia.

A criança vai morrer e eu não posso fazer nada.

O cansaço se abate nos meus ossos, mas não ouso largar o pequeno ser. Subo meus dedos para os cabelos suados e aliso-os, com todo o carinho que cabe em mim. Não sei quem é essa criança ou quem são seus pais. Não sei se é um irmão mais velho ou se tem uma brincadeira favorita. Eu não sei qual é a comida que ele mais gosta de comer ou se tem sonhos vivendo dentro de sua mente. A única coisa que eu sei é que eu serei a última pessoa a segurar sua mão e alisar os fios de seu cabelo.

Breves segundos de paz invadem o fim da sua curta existência. Ele fica silencioso, mas o peito ainda sobe e desce enquanto respira. Sei que será a minha voz a embalar sua partida.

— Adeus, principezinho — sussurro em seus ouvidos.

Os bipes param de soar.

Os dados param de subir.

Os gritos transformam-se em silêncio.

O coração para de bater, levando consigo um pedaço de mim junto.

Minhas mãos continuam alisando o cabelo macio da criança, porque não tenho coragem de me afastar. Ehrika soltou os pés do menino e desabou no chão, abraçando os próprios joelhos. Os soluços irrompem do peito da minha melhor amiga, mas não falo nada para ela. Vixen, ao meu lado, está mortalmente quieto. Continuo apenas rezando silenciosamente pela alma dessa criaturinha. Quando me despeço dela, sinto frio por todo o meu corpo.

— Você suspeitava? — murmuro, ainda observando o rosto da criança. — Não tinha entendido como você acertou a senha do laboratório, mas agora tudo começa a fazer sentido. — Pego uma toalha branca repousada ao lado da maca e cubro o corpo sem vida. — Foi por isso que você aceitou ajudar minha mãe.

Encaro Vixen. Ele ainda está observando o ponto onde a criança jaz no sono eterno. O azul de seus olhos está se dissipando de volta para o dourado. O cientista continua soluçando totalmente derrotado, mas o aperto do harakin não diminui.

— Você suspeitava o tempo todo — constato. — Por que escondeu isso da gente?

O amarelo sem vida em suas íris desliza até encontrar meu rosto. A maquiagem na pele dele está borrada pelo suor e algumas veias azuis aparecem, pincelando o pescoço e queixo.

— Eu não tinha certeza... — diz com a voz trêmula. Está frágil e vulnerável, mesmo usando uma máscara de gelo. — Comecei a me perguntar se as visões... Se aquelas crianças que apareciam sempre na minha cabeça.... — gagueja. — Me perguntei se alguma delas, talvez...

— Fosse você — concluo a frase. Vixen libera o ar dos pulmões, como se o estivesse prendendo há anos. Ele meneia a cabeça, concordando comigo. — Eu acho que sim. — Puxo a adaga invisível que estava cravada no peito do harakin. Libertando-o do tormento. — Não eram visões. Eram memórias.

Ele fecha os olhos com força e uma lágrima escorre por sua bochecha. Não sei como ou por que Vixen conseguia visualizar as memórias de todos, mas isso o acompanhou a cada dia durante um ano. As dores de cabeça que o consomem são lapsos das lembranças que foram retiradas não somente dele, mas de todos os outros harakins que estão no castelo. O Projeto Harakin parece ser mais uma das grandes mentiras criadas pelo governo de Frederick. O abismo realmente existe? Ou também é outra invenção contada por Ravenna e sua corja? Preciso desvendar essa sujeira, mas sei que nesse momento sou a única em condições de fazer isso.

Lanço meu olhar mais feroz para o cientista, avanço até estar bem perto dele e puxo o rosto do maldito na minha direção.

— Onde estão as outras crianças? — Minha voz sai como uma lâmina afiada, pronta para cortar a pele do desgraçado.

Ele desvia o rosto, fugindo da minha pergunta. Aperto com mais força seu queixo, obrigando-o a não desviar a atenção de mim. Ele solta um pequeno resmungo, mas não responde a minha pergunta.

Eu não queria torturá-lo, mas não tenho problema algum em fazer isso.

Procuro pela sala algum instrumento cortante e encontro um bisturi. Giro-o ao redor dos dedos e abro um sorriso nada agradável no rosto.

— Você não vai falar mesmo? — Ele aperta os lábios, assustado. — Podemos começar pela sua orelha, mas, acredite... — Quando estou bem perto do aratnyano, deslizo a lâmina até o meio das pernas dele. — Existem partes do seu corpo que são mais fáceis de arrancar.

— Na incubadora! — o homem berra. — As que sobrevivem vão para a incubadora. — Os dentes dele estão tremendo conforme pressiono a lâmina com mais força.

— E onde fica?

— Aqui mesmo, nesse andar. — Nem ao menos gagueja ao responder. O cientista desacordado começa a gemer, despertando. — Rube! — o desgraçado na minha frente grita. — Socorro, Rube!

Vixen aperta com mais força o pescoço do aratnyano, silenciando-o. Penso em resolver a questão com o tal Rube, mas Ehrika passa correndo por mim e chuta com toda a força o rosto do homem. Ele volta a adormecer no chão frio.

— Pode continuar — ela sibila para mim, indicando o chorão.

Agradeço silenciosamente com um aceno de cabeça para minha melhor amiga.

— Você vai nos levar nessas incubadoras — ordeno. O cientista balança a cabeça em negação. Exalo o ar irritado dos pulmões e pressiono o bisturi bem perto dos olhos do idiota. — Nós podemos achar esse lugar sozinhos, não precisamos de você. Mas, se quiser ficar vivo, acho melhor nos ajudar. — Aproximo minha boca do ouvido dele. — E não vou ter pressa em acabar com a sua vida da maneira mais lenta e dolorosa possível.

Os joelhos do cientista vacilam e Vixen precisa segurá-lo com força. É um verdadeiro covarde. Ele balbucia que vai nos levar até as crianças, mas que não podemos machucá-lo. Alerto-o sobre possíveis movimentos bruscos serem motivo o suficiente para enfiar a lâmina em seu estômago e que, se algum som indesejado sair de sua boca, irei cortar a língua fora também.

Antes de ir, Ehrika amarra os braços e amordaça a boca do cientista desacordado. Nós o arrastamos até um canto mais afastado e usamos outra toalha para esconder o corpo. Vixen afrouxa a pressão sobre o pescoço do aratnyano, mas entrego o bisturi para que continue pressionando-o nas costas do inimigo. Os dois saem da sala, assim como Ehrika e eu. Antes de fechar a porta, seguro a maçaneta e demoro alguns segundos observando a maca silenciosa no meio da sala.

— Adeus, principezinho.

Bato a porta, deixando para trás a parte de mim que ficou com ele.

CAPÍTULO 49

— É muito longe? — questiono perto do cientista.

O covarde está tomado pelo suor. Os poucos fios que cobrem a cabeça estão grudados na testa. Ele nega discretamente, torcendo os dedos das mãos. Vixen continua com o bisturi pressionado próximo ao rim do aratnyano, relembrando-o do alerta que fiz segundos atrás.

Ziguezagueamos por alguns corredores desertos, até que o homem nos indica uma porta de vidro fosca. Digita alguns códigos na tela e a porta desliza para o lado.

Momentos antes de entrarmos, procuro pelo rosto de Vixen, mas ele não me olha. As íris amarelas estão sem brilho e nenhum sorriso encontra seus lábios. O creme quase desapareceu do rosto e as veias azuis estão de volta. Penso em trocar uma palavra ou outra com ele, mas não tenho coragem. Além disso, quando observo o interior do laboratório que acabou de se revelar atrás da porta de vidro fosca, o caos se instala bem no fundo do meu estômago.

O guerreiro ao meu lado empurra o cientista para dentro e gruda seus olhos nos enormes cilindros que preenchem todo o ambiente. O líquido espesso que inunda o interior desses equipamentos é esverdeado e dentro de cada um dos receptáculos está, adormecido, um harakin.

É uma grande floresta mórbida e tecnológica. Alguns são crianças e outros são mais velhos, como pré-adolescentes. Lembro-me da idade de Hux e questiono por quanto tempo eles ficam incubados até despertarem.

— Como vocês podem fazer isso? — grunho, aproximando-me do cientista. O calor do meu poder desperta e preciso controlar meu instinto assassino contra o homem.

— Eu só trabalho aqui… — tenta se explicar. — Isso é ciência.

Desfiro um tapa no rosto do maldito. Ele segura a bochecha vermelha e me olha com ódio.

— Engula essas palavras mentirosas!

Vixen segura o ombro do aratnyano, mas não consigo ficar muito mais tempo perto daquele homem. Afasto-me alguns passos e puxo o ar para os pulmões, ignorando as ondas de enjoo que irritam meu estômago. Quantas vidas foram roubadas para que isso acontecesse?

— Como vocês fazem? — Escuto a voz de Vixen. Quando olho para ele, vejo que está questionando o covarde. Ele aponta um dedo para as incubadoras, acusador. — Como colocam os pensamentos na nossa cabeça? — O dedo volta para a própria têmpora, pressionando com força. — Como eu me lembro do *Outro Lado*? Como eu acreditei por tantos anos que vim daquele lugar? Por que eu me lembro do meu corpo sendo apenas névoa e escuridão?

Vixen empurra o corpo do homem contra uma incubadora. As costas do cientista batem contra o vidro. Ele tenta se afastar, mas o bisturi pressiona sua garganta.

— Porque o líquido que corre nas suas veias é realmente de lá. — As sobrancelhas do harakin tremem levemente. — Parte do seu sangue é demoníaco. Você *pertence* ao Outro Lado. *Ele* reivindica cada um de vocês como seus filhos.

— Ele quem? — Vixen questiona, colocando ainda mais pressão na lâmina. O filete de sangue escorre pelo jaleco branco.

— O Soberano do Abismo — o cientista simplesmente fala, como se fosse óbvio.

Relembro toda a história contada por Mig e Alexis. Sobre os harakins chegarem como fumaça, transformando-se em corpos de carne e osso. A mentira inventada por Frederick e Ravenna. Mas Vixen realmente tem o sangue de algo que vive dentro dessa montanha. As crianças são sequestradas em toda Insula e passam por essa lavagem cerebral.

— As memórias sobre o Outro Lado são todas falsas? — pergunto de forma retórica.

Vixen pressiona os olhos e faz uma careta de dor. O cientista tenta escapar, mas o harakin o empurra de volta com força.

— Está tudo bem? — pergunto. Diminuo a distância entre nós, mas o guerreiro apenas confirma com um aceno de cabeça.

— Então todos os harakins que vivem no castelo um dia estiveram aqui? — Vixen questiona entre dentes, com os olhos ainda fechados.

O cientista demora para responder, mas quando dou um passo na sua direção, ele confessa o segredo.

— Sim. Todos vocês.

Os olhos amarelos de Vixen despertam de forma voraz.

— Vocês são monstros — rosna perto do rosto do homem. — E você vai repetir tudo o que disse para os meus irmãos no castelo.

— Quer levá-lo para o castelo? — Meu coração acelera.

— Por que não, Kalina?! — Quase implora. — O que acha que vai acontecer depois de tudo isso? Não temos mais como esconder o que fizemos. Ravenna saberá em poucas horas, precisamos voltar logo e avisar Irvine. Se outros harakins descobrirem a verdade, podemos tê-los do nosso lado. A montanha vai explodir de qualquer maneira. — A voz de Vixen está quase rouca, tentando segurar os pedaços do coração partido. — Eles merecem saber disso.

É claro que sim. Não posso negar o pedido dele. Não somente pelos harakins, mas por toda Insula. Todas as vítimas desse mar de horrores criado pelo governo de Frederick.

Começo a abrir minha boca para concordar com a ideia dele, quando Ehrika grita meu nome.

— Kalina! — Só então é que percebo que minha melhor amiga não estava conosco. A voz dela ecoa dos fundos do laboratório e meu coração acelera, pensando no pior. — Kalina!

Corro em meio aos cilindros, procurando por ela. A luz é baixa e escurece os pontos mais distantes do ambiente. Onde ela está?

— Ehrika?! — grito, ansiando por encontrá-la. Puxo a kukri escondida nas minhas vestes e empunho-a. Preferi deixá-la guardada apenas para um caso muito extremo de perigo e acho que ele chegou.

Noto os cabelos loiros de Ehrika e avanço na sua direção. Está ajoelhada, observando uma incubadora com atenção. Quando chego mais perto, noto que ela está chorando. A cada passo que dou, os dedos gelados do pavor deslizam pela minha espinha. Não sei o que encontrou para acabar nesse completo estado de choque, mas começo a suspeitar.

Quando dou o último passo até minha melhor amiga, obrigo meus olhos a enfrentarem a verdade que se esconde adormecida na incubadora.

Os cabelos crespos estão flutuando em meio ao líquido espesso. As linhas do rosto parecem tranquilas, como se nada no mundo pudesse incomodá-la. O corpo ainda está envolto nas roupas da prisão, completamente sujas de sangue. É como se ela tivesse sido jogada dentro do cilindro da mesma maneira que a vi pela última vez, quando a flecha perfurou seu estômago.

Mamãe está adormecida, mas viva.

Finalmente a encontramos.

Minhas pernas falham e desabo ao lado de Ehrika. Estico minha mão e toco a superfície gelada que a separa do mundo.

— Oi, mãe — digo, encarando o rosto de Safiny Kaster.

Ehrika faz o mesmo movimento e pressiona os dedos contra a incubadora.

— Sentimos tanto a sua falta — ela diz, contendo os soluços.

Mamãe não nos responde, é claro. Continua adormecida.

Não é possível explicar as sensações que bombardeiam meu corpo nesse momento. Não sei se estou respirando direito ou se sei usar minhas pernas. A queimação nos olhos é esmagadora e a vontade de rir é maior ainda. Ela está aqui dentro, na montanha. Ravenna mentiu para mim, mais uma vez, e quero matá-la por isso. Ou, ao menos, fazê-la sofrer muito.

— Safiny está viva — Ehrika murmura para si mesma. — Quer dizer, ela está? — Gira os olhos violeta para mim, esperando por uma confirmação.

Quando nos encaramos, Ehrika libera uma gargalhada extasiante. Jogo meu corpo em sua direção e derrubo nós duas no chão. Ela me aperta em um abraço e nos obriga a rolar pelo laboratório. Duas idiotas que apenas querem esquecer, por um minuto, o que realmente está acontecendo. É uma felicidade que inunda cada poro do corpo e preenche cada reflexo da alma. Mesmo sem saber a real situação de mamãe, uma esperança incontrolável se apossa de mim.

Ehrika ergue o corpo e observa a incubadora.

— Ela é tão linda, pela Deusa de Mave! Quero ouvi-la brigar comigo, dizer que eu não lavo os pratos direito e que arrumo a cama *como a minha cara.*

— Espere até nosso couro ser arrancado porque viemos atrás dela na prisão! — digo e começo a gargalhar exageradamente. As lágrimas de alívio descem pelo meu rosto e divido o riso com o choro.

Vixen se aproxima com cautela, trazendo o cientista consigo. Ele vê o cilindro e sua expressão muda um pouco. Até mesmo o sorriso reaparece, tímido.

— Safiny… — O tom da voz volta a soar vivo. Ele sacode o cientista, apontando para mamãe. — Ela está viva?

O homem balança a cabeça, antes de responder.

— Por enquanto…

O que esse maldito aratnyano está querendo dizer? Fecho meu semblante e tiro minha bunda do chão, caminho em sua direção e empunho a kukri. Grudo-a na barriga do idiota e obrigo-o a falar mais.

— Como assim?

— O líquido está recuperando o organismo, reconstruindo os órgãos danificados.

Semicerro os olhos, procurando pela mentira no rosto dele.

— Podemos tirá-la agora dessa coisa?

Ele meneia a cabeça e solta um arquejo quando aperto a lâmina ainda mais contra a pele dele.

— Ela pode morrer, precisa de mais tempo.

As coisas não poderiam piorar, não é mesmo? Com as costas das mãos, pressiono forte meus olhos. A dor de cabeça começa a aparecer. O que vamos fazer, então?

— Precisamos ir, Kalina — Vixen comenta, olhando para os lados.

A ínfima possibilidade de deixar mamãe sozinha mais uma vez é impossível para mim. Não posso fazer isso de novo. O pavor começa a se agarrar na minha garganta.

— Não posso abandonar minha mãe aqui.

— Se não formos agora, vão descobrir tudo — ele murmura. — Gostaria muito de levar Safiny conosco, mas não podemos. — Vixen olha para a incubadora e o canto de sua boca forma um arco para baixo, carregado de tristeza. — Nós vamos voltar para buscá-la.

Meu coração começa a acelerar. Sei que precisamos partir e expor toda a sujeira para os guerreiros e Irvine. Nosso tempo provavelmente já acabou e estamos piorando a situação, mas não posso deixar mamãe.

— Vão — Ehrika fala atrás de mim. Giro meu rosto e a encaro, confusa. — Vou ficar aqui cuidando da Safiny. — Ehrika estica a mão para mim, pedindo a kukri. Solto a lâmina na palma da minha melhor amiga. — Não temos muito tempo.

— Tem certeza? — Aproximo-me de Ehrika, o coração apertado. — Pode ser perigoso.

— Mais perigoso do que vão fazer lá em cima? — Ehrika arqueia a sobrancelha. — Não queria estar na pele de vocês…. — Ela mira os olhos violeta no cientista atrás de mim. Abre um sorrisinho e aponta a kukri de forma acusadora. — Muito menos de você…

Puxo Ehrika em um abraço bem apertado. Sinto o cheiro de seu cabelo e gravo na minha mente o aroma. Ainda segurando seus ombros, sussurro:

— Vou voltar pra buscar vocês duas.

Ehrika assente, envolvendo minha cintura com os braços.

— Você sempre volta.

Depois que me afasto dela, percorro os últimos passos até estar na frente de mamãe. Colo minha mão no vidro, próximo ao rosto dela, e peço proteção.

Entrei nessa montanha para buscá-la e não vou sair daqui antes de fazer isso.

Com toda a coragem que ainda resta em mim, dou as costas para as duas pessoas que mais amo e avanço para a última etapa da missão.

Nosso destino é o castelo.

Ravenna vai ser desmascarada hoje mesmo.

Capítulo 50

O castelo está em completo silêncio.

É um tipo de ausência de som que faz os pelos do seu braço eriçarem e o frio se instalar na sua espinha. Você sabe que algo está errado porque uma voz imaginária fica alertando no seu ouvido "Fuja! Corra! Se esconda!". Mas você não quer realmente acreditar nela. É só uma premonição. Um pensamento que escapa e diz que tem algo do outro lado da porta. Só que não é uma certeza.

É assim que me sinto nesse momento.

Não vou falar sobre isso com Vixen. Não existe outra escolha a não ser seguir em frente. As paranoias da minha cabeça não vão colocar todo o plano em xeque. Afinal, tudo está seguindo o curso estipulado, não é mesmo?

Irvine mantém Ravenna e os demais oficiais de alta patente em uma reunião no topo do castelo. Ocupando-os por tempo suficiente. Os soldados na base da montanha estão sem seus comandantes berrando ordens e o desleixo anuvia suas mentes. Mig, por outro lado, está lidando com os prisioneiros. Provavelmente esperando por qualquer sinal de perigo. Alexis desapareceu depois que nos separamos na entrada dos laboratórios e me questiono se decidiu voltar para o castelo ou se voltou para a prisão.

Tudo corre no sentido planejado, não é?

Então, por que meu estômago continua se contorcendo?

Ehrika ficou para trás cuidando de mamãe na incubadora. Encontramos um espaço escondido dos olhares mais atentos dentro do laboratório. Minha kukri está com ela também. O medo de que algo aconteça me aterroriza, mas nós duas sabíamos bem dentro do peito que jamais deixaríamos mamãe sozinha outra vez. Somos as Lâminas de Safiny. Somos suas filhas.

Após me despedir das duas, Vixen e eu embrenhamo-nos cuidadosamente pelo caminho de volta. O bisturi continuou nas costas do cientista enquanto percorríamos os corredores até o castelo. Nenhum olhar estranho nos acompanhou e muito menos a presença indesejada de soldados desconhecidos. Foi apenas quando a adrenalina começou a diluir pelo meu corpo que percebi o que realmente estava errado.

Tudo parece muito vazio.

Nem mesmo a audição sensível de Vixen captou conversas ou passos que denunciassem rondas dos oficiais aratnyanos na montanha. Os corredores mantiveram-se desertos. Mesmo no laboratório, quando os poucos cientistas que estavam por lá desapareceram. Parece fácil demais. É como se a sorte estivesse conosco o tempo todo nessa missão. O gosto da vitória sem grande esforço. Não é um sabor que costumo sentir e isso me assusta.

Afasto os murmúrios da minha cabeça e procuro Vixen com o canto do olho. O harakin fita o corredor à nossa frente, focado. Os olhos amarelos estão estreitos e as veias do pescoço já aparecem com clareza. A linha da mandíbula está rígida, e o nariz, bem desenhado. O rosto de um homem que teve seu passado, presente e futuro roubados pelos Aratnys. Afastado de sua família e vivendo dias de completa mentira. Existem tantas coisas que quero falar com ele. Perguntar como está se sentindo. Dizer que vamos fazê-los pagar pelo que fizeram. Comentar sobre a possibilidade de Vixen procurar por sua família fora da prisão. Quando penso nessa última opção, imagino o reencontro do guerreiro com a mãe que nunca pôde conhecer de verdade. Será que ele gostaria disso?

— O que foi? — pergunta baixinho, despertando-me da reflexão.

Pondero se devo falar a verdade, mas decido guardar por enquanto todas essas ideias.

— Nada. Só… Você não acha que o castelo parece meio quieto demais? — respondo. Seguro o braço do cientista com força. A jaqueta branca que o homem usa está suja pelo sangue vermelho nas costas, mas não vou pedir desculpa por isso. É pouco perto do que ele merece realmente passar.

Vixen assente, levantando os olhos para o teto.

— Pensei nisso também. Talvez… — Pondera por um segundo. — Devíamos ir direto para o salão de treinamentos. Provavelmente alguns dos meus irmãos estão por lá. — Vixen mira os olhos amarelos para o cientista. — Você vai repetir tudo o que disse pra gente, entendeu? — Vixen aproxima-se da orelha do aratnyano e sussurra: — Se não fizer isso, juro que acabo com a sua vida na frente de todo mundo.

— M-mas eu fiz t-tudo o que vocês pediram e… — O aratnyano implora com a voz rouca de tanto berrar e chorar. O harakin leva a mão até a boca do homem e o obriga a ficar calado.

Como fizemos em todas as vezes que encontramos o final de um corredor, paramos alguns passos atrás e o guerreiro deixa sua audição confirmar se estamos seguros para seguir. O salão de treinamentos fica longe dos escritórios e dos aposentos reais, o que é uma boa direção a se tomar agora. Evitar Ravenna e quem mais esteja em reunião com ela e Irvine.

— E o que fazemos quando chegarmos lá? Simplesmente o obrigamos a falar? — Aponto para o cientista desprezível.

— Tem outra ideia? — Vixen pergunta com leve ansiedade na voz. — Temos Hux do nosso lado e ele é adorado pela maioria. Com esse idiota e o garoto fazendo a mediação, talvez alguns acreditem em nós.

Mordo o lábio inferior instintivamente e sinto o corte ainda sensível. Nossa melhor aposta nesse momento é conseguir aliança com alguns dos guerreiros demônios.

Ter uma parcela deles do nosso lado aumentaria, e muito, nossas chances contra Ravenna. Certamente vão duvidar da história, mas não podemos deixar de tentar. Assim como Vixen revive suas lembranças, talvez outros revivam também.

— Espera... — o guerreiro murmura e leva uma das mãos em direção à testa. — A enxaqueca...

Verifico os corredores ao nosso redor, mas ainda estamos sozinhos. Não é uma boa hora para ele ter uma crise! Estico minha mão e a repouso no ombro, amparando-o.

— Calma, respira fundo — sussurro.

Aperto com mais força o braço do cientista, porque Vixen não parece muito bem. Tomo o bisturi de sua mão e pressiono contra as costas do homem.

Vixen levanta o rosto rapidamente e procura por algo atrás de nós.

— O que foi? — pergunto temerosa. — Ouviu alguma coisa? Tem alguém vindo?

Ele semicerra os olhos e busca a direção contrária dessa vez.

— Achei que alguém tinha falado comigo. — Giro meu rosto para os lados do corredor, mas não vejo ninguém também. — Vamos, acho que me confundi.

Aceito a ordem do guerreiro e volto a caminhar. Estamos nos aproximando cada vez mais do salão de treinamentos. Meu coração acelera a cada passo, porque não sei o que vai acontecer depois que expormos tudo isso ao restante dos harakins.

A luz do céu banha o pátio aberto do átrio. O dia está nublado, sem nenhum raio de sol despontando em meio às nuvens. O silêncio continua preenchendo o vazio e o único movimento é o balançar das plantas em meio ao vento.

As paranoias voltam com força. *Algo está errado, Kalina. Fuja! Corra! Esconda-se.* Balanço meu rosto, ignorando os sussurros no ouvido. Inspiro e expiro com força, ignorando também o olhar preocupado de Vixen.

Fuja!

Nossos pés alcançam a entrada do salão de treinamentos.

Corra!

A porta está fechada, obrigando-nos a segurar com firmeza a maçaneta gelada para abri-la. Vixen semicerra os olhos, confirmando que os harakins estão dentro do salão.

Esconda-se!

Aceito a deixa, mordo o lábio com força e destranco a última barreira para a mudança explodir dentro da montanha.

A primeira pessoa que vejo é Hux. Nossos olhos se encontram rapidamente no meio de todos os outros. Os cabelos escuros estão despontando para todos os lados. Ele não está sorrindo ou levantando a mão animadamente na minha direção. Não... Hux está engolindo em seco enquanto a lâmina pressiona sua garganta. Ao lado, Irvine continua impecável com os fios presos no penteado e o vestido verde cobrindo o corpo. Ela aperta os olhos com força quando me encara. A espada próximo à sua jugular a mantém de joelhos também. Por último, seguro o ar quando percebo que o capacete não está mais escondendo o cabelo cor de fogo de Alexis. Ele abre um sorriso triste ao encontrar meus olhos, observando a situação em que se encontra nesse momento.

Os três estão ajoelhados no meio do salão. São reféns, prontos para morrer.

Harakins empunham as lâminas afiadas que facilmente poderão separar a cabeça do corpo de cada um dos meus aliados. O salão está repleto de guerreiros vestindo o uniforme do expurgo e soldados aratnyanos em posição de defesa. Não vejo Mig em lado algum, não sei onde está. Espero que tenha fugido.

Estou congelada. Isso não pode estar acontecendo.

Saltos começam a estalar contra o chão e Ravenna surge em meio aos corpos. Ela bate as mãos algumas vezes até estar ao lado dos três reféns ajoelhados. Abre um sorriso lânguido e cruel.

— Agindo pelas minhas costas, Kalina?

Não ouso respondê-la. Sinto a presença de Vixen ao meu lado, tão estático quanto eu. Qualquer movimento que fizermos pode desencadear a morte dos três. Não podemos agir impulsivamente nesse momento. Observo o pavor subindo pelo rosto do pequeno Hux, a decepção estampada no rosto de Irvine e o abatimento na expressão de Alexis.

As paranoias na minha cabeça eram todas reais, afinal de contas.

O cientista está tremendo e começa a murmurar algumas coisas em meio ao choro covarde. Ele tenta se desvencilhar de nós dois, mas o aperto de Vixen é muito mais forte.

Ravenna dá alguns passos na nossa direção, distanciando-se dos harakins e suas lâminas. Outro corpo movimenta-se, vindo do fundo da sala. O tenente Ruel se aproxima carregado de deboche. O sorriso no rosto é direcionado para mim. Ele desliza até estar atrás da diretora, repousando sua mão no ombro dela. Um casal que se merece em todos os sentidos. Principalmente no pior deles.

— Que decepcionante. — Ela estica suas longas unhas na minha direção. — Eu realmente quis acreditar que você não era estúpida a esse ponto, mas estava enganada.

Preciso ganhar tempo. Penso em uma resposta inteligente o suficiente para fazer a diretora se entreter com a conversa, mas nada parece servir nesse momento. Os reféns estão longe demais e não posso fazer nada com minhas mãos ou poderes para salvá-los a essa distância. Respiro fundo e tomo uma decisão.

— Trouxe um convidado. — Empurro o ombro do cientista e ele dá um passo para a frente. — Você não vai acreditar onde o encontrei, *Ravenna* — falo o nome da diretora com a entonação mais venenosa que consigo. — Talvez eu possa contar para todos, não é mesmo?

Meneio meu rosto para Vixen e largo o braço do aratnyano. Ele assente, entendendo o que quero fazer. Dou um passo para a frente, me afastando dos dois. Automaticamente os harakins apertam as lâminas contra o pescoço de Hux, Irvine e Alexis.

— Você é uma mentirosa — Ravenna fala em meio a risadas. — Todos estão cientes do plano rebelde que arquitetou com esses três. — Aponta para os reféns.

— Não sou a única mentirosa aqui dentro. — Aumento o tom da minha voz. — Mas podemos negociar, vou te dar um voto de confiança. Liberto esse idiota, se você libertar o garoto. — Olho para Hux. Os lábios dele estão trêmulos.

Decido escolher a ele dentre os outros por três motivos. O primeiro é pela idade absurdamente jovem do guerreiro. O segundo é pela agilidade sobrenatural que tem para um possível confronto. E a terceira é mais estratégica, quero tocar o coração do restante dos harakins acolhendo um dos seus.

A risada de Ravenna é alta e imperiosa. Ruel acompanha a amada abrindo um sorriso ainda maior.

— Acha que está em posição de negociar, Kalina? — Leva um dedo até a boca pintada de vermelho e roça a unha no lábio. — Você não é a pessoa mais indicada a fazer propostas, sabia? Nem todas dão certo. — A diretora murmura algo para Ruel. O tenente assente, dando as costas para ela e indo para o fundo do salão de treinamentos.

Estreito meus olhos, aguardando pelo movimento das víboras. O que estão tramando?

Analiso o ambiente como um todo. Ravenna é a mais próxima fisicamente de mim nesse momento. Hux, Irvine e Alexis estão ajoelhados logo atrás da diretora e três brutamontes apertam lâminas contra o pescoço de cada um deles. Blizze é quem segura Hux.

Os soldados aratnyanos dividem espaço contra outros guerreiros demônios e me pergunto quantos deles pertencem à Ruptura. A líder do grupo rebelde está com o queixo empinado, demonstrando força.

A pergunta que lateja na minha cabeça agora é: como Ravenna descobriu tudo?

Como se os Cinco Deuses Irmãos tivessem escutado meus pensamentos, Ruel volta acompanhando uma pessoa consigo. O tenente está satisfeito em esfregar na minha cara que fui traída. Sinto o cheiro do prazer emanando dele e a forma como seus ombros estão empinados ao escoltar a *ela*.

Não quero acreditar nisso.

Burra. Tão estúpida, Kalina.

— Então foi você… — digo para mim mesma, porque não preciso de respostas.

Não preciso escutar em voz alta que Nyllie nos traiu, porque a expressão no seu rosto já diz tudo.

— Oi, Kalina — a ratinha responde.

CAPÍTULO 51

Nyllie não está usando o uniforme da prisão. O vestido sobre os ombros é limpo e confortável. Ainda está com a expressão abatida e doente, mas parece estar melhor do que da última vez que a vi.

A ratinha continua me encarando, sem nenhuma gota de culpa na face.

— Você nos traiu — repito, porque é a única coisa que consigo falar no momento.

— Era isso ou continuar definhando lá embaixo. — O tom na voz é carregado de acidez. — Esperando meus dias acabarem enquanto você estava aqui em cima comendo do bom e do melhor, sem pensar em mim.

O jeito que fala é duro. O calor sobe para minhas bochechas porque sei que ela está certa sobre eu não ter me importado com a sua situação na prisão. Eu decidi abandoná-la, mas isso foi antes. Busquei por ela na lavanderia justamente porque queria recompensá-la pelo tempo que esteve sozinha.

— Eu prometi que ia tirar você daqui! — berro para todos no salão ouvirem. — Mas preferiu se aliar a eles?

O sangue escorre pelos espinhos cravados no meu coração.

— Não, Kalina! — A voz aguda aumenta muitos decibéis. — Fiz isso para sobreviver! Eu ia morrer a qualquer momento, se não fosse no expurgo seria de fome!

— Você estava morrendo porque *ela* estava te matando. Matando todos nós! — Estico meu dedo para Ravenna. — A culpa disso tudo é deles!

A diretora apenas observa nossa discussão, mas não ousa dizer uma palavra. O prazer no rosto é evidente, está gostando de ver o caos explodir.

— Ninguém nunca se importou comigo. — Nyllie abraça a si mesma. A expressão no rosto é de mágoa. Ela está ferida por dentro. — Por que eu me importaria com o resto de vocês? — Ela desvia o olhar e encara o chão. — Você me entregou a liberdade, mas no momento errado.

Encaro-a em silêncio por vários segundos. Espero por algum lampejo de arrependimento no rosto da ratinha, mas isso não acontece.

— Espero que perceba o que fez. Eles vão te colocar atrás das grades de novo, porque a liberdade é efêmera em Insula. A prisão está por todos os lados do continente. — Estou partida em vários pedaços, mas não consigo odiar a garota lovana. — E cedo ou tarde você vai cair na teia deles de novo.

Nyllie fica apenas encarando o chão, sem coragem de me enfrentar. Ravenna diminui a distância e sussurra algo para a garota. Ela assente para a diretora e dá as costas, sem olhar para trás. Desaparece em meio aos corpos e os guardas a escoltam para longe.

O quanto disso é minha culpa? Se eu estivesse no lugar dela, teria feito diferente? Repasso os momentos em que a garota demonstrou interesse em me ajudar no início de tudo e o jeito que a afastei de mim. Não queria ser traída por ela, mas acabei incitando isso de alguma maneira. Talvez eu mereça ter meu coração partido pela ratinha, mas não posso deixar que isso destrua a vida das pessoas ao meu redor.

— Tenho um enorme problema nas minhas mãos agora. — Ravenna cruza os braços com elegância. Observa os reféns ao seu lado e pondera por alguns segundos. — Mas preciso resolvê-lo. — Ela caminha até estar na frente de Hux. Leva um dedo ao queixo do garoto e obriga-o a olhar para ela. — Estou acostumada a lidar com traidores. — Dá mais um passo e repete o gesto, observando Irvine por tempo demais. — Sei que uma maçã podre pode contaminar todo o resto. — Segue para Alexis e encaixa a mão no maxilar do soldado. — Então me pergunto como acabar com a praga dentro do meu castelo.

— Se fizer algo contra eles nunca terá meu apoio no seu plano — grito e dou mais um passo, diminuindo a distância.

— Acha que ainda preciso de você? — A aratnyana bufa, alisa a franja e volta a caminhar pelo salão. O vestido preto justo marca as curvas da diretora, as mangas bufantes evidenciam a personalidade da mulher. — Eu não preciso de ninguém.

Meu coração acelera e procuro por Vixen atrás de mim. O braço do guerreiro está ao redor do pescoço do cientista e o bisturi está pressionado no pescoço. Nos poucos segundos que o encaro, noto que as fendas negras dos seus olhos estão alargando-se ritmadamente. Vixen não está bem, noto pela expressão no seu rosto. Se ele tiver uma crise agora, ficaremos ainda mais vulneráveis.

Preciso agir rápido, antes que a diretora tenha controle total da situação. Os harakins estão todos observando a cena, assim como os soldados de verde. Dou outro passo para a frente, mas a expressão de dor no rosto de Irvine trava meu movimento. A lâmina arranca um filete de sangue do pescoço da líder da Ruptura. Só preciso me aproximar um pouco mais para conseguir atacar os harakins e desarmá-los. Só que não posso agir de forma impulsiva nesse ataque. Se manipular o ar da maneira errada, posso dar chance para que usem as armas contra os três reféns.

— Você já contou para a plateia o motivo disso tudo? — Aumento minha voz. Quero desconcentrar a diretora e ganhar tempo. — Do que você esconde nos seus laboratórios?

— Mentiras e mais mentiras. — Noto a velocidade que ela reagiu às minhas palavras. Certo, vamos seguir por esse caminho. — Não cansa de criar intrigas para se safar das escolhas erradas que faz?

— Quer falar de mentiras? — grito. Troco um olhar rápido com Irvine, ela está observando tudo em silêncio. Será que ordenaria o ataque dos ruptures nesse momento? — Podemos começar contando a verdade para os seus preciosos harakins, não acha?

A diretora semicerra os olhos escuros e vacila em direção ao cientista.

— Não existe nada a ser dito.

— Não pode mais esconder a verdade deles — grunho, dando outro passo com calma.

Ravenna dá as costas e se aproxima de Ruel. Cochicha algo para ele, mas gira o corpo na minha direção mais uma vez.

— Ignorem as mentiras dessa garota — Ravenna responde para todos no salão. — Ela é perigosa e quer colocar vocês contra mim.

— Vocês não precisam acreditar em mim! — Busco pela atenção dos harakins. Todos continuam em posição de sentido, mas me encaram, curiosos. — Acreditem nele!

Aponto para o cientista e Vixen empurra-o para a frente. As veias no rosto do harakin estão maiores do que antes e parece lutar contra os pensamentos. Imagino a força que está colocando no próprio corpo para aguentar as dores na cabeça. *Vamos. Só mais um pouco.*

Alguns guerreiros rosnam pelo que falo, mas outros apenas escutam. Encontro expressões incertas e outras quase ansiosas.

— Vejam como é louca, sequestrou um trabalhador da prisão! — Ravenna continua tentando me derrubar com suas palavras manipuladoras.

— Conte para eles! — rosno para o cientista. — Conte o que fazem nos laboratórios!

O cientista fica em silêncio, mas Vixen puxa o bisturi e faz um corte na barriga do desgraçado. Em meios aos gritos, ele começa a balbuciar palavras confusas sobre as crianças e os harakins. Volto a encarar Hux, Irvine e Alexis, os harakins que os prendem contra o chão estão encarando o cientista. Nenhum deles parece colocar mais tanta força nas lâminas. *Isso, está dando certo.* Aproveito para diminuir a distância com mais alguns passos, mas vejo Ruel se afastar rápido de Ravenna e desaparecer para o final do salão.

— Uma criança foi assassinada hoje! — Aponto para Ravenna. — Uma criança que foi roubada da sua própria casa para virar um experimento. Para virar um de vocês!

Os harakins estão em silêncio, mas noto a mudança na expressão de alguns. Blizze é um deles. Troco um rápido olhar com Hux e o garoto abre um sorriso nervoso. Ele levanta a mão direita e mostra o dedão para mim em sinal positivo. *Estamos conseguindo, garoto!*

— Como ousa me enfrentar?! — Ravenna rosna para mim, perdendo a compostura por um segundo.

Só preciso pressionar um pouco mais e a diretora vai desabar. Estou pronta para cuspir mais verdades sobre os laboratórios, quando o mundo fica em câmera lenta. Do fundo da sala Ruel reaparece. Na mão segura uma longa cimitarra. Ele caminha com passos pesados e obstinados e por um segundo penso que o tenente vai me atacar, mas ele muda de direção.

— Faça! — Ravenna ordena.

O tenente empurra Blizze para o lado, assim como Hux. Os dois caem no chão, desorientados. Observo o rosto aterrorizado do garoto encarando o militar enrolando a mão sobre o coque de Irvine.

O mundo não parece fazer sentido no momento em que começo a gritar. Os olhos ocres de Irvine encontram os meus e a líder da Ruptura abre um sorriso triste. Alexis começa a se debater, percebendo o que vai acontecer, mas nenhum de nós consegue agir antes que a cimitarra suba até o alto e volte com toda a velocidade necessária até encontrar o pescoço de Irvine.

O sangue espirra por cima de Hux.

O corpo de Irvine cai no chão e Ruel segura os cabelos da governanta com nojo.

— Nãooooooooo! — Hux grita. A dor explodindo junto da sua voz. Ele grita em desespero e chama pela senhora morta no chão. Observo o corpo inerte e o sangue escorrendo por todos os lados.

— Hux… — sussurro, tonta.

— Você é a culpada, Kalina! — Ravenna grita. — Isso é o que acontece com os traidores!

Escuto um urro atrás de mim e quando procuro por Vixen, encontro o guerreiro empurrando o cientista para o chão e levando as mãos ao redor da cabeça. Corro na sua direção e coloco minhas mãos por cima do rosto dele.

— As vozes não saem da minha cabeça! — Vixen choraminga. — A voz *dele* não sai da minha cabeça…

— Ele? Do que você está falando? — Tento ajudar o harakin, mas ele tropeça e não consigo ampará-lo.

Preciso lutar ou nenhum de nós vai sair vivo daqui. Afasto-me de Vixen e encaro Ravenna. A diretora está com um sorriso no rosto, observando o caos que criou no salão de treinamentos.

— Eu vou acabar com você — berro, girando minhas mãos em frente ao meu corpo. Chamo pelo meu poder no fundo do meu peito, ansiando que ele desperte como uma fênix.

Mas ele não desperta.

Concentro-me ainda mais, implorando pelo calor conhecido, mas ele se nega a acordar. Estou vazia, completamente vulnerável.

— Por que você fez isso?! — Hux grita. O harakin se levanta e encara Ruel. O sangue pinga pelo rosto e as lágrimas caem pelas bochechas. — Por que matou ela?! — O menino avança para cima do tenente, mas Blizze tenta segurá-lo. Hux escapa das mãos do guerreiro e continua a gritar. — Você matou ela!

Hux é como um furacão no meio do salão. Ele vai matar Ruel. O garoto está desarmado e as mãos estão atadas com correntes, mas ele é muito mais forte que o aratnyano. O menino empurra o tenente, que cai. Hux desfere um soco no rosto do homem e mais outro. Ele é a própria vingança nesse momento. O coração de um filho que acabou de ver a morte de sua mãe.

— Blizze, mate-o! — Ravenna grita, apontando para Hux. Está completamente desesperada, o tom da voz falhando enquanto aponta.

O guerreiro encara a diretora e observa a lâmina na mão. Ele não vai fazer isso, não é? Hux é um deles. O garoto continua desferindo socos sobre o rosto de Ruel.

— Agora! — Ravenna berra, e sua voz ecoa por todos os lados.

Tento correr, tento gritar, tento fazer algo, mas meu corpo está paralisado.

O harakin gira a lâmina na mão e se aproxima das costas do garoto. Ele respira fundo e demora alguns segundos, mas levanta a espada sobre a cabeça de Hux pronto para desferir o golpe. Ele vai matar o jovem harakin. O garoto de apenas catorze anos que nunca quis ser um guerreiro. Blizze perdura por apenas mais um segundo e começa a descer a lâmina nas costas do menino.

O mundo explode

O salão de treinamentos começa a tremer e Vixen solta um grito no momento em que a névoa preta irrompe do seu corpo e percorre todos os centímetros do ambiente. Meu corpo é jogado para o lado com força e bato minha cabeça. Levanto meu rosto, tonta, e observo os cabelos de Vixen levitando, os olhos tomados pela escuridão e as sombras escapando do seu peito. Os segundos levam uma eternidade, até que tudo acaba.

Ele cai no chão, espalmando as mãos no piso e arfando repetidamente. Arrasto-me até estar perto o suficiente para enxergar o suor escorrendo pelo pescoço. Encaixo minha mão na sua bochecha e tento fazê-lo olhar para mim. Ele me encara com o amarelo de volta aos olhos.

— O que você fez, Vixen?

Quando miro o restante do salão de treinamentos, encontro todos os corpos pelo chão.

CAPÍTULO 52

— O que você fez, Vixen?

A névoa escura circula por todo o salão. Rasteja pelo chão, dança pelo ar e abraça cada corpo. Quase parece ter vida própria ao escolher seu alvo e dominá-lo. Além de sufocar, ela paralisa. O medo consome minha pele arrepiada. Luto contra a dor em meus olhos e os obrigo a vasculhar cada centímetro da grande tela à minha frente.

É como uma pintura do caos.

A representação da mais bela desordem.

É a pulcritude sórdida do tempo transtornado.

A luz começa a perfurar a armadura das trevas, revelando o que se esconde depois da explosão. Corpos entrelaçados voltam à vida. Percebo o movimentar de uma mão, a respiração de um peito ou até mesmo o balançar de um rosto. Deixo o fôlego fluir pelas narinas ao descobrir que estão vivos. Não percebi o ar preso em meus pulmões até agora, mas a percepção de não sermos os únicos com vida dentro desse salão diminui um pouco o terror no meu peito.

— *O que você fez, Vixen?*

Meu pescoço dói ao forçá-lo em direção ao guerreiro ao meu lado. Os fios loiros do cabelo estão brilhando, despontando para todos os lados. As fendas dos olhos tremeluzem e ele continua respirando todo o ar que consegue em longas arfadas. Lentamente, desliza sua mão espalmada no chão e aperta minha, só que não desvia o olhar do caos que criou.

Tomo coragem para formular as palavras na minha língua, mas a tempestade decide retornar para o seu receptáculo. Vixen estica o pescoço para cima numa súbita expressão de dor enquanto a névoa rasteja de volta para ele. A fumaça densa dispara como uma flecha acertando seu alvo. O corpo do harakin se retesa, mas não move um músculo enquanto a escuridão o abraça e perfura sua pele.

A energia é tão forte ao redor do guerreiro que preciso me afastar. Pequenas faíscas brilham no meio da explosão e não consigo desviar meus olhos do que acontece. Longos segundos se passam até que Vixen para de gritar e tudo volta ao normal.

A completa e mais tranquila normalidade.

Ele está com o semblante calmo e controlado, sem nenhuma ruga de dor ou de confusão na face. Os fios do cabelos voltam a cair ao redor da testa e beijam a pele do pescoço. Nem mesmo a respiração pesada de antes tem efeito sobre ele, parece não necessitar de ar nos pulmões.

Vixen empina o queixo em uma pose vaidosa. O amarelo dos olhos brilha e abre um sorriso largo e vagaroso. Ele sorri, como se soubesse toda a verdade do mundo. Como se soubesse um segredo que romperia as leis mais soberanas.

Arquejo com a sensação no peito e tomo a atenção dele para mim. O lampejo de reconhecimento cruza seus olhos, mas não deixo de notar o vulto que encobre a lucidez momentânea.

— Vixen? — sussurro.

Ele vira um pouquinho o rosto para o lado e estica a mão para mim. A frieza do ar ao meu redor consegue ser mais quente do que a temperatura da pele do guerreiro. É como a névoa que paralisou todos, segundos atrás.

Está dentro dele.

Quando coloco-me de pé, Vixen leva um dedo ao meu queixo e faz minha atenção voltar aos corpos de harakins e soldados pelo salão. Observam-nos com espanto. Até mesmo Ravenna, apoiando Ruel no meio do salão, está nos encarando com uma expressão envolta em choque. Consigo ler nas linhas de seu rosto o assombro por não ter previsto essa variável. Seu maior experimento tornou-se uma arma contra si mesma.

Foco o sangue no chão e uma pontada de dor aperta meu coração. Aperto meus olhos, afastando a vontade súbita de chorar por Irvine, mas não ouso liberar as lágrimas nesse momento. Quase posso escutar a voz rouca da governanta revelando os segredos sobre meu passado, falando com amor sobre papai e a forma com que criou a Ruptura para mudar Insula. Ela desejava isso do fundo da alma e morreu antes de ver o sonho se tornar realidade.

Visto a mesma máscara de frieza de Vixen porque não posso me deixar abalar nesse momento. Estamos controlando a arma mais poderosa: o medo.

Ravenna desperta do estupor e empertiga os ombros. Ajuda o tenente a se levantar e estica os dedos na minha direção.

— Prendam-nos! — grita, perdendo a compostura fria de sempre. É o resultado do pavor espreitando sua pele. Pela primeira vez em muito tempo a diretora está sem o controle total da situação. — Agora!

Os oficiais aratnyanos e guerreiros que conseguiram voltar ao normal entram em modo de ataque. As expressões no rosto alternam entre receio e fúria. Puxam as espadas e bastões envenenados da cintura e empunham nas mãos. São muitos oponentes para lutar contra.

Alexis está caído no chão, com as mãos presas uma à outra. Tenta se levantar, mas não consegue. A impotência percorre meu corpo, porque quero correr até estar perto o suficiente para ajudá-lo, mas não consigo com tantos inimigos pelo salão. Mesmo assim, respiro fundo, me preparando para a batalha que está prestes a acontecer.

Os primeiros passos começam a ecoar conforme os soldados avançam. Ravenna continua ordenando que o restante avance e nos capture e isso só aumenta o desprezo que sinto no peito pela aratnyana. Assim que puder, vou acabar com ela.

Concentro-me mais uma vez, implorando pelo meu poder. Giro as mãos em frente ao corpo, mentalizando o ar ao nosso redor, mas Vixen apenas repousa seus dedos gelados no meu braço. Ele meneia o rosto em negativa, indicando que eu não faça nada. Não entendo inicialmente o que quer dizer, mas os gritos começam a ressoar por todo o salão.

Cada um dos harakins cai no chão, berrando. As mãos estão ao redor da cabeça, apertando com força. Os olhos amarelos estão tomados pela escuridão, assim como os olhos de Vixen estiveram. É como um déjà vu das crises que presenciei anteriormente. Os soldados aratnyanos param de correr e observam, chocados, o que acontece ao redor. A cor se esvaindo dos rostos assustados ao presenciarem os maiores guerreiros do castelo em uma situação tão derrotada. Os harakins, seres invencíveis enviados diretamente do Outro Lado pelo Rei dos Demônios. Não é uma visão interessante de se ver. As lâminas caem uma a uma das mãos dos guerreiros. Urram de dor e procuram meios de aliviar o tormento. Alguns batem as testas no chão e pelas paredes. Outros arrancam os fios dos cabelos ou arranham a pele do rosto. Os soldados tentam ampará-los, mas os harakins são muito mais fortes e afastam os aratnyanos como bonecos de papel.

— O que você fez, Vixen? — repito a pergunta.

O sorriso do ser ao meu lado está cada vez maior. Quase não o reconheço agora. Quem é ele, afinal? Poucos foram os dias em que pudemos nos aproximar, mas o quanto de tudo aquilo foi verdade? Procuro as íris amarelas que sempre estiveram procurando por mim e quando nos encaramos, Vixen enruga um pouquinho a sobrancelha antes de responder a minha pergunta.

— Eu? — Finge confusão, mas não perde tempo em relaxar as linhas do rosto. — *Eu* não fiz nada, Kalina.

Então, afasta-se de mim e aproxima-se cada vez mais dos guerreiros.

— Você… — Aponta para Ravenna. Ela ainda está longe do harakin, mas dá alguns passos para trás por reflexo. Ruel coloca o corpo na frente da aratnyana. Os berros de dor dos guerreiros continuam preenchendo o salão. — Pensou que poderia esconder a verdade?

Quando Vixen cessa sua fala, os gritos silenciam-se. Os harakins ofegam, retornando a lucidez. Eles esticam o rosto em direção a Vixen e o encaram.

Não de forma curiosa ou aleatória. Não… Eles o *contemplam*.

— Você… — Vixen desce o degrau, aproximando-se do interior do salão de treinamentos. A voz é gélida, sem emoção. — Roubou a nossa liberdade.

Ruel puxa a cimitarra e a empunha na frente do corpo.

— Afaste-se! — ele ordena.

Vixen obedece, mas avalia os harakins ao redor dos dois aratnys.

— Isso que vocês viram são memórias. — Vixen aponta para Ravenna enquanto fala com seus irmãos. — Lembranças roubadas do passado.

O quê? Por que Vixen está falando isso? É como se ele… Não pode ser.

— Prendam-no, agora! — Ravenna se afasta cada vez mais. Ruel a escolta para longe. — Estou ordenando! Considerarei desacato!

Os soldados aratnyanos movem-se lentamente. Pelo canto do olho, percebo um deles agindo mais rápido. Empunha o bastão e corre na direção de Vixen. Ravenna abre um sorriso, observando a ordem ser acatada, mas tudo acaba quando a flecha encontra a garganta do homem. Ele cai no chão, sufocando com o sangue.

Blizze rosna com o arco e flecha empunhados. O harakin puxa outra flecha e mira para Vixen.

— O que é isso na minha cabeça? — O brutamontes avança em passos lentos na direção de Vixen.

Outro soldado aratnyano tenta avançar, mas os harakins ao redor atacam, desacordando-o. Blizze é o líder entre eles e nenhum dos seus irmãos vai desacatar suas ordens. Mesmo que isso vá contra as dadas por Ravenna.

— São memórias do seu passado. — Vixen coloca as duas mãos nas costas. *Como ele fez isso?* Penso na névoa que explodiu do seu corpo minutos atrás e preencheu o salão. *Vixen compartilhou as memórias com todos eles?* O arrepio sobe pela espinha ao imaginar tamanho poder. — De quando eles nos sequestraram.

Blizze fecha os olhos, sentindo dor. Volta a abri-los e as narinas inflam-se conforme respira.

— É mentira.

Vixen suspira dramaticamente. Ele tomba o rosto para o lado e volta a explicar com paciência.

— Posso te levar onde nossos corpos ficam entubados como ratos de laboratório até que ela... — Empina o queixo na direção de Ravenna. — ... decide nos trazer aqui para cima.

Blizze se aproxima cada vez mais de nós. A flecha pronta para ser disparada do arco.

— Essa criança... — Rosna mais uma vez. — Está dizendo que a criança na minha cabeça... — Não termina o pensamento. Sacode o rosto, afastando a dor que continua o consumindo.

Não consigo acreditar na tranquilidade do guerreiro encarando Blizze. Está tão calmo, tão confiante. Os ombros relaxados e a postura de quem conta uma história de ninar. Ele mostra ainda mais os dentes em um sorriso.

— É você.

O líder dos harakins segura o ar nos pulmões. As pálpebras tremem enquanto fecha os olhos e suspira.

Ravenna está parcialmente encoberta por Ruel, mas consigo ver as íris escuras observando tudo. As unhas estão cravadas no braço do tenente quando sussurra algo no ouvido dele.

— É mentira... — Blizze aponta o arco e flecha para Vixen com mais firmeza.

— Se me permitir, tenho uma prova bastante interessante aqui comigo. — Aponta para trás, sem desviar seus olhos de Blizze. O líder dos harakins o encara desconfiado, mas aceita a proposta do mais jovem.

Ele desliza como uma pluma e consigo ver sombras saindo de si conforme se movimenta. Caminha confortavelmente até o cientista de jaleco branco encolhido no canto da sala e o agarra pelo colarinho.

O homem berra, pedindo que o solte, mas Vixen nem se dá ao trabalho de responder. Ele o joga no chão.

— Agora, conte. — Cutuca o covarde com o pé.

Todos os olhos do salão estão voltados para o cientista. Até mesmo os da diretora do castelo.

— Ele vai mentir para vocês também! — A voz de Ravenna é manipuladora.

Blizze gira o arco e flecha para Ravenna e na mesma hora soldados aratnyanos se colocam em posição de combate. Um grande erro, é claro. Os harakins colocando-se em posição de defesa. Estão em lados opostos nesse momento.

— Conte — Blizze ordena para o cientista, resvala a ponta da flecha até encaixá-la na testa do aratnyano.

Todas as palavras são vomitadas para fora da boca dele. Conta sobre tudo o que acontece nos andares abaixo. Quando ousa parar de falar, Vixen o cutuca com o pé e obriga-o a continuar.

Ruel aperta com mais força a cimitarra nas mãos e escorrega algumas palavras para os soldados ao seu redor. Eles assentem, movimentando-se até encobrirem o tenente e a diretora. Concentro-me na busca do calor no meu peito, preparando-me para atacá-los caso tentem fugir.

As sobrancelhas de Blizze enrugam-se cada vez mais conforme a verdade é revelada. Ele parece furioso, mas não sei se está acreditando. A flecha continua pressionada na testa do cientista, arrancando um filete de sangue.

Vixen dá um passo cauteloso, chegando mais perto do líder.

— Minhas crises — diz com calma, baixinho. Está sendo quase carinhoso. — Eu sempre tive essas memórias dentro de mim, agora pude compartilhar com vocês.

Como você fez isso, Vixen?

Escuto barulho de passos fora do salão e entro em estado de alerta. Ainda é baixo, mas se aproximam cada vez mais. Vixen precisa ser rápido e fazer Blizze e os demais harakins acreditarem nas suas palavras. O tempo corre contra nós e mais soldados estão chegando.

Vixen escuta os passos também, porque desvia a atenção de Blizze e mira seus olhos para as portas.

— Certo… — o guerreiro de cabelos loiros murmura. — Posso mostrar o que vi nos laboratórios.

O líder estreita seus olhos, mas não é rápido o bastante para prever a névoa que explode mais uma vez. Vixen estica as mãos e a escuridão desliza, procurando os harakins pelo salão. O caos preenche o ambiente, mas é menos agressivo. Depois que abraça cada um dos guerreiros, retorna para sua casa. Volta para o corpo de Vixen.

Os passos aproximam-se cada vez mais do lado de fora. Não teremos chance sem os guerreiros demônios. Imploro para que meu poder desperte, mas sinto-o ainda fraco dentro de mim.

— Agora vocês também viram — Vixen fala alto, para todos no salão. — Isso é o que acontece lá embaixo. Nós somos apenas um experimento. — Ele meneia a mão na direção do tenente e da diretora e abre um sorriso predador. — Vamos fazer com que paguem.

Antes que Blizze possa responder, as portas atrás de mim arrebentam-se. Giro, tentando manipular meu poder, mas não consigo forçá-lo a sair. Dou alguns passos para trás, mas estanco no caminho porque conheço a pessoa que acabou de avançar para dentro do salão.

É Mig.

Tem um corte no rosto que sangra e o uniforme está completamente destruído. Atrás dele, dezenas de soldados e... Prisioneiros. Todos invadem o salão, mas param de correr na mesma hora.

O militar me vê primeiro e abre um sorriso aliviado. Depois, desliza as íris ansiosas pelo salão e sei que está procurando Alexis. Todos os soldados, guerreiros e prisioneiros mantêm-se em silêncio. A pólvora está por todos os lados, esperando apenas uma faísca para explodir.

Blizze encara os soldados e prisioneiros na porta. Ele estica a flecha e inspira fundo. Antes que as palavras na sua boca saiam, resvala os olhos amarelos para Vixen e posso ver a lágrima descendo no canto do olho.

— Vamos fazê-los pagar.

O harakin gira sobrenaturalmente e libera a flecha. Ela voa absurdamente rápido e crava-se com tudo no soldado em frente a Ruel. Ele cai no chão, morto, e a guerra começa.

Mig grita para que os soldados e prisioneiros avancem, como um comandante guiando sua tropa. Vixen procura por mim, fazendo menção de correr na minha direção, mas ignoro-o e parto em busca de Alexis e Hux. Os dois garotos estão sozinhos no meio da desordem com as mãos presas, serão pisoteados facilmente, se ninguém ajudá-los.

Os harakins acatam a ordem de Blizze, mas noto que alguns ainda parecem relutantes. A maior parte avança contra os soldados aratnyanos, mas os ruptores tiram os capacetes em sinal de aliança. Não querem mais usar o uniforme verde e preto.

Desvio dos corpos que se chocam e continuo correndo em direção a Alexis e Hux. Enxergo primeiro os cabelos vermelhos do soldado e disparo até encontrá-lo. Ele tenta se levantar, mas cai depois que dois corpos se chocam contra ele em uma luta de espadas.

— Alexis! — grito chamando a atenção. Ele procura por mim e abre um sorriso quando me vê. Noto o sangue escorrendo da boca. Está ferido, mas não parece nada muito sério. Quando o alcanço, tento retirar as correntes presas nos seus braços, mas não consigo.

— Vamos sair daqui — digo, tentando proteger o corpo dele.

— Irvine... — Alexis sussurra e as lágrimas tomam seus olhos. — Eu tentei, mas não consegui fazer nada...

— Eu sei... — Abraço o garoto e sinto o peito dele soluçar. — Onde está Hux?

O soldado indica com o queixo à minha esquerda e encontro o jovem guerreiro sendo amparado por outra harakin alguns anos mais velha. Mal tenho tempo de falar novamente com Alexis antes que alguém desfira um chute nas minhas costelas. Caio no chão arfando e, quando estico meus olhos para cima, o símbolo em oito patas está estampado no uniforme do oficial. Ele me ataca com a faca, mas giro para o lado no momento em que a lâmina encontra o chão.

Alexis grita e impulsiona o corpo até derrubar o soldado também. O aratnyano dá um chute no rosto de Alexis, que desaba ao lado. Ele ergue a lâmina mais uma vez, pronto para descê-la, mas o punho encontra sua têmpora.

Mig me encara, fúria estampando suas feições. O garoto sempre assustado e ansioso se transformou em um guerreiro voraz. Ele apenas confirma que estou bem, mas gira impetuoso na direção de Alexis. Mig escorrega pelo chão, até segurar os braços do outro garoto.

— Você está bem?! — ele sussurra, apavorado, deslizando os dedos pelo rosto de Alexis. Observa cada mínimo detalhe do rosto. — Está ferido?!

Alexis não responde, apenas abre um sorriso gigantesco. Aproxima-se com olhos brilhando em êxtase. As mãos estão presas pelas correntes e acaba desequilibrando-se. Cai por cima de Mig e as bocas se encontram. Mig arregala os olhos, mas fecha as pálpebras rapidamente. Alexis avança com intensidade e o amado retribui, o abraçando-o. O beijo é rápido, mas o mundo parece desacelerar nos poucos segundos em que se entregam.

Afastam-se, libertando risadas nervosas, mas logo a realidade cai sobre nossos ombros. Não quero atrapalhar o momento extremamente bonito entre os dois, mas podemos todos morrer em segundos. Estico minhas mãos e sacudo os ombros dos dois.

— Consegue tirar Alexis daqui?

Mig assente, enérgico, olhando para os lados. Ele estica os braços e acolhe o amado, ajudando-o a erguer-se do chão.

— E você? — o soldado de pele marrom avermelhada questiona. — Precisamos sair daqui.

— Não posso — confesso. — Preciso encontrar Ravenna.

Os dois ruptores me encaram assustados, mas aceitam minha decisão. Eles sabem que não posso deixar a diretora fugir.

Roubo duas lâminas abandonadas ao lado de um soldado morto e empunho-as. Miro cada canto do salão e disputo espaço com os azarados que tentam lutar contra mim.

— Ravenna! — berro. Enquanto abato os malditos soldados aratnyanos, grito pela diretora. — Ravenna!

— Ela acabou de fugir! — Um soldado sem o capacete aponta para a porta do salão. Pertence à Ruptura. — Acabei de ver!

Ah, você não vai escapar de mim.

— Obrigada!

Rodopio, desviando dos mortos em direção à saída do salão. Quando estou prestes a cruzar o portal, mãos geladas seguram meu braço. Instintivamente ergo a lâmina no pescoço do inimigo.

É Vixen.

— Aonde está indo?

Puxo meu braço e ele me liberta.

— Atrás de Ravenna.

Vixen observa o salão envolto em caos. Corpos esbarram-se e lâminas se chocam. Tem sangue pelo uniforme aratnyano que ainda veste.

— Então vamos atrás dela… — Ele abre aquele sorriso carregado de veneno.

Antes que possa aceitar sua companhia, o harakin dispara para fora do salão de treinamentos.

Giro as lâminas nas mãos e seguro o sorriso nos lábios.

Chegou a hora da caçada.

CAPÍTULO 53

Soube que iria morrer no momento em que a água gelada tocou meus braços. Não existia escapatória, iria afundar até a mais profunda solidão.

— Cuidado! — Vixen me empurra antes que a lâmina encontre meu rosto.

O cabo da adaga está tremendo enquanto perfura a tela de um belo quadro na parede. Faz parte da obra de arte agora, escolhendo uma melancia para cravar sua ponta afiada. Encaro por apenas alguns segundos o destino que meu rosto teria encontrado caso Vixen não tivesse sido mais rápido.

— Obrigada — solto a palavra entrecortada.

Retomo minha atenção para o grande circo de horrores que acontece pelos corredores repletos de tapetes caros e estátuas nobres.

O castelo tornou-se um pandemônio.

Prisioneiros vestindo roupas surradas estão tentando de todas as formas atacar soldados e seus uniformes bem alinhados. É uma luta injusta, é claro. Muitas das pessoas que tiveram sua liberdade tomada estão fracas e têm apenas as mãos machucadas e alguns poucos utensílios como arma. Nenhum deles consegue usar os poderes, porque estão com veneno paralisante no corpo. Se, ao menos, pudessem lutar com tudo o que têm dentro de si... Mas, como sempre, nada é justo quando se trata dos Aratnys.

A mão gelada de Vixen puxa meus dedos, lembrando-me de que estamos *caçando*.

Não podemos parar agora. Precisamos seguir Ruel e Ravenna.

— Escutou algo? — grito, desviando dos corpos que se chocam pelos corredores. Tento evitar o embrulho que se forma no meu estômago quando vejo prisioneiros sem vida pelo chão.

Apenas continue em frente, Kalina.

— Sim — ele rosna. — Eu sei para onde estão indo.

Os corredores são uma versão diferente do labirinto. Escuto o grito de uma garota e meus olhos varrem o caminho em busca do pedido de socorro. Ela tem cabelos loiros em cachos e está sendo sufocada por um soldado muito maior.

Eu deveria dar as costas e deixá-la para trás, mas não posso mais agir assim. Não vou abandonar mais ninguém. O calor explode no meu peito, decidindo acordar finalmente.

Corro em direção aos dois e mentalizo o ar ao redor do corpo do soldado. As correntes imaginárias se prendem ao braços e pernas do homem. Giro minhas mãos e ordeno que ele seja lançado contra as janelas do castelo. Os vidros estilhaçam e o maldito voa montanha afora. Agacho-me ao lado da menina e pergunto se está bem. Ela não consegue falar muito, sofrendo com a dor da garganta machucada. Ajudo-a a se recostar na parede do corredor. Mal tenho tempo de auxiliá-la, porque mais gritos explodem.

Procuro pelo perigo, pronta para atacar os inimigos, mas percebo que são os soldados que estão berrando dessa vez. Os harakins voam pelo corredor e atacam os uniformes verdes. O banho de sangue respinga para todos os lados no momento em que volto a correr na direção de Vixen.

O guerreiro está com os olhos fechados e a mão escorada na parede. Quando chego perto, vejo de relance que a boca está murmurando palavras silenciosas repetidamente. Desacelero o ritmo da minha corrida e observo os ombros rígidos e o tremor nas mãos.

Tudo volta ao normal antes que consiga falar seu nome.

— Estão indo para os laboratórios.

— Você conseguiu ouvir? — pergunto, mas é assustador pensar que a audição do harakin chegou tão longe.

Vixen fecha os olhos de novo e um leve tremor passa pelos ombros.

— Ouvi.

Aceito o direcionamento do harakin porque não sei de qual outra forma teria chance de encontrar Ravenna e Ruel. O castelo é enorme e os dois podem estar muito longe nesse momento.

Repetimos o caminho em direção aos laboratórios. É mais afastado, para o lado oeste da montanha. Poucas horas atrás estávamos percorrendo esse mesmo caminho atrás de respostas e sem nenhuma certeza de que as conseguiríamos. Não somente descobrimos a verdade suja sobre o que fazem com crianças, a mentira que contam para os harakins. Mas reencontrei minha mãe e meu coração voltou a bater novamente. Ela está viva. Quer dizer, não está na condição que gostaria de encontrá-la, mas, ainda assim, viva. A vontade de lutar pela nossa liberdade bombeia por todo o meu corpo quando penso nisso. Vou tomar o poder da prisão por mamãe.

Preciso agir rápido, porque Ehrika ainda está escondida nos laboratórios. Não posso deixá-la sozinha por muito tempo, mas confio de olhos fechados na força que minha melhor amiga tem. Ela sabe como cuidar de si mesma e preciso me agarrar nessa ideia ou vou largar tudo nesse exato momento e ir atrás das duas.

Ela é uma lâmina. Ela vai partir os piores pesadelos.

O fim do corredor desemboca em duas direções. Um lado encaminha-se para os laboratórios, mas o outro segue para a prisão e o labirinto. Estou impulsionando meu corpo para a esquerda, o ombro choca-se contra a parede, tamanha velocidade que coloco nas pernas. Não escuto mais os passos de Vixen atrás de mim, olho para trás e o encontro estático, ainda no meio do corredor.

Mais uma vez ele fecha os olhos e os ombros se tornam rígidos. As mãos tremem e a boca murmura palavras inaudíveis. Nunca o vi agindo dessa maneira. Tem algo errado. Ele sacode a cabeça uma, duas, três vezes. Desperta os olhos amarelos e aponta para o corredor atrás de si.

— Eles mudaram a direção — simplesmente diz.

— Vixen, o que está acontecendo? — pergunto, aproximando-me dele com cautela. As veias escuras estão mais grossas no pescoço e as pupilas em fendas pulsam.

— Confia em mim.

Quando estamos perto o suficiente, ele toma minha mão para si e o frio dos seus dedos é como um choque que percorre todo o meu corpo. A temperatura do seu corpo mudou desde a explosão no salão de treinamentos. Ainda não falamos sobre isso, mas teremos tempo depois. É nisso que quero acreditar por agora.

Não digo a palavra em voz alta, mas meneio o queixo, concordando com o pedido. Ele nos guia pelos corredores, vez ou outra sacode a cabeça, afastando algum zumbido dos ouvidos. Para repentinamente e muda a direção. É quase como se estivesse sendo guiado também.

— Achei. — Vixen escancara um sorriso cheio de dentes. Um sorriso nada amigável. Um sorriso que não parece os que Vixen costuma estampar no rosto. É sanguinário e assassino e animalesco.

Quando o guerreiro acelera os passos e aponta para a frente, o pequeno vulto desliza pelo corredor.

— Eles vieram para as oficinas — constato, observando a cozinha da prisão.

Passamos direto por ela, mas quando a lavanderia se revela próximo a nós, Vixen estanca a corrida. Ele semicerra os olhos para o ambiente e rosna.

— Se separaram — constata.

— O quê?

Vixen caminha lentamente e toca a porta da lavanderia fechada. Gira o rosto e olha para o fim do corredor.

— Ruel está aqui dentro. — Vixen fecha os olhos, quando os abre as pupilas estão quase tomando o amarelo todo. — Ravenna foi para lá. — Aponta.

Os pensamentos embaralham-se na minha cabeça e meu sangue corre acelerado nas veias. Preciso tomar uma decisão. Não posso deixar nenhum dos dois escapar.

— Vá! — ordeno para Vixen. — Encontre Ravenna e espere por mim.

— O que vai fazer? — questiona, unindo as sobrancelhas grossas.

— Ruel é meu.

Ele leva alguns segundos para se afastar da porta e concordar com a minha decisão. Abre a boca para falar algo, mas não diz. Observa as lâminas nas minhas mãos, porque sei que não posso confiar totalmente nos meus poderes.

— Se precisar de mim, apenas chame pelo meu nome.

— Não vou precisar. — Abro um sorrisinho e empino o queixo. — Não faça nada com ela. Os dois são meus.

O harakin balança o rosto e morde o lábio inferior, concordando com a minha ordem.

— Como quiser.

E dispara para longe, caçando a diretora da prisão.

Giro as lâminas e inspiro fundo. Deixo meus ouvidos atentos enquanto abro a porta pesada de metal da lavanderia. As luzes no teto continuam acesas, as máquinas ainda trabalham. O enorme tanque de pedra usado para lavagem das roupas assoma-se diante de mim. Os vapores continuam eclodindo dos equipamentos ao lado direito do ambiente. No fundo, vejo a sala onde conversei com Nyllie. Os lençóis brancos estão estendidos e balançam para lá e para cá.

A lavanderia não é silenciosa e isso atrapalha minha caçada. A cacofonia de sons e a miscelânea de cheiros bagunçam meus sentidos, mas continuo atenta a cada passo que dou. Ruel está aqui dentro, segundo Vixen, e vou acreditar no harakin.

Penso em todas as vezes que o tenente me humilhou aqui dentro. Quando usou dos punhos para machucar meu corpo. As mentiras que contou para me enredar no plano venenoso com Ravenna e na frieza que teve ao torturar Ehrika.

Penso em tudo isso e a certeza de que preciso me vingar se torna cada vez mais pesada no meu coração.

Minha estratégia nesse momento é deixá-lo irritado. Sei bem o quanto nos tornamos mais previsíveis quando a raiva embaça nossos pensamentos, e Ruel sempre demonstrou sentir seu ego frágil nos pequenos insultos diários. Não seria difícil atingi-lo mais uma vez.

— Sabe... — Libero a voz e ela repercute por toda a lavanderia. — Foi tão ridículo ver você e Ravenna fugindo com o rabinho entre as pernas.

Abro um sorriso involuntário, pensando nas narinas infladas de Ruel nesse momento.

Tento sentir ao máximo o chão onde piso, evitando barulhos desnecessários. Aproximo-me cada vez mais das máquinas a vapor. São todas mais baixas e coladas à parede, então descarto a opção como esconderijo.

— Realmente achou que poderia me enrolar, Ruel? — Carrego cada palavra com deboche. A lâmina na minha mão está pronta para ser usada. — Sempre estive um passo à frente de vocês, principalmente daquela inútil da Ravenna.

Escuto um barulho vindo dos fundos, na direção dos lençóis.

Sim... Ravenna. O ponto sensível do tenente. Vamos trilhar esse caminho, então.

— Ravenna nunca conseguiria liderar Insula. Ela mal consegue manter o castelo sob controle. — Observo os tecidos brancos movimentando-se cada vez mais. — Ela é como uma pedra no meu sapato, sabe? Incômoda, mas facilmente descartável.

Nada do que digo é verdade. A diretora do castelo é ardilosa e quase me deixei levar pelas histórias que contou.

Chego cada vez mais próximo da sala de secagem e meu instinto berra nos meus ouvidos que Ruel está lá dentro. Tem um botão preso na entrada do lugar que, quando ativado, inicia o aquecimento.

— Vou fazê-la pagar por tudo o que fez para mim... — digo com nojo. Observo com cautela outro movimento, mas nada acontece. — Por minha mãe... — Repouso o indicador no botão e espero. — E por todos os prisioneiros dessa montanha.

Pressiono com força e o barulho do aquecimento volta à vida. Entro em posição de defesa com a lâmina em frente ao corpo. Não quero usar meus poderes porque não sei quanto ainda resta no meu corpo. Se for usá-los, preciso poupar o suficiente para o momento certo.

Um.

Onde está você, Ruel?

Dois.

Apareça.

Três...

Observo o movimentar dos lençóis e semicerro os olhos na direção do vento. Eles deslizam para lá e para cá e revelam o ambiente. Não tem ninguém naquele lugar.

É uma armadilha.

Impulsiono meu corpo para o lado e rolo pelo chão. A cimitarra de Ruel voa no exato lugar onde estive e encontra o piso, criando faíscas pelo impacto. Ele estava atrás de mim todo esse tempo. O arrepio sobe pelos meus braços, mas não demoro antes de entrar em defesa mais uma vez. O calor pulsa, mas vou esperar mais um segundo antes de usá-lo.

O tenente levanta a cimitarra e corre na minha direção. Desvio para o lado, mas ele é mais rápido e desfere um soco na minha barriga. Giro e tento acertar seu rosto com meu pé, mas ele rebate com o braço e me empurra para longe. Segue-se uma sucessão de socos, desvios, chutes e fintas enquanto ambos tentam atacar um ao outro.

Ele é um exímio lutador e não deixo de notar a rapidez de seus golpes, mas jamais vai ser páreo para mim. Assim como todos os aratnyanos, o único poder que carregam dentro de si é a tolerância aos venenos. Ele não tem nada para usar além do seu porte físico agora.

Afasto-me do militar, mas ele investe contra mim. Concentro-me no ar ao nosso redor e ordeno que o impacto empurre o corpo de Ruel para longe. Ele é jogado contra a parede pelos ventos de uma tempestade de verão, mas isso não é o suficiente para desacordá-lo. Sinto o calor diminuir dentro de mim. Aproveito o momento de vulnerabilidade e acerto o rosto de Ruel, ganhando tempo para me afastar do oficial.

Corro para o início da lavanderia, mas não consigo sair pela porta antes que ele puxe meus cabelos e me derrube. Ruel é muito mais rápido do que eu no chão, mas eu sou mais rápida no ar. Afasto meu corpo antes que ele consiga enfiar a bota no meu rosto. Bato as costas contra a escada de metal do tanque. O medo reverbera por toda a minha espinha, mas não tenho para onde correr nesse momento.

Estico minha mão e subo o primeiro degrau. A memória de todas as vezes que escalei prédios com Ehrika no centro de Mave durante nossas missões é como uma recordação boa nesse momento. Encontro os olhos verdes de Ruel rastreando o movimento que faço. Ele está alguns metros atrás de mim, mas aceitou o desafio de me seguir até aqui em cima. Ele é muito mais lento do que eu, então chego com facilidade à base final da escada.

Estou dez metros acima do chão, não é uma altura que me assusta. Já encarei distâncias maiores, mas sei da quantidade de poder que preciso usar para evitar a queda certeira.

O barulho das botas de Ruel contra o metal da escada fica cada vez mais alto. Está se aproximando. Resvalo meus olhos para a borda do tanque. Só preciso me manter distante dele o suficiente, por isso colo meu corpo no lado oposto ao da base.

Relaxo meus ombros e respiro fundo, concentrando-me no calor do meu peito. Preciso ter certeza de que estou preenchida de poder o suficiente antes de cometer a loucura que planejo fazer. Algumas fagulhas tremeluzem nas minhas veias, mas são ínfimas. Não vou conseguir usá-las para amparar a minha queda. *O que faço?*

Posso chutar o rosto de Ruel assim que o maldito aparecer na ponta da escadaria, não é? Sim, é um bom plano. Pode não ser completamente eficiente, visto que o maldito tenente é muito mais forte do que eu. Mas acertando da maneira correta posso fazê-lo cair.

Preparo-me, escutando o ranger do metal aproximando-se cada vez mais.

Só que tudo fica silencioso.

O suor escorre pelas minhas costas enquanto me mantenho paralisada na base da escada. Aguardo alguns segundos, quase sem respirar.

Onde ele está?

Com cautela, dou alguns passos até estar próximo da escadaria. Aposto que o maldito está esperando para me atacar, mas vou ser mais rápida do que ele. Deslizo meus olhos até visualizar o último degrau solitário. Ruel não está aqui.

O corpo bruto do tenente revela-se subindo pelo outro lado da base, ele avança antes que eu possa reagir. Tento me desvencilhar dos socos que ele dá, mas o impacto é forte demais. A base sob nossos pés treme pelo peso dos corpos, mas continuamos a dança mortal. O metal range e me desconcentra por um segundo. Não sou rápida o bastante antes que Ruel invista contra o meu corpo e me empurre para trás.

Eu soube que iria morrer no momento em que a água gelada tocou meus braços. Não tinha escapatória, iria afundar até a mais profunda solidão.

Tento respirar, mas estou imersa no tanque preenchido de água na lavanderia. O mesmo tanque onde vi o garoto morrer após deixá-lo cair de minhas mãos.

Minhas pernas paralisam e não sei bem o que fazer com meus braços. As memórias voltam e tentam me afundar ainda mais na água, mas consigo emergir e sugar todo o ar possível. Ruel me olha do alto da plataforma de metal e faz uma escolha. Ele pula no tanque e cai em cima de mim. O impacto faz com que eu afunde mais uma vez. É a mais profunda escuridão.

Debato-me contra a água, mas o rosto *dela* vem na minha mente. Preciso buscar a lucidez nos meus pensamentos, mas o pavor cala minha boca. E se eu tivesse entrado no lago? E se eu tivesse realmente tentado salvá-la? E se eu não tivesse deixado o medo me consumir e feito algo por minha amiga? E se eu tivesse morrido no lugar de Marie? Consigo dizer o nome dela depois de tantos anos. Marie.

Lute, Kalina!

A água inunda minhas narinas e sinto meus pulmões pegando fogo. Preciso de ar, preciso tanto de ar. Empurro meu corpo para cima, voltando a encontrar o ar e respiro um pouco mais. A sensação quase me faz chorar de alívio, mas as mãos de Ruel puxam meus pés para baixo. Tento agarrar instintivamente a água com minhas mãos, mas é inútil. Ele me arrasta cada vez mais para o fundo do tanque. Agito-me, tentando fugir, mas ele é como uma armadilha bem presa no meu tornozelo. Consigo chutar seu rosto e volto a nadar para cima. Procuro pela luz das lâmpadas, mas elas parecem muito distantes.

As mãos de Ruel voltam a me puxar e solto um grito involuntário. Bolhas saem da minha boca e começo a chorar. Quase não vejo as luzes distantes quando Ruel nos traz para o fim de tudo. Ele coloca as mãos ao redor do meu pescoço e as força ainda mais. Enfio minhas unhas em seu rosto, mas não tenho mais energia.

Vou morrer.

É claro que vou.

Ninguém vai me ajudar, assim como não ajudei quando deveria.

Penso em Ehrika. Nunca mais vou vê-la. Penso na minha mãe e em tudo o que ainda precisava ser dito. Penso em Vixen e em todas as perguntas que eu gostaria de fazer para ele. Penso no meu pai e na vingança que eu gostaria de buscar por ele.

Penso em todas essa pessoas. Mas também penso em Insula.

Penso que poderia ser a mudança. Penso em como seria governar o povo. Penso em todas as injustiças que poderia evitar.

Penso na revolução que minha vida causaria.

E, para isso acontecer, eu não poderia morrer.

O calor desperta como uma fênix adormecida por eras. Começa no centro do meu peito e consome o resto do meu corpo. Sou feita dos mais poderosos ventos de um furacão. É rápido e irrefreável. Encaro Ruel e prendo minhas mãos ao redor dos pulsos dele. Não consigo ver os traços do seu rosto em meio à escuridão, mas a força se afrouxa ao redor do meu pescoço. Ordeno que a energia dentro de mim escoe para o mundo e a explosão acontece. A água voa para todos os lados e o tanque se transforma em pedaços de rocha encontrando as paredes ao nosso lado. Mantenho o corpo de Ruel e o meu no ar, as bolas de águas flutuando ao nosso redor. O chão está ainda muito distante de nós dois. Inalo o ar, deliciando-me.

O aratnyano me encara, chocado, sem conseguir se mover. Retiro seus dedos do meu pescoço e o empurro. Os olhos estão vermelhos e ele ofega, encarando o que acontece ao seu redor.

— Você... — ele sussurra. — O que você...

A água circula ao redor de nós dois como uma jaula líquida. Estou mantendo Ruel no cárcere que ele merece. Meus cachos levitam conforme a energia bombeia no meu corpo.

— Eu venci — rosno, encarando-o. — Adeus, Ruel.

Despeço-me para sempre do tenente. Então, antes que o maldito possa falar qualquer outra palavra, ordeno que a água ao nosso redor vire a prisão eterna do aratnyano. O corpo fica envolto pelo líquido, que começa a sufocá-lo. Ele tenta fugir, mas não consegue. Está se afogando. O brilho, aos poucos, vai sumindo dos olhos. Ele desiste, ainda me encarando. Está morto.

Devolvo para a gravidade o que é dela. O corpo de Ruel despenca, assim como toda a água que o circula. Escuto o estrondo quando tudo retorna para o chão. Respiro fundo, manipulando o restante de energia que existe dentro de mim. Estou descendo lentamente, mas não tenho forças. Choco-me contra o piso e uma dor absurda sobe pela minha perna.

Não me importo com isso, porque o ar entrando pelas minhas narinas é recompensa o suficiente. Estou viva. Completamente viva.

As risadas escapam bem do fundo do meu ser. Busco pelo desgraçado e confirmo que está bem morto. A posição dos membros é estranha e os olhos vítreos me encaram. A sensação é boa. Ele merecia isso.

Completamente ensopada, sinto meu corpo prestes a se desmontar. Não tenho mais nem um pingo de poder dentro de mim. A cabeça dói e fica difícil respirar. Só que não posso desistir ainda.

A morte já estava me embalando em seus braços, mas consegui escapar. Coloco toda a força que me resta nas pernas e encaro a porta da lavanderia.

A caçada ainda não acabou. Preciso encontrar Ravenna.

Capítulo 54

Arrasto minha perna direita enquanto cruzo o corredor cinzento e frio da prisão. Mal consigo manter meu joelho esticado sem grunhir. Mordo a língua e ignoro completamente a dor, porque não posso me abater. As roupas estão coladas no corpo e os pingos escorrem pelas pernas formando um mapa do caminho que percorro. Da jornada que travo atrás de Ravenna.

Ainda não sei por que Ruel separou-se da diretora, mas posso apostar que foi um ato dramático do tenente para ganhar tempo para sua amada. Estou ansiosa para esfregar na cara da diretora que o plano não funcionou. Não entendo, também, como a audição de Vixen se tornou tão… *Certeira.* Mas suspeito que não tenha sido apenas isso que o auxiliou na busca. São muitas perguntas na minha cabeça e espero receber as respostas de todas elas.

O gosto doce da morte de Ruel e a possibilidade de fazer a diretora sofrer como ele bombeia meu corpo nesse momento. A sensação é ácida e machuca o estômago, mas me permito ser consumida por isso. É um sentimento que cresce no peito e me deixa incapaz de sentir remorso pelo sofrimento dos dois.

Percorro o caminho colocando mais peso em uma das pernas. Talvez a dor piore, só que não vou descansar enquanto não resolver o que preciso. Viro corredores e chego cada vez mais perto da entrada do labirinto e da prisão.

As marcas da batalha estão por todos os lados. Não é fácil ver sem embrulhar o estômago. Ainda mais sabendo que os corpos e restos mortais podem pertencer a qualquer pessoa. Seja soldado ou prisioneiro. Seja aratnyano ou morador dos quatro reinos restantes. Dentro das veias de cada pessoa nascida em Insula, a cor do sangue sempre é a mesma. *Vermelho.* A sede de poder de Frederick dividiu o continente. Não porque éramos diferentes, mas porque no fundo todos sempre fomos iguais.

Por que ainda aceitamos que o imperador beba seu chá, no conforto de seu imponente palácio, enquanto vidas são ceifadas dia após dia aqui dentro? Não é justo. Mesmo que a justiça seja um luxo na sociedade e que os parâmetros se tornem diferentes em cada situação… Simplesmente não é justo. Antes de ser presa, antes de perder minha mãe, antes de descobrir mais sobre o meu passado, nada disso importava para mim. Mas, se precisar abdicar da minha paz para me transformar no pior pesadelo de Frederick, farei isso.

Quando tudo acabar e o trono não for mais dele, sei que o continente estará em festa. A vida será diferente. As pessoas vão gritar daquele jeito feliz e esperançoso, sabendo que venceram a guerra. Gritos imaginários de comemoração ecoam pela minha mente.

Nunca pensei que quisesse tanto ouvir isso. Mesmo me arrastando pelos corredores da montanha, consigo imaginar tudo. Inspiro fundo, bebendo a alegria contagiante, torcendo para que um dia possa escutar de verdade.

Uma voz jocosa berra ao longe, mas não consigo entender o que diz. Apenas quando fala o nome da diretora é que noto que as risadas e as comemorações não são coisa da minha cabeça. Os sons acontecem aqui dentro da montanha.

Avanço ainda mais rápido pelo corredor e encontro soldados aratnyanos capturados pelo chão. Prisioneiros, harakins e ruptores os prendem com cordas e algemas. Conforme diminuo a distância, olhares me acompanham. Alguns perguntam se estou bem, se preciso de ajuda, mas apenas recuso com um aceno de mão.

Meu único foco nesse momento é chegar ao final do corredor onde um grupo de pessoas comemora energicamente. Escuto o nome de Ravenna saindo de suas bocas. Eles devem saber onde ela está. O sentimento é tão energizante que me junto aos sorrisos, torcendo para que me digam que ela foi capturada.

Empurro o ombro de um soldado da Ruptura e ele me observa confuso.

— Ravenna, onde ela está?

Quando faço a pergunta, todos entreolham-se e começam a rir ainda mais. O soldado aponta para o final do corredor, em direção à entrada do salão do expurgo.

— Sendo caçada.

Meu coração acelera com a resposta.

— Onde?

Os olhos do desconhecido brilham. Ele sabe que tem uma notícia especial para revelar.

— No labirinto.

O mundo perde o som. As risadas desaparecem.

Ravenna está no labirinto.

Não existe final mais doce do que caçar uma aranha na sua própria teia.

Entrei no labirinto três vezes.

Na primeira vez, tentei sobreviver como uma prisioneira. Foram instantes de puro terror enquanto guerreiros mortais me caçavam. Na segunda, precisei me tornar meu próprio inimigo. Fui obrigada a percorrer os corredores atrás de pessoas inocentes e tirar a vida de uma delas para conseguir provar algo. Nessa terceira vez entro como uma caçadora ansiando por encontrar sua presa. Não sou prisioneira, nem estou sendo obrigada a nada. Agora, *quero* caçar.

O ar do labirinto me abraça enquanto escolho o caminho que devo seguir. Corpos correm para lá e para cá, mas nenhum deles chora ou demonstra desespero. Dessa vez, a pura alegria preenche suas feições.

— Kalina? — Um harakin desconhecido me intercepta no caminho.

— Sim?

— Encontramos Ravenna. — Ele não espera por mim antes de voltar a caminhar. — Venha comigo.

Os pelos do meu braço arrepiam-se ao notar o tamanho do guerreiro. Em outro momento, ele foi meu inimigo. Não é fácil desvincular a imagem, mesmo sabendo dos motivos para que isso acontecesse. As mãos de todos eles estão sujas de sangue, mas sei que foram obrigados pelo governo a fazer isso. Todas as mentiras inventadas para cada um deles. As memórias falsas injetadas nas suas veias. Antes de serem harakins, eles eram crianças. Foram roubadas dos braços de suas famílias. Será que algum dia poderão voltar à vida que tiveram?

Acompanho o caminho indicado pelo guerreiro. Ele conhece bem os corredores, passou a vida espreitando cada um deles. Cada vez mais pessoas aparecem. Os prisioneiros mantêm-se unidos, longe dos harakins. Imagino o que está se passando na cabeça deles agora. Ver esses assassinos cooperando e lutando ao nosso lado, nem mesmo eu imaginei que isso poderia realmente acontecer. Os soldados ruptores dividem-se e guiam a maioria das pessoas perdidas e confusas, mas todos eles avançam para a mesma direção.

Em determinado momento os corredores estão tão apinhados que o harakin precisa abrir espaço.

Todos estão observando o mesmo espetáculo acontecer.

Ravenna.

A diretora está ajoelhada e as mãos presas no colo. A cabeça caída para a frente e a franja escondendo o rosto. Parece tão pequena nessa posição. É a imagem oposta de como sempre se portou dentro da montanha. Logo atrás da aratnyana está Vixen. Quando nossos olhos se encontram, o amarelo em suas íris se torna dourado. Ele se aproxima em passos decididos, mas não me toca. Apenas percorre meu rosto com atenção e abre um sorriso.

— Estávamos esperando por você — murmura.

Estico minha mão e ajeito uma mecha do cabelo do guerreiro. As sobrancelhas arqueiam-se, surpresas, mas não perde tempo em abrir um sorriso traiçoeiro.

— Que bom que cheguei.

Noto que as veias ao redor dos olhos estão mais aparentes e que olheiras escuras preenchem a pele. Pressiono levemente o braço dele e desvio do seu corpo, avançando em direção a Ravenna. Os espectadores gritam os mais variados xingamentos para a diretora, mas ignoro todos eles.

Empino meu queixo quando decido o que vou fazer.

— Corte as cordas.

Ravenna ainda encara o chão, não reagiu mesmo ouvindo minha ordem.

— O quê? — o soldado ruptor próximo a nós duas pergunta.

— Eu mandei cortar as cordas — ordeno ainda mais alto.

O homem não precisa de uma terceira ordem para agir. Ravenna parece despertar com o movimento, levanta lentamente os olhos e me encara. O castanho de suas íris está opaco e o semblante é de completa derrota.

O silêncio começa a ser o único som pelo labirinto. Quando as cordas caem dos pulsos de Ravenna, a diretora observa com ódio o aratnyano ao seu lado. Ela cospe no rosto do soldado.

— Você é uma vergonha para Aratny.

Ele trinca o maxilar, mas se afasta. Ela continua de joelhos, mesmo com as mãos livres.

— Levanta.

Ignora meu comando. Dou mais um passo para perto da diretora.

— Eu disse... — Estendo minha mão na direção de Vixen. Ele entende o que quero e repousa a lâmina gelada na minha palma. — Pra você levantar...

Coloco a kukri bem próximo ao rosto dela. A desgraçada me encara por mais tempo do que deveria, mas se ergue até ficar de pé outra vez. Não consigo segurar o sorriso que se forma na minha boca ao vê-la tão rebaixada nesse momento.

— Agora, corre.

Ravenna une as sobrancelhas em completa confusão. Alguns sussurros despertam ao nosso redor. Encaro as pessoas que estão ocupando o corredor atrás de Ravenna.

— Saiam do caminho.

Rapidamente, todos se afastam e o lugar fica livre. Volto meus olhos para a diretora. Ela me avalia completamente desconfiada.

— Agora... — repito, com calma. Indico com a kukri a direção atrás dela. — Corre.

Ravenna confere o que mostro. Retorna a atenção para mim e abre um sorrisinho.

— O que vai fazer, Kalina? — ousa perguntar. — Quer me envergonhar?

Respiro fundo, um pouco impaciente pelo joguinho.

— Vou fazer coisas bem piores. — Dou mais um passo na direção dela.

Pressiono a lâmina em seu braço. O vestido preto está sujo e rasgado, mas o destruo ainda mais. Desfiro um corte rápido na pele da aratnyana. Ela grunhe de dor e arregala os olhos.

— Corre.

Ela obedece.

Ravenna dispara pelo corredor e todos explodem em gritos. Conto até três e lanço-me na caçada. A dor no joelho percorre todo o meu corpo, mas ignoro completamente. A ânsia de fazer Ravenna ter o que merece bombeia a adrenalina no meu corpo. A diretora é lenta, vira à esquerda e depois à direita tentando desaparecer. Mas é fácil alcançá-la. Ela tropeça nos próprios pés e quase cai uma parcela de vezes. Atrás de mim, rebeldes acompanham a caçada. Berram para que a derrube e que acabe com tudo logo.

Apenas deixo que avance pelos corredores enquanto a torturo com a perseguição. A respiração pesada é como música para os ouvidos de todos aqueles que um dia estiveram nessa mesma posição. Tenta desaparecer, mas não consegue. O labirinto não foi criado para a vítima sobreviver e Ravenna percebe isso agora. Paredes muito brancas, piso escorregadio e caminhos sem saída. É um deleite vê-la sucumbindo dentro do próprio palácio.

Ela tenta olhar para trás, mas acaba escorregando em um cadáver e cai. Olha para o homem morto e grita, afastando-se rápido. O nojo toma as feições.

Estico meus braços, ordenando que todos fiquem longe de Ravenna. Observo a mulher desabar em lágrimas finalmente.

— Levanta — falo baixo, apenas para ela ouvir.

— Acaba com isso logo! — berra, arranhando os braços. As lágrimas borram a maquiagem perfeita e o cabelo está desordenado. — Se você não o fizer, Frederick vai fazer. Não me importo, só me mata!

Eu a encaro por longos segundos. Agacho-me, chegando à mesma altura que ela.

— Matar você? — respondo, irônica, Ravenna soluça, tomada por lágrimas. Não sei o quanto disso é teatro. A aratnyana é a atriz mais talentosa que conheço. — Eu não vou matar você, Ravenna. Ah, não... — Quase cantarolo enquanto revelo o futuro que a espera. — Na verdade, você ainda tem muita utilidade pra mim. Pra todos nós.

Ela aperta os dedos ao redor dos olhos. Algumas unhas estão quebradas e a pele está machucada.

— Ruel... Onde ele está? — começa a murmurar em meio ao choro.

— Ah, *ele* está morto. — Abro um sorriso cheio de dentes.

Ravenna levanta os olhos ameaçadores para mim, o rosto tomado pela fúria. Ela solta um urro e tenta me atacar. Coloco a lâmina em seu pescoço mais rápido do que espera. A diretora trava na mesma hora, ficando imóvel e engolindo o choro.

— Você é covarde demais — falo perto do ouvido dela. — Mas pode ter certeza... Vou te fazer desejar a morte.

Ravenna semicerra os olhos e expele o veneno através das palavras.

— Vamos ver quem desiste primeiro.

Ainda com a lâmina em seu pescoço, me afasto e encaro seus olhos castanhos. Os rebeldes estão todos em silêncio, assistindo com atenção. Aceito o desafio da diretora.

— Levem-na para uma cela — ordeno aos ruptores.

Os gritos voltam a ecoar quando Ravenna é arrastada para longe.

Solto o ar dos pulmões disfarçadamente. Luto contra o tremor nas mãos quando procuro por Vixen e o encontro me observando. Está escorado em uma parede e tem um dedo sob os lábios, deixando-me liderar sem intervir. O restante dos soldados, prisioneiros e harakins continuam me encarando, esperando por mais algum movimento meu.

Os corredores que um dia serviram de tortura e segmentaram prisioneiros, harakins e soldados agora servem de palco para a união de todas as partes. Observo cada rosto, cada expressão e olhar. Somos todos produtos de um sistema tirano e egoísta que beneficia apenas Frederick Denova.

Seja corajosa, Kalina.

Penso em mamãe e no sorriso orgulhoso que estaria estampado no rosto agora. Nós conseguimos. Nós derrubamos Ravenna e tomamos o poder. Inspiro fundo e libero as palavras presas na língua.

— A partir de hoje… — Estico meu braço e a lâmina nas minhas mãos encontra o ar sobre minha cabeça. — A Montanha de Insula é nossa.

A euforia explode.

Gritos reverberam pelas paredes e soldados se abraçam. Os prisioneiros começam a dançar e os harakins apenas observam com um sorriso no rosto.

Estão em festa.

É o início do fim de Frederick Denova.

CAPÍTULO 55

— Não deveríamos fazer algo? — As íris violeta de Ehrika estão direcionadas para o garoto solitário alguns metros à frente. — Ele não parece bem.

Estudo os ombros caídos do jovem harakin sentado há muitas horas no banco próximo à fonte do jardim interno. Fez isso ontem também. Vasculhamos o castelo inteiro atrás de Hux e, quando o encontramos, implorou para ficar sozinho.

— É o luto — digo, sentindo meu peito doer junto. — Por Irvine.

A memória do sangue espirrando no rosto do guerreiro volta como um corte profundo no coração. Penso no sorriso triste da líder da Ruptura segundos antes de ser assassinada. Ela me encarou. Profundamente.

Ainda não consigo dormir porque o som da cimitarra encontrando o pescoço frágil ecoa pelos meus ouvidos sempre que pego no sono. E, mesmo que não queira, continuo me culpando pelo que aconteceu. Se Nyllie não tivesse nos traído, Irvine estaria viva? Se tivesse me importado mais com a ratinha, ela teria feito o que fez?

A mão quente encontra meu ombro com um aperto carinhoso. Encontro Mig e seus grandes olhos castanhos pedindo pela minha atenção. O uniforme aratnyano deixou seu corpo, assim como o capacete.

— Vou deixar alguém de olho nele — murmura.

O soldado meneia o rosto, indicando o caminho para longe daqui. Hux ainda está na mesma posição, observando o céu azul por trás da vidraça antiga. As mãos cruzadas caem no colo e os cachos rebeldes escondem as íris amarelas. O brilho sumiu. O sorriso sumiu. Hux sumiu. No lugar, só existe uma alma quebrada.

Aceito a direção indicada por Mig e Ehrika me acompanha.

— Onde está Alexis?

Deslizamos pelas roseiras ainda tomadas por pétalas vermelhas.

— Contabilizando as baixas — explica. — Os últimos corpos foram retirados do salão de treinamentos.

Mig não esconde o cansaço. Quando termina de falar, esfrega o rosto e solta um longo suspiro. Continuamos descendo os degraus em direção aos andares abaixo do castelo.

— E o corpo de Irvine?

— Está no necrotério. Não vamos deixá-la no labirinto com os outros. — O vinco profundo entre as sobrancelhas de Mig é resultado de tudo o que aconteceu até agora. — Hux ainda não foi vê-la.

— Ele vai — digo simplesmente. — Só precisa de tempo.

— É, acho que sim... — Mig solta um pigarro, limpando a garganta. Abre a boca, mas demora alguns segundos antes de decidir pelas próximas palavras. — Ravenna pediu para ver o corpo de Ruel.

Foco minha atenção nos pés descendo os degraus. A ex-diretora acha *mesmo* que tem poder dentro da prisão? Bufo, afastando um cacho que cai pelo meu rosto. Quando implorei para ver minha mãe, a desgraçada vestiu a máscara e mentiu sobre não existir um corpo para ver. Não, mamãe não estava morta, mas Ravenna me torturou por dias e noites com a dúvida dentro do peito.

Que ela viva com a mesma incerteza que eu vivi.

— Diga que joguei o corpo aos tubarões.

A risada escapa da boca de Ehrika e Mig analisa minha expressão, sem saber se estou falando sério ou não. A aratnyana está presa na solitária da prisão. Ainda não fui vê-la desde a caçada no labirinto, mas vou precisar encará-la em breve. A escolha de não acabar com a vida da diretora foi apenas por um motivo: ela sabe onde encontrar a prova dos crimes de Frederick. Esse plano formulado por Ravenna não mudou, ainda vamos juntas para Veraz. Mas ela será a prisioneira dessa vez.

Os corredores do castelo estão movimentados e precisamos desviar dos novos moradores da ala real e dos harakins. Idosos e as mulheres dormem nos aposentos, enquanto os homens, sejam soldados, prisioneiros ou harakins, ficam estabelecidos nos quartos da guarda aratnyana na base da montanha. A estratégia de mantê-los nos primeiros andares é fortificar ainda mais nossa defesa. Apenas dois dias se passaram desde que tudo aconteceu, mas as notícias correm rápido. Foi por esse motivo que escrevi uma carta para Frederick.

— Eles já voltaram? — pergunto. Estamos cada vez mais perto dos escritórios.

Mig nega, torcendo os lábios. Está preocupado, assim como eu. Assim como todos nós. Qual será a decisão do Imperador depois de ler as palavras naquele papel?

— Pelos meus cálculos ainda não chegaram a Aratny. São quase sete dias de viagem.

Ordeno que as batidas descompassadas no meu coração voltem ao normal.

— Acha que ele vai aceitar a ameaça? — Ehrika questiona baixinho.

Alcançamos a porta do escritório que um dia foi de Ravenna, e que me pertence agora. Giro a maçaneta e o mundo lá fora explode por trás das enormes janelas. A paisagem sempre foi uma das minhas partes favoritas do castelo, uma das poucas coisas que gosto nesse lugar.

— Por um tempo, sim. — Realmente acredito na resposta que dou. Frederick é um homem inteligente e não vai agir de forma desesperada.

O Imperador vai receber a mensagem no conforto do palácio e seu chá ficará azedo pela primeira vez. Em letras cursivas, alerto sobre não tentar tomar o poder da prisão novamente. Um pequeno deslize e toda Insula saberá a verdade sobre o desaparecimento das crianças. Além disso, os harakins não estão nada felizes pela descoberta do próprio passado. Qualquer um que tentar invadir a montanha será escalpelado pelos guerreiros.

Ao final da carta, deixo uma última ordem. A data e local de nosso futuro encontro.

Relaxo meus ombros quando sinto a poltrona macia amparando meu corpo. Ehrika desaba no assento à frente e Mig escora o quadril na mesa.

— Certo. — Aliso os papéis soltos e libero um longo suspiro. Meu corpo todo dói. — Então vamos mesmo fazer isso?

Os lábios de Mig pressionam-se enquanto pensa. Cruza os braços e analisa o mundo lá fora. Sem Irvine ao nosso lado, estamos todos navegando em um mar desconhecido sem bússola. O soldado está com um peso grande sobre os ombros também. Os outros membros importantes do grupo rebelde estão fora da prisão. Enquanto não definimos um novo líder para a Ruptura, ele tomou para si a responsabilidade.

— Não temos opção — Mig responde. — Era a última vontade dela, não é? Provar os crimes de Frederick. Não acho que exista outra forma de colocar você no trono.

Minhas mãos tremem quando escuto-o dizer isso. Ehrika percebe a tensão voltar aos ombros e estica a mão até alcançar meus dedos.

— A gente vai conseguir — minha melhor amiga fala, a expressão confiante.

Mergulho nas íris violeta e me ancoro nas palavras ditas.

— Como vou ficar longe de você? — murmuro. — Não sei se é uma boa ideia você ficar aqui.

— E quem vai cuidar de Safiny? — Ehrika estica um sorriso que não chega aos olhos. — É nossa promessa, sabe disso.

É claro que sei, mas não significa que seja fácil de aceitar. Noite passada fizemos uma reunião de emergência nessa mesma sala. Precisávamos decidir os próximos passos. Cada segundo conta na guerra que se aproxima. Não apenas eu estou tendo dificuldades à noite; ninguém consegue pregar os olhos sabendo sobre o perigo que nos ronda. As provas que podem incriminar Frederick Denova são, neste momento, nossas maiores apostas. Mesmo que me revelasse filha de Vierrah, o tirano ainda é nosso Imperador.

Ou seja, ainda precisamos encontrar o cientista escondido nos pântanos de Veraz.

Porém, não podemos deixar a Montanha desprotegida enquanto seguimos nessa busca. Por isso, definimos que a grande maioria dos harakins continuará servindo como nossos defensores, assim como os soldados ruptores. Os guerreiros são sobrenaturalmente fortes e conseguem acabar com as tropas de Frederick em um piscar de olhos.

— Falou com Vixen? — Ehrika questiona, como se lesse meus pensamentos.

O nome dele percorre como descarga elétrica o meu corpo. Ainda não tivemos tempo de ficar a sós. Não deixei que o chamassem para a reunião que tivemos porque muitas dúvidas sobre o harakins ainda percorriam minha mente.

Tantas coisas aconteceram nos últimos três dias... O peso sobre meus ombros aumentou assim que aceitei o manto da liderança. Seja lá o que isso signifique. Ainda não me sinto preparada e não sei se realmente quero que minha vida siga esse caminho, mas não tenho como voltar atrás, tenho? Estou dentro de uma locomotiva desgovernada sem a possibilidade de descer.

— Ainda não — respondo. Deslizo meus dedos para a gaveta e pesco um papel e uma caneta. Começo a rabiscar.

— E você não vai falar com ele sobre o que aconteceu? — Ehrika pergunta de novo. Quero esganá-la por continuar focando nisso. O olhar de Mig queima na minha pele. — Sabe, ele explodiu e tudo mais. — Assim que a encontrei no laboratório escondida após toda a loucura no castelo, me sentei em frente ao cilindro de mamãe e contei tudo para Ehrika.

Mordo a parte interna da bochecha. Como posso confessar que ainda não tive coragem de falar com Vixen porque tenho medo da verdade? Vixen estava diferente. Gelado por dentro e por fora.

— Como está Nyllie? — mudo de assunto, encarando Mig.

O soldado fica embasbacado pela pergunta repentina. Ehrika desiste de me pressionar e joga o corpo contra a poltrona. Ela sabe que essa é a minha forma de fugir dos problemas.

— Não saiu do quarto ainda. — Ele tenta ler o que estou escrevendo, mas afasto o papel. Coça o pescoço e desliza um dedo ansioso pelo tampo da mesa. — Como foi a conversa entre vocês duas?

A dor de cabeça volta a pipocar. *Como foi a nossa conversa?* Estranha, para dizer o mínimo. Não pude deixar de guardar um rancor ácido no peito pela traição dela, mas, ao mesmo tempo, ainda tem aquele resquício de culpa por tê-la abandonado na prisão. Havia verdade nas palavras que ela jogou na minha cara.. A ratinha poderia ter morrido e não fiz nada. Não vou pedir o perdão dela, mas me sinto na obrigação de dar, pelo menos, uma cama e comida por enquanto. No fundo, é uma vítima, assim como todos nós.

— Foi difícil. Ela me odeia — respondo, terminando de escrever o bilhete.

Dobro o papel e estico para Mig. Ele analisa o objeto e faz uma pergunta silenciosa com os olhos.

— Pode entregar para Vixen?

Mig abre um leve sorriso e assente, concordando com a ordem.

— É claro.

Desaparece pela porta sem questionar. Encontro Ehrika me analisando.

— O que foi?

— Nada. Só... — Ela estica o tronco e fica mais próximo da mesa. Balança a cabeça, afastando um pensamento. — Ver você sentada na mesa de Ravenna, dando ordens e se colocando em perigo por todas essas pessoas... — Ehrika abre um sorriso enorme. — É...

— Ridículo? — bufo, porque provavelmente é isso o que ela deve estar pensando. Nunca fui uma pessoa altruísta e é estranho agir como se fosse.

— É *certo* — responde com os olhos brilhando. — Você nasceu pra isso, Kalina.

Meneio as mãos, afastando o comentário dela. Escoro-me contra a poltrona.

— Não era isso o que eu queria para mim — confesso.

— Está mentindo para si mesma. Posso ver a luz que vem de você quando age como uma verdadeira Imperadora — Ehrika encosta o queixo nas mãos. — É só questão de tempo para perceber isso.

Apenas trocamos um longo olhar cheio de confidências por tempo demais. Volto para o dia em que a encontrei na porta da minha casa. Era uma noite fria e chuvosa. Ela nunca soube como tinha chegado até lá ou de onde tinha vindo. Até hoje Ehrika não sabe. Mas isso não importa, porque o destino dela sempre foi estar conosco. Mamãe, eu, Jheni, Pitrya e Tolisie. A dor aperta o peito quando penso nelas.

— Será que… — murmuro. — Onde acha que as meninas estão agora?

Ehrika faz um biquinho e a melancolia toma seus olhos.

— Não sei. — Tomba o rosto para o lado. — Mas se estão com a Bark, estão bem.

Quero muito acreditar nisso, mas o medo é um inimigo conhecido dentro da minha mente. Afasto-me da poltrona e estico as pernas até estar de frente para as janelas do escritório. O horizonte se estende através da imensidão azul. Ehrika resvala para o meu lado, encarando a bela imagem.

— Nós vamos ficar bem — ela diz.

O peito se contorce apenas com o pensamento de deixar as duas pessoas que mais amo para trás. Os cientistas que aceitaram se render e trabalhar conosco nos laboratórios estão mantendo as incubadoras funcionando. Nem mamãe ou as crianças harakins correm risco de vida nesse momento. Só que foi difícil aceitar as palavras que saíram da boca dos aratnyanos ao explicar que não poderíamos retirar minha mãe do cilindro ainda. O corpo ainda está se recuperando e precisará de semanas para ficar forte e saudável.

Não tenho todo esse tempo.

Seguro a mão da minha melhor amiga e entrelaço nossos dedos.

— Sabe que vou voltar, não é? — repito a frase.

Não estou olhando para o rosto de Ehrika, mas a sinto concordando. Ela aperta meus dedos e encaixa a bochecha no ponto certo do meu ombro.

— Você sempre volta, Kalina — murmura. Encarando o infinito comigo. — Somos feitas do mesmo pó de estrelas, não é?

O vento brinca com os cachos do meu cabelo e acaricia meu rosto.

Encarar o mundo aqui de cima, do alto do castelo, ainda causa uma sensação estranha no estômago. Sinto-me pequena diante de toda a imensidão que existe ao redor. O lugar em que estou também causa arrepios pelas lembranças. Nesse momento não existe uma mesa farta de chá nem a presença da diretora sussurrando mentiras no meu ouvido.

Somos apenas eu e Vixen.

Ele recebeu o bilhete e aceitou meu convite.

De canto de olho, noto-o recostado contra o batente que nos separa de uma queda iminente. Ele vasculha o mundo lá embaixo e a consciência me toma por inteiro. Vixen nunca saiu da Montanha desde que o sequestraram durante a infância. O que deve estar pensando? Parece tranquilo enquanto analisa o balançar das árvores ao longe. As veias ao redor dos olhos diminuíram e o jeito sarcástico parece ter voltado.

— Vão partir amanhã? — Sou pega de surpresa pela pergunta dele.

Cutuco com o dedo uma pequena rachadura na rocha.

— Sim. — Depois de responder, crio coragem e o encaro por completo. — Por que a pergunta?

Vixen direciona toda a atenção dos olhos amarelos para mim e apenas me encara por alguns segundos. Desliza as pupilas para as minhas bochechas, meu nariz até chegar à boca. Demora-se em cada ponto sem esconder que está gostando de fazer isso.

— Eu já sabia, na verdade — confessa, abrindo um sorrisinho. — Só queria ouvir isso de você. Quando ia me contar a decisão?

— E precisava?

— Não... Você não precisava. — Espalma a mão no parapeito e aperta de leve. — Mas eu teria gostado se você tivesse me falado sobre isso.

Algo cruza o rosto do harakin. É rápido, mas consigo vislumbrar.

— Você sabe que não estamos nos falando direito há três dias — explico, procurando uma desculpa boa o suficiente para não ter contado para ele sobre a minha partida.

— Eu sei... — Ele dá um passo para mais perto. — Só achei que talvez você quisesse que eu estivesse presente quando fosse decidir ir embora.

Engulo em seco. Talvez seja coisa da minha cabeça, mas sinto o cheiro dele por todo o meu nariz. O que é bobagem, visto que estamos ao ar livre e venta o suficiente para diluir o perfume. Só que eu *sinto*. É um aroma muito bom.

— Não foi uma decisão que levou tempo, Vixen. — Desvio o olhar. *Covarde, Kalina.* — Nós precisamos agir antes que Frederick decida atacar. — Passo a língua pelo corte quase cicatrizado na boca. — E você é mais necessário aqui dentro do que lá fora.

O silêncio se torna pesado enquanto esperamos por uma resposta de ambas as partes. Ele sabe que é verdade. Desde a explosão no salão de treinamentos, os outros guerreiros parecem obedecer às ordens de Vixen e o seguem como um verdadeiro líder. Nas poucas vezes que nos cruzamos pelos corredores sempre o vejo rodeado por eles.

— Você coloca muitas expectativas em mim, Kalina. — Solta uma risada curta.

Inspiro fundo, um pouco irritada por segurar comigo as perguntas que estão prestes a explodir.

— E como eu não colocaria? — Aproximo-me mais dele. Encaro as fendas negras dos olhos. — Como não suspeitar que você tem um tipo de poder sobre todos eles? Vixen, você devolveu as memórias para todos!

Ele entorta o nariz.

— Não sirvo para comandar nada — responde, sem negar a acusação.

A pergunta martela na minha cabeça. Estou guardando-a por tempo demais.

— Como você fez *aquilo*? — disparo.

Estudo todas as linhas do rosto pálido do guerreiro. Ele me encara, sabendo exatamente sobre o que digo.

— Se eu disser que não sei… — A voz é carregada de intensidade. Ele fala cada palavra com calma. — … você acreditaria em mim?

Vixen se aproxima e me encara bem de perto. Os dedos encostam levemente nos meus e encontro o frio outra vez.

— Mas *como*? — pressiono um pouco mais.

Ele luta com as palavras na língua. As pálpebras tremem um pouco quando fecha os olhos. Quase parece estar em uma batalha interna para responder a pergunta que fiz.

— As vozes sussurraram o que eu deveria fazer e… — Ele abre os olhos e o amarelo das íris volta a se tornar dourado. — Eu fiz.

A forma como responde é confusa.

— Que vozes, Vixen?

O guerreiro apenas segura meu olhar, respondendo baixinho.

— Eu não sei.

Parece prestes a quebrar. Está me escondendo algo.

— E as vozes ainda sussurram no seu ouvido? — pergunto, diminuindo a distância.

O guerreiro vacila, desviando os olhos rápido demais.

— Não.

Como posso aceitar essas respostas depois de tudo o que aconteceu no salão de treinamentos? A forma como ele guiou a nós dois pelos corredores atrás de Ravenna e Ruel? Por outro lado, Vixen lutou conosco em todos os momentos, mesmo parecendo uma pessoa diferente em grande parte do tempo. Gostaria de pressioná-lo de novo, mas sei que não vou receber muita coisa em troca. Então, decido pedir um favor.

Lentamente, encosto meu quadril no dele e empurro seu ombro de leve. Vixen me observa, desconfiado.

— Preciso te pedir algo.

Ele balança a cabeça, concordando. Respiro fundo e obrigo as palavras a se libertarem.

— Enquanto eu não estiver aqui… — Fecho os olhos porque não sei o quanto ainda consigo segurar as lágrimas. — Você pode, por favor, cuidar da Ehrika e da minha mãe?

Fico esperando pela resposta do harakin da forma mais covarde possível. Não abro meus olhos porque não quero vê-lo titubeando sobre o pedido. Não responde de imediato, mas sinto os dedos gelados se encaixando na minha nuca.

Minha pele reage ao toque dele, mas tento repelir o instinto. Vixen aproxima os lábios do meu ouvido. O toque da boca resvala pelo meu lóbulo. Está provocando, esperando que eu dê um sinal de que quero mais do que isso. Ele espera, paciente, mexendo com as batidas do meu coração. Mas estou congelada demais para agir, porque ainda não sei se quero realmente isso. Ele apenas sussurra:

— Com a minha vida.

Solta minha nuca e, sem olhar para trás, dispara porta afora da sacada. Minhas pernas tremem e preciso segurar com força o parapeito para inalar o ar entrecortado. Por que me sinto assim? Por que sempre que Vixen chega próximo fico confusa?

Não.

Não posso me abalar por ele.

Não agora, quando tantas perguntas sobre o que esconde invadem minha mente.

Sozinha, me permito ficar por horas apenas encarando a paisagem aqui fora. Observo as árvores balançando com calma, o céu azul sem nenhuma nuvem e o ar que continua acariciando minha pele. Resvalo minha atenção para as rochas que formam a montanha e para todos os trechos pertencentes ao castelo. O lugar que foi durante muito tempo motivo dos meus pesadelos, agora, se torna minha fortaleza.

O primeiro movimento nessa guerra foi iniciado. O que precisamos agora são aliados.

E vamos procurá-los em cada reino do continente.

A partir de amanhã, um novo capítulo começa.

Aquele onde me torno Imperadora de Insula.

EPÍLOGO

— Vixen!

Acordo com o grito dela.

Kalina.

Não preciso escutar uma segunda vez, porque já decorei o tom rouco que pincela sua voz quando se sente em perigo. O que raramente acontece, mas *quando* acontece é exatamente desse jeito. Aperto os lençóis na cama e espero pelo chamado mais uma vez, mas ele não vem. O sono embaça minha visão e teima em manter meu corpo lento, mas meu coração bate descompassado.

Era a voz de Kalina, não era?

Não... Não pode ser. Cinco dias se passaram desde que partiu para Veraz. Ela não pode estar no castelo. Devo estar sonhando, é isso. Esfrego os olhos e bufo. *Está enlouquecendo, Vixen.*

Venho sonhando com Kalina todas as noites.

Não sabia que poderia sentir tanto a falta de alguém como sinto a dela.

A luz da lua entra sorrateira pelas janelas, banhando o quarto em um intenso tom de azul. Os lençóis caem para fora da cama quando libero o aperto. Minha pele está pegajosa e gotas de suor escorrem pelo pescoço.

Talvez não fosse um sonho, mas um pesadelo. É uma explicação mais plausível. Outra situação comum das minhas noites. Só que nunca lembro por que estou gritando quando acordo.

Deslizo os dedos para o travesseiro ao lado e puxo-o para perto. O sorriso escapa dos lábios quando me lembro da noite em que Kalina apareceu sorrateira nesse quarto e sua expressão chocada no rosto quando a ataquei com um desses. Gosto do jeito que sua boca se abre em um O perfeito quando fica perplexa. Gosto dos lábios dela de qualquer jeito, na verdade. É isso, vou enlouquecer até a próxima vez que a vir. Pressiono meu rosto no travesseiro e fecho bem os olhos, afastando o pensamento.

— *Vixen!*

O berro ecoa de novo. Meus ombros ficam rígidos e salto para fora da cama.

— Kalina? — murmuro.

Dou um passo para a frente, mirando a porta do quarto. As luzes estão apagadas e apenas o luar guia o caminho. Isso não pode ser real. Quando ela voltou?

Esbarro no arco e flecha ao lado da mesa de centro e os encaixo nas mãos. O ar ao meu redor é gelado, mas não sinto frio. Giro a maçaneta da porta e espero o corredor revelar-se. Não me importo de colocar os pés descalços no piso fora do quarto, mesmo vestindo as calças de dormir e continuar com o peito nu. Empunho a flecha e avanço pelo castelo. Tudo é silêncio e sombras.

— Kalina? — chamo mais uma vez, implorando que não responda.

Mas ela responde.

— *Vixen! Me ajuda!*

Minha garganta se fecha ao escutá-la clamando por socorro. Soa apavorada e isso me assusta mais do que gostaria de admitir. Ela é como o sol em dias nublados, como a chama no meio do mar. Kalina é indestrutível, mas parece prestes a quebrar.

Avanço pelos corredores do castelo ignorando a racionalidade. Ela continua gritando e respondo-a, usando o som da voz como guia.

Onde ela está?

Sacudo meu rosto, afastando as dores de cabeça que teimam em voltar. Garras afiadas deslizam pelo meu corpo e dificultam o movimento das minhas pernas. Luto contra as dores e continuo gritando por ela. Por Kalina.

As sombras ao meu redor me enredam como areia movediça e o mundo se torna um lugar sem cor. Tateio as paredes ao meu lado, porque não enxergo mais nada. Não sei onde estou e nem como cheguei aqui.

— Kalina, fala comigo!

Não vou desistir dela. Jamais desistiria dela.

— *Por favor!*

A voz carregada de lamento parte meu coração em mil pedaços. Imploro que ela diga onde está, mas não tenho nenhuma resposta. O choro fica cada vez mais próximo de mim e meu coração acelera, porque posso quase senti-la.

— *Vixen...*

Soluça baixinho, mas consigo encontrá-la. O murmúrio está bem ao lado. Toco em uma parede e mal consigo enxergar se estou indo para o caminho certo. Continuo tateando em busca de uma aberta.

— Kalina, tô aqui! — grito, esperando que me escute. — Eu tô aqui!

Forço meus olhos a enxergar em meio às sombras, mas é impossível. Minhas entranhas se reviram e a sensação de impotência me consome. Por que não responde mais?

— Kalina! — berro. Tento chamar a atenção dela, mas nenhuma resposta é dada de volta.

Continuo gritando e gritando e gritando, mas ela não responde.

Não. Não. Não. Não. Não. Não.

— NÃO! — explodo.

As sombras que me rondavam desaparecem em um estalar de dedos. A luz das lâmpadas no teto quase me cegam, mas ajusto a visão ao corredor que estou. O que acabou de acontecer? Eu estou sonhando? Estou em meio a uma crise? Encaro o arco e flecha na minha mão esquerda. É tudo efeito da minha mente? Não seria a primeira vez, é claro.

Mas é a voz dela.

Estou enlouquecendo.

Observo o ambiente ao meu redor e noto uma porta entreaberta. Semicerro meus olhos e estudo cada detalhe ao redor dela. Não é uma porta simples como as do castelo, nem mesmo as portas tecnológicas dos laboratórios. Ela é pesada, antiga e assustadora. Como se fosse o portal para o inferno. Tropeço, quase caindo para trás. Arregalo meus olhos, finalmente entendendo onde estou. Minhas mãos tremem, mas não posso fugir antes de ter certeza.

— Kalina? — sussurro de novo, encarando o portal entreaberto.

Espero alguns segundos, contando cada respiração que dou. Encaro a escuridão, suplicando que nada responda.

— *Vixen...*

É a voz dela. De novo.

Avanço com toda a velocidade que tenho nas pernas e escancaro a porta. Empunho o arco e flecha e procuro por Kalina dentro desse lugar. Prevejo todas as piores cenas possíveis, mas nenhuma delas se concretiza.

A longa base de metal sob meus pés se estende metros à frente. As paredes ao meu redor são de rocha pura, iluminadas por lâmpadas vermelhas distribuídas lado a lado. Arrastando-se por elas estão veias pulsantes que nascem da escuridão, parecem vivas por dentro e dividem-se como raízes. A porta atrás de mim fecha-se com um estrondo ensurdecedor, obrigando-me a girar instintivamente. Aponto a flecha para a escuridão desconhecida, mas nada acontece. Continuo com o dedo pressionando o fio do arco.

— Kalina? — Sei que ela não vai me responder, mas mesmo assim continuo repetindo o nome como uma oração.

O zumbido começa a incomodar meus ouvidos. É um movimento que vem do lado mais afastado de onde eu estou.

Vixen. A voz chama atrás de mim, só que...

Não é mais Kalina.

Olho por cima do ombro e encontro apenas sombras.

Vixen.

Com a flecha empunhada, dou um passo em direção ao chamado. Meus pés descalços encontram o metal no chão e embaixo dele se estende o infinito.

Quando a base acaba, encaro finalmente o abismo.

— O que *você* quer? — As palavras saem por entre meus dentes.

Os segundos alongam-se e posso senti-los pelo ar e pelo meu sangue, mas espero até que a coisa apareça. As sombras rastejam vindas do abismo. *Ele* levita, mas não se aproxima. Fica pairando ao longe, mas consigo ver o formato de suas longas pernas e braços feitos de sombras. Meu coração está prestes a sair pela boca ou talvez exploda no meu peito. Ele resvala na minha direção e tropeço para trás. As sombras giram até repousar na base. Lentamente, elas se transformam em ossos, músculos e pele. Elas se transformam em um homem. O ser abre os olhos e encontro refletidos neles o mesmo tom de amarelo dos meus.

Em meio ao silêncio absoluto do abismo, escuto o chamado.

Clama por mim, saboreando palavra por palavra.

Depois de um longo tempo, *ele* fala.

— Olá, meu filho.

AGRADECIMENTOS

Confesso que espiei os agradecimentos das minhas autoras favoritas para escrever o meu, mas estou encarando a tela do computador por tantos minutos que acho melhor simplesmente deixar as palavras fluírem. É a primeira vez que faço isso e (espero) que não seja a última, mas quero lembrar da sensação que foi enumerar todos os nomes que eu não poderia esquecer nesse momento. Com certeza vou acabar esquecendo de alguém e já peço, de antemão, desculpas. São três horas da manhã e não vou conseguir dormir antes de escrever isso.

Vamos começar agradecendo a minha família, porque desde o minuto em que falei que iria escrever um livro, eles me apoiaram. Mãe e pai, obrigada por sempre incentivarem meu lado leitora. A minha irmã, por dividir o gosto pelos livros de fantasia. Quero agradecer à minha avó e o querido Juares, pessoas tão importantes para mim e que eu nunca poderia deixar de citar.

Não poderia deixar de agradecer à minha mentora, Laís Napoli, por ter me amparado na escrita da primeira versão de O Veneno na Montanha e ter sido uma verdadeira mestra com seus conselhos. Ansiosa para conversarmos sobre o segundo livro dessa história.

Aos meus leitores betas (por ordem alfabética): Diogo, Giulia, Natália, Nina, Vivian e Weliton. Eu nunca, jamais, conseguirei expressar a importância que vocês tiveram para a escrita desse livro. Vou guardar para sempre os comentários de vocês, serão minha dose de serotonina quando ficar triste. Existe um pedacinho de cada um aqui.

Agradeço a Simone Fraga, minha editora maravilhosa. Obrigada por sempre ter acreditado em mim e por ter apostado na história da Kalina.

As queridas Arquelana e Cora Menestrelli pelos sprints de escrita no discord e por todo o apoio nos momentos mais difíceis da escrita. O timer do cachorrinho foi nosso companheiro durante várias noites.

Um agradecimento gigantesco aos xuxus da hortinha, meus queridos companheiros das lives na Twitch. Vocês foram o meu combustível para continuar escrevendo. Obrigada por sempre serem tão maravilhosos comigo. Vocês não fazem ideia do quanto os amo.

Aos meus seguidores do @bibilendo no Instagram, cada mensagem falando sobre o interesse em conhecer a história da Kalina foi muito importante também. Obrigada! Prometo continuar compartilhando todo o meu processo com vocês.

Aos meus amigos, mesmo aqueles que não são leitores e disseram que iriam ler OVNM porque eu escrevi. Vou cobrar a leitura, hein?

Ao professor Marcio, por ter ministrado uma disciplina de escrita criativa e ter aceitado minha vaga como aluna externa do curso. Foi por causa de um exercício que a história da Kalina tomou forma.

Agradeço as autoras de fantasia que me moldaram. Cassandra Clare sempre será minha maior inspiração e eu devo muito à ela, mesmo que ela nunca saiba disso.

Meus personagens queridos. Vocês não fazem ideia de quanto sou apaixonada por vocês. Mas preciso revelar meu favoritismo por Safiny e Ravenna! As maiorias! (:

Agradecimento mais especial ao maior companheiro que a vida poderia me dar. Se a Kalina tem o Vixen, eu tenho o Vitor. Obrigada meu amor por ter me dado tanto suporte na escrita e revisão desse livro. Você é o meu maior incentivador. Te amo!

E, por fim, agradeço a você, meu leitor. Eu nem consigo conceber a ideia de que tenho leitores. Um sonho que conviveu comigo desde os meus quinze anos. Obrigada por ter lido O Veneno na Montanha. Você não faz ideia de como isso é importante para mim. De alguma forma, você conheceu um pouco do que vive dentro da minha mente e coração.

Espero que tenha gostado.

Com carinho, Bianca